AF756253

© 2025

Xingxing Press

মারাত্মক ফলাফল

অধ্যায় ১: ল্যাবে একটি ছায়া

ন্যাশনাল ইনস্টিটিউট অফ হেলথের ফ্লুরোসেন্ট আলোগুলো গুঞ্জন করছিল, মারা ভ্যান্সের হৃদস্পন্দনের একঘেয়ে প্রতিবিম্বের মতো। বাতাস, যা সাধারণত অ্যান্টিসেপটিক এবং উচ্চাকাঙ্ক্ষার সুগন্ধে ঝলমল করত, রক্তের ধাতব গন্ধে ভারী হয়ে উঠত। জেনেটিক্স বিভাগের একজন উদীয়মান তারকা ডঃ এলিয়াস থর্ন, তার ল্যাবের পালিশ করা কংক্রিটের মেঝেতে ছড়িয়ে ছিটিয়ে শুয়ে ছিলেন, যা তার চারপাশের জীবাণুমুক্ত পরিবেশের সম্পূর্ণ বিপরীত। তার চোখ, প্রশস্ত এবং অদৃশ্য, ছাদের দিকে তাকিয়ে ছিল, কাঁচের গভীরে একটি নীরব অভিযোগ।

মারা তার পাশে হাঁটু গেড়ে বসেছিল, তার মোটা ইউনিফর্ম সত্ত্বেও ঠান্ডা হাড়ের ভেতরে ঢুকে যাচ্ছিল। বত্রিশ বছর বয়সী, এফবিআই-এর সাথে বছরের পর বছর ধরে কাজ করে তীক্ষ্ণ মন নিয়ে, সে আগে মৃত্যু দেখেছিল - নিষ্ঠুর, আকস্মিক এবং প্রায়শই অর্থহীন। কিন্তু এই অনুভূতিটা অন্যরকম ছিল। দৃশ্যটিতে ছিল এক শীতল নির্ভুলতা, ছড়িয়ে ছিটিয়ে থাকা সরঞ্জাম এবং উপচে পড়া ওয়ার্কস্টেশনের মধ্যে থর্নের প্রাণহীন রূপের প্রায় শৈল্পিক বিন্যাস। এটি কোনও সংগ্রামের বিশৃঙ্খল পরিণতি ছিল না; এটি ছিল একটি সূক্ষ্মভাবে তৈরি মূর্তচিত্র, একজন খুনির নীরব বিবৃতি যে ঠিক কী করছে তা জানত।

ল্যাবের দরজাটি, ভারী ইস্পাতের তৈরি, ভেতর থেকে বন্ধ ছিল। জোর করে প্রবেশের কোনও চিহ্ন ছিল না। ভাঙা জানালা ছিল না, কোনও আঘাতের চিহ্ন ছিল না, কোনও ভাঙা আসবাবপত্র ছিল না। খুনির প্রবেশাধিকার ছিল, এবং সেই প্রবেশাধিকারই ছিল চাবিকাঠি। মারা ঠান্ডা ধাতুর উপর হাত দিয়ে দস্তানা দিয়ে দৌড়াচ্ছিল, তার মন ইতিমধ্যেই ছুটে বেড়াচ্ছিল। থর্নের সহকর্মীরা, তার প্রতিদ্বন্দ্বীরা, তার মৃত্যুর সম্ভাব্য সুবিধাভোগীরা - তারা সবাই সন্দেহভাজন ছিল।

সে দৃশ্যটি পর্যবেক্ষণ করল, তার চোখ বিস্তারিত দেখছিল। অত্যাধুনিক জিন সিকোয়েন্সারটি স্পর্শ করা হয়নি, কিন্তু কাছের একটি সেন্ট্রিফিউজ সামান্য এলোমেলো ছিল, যা সম্ভাব্য লড়াইয়ের ইঙ্গিত দেয়, অথবা সম্ভবত, তদন্তকারীদের হতাশ করার জন্য ইচ্ছাকৃত স্থানচ্যুতি। কম্পিউটার মনিটরের জটিল বিন্যাসের পাশে একটি অর্ধ-খালি কফির কাপ পড়ে ছিল, কোডের একটি রহস্যময় ক্রম অনুসারে স্ক্রিনগুলি হিমায়িত ছিল। এয়ার কন্ডিশনিং অস্বাভাবিকভাবে কম সেট করা হয়েছিল, যার ফলে সামান্য ঠান্ডা ছিল যা সামগ্রিক অস্থির পরিবেশকে আরও বাড়িয়ে তোলে। এমনকি থর্নের অঙ্গগুলির সূক্ষ্ম অবস্থানও একটি গণনা করা মঞ্চায়নের ইঙ্গিত দেয়, একটি বার্তা পাঠানোর একটি ভয়ঙ্কর প্রচেষ্টা।

কিছুক্ষণ পরেই মেডিকেল পরীক্ষক, ডাঃ অলব্রাইট, একজন মোটা এবং ক্লান্ত চোখওয়ালা ব্যক্তি, এসে পৌঁছান। তার মুখের অভিব্যক্তি মারার প্রাথমিক মূল্যায়নকে নিশ্চিত করে: মৃত্যুটি অস্বাভাবিক ছিল।

তাৎক্ষণিকভাবে আঘাতের কোনও লক্ষণ দেখা যায়নি, তবুও ঘাড়ের চারপাশে একটি সূক্ষ্ম বিবর্ণতা ইঙ্গিত দেয় যে এটি সম্ভবত শ্বাসরোধে হত্যা করা হয়েছে। তবে কোনও দৃশ্যমান চিহ্ন ছিল না। টক্সিকোলজি রিপোর্ট আসতে সময় লাগবে।

"কিছু স্পষ্ট দেখাচ্ছে, ডক?" মারা জিজ্ঞাসা করল, তার কণ্ঠস্বর ক্ষীণ এবং পেশাদার।

ডক্টর অলব্রাইট দীর্ঘশ্বাস ফেললেন, তার পাতলা চুলের উপর হাত বুলিয়ে দিলেন। "তাৎক্ষণিকভাবে কিছুই স্পষ্ট দেখা যাচ্ছে না। এটা পরিষ্কার, প্রায় খুব পরিষ্কার। কোনও দৃশ্যমান ক্ষত নেই, লড়াইয়ের কোনও চিহ্ন নেই। মৃত্যুর কারণ অনুসন্ধানের জন্য আরও তদন্তের প্রয়োজন হবে, তবে আমি সন্দেহ করি যে এটি একটি সাধারণ আক্রমণের চেয়ে আরও জটিল কিছু।"

মারা মাথা নাড়ল, তার দৃষ্টি থর্নের প্রাণহীন দেহের দিকে ফিরে গেল। দৃশ্যের সূক্ষ্ম প্রকৃতি একজন খুনির কথা বলেছিল যার বুদ্ধিমত্তা ছিল উচ্চ স্তরের, থর্নের কাজ এবং রুটিনের সাথে পরিচিত কেউ, যিনি ঠান্ডা, গণনা করা নির্ভুলতার সাথে এটি পরিকল্পনা করেছিলেন। এটি একজন পেশাদার, অথবা সম্ভবত, এমন কাউকে চিৎকার করে বলেছিল যিনি ফৌজদারি পদ্ধতিগুলি সাবধানতার সাথে অধ্যয়ন করেছিলেন।

তদন্ত শুরু হলো, থর্নের জীবন ও কর্মের ধীর, পদ্ধতিগত উন্মোচন। তার সহকর্মীরা ছিলেন স্পষ্ট সূচনা বিন্দু। থর্নের সবচেয়ে কাছের সহযোগী, একজন মেধাবী কিন্তু তীব্র প্রতিযোগিতামূলক জৈবরসায়নবিদ ডঃ আনিয়া শর্মা দৃশ্যত কেঁপে উঠলেন, তার ধৈর্য তার হাতে কাঁপুনি লুকাতে পারছিল না। তার উত্তরগুলি পরিমাপ করা হয়েছিল, সতর্কভাবে বলা হয়েছিল, প্রায় অনুশীলন করা হয়েছিল। মারা সূক্ষ্ম অসঙ্গতিগুলি বুঝতে পেরেছিলেন - উত্তর দেওয়ার আগে সামান্য দ্বিধা, তার চোয়ালের প্রায় অদৃশ্য চাপ। কিছু একটা ভুল ছিল।

ডক্টর বেন কার্টার, একজন প্রবীণ জিনতত্ত্ববিদ, যিনি তার নির্মম উচ্চাকাঙ্ক্ষার জন্য পরিচিত, তিনি আশ্চর্যজনকভাবে শান্ত ছিলেন, প্রায় বিচ্ছিন্ন ছিলেন। তার শোকের বহিঃপ্রকাশ ভাসা ভাসা মনে হয়েছিল, পারফর্মিং-এর সীমানা। তার মধ্যে এক শীতল প্রশান্তি ছিল যা একটি লুকানো এজেন্ডার ইঙ্গিত দেয়, তার প্রকৃত আবেগকে ঢেকে রাখার একটি অনুশীলনীয় ক্ষমতা।

তারপর ডঃ জিয়ান লি, থর্নের অধীনে কর্মরত একজন পোস্টডক্টরাল গবেষক। তিনি নার্ভাস ছিলেন, তার চোখ ঘরের চারপাশে ঘুরছিল, তার হাত ক্রমাগত নড়বড়ে করছিল। তার উত্তরগুলি ছিল এড়িয়ে চলার মতো, স্পষ্ট করার পরিবর্তে সাবধানে নির্বাচিত শব্দ দিয়ে সজ্জিত। তার হাতের সূক্ষ্ম কম্পন, চোখের সংস্পর্শ এড়ানোর সাথে সাথে অপরাধবোধের চিৎকার করছিল।

মারা থর্নের গবেষণাপত্র, তার ইমেল, তার ব্যক্তিগত জিনিসপত্র খুঁটিয়ে খুঁটিয়ে ঘন্টার পর ঘন্টা কাটিয়েছেন। তথ্যের বিশাল পরিমাণ ছিল অপ্রতিরোধ্য। থর্ন একটি বড় সাফল্যের দ্বারপ্রান্তে ছিলেন - একটি বিপ্লবী জিন-সম্পাদনা কৌশল যার অসংখ্য জিনগত রোগ নিরাময়ের সম্ভাবনা ছিল। কিন্তু এর মধ্যে অকল্পনীয় অপব্যবহারের সম্ভাবনাও ছিল, নীতিগত দ্বিধাগুলির একটি প্যান্ডোরার বাক্স। গবেষণাটি ছিল যুগান্তকারী, কিন্তু বিতর্কিতও। এর প্রভাব ছিল বিস্ময়কর। এবং এটি তাকে লক্ষ্যবস্তুতে পরিণত করেছিল।

থর্নের কম্পিউটার স্ক্রিনে থাকা রহস্যময় কোডটি ছিল একটি গুরুত্বপূর্ণ সূত্র। মারার একজন বিশেষজ্ঞের প্রয়োজন ছিল, জটিল অ্যালগরিদম ডিকোড করার ক্ষেত্রে বিশেষজ্ঞ। তিনি এফবিআইয়ের সাইবার ক্রাইমস ইউনিটের একজন সহকর্মীর সাথে যোগাযোগ করেছিলেন, যিনি এজেন্ট ডেভিস নামে একজন অভিজ্ঞ বিশ্লেষক ছিলেন, যিনি তার তীক্ষ্ণ দৃষ্টি এবং এমনকি সবচেয়ে জটিল ডিজিটাল ধাঁধাও বোঝার ক্ষমতার জন্য পরিচিত। ডেভিস প্রথমে সন্দেহ প্রকাশ করেছিলেন, কিন্তু থর্নের গবেষণার সম্ভাব্য প্রভাব এবং হত্যার শীতল নির্ভুলতা তার আগ্রহকে জাগিয়ে তোলে। তিনি সাহায্য করতে রাজি হন, এটিকে একটি সাধারণ হত্যার চেয়েও বেশি কিছু বলে মনে করেন, বরং আরও ভয়ঙ্কর কিছু।

থর্নের কাজের গভীরে প্রবেশ করার সাথে সাথে মারা বৈজ্ঞানিক উচ্চাকাঙ্ক্ষা, একাডেমিক প্রতিদ্বন্দ্বিতা এবং সম্ভাব্য অনৈতিক অনুশীলনের এক জগৎ উন্মোচন

করেন। তিনি গোপন সহযোগিতা, চুরি করা গবেষণা এবং গোপন বৈঠকের প্রমাণ পান, যা -এর কাঠামোর মধ্যে বোনা প্রতারণার একটি নেটওয়ার্ক। থর্নের মৃত্যু কোনও বিচ্ছিন্ন ঘটনা ছিল না; এটি বৈজ্ঞানিক প্রতিষ্ঠানের হৃদয়ে ছড়িয়ে থাকা একটি বৃহত্তর, আরও বিপজ্জনক অসুস্থতার লক্ষণ ছিল।

আপাতদৃষ্টিতে নিরীহ কাগজপত্রে ভরা একটি ড্রয়ারে লুকিয়ে থাকা লুকানো ডেটা ড্রাইভটি তথ্যের ভাণ্ডার হিসেবে প্রমাণিত হয়েছিল। থর্নের গবেষণা নোট, তার ব্যক্তিগত যোগাযোগ এবং তার আর্থিক রেকর্ড সম্বলিত এনক্রিপ্ট করা ফাইলগুলি। এর মধ্যে অবৈধ লেনদেন, অফশোর অ্যাকাউন্ট এবং পটভূমিতে পরিচালিত অস্পষ্ট ব্যক্তিত্বের প্রমাণ ছিল, যা -এর দেয়ালের বাইরেও একটি সুদূরপ্রসারী ষড়যন্ত্রের ইঙ্গিত দেয়।

মারা যখন টুকরো টুকরো ধাঁধাগুলো একসাথে জুড়ে দিচ্ছিল, দিনগুলো রাত্রিতে পরিণত হল, তার মন ক্রমাগত ছুটে বেড়াচ্ছিল, বিশৃঙ্খল টুকরোগুলো বোঝার চেষ্টা করছিল। চাপ আরও বেড়ে গেল, এই ভয়ে যে খুনি আবার আঘাত হানতে পারে, দায়িত্বের বোঝা তার উপর চাপিয়ে দিচ্ছিল। বছরের পর বছর ধরে প্রোফাইলিং দ্বারা পরিপূর্ণ তার অন্তর্দৃষ্টি তাকে বলেছিল যে এই হত্যাকাণ্ডে চোখের সামনে যা ছিল তার চেয়েও বেশি কিছু ছিল। এটি কেবল ঈর্ষা বা পেশাদার প্রতিদ্বন্দ্বিতার ঘটনা ছিল না; এটি ছিল এমন একজনের দ্বারা সাবধানে পরিকল্পিত, সাবধানতার সাথে সম্পাদিত একটি কাজ যিনি ঝুঁকি এবং ঝুঁকিগুলি বুঝতে পেরেছিলেন, এমন একজন যিনি

ক্ষমতার গোলকধাঁধা করিডোর দিয়ে অজ্ঞাতভাবে চলতে পারতেন। সময়ের বিরুদ্ধে প্রতিযোগিতা শুরু হয়ে গিয়েছিল, এবং মারা জানত যে প্রতিটি সেকেন্ড গণনা করা হচ্ছে। ল্যাবের ছায়া থর্নের কর্মক্ষেত্রের সীমানার বাইরেও প্রসারিত ছিল; এটি সমগ্র এবং সম্ভবত বিশ্বের উপর একটি দীর্ঘ, ভয়ঙ্কর ছায়া ফেলেছিল।

প্রাথমিক সাক্ষাৎকারগুলিতে পরস্পরবিরোধী আখ্যানের এক টুকরো ফুটে ওঠে, প্রতিটি সুতোয় সাবধানে নির্বাচিত শব্দ এবং সূক্ষ্ম, প্রায় অদৃশ্য, বর্ণনা দিয়ে বোনা। থর্নের সবচেয়ে ঘনিষ্ঠ সহযোগী আনিয়া শর্মা শোকের এক মুখোশ উপস্থাপন করেছিলেন, কিন্তু তার নিয়ন্ত্রিত আচরণ এবং মাঝে মাঝে, প্রায় অদৃশ্য, তার হাতে কাঁপুনি গভীর উদ্বেগের ইঙ্গিত দেয়। মারার প্রশ্নের উত্তরগুলি ছিল সুনির্দিষ্ট, প্রায় খুব সুনির্দিষ্ট, যেন সে সেগুলি অসংখ্যবার অনুশীলন করেছে। কিছু প্রশ্নের উত্তর দেওয়ার আগে সামান্যতম দ্বিধা, তার চোখের চারপাশে একটি ক্ষণস্থায়ী টান - এই ছোটখাটো অসঙ্গতিগুলি ইঙ্গিত দেয় যে কোনও কিছু লুকানো আছে, একটি পালিশ করা পৃষ্ঠের নীচে একটি সাবধানে নির্মিত লুকানো আছে।

মারা আরও গভীরভাবে অনুসন্ধান করেন, থর্নের যুগান্তকারী গবেষণায় শর্মার অবদানের উপর দৃষ্টি নিবদ্ধ করে। তিনি শ্রম বিভাজন, প্রত্যেকের পরিচালিত নির্দিষ্ট পরীক্ষা-নিরীক্ষা, গুরুত্বপূর্ণ তথ্যে প্রত্যেকের প্রবেশাধিকার নিয়ে প্রশ্ন তোলেন। শর্মা দাবি করেন যে তিনি সাম্প্রতিক সপ্তাহগুলিতে একটি পৃথক প্রকল্পে স্বাধীনভাবে কাজ করছেন, বিশেষ করে থর্নের মৃত্যুর সময় বিবেচনা করে, এমন একটি দাবি সুবিধাজনক বলে মনে হয়েছিল। তার ব্যাখ্যা, যদিও পৃষ্ঠতলে যুক্তিসঙ্গত

বলে মনে হয়েছিল, তবুও প্রকৃত স্মৃতির স্বাভাবিক প্রবাহের অভাব ছিল, যা কিছুটা গণনা করা বানোয়াটের ইঙ্গিত দেয়। তার সময়রেখার সূক্ষ্ম অসঙ্গতি, সাবধানে নির্বাচিত শব্দগুলি যা প্রকাশ করে তার চেয়ে বেশি গোপন করার জন্য ডিজাইন করা হয়েছিল, সবই একটি সাবধানে নির্মিত অসঙ্গতির দিকে ইঙ্গিত করেছিল।

ডঃ বেন কার্টার, যিনি একজন জ্যেষ্ঠ জিনতত্ত্ববিদ এবং নির্মম উচ্চাকাঙ্ক্ষার জন্য খ্যাতিসম্পন্ন, তিনি ছিলেন বৈপরীত্যের এক গবেষণা। যেখানে শর্মা নিয়ন্ত্রিত উদ্বেগ প্রদর্শন করেছিলেন, সেখানে কার্টার এক শীতল শান্ত ভাব প্রদর্শন করেছিলেন, যা উদাসীনতার সীমানায় ছিল। তার দুঃখ কৃত্রিম বলে মনে হয়েছিল, প্রকৃত আবেগহীন একটি পরিবেশনা। তার উত্তরগুলি ছিল সংক্ষিপ্ত, সংক্ষিপ্ত, তার দৃষ্টি ছিল অবিচল এবং তীব্রভাবে কেন্দ্রীভূত, প্রায় সহানুভূতিহীন। মারা তার প্রকৃত অনুভূতিগুলিকে ঢেকে রাখার একটি অনুশীলনীয় ক্ষমতা আবিষ্কার করেছিলেন, মানসিক নিয়ন্ত্রণের একটি স্তর যা প্রতারণার ব্যাপক অভিজ্ঞতার ইঙ্গিত দেয়। তিনি প্রতিটি প্রশ্নকে এড়িয়ে যাওয়ার একটি অস্থির ক্ষমতার অধিকারী ছিলেন, বিচ্ছিন্ন শ্রেষ্ঠত্বের একটি বায়ু বজায় রেখেছিলেন যা মারার সন্দেহকে আরও বাড়িয়ে তোলে।

তিনি সহজেই থর্নের সাথে পেশাদার প্রতিদ্বন্দ্বিতা স্বীকার করেছিলেন, একটি প্রতিযোগিতামূলক মনোভাব যা বছরের পর বছর ধরে তাদের বৈজ্ঞানিক সাধনাকে ইন্ধন জুগিয়েছিল। তিনি তাদের সহযোগিতামূলক প্রচেষ্টার বিস্তারিত বর্ণনা দিয়েছিলেন, কিন্তু সাবধানতার সাথে

সুনির্দিষ্ট বিষয়গুলি এড়িয়ে গিয়েছিলেন, তার উত্তরগুলি অস্পষ্ট এবং সাধারণীকরণযোগ্য ছিল। তিনি দাবি করেছিলেন যে তার জীবনের শেষ সপ্তাহগুলিতে থর্নের যুগান্তকারী গবেষণা সম্পর্কে তার কোনও জ্ঞান ছিল না, তবুও তার বাম চোখের পাতায় একটি সূক্ষ্ম ঝাঁকুনি একটি লুকানো সচেতনতাকে প্রকাশ করেছিল। এই অনিচ্ছাকৃত পেশী খিঁচুনি, প্রায়শই প্রতারণার ইঙ্গিত দেয়, ইঙ্গিত দেয় যে তার সাবধানে তৈরি শান্ত একটি পাতলা আবরণ ছিল, যা গোপন জ্ঞানের ভাণ্ডারকে সবেমাত্র ঢেকে রেখেছে।

পোস্টডক্টরাল গবেষক ডঃ জিয়ান লি, তিনজনের মধ্যে বাইরে থেকে সবচেয়ে বেশি নার্ভাস ছিলেন। কথা বলার সময় তাঁর হাত দৃশ্যমানভাবে কাঁপছিল, তাঁর চোখ ঘরের চারপাশে ঘুরছিল, সরাসরি চোখের যোগাযোগ এড়িয়ে। তাঁর উত্তরগুলি ছিল এড়িয়ে চলা এবং দীর্ঘ বিরতি দিয়ে বিরামচিহ্নিত, স্পষ্ট করার চেয়ে বেশি বিভ্রান্ত করার জন্য ডিজাইন করা সাবধানে নির্বাচিত বাক্যাংশ দিয়ে ভরা। তিনি একটি সুসংগত বর্ণনা বজায় রাখতে সংগ্রাম করেছিলেন, তার স্মৃতি খণ্ডিত এবং অসঙ্গত, অসঙ্গতিতে পরিপূর্ণ যা গোপন জ্ঞানের দিকে ইঙ্গিত করে। তাঁর উদ্বেগ, যদিও স্পষ্ট, কিছুটা মঞ্চস্থ মনে হয়েছিল; তিনি একটি ভূমিকা পালন করছেন বলে মনে হয়েছিল, একজন ভীত এবং নির্দোষ পথচারীর ভূমিকা পালন করছেন।

প্রতিটি ব্যক্তির, তাদের বিপরীত আচরণ সত্ত্বেও, একটি সাধারণ বৈশিষ্ট্য ছিল: গল্পটি নিয়ন্ত্রণ করার জন্য একটি সুপরিকল্পিত প্রচেষ্টা, মারার তদন্তের দিককে প্রভাবিত

করার জন্য। তাদের প্রতিক্রিয়া, সাবধানে তৈরি এবং অনুশীলন করা, পরিস্থিতির গুরুত্ব সম্পর্কে একটি সাধারণ বোধগম্যতা, সহযোগিতা এবং আত্ম-সংরক্ষণের মধ্যে সূক্ষ্ম ভারসাম্য সম্পর্কে সচেতনতা প্রতিফলিত করে। উদ্দেশ্যের এই ঐক্য, সূক্ষ্ম কিন্তু অনস্বীকার্য, সমন্বয়ের একটি স্তরের দিকে নির্দেশ করে, একটি সাধারণ উদ্দেশ্য যা পেশাদার প্রতিদ্বন্দ্বিতার তাৎক্ষণিক সীমা ছাড়িয়ে প্রসারিত হয়েছিল।

মারার তদন্ত থর্নের সহকর্মীদের তাৎক্ষণিক বৃত্তের বাইরেও বিস্তৃত হয়েছিল। তিনি তার ব্যক্তিগত জীবনের গভীরে প্রবেশ করেছিলেন, তার আর্থিক রেকর্ড, তার ইমেল এবং তার সামাজিক মিথস্ক্রিয়াগুলি পরীক্ষা করেছিলেন। তিনি ছাড়িয়েও বিস্তৃত সহযোগিতার একটি জটিল নেটওয়ার্ক আবিষ্কার করেছিলেন, যার মধ্যে বিভিন্ন বিশ্ববিদ্যালয় এবং বেসরকারি প্রতিষ্ঠানের গবেষকরা জড়িত ছিলেন। থর্নের গবেষণা ছিল সুদূরপ্রসারী, যা বিশ্বজুড়ে মনোযোগ এবং সহযোগীদের আকর্ষণ করেছিল। সংযোগের এই জটিল জাল তদন্তের পরিধিকে আরও প্রশস্ত করেছিল, নতুন সম্ভাব্য সন্দেহভাজনদের এবং তদন্তের জন্য পথের সূচনা করেছিল।

থর্নের গোপন তথ্য অভিযানের বিষয়বস্তু জটিলতার আরও স্তর উন্মোচিত করে। এনক্রিপ্ট করা ফাইলগুলিতে গোপন বৈঠক, গোপন সহযোগিতা এবং উল্লেখযোগ্য আর্থিক লেনদেন সম্পর্কে তথ্য ছিল। এনক্রিপ্ট করা ফাইলগুলি সন্দেহজনক অর্থ স্থানান্তরের একটি ধরণ প্রকাশ করেছিল, যা অফশোর অ্যাকাউন্ট থেকে উদ্ভূত

হয়েছিল এবং বেনামী শেল কর্পোরেশনগুলির সাথে যুক্ত ছিল। এই আর্থিক অসঙ্গতিগুলি তহবিলের একটি স্তরের ইঙ্গিত দেয় যা ঐতিহ্যবাহী একাডেমিক গবেষণার সীমা ছাড়িয়ে বিস্তৃত ছিল, তহবিলের অবৈধ উৎস এবং সম্ভাব্য দুর্নীতিগ্রস্ত সংযোগের দিকে ইঙ্গিত করে।

এই ডিজিটাল পথ মারা এবং এজেন্ট ডেভিসকে এনক্রিপ্টেড যোগাযোগ চ্যানেলের এক খরগোশের গর্তে নিয়ে যায়, ডিজিটাল আঙুলের ছাপগুলি তাদের প্রাথমিক কল্পনার চেয়েও অনেক বড় নেটওয়ার্কের ইঙ্গিত দেয়। তারা কোডেড বার্তাগুলির একটি সিরিজ আবিষ্কার করে, যা একটি জটিল ষড়যন্ত্রের ইঙ্গিত দেয়, ছায়ায় কাজ করা ব্যক্তিদের একটি নেটওয়ার্ক, তথ্য হেরফের করে এবং গবেষণার এজেন্ডাগুলিকে প্রভাবিত করে। এই যোগাযোগের গোপন প্রকৃতি তদন্তের তাগিদকে আরও বাড়িয়ে তোলে। মারা এবং ডেভিস যত বেশি অনুসন্ধান করেন, বৈজ্ঞানিক উচ্চাকাঙ্ক্ষা, ব্যক্তিগত প্রতিদ্বন্দ্বিতা এবং সম্ভাব্য ঘৃণ্য কার্যকলাপের একটি ছায়াময় নেটওয়ার্কের মধ্যে রেখা ততই ঝাপসা হয়ে যায়।

সত্যের জন্য মারার নিরলস সাধনা এমন এক জগৎকে উন্মোচিত করেছিল যেখানে বৈজ্ঞানিক অগ্রগতি বিপজ্জনক উচ্চাকাঙ্ক্ষা এবং অনৈতিক অনুশীলনের সাথে সংঘর্ষে লিপ্ত হয়েছিল। প্রাথমিক তদন্ত, একটি সরল হত্যা মামলা, দ্রুত প্রতারণার এক জটিল গোলকধাঁধায় রূপান্তরিত হয়েছিল, যেখানে বৈজ্ঞানিক কৌতূহল এবং অপরাধমূলক অভিপ্রায়ের মধ্যে রেখা ঝাপসা হয়ে গিয়েছিল। হত্যাকারীর নির্ভুলতা বৈজ্ঞানিক উদ্ভাবন এবং

ঠান্ডা রক্তের হত্যা উভয় ক্ষেত্রেই সক্ষম একটি মনকে ইঙ্গিত করেছিল, একটি শীতল সংমিশ্রণ যা মারার মেরুদণ্ডে কাঁপুনি দিয়েছিল। ল্যাবের ছায়া, একসময় কেবল রূপক ছিল, এখন একটি আসন্ন বিপদের প্রতিনিধিত্ব করে, এমন একটি হুমকি যা সমগ্র বৈজ্ঞানিক সম্প্রদায়ের উপর এক বিষণ্নতা ছুঁড়ে ফেলেছিল। প্রাথমিক তদন্তে কেবল হিমশৈলের ডগা উন্মোচিত হয়েছিল; পৃষ্ঠের নীচে ষড়যন্ত্র এবং প্রতারণার একটি বিশাল এবং বিপজ্জনক সমুদ্র ছিল। থর্নের হত্যাকারীকে সনাক্ত করার এবং তার চারপাশের নেটওয়ার্ক ভেঙে ফেলার প্রতিযোগিতা সবেমাত্র শুরু হয়েছিল। চাপ ছিল অপরিসীম, ঝুঁকি অসম্ভব উচ্চ, কিন্তু ন্যায়বিচারের প্রতি তার অটল প্রতিশ্রুতি দ্বারা ইন্ধনপ্রাপ্ত মারা ভ্যান্স, এগিয়ে যেতে থাকে, অপরাধীদের বিচারের আওতায় আনার এবং জাতীয় স্বাস্থ্য ইনস্টিটিউটের আপাতদৃষ্টিতে নির্মম মুখোশের নীচে লুকিয়ে থাকা ভয়ঙ্কর ষড়যন্ত্রকে প্রকাশ করার দৃঢ় সংকল্প দ্বারা চালিত হয়। ল্যাবের শীতল নীরবতা এখনও তার মনে প্রতিধ্বনিত হচ্ছে, যে মারাত্মক খেলায় সে হোঁচট খেয়েছিল তার এক ভুতুড়ে স্মৃতি।

থর্নের সহকর্মীদের আন্তঃব্যক্তিক গতিশীলতা থেকে মারার তদন্ত তার কাজের বৈজ্ঞানিক কেন্দ্রবিন্দুতে স্থানান্তরিত হয়েছিল। তার ল্যাব, যা প্রথমে জীবাণুমুক্ত এবং সুসংগঠিত বলে মনে হয়েছিল, এখন একটি ভয়াবহ পারফরম্যান্সের জন্য একটি মঞ্চের মতো মনে হয়েছিল। প্রতিটি সতর্কতার সাথে লেবেলযুক্ত শিশি, প্রতিটি চকচকে সরঞ্জাম, থর্নের গবেষণার প্রকৃত প্রকৃতির ইঙ্গিত দিয়ে গোপন কথা বলেছিল। -এর আইনি দলের সাথে দীর্ঘ আইনি লড়াইয়ের পরে তার সুরক্ষিত সার্ভারে অ্যাক্সেস, তার উচ্চাকাঙ্ক্ষার গভীরতা এবং তার যুগান্তকারী

কাজের সম্ভাব্য পরিণতিগুলি উন্মোচনের চাবিকাঠি প্রদান করেছিল।

এই তথ্য থর্নের জিন-সম্পাদনা গবেষণার সম্পূর্ণ পরিধি প্রকাশ করে, যা মারা প্রাথমিকভাবে কল্পনা করেছিলেন তার চেয়ে অনেক বেশি উচ্চাকাঙ্ক্ষী এবং সম্ভাব্য বিপজ্জনক। তিনি কেবল বিদ্যমান জিনগুলির সাথে ঝাঁকুনি দিচ্ছিলেন না; তিনি জীবনের মৌলিক কোড পুনর্লিখন করছিলেন, বৈজ্ঞানিক নীতিশাস্ত্রের সীমানা ঠেলে দিয়েছিলেন এবং সম্ভাব্যভাবে প্যান্ডোরার বাক্সটি খুলছিলেন। তার প্রকল্প, যার কোড-নাম "প্রজেক্ট কাইমেরা", প্রকৃতিতে পাওয়া যায় না এমন নতুন জিন সিকোয়েন্স তৈরির বিস্তারিত বর্ণনা করেছিল, যার সম্ভাবনা অভূতপূর্ব উপায়ে মানুষের ক্ষমতা পরিবর্তন করার সম্ভাবনা ছিল। এর প্রভাবগুলি ছিল বিস্ময়কর। উন্নত বুদ্ধিমত্তা, রোগ প্রতিরোধ ক্ষমতা, এমনকি বর্ধিত আয়ুষ্কাল - সম্ভাবনাগুলি সীমাহীন বলে মনে হয়েছিল, তবে ঝুঁকিগুলিও ছিল।

গবেষণার নথিগুলিতে জটিল অ্যালগরিদম এবং জটিল ডায়াগ্রাম ছিল, যা থর্নের তৈরি জিনগত পরিবর্তনগুলি তালিকাভুক্ত করেছিল। কাজের জটিলতা ছিল অপ্রতিরোধ্য, যার জন্য জেনেটিক্স, জৈব-প্রকৌশল এবং উন্নত গণনামূলক জীববিজ্ঞানের উন্নত বোধগম্যতার প্রয়োজন ছিল। আচরণগত বিজ্ঞানে তার পটভূমি থাকা সত্ত্বেও, মারা তার গভীরতা অনুভব করেছিলেন। তিনি ডঃ আনিয়া শর্মার দক্ষতার উপর অত্যন্ত নির্ভরশীল ছিলেন, যদিও প্রোফাইলারের সহজাত প্রবৃত্তি এখনও সতর্কতার সাথে চিৎকার করছিল। শর্মার দ্বিধাগ্রস্ত সহযোগিতা

মারাকে ভাবতে বাধ্য করেছিল যে জিনতত্ত্ববিদ কি ধাঁধার কোনও গুরুত্বপূর্ণ অংশ লুকিয়ে রাখছেন, সম্ভবত "প্রজেক্ট কাইমেরা"-তে তার চেয়েও গভীরভাবে জড়িত ছিলেন।

একটি বিশেষ ফাইল মারার দৃষ্টি আকর্ষণ করেছিল: থর্নের জিন-সম্পাদনা কৌশলের সম্ভাব্য প্রভাবগুলির মডেলিংয়ে সিমুলেশনের একটি সিরিজ চালানো হয়েছিল। সিমুলেশনগুলি অপ্রত্যাশিত পরিণতির একটি ধারার পূর্বাভাস দিয়েছিল, কিছু উপকারী, অন্যগুলি বিপর্যয়কর। সিমুলেশনগুলি অপ্রত্যাশিত জেনেটিক মিউটেশনের সম্ভাবনা, পরিবর্তিত জিনের প্রতি অপ্রত্যাশিত প্রতিক্রিয়া এবং সাধারণ জনগণের মধ্যে পরিবর্তিত জিন সিকোয়েন্সের বিস্তারের সম্ভাবনা প্রকাশ করেছিল। এর পরিণতিগুলি ধারাবাহিকভাবে অপ্রত্যাশিত মিউটেশন তৈরি করবে যা মৌলিকভাবে মানব জীববিজ্ঞান এবং প্রজাতির ভবিষ্যতকে পরিবর্তন করতে পারে।

নথিগুলিতে অপ্রকাশিত ক্লিনিকাল ট্রায়ালের একটি সিরিজের উল্লেখও ছিল। নীতিগত পর্যালোচনা বোর্ড এবং জনসাধারণের দৃষ্টির আড়ালে থাকা এই পরীক্ষাগুলি ইঙ্গিত দেয় যে থর্ন ইতিমধ্যেই মানব বিষয়ের উপর তার জিন-সম্পাদনা কৌশল পরীক্ষা শুরু করেছেন। নীতিগত মান লঙ্ঘনের এই ভঙ্গ তার উচ্চাকাঙ্ক্ষার পরিমাণ এবং তার দ্বারা সৃষ্ট সম্ভাব্য ক্ষতি সম্পর্কে ভয়ঙ্কর প্রশ্ন উত্থাপন করেছিল। এই প্রচেষ্টার নিছক সাহসিকতা মারার মেরুদণ্ডকে শীতল করে দিয়েছিল, অনিয়ন্ত্রিত

উচ্চাকাঙ্ক্ষার নৈতিক মূল্যের ভয়াবহ উপলব্ধি। মানবতার জন্য সম্ভাব্য প্রভাবগুলি বোঝার জন্য এত বিশাল ছিল যে এটি এতটাই বিশাল ছিল যে এটি বোঝা কঠিন ছিল।

তথ্যের গভীরে যতই সে গভীরভাবে প্রবেশ করছিল, চিত্রটি ততই অস্থির হয়ে উঠছিল। থর্নের গবেষণা কেবল অত্যাধুনিক বিজ্ঞান ছিল না; এটি ঈশ্বরের ভূমিকা পালন করছিল, জীবনের মূল উপাদানগুলিকে বেপরোয়াভাবে কাজে লাগিয়েছিল। অবিশ্বাস্য অগ্রগতি এবং বিপর্যয়কর পরিণতি উভয়ের সম্ভাবনাই অনিশ্চিতভাবে ঝুলে ছিল। সাধারণ জনগণের মধ্যে একটি পরিবর্তিত জিন ক্রম দুর্ঘটনাক্রমে মুক্তি পাওয়ার সম্ভাবনা, যার ফলে ভয়াবহ পরিণতি ঘটে, প্রবলভাবে প্রকট হয়ে উঠছিল।

মারা থর্ন এবং বিভিন্ন আন্তর্জাতিক সহযোগীদের মধ্যে গোপনীয়তা এবং কোডেড ভাষায় আবদ্ধ এনক্রিপ্টেড ইমেল আদান-প্রদানের একটি সিরিজ আবিষ্কার করেন। এই যোগাযোগগুলি একই ধরণের জিন-সম্পাদনা প্রকল্পে জড়িত গবেষকদের একটি বিশ্বব্যাপী নেটওয়ার্কের ইঙ্গিত দেয়, যারা নীতিগত পর্যালোচনা এবং নিয়ন্ত্রক তদারকির সীমার বাইরে কাজ করে। এই সহযোগিতার গোপন প্রকৃতি এক ধরণের ষড়যন্ত্রের ইঙ্গিত দেয়, ছায়ার আড়ালে কাজ করা একটি লুকানো বৈজ্ঞানিক ভ্রাতৃত্ব।

থর্নের গবেষণা কেবল বৈজ্ঞানিক অগ্রগতি সম্পর্কে ছিল না; এটি ছিল ক্ষমতা সম্পর্কে, মানবতার সারাংশ নিয়ন্ত্রণ

সম্পর্কে। তার জিন-সম্পাদনা কৌশলগুলির সম্ভাব্য প্রয়োগগুলি সীমাহীন ছিল, সুপার-সৈনিক তৈরি থেকে শুরু করে ডিজাইনার শিশুদের নকশা করা পর্যন্ত। ভুল হাতে এই ক্ষমতার প্রভাব ছিল ভয়াবহ, এমন একটি সম্ভাবনা যা সত্য প্রকাশের জন্য মারার দৃঢ় সংকল্পকে উস্কে দিয়েছিল।

গবেষণার সাথে থাকা আর্থিক রেকর্ডগুলিও একইভাবে বিরক্তিকর ছিল। ঐতিহ্যবাহী বৈজ্ঞানিক তহবিল চ্যানেলগুলিকে এড়িয়ে অপ্রকাশিত উৎস থেকে থর্নের প্রকল্পে বিপুল পরিমাণ অর্থ স্থানান্তরিত হয়েছিল। এই অস্বচ্ছ লেনদেনগুলি মারার সন্দেহকে আরও দৃঢ় করে তোলে যে একটি গোপন নেটওয়ার্ক গোপনে কাজ করছে, অনৈতিক এবং সম্ভাব্য বিপজ্জনক গবেষণার জন্য তহবিল সরবরাহ করছে।

এই পথ মারাকে একাধিক শেল কর্পোরেশন এবং অফশোর অ্যাকাউন্টের দিকে নিয়ে যায়, যা তহবিলের আসল উৎস লুকিয়ে রাখে। তিনি সন্দেহ করেন যে ধনী ব্যক্তি বা সংস্থার একটি গোপন নেটওয়ার্ক থর্নের গবেষণায় অর্থায়ন করছে, যারা তাদের নিজস্ব স্বার্থপর উদ্দেশ্য দ্বারা চালিত। যারা এই অভিযানে অর্থায়ন করেছিল তাদের পরিচয় রহস্যের আড়ালে ছিল, গোপনীয়তার প্রাচীর এবং আইনি অস্পষ্টতার দ্বারা সুরক্ষিত ছিল। মারা বুঝতে পেরেছিলেন যে তারা গুরুত্বপূর্ণ কিছুর খুব কাছাকাছি, একটি ছায়াময় সংগঠন যার বিশাল প্রভাব রয়েছে, ভিন্নমতাবলম্বীদের চুপ করিয়ে দিতে এবং বিশ্বব্যাপী ঘটনাবলী পরিচালনা করতে সক্ষম।

আরও তদন্তে থর্নের ডেটা ড্রাইভে মুছে ফেলা ফাইল এবং লুকানো পার্টিশন উন্মোচিত হয়, যা পূর্ববর্তী, আরও বিপজ্জনক পরীক্ষার অবশিষ্টাংশ। এই টুকরোগুলি ইঙ্গিত দেয় যে থর্ন জিন সম্পাদনার বাইরেও অনেক প্রকল্পে কাজ করছিলেন, জেনেটিক ম্যানিপুলেশনের ক্ষেত্রগুলিতে প্রবেশ করেছিলেন যা এমনকি মারাও তার অভিজ্ঞতার সাথে গভীরভাবে বিরক্তিকর বলে মনে করেছিলেন। এটি আরও ভয়ঙ্কর কিছুর ইঙ্গিত দেয় - ধ্বংসাত্মক সম্ভাবনার জৈবিক অস্ত্র, অথবা আরও অস্থির কিছু, যা মানুষের বোধগম্যতার বাইরে।

মারা বুঝতে পেরেছিল যে ডঃ থর্নের হত্যাকাণ্ড কেবল আবেগ বা পেশাদার প্রতিদ্বন্দ্বিতার অপরাধ ছিল না। এটি ছিল একটি পরিকল্পিত কাজ, যা তার দেখা যেকোনো কিছুর চেয়েও অনেক বড় এবং বিপজ্জনক ষড়যন্ত্রকে রক্ষা করার জন্য পরিকল্পিত। মারা অনুমান করেছিলেন যে, খুনি হলেন থর্নের গবেষণা গোপন রাখার জন্য গভীরভাবে নিবেদিতপ্রাণ কেউ, তাদের গোপন অভিযান রক্ষার জন্য খুন করতে ইচ্ছুক কেউ। খুনির পরিচয় অজানাই রয়ে গেছে, কিন্তু তাদের কর্মকাণ্ড নির্মম দক্ষতা এবং ঠান্ডা মাথার দৃঢ় সংকল্পের এক শীতল চিত্র তুলে ধরেছে।

আবিষ্কারের ভার মারার উপর চাপিয়ে দেওয়া হয়েছিল। তিনি তার কাজের বিশালতা অনুভব করেছিলেন, এই ছায়াময় নেটওয়ার্কটি উন্মোচন করার এবং এর সদস্যদের

বিচারের আওতায় আনার প্রয়োজনীয়তা। থর্নের গবেষণা, যদিও আপাতদৃষ্টিতে একটি ল্যাবের জীবাণুমুক্ত সীমানায় সীমাবদ্ধ ছিল, তার প্রভাবগুলি বৈজ্ঞানিক সম্প্রদায়ের বাইরেও অনেক দূরে ছড়িয়ে পড়েছিল, বিশ্বব্যাপী রাজনৈতিক দৃশ্যপটে বিস্তৃত ছিল এবং সম্ভবত মানবতার অস্তিত্বের জন্য হুমকিস্বরূপ ছিল। ল্যাবরেটরির সরঞ্জামের নীরব গুঞ্জন একটি ভয়ঙ্কর ড্রোনে পরিণত হয়েছিল, সেই দেয়ালের মধ্যে থাকা মারাত্মক সম্ভাবনার একটি ধ্রুবক স্মারক। ল্যাবের ছায়া, একসময় রূপক উপস্থিতি, এখন একটি স্পষ্ট হুমকি, বৈজ্ঞানিক অগ্রগতির পৃষ্ঠের নীচে লুকিয়ে থাকা লুকানো বিপদের একটি শীতল প্রতীক। মামলাটি একটি সাধারণ হত্যাকাণ্ড থেকে মানবজাতির ভবিষ্যতের জন্য লড়াইয়ে রূপান্তরিত হয়েছিল। চাপ ছিল বিশাল, ঝুঁকি অকল্পনীয়, কিন্তু মারা ভ্যান্স, তার অটল ন্যায়বিচারের বোধ এবং বিশ্বব্যাপী প্রভাব সম্পর্কে ক্রমবর্ধমান বোধ দ্বারা চালিত হয়ে, সত্যের জন্য তার নিরলস সাধনা চালিয়ে যাওয়ার প্রতিশ্রুতি দিয়েছিলেন। ল্যাবের নীরবতা, যা একসময় বৈজ্ঞানিক নিষ্ঠার প্রতীক ছিল, এখন একটি ষড়যন্ত্রের শীতল অনুরণনের সাথে প্রতিধ্বনিত হচ্ছে যা বিশ্বকে গ্রাস করার হুমকি দিয়েছিল।

থর্নের গবেষণার ভার মারার উপর শারীরিক বোঝার মতো চাপিয়ে দিয়েছিল। এর প্রভাব ছিল বিস্ময়কর, একটি সম্ভাব্য প্যান্ডোরার বাক্স যার পরিণতি মানবতাকে নতুন করে রূপ দিতে পারে। তবুও, গোলকধাঁধাঁযুক্ত তথ্য এবং এনক্রিপ্ট করা যোগাযোগের মধ্যে, আরও তাৎক্ষণিক ধাঁধা তার মনোযোগ দাবি করেছিল: ডঃ এলিয়াস থর্নকে কে হত্যা করেছে? থর্নের আন্তর্জাতিক সহযোগী এবং গোপন তহবিল উৎসের উপর প্রাথমিক দৃষ্টি নিবদ্ধ করার

ফলে কোনও নির্দিষ্ট সন্দেহভাজন ব্যক্তি পাওয়া যায়নি, যার ফলে মারা তার নিজের কাছাকাছি - বিশ্ববিদ্যালয়ের সহকর্মীদের - চক্রটি পরীক্ষা করতে বাধ্য হন।

ডক্টর জুলিয়ান রাইস আলাদাভাবে দাঁড়িয়েছিলেন। তিনি কোনও অস্পষ্ট ব্যক্তিত্ব ছিলেন না যা অফশোর অ্যাকাউন্ট থেকে কাজ করত; তিনি বিভাগে একজন দৃশ্যমান উপস্থিতি ছিলেন, তার মুখে চিরকাল ভ্রুকুটি ছিল যা ইঙ্গিত দেয় যে তার মধ্যে তীব্র বিরক্তি রয়েছে। রাইস, একজন মেধাবী জৈবরসায়নবিদ, যিনি যুগান্তকারী (যদিও কম বিতর্কিত) কাজের জন্য খ্যাতি অর্জন করেছিলেন, তিনি অতীতে থর্নের সাথে বেশ কয়েকটি প্রকল্পে সহযোগিতা করেছিলেন। তবে, বহু বছর আগে এই সহযোগিতা তিক্ত হয়ে ওঠে, চুরির অভিযোগ এবং বৌদ্ধিক চুরির বিনিময়ের সাথে তীব্রভাবে শেষ হয়। মারা তিক্ত বিরোধের একটি কাগজপত্র খুঁজে পান, উত্তপ্ত ইমেল এবং সংক্ষিপ্ত স্মৃতির একটি সিরিজ যা গভীর শত্রুতার ইঙ্গিত দেয় যা পুরোপুরি প্রশমিত হয়নি।

তাদের দ্বন্দ্ব একাডেমিক বিরোধের বাইরেও বিস্তৃত ছিল। রিস প্রকাশ্যে বিশ্ববিদ্যালয়ের অভ্যন্তরে থর্নের অভূতপূর্ব উত্থানের বিরুদ্ধে বিরক্ত ছিলেন, তার গবেষণা প্রচুর অর্থায়ন এবং আন্তর্জাতিক প্রশংসা উভয়ই অর্জন করেছিল, যদিও রাইসের নিজস্ব অবদান তুলনামূলকভাবে অবহেলিত ছিল। মারা বুঝতে পেরেছিলেন যে সাফল্যের বৈষম্য হিংসা এবং বিরক্তির এক শক্তিশালী মিশ্রণকে উস্কে দিয়েছিল যা সহজেই সহিংসতায় পরিণত হতে পারে। এটি কেবল পেশাদার ঈর্ষা ছিল না; এটি ছিল একটি

ক্ষত যা থর্নের অব্যাহত সাফল্য দ্বারা ক্রমাগত বিরক্ত ছিল।

রাইসের আচরণ ছিল যতটা ক্ষীণ, ততটাই নির্লিপ্ত, যতটা নির্বিকার দেখানোর চেষ্টা। সে দাবি করেছিল যে সে সন্ধ্যাটা বাড়িতে একা কাটিয়েছে, তার গবেষণায় মগ্ন। তবে, তার সাক্ষ্যে সুনির্দিষ্ট বিবরণের অভাব ছিল, অস্পষ্ট প্রতিক্রিয়া এবং দ্বিধাগ্রস্ত ব্যাখ্যার একটি ধরণ ছিল যা মারার প্রোফাইলার প্রবৃত্তিকে উদ্দীপিত করেছিল। সে নির্দিষ্ট টেলিভিশন অনুষ্ঠান, ঘুমাতে যাওয়ার সঠিক সময়, এমনকি সে কী খাবার খেয়েছিল তাও মনে করতে পারছিল না। তার আচরণ ছিল খুব সাবধানে তৈরি, এমন এক উদাসীনতার অভিনয় যার সত্যতা ছিল না।

মারা রাইসের ল্যাবে আবার ঘুরে দেখলেন, থর্নের বিশৃঙ্খল পরিণতির সাথে সম্পূর্ণ বিপরীত একটি সতর্কতার সাথে সাজানো স্থান। তবে, বন্ধ্যাত্বতা কৃত্রিম, গণনা করা, গভীর কিছু লুকিয়ে রাখার মতো একটি মুখোশ বলে মনে হয়েছিল। সবকিছু স্পষ্টভাবে দেখা গেলেও, মারার অনুশীলন করা চোখ সূক্ষ্ম অসঙ্গতিগুলি সনাক্ত করেছিল। একটি ফেলে দেওয়া পাইপেটে রক্তের একটি হালকা চিহ্ন, যা খালি চোখে খুব কম দেখা যায় কিন্তু ফরেনসিক বিশ্লেষণে সহজেই স্পষ্ট হয়ে ওঠে, তা দ্রুত পরিষ্কার করার ইঙ্গিত দেয়। ল্যাবরেটরির কোটের হুকে থর্নের স্বতন্ত্র টুইড জ্যাকেটের কাপড়ের একটি ক্ষুদ্র ছিদ্র আটকে থাকা মারার সন্দেহকে আরও দৃঢ় করে তোলে।

রক্তের চিহ্ন, যদিও ক্ষুদ্র, একটি গুরুত্বপূর্ণ প্রমাণ ছিল। ডিএনএ বিশ্লেষণ নিশ্চিত করেছে যে এটি থর্নের রক্তের গ্রুপ। মাইক্রোস্কোপিক পরীক্ষার মাধ্যমে কাপড়ের টুকরোটি থর্ন যে জ্যাকেটটি পরেছিলেন তার সাথে সামঞ্জস্যপূর্ণ একটি বুননের ধরণ প্রকাশ করেছে। এই আপাতদৃষ্টিতে ছোটখাটো বিবরণ, যা একজন সাধারণ পর্যবেক্ষকের দ্বারা সহজেই উপেক্ষা করা হয়েছিল, ধীরে ধীরে একত্রিত হওয়ার একটি চিত্র তুলে ধরেছিল। এটি ইঙ্গিত দেয় যে রাইস থর্নের ল্যাবে ছিলেন এবং পরিষ্কারের প্রচেষ্টা তাড়াহুড়ো এবং অসম্পূর্ণ ছিল।

দ্বিতীয় জিজ্ঞাসাবাদের সময় মারা রাইসকে চাপ দিলেন। তিনি বাহ্যিকভাবে শান্ত ছিলেন, এমনকি ভদ্রও ছিলেন, কিন্তু তার সূক্ষ্ম শারীরিক ভাষা তার উদ্বেগ প্রকাশ করেছিল। তার হাত সামান্য কাঁপছিল, তার দৃষ্টি ঘরের চারপাশে ঘুরছিল, এবং সে বারবার তার মুখ স্পর্শ করেছিল, অন্তর্নিহিত উত্তেজনা প্রকাশ করে। মারা রিড কৌশলের একটি ভিন্নতা ব্যবহার করেছিলেন, সূক্ষ্মভাবে তার স্বর পরিবর্তন করেছিলেন, তার ভঙ্গি এবং চোখের যোগাযোগ পরিবর্তন করেছিলেন, অসঙ্গতিগুলি অনুসন্ধান করেছিলেন এবং তার প্রতিক্রিয়াগুলি পর্যবেক্ষণ করেছিলেন। এই চাপের মধ্যে রাইসের সাবধানে তৈরি ধৈর্য ভেঙে পড়তে শুরু করেছিল।

তার প্রাথমিক গল্পটি ভেঙে গেল। বাড়িতে কাটানো সময়টি হঠাৎ করেই অস্পষ্ট হয়ে গেল। সে স্বীকার করল যে সে সন্ধ্যায় হাঁটতে গিয়েছিল, কিন্তু ঠিক কোন পথে বা কতক্ষণ হাঁটতে হয়েছিল তা মনে করতে পারল না। সে

দাবি করল যে সে থর্নের ল্যাবের কাছে ছিল না, কিন্তু থামল, হঠাৎ তার চোখ বিস্ফোরিত হয়ে গেল, যখন মারা ফেলে দেওয়া পাইপেটের কথা বলল। রক্ত ব্যাখ্যা করা অসম্ভব ছিল, সে জোর দিয়ে বলল, তবুও তার ব্যাখ্যা ক্রমশ অসঙ্গত এবং অবিশ্বাস্য হয়ে উঠল।

মারা রাইসের গবেষণার আরও গভীরে প্রবেশ করেন, পেশাদার ঈর্ষার বাইরেও কোনও সম্ভাব্য উদ্দেশ্য খুঁজে বের করার চেষ্টা করেন। তিনি রাইসের জমা দেওয়া অনুদানের আবেদনের একটি সিরিজ আবিষ্কার করেন, যা থর্নের প্রজেক্ট কাইমেরার কিছু দিককে প্রতিফলিত করে কিন্তু ধারাবাহিকভাবে প্রত্যাখ্যাত হয়। প্রত্যাখ্যানের চিঠিগুলিতে সূক্ষ্ম সমালোচনা ছিল, রাইসের প্রস্তাবিত গবেষণার মৌলিকত্ব এবং সম্ভাব্যতা নিয়ে প্রশ্ন তুলেছিল, পরোক্ষভাবে থর্নের কাজকে উন্নত বলে ইঙ্গিত দিয়েছিল। মারা অনুমান করেছিলেন যে, এটি রাইসের বিরক্তি আরও বাড়িয়ে তুলতে পারে। প্রত্যাখ্যাত আবেদনগুলি কেবল বৈজ্ঞানিক প্রতিদ্বন্দ্বিতার বিষয় ছিল না; এগুলি একটি পেশাদার বিপর্যয়ের প্রতিনিধিত্ব করে যা তার অযোগ্যতা এবং অবিচারের অনুভূতিকে আরও বাড়িয়ে তোলে। আর্থিক প্রভাবও কার্যকর হয়েছিল; প্রত্যাখ্যানের অর্থ হল রাইস উল্লেখযোগ্য গবেষণা তহবিল থেকে বঞ্চিত হন, থর্নের প্রতি তার বিরক্তির অনুভূতি আরও বাড়িয়ে তোলে।

মারা রাইসের গভীর রাতের ইন্টারনেট কার্যকলাপের প্রমাণও খুঁজে পান, তার অনুসন্ধানের ইতিহাস অনুসন্ধান করে জিন-সম্পাদনা কৌশল সম্পর্কে বিস্তারিত অসংখ্য নিবন্ধ প্রকাশ করেন, বিশেষ করে প্রজেক্ট কাইমেরা

সম্পর্কিত। তিনি থর্নের কাজ নিয়ে গভীরভাবে গবেষণা করছিলেন, এমনকি তাদের সহযোগিতার তিক্ত সমাপ্তির পরেও, কেবল পেশাদার কৌতূহলের বাইরেও। তার গবেষণার তীব্রতা এবং মনোযোগ প্রকল্পের প্রযুক্তিগত দিকগুলিতে প্রসারিত হয়েছিল, থর্নের পরীক্ষায় ব্যবহৃত নির্দিষ্ট জেনেটিক সিকোয়েন্স এবং অ্যালগরিদমিক প্রক্রিয়াগুলি অন্বেষণ করে। এটি কেবল ফলাফল নয়, থর্নের সাফল্যের পিছনের পদ্ধতিটি বোঝার ইচ্ছা প্রকাশ করেছিল।

ক্রমবর্ধমান প্রমাণ সত্ত্বেও, মারা সতর্ক ছিলেন। তিনি অন্য সন্দেহভাজনের সম্ভাবনা সম্পূর্ণরূপে উড়িয়ে দেননি; কোনও ছায়া সংগঠন বা এমনকি থর্নের আন্তর্জাতিক সহযোগীদের মধ্যে কেউ এখনও আসল খুনি হতে পারে। তবে, রাইস ছিলেন সবচেয়ে স্পষ্ট, তাৎক্ষণিক সন্দেহভাজন। তার আচরণ, তার চাপা আপত্তি, অপরাধস্থলের সাথে তাকে যুক্ত করার ফরেনসিক প্রমাণ - সবকিছুই তার দোষের দিকে ইঙ্গিত করেছিল। তবুও, কিছু ঠিকঠাকভাবে যোগ হয়নি। তার সূক্ষ্ম স্বভাব এবং থর্নের সাথে তার অতীত সহযোগিতা থর্নকে যে নৃশংস, অসম্পূর্ণভাবে হত্যা করা হয়েছিল তার সাথে অসঙ্গতিপূর্ণ ছিল।

এই কাজটি অত্যন্ত নৃশংস ছিল, অত্যন্ত নিষ্ঠুর ছিল, অত্যন্ত অনিয়ন্ত্রিত ছিল, অত্যন্ত সতর্কতার সাথে সংগঠিত রাইসের জন্য। হত্যাকাণ্ডের দৃশ্যে এমন নির্ভুলতার অভাব ছিল যা তার বৈজ্ঞানিক পটভূমির কারও কাছ থেকে আশা করা যেতে পারে। খুনি অনেক

প্রমাণ রেখে গিয়েছিল। একজন অভিজ্ঞ পেশাদার তাদের পরিষ্কার-পরিচ্ছন্নতার ক্ষেত্রে আরও পুঙ্খানুপুঙ্খ, আরও সতর্কতার সাথে কাজ করতেন। এটি ইঙ্গিত দেয় যে রাইসের পরিচিত ব্যক্তিত্বের সাথে এক ধরণের আবেগপ্রবণতা ছিল।

মারা রাইসের মানসিক অবস্থার উপর আলোকপাত করে ভিন্ন দৃষ্টিকোণ থেকে তার সাথে যোগাযোগ করার সিদ্ধান্ত নেন। বিশ্ববিদ্যালয়ের কাউন্সেলিং পরিষেবাগুলির সাথে পূর্ববর্তী কথোপকথন থেকে সংকলিত রাইসের মনস্তাত্ত্বিক প্রোফাইল তার কাছে ছিল। এতে তার উদ্বেগ এবং চাপা রাগের ইতিহাস প্রকাশিত হয়েছিল, যা জিজ্ঞাসাবাদের সময় তার প্রদর্শিত আচরণের সাথে সামঞ্জস্যপূর্ণ ছিল। মারা তার বিরুদ্ধে এটিকে কাজে লাগানোর সিদ্ধান্ত নেন।

পরবর্তী জিজ্ঞাসাবাদের সময়, মারা তার কৌশল পরিবর্তন করেন। তিনি সরাসরি তাকে দোষারোপ করেননি, বরং রাইসের অযোগ্যতা এবং ব্যর্থতার অনুভূতির উপর মনোনিবেশ করেছিলেন। তিনি সূক্ষ্মভাবে তার শারীরিক ভাষা প্রতিফলিত করেছিলেন, তার মানসিক দুর্বলতাগুলিকে আলতো করে অনুসন্ধান করার আগে একটি সম্পর্ক তৈরি করেছিলেন। তিনি তার মুখোমুখি হওয়া পেশাদার ব্যর্থতা, প্রত্যাখ্যানের যন্ত্রণা এবং অস্বীকৃত প্রতিভার যন্ত্রণা সম্পর্কে কথা বলেছিলেন। সাবধানে নির্বাচিত তার কথাগুলি তার শান্ত বহিঃপ্রকাশের নীচে থাকা বিরক্তি, ঈর্ষা এবং জ্বলন্ত রাগের সাথে মিশে গিয়েছিল।

এই নতুন পদ্ধতির ফলে এক যুগান্তকারী সাফল্য আসে। রাইস ভেঙে পড়েন, তার সাবধানে তৈরি মুখমণ্ডল কান্নায় ভেঙে পড়ে। তার স্বীকারোক্তিতে ছিল রাগ, অনুশোচনা এবং আত্ম-যৌক্তিকতার মিশ্রণ। তিনি থর্নকে হত্যা করার কথা স্বীকার করেছিলেন, কিন্তু তার বিবরণ খণ্ডিত ছিল, স্পষ্ট কালানুক্রমিক বর্ণনার অভাব ছিল। তার আবেগ তাকে আচ্ছন্ন করে ফেলে, বিবরণ ঝাপসা করে দেয়, তার স্বীকারোক্তির অস্পষ্টতা আরও বাড়িয়ে দেয়।

রিস থর্নের মুখোমুখি হওয়ার কথা স্বীকার করেন, বুদ্ধিবৃত্তিক চুরির অভিযোগ এবং তহবিলের অসঙ্গতি নিয়ে মুহূর্তের উত্তাপে তর্ক শুরু হয়। এই সংঘর্ষ শারীরিক লড়াইয়ে রূপ নেয়, যার পরিণামে রিস থর্নকে মারাত্মকভাবে আঘাত করেন। তিনি দাবি করেন যে এটি পূর্বপরিকল্পিত ছিল না, চাপা হতাশা এবং ক্রোধের আকস্মিক বিস্ফোরণ। তবে, তার স্বীকারোক্তি অসঙ্গতি এবং ফাঁকে ঢাকা ছিল। সাবধানে সংগঠিত রিস কোনও স্তরের পরিশীলিততার সাথে খুনের পরিকল্পনা করতে অক্ষম বলে মনে হয়েছিল।

সাবধানতার সাথে সংগঠিত বিজ্ঞানী এবং আবেগপ্রবণ খুনির মধ্যে পার্থক্য রয়ে গেল। স্বীকারোক্তি সত্ত্বেও, মারা জানতেন যে ধাঁধার কিছু অংশ এখনও অনুপস্থিত। রাইস খুনি হতে পারে, কিন্তু তিনি একা জড়িত নাও হতে পারেন। আরও বড় ষড়যন্ত্রের সম্ভাবনা, পর্দার আড়ালে লুকিয়ে থাকা একটি অন্ধকার ছায়া, এখনও বাতাসে ঝুলছে, থর্নের

কাজ যে জটিল রহস্যের জাল উন্মোচন করেছিল তার একটি ভুতুড়ে স্মারক। তদন্ত এখনও শেষ হয়নি।

থর্নের ল্যাবের ফ্লুরোসেন্ট আলোগুলো গুঞ্জন করছিল, যা হত্যার পরের নীরবতার স্পষ্ট প্রতিফলন। রাসায়নিক এবং অ্যান্টিসেপটিকের সুবাসে ঘন বাতাসে এক শীতল নীরবতা ছিল। মারা, তার তীক্ষ্ণ এবং পর্যবেক্ষক দৃষ্টি, ছড়িয়ে ছিটিয়ে থাকা কাগজপত্র এবং ভাঙা কাচের জিনিসপত্রের মধ্য দিয়ে পদ্ধতিগতভাবে ঘুরে বেড়াচ্ছিল, তার মন ইতিমধ্যেই একটি জটিল ধাঁধার টুকরোগুলিকে একত্রিত করছিল। রাইসের স্বীকারোক্তি একটি গুরুত্বপূর্ণ অংশ প্রদান করেছিল, কিন্তু হত্যার নৃশংস সরলতা রাইসের সূক্ষ্ম প্রকৃতির সিম্ফনিতে একটি অসঙ্গতিপূর্ণ নোট হিসাবে রয়ে গেছে। কিছু একটা অস্বস্তিকর অনুভূত হয়েছিল, একটি বিরক্তিকর অসঙ্গতি যা উপেক্ষা করা উচিত ছিল না।

ফরেনসিক তদন্তের সূক্ষ্ম নির্ভুলতার সাথে অভ্যস্ত তার অভিজ্ঞ হাতগুলি তাদের কাজ শুরু করে। তিনি খুনির সূক্ষ্ম আঙুলের ছাপগুলি অনুসন্ধান করার জন্য প্রতিটি সরঞ্জামের টুকরোটি সাবধানতার সাথে পরীক্ষা করেছিলেন। তিনি সেন্ট্রিফিউজের বিন্যাস, তাদের পালিশ করা পৃষ্ঠগুলি কঠোর ফ্লুরোসেন্ট আলো প্রতিফলিত করে, কোনও দাগ, আঙুলের ছাপ বা এলোমেলো চুল খুঁজে বের করার দিকে মনোনিবেশ করেছিলেন যা অপরাধীর সাথে সংযোগ স্থাপন করতে পারে। প্রতিটি পাইপেট, প্রতিটি বিকার, প্রতিটি টেস্ট টিউব সাবধানতার সাথে পরীক্ষা করা হয়েছিল, রক্ত, টিস্যু বা অন্যান্য জৈবিক পদার্থের কোনও চিহ্নের জন্য এর পৃষ্ঠ বিশ্লেষণ করা হয়েছিল। তার হাতে থাকা উন্নত ফরেনসিক

কৌশলগুলি সুস্পষ্টভাবে - লুমিনল ব্যবহার করে সুপ্ত রক্তের দাগ সনাক্ত করা, পিছনে থাকা কোনও জেনেটিক উপাদান সনাক্ত করার জন্য উন্নত ডিএনএ বিশ্লেষণ এবং রাতের ঘটনাগুলি পুনর্গঠনের জন্য তন্তু এবং অন্যান্য ট্রেস প্রমাণের মাইক্রোস্কোপিক পরীক্ষা করা হয়েছিল।

প্রাথমিক অনুসন্ধানে তেমন কিছু পাওয়া যায়নি যা তাৎক্ষণিকভাবে চূড়ান্ত বলে প্রমাণিত হয়েছিল। হত্যাকাণ্ডের বিশৃঙ্খলা সত্ত্বেও, ল্যাবটি অসাধারণভাবে পরিষ্কার দেখাচ্ছিল, যা হত্যাকারীর তাদের উপস্থিতির যেকোনো প্রমাণ মুছে ফেলার প্রচেষ্টার প্রমাণ। এটি তার প্রাথমিক সন্দেহকে আরও দৃঢ় করে তোলে - হত্যাকাণ্ডটি যদিও নৃশংস ছিল, তবুও ছিল আশ্চর্যজনকভাবে অপ্রচলিত, রাইসের সূক্ষ্ম প্রকৃতির সম্পূর্ণ বিপরীত। তার পরিষ্কার-পরিচ্ছন্নতার প্রচেষ্টা, যদিও পুঙ্খানুপুঙ্খ, নিখুঁত ছিল না, তাড়াহুড়ো এবং কার্যকরভাবে প্রমাণ নিষ্পত্তি করার অভিজ্ঞতার অভাবকে নির্দেশ করে।

তার মনোযোগ থর্নের কম্পিউটারের দিকে চলে গেল, একটি মসৃণ, উচ্চ ক্ষমতাসম্পন্ন মেশিন যা একটি এলোমেলো ডেস্কের উপর রাখা ছিল। এটি নিরাপদে লক করা ছিল, কিন্তু মারা তার দলের সাহায্যে দ্রুত পাসওয়ার্ড সুরক্ষা এড়িয়ে যায়। তবে হার্ড ড্রাইভটি অদ্ভুতভাবে খালি ছিল, এর বিষয়বস্তু পরিষ্কার করা হয়েছিল, যা ইঙ্গিত দেয় যে কোনও অপরাধমূলক তথ্য ধ্বংস করার জন্য ইচ্ছাকৃত প্রচেষ্টা করা হয়েছিল। হত্যাকারী ফরেনসিক তদন্তের প্রত্যাশা করেছিল, যা আক্রমণের আপাত

আবেগপ্রবণতার সাথে সাংঘর্ষিক পরিকল্পনার স্তরের ইঙ্গিত দেয়।

কিন্তু তারপর, তার দৃষ্টি পড়ল একটি ছোট, প্রায় তুচ্ছ বিশদের উপর। কাগজপত্রের স্তূপের নীচে, যা প্রায় জঞ্জালের আড়ালে লুকিয়ে ছিল, একটি ছোট, অচিহ্নিত ডেটা ড্রাইভ। এটি সহজেই উপেক্ষা করা হয়েছিল, বিশৃঙ্খলার মধ্যে লুকিয়ে ছিল, যা থর্নের সম্ভবত অগোছালো প্রকৃতির প্রমাণ। এটি কোনও সাধারণ ড্রাইভ ছিল না; এটি ছোট, আরও বিচক্ষণ ছিল, যা ইঙ্গিত দেয় যে এতে সংবেদনশীল, সম্ভবত এনক্রিপ্ট করা ফাইলগুলি রাখা ছিল।

ড্রাইভটি সাবধানে সরিয়ে একটি ফরেনসিক ব্যাগে ভরে বিশ্লেষণের জন্য একটি নিরাপদ পরীক্ষাগারে নিয়ে যাওয়া হয়েছিল। এনক্রিপশনটি ছিল অত্যাধুনিক, কিন্তু মারা জানতেন যে তার দলের এটি ভাঙার দক্ষতা রয়েছে। প্রত্যাশা স্পষ্ট ছিল; ড্রাইভের বিষয়বস্তুতে থর্নের হত্যার রহস্য উন্মোচনের এবং সম্ভাব্যভাবে আরও বৃহত্তর ষড়যন্ত্র প্রকাশের চাবিকাঠি থাকতে পারে।

ফরেনসিক দল তথ্য ডিক্রিপ্ট করার জন্য অক্লান্ত পরিশ্রম করার সাথে সাথে দিনগুলি সপ্তাহে পরিণত হয়েছিল। এনক্রিপ্ট করা ফাইলগুলি ছিল টেক্সট ফাইল, ছবি এবং অডিও রেকর্ডিংয়ের একটি জটিল মোজাইক। এর মধ্যে ছিল অত্যন্ত গোপন ইমেলের একটি সিরিজ যেখানে থর্নের ছায়াময় সংস্থা এবং ধনী ব্যক্তিদের সাথে

যোগাযোগের বিবরণ ছিল যাদের নাম মুছে ফেলা হয়েছিল, তাদের পরিচয় বিস্তৃত ছদ্মনামের আড়ালে লুকিয়ে রাখা হয়েছিল। ইমেলগুলিতে তহবিলের উৎস, সহযোগিতা এবং প্রকল্পগুলির ইঙ্গিত দেওয়া হয়েছিল যা মারার প্রত্যাশার চেয়ে অনেক বেশি গোপন এবং সুদূরপ্রসারী।

এনক্রিপ্ট করা ফাইলগুলির মধ্যে, তারা "প্রজেক্ট কাইমেরা ⍰ ফেজ ২" নামে একটি লুকানো ফোল্ডার আবিষ্কার করে। এই ফোল্ডারে বিস্তারিত গবেষণা নোট, পরীক্ষামূলক তথ্য এবং জেনেটিক ম্যানিপুলেশন সম্পর্কিত সিমুলেশন ছিল যা জনসাধারণের কাছে পরিচিত যেকোনো কিছুর চেয়ে অনেক বেশি উন্নত এবং সম্ভাব্য বিপজ্জনক ছিল। পরীক্ষাগুলি বিশ্ববিদ্যালয়ের নীতিশাস্ত্র বোর্ড কর্তৃক অনুমোদিত যেকোনো কিছুর চেয়ে অনেক বেশি ছিল। গবেষণার পরিধি এবং স্কেল সাধারণ বৈজ্ঞানিক কৌতূহলের বাইরে গিয়েছিল এবং একটি সাহসী, সম্ভাব্য বিপজ্জনক পরীক্ষার ক্ষেত্রে পৌঁছেছিল যা নীতিগত এবং নৈতিক সীমানা অতিক্রম করার হুমকি দিয়েছিল।

সিমুলেশনগুলি অসাধারণ ক্ষমতা সম্পন্ন জিনগতভাবে পরিবর্তিত জীব তৈরির সম্ভাবনা দেখিয়েছিল, যা মানুষ এবং যন্ত্রের মধ্যে সীমানা ঝাপসা করে দিয়েছিল। কিছু ফাইল "বর্ধিত মানব ক্ষমতা," "জৈবিক অস্ত্র" এবং "জেনেটিক অমরত্ব" উল্লেখ করেছিল। থর্নের গবেষণা, এটি স্পষ্ট হয়ে ওঠে যে, তার নিজস্ব জীবন ছিল, সম্ভাব্য ধ্বংসাত্মক প্রভাব সহ অঞ্চলগুলিতে অভিযান

চালিয়েছিল। দেখা গেল যে, তার কাজটি তার প্রাথমিক ধারণার চেয়ে অনেক বেশি বিপজ্জনক ছিল, গোপন প্রকল্প এবং ব্যক্তিদের একটি জটিল নেটওয়ার্ককে ঘিরে, যা সমস্ত গোপনীয়তায় আবৃত ছিল।

প্রযুক্তিগত তথ্যের মাঝে, কয়েকটি অডিও ফাইল মারার দৃষ্টি আকর্ষণ করে। একটি ছিল থর্ন এবং একটি অজ্ঞাত পুরুষ কণ্ঠের মধ্যে উত্তপ্ত তর্ক, তাদের কথাবার্তা বিশ্বাসঘাতকতা এবং চুরির অভিযোগের সাথে মিশে ছিল। মারা কণ্ঠস্বরটিকে জুলিয়ান রাইসের বলে শনাক্ত করে। আরেকটি রেকর্ডিংয়ে থর্নের একাকী কণ্ঠস্বর ধরা পড়ে, তিনি প্রায় ফিসফিসিয়ে কথা বলছিলেন, সম্ভাব্য হুমকি এবং বিশ্বাসঘাতকতার সন্দেহ সম্পর্কে ভয় এবং উদ্বেগ প্রকাশ করেছিলেন। শব্দগুলি গভীর প্যারানোয়া, প্রকাশের ভয় এবং তার গবেষণার প্রভাবের ইঙ্গিত দেয়।

অডিও রেকর্ডিংগুলি থর্ন এবং রাইসের মধ্যে তীব্র প্রতিদ্বন্দ্বিতা নিশ্চিত করেছে, তবে তারা আরও গভীর, আরও ভয়ঙ্কর উপাদানও প্রকাশ করেছে। থর্নের ভয় ইঙ্গিত দিয়েছিল যে অন্য কেউ তার কাজের সাথে জড়িত থাকতে পারে, এমন কেউ হতে পারে যার সাথে সে বিশ্বাসঘাতকতা করেছে, অথবা এমন কেউ হতে পারে যে বিপজ্জনক হতে পারে। তদন্তে জটিলতার একটি নতুন স্তর যুক্ত হয়েছিল, যা পেশাদার ঈর্ষার দ্বারা পরিচালিত একটি সাধারণ হত্যার বাইরেও একটি ষড়যন্ত্রকে বোঝায়।

আরও বিশ্লেষণে ছবিগুলির মধ্যে লুকানো একাধিক কোডেড বার্তা প্রকাশিত হয়েছে। এই বার্তাগুলি, একবার পাঠোদ্ধার করার পরে, আন্তর্জাতিক সহযোগীদের একটি নেটওয়ার্ককে নির্দেশ করে যারা থর্নের গবেষণায় স্বার্থপর ছিল, এমন ব্যক্তিরা যারা তাদের বিনিয়োগ রক্ষা করতে এবং তাদের গোপনীয়তা রক্ষা করতে অনেক কিছু করতে ইচ্ছুক ছিল। এই ব্যক্তিরা বিশ্ববিদ্যালয় বা স্থানীয় এখতিয়ারের নাগালের বাইরে ছিল; তাদের ক্ষমতা এবং প্রভাব প্রাথমিকভাবে উপলব্ধি করার চেয়ে অনেক বেশি বিস্তৃত ছিল।

তথ্য সংগ্রহের মাধ্যমে প্রচুর প্রমাণ পাওয়া গিয়েছিল, কিন্তু তথ্য এত জটিল এবং সুদূরপ্রসারী ছিল যে উত্তর দেওয়ার চেয়ে আরও বেশি প্রশ্ন উত্থাপন করেছিল। রাইসের স্বীকারোক্তি আর সহজ হয়ে ওঠেনি; তার কর্মকাণ্ড কোনও বৃহত্তর চক্রান্তের অংশ হতে পারত, কোনও একক আবেগপ্রবণ সহিংসতার কাজ নয়। তিনি কি কোনও বৃহত্তর খেলার একজন ঘুঁদা ছিলেন, যাকে আরও শক্তিশালী খেলোয়াড়রা অনিচ্ছাকৃতভাবে ব্যবহার করেছিলেন? একটি বৃহত্তর ষড়যন্ত্রের সম্ভাবনা, একটি ছায়া সংগঠন যা পটভূমি থেকে ঘটনাগুলিকে চালিত করে, তা অনেক বেশি বাস্তবে পরিণত হয়েছিল।

তদন্ত, শেষ হওয়ার তো দূরের কথা, সবেমাত্র শুরু হয়েছিল। তথ্য সংগ্রহের এই আবিষ্কার এক প্যান্ডোরার বাক্স খুলে দিয়েছিল, যেখানে গোপন প্রকল্প, ছায়াচ্ছন্ন সংগঠন এবং আন্তর্জাতিক ষড়যন্ত্রের জগৎ উন্মোচিত হয়েছিল। মারা নিজেকে প্রতারণার ঘূর্ণিতে ডুবে থাকতে

দেখেছিলেন, তার প্রতিটি পদক্ষেপ সাবধানে গণনা করা হয়েছিল, তার প্রতিটি পদক্ষেপ সম্ভাব্য বিপদে ভরা ছিল। মামলাটি, যা একসময় একটি সাধারণ খুনের তদন্ত ছিল, মিথ্যা, বিশ্বাসঘাতকতা এবং বৈজ্ঞানিক উচ্চাকাঙ্ক্ষার একটি জটিল জালে রূপান্তরিত হয়েছিল। তিনি জানতেন, সত্য তথ্যের গোলকধাঁধায় কোথাও লুকিয়ে ছিল, এনক্রিপশন এবং অস্পষ্টতার স্তরের আড়ালে। ল্যাবের ছায়া ছিল হিমশৈলের চূড়া মাত্র; আরও অন্ধকার, আরও ভয়ঙ্কর শক্তি পৃষ্ঠের নীচে লুকিয়ে ছিল, উন্মোচিত হওয়ার অপেক্ষায়।

দ্বিতীয় অধ্যায়: গোপন কথা এবং মিথ্যাচার

ক্রিপ্টোগ্রাফি, ডেটা পুনরুদ্ধার এবং ডিজিটাল ফরেনসিকের বিশেষজ্ঞদের একটি দল, ফরেনসিক দল, তাদের মনিটরের উপর ঝুঁকে পড়েছিল, পর্দার অলৌকিক আলোয় তাদের মুখ উজ্জ্বল ছিল। থর্নের ডেটা সুরক্ষিত এনক্রিপশনের জটিল স্তরগুলি উন্মোচন করার জন্য তারা কঠোর পরিশ্রমের সাথে কাজ করার সময় দিনগুলি রাতের দিকে প্রবাহিত হয়েছিল। ল্যাবের বাতাস ঘনত্বের মৃদু গুঞ্জনে গুঞ্জনিত হয়েছিল, কেবল কীবোর্ডের ছন্দময় ক্লিক-ক্ল্যাক এবং মাঝে মাঝে হতাশাজনক দীর্ঘশ্বাসে ভেঙে পড়েছিল। চাপ ছিল অপরিসীম; ড্রাইভের মধ্যে লুকিয়ে থাকা গোপনীয়তাগুলি বিশাল আকারের ষড়যন্ত্র প্রকাশ করতে পারে, যার মধ্যে উল্লেখযোগ্য প্রভাবশালী এবং সম্পদযুক্ত ব্যক্তিদের জড়িত থাকতে পারে।

এনক্রিপশনটি ছিল একটি জটিল বহু-স্তরীয় সিস্টেম, একটি ডিজিটাল দুর্গ যা অনুপ্রবেশের সবচেয়ে

পরিশীলিত প্রচেষ্টাকেও প্রতিরোধ করার জন্য ডিজাইন করা হয়েছিল। এটা স্পষ্ট ছিল যে থর্ন তার কাজ আবিষ্কারের সম্ভাবনা আগে থেকেই অনুমান করেছিলেন এবং তার গোপনীয়তা রক্ষা করার জন্য যথেষ্ট ব্যবস্থা গ্রহণ করেছিলেন। দলটি নৃশংসভাবে ক্র্যাকিং, অত্যাধুনিক অ্যালগরিদম এবং উন্নত ডিক্রিপশন কৌশলের সংমিশ্রণ ব্যবহার করেছিল, ধীরে ধীরে প্রতিরক্ষামূলক স্তরগুলি ভেঙে ফেলছিল। ধীরে ধীরে, কঠোর পরিশ্রমের সাথে, ডিজিটাল দুর্গটি ভেঙে পড়তে শুরু করেছিল।

এনক্রিপশনটি আসার সাথে সাথে, তাদের স্ক্রিনে তথ্যের এক ঝলক ভেসে গেল। ডিক্রিপ্ট করা প্রথম ফাইলগুলি ছিল আর্থিক রেকর্ড, অফশোর অ্যাকাউন্ট, শেল কর্পোরেশন এবং কোডেড পেমেন্টের সাথে জড়িত লেনদেনের এক চমকপ্রদ বিন্যাস। আর্থিক কার্যকলাপের নিছক স্কেলটি আশ্চর্যজনক ছিল, যা থর্নের গবেষণায় অবদানকারী ব্যক্তি এবং সংস্থার একটি বিশাল নেটওয়ার্কের ইঙ্গিত দেয়। পরিমাণগুলি ছিল বিস্ময়কর, বৈধ একাডেমিক চ্যানেলের মাধ্যমে সাধারণত উপলব্ধ সম্পদের চেয়ে অনেক বেশি। মারার অভিজ্ঞ চোখ দ্রুত অর্থ পাচার এবং অবৈধ তহবিলের চলাচলের ইঙ্গিত দেয় এমন ধরণগুলি সনাক্ত করে।

আর্থিক অনুসন্ধানের পর, দলটি আপাতদৃষ্টিতে নিরীহ ফাইলের মধ্যে লুকানো এনক্রিপ্ট করা যোগাযোগের একটি সিরিজ আবিষ্কার করে। এই বার্তাগুলি, একবার পাঠোদ্ধার করার পরে, একাধিক মহাদেশে বিস্তৃত

সহযোগীদের একটি নেটওয়ার্ক প্রকাশ করে। জড়িত ব্যক্তিরা কেবল বিজ্ঞানী ছিলেন না; তাদের মধ্যে রাজনীতিবিদ, ব্যবসায়ী টাইকুন এবং ছায়াময় সংগঠনের প্রতিনিধিরাও ছিলেন যাদের কার্যক্রম জনসাধারণের দৃষ্টিভঙ্গি থেকে মূলত গোপন ছিল। ব্যবহৃত ছদ্মনামগুলি সাবধানে বেছে নেওয়া হয়েছিল, তাদের আসল পরিচয় গোপন করার জন্য এবং সহজে সনাক্তকরণ রোধ করার জন্য ডিজাইন করা হয়েছিল।

একটি বিশেষ আকর্ষণীয় যোগাযোগে থর্ন এবং একজন বিদেশী সরকারের উচ্চপদস্থ কর্মকর্তার মধ্যে একটি বৈঠকের বিস্তারিত বিবরণ ছিল। "সেরাফ" কোড নাম দিয়ে চিহ্নিত এই কর্মকর্তাকে "প্রজেক্ট কাইমেরা" সম্পর্কে থর্নের গবেষণায় গভীর আগ্রহী বলে বর্ণনা করা হয়েছিল। ইমেলটিতে থর্নের কাজের সম্ভাব্য সামরিক প্রয়োগের ইঙ্গিত দেওয়া হয়েছিল, যা তার পরীক্ষাগুলির নীতিগত এবং নিরাপত্তাগত প্রভাব সম্পর্কে গুরুতর প্রশ্ন উত্থাপন করেছিল। থর্নের গবেষণায় বিদেশী সরকারের গোপনে অর্থায়নের সম্ভাবনা প্রাথমিকভাবে ধারণার চেয়ে অনেক বেশি বিস্তৃত ষড়যন্ত্রের ইঙ্গিত দেয়।

আরও তদন্তে ড্রাইভে থাকা ছবিগুলির মধ্যে লুকানো কোডেড বার্তাগুলির একটি সিরিজ উন্মোচিত হয়। এই বার্তাগুলি ছবিগুলির ডিজিটাল মেটাডেটার মধ্যে এমবেড করা ছিল, যা সাধারণ পর্যবেক্ষকের কাছে অদৃশ্য ছিল। দলটি লুকানো বার্তাগুলি বের করার জন্য অত্যাধুনিক স্টেগানোগ্রাফি কৌশল ব্যবহার করেছিল। ডিকোড করার পরে, তারা গবেষণা উপকরণ পরিবহন, আর্থিক লেনদেন

এবং গোপন বৈঠক সম্পর্কিত নির্দেশাবলী এবং কোডেড যোগাযোগের একটি জটিল জাল উন্মোচন করে। বার্তাগুলি থর্নের কাজকে সমর্থনকারী একটি আন্তর্জাতিক নেটওয়ার্কের অস্তিত্ব নিশ্চিত করে, একটি গোপন জোট যা তাদের কার্যকলাপকে তদন্ত থেকে রক্ষা করার জন্য নিরলসভাবে কাজ করছে।

ডিক্রিপ্ট করা আরও কয়েকটি ফাইল থর্নের ব্যক্তিগত যোগাযোগ প্রকাশ করে, যা তার প্রেরণা এবং ভয়ের এক ঝলক দেখায়। এই বার্তাগুলিতে, থর্ন তার গবেষণার দিকনির্দেশনা এবং তার কাজের প্রভাব সম্পর্কে ক্রমবর্ধমান উদ্বেগ প্রকাশ করেছিলেন। তিনি তার আবিষ্কারের অপব্যবহারের সম্ভাবনা সম্পর্কে উদ্বেগ প্রকাশ করেছিলেন এবং তার গবেষণার জন্য অর্থায়নকারী ছায়াময় ব্যক্তিদের প্রতি তার ক্রমবর্ধমান অস্বস্তি প্রকাশ করেছিলেন। এই ব্যক্তিগত বার্তাগুলি ক্রমবর্ধমান ভৌতিকতা এবং হতাশার অনুভূতি প্রকাশ করেছিল, যা ইঙ্গিত দেয় যে থর্ন তার কাজের সম্ভাব্য বিপদ সম্পর্কে ক্রমবর্ধমানভাবে সচেতন হয়ে উঠেছেন।

এনক্রিপ্ট করা ফাইলগুলিতে "প্রজেক্ট কাইমেরা"-এর বিস্তারিত অগ্রগতি প্রতিবেদনও ছিল, যেখানে প্রাথমিক ধারণা থেকে শুরু করে পরীক্ষামূলক ফলাফল পর্যন্ত গবেষণার বিভিন্ন ধাপের বিস্তারিত বিবরণ ছিল। প্রতিবেদনগুলি প্রকাশ করে যে থর্নের কাজ সাধারণ জেনেটিক পরিবর্তনের চেয়ে অনেক বেশি ছিল। তিনি জীবনের সারাংশকে কাজে লাগানোর চেষ্টা করছিলেন, বৈজ্ঞানিক জ্ঞান এবং নীতিগত বিবেচনার সীমানা

অতিক্রম করে। তার গবেষণার প্রভাব ছিল বিস্ময়কর, সম্ভাব্যভাবে অপ্রত্যাশিত ক্ষমতা এবং অপব্যবহারের সম্ভাবনা সহ জীবনরূপ তৈরির দিকে পরিচালিত করে।

দলের অনুসন্ধানে প্রতারণা এবং কারসাজির এক ভয়াবহ ধরণ প্রকাশ পেয়েছে। জড়িত ব্যক্তিরা প্রতিষ্ঠিত নীতিগত মানদণ্ড এবং আইনি বিচারব্যবস্থার বাইরে কাজ করছিলেন, তাদের কর্মকাণ্ড গোপনীয়তার আড়ালে ঢাকা ছিল। তাদের গবেষণার নৈতিক প্রভাব সম্পর্কে তারা উদ্বিগ্ন বলে মনে হচ্ছিল না, কেবল তাদের নিজস্ব উচ্চাকাঙ্ক্ষী লক্ষ্যের উপর দৃষ্টি নিবদ্ধ রেখেছিল। তাদের কাজের সম্ভাব্য প্রভাব বৈজ্ঞানিক অনুসন্ধানের সীমানা ছাড়িয়ে অনেক দূরে বিস্তৃত ছিল, জৈব-অস্ত্র উন্নয়নের ক্ষেত্রে এবং বিশ্বব্যাপী ভারসাম্যের সম্ভাব্য ব্যাঘাতের ক্ষেত্রেও পৌঁছেছিল।

ডেটা ডিক্রিপশনের কাজ যত এগোচ্ছিল, মারা এবং তার দল সাবধানতার সাথে ধাঁধার খণ্ডিত অংশগুলিকে একত্রিত করতে লাগল। আর্থিক রেকর্ড, এনক্রিপ্ট করা যোগাযোগ এবং ব্যক্তিগত বার্তাগুলি একটি বিশাল, সু-তহবিলযুক্ত ষড়যন্ত্রের একটি বিরক্তিকর চিত্র তুলে ধরেছিল, যার মধ্যে ছায়ায় কর্মরত শক্তিশালী ব্যক্তি এবং সংস্থাগুলি জড়িত ছিল। ষড়যন্ত্রটি বিশ্ববিদ্যালয়ের সীমানা ছাড়িয়ে অনেক দূরে বিস্তৃত হয়েছিল এবং আন্তর্জাতিক শক্তি কাঠামোর সর্বোচ্চ স্তরে পৌঁছেছিল।

ষড়যন্ত্রের গভীরতা ছিল উদ্বেগজনক। গবেষণা, আর্থিক লেনদেন, আন্তর্জাতিক সহযোগিতা - সবকিছুই ইঙ্গিত দেয় যে থর্নের নিকটবর্তী বৃত্তের বাইরেও একটি সুসংগঠিত, দীর্ঘমেয়াদী পরিকল্পনা বিস্তৃত ছিল। এটি এমন ব্যক্তিদের একটি নেটওয়ার্কের ইঙ্গিত দেয় যারা তাদের স্বার্থ রক্ষা এবং গোপনীয়তা বজায় রাখার জন্য চরম সীমা অতিক্রম করতে ইচ্ছুক ছিল। এই ষড়যন্ত্রের প্রকাশ সাধারণ হত্যার তদন্তের উপর দীর্ঘ ছায়া ফেলে। রাইসের কর্মকাণ্ড, যা একসময় সহিংসতার একক ঘটনা হিসেবে দেখা যেত, এখন একটি বৃহত্তর, আরও ভয়ঙ্কর চক্রান্তের একটি ছোট অংশ বলে মনে হচ্ছে।

মারা নিজেকে প্রতারণা এবং বিশ্বাসঘাতকতার এক গোলকধাঁধার মুখোমুখি দেখতে পেলেন, যেখানে সঠিক এবং ভুলের মধ্যে রেখা ঝাপসা হয়ে গেল, এবং জ্ঞানের অন্বেষণ এমন এক অস্ত্রে পরিণত হয়ে গেল যা অকল্পনীয় ক্ষতি করতে সক্ষম। আবিষ্কারের ভার তার উপর চাপিয়ে দিল, ষড়যন্ত্রের বিশালতা ভবিষ্যতের উপর দীর্ঘ, শীতল ছায়া ফেলে দিল। প্রাথমিক হত্যার তদন্তটি আরও বড় কিছুতে রূপান্তরিত হয়েছিল, এমন কিছু যা বিশ্ব ব্যবস্থাকে অস্থিতিশীল করার সম্ভাবনা রাখে। তথ্য কেবল একটি অপরাধ নয়, বরং একটি আসন্ন হুমকি প্রকাশ করেছিল, যা তাৎক্ষণিক এবং সিদ্ধান্তমূলক পদক্ষেপের দাবি করেছিল। তদন্ত, তার পরিণতি থেকে অনেক দূরে, সবেমাত্র শুরু হয়েছিল, এর পরিধি সুদূরপ্রসারী পরিণতি সহ একটি বিশ্বব্যাপী ষড়যন্ত্রে প্রসারিত হয়েছিল। ল্যাবের ছায়াটি আসলে হিমশৈলের চূড়া মাত্র।

ডিক্রিপ্ট করা ইমেলগুলি কেবল থর্নের সহযোগিতার চেয়েও বেশি কিছু প্রকাশ করেছিল; তারা ষড়যন্ত্রের মধ্যে একটি ফাটল প্রকাশ করেছিল। স্বয়ংক্রিয় অ্যানোমালি সনাক্তকরণ ব্যবস্থা দ্বারা বারবার চিহ্নিত একটি সূত্র, ফার্মাকর্পের সিইও ডঃ অ্যালিস্টার ফিঞ্চের দিকে ইঙ্গিত করেছিল, একটি ফার্মাসিউটিক্যাল জায়ান্ট যার ব্যালেন্স শিটের মতোই নীতিগতভাবে নমনীয় খ্যাতি ছিল। থর্নের সাথে ফিঞ্চের যোগাযোগ প্রাথমিকভাবে আন্তরিক ছিল, পেশাদার শব্দভাণ্ডার এবং জিন থেরাপিতে থর্নের গবেষণার সম্ভাব্য প্রয়োগ সম্পর্কে আলোচনায় পরিপূর্ণ ছিল। তবে, সময়ের সাথে সাথে সুর নাটকীয়ভাবে পরিবর্তিত হয়েছিল। উৎসাহী সহযোগিতার সূচনা ক্রমশ তিক্ত অভিযোগ এবং গোপন হুমকিতে রূপান্তরিত হয়েছিল।

উদ্ধারকৃত ইমেল অনুসারে, বিরোধটি বৌদ্ধিক সম্পত্তির অধিকার নিয়ে ছিল। মনে হচ্ছে, থর্ন প্রাথমিকভাবে যথেষ্ট তহবিলের বিনিময়ে ফার্মাকর্পের সাথে তার গবেষণা ভাগ করে নিতে সম্মত হয়েছিলেন। তবে, থর্নের কাজ যত এগিয়েছে এবং "প্রকল্প কাইমেরা" এর প্রভাব স্পষ্ট হয়ে উঠছে, ততই তিনি ফিঞ্চের উদ্দেশ্য সম্পর্কে ক্রমশ সতর্ক হয়ে উঠছেন। তিনি বিশ্বাস করেছিলেন যে ফিঞ্চ গবেষণার সম্ভাব্য চিকিৎসা প্রয়োগের চেয়ে লাভের জন্য ব্যবহার করতে অনেক বেশি আগ্রহী। ইমেলগুলি উত্তপ্ত বাক্যবিনিময় প্রকাশ করে, থর্ন ফিঞ্চকে তার কাজ চুরি করার চেষ্টা করার অভিযোগ করে এবং ফিঞ্চ থর্নের চুক্তি লঙ্ঘনের দাবি এবং আইনি পদক্ষেপের হুমকির বিরুদ্ধে পাল্টা প্রতিক্রিয়া জানায়।

ভাষাটি পেশাদার মতবিরোধ থেকে ব্যক্তিগত আক্রমণে পরিণত হয়েছিল, যা গভীর শত্রুতার ইঙ্গিত দেয়। থর্ন ফিঞ্চকে একজন নির্মম ব্যবসায়ী হিসেবে অভিযুক্ত করেছিলেন যিনি নীতিগত বিবেচনার কোনও তোয়াক্কা করেন না, অন্যদিকে ফিঞ্চ থর্নের বিচক্ষণতা নিয়ে প্রশ্ন তুলেছিলেন এবং পেশাদার ধ্বংসের সম্ভাবনার ইঙ্গিত দিয়েছিলেন। ইমেলগুলিতে দুটি মেধাবী মনের চিত্র ফুটে ওঠে, যারা এক মরিয়া ক্ষমতার লড়াইয়ে আটকে আছে, প্রত্যেকেই তাদের নিজস্ব ধার্মিকতার প্রতি বিশ্বাসী এবং আপস করতে অনিচ্ছুক।

থর্নের মৃত্যুর কয়েক সপ্তাহ আগে গভীর রাতের একের পর এক উন্মত্ত ইমেল আদান-প্রদানের মধ্য দিয়ে এই উত্তেজনাকর দ্বন্দ্ব চরমে ওঠে। থর্নের বার্তাগুলি ক্রমশ মরিয়া হয়ে ওঠে, যা তার নিরাপত্তার জন্য ক্রমবর্ধমান ভয়ের ইঙ্গিত দেয়। তিনি বেনামী হুমকি পাওয়ার কথা উল্লেখ করেন এবং উদ্বেগ প্রকাশ করেন যে ফিঞ্চ তাকে স্থায়ীভাবে চুপ করিয়ে দেওয়ার চেষ্টা করছেন। ফিঞ্চের উত্তরগুলি ছিল সংক্ষিপ্ত এবং খারিজ, আইনগত সতর্কবাণী এবং পাতলা অপমান দ্বারা বিরামচিহ্নিত। মৃত্যুর কয়েক ঘন্টা আগে থর্নের পাঠানো শেষ ইমেলটি ছিল একটি একক, শীতল বাক্য: "সে আমার জন্য আসছে।"

ইমেলগুলি পর্যালোচনা করতে করতে মারার মেরুদণ্ডে একটা ঠান্ডা ভাব নেমে এলো। দ্বন্দ্বের তীব্রতা এবং থর্নের ক্রমবর্ধমান ভীতি ভয় এবং হতাশার এক স্পষ্ট চিত্র তুলে ধরেছিল। ইমেলগুলির সময়, থর্নের মৃত্যুর সাথে মিলিত

হয়ে, ফিঞ্চ এবং হত্যার মধ্যে একটি শক্তিশালী যোগসূত্রের ইঙ্গিত দেয়। বৌদ্ধিক সম্পত্তির অধিকার নিয়ে বিরোধটি যে ষড়যন্ত্রের আরেকটি স্তর যুক্ত করেছিল, যা থর্নকে নির্মূল করার সম্ভাব্য কারণের ইঙ্গিত দেয়। থর্নকে নির্মূল করার জন্য ফিঞ্চ যে কাউকে নিয়োগ করেছিলেন এই সম্ভাবনা একটি শক্তিশালী কার্যকরী অনুমান হয়ে ওঠে।

তদন্তের কেন্দ্রবিন্দু অ্যালিস্টার ফিঞ্চের দিকে চলে যায়। পটভূমি পরীক্ষা করে জানা যায় যে, একজন যথেষ্ট সম্পদ ও প্রভাবশালী ব্যক্তি, যার যোগাযোগের একটি নেটওয়ার্ক ক্ষমতার সর্বোচ্চ স্তর পর্যন্ত পৌঁছেছে। তার কোম্পানি ফার্মাকর্প, তার আক্রমণাত্মক লবিং প্রচেষ্টা এবং সন্দেহজনক নীতিগত অনুশীলনের ইতিহাসের জন্য পরিচিত ছিল। ফিঞ্চের ব্যক্তিগত জীবনও একইভাবে প্রকাশ্য ছিল, যা নির্মমতার এক নমুনা এবং সামাজিক রীতিনীতির প্রতি অবজ্ঞা প্রদর্শন করে। তিনি বেশ কয়েকটি হাই-প্রোফাইল মামলায় জড়িত ছিলেন, যার সবকটিই আক্রমণাত্মক আইনি কৌশল এবং ব্যয়বহুল নিষ্পত্তি দ্বারা চিহ্নিত।

মারার দল ফিঞ্চের আর্থিক রেকর্ড খতিয়ে দেখতে শুরু করে, থর্নের মৃত্যুর সময়কার লেনদেনের উপর দৃষ্টি নিবদ্ধ করে। তারা খুনের কিছুক্ষণ আগে করা একের পর এক বড়, অদৃশ্য নগদ অর্থ উত্তোলনের ঘটনা আবিষ্কার করে, যার পরে বিভিন্ন অফশোর অ্যাকাউন্টে উল্লেখযোগ্য পরিমাণে অর্থ জমা হয়। এই লেনদেনের সময় এবং গোপনীয়তা উল্লেখযোগ্য উদ্বেগের কারণ হয়ে

দাঁড়ায়। যদিও এই পরিমাণ অর্থ ফিঞ্চকে থর্নের হত্যার সাথে সরাসরি জড়িত করেনি, তারা বৈধতার সীমার বাইরে কাজ করার জন্য তার ইচ্ছার বিষয়টি নিশ্চিত করে।

তদন্তে ফিঞ্চের সাথে যুক্ত একটি জটিল ভুয়া কর্পোরেশনের নেটওয়ার্কও উন্মোচিত হয়েছে। কর স্বর্গে নিবন্ধিত এই কোম্পানিগুলিকে বিপুল পরিমাণ অর্থের উৎস এবং গন্তব্যস্থল গোপন করার জন্য ব্যবহার করা হয়েছিল। এই জটিল অর্থ পাচারের পরিকল্পনা সন্দেহ জাগিয়ে তোলে, যা ইঙ্গিত করে যে ফিঞ্চ দীর্ঘদিন ধরে তার আর্থিক কার্যকলাপ গোপন করার সাথে জড়িত ছিলেন। অর্থের সন্ধান তদন্তের একটি গুরুত্বপূর্ণ অংশ হয়ে ওঠে, যা প্রতারণার স্তরগুলি উন্মোচন এবং থর্নের মৃত্যু এবং বৃহত্তর ষড়যন্ত্রে ফিঞ্চের জড়িত থাকার পরিমাণ প্রকাশ করার প্রতিশ্রুতি দেয়।

আরও তদন্তের মাধ্যমে আন্তর্জাতিক রাজনৈতিক ক্ষেত্রের বেশ কয়েকজন গুরুত্বপূর্ণ ব্যক্তির সাথে ফিঞ্চের সংযোগ প্রকাশ পেয়েছে। ফাঁস হওয়া নথি এবং গোপনীয় সূত্রের মাধ্যমে আবিষ্কৃত এই সংযোগগুলি ওষুধ শিল্পের সীমানা ছাড়িয়ে প্রভাব বিস্তার এবং দুর্নীতির একটি নেটওয়ার্কের ইঙ্গিত দেয়। ফিঞ্চ এমন এক শক্তিশালী ব্যক্তিত্বের বৃত্তের মধ্যে কাজ করছিলেন যারা তাদের নিজস্ব ব্যক্তিগত লাভের জন্য নিয়ম ভাঙতে এবং নৈতিক লঙঘন উপেক্ষা করতে ইচ্ছুক ছিলেন। থর্নের গবেষণার সাথে যুক্ত ব্যক্তিদের সাথে এই নেটওয়ার্কটি আন্তঃসংযুক্ত সম্পর্কের একটি জাল তৈরি করেছিল, যা একটি গভীর, আরও বিস্তৃত ষড়যন্ত্রের ইঙ্গিত দেয়।

ফিঞ্চের উপর নজরদারি দলের নজরদারি গোপন বৈঠক এবং গোপন ফোন কলের একটি ধরণ প্রকাশ করে। তাকে ধারাবাহিকভাবে পাহারা দেওয়া হত, এনক্রিপ্ট করা যোগাযোগ চ্যানেল ব্যবহার করা হত এবং নির্জন স্থানে দেখা হত। তার আচরণ থেকে বোঝা যায় যে একজন ব্যক্তি গভীরভাবে সচেতন ছিলেন যে তিনি তদন্তের অধীনে আছেন, যা এই সন্দেহকে আরও দৃঢ় করে তোলে যে তার কাছে কিছু লুকানোর আছে। তদন্তটি বিড়াল এবং ইঁদুরের একটি উচ্চ-ঝুঁকিপূর্ণ খেলার মতো হতে শুরু করে, মারা এবং তার দল ধৈর্য ধরে ফিঞ্চের প্রতিটি পদক্ষেপ অনুসরণ করে, সাবধানতার সাথে প্রমাণ একত্রিত করে একটি জোরালো মামলা তৈরি করে।

ফিঞ্চের চারপাশে যখন জাল শক্ত হতে থাকে, তখন তিনি আইনি কৌশলের ঝাঁকুনি দিয়ে প্রতিক্রিয়া জানান, তদন্তের প্রতিটি দিককে চ্যালেঞ্জ করার জন্য উচ্চ-ক্ষমতাসম্পন্ন আইনজীবীদের একটি দল নিয়োগ করেন। তিনি থর্নের মৃত্যুর সাথে কোনও জড়িত থাকার কথা অস্বীকার করেন, দাবি করেন যে তাদের বিরোধ সম্পূর্ণরূপে পেশাদার এবং থর্নের ক্ষতি করার কোনও উদ্দেশ্য তার ছিল না। যাইহোক, প্রমাণ, যদিও পরিস্থিতিগত, তার বিরুদ্ধে একটি জঘন্য মামলা তৈরি করতে শুরু করে। আর্থিক অনিয়ম, গোপন বৈঠক, গোপন যোগাযোগ - সবকিছুই এমন একজন ব্যক্তির দিকে ইঙ্গিত করে যার একটি অন্ধকার গোপন রহস্য রয়েছে এবং থর্নকে চুপ করিয়ে দেওয়ার একটি শক্তিশালী উদ্দেশ্য রয়েছে।

মারা জানতেন যে ফিঞ্চের অপরাধ প্রমাণ করা একটি চ্যালেঞ্জ হবে। তিনি ছিলেন একজন দক্ষ কৌশলী, গোপনে কাজ করতে অভ্যস্ত এবং সম্পদ ও প্রভাবের জাল দ্বারা সুরক্ষিত। কিন্তু তিনিও সমানভাবে দৃঢ়প্রতিজ্ঞ ছিলেন, ন্যায়বিচারের প্রতি তার অঙ্গীকার এবং সত্যের প্রতি তার অটল বিশ্বাস দ্বারা উদ্দীপ্ত। সামনের লড়াইটি হবে এক কঠিন লড়াই, আপাতদৃষ্টিতে সীমাহীন সম্পদ এবং দক্ষ আইনজীবীদের একটি দল সহ প্রতিপক্ষের বিরুদ্ধে লড়াই। কিন্তু মারা, তার কর্মজীবনে এই ধরণের অনেক চ্যালেঞ্জ মোকাবেলা করার পর, লড়াই করার জন্য প্রস্তুত ছিলেন। তিনি জানতেন যে ফিঞ্চের আপাতদৃষ্টিতে দুর্ভেদ্য প্রতিরক্ষা কেবল একটি মুখোশ, সত্য থেকে মনোযোগ সরিয়ে নেওয়ার জন্য সাবধানে তৈরি একটি বিভ্রম। এবং তিনি এটিকে টুকরো টুকরো করে ভেঙে ফেলার জন্য দৃঢ়প্রতিজ্ঞ ছিলেন। খেলা শুরু হয়ে গিয়েছিল, এবং মারা খেলতে প্রস্তুত ছিল। তদন্তের ভার, সম্ভাব্য ঝুঁকির মুখে থাকা জীবন এবং ষড়যন্ত্রের বিশালতা তার দৃঢ় সংকল্পকে আরও বাড়িয়ে তুলেছিল। সত্যের সন্ধান একটি গুরুত্বপূর্ণ মোড় নিয়ে এসেছিল, এবং মারা জানতেন যে কেবল থর্নের চেয়ে আরও অনেকের ভাগ্য ভারসাম্যের মধ্যে ঝুলে ছিল।

অ্যালিস্টার ফিঞ্চের দিকে যাওয়ার পথটি কোনও সরলরেখা ছিল না; এটি ছিল সরকারি আমলাতন্ত্রের জটিল সুতোর মধ্য দিয়ে বোনা একটি গোলকধাঁধা। দোষী প্রমাণের পাহাড়ে সজ্জিত মারার দলটি নিজেদেরকে একটি অপ্রত্যাশিত শত্রুর মুখোমুখি হতে দেখে: জাতীয় স্বাস্থ্য ইনস্টিটিউট (এনআইএইচ), বিশেষ করে এর উচ্চ

পর্যায়ের একটি নির্বাচিত দল। সহযোগিতার জন্য তাদের প্রাথমিক অনুরোধগুলি পাথর ছোঁড়া, বিলম্ব এবং স্বচ্ছতার হতাশাজনক অভাবের মুখোমুখি হয়েছিল। ইমেলগুলি উত্তর দেওয়া হয়নি, ফোন কল উপেক্ষা করা হয়েছিল এবং তথ্যের জন্য অনুরোধগুলি আইনি আপত্তি এবং আমলাতান্ত্রিক লাল ফিতার সাথে পূরণ করা হয়েছিল।

দ্রুতই এটা স্পষ্ট হয়ে গেল যে -এর মধ্যে কিছু ব্যক্তি সক্রিয়ভাবে তদন্তে বাধা দেওয়ার চেষ্টা করছে। মারা সন্দেহ করেছিলেন যে তারা হয় ষড়যন্ত্রে জড়িত, নয়তো ফিঞ্চ এবং তার সহযোগীদের দ্বারা তৈরি প্রতারণার জালে গভীরভাবে জড়িয়ে পড়েছে। বৈজ্ঞানিক অগ্রগতি এবং জনস্বাস্থ্যের জন্য নিবেদিতপ্রাণ একটি সরকারি সংস্থার কাছ থেকে তিনি যে সহযোগিতামূলক মনোভাব আশা করেছিলেন, এটি তার থেকে অনেক দূরে ছিল। প্রতিরোধটি ছিল গণনা করা, প্রতারণামূলক এবং গভীরভাবে উদ্বেগজনক।

প্রথম বাধা ছিল থর্নের গবেষণা অনুদান এবং তহবিলের রেকর্ড অ্যাক্সেস করা। প্রাথমিক কাগজপত্রে স্ট্যান্ডার্ড তহবিলের পরামর্শ দেওয়া হলেও, আরও গভীরভাবে অনুসন্ধান করলে দেখা যায় যে বেশ কয়েকটি অস্বাভাবিক লেনদেন, ছোট ছোট অর্থ ভুয়া কর্পোরেশন এবং অস্বচ্ছ অ্যাকাউন্টের মাধ্যমে স্থানান্তরিত হয়েছিল। এগুলি কোনও সরকারি অর্থায়নে পরিচালিত গবেষণা প্রতিষ্ঠান থেকে প্রত্যাশিত সাধারণ সতর্কতামূলক অ্যাকাউন্টিং পদ্ধতি ছিল না। কাগজপত্রের ট্রেইল ইচ্ছাকৃতভাবে গোপন করা হয়েছিল, যেন কেউ

ইচ্ছাকৃতভাবে থর্নের তহবিলের আসল উৎস গোপন করার চেষ্টা করেছে।

এর ফলে মারা ডক্টর এভলিন রিডের কাছে যান, যিনি থর্নের অনুদান তত্ত্বাবধানকারী এনআইএইচ বিভাগের প্রধান ছিলেন। ডক্টর রিড, যিনি তার অনবদ্য খ্যাতি এবং বৈজ্ঞানিক সততার প্রতি অটল প্রতিশ্রুতির জন্য পরিচিত ছিলেন, তিনি আশ্চর্যজনকভাবে এড়িয়ে যেতেন। প্রাথমিকভাবে সহযোগিতামূলক, দলটি আর্থিক অনিয়ম সম্পর্কে প্রশ্ন উত্থাপন করার পর তিনি হঠাৎ করে তার আচরণ পরিবর্তন করেন। তার উত্তরগুলি ক্রমশ অস্পষ্ট হয়ে ওঠে, তার ব্যাখ্যাগুলি পরস্পরবিরোধী হয়ে ওঠে এবং তার সহযোগিতা কেবল আনুষ্ঠানিকতায় পরিণত হয়।

থর্নের অনুদান প্রস্তাবের পিয়ার রিভিউ প্রক্রিয়ায় জড়িত ব্যক্তিদের উপর দৃষ্টি নিবদ্ধ করে মারা একটি ভিন্ন পথ অনুসরণ করার সিদ্ধান্ত নেন। এই পর্যালোচকদের মধ্যে বেশ কয়েকজন, জেনেটিক গবেষণা সম্প্রদায়ের বিশিষ্ট ব্যক্তিত্ব, ফার্মাকর্পের সাথে এমনকি ফিঞ্চের সাথেও ঘনিষ্ঠ সম্পর্ক ছিল। তাদের পর্যালোচনা, প্রাথমিকভাবে থর্নের কাজের প্রশংসা করে, তার গবেষণার অগ্রগতির সাথে সাথে "প্রজেক্ট কাইমেরা" রূপ নিতে শুরু করার সাথে সাথে স্বরে সূক্ষ্ম পরিবর্তন প্রকাশ করে। থর্নের মৃত্যুর মাত্র কয়েক মাস আগে সম্পন্ন চূড়ান্ত পর্যালোচনাগুলি ছিল হালকা, এমনকি প্রত্যাখ্যানমূলক, তাদের পূর্বের উৎসাহের বিপরীত।

এটি থর্নের কাজের নিন্দা করার জন্য একটি সমন্বিত প্রচেষ্টার ইঙ্গিত দেয়, যা সম্ভবত তার গবেষণার নিয়ন্ত্রণ দখলের ইচ্ছা দ্বারা অনুপ্রাণিত। এই পর্যালোচকদের উপর দলের তদন্তে স্বার্থের অপ্রকাশিত দ্বন্দ্বের একটি ধরণ উন্মোচিত হয়েছে, যা পিয়ার রিভিউ প্রক্রিয়াকে পক্ষপাতদুষ্ট করার এবং শেষ পর্যন্ত থর্নের যুগান্তকারী গবেষণাকে রোধ করার ইচ্ছাকৃত প্রচেষ্টার ইঙ্গিত দেয়। তবে, এই ফলাফলগুলি থেকে আরও প্রতিরোধের মুখোমুখি হয়েছিল।

মারার দল আইনি চ্যালেঞ্জের মুখোমুখি হয়েছিল, প্রতিটি চ্যালেঞ্জই তদন্তকে বিলম্বিত করতে এবং শেষ পর্যন্ত তা ভেঙে ফেলার জন্য তৈরি করা হয়েছিল। এনআইএইচ-এর আইনি বিভাগের আইনজীবীরা, যারা তাদের আক্রমণাত্মক কৌশলের জন্য বিখ্যাত, গোপনীয়তা চুক্তি এবং জাতীয় নিরাপত্তা উদ্বেগের কথা উল্লেখ করে তথ্য অ্যাক্সেস ব্লক করার জন্য আবেদন করেছিলেন। প্রতিটি বিলম্ব ফিঞ্চ এবং তার সহযোগীদের জন্য মূল্যবান সময় কিনেছিল, যার ফলে তারা তাদের অবস্থান সুসংহত করতে এবং তাদের ট্র্যাকগুলি আড়াল করতে সক্ষম হয়েছিল।

আমলাতান্ত্রিক বাধাগুলি ইচ্ছাকৃত এবং সমন্বিত বলে মনে হয়েছিল। মারা জানতেন যে এগুলি সাধারণ প্রশাসনিক ত্রুটি ছিল না; এটি ছিল বাধা দেওয়ার একটি পরিকল্পিত কৌশল, শক্তিশালী ব্যক্তিদের একটি নেটওয়ার্ককে রক্ষা করার জন্য একটি সাবধানতার সাথে পরিচালিত অভিযান। জনস্বার্থে সেবা করার জন্য নিবেদিতপ্রাণ ,

এখন সক্রিয়ভাবে সেই নীতিগুলির বিরুদ্ধে কাজ করছে যা এটি বজায় রাখার জন্য তৈরি হয়েছিল।

দিনগুলো সপ্তাহে এবং সপ্তাহ থেকে মাসে পরিণত হওয়ার সাথে সাথে দলের হতাশা আরও বেড়ে গেল। তারা অনুরোধের জটিলতাগুলি বুঝতে অগণিত ঘন্টা ব্যয় করেছিল, অবিরাম বিলম্ব এবং আমলাতান্ত্রিক বাধা সহ্য করেছিল। তাদের গোপন প্রতিক্রিয়াগুলি বোঝার জন্য, গুরুত্বপূর্ণ তথ্যের অ্যাক্সেসের জন্য লড়াই করার জন্য এবং তাদের তদন্তকে বাধাগ্রস্ত করার জন্য তৈরি আইনি চ্যালেঞ্জগুলি প্রতিনিয়ত মোকাবেলা করতে হয়েছিল।

চাপ আরও তীব্র হয়ে ওঠে। মারা বেনামী হুমকি, গোপন সতর্কবাণী এবং অপ্রমাণিত অভিযোগ পেয়েছিলেন। তার সহকর্মীরা একই রকম হয়রানির মুখোমুখি হয়েছিলেন, তারা যে বিপদের মধ্যে ছিলেন তার সূক্ষ্ম স্মারক। আমলাতান্ত্রিক প্রতিরোধ ছিল আরও বৃহত্তর সমস্যার একটি স্তর মাত্র; তারা একটি বিশাল এবং শক্তিশালী নেটওয়ার্কের বিরুদ্ধে ছিল যা এর গোপনীয়তা গোপন করার জন্য প্রয়োজনীয় সমস্ত উপায় ব্যবহার করতে ইচ্ছুক।

তবে তাদের অধ্যবসায় ফল দিতে শুরু করে। সূক্ষ্ম গবেষণা এবং তথ্যের নিরলস অনুসন্ধানের মাধ্যমে, তারা ডঃ রিড এবং অ্যালিস্টার ফিঞ্চের মধ্যে একটি ইমেল আদান-প্রদানের বিষয়টি আবিষ্কার করে। ইমেলগুলি, যদিও ব্যাপকভাবে সংশোধিত এবং এনক্রিপ্ট করা

হয়েছিল, তবুও কোডেড বার্তাগুলির একটি সিরিজ প্রকাশ করেছিল যা তাদের সরকারী ভূমিকার সীমা ছাড়িয়ে অনেক দূরে একটি সহযোগিতার ইঙ্গিত দেয়। সুরটি গভীর স্তরের জটিলতা, ঝুঁকি সম্পর্কে একটি ভাগ করা বোঝাপড়া এবং তাদের ট্র্যাকগুলি আড়াল করার জন্য একটি পরিকল্পিত প্রচেষ্টার ইঙ্গিত দেয়।

দলটি অত্যাধুনিক ডিক্রিপশন কৌশল ব্যবহার করে, খণ্ডিত তথ্য একত্রিত করে এবং অন্যান্য ডেটা পয়েন্টের সাথে ক্রস-রেফারেন্স করে। তারা আপাতদৃষ্টিতে ভিন্ন তথ্যের মধ্যে নিদর্শন এবং সংযোগ খুঁজে বের করার জন্য উন্নত ডেটা বিশ্লেষণ ব্যবহার করে, অবশেষে ষড়যন্ত্রের আরও সম্পূর্ণ চিত্র তৈরি করে। এই শ্রমসাধ্য কাজটি -এর মধ্যে মূল খেলোয়াড়দের সনাক্ত করতে সাহায্য করেছে, অনুদান, চুক্তি এবং শেল কর্পোরেশনের একটি জটিল ব্যবস্থার মাধ্যমে ফিঞ্চের সাথে সংযুক্ত ব্যক্তিদের একটি নেটওয়ার্ক প্রকাশ করেছে।

একটি আপাতদৃষ্টিতে ছোটখাটো বিবরণই মূল কারণ হিসেবে প্রমাণিত হয়েছিল। বেশ কয়েকটি আপাতদৃষ্টিতে সম্পর্কহীন ইমেলগুলিতে পুনরাবৃত্তি করা একটি আপাতদৃষ্টিতে নিরীহ বাক্যাংশ একটি লুকানো কোড ওয়ার্ড প্রকাশ করে। কোডটি একটি নির্দিষ্ট গবেষণা প্রকল্পের কথা উল্লেখ করেছিল - এমন একটি প্রকল্প যা কোনও সরকারী রেকর্ডে উপস্থিত হয়নি। মারা সন্দেহ করেছিলেন যে এটি একটি গোপন উদ্যোগ, যা তদন্ত এড়াতে ইচ্ছাকৃতভাবে বই থেকে দূরে রাখা হয়েছিল। এই "ভূতের প্রকল্প"টি অনুপস্থিত লিঙ্ক বলে মনে হয়েছিল, যা

থর্নের গবেষণাকে ফিঞ্চ এবং -এর উচ্চপদস্থ কর্মকর্তাদের সাথে সংযুক্ত করে।

এই নতুন তথ্যের সাথে সজ্জিত হয়ে, মারা তার কৌশল পরিবর্তন করার সিদ্ধান্ত নেন। সরাসরি -এর আইনি দলের মুখোমুখি হওয়ার পরিবর্তে, তিনি আরও সূক্ষ্ম পদ্ধতি বেছে নেন। তিনি উদ্ধারকৃত তথ্যের কিছু অংশ সাবধানে নির্বাচিত সাংবাদিকদের কাছে ফাঁস করার সিদ্ধান্ত নেন যারা তাদের অনুসন্ধানী দক্ষতা এবং সততার জন্য পরিচিত। কৌশলগতভাবে বিভিন্ন সংবাদমাধ্যমে প্রকাশিত এই ফাঁস ষড়যন্ত্রের একটি বিস্তৃত চিত্র তুলে ধরতে শুরু করে, ধীরে ধীরে কিন্তু নিশ্চিতভাবে সত্য প্রকাশ করে। জনসাধারণের মনোযোগ -কে প্রতিক্রিয়া জানাতে বাধ্য করে, যার ফলে তাদের বিরুদ্ধে ক্রমবর্ধমান প্রমাণ অস্বীকার করা তাদের পক্ষে ক্রমশ কঠিন হয়ে পড়ে।

তদন্ত চলতে থাকে, এর গতিপথ এখন আমলাতান্ত্রিক জড়তার বিরুদ্ধে লড়াই থেকে জনসাধারণের স্বচ্ছতার সংগ্রামে রূপান্তরিত হয়। মারা জানতেন যে তিনি একজন শক্তিশালী প্রতিপক্ষের মুখোমুখি হচ্ছেন, কিন্তু প্রতিটি প্রমাণ প্রকাশের সাথে সাথে, প্রতারণার জাল উন্মোচিত হতে শুরু করে। আমলাতান্ত্রিক গোলকধাঁধাটি একটি শক্তিশালী বাধা হিসাবে প্রমাণিত হয়েছিল, কিন্তু মারা এবং তার দল ধীরে ধীরে তাদের পথ খুঁজে পাচ্ছিল, থর্নের মৃত্যুর পিছনের সত্য এবং ভূপৃষ্ঠের নীচে লুকিয়ে থাকা সুদূরপ্রসারী ষড়যন্ত্র উন্মোচনের কাছাকাছি পৌঁছেছিল। লড়াই এখনও শেষ হয়নি, কিন্তু ক্ষমতার ভারসাম্য

পরিবর্তন হতে শুরু করেছিল। দীর্ঘদিন ধরে চাপা পড়ে থাকা সত্যটি, ছায়া থেকে বেরিয়ে আসতে শুরু করেছিল।

মিডিয়ার জগতে কৌশলগতভাবে ল্যান্ডমাইনের মতো স্থাপন করা ফাঁস হওয়া তথ্যের ফলাফল আসতে শুরু করে। -এর মধ্যে ব্যাখ্যাতীত আর্থিক অনিয়ম এবং অপ্রকাশিত স্বার্থের দ্বন্দ্বের উপর কেন্দ্রীভূত সংবাদ প্রতিবেদনের প্রাথমিক ধারা একটি তীব্র প্রভাব ফেলে। বৈজ্ঞানিক সততার সমার্থক প্রতিষ্ঠান -এর যত্ন সহকারে তৈরি ভাবমূর্তি জনসাধারণের তদন্তের ভারে ভেঙে যেতে শুরু করে। হঠাৎ করে, পাথর ছোঁড়া এবং আইনি কৌশলগুলি আমলাতান্ত্রিক অদক্ষতার মতো কম, বরং আরও ভয়ঙ্কর কিছু ঢেকে রাখার জন্য একটি পরিকল্পিত প্রচেষ্টা বলে মনে হয়েছিল।

জনসাধারণের চাপ যখন বাড়তে থাকে, তখন মারার দল তাদের শ্রমসাধ্য কাজ চালিয়ে যায়, সাবধানতার সাথে ধাঁধার টুকরোগুলো একত্রিত করে। তাদের মনোযোগ ডঃ এভলিন রিডের দিকে চলে যায়, যার এড়িয়ে যাওয়া ক্রমশ সন্দেহজনক হয়ে ওঠে। তারা বুঝতে পারে যে সহযোগিতা করতে তার অনীহা কেবল আমলাতান্ত্রিক জড়তা বা ব্যক্তিগত পক্ষপাতের কারণে নয়, বরং আরও ভয়ঙ্কর কিছুর কারণে। তারা সন্দেহ করে যে সে মিথ্যার জালে আটকা পড়েছে, এমন একটি গোপন রহস্য রক্ষা করতে বাধ্য হয়েছে যা সে প্রকাশ করতে পারেনি।

এই পর্যায়েই মারার মুখোমুখি হন ডঃ আনিয়া শর্মা, যিনি -এর একজন ফরেনসিক বিজ্ঞানী, যার নাম তাদের তথ্য বিশ্লেষণের সময় উঠে এসেছিল। ডঃ শর্মা, একজন

মেধাবী কিন্তু গভীরভাবে সন্দেহপ্রবণ মহিলা, বৈজ্ঞানিক কঠোরতার প্রতি তার অটল আনুগত্য এবং রাজনৈতিক কৌশলের প্রতি তার ঘৃণার জন্য পরিচিত ছিলেন। তার খ্যাতি তার আগেও ছিল, প্রতিভার ছায়ায় এবং কিছুটা নিন্দার সাথে।

ডঃ শর্মার সাথে মারার প্রাথমিক যোগাযোগ ছিল অপ্রত্যাশিত, এই অব্যক্ত বোঝাপড়ায় পরিপূর্ণ যে তাদের সহযোগিতা তাদের ক্যারিয়ার এবং সম্ভবত তাদের নিরাপত্তা উভয়কেই ঝুঁকির মুখে ফেলবে। ডঃ শর্মা, তিনি যে রাজনৈতিক মাইনক্ষেত্রে প্রবেশ করছিলেন সে সম্পর্কে গভীরভাবে অবগত ছিলেন, প্রাথমিকভাবে সহযোগিতা করতে দ্বিধাগ্রস্ত ছিলেন। তিনি -এর আইন বিভাগের নিষ্ঠুর দক্ষতা এবং ক্ষমতায় থাকা ব্যক্তিদের চ্যালেঞ্জ করার পরিণতি প্রত্যক্ষ করেছিলেন।

"দেখো," ডঃ শর্মা বললেন, একটি আবছা আলোয় কফি শপে তাদের প্রথম গোপন বৈঠকের সময় তার কণ্ঠস্বর নিচু এবং সতর্ক, "আমি জানি তুমি কি করছো। আর তোমার দৃঢ়তার প্রশংসা করি। কিন্তু এটা কোন খেলা নয়, এজেন্ট বেলওয়েদার। তুমি এমন লোকদের সাথে আচরণ করছো যারা খেতাব খেলে।" তিনি টেবিলে একটি সরু আঙুল ঠুকে দিলেন, তার চোখ তীক্ষ্ণ এবং পর্যবেক্ষণশীল। "যদি তুমি খুব কাছে যাও তাহলে তারা তোমাকে কবর দিতে দ্বিধা করবে না।"

তবে মারাও ঝুঁকি সম্পর্কে সমানভাবে সচেতন ছিলেন। "আমি বিপদগুলি জানি, ডঃ শর্মা," তিনি উত্তর দিলেন, তার দৃষ্টি অবিচল। "কিন্তু আমি এটাও জানি যে -এর মধ্যে এমন কিছু লোক আছে যারা সত্য এবং ন্যায়বিচারের গুরুত্ব বোঝে। আমি বিশ্বাস করি তুমি তাদের একজন।"

বৈঠকটি ছিল একটি সতর্ক নৃত্য, বিশ্বাস এবং পারস্পরিক সন্দেহের একটি সূক্ষ্ম আলোচনা। মারা তার মামলাটি তুলে ধরেন, সাবধানে নির্বাচিত প্রমাণ উপস্থাপন করেন যা ষড়যন্ত্রের গভীরতার ইঙ্গিত দেয়, তারা যা আবিষ্কার করেছিল তা প্রকাশ না করেই। তিনি ডঃ শর্মার দক্ষতার গুরুত্ব, -এর মধ্যে তার অনন্য অবস্থান এবং মারার দল নিজেরাই যে অন্তর্দৃষ্টি অর্জন করতে পারেনি তা প্রদানের তার ক্ষমতার উপর জোর দেন।

ডঃ শর্মা, যিনি একজন বাস্তববাদী, তিনি মারার উদ্বেগের বৈধতা স্বীকার করেছিলেন। তিনি দুর্নীতির সূক্ষ্ম লক্ষণ, অস্বাভাবিক তহবিল প্রবাহ, গবেষণার অগ্রাধিকারগুলিতে হঠাৎ পরিবর্তন এবং -এর মধ্যে ভিন্নমত পোষণকারীদের নীরবতা দেখেছিলেন। থর্নের আকস্মিক মৃত্যুতে তিনি উদ্বিগ্ন ছিলেন এবং পরবর্তীকালে বিষয়টি ধামাচাপা দেওয়ার ফলে তার উদ্বেগ আরও তীব্র হয়ে উঠেছিল।

তবে, তিনি সতর্ক ছিলেন, কারসাজি করা বা বন্ধকী হিসেবে ব্যবহার করা থেকে সতর্ক ছিলেন। "আমি কেবল আপনাকে সবকিছু হস্তান্তর করতে পারি না," তিনি সতর্ক করে দিয়েছিলেন। "আমাকে নিশ্চিত করতে হবে যে

আপনি এই তথ্যটি দায়িত্বের সাথে ব্যবহার করবেন, যাতে আপনি আমার অবস্থান বা আমার সহকর্মীদের নিরাপত্তা বিপন্ন না করেন।"

মারা তার উদ্বেগ বুঝতে পেরেছিলেন। "আমরা একসাথে কাজ করব," তিনি প্রতিশ্রুতি দিয়েছিলেন। "আমরা তথ্য ভাগ করে নেব, তথ্য যাচাই করব এবং সাবধানতার সাথে এগিয়ে যাব। আপনার এবং আপনার সহকর্মীদের নিরাপত্তা সবচেয়ে গুরুত্বপূর্ণ।"

আর এভাবেই, একটি বিপজ্জনক জোট তৈরি হয়েছিল, গোপনে সিল করা একটি চুক্তি, একজন অভিজ্ঞ প্রোফাইলার এবং একজন সন্দেহবাদী বিজ্ঞানীর মধ্যে যারা একটি শক্তিশালী এবং সুগঠিত ষড়যন্ত্রের বিরুদ্ধে লড়াই করেছিলেন। ডঃ শর্মা, -এর অভ্যন্তরীণ কার্যকারিতা সম্পর্কে তার গভীর জ্ঞান এবং ফরেনসিক বিজ্ঞানে তার দক্ষতার মাধ্যমে, একটি অমূল্য সম্পদ হয়ে ওঠেন। তিনি মারার দলকে -এর গোলকধাঁধা করিডোরগুলিতে নেভিগেট করতে সাহায্য করেছিলেন, আর্থিক রেকর্ড, গবেষণা প্রোটোকল এবং জড়িত ব্যক্তিত্ব সম্পর্কে গুরুত্বপূর্ণ অন্তর্দৃষ্টি প্রদান করেছিলেন।

ডঃ শর্মার অভ্যন্তরীণ ডাটাবেসে প্রবেশাধিকার এবং বৈজ্ঞানিক গবেষণার সূক্ষ্ম সূক্ষ্মতা সম্পর্কে তার বোধগম্যতা অমূল্য প্রমাণিত হয়েছিল। তিনি এমন কিছু নিদর্শন এবং অসঙ্গতি চিহ্নিত করেছিলেন যা পূর্বে মারার দলের নজর এড়িয়ে গিয়েছিল। তিনি তাদের কোডেড

বার্তাগুলি বোঝাতে এবং গোপন তথ্য ব্যাখ্যা করতে সাহায্য করেছিলেন, সাবধানতার সাথে গোপন করা প্রতারণার স্তরগুলি উন্মোচন করেছিলেন। তিনি অনুদান আবেদনের জটিলতা, পিয়ার রিভিউ প্রক্রিয়া এবং ফার্মাসিউটিক্যাল তহবিলের গোলকধাঁধা জগত ব্যাখ্যা করেছিলেন, গুরুত্বপূর্ণ প্রেক্ষাপট প্রদান করেছিলেন যা ছায়াময় লেনদেন এবং গোপন স্বার্থের দ্বন্দ্বকে আলোকিত করেছিল।

তবে সহযোগিতাটি খুব একটা মসৃণ ছিল না। ডঃ শর্মা ক্রমাগত মারাকে তাদের নেওয়া বিশাল ঝুঁকির কথা মনে করিয়ে দিতেন, তাকে -এর মধ্যে অ্যালিস্টার ফিঞ্চ এবং তার সহযোগীদের ক্ষমতা এবং নাগালের কথা মনে করিয়ে দিতেন। তাদের গোপন বৈঠকের সময় তিনি প্রায়শই থেমে যেতেন, তার চোখ আশেপাশের পরিবেশ পর্যবেক্ষণ করত, তার হাতে একটি দৃশ্যমান কাঁপুনি থাকত। তিনি কয়েকদিন ধরে অদৃশ্য হয়ে যেতেন, গুরুত্বপূর্ণ তথ্যের টুকরো টুকরো নিয়ে বেরিয়ে আসতেন, যারা তাদের খোঁজ করছিল তাদের থেকে এক ধাপ এগিয়ে থাকার জন্য সর্বদা সতর্ক থাকতেন।

এক সন্ধ্যায়, ডঃ রিড এবং ফিঞ্চের মধ্যে একটি বিশেষ রহস্যময় ইমেল সিরিজ পর্যালোচনা করার সময়, ডঃ শর্মা একটি চমকপ্রদ আবিষ্কার করেন। ইমেলগুলির মধ্যে একটি লুকানো ডিজিটাল ওয়াটারমার্ক, যা খালি চোখে প্রায় অদৃশ্য ছিল। ওয়াটারমার্কটি ডিকোড করার পরে, পূর্বে অজানা একটি সার্ভারে নিয়ে যায়। এই সার্ভারে "প্রজেক্ট কাইমেরা" সম্পর্কিত এনক্রিপ্ট করা ফাইল ছিল,

একটি প্রকল্প যা সম্পূর্ণরূপে অফিসিয়াল রেকর্ডের বাইরে বিদ্যমান ছিল, একটি ভূত প্রকল্প যা স্পষ্ট দৃষ্টিতে লুকানো ছিল।

ফাইলগুলো একবার ডিক্রিপ্ট করা হলে, এক ভয়ঙ্কর সত্য প্রকাশ করে। প্রজেক্ট কাইমেরা কেবল একটি গবেষণামূলক উদ্যোগ ছিল না; এটি ছিল একটি গোপন অভিযান, এবং -এর মধ্যে একটি যৌথ প্রকল্প, যার লক্ষ্য ছিল একটি অত্যন্ত শক্তিশালী জৈবিক অস্ত্র তৈরি করা। দেখা গেল, থর্নের গবেষণা এই প্রকল্পের একটি গুরুত্বপূর্ণ উপাদান। তিনি একটি বিপজ্জনক সত্যের মুখোমুখি হয়েছিলেন এবং তার পরবর্তী মৃত্যু কোনও দুর্ঘটনা ছিল না। এটি ছিল নির্মূলের একটি পরিকল্পিত কাজ।

এই আবিষ্কার তদন্তে এক বিরাট পরিবর্তন এনেছিল। এটি অ্যালিস্টার ফিঞ্চ, ফার্মাকর্প এবং এনআইএইচ-এর ষড়যন্ত্রকারীদের মধ্যে একটি সুনির্দিষ্ট যোগসূত্র স্থাপন করেছিল। এটি গোপন তথ্যের প্রকৃত পরিমাণও প্রকাশ করেছিল, যা মারা কল্পনাও করতে পারেনি তার চেয়ে অনেক বেশি বিশাল এবং বিপজ্জনক ষড়যন্ত্র। নতুন পাওয়া তথ্যটি ছিল একটি দ্বি-ধারী তলোয়ার, যা ষড়যন্ত্রকারীদের বিরুদ্ধে শক্তিশালী গোলাবারুদ সরবরাহ করেছিল এবং তাদের মুখোমুখি বিপদগুলি বাড়িয়েছিল। তারা একটি মারাত্মক খেলার সবচেয়ে গভীর এবং অন্ধকারতম খাদে খেলছিল। প্রকাশের মূল্য এখন অনেক বেশি ছিল।

মারা এবং ডঃ শর্মার মধ্যে অস্বস্তিকর জোট আরও গভীর হয়ে ওঠে, ভাগ করা বিপদ এবং পারস্পরিক শ্রদ্ধার ক্রুসিবলে তৈরি হয়েছিল। তারা জানত যে তাদের কাজ এখনও শেষ হয়নি। সত্য এবং ন্যায়ের জন্য লড়াই সবেমাত্র তার সবচেয়ে বিপজ্জনক পর্যায়ে প্রবেশ করেছে, তাদের জীবন অনিশ্চিতভাবে ঝুলছে, মৃত্যুর সাথে নৃত্য করছে যখন তারা একটি বিপজ্জনক ষড়যন্ত্রের সুতো উন্মোচন করতে থাকে। তাদের কাছে এখন যে গোপন রহস্য রয়েছে তার ওজন তাদের গ্রাস করার হুমকি দিচ্ছে, তারা যে বিশাল শক্তিকে চ্যালেঞ্জ জানাচ্ছিল তার স্পষ্ট স্মারক। লড়াই এখনও শেষ হয়নি, এবং ঝুঁকি আগের চেয়েও বেশি ছিল।

প্রজেক্ট কাইমেরা সম্পর্কিত এই ভয়ঙ্কর আবিষ্কারের সমাপ্তি ঘটেনি, ঠিক তখনই একটি নতুন, আরও তাৎক্ষণিক হুমকির আবির্ভাব ঘটে। এটি কোনও কোডেড ইমেল বা কোনও লুকানো সার্ভার ছিল না; এটি ছিল একটি কঠোর, শীতল সতর্কীকরণ যা নিষ্ঠুর দক্ষতার সাথে দেওয়া হয়েছিল। একটি মাত্র লাল গোলাপ, যার পাপড়িগুলি মারার দরজায় সাবধানতার সাথে সাজানো ছিল, তা ছিল উত্তেজনার পূর্বাভাস। কোনও নোট নেই, কোনও বার্তা নেই, কেবল ফুলের নীরব, ভয়ঙ্কর উপস্থিতি, সময়ের মতোই পুরানো প্রতীক, তবুও একটি আধুনিক, ভয়ঙ্কর তাৎপর্যে আচ্ছন্ন।

মারার পেট শক্ত হয়ে গেল। এটা কোন এলোমেলো কাজ ছিল না; এটা ছিল একটি স্বাক্ষর, এমন একজনের কাছ থেকে একটি কলিং কার্ড যিনি তাকে ঘনিষ্ঠভাবে জানতেন, এমন একজন যিনি সূক্ষ্ম ভয় দেখানোর শক্তি বুঝতেন। সে তৎক্ষণাৎ তার দলের সাথে যোগাযোগ

করল, গোলাপের শীতল চিত্রটি ইতিমধ্যেই তার মনে একটি ভয়াবহ চিত্রকল্প তৈরি করছে। সাবধানে নির্বাচিত প্রতীক, ভৌত প্রমাণ রেখে যাওয়ার প্রতি স্পষ্ট অবজ্ঞা - এগুলি খুনির আত্মবিশ্বাস এবং আইনের প্রতি তাদের সম্পূর্ণ অবজ্ঞা সম্পর্কে স্পষ্টভাবে বলেছিল।

"ওরা একটা খেলা খেলছে, মারা," এজেন্ট মিলার, তার সেকেন্ড-ইন-কমান্ড, গম্ভীর স্বরে বললেন, উদ্বেগে তার কণ্ঠস্বর। "বিড়াল এবং ইঁদুরের একটি মারাত্মক খেলা, এবং তারা কেবল আগে থেকেই খেলা শুরু করেছে।"

দলটি গোলাপটি খুব সাবধানতার সাথে বিশ্লেষণ করে, আঙুলের ছাপ, পরাগরেণুর চিহ্ন, অথবা অন্য কোনও ফরেনসিক প্রমাণের সন্ধান করে যা প্রেরকের কাছে নিয়ে যেতে পারে। কিছুই নয়। খুনি ছিল একটি ভূত, আসন্ন ধ্বংসের শীতল প্রতীক ছাড়া আর কোনও চিহ্ন রেখে যায়নি। ফরেনসিক বিশ্লেষণে কেবল এই সত্যটি পাওয়া গেছে যে গোলাপটি সদ্য কাটা হয়েছিল, এর উজ্জ্বল রঙ ইঙ্গিত দেয় যে এটি স্থানীয় ফুল বিক্রেতার কাছ থেকে সম্প্রতি কেনা হয়েছিল।

এদিকে, ডঃ শর্মা প্রজেক্ট কাইমেরা থেকে আরও এনক্রিপ্ট করা ফাইলের পাঠোদ্ধারে নিমগ্ন ছিলেন। তিনি অক্লান্ত পরিশ্রম করেছিলেন, তার আঙুলগুলি কীবোর্ডের উপর দিয়ে উড়ছিল, তার মন ডিজিটাল গোলকধাঁধার মধ্যে লুকিয়ে থাকা গোপন রহস্যগুলি উন্মোচন করার জন্য ছুটে যাচ্ছিল। তিনি ফ্যাকাশে ছিলেন, তার চোখ

ক্লান্তিতে ঢাকা ছিল, কিন্তু তার দৃঢ় সংকল্প অটল ছিল। পরিস্থিতির ভার তার উপর ভারী হয়ে উঠছিল, প্রতিটি ঘন্টা পার হওয়ার সাথে সাথে তিনিও একটি লক্ষ্যবস্তু ছিলেন তা জানার জন্য।

"এনক্রিপশনের স্তরের পর স্তর আছে," মারার সুরক্ষিত অ্যাপার্টমেন্টে গভীর রাতের এক অধিবেশনে সে মারাকে ব্যাখ্যা করল। "এটা যেন তারা আবিষ্কারের প্রত্যাশা করেছিল এবং তাদের গোপনীয়তা রক্ষা করার জন্য একাধিক সুরক্ষা ব্যবস্থা তৈরি করেছিল।" সে থামল, তার ভ্রু ঘনত্বে কুঁচকে গেল। "কিন্তু আমি আরও কাছে আসছি। কোডে অসঙ্গতি, অসঙ্গতি রয়েছে... এমন কিছু যা থাকা উচিত নয়।"

মারা, যে সবসময় বিপদের মুখোমুখি থাকত, ঘুমের মধ্যেও সে আরাম পেত না। গোলাপ ফুলটি খুনির নৈকট্যের কথা বারবার মনে করিয়ে দিত, একটা ঠান্ডা ভয় তাকে কাফনের মতো জড়িয়ে ধরেছিল। সে আগেও হুমকি পেয়েছিল, কিন্তু এটা অন্যরকম মনে হয়েছিল। এটি ছিল একটি ব্যক্তিগত বার্তা, অভিপ্রায়ের ঘোষণা, তার জন্য প্রয়োজনীয় সুরক্ষা ব্যবস্থার প্রতি এক স্পষ্ট অবজ্ঞা। এটি ইঙ্গিত দেয় যে খুনি কেবল শক্তিশালীই ছিল না, তার বোধগম্যতার বাইরেও তথ্যে তার অ্যাক্সেস ছিল।

দলটি তাদের তদন্ত আরও বিস্তৃত করে, স্থানীয় ফুল বিক্রেতাদের ক্রয়ের রেকর্ড পরীক্ষা করে, কিন্তু তারা কোনও সূত্র খুঁজে পায়নি। খুনি তাদের ঘটনাবলী অত্যন্ত

সতর্কতার সাথে গোপন রেখেছিল, যা তদন্তকে আরও হতাশাজনক করে তুলেছিল। প্রতিটি অচলাবস্থা দলটির মধ্যে ছড়িয়ে থাকা অস্বস্তির অনুভূতিকে আরও গভীর করে তুলেছিল।

পরের দিন, আরেকটি রহস্যময় বার্তা এলো, এবার একটি বেনামী ইমেলের মাধ্যমে। এতে একটি লাইন ছিল: "গোলাপটি ছিল একটি সতর্কীকরণ। পরবর্তী উপহারটি হবে তোমার শেষ উপহার।" বার্তাটি একটি শীতল সরলতার সাথে বিতরণ করা হয়েছিল, কোনও আবেগ বা অলঙ্করণ ছাড়াই, হত্যাকারীর ঠান্ডা নির্ভুলতার উপর জোর দিয়ে। স্পষ্ট এবং সরল ভাষা, ভয় দেখানো বা বিভ্রান্তির কোনও প্রচেষ্টা ছাড়াই। এটি ছিল উদ্দেশ্যের একটি সরল ঘোষণা, একটি ঠান্ডা, পরিকল্পিত বার্তা যা কেবল মারার মুখোমুখি হওয়া বিশাল বিপদের উপর জোর দেওয়ার জন্য কাজ করেছিল।

ইমেলের মেটাডেটা থেকে কিছুই পাওয়া যায়নি; এটি ছিল অদৃশ্য, ডিজিটাল ইথারের মধ্যে একটি ভূত। মারা নিজেকে ডঃ শর্মার দক্ষতার উপর ক্রমশ নির্ভরশীল করে তুলতে শুরু করেছিলেন, এমনকি প্রজেক্ট কাইমেরার পরিধির বাইরেও। ফরেনসিক বিজ্ঞানে তার পটভূমি থাকা ডঃ শর্মা ডিজিটাল জগতে তার দক্ষতা প্রয়োগ করতে শুরু করেছিলেন, ইমেল প্রেরকের কাছে নিয়ে যেতে পারে এমন ক্ষুদ্রতম সূত্রগুলি অনুসন্ধান করতে শুরু করেছিলেন, তার অনুশীলন করা চোখ দিয়ে কোডটি অসঙ্গতিগুলির জন্য ব্যবচ্ছেদ করেছিলেন। তিনি ডিজিটাল ছায়ায় অনুসন্ধান করছিলেন, একটি ডিজিটাল

ফিঙ্গারপ্রিন্ট, একটি ডিজিটাল প্রতিধ্বনি, ভূতের রেখে যাওয়া কোনও চিহ্ন খুঁজছিলেন।

চাপ বাড়তে থাকে, চাপ ঘনীভূত হতে থাকে কুয়াশার মতো। প্রতিটি ছায়া যেন একটি সম্ভাব্য হুমকিকে আড়াল করে রেখেছে, প্রতিটি শব্দই একটি সম্ভাব্য বিপদের লক্ষণ। মারার দল নিরাপত্তা জোরদার করেছে, টহল এবং নজরদারি বাড়িয়েছে, কিন্তু সর্বব্যাপী হুমকি রয়ে গেছে, অদৃশ্য, তবুও স্পষ্ট। শহরটি, যা একসময় পরিচিত ছিল, এখন একটি প্রতিকূল ভূদৃশ্যের মতো অনুভূত হচ্ছে, এর প্রাণবন্ত জীবনের টেপেস্ট্রি লুকিয়ে আছে লুকিয়ে থাকা বিপদগুলি। দলটি তাদের কাজের মধ্যে শক্ত ফাঁস, তাড়াহুড়োর একটি স্পষ্ট অনুভূতি অনুভব করেছে। ঘুম একটি বিলাসিতা হয়ে উঠেছে, যার পরিবর্তে অবিরাম সতর্কতা এবং নিরলসভাবে ইঙ্গিতের সন্ধান করা হচ্ছে।

প্রজেক্ট কাইমেরার গভীরে প্রবেশ করতে করতে দিনগুলো ঘুমহীন রাত্রিতে পরিণত হল। ডঃ শর্মার প্রচেষ্টা ফলপ্রসূ হল, অবশেষে তিনি আপাতদৃষ্টিতে দুর্ভেদ্য এনক্রিপশনের স্তরগুলির মধ্যে একটি লুকানো বার্তা উন্মোচন করলেন। এটি বাইরের বিশ্বের জন্য কোনও বার্তা ছিল না; এটি ছিল প্রজেক্ট কাইমেরা দলের অভ্যন্তরীণ যোগাযোগ, প্রকল্পের অগ্রগতি এবং উদ্বেগের বিবরণী একটি লগ। এই লগটি প্রকল্পের দ্বিতীয়, আরও ভয়াবহ দিকের অস্তিত্ব প্রকাশ করেছিল: মানব পরীক্ষা।

নথিগুলিতে অজান্তেই মানুষের উপর পরিচালিত একের পর এক অনৈতিক পরীক্ষার বিস্তারিত বিবরণ দেওয়া হয়েছে, ভয়াবহ বিবরণ ধীরে ধীরে এক ভয়াবহ গল্পের মতো উন্মোচিত হচ্ছে। জৈবিক অস্ত্রের মাধ্যমে প্রজাতিদের শরীরে প্রবেশ করানো হয়েছিল, নির্মম বিজ্ঞানীদের পর্যবেক্ষণে তাদের স্বাস্থ্যের অবনতি হচ্ছিল। লগে অপ্রত্যাশিত পার্শ্বপ্রতিক্রিয়ার একটি ধারাবাহিকতাও উল্লেখ করা হয়েছে, যা অস্ত্রটিকে প্রাথমিকভাবে যা ভাবা হচ্ছিল তার চেয়ে অনেক বেশি বিপজ্জনক করে তুলেছে। এই প্রকাশ কেবল ষড়যন্ত্রে নতুন মাত্রা যোগ করেনি বরং হত্যাকারীর সাথে একটি সম্ভাব্য গুরুত্বপূর্ণ সংযোগও প্রদান করেছে।

থর্নের মৃত্যুর বিস্তারিত বিবরণীতে লেখাটি ছিল ভীতিকরভাবে প্রকাশ করা। এতে তাকে "একজন অপ্রস্তুত পরিণতি" হিসেবে বর্ণনা করা হয়েছে, মানব পরীক্ষার আবিষ্কারকে "নিরাপত্তার একটি অগ্রহণযোগ্য লঙ্ঘন" হিসেবে বর্ণনা করা হয়েছে। প্রজেক্ট কাইমেরা এবং এর নির্মম স্থপতিদের রক্ষা করার জন্য তার মৃত্যুকে প্রয়োজনীয় বলে মনে করা হয়েছিল। এর ফলে এই ভয়ঙ্কর সম্ভাবনা তৈরি হয়েছিল যে হত্যাকারী প্রজেক্ট কাইমেরা দলের কেউ, এমন কেউ যাকে ভয়ঙ্কর গোপনীয়তার দায়িত্ব দেওয়া হয়েছিল এবং যারা তাদের জঘন্য কর্মকাণ্ড প্রকাশ করতে পারে তাদের নির্মূল করার প্রয়োজনীয়তা অনুভব করেছিল।

এই অন্তর্দৃষ্টি ছিল দ্বি-ধারী তলোয়ার। এটি তাদের মনোযোগকে সংকুচিত করেছিল, কিন্তু বিপদকে

তীব্রভাবে বাড়িয়ে দিয়েছিল। তারা এখন এমন একজনের সাথে মোকাবিলা করছিল যিনি কেবল তাদের তদন্তের সাথে ঘনিষ্ঠভাবে পরিচিত ছিলেন না বরং -এর মধ্যে নিরাপত্তা ব্যবস্থা এবং কর্মীদের কাছেও তার অ্যাক্সেস ছিল। তাদের মিত্র এবং তাদের শত্রুদের মধ্যে সীমানা হতাশাজনকভাবে ঝাপসা হয়ে গিয়েছিল।

মারা ভয়ের বরফের আঁকড়ে ধরেছিল, হিমশীতল উপলব্ধি করেছিল যে খুনি তাদের কল্পনার চেয়েও কাছে। গোলাপ, ইমেল, মানুষের পরীক্ষা - সবকিছুই এক নির্মম ব্যক্তির দিকে ইঙ্গিত করেছিল যে তাদের গোপনীয়তা রক্ষা করার জন্য যেকোনো কিছু করতে ইচ্ছুক। খেলাটি একটি গোপন তদন্ত থেকে বেঁচে থাকার জন্য একটি মরিয়া লড়াইয়ে স্থানান্তরিত হয়েছিল। পরবর্তী পদক্ষেপ মারাত্মক হতে পারে। প্রজেক্ট কাইমেরাকে উন্মোচন করার জন্য সময়ের বিরুদ্ধে প্রতিযোগিতা এখন মারার নিজের বেঁচে থাকার সাথে অঙ্গাঙ্গীভাবে জড়িত ছিল। তার প্রতিটি নিঃশ্বাস ছিল একটি জুয়া, ছায়ায় লুকিয়ে থাকা অদৃশ্য শত্রুর প্রতি অবিরাম সচেতনতা, আঘাত হানার নিখুঁত মুহূর্তের জন্য অপেক্ষা করছে। খেলাটি শেষ হয়নি; এটি সবেমাত্র তার সবচেয়ে মারাত্মক পর্যায় শুরু করেছে।

অধ্যায় ৩: ছলের জাল

ডঃ শর্মা যে এনক্রিপ্ট করা ফাইলগুলি কঠোর পরিশ্রমের সাথে পাঠোদ্ধার করেছিলেন, সেগুলি কেবল প্রজেক্ট কাইমেরার মানব পরীক্ষার ভয়াবহ বিবরণই প্রকাশ

করেনি। কোডের গভীরে চাপা পড়ে থাকা, আপাতদৃষ্টিতে নিরীহ আর্থিক প্রতিবেদন এবং লজিস্টিক বিবরণের মধ্যে লুকিয়ে থাকা, আরও অনেক বেশি ছদ্মবেশী কিছুর চিহ্ন ছিল: অবৈধ আর্থিক লেনদেনের একটি জটিল জাল। থর্ন, প্রকল্পটি উন্মোচনের মরিয়া প্রচেষ্টায়, স্পষ্টতই ষড়যন্ত্রের মূল দিকে পরিচালিত করে এমন একটি আর্থিক পথ খুঁজে পেয়েছিলেন।

থর্নের উদ্ধার অভিযানের তথ্য পর্যালোচনা করে মারা লক্ষ্য করলেন যে, প্রাথমিকভাবে এলোমেলো মনে হলেও মিলার এবং শর্মার তীক্ষ্ণ দৃষ্টির সাহায্যে, তারা এক বিরক্তিকর চিত্রে একত্রিত হতে শুরু করেছে। তারা কেবল ব্যয়ের দিকেই তাকাচ্ছিল না; তারা বিপুল পরিমাণ অর্থ পাচারের জন্য তৈরি একটি অত্যাধুনিক ব্যবস্থার দিকেও তাকিয়ে ছিল, এমন একটি ব্যবস্থা এত জটিল যে এটি সবচেয়ে অভিজ্ঞ আর্থিক তদন্তকারীকেও মাথা ঘুরিয়ে দেবে।

"এটি কেবল কিছু ছোটখাটো আত্মসাৎ নয়," মিলার লক্ষ্য করলেন, অর্থের গতিবিধি চিত্রিত একটি জটিল ফ্লো চার্ট অধ্যয়ন করার সময় তার ভ্রু কুঁচকে গেল। "এটি একটি বিস্তৃত পরিকল্পনা, যার মধ্যে একাধিক শেল কর্পোরেশন, অফশোর অ্যাকাউন্ট জড়িত - এটি একটি গর্ডিয়ান গিঁট উন্মোচনের চেষ্টা করার মতো।"

থর্নের উদ্ধারকৃত তথ্যে সাবধানতার সাথে নথিভুক্ত লেনদেনগুলি কেম্যান দ্বীপপুঞ্জ থেকে ব্রিটিশ ভার্জিন দ্বীপপুঞ্জ পর্যন্ত বিভিন্ন কর আশ্রয়স্থলে ছড়িয়ে থাকা শেল

কর্পোরেশনগুলির একটি জটিল নেটওয়ার্ক প্রকাশ করে। এই কর্পোরেশনগুলি, যাদের অনেকগুলি ছদ্মনামে বা অস্পষ্ট আইনি ফাঁকফোকরের মাধ্যমে নিবন্ধিত ছিল, আপাতদৃষ্টিতে সংযোগহীন ছিল, আপাতদৃষ্টিতে বৈধ ব্যবসায়িক কার্যকলাপের একটি বিভ্রান্তিকর গোলকধাঁধা ছিল। প্রতিটি কর্পোরেশন একটি বৃহত্তর নেটওয়ার্কের একটি নোড হিসাবে কাজ করেছিল, তাদের উৎপত্তি এবং চূড়ান্ত গন্তব্যকে অস্পষ্ট করার জন্য ডিজাইন করা জটিল লেনদেনের একটি সিরিজের মাধ্যমে অর্থ প্রবাহিত করেছিল।

"তারা অবিশ্বাস্যভাবে সাবধানী ছিল," ডঃ শর্মা সুইজারল্যান্ড ভিত্তিক একটি আপাতদৃষ্টিতে বৈধ ওষুধ কোম্পানির মাধ্যমে পরিচালিত একটি নির্দিষ্ট লেনদেনের দিকে ইঙ্গিত করে বলেন। "লেনদেনের স্তরবিন্যাস দেখুন। এটি যেকোনো তদন্তকে ব্যর্থ করার জন্য তৈরি করা হয়েছে। তারা তহবিলের আসল উৎস লুকানোর জন্য অত্যাধুনিক কৌশল ব্যবহার করেছে।"

অভিযানের বিশালতা ছিল শ্বাসরুদ্ধকর। এই জটিল জালের মাধ্যমে লক্ষ লক্ষ, এমনকি বিলিয়ন বিলিয়ন ডলার পাচার করা হচ্ছিল, সাবধানতার সাথে পাচার করা হচ্ছিল এবং বিশ্বব্যাপী নিয়ন্ত্রক এবং আইন প্রয়োগকারী সংস্থার চোখ থেকে লুকিয়ে রাখা হয়েছিল। এটি কেবল গবেষণার জন্য অর্থায়নের বিষয়ে ছিল না; এটি ছিল প্রজেক্ট কাইমেরার পিছনে থাকা ব্যক্তিদের সুরক্ষা, তাদের গোপনীয়তা নিশ্চিত করা এবং তাদের উল্লেখযোগ্য সম্পদ রক্ষা করার বিষয়ে।

এই পথটি মারা এবং তার দলকে এক খরগোশের গর্তের মধ্য দিয়ে নিয়ে গিয়েছিল, প্রতিটি লেনদেন আরেকটিতে নিয়ে গিয়েছিল, আন্তঃসংযুক্ত সত্তার একটি জটলা জাল, যা প্রায় দুর্ভেদ্য গোলকধাঁধা তৈরি করেছিল। তারা বিশেষায়িত সফ্টওয়্যার ব্যবহার করেছিল, যা বিশাল আর্থিক ডেটাসেট বিশ্লেষণ করার জন্য এবং খালি চোখে অদৃশ্য প্যাটার্নগুলি সনাক্ত করার জন্য ডিজাইন করা হয়েছিল। তারা দিন, সপ্তাহ এমনকি অতিবাহিত করেছিল, সাবধানতার সাথে অর্থের সন্ধান করেছিল, ধীরে ধীরে ধাঁধাটি একত্রিত করেছিল।

তাদের তদন্ত তাদেরকে আন্তর্জাতিক অর্থব্যবস্থার অন্ধকার জগতের গভীরে নিয়ে যায়, যেখানে গোপনীয়তা এবং অজ্ঞাতনামায় ভরা একটি বিশ্ব। তাদের জটিল আইনি কাঠামোর মধ্য দিয়ে যেতে হয়েছিল, অফশোর ব্যাংকিং বিধিমালার ব্যাখ্যা করতে হয়েছিল এবং অসংখ্য অচলাবস্থা কাটিয়ে উঠতে হয়েছিল। এই পরিকল্পনার জটিলতা যেকোনো তদন্তকে বাধাগ্রস্ত করার জন্য তৈরি করা হয়েছিল; এটি ছিল ষড়যন্ত্রের অব্যাহত গোপনীয়তা এবং অপরাধীদের দায়মুক্তি নিশ্চিত করার জন্য একটি ইচ্ছাকৃত, কৌশলগত পদক্ষেপ।

দলটি ক্যাফিন এবং দৃঢ় সংকল্পের মাধ্যমে দিনরাত কাজ করেছে, ডিজিটাল ভূদৃশ্যের মাধ্যমে ছায়ার পিছনে ছুটছে। তারা উন্নত আর্থিক বিশ্লেষণ সরঞ্জাম ব্যবহার করে অর্থ পাচারের সাথে জড়িত গুরুত্বপূর্ণ ব্যক্তি এবং

সত্তাগুলিকে চিহ্নিত করেছে। তারা বিভিন্ন উৎস থেকে তথ্য ক্রস-রেফারেন্স করেছে, তথ্যের কিছু অংশ একত্রিত করেছে যা প্রাথমিকভাবে সম্পর্কহীন বলে মনে হয়েছিল।

যত তারা আরও গভীরে প্রবেশ করল, ছবিটা স্পষ্ট হয়ে উঠল। এই অর্থ কেবল প্রজেক্ট কাইমেরাকে অর্থায়ন করছিল না। এটি অন্যান্য অবৈধ কার্যকলাপের বিশাল নেটওয়ার্কের অর্থায়নের জন্য ব্যবহৃত হচ্ছিল। তারা অস্ত্র পাচার, মানব পাচার এবং মাদক কার্টেলের সাথে সংযোগ আবিষ্কার করে, যা -এর দেয়ালের বাইরেও বিস্তৃত একটি সুদূরপ্রসারী ষড়যন্ত্রের উন্মোচন করে। তারা যে নেটওয়ার্কটি উন্মোচন করছিল তা ছিল একটি হাইড্রা, যার একাধিক মাথা ছিল, প্রতিটি আপাতদৃষ্টিতে স্বাধীন, তবুও তারা একই প্রাণরক্ত দ্বারা সংযুক্ত: তহবিলের অবৈধ প্রবাহ।

ধীরে ধীরে, কঠোর পরিশ্রমের সাথে, তারা এই অপরাধমূলক উদ্যোগের নেতৃত্বে থাকা ব্যক্তিদের সনাক্ত করতে শুরু করে। এটি কেবল দুর্বৃত্ত বিজ্ঞানীদের একটি দল ছিল না; এটি ছিল অনেক বেশি শক্তিশালী, অনেক বেশি প্রভাবশালী সংগঠন - সরকার, কর্পোরেশন এবং অন্যান্য শক্তিশালী সত্তার সাথে সম্পর্কযুক্ত একটি ছায়াময় আন্তর্জাতিক সিন্ডিকেট। নেটওয়ার্কের নাগাল সীমাহীন বলে মনে হয়েছিল, এর তাঁবুগুলি বিশ্বের প্রতিটি কোণে বিস্তৃত ছিল। প্রজেক্ট কাইমেরার ভ্রষ্টতার তীব্রতায় তাদের প্রাথমিক ধাক্কা আরও বৃহত্তর হুমকির উপলব্ধি দ্বারা প্রতিস্থাপিত হয়েছিল। এটি ছিল একটি ষড়যন্ত্র যা ক্ষমতার সর্বোচ্চ স্তরে পৌঁছেছিল, প্রভাব এবং দুর্নীতির

একটি বিশাল জাল যা উন্মোচন করা প্রায় অসম্ভব বলে মনে হয়েছিল।

তদন্তের ফলে প্রচণ্ড ক্ষতি হতে শুরু করে। ক্রমাগত চাপ, দীর্ঘ সময় ধরে কাজ করা, তারা যা আবিষ্কার করছিল তার নৈতিক ওজন - সবকিছুই দলের উপর প্রভাব ফেলছিল। মারা নিজেই চাপ অনুভব করেছিলেন; তিনি অ্যাড্রেনালিন এবং দৃঢ় সংকল্পের উপর কাজ করছিলেন, প্রতিটি নতুন আবিষ্কারের সাথে সাথে তীব্রতর তাগিদের অনুভূতিতে উদ্দীপ্ত হয়ে। তিনি কেবল একটি নির্মম হত্যাকারীর সাথেই নয়, বরং আপাতদৃষ্টিতে সীমাহীন সম্পদ এবং প্রভাবের অধিকারী একটি বিস্তৃত আন্তর্জাতিক সংস্থার সাথেও লড়াই করছিলেন।

যখন তারা অর্থের সন্ধান করছিল, তখন তারা বুঝতে পারল যে তারা ক্ষমতারও সন্ধান করছে। আর্থিক পথটি কেবল লেনদেনের একটি সিরিজ ছিল না; এটি ছিল প্রভাবের একটি মানচিত্র, সংস্থার কাঠামোর একটি নীলনকশা, যা এর অভ্যন্তরীণ কার্যকারিতা এবং কৌশলগত জোটগুলিকে প্রকাশ করে। প্রতিটি লেনদেন ছিল ধাঁধার একটি অংশ, প্রতিটি শেল কর্পোরেশন একটি সূত্র যা তাদের ষড়যন্ত্রের আসল পরিধি বোঝার কাছাকাছি নিয়ে গিয়েছিল।

কিন্তু প্রতিটি পদক্ষেপ এগিয়ে যাওয়ার পর দুই ধাপ পিছিয়ে আসার সম্ভাবনা ছিল। সিন্ডিকেটটি তাদের প্রতিটি পদক্ষেপের পূর্বাভাস দিয়েছিল বলে মনে হয়েছিল,

আপাতদৃষ্টিতে সর্বদা এক ধাপ এগিয়ে, তাদের প্রচেষ্টার বিরুদ্ধে সর্বদা প্রস্তুত। তারা পরিশীলিত পাল্টা ব্যবস্থার মুখোমুখি হয়েছিল, আপাতদৃষ্টিতে তাদের পথে অপ্রতিরোধ্য বাধা তৈরি করা হয়েছিল। তারা হতাশাজনক পরিণতির মুখোমুখি হয়েছিল, তাদের অগ্রগতি বাধাগ্রস্ত করার জন্য ইচ্ছাকৃতভাবে তৈরি করা আইনি এবং আমলাতান্ত্রিক বাধাগুলির মুখোমুখি হয়েছিল। মারা এবং তার দল বুঝতে শুরু করেছিল যে তারা কেবল একটি অপরাধ তদন্ত করছে না; তারা এমন একটি সত্তার বিরুদ্ধে যুদ্ধ চালাচ্ছে যা তারা কখনও কল্পনাও করতে পারেনি তার চেয়ে অনেক বেশি শক্তিশালী।

লড়াই এখনও শেষ হয়নি। প্রতারণার জাল তাদের প্রাথমিক ধারণার চেয়েও গভীর, অন্ধকার এবং অনেক জটিল ছিল। আর্থিক পথটি আপাতদৃষ্টিতে একটি অপ্রতিরোধ্য চ্যালেঞ্জের দিকে পরিচালিত করেছিল, বিশ্বব্যাপী ক্ষমতা এবং প্রভাব বিস্তারকারী শত্রুর সাথে তাদের সংঘর্ষ। ঝুঁকি কখনও এত বেশি ছিল না। তারা যে প্রতিপক্ষের মুখোমুখি হচ্ছে, যার কার্যত সীমাহীন সম্পদ রয়েছে, একটি বিশ্বব্যাপী ষড়যন্ত্র যার সর্বোচ্চ স্তরের প্রভাব এবং ক্ষমতা রয়েছে, এই শীতল উপলব্ধি তাদের সংকল্পকে আরও শক্ত করে তুলেছিল। প্রজেক্ট কাইমেরা এবং এর পিছনের নেটওয়ার্ককে উন্মোচন করার লড়াই সবেমাত্র শুরু হয়েছিল, এবং শত্রু তাদের কল্পনার চেয়েও অনেক বেশি শক্তিশালী ছিল। ন্যায়বিচার এবং তাদের নিজস্ব বেঁচে থাকার লড়াই এখনও শেষ হয়নি।

তদন্তের ভার মারার উপর শারীরিক বোঝার মতো চাপা পড়েছিল। সত্যের জন্য অবিরাম অনুসন্ধান, ছায়ায়

লুকিয়ে থাকা ক্রমাগত হুমকি, সবকিছুই তার ক্ষতি করছিল। ঘুম একটি বিলাসিতা হয়ে ওঠে, যার পরিবর্তে আর্থিক তথ্যের উপর অবিরাম ঘন্টার পর ঘন্টা গবেষণা করা, ভুতুড়ে কর্পোরেশন এবং অফশোর অ্যাকাউন্টের একটি গোলকধাঁধা নেটওয়ার্কের মাধ্যমে ভুতুড়ে তথ্যের পিছনে ছুটতে থাকা। এমনকি তার স্বাভাবিক জীবনরেখা, ক্যাফেইন, এমনকি খুব কমই সান্ত্বনা দেয় বলে মনে হয়েছিল।

এক বিশেষ ক্লান্তিকর রাতে, হালকা গরম কফি এবং তীব্র ক্লান্তিতে, মারা অস্থির কিছু একটার উপর হোঁচট খায়। আপাতদৃষ্টিতে নিরীহ লেনদেনের গভীরে, অস্পষ্টতার স্তরে চাপা পড়ে, সে একটি পরিচিত নাম খুঁজে পায়: ডঃ এভলিন রিড। রিড ছিলেন -এর একজন সম্মানিত ইমিউনোলজিস্ট, একজন সহকর্মী যাকে মারা বহু বছর ধরে চেনেন, একজন মহিলা যাকে তিনি বন্ধু হিসেবে বিবেচনা করতেন। বেশ কয়েকটি প্রকল্পে তাদের সহযোগিতা পারস্পরিক শ্রদ্ধা এবং পেশাদার সৌহার্দ্য দ্বারা চিহ্নিত ছিল। এখন, রিডের নাম সন্দেহজনক লেনদেনের একটি সিরিজের সাথে যুক্ত, যা প্রজেক্ট কাইমেরা মানি লন্ডারিং স্কিমের অংশ ছিল এমন একটি শেল কর্পোরেশনের নেটওয়ার্কের মাধ্যমে লক্ষ লক্ষ ডলার পাচার করেছিল।

মারার মনে একটা ঠান্ডা ভয় ঢুকে গেল। বিশ্বাসঘাতকতাটা তার বুকে আঘাত করল, একটা তীব্র, অপ্রত্যাশিত আঘাত যা তাকে স্তব্ধ করে দিল। এর তীব্র সাহসিকতা তার মেরুদণ্ডে কাঁপুনি বয়ে আনল। রিড কি

এতদিন ধরেই প্রজেক্ট কাইমেরার সাথে জড়িত ছিল? সে কি এই ভয়াবহ ষড়যন্ত্রের অন্যতম স্থপতি ছিল?

মারা গত কয়েক মাস ধরে রিডের সাথে তার কথোপকথনের পুনরাবৃত্তি করেছিল, কোনও প্রতারণার ইঙ্গিত খুঁজে বের করার জন্য সূত্র খুঁজেছিল। সে সবসময় রিডকে অত্যন্ত সতর্কতার সাথে, তার গবেষণায় নিবিড়ভাবে মনোযোগী বলে মনে করেছিল। কিন্তু এগুলো কি কেবল একজন দক্ষ কৌশলী ব্যক্তির মুখোশ ছিল? মারা কি তাদের পেশাদার সম্পর্কের দ্বারা অন্ধ হয়ে গিয়েছিল, পৃষ্ঠের নীচে লুকিয়ে থাকা প্রতারণা দেখতে ব্যর্থ হয়েছিল?

এর প্রভাব ছিল ভয়াবহ। যদি একজন সম্মানিত সহকর্মী, যাকে মারা তার বন্ধু হিসেবে বিবেচনা করতেন, এমন ভয়াবহ পরিকল্পনায় জড়িত থাকতে পারেন, তাহলে এর অর্থ হল ষড়যন্ত্রটি তার কল্পনার চেয়েও অনেক গভীরে ছিল। এটি -এর সকলের উপর সন্দেহের ছায়া ফেলে, এই ভয়ঙ্কর সম্ভাবনা তৈরি করে যে সংস্থার মধ্যে অন্যরা জড়িত থাকতে পারে, গোপনে অপরাধীদের রক্ষা করার এবং তদন্তে বাধা দেওয়ার জন্য কাজ করছে।

এই উপলব্ধি তার উপর নতুন করে তাগিদ জাগিয়ে তোলে, বিশ্বাসঘাতকতার অনুভূতি যা তার ইতিমধ্যেই অপ্রতিরোধ্য বোঝার উপর আরও একটি স্তর যোগ করে। পদক্ষেপ নেওয়ার আগে তার সন্দেহগুলি নিশ্চিত করার জন্য তাকে এই সংযোগটি যাচাই করতে হয়েছিল।

পরিস্থিতিগত প্রমাণের ভিত্তিতে রিডের মুখোমুখি হওয়ার জন্য তাড়াহুড়ো করলে তদন্ত বিপন্ন হবে এবং সম্ভবত জড়িত অন্যদের সম্পর্কে ধারণা পাওয়া যাবে। পরিবর্তে, মারা সাবধানতার সাথে পদক্ষেপ নেওয়ার সিদ্ধান্ত নেন, রিডের বিরুদ্ধে একটি শক্তিশালী মামলা তৈরি করার জন্য তার বছরের পর বছর ধরে তদন্তের অভিজ্ঞতা কাজে লাগান।

তিনি অত্যন্ত সতর্কতার সাথে অর্থের লেনদেনের পথ খুঁজে বের করেন, রিডের নাম অন্যান্য লেনদেনের সাথে সংযুক্ত করেন, অর্থ পাচার প্রকল্পে জড়িত থাকার ইঙ্গিত দেয় এমন কার্যকলাপের একটি ধরণ উন্মোচন করেন। তিনি রিডের গবেষণা অনুদানের সাথে আর্থিক তথ্যের ক্রস-রেফারেন্স করেন, তহবিলের অপব্যবহারের ইঙ্গিত দেয় এমন অসঙ্গতি এবং অসঙ্গতি আবিষ্কার করেন। প্রমাণগুলি, যদিও পরিস্থিতিগত, তবুও শক্তিশালী হয়ে উঠছিল, এমন একটি চিত্র তুলে ধরেছিল যা বিরক্তিকর এবং ক্রমশ স্পষ্ট ছিল।

তারপরই ঘটে গেল সেই অপ্রত্যাশিত ঘটনা। মারা আবিষ্কার করলেন যে কেউ গোপনে তার সুরক্ষিত ফাইলগুলিতে প্রবেশ করছে, তদন্ত সম্পর্কিত তথ্য ডাউনলোড করছে। অ্যাক্সেস লগগুলিতে হস্তক্ষেপের একটি চিহ্ন দেখা গেছে, একটি ডিজিটাল পদচিহ্ন যা -এর নিজস্ব আইটি বিভাগের একজন অভ্যন্তরীণ ব্যক্তির দিকে ইঙ্গিত করছে। এর পরিণতি ছিল ভয়াবহ - একজন তিল, একজন নাশকতাকারী সক্রিয়ভাবে তদন্তকে দুর্বল করার

জন্য কাজ করছে, প্রজেক্ট কাইমেরার অপরাধীদের তথ্য সরবরাহ করছে।

এই আবিষ্কার মারার অস্বস্তির অনুভূতিকে আরও গভীর করে তোলে এবং ষড়যন্ত্রের গভীরতা এবং পরিধি সম্পর্কে তার সন্দেহকে আরও দৃঢ় করে তোলে। এই লঙঘনের অর্থ ছিল তার প্রতিটি পদক্ষেপের উপর নজর রাখা, তার তদন্তকে ভেতর থেকে সক্রিয়ভাবে নাশকতা করা। এটি কেবল একটি সাধারণ অপরাধের চেয়েও বেশি কিছু ছিল; এটি ছিল একটি যুদ্ধ, একটি মর্যাদাপূর্ণ বৈজ্ঞানিক প্রতিষ্ঠানের ছায়ায় পরিচালিত একটি গোপন যুদ্ধ।

এই অভ্যন্তরীণ হুমকি মারাকে তার কৌশল পুনর্বিবেচনা করতে বাধ্য করেছিল। তার তদন্তের উপর আরও নাশকতা বা তথ্য ফাঁসের সম্ভাবনা থাকায় তিনি আর অভ্যন্তরীণ সম্পদের উপর নির্ভর করতে পারছিলেন না। অভ্যন্তরীণ হুমকি থেকে নিজেকে এবং তার কাজকে রক্ষা করার জন্য তাকে একটি উপায় খুঁজে বের করতে হয়েছিল। তিনি জানতেন যে তিনি -এর মধ্যে কাউকে সম্পূর্ণরূপে বিশ্বাস করতে পারবেন না। একসময় বৈজ্ঞানিক সততার প্রতীক হিসেবে পরিচিত প্রতিষ্ঠানের দেয়াল এখন খাঁচার মতো অনুভূত হচ্ছে, প্রতারণা এবং বিশ্বাসঘাতকতার স্তরে স্তরে স্তরে তার প্রচেষ্টাকে শ্বাসরোধ করছে।

মারা মিলারের কাছ থেকে পরামর্শ চেয়েছিলেন, ডঃ রিড এবং নিরাপত্তা লঙঘন সম্পর্কে তার অনুসন্ধানগুলি ভাগ

করে নিয়েছিলেন। মিলার মনোযোগ সহকারে শুনছিলেন, তার মুখে উদ্বেগ এবং বিষণ্ণ দৃঢ়তার মিশ্রণ ফুটে উঠছিল। তিনি অভ্যন্তরীণ নাশকতার অস্তিত্বের সন্দেহ করেছিলেন, প্রজেক্ট কাইমেরাকে রক্ষাকারী একটি গোপন নেটওয়ার্ক, কিন্তু এখনও পর্যন্ত তিনি কোনও সুনির্দিষ্ট প্রমাণ পাননি। এটি -এর একেবারে হৃদয়ে ষড়যন্ত্রের তাঁবু পৌঁছানোর বিষয়ে তার সবচেয়ে অন্ধকার ভয়কে নিশ্চিত করেছিল।

একসাথে, তারা একটি নতুন পরিকল্পনা তৈরি করেছিল, যা -এর অফিসিয়াল চ্যানেলের বাইরে কাজ করার জন্য তৈরি করা হয়েছিল, যাতে আরও নাশকতার ঝুঁকি কমানো যায়। তারা এফবিআই এবং অন্যান্য আইন প্রয়োগকারী সংস্থার মধ্যে বিশ্বস্ত পরিচিতদের সাথে যোগাযোগ করে, রিড এবং নিরাপত্তা লঙ্ঘন সম্পর্কে তাদের সংগৃহীত প্রমাণ ভাগ করে নেওয়ার সিদ্ধান্ত নিয়েছিল, একই সাথে তাদের বিদ্যমান আবরণের সাথে আপস না করার জন্য তাদের উৎস সাবধানে গোপন করেছিল।

এই সহযোগিতার অর্থ ছিল -এর আমলাতান্ত্রিক কাঠামোর বাইরে কাজ করা, একটি কঠিন কাজ, ঝুঁকিপূর্ণ। কিন্তু এটি এমন একটি ঝুঁকি ছিল যা মারা এবং মিলার তদন্ত চালিয়ে যাওয়ার জন্য নিতে ইচ্ছুক ছিলেন। -এর মধ্যে বিশ্বাসঘাতকতা আঘাত হেনেছিল, কিন্তু এটি মারার মধ্যে একটি নতুন সংকল্পের সূচনা করেছিল। তিনি আস্থা হারিয়ে ফেলেছিলেন, কিন্তু তিনি দমে যাননি। ন্যায়বিচারের লড়াই একটি অন্ধকার এবং বিপজ্জনক

মোড় নিয়েছিল, তবুও সত্য প্রকাশের তার দৃঢ় সংকল্প অটল ছিল।

ষড়যন্ত্রটি -এর ভেতরে এত গভীরে ঢুকে পড়েছে যে, যাদের উপর একসময় তার বিশ্বাস ছিল তারাই তার সাথে বিশ্বাসঘাতকতা করেছে, এই উপলব্ধি তার দৃঢ় সংকল্পকে আরও দৃঢ় করে তুলেছিল। এটি কেবল প্রজেক্ট কাইমেরাকে আর থামানোর জন্য ছিল না; এটি ছিল এমন একটি নেটওয়ার্ক ভেঙে ফেলার জন্য যা ক্ষমতার সর্বোচ্চ স্তরে অনুপ্রবেশ করেছিল। এটি ছিল বিশ্বাস পুনরুদ্ধার এবং বৈজ্ঞানিক সততার ভিত্তি পুনর্নির্মাণ করার জন্য যা এত নির্মমভাবে ভেঙে গিয়েছিল। চ্যালেঞ্জ ছিল বিশাল, সামনের পথটি ছিল বিশ্বাসঘাতক, কিন্তু মারা জানতেন যে তিনি পিছু হটতে পারবেন না। অসংখ্য ব্যক্তির জীবন ভারসাম্যের মধ্যে ঝুলে ছিল। তাকে বিশ্বাসঘাতকতার ভয়াবহ জলরাশি অতিক্রম করার, যেখানে তিনি পারছেন সেখানে বিশ্বাস পুনর্নির্মাণ করার এবং অপরাধমূলক উদ্যোগকে প্রকাশ করতে এবং অপরাধীদের বিচারের আওতায় আনার জন্য তার বিরুদ্ধে যে প্রতারণা করা হয়েছিল তা ব্যবহার করার উপায় খুঁজে বের করতে হয়েছিল। সত্যের জন্য লড়াই শেষ হয়নি; এটি আরও অনেক বিপজ্জনক এবং জটিল পর্যায়ে প্রবেশ করেছে।

প্রতারণার পথ মারাকে -এর ইন্ট্রামুরাল রিসার্চের ডেপুটি ডিরেক্টর ডঃ অ্যালিস্টার ফিঞ্চের কাছে নিয়ে যায়। ফিঞ্চ, তার তীক্ষ্ণ বুদ্ধিমত্তা এবং এমনকি তীক্ষ্ণ কনুইয়ের জন্য পরিচিত একজন ব্যক্তি, বৈজ্ঞানিক সম্প্রদায়ের মধ্যে একজন টাইটান ছিলেন, তার নাম যুগান্তকারী গবেষণা এবং যথেষ্ট প্রভাবের সমার্থক। তবে থর্নের সাথে তার

সম্পৃক্ততা কেবল পেশাদার পরিচিতির বাইরেও বিস্তৃত ছিল। মারা ফিঞ্চ এবং থর্নের মধ্যে বেশ কয়েক বছর ধরে এনক্রিপ্ট করা ইমেলের একটি সিরিজ আবিষ্কার করেছিলেন, যেখানে প্রজেক্ট কাইমেরা নিয়ে গোপন ভাষায় আলোচনা করা হয়েছিল। ভাষাটি সাবধানে বেছে নেওয়া হয়েছিল, বৈজ্ঞানিক শব্দভাণ্ডার এবং কোডেড বাক্যাংশে পূর্ণ, কিন্তু অন্তর্নিহিত বার্তাটি স্পষ্ট ছিল: ফিঞ্চ গভীরভাবে জড়িত ছিলেন, এমনকি প্রকল্পের উন্নয়নে একজন গুরুত্বপূর্ণ খেলোয়াড়ও হতে পারেন।

ইমেলগুলি এক বিরক্তিকর ধরণ প্রকাশ করেছিল। ফিঞ্চ থর্নকে উচ্চ-স্তরের গবেষণা সুবিধা এবং কর্মীদের অ্যাক্সেস সহ গুরুত্বপূর্ণ সম্পদ সরবরাহ করেছিলেন, যা কার্যকরভাবে থর্নের কার্যক্রমকে তদন্ত থেকে রক্ষা করেছিল। তিনি অনুদান এবং ছলনাময় কর্পোরেশনের একটি জটিল নেটওয়ার্কের মাধ্যমে থর্নের গবেষণায় উল্লেখযোগ্য পরিমাণে তহবিল সরবরাহ করতেও সহায়তা করেছিলেন, একই সাথে সম্ভাব্য অস্বীকারযোগ্যতার আবরণ বজায় রেখে। ফিঞ্চের অবস্থান তাকে সিস্টেমটি পরিচালনা করতে, তথ্য প্রবাহ নিয়ন্ত্রণ করতে এবং আমলাতান্ত্রিক কাগজপত্রের পাহাড়ের নীচে যেকোনো অন্যায়ের ইঙ্গিত চাপা দেওয়ার অনুমতি দিয়েছিল। তিনি ছিলেন অস্পষ্টতার একজন ওস্তাদ, একজন পুতুলখেলাপি যিনি ছায়া থেকে সুতা টেনে আনেন।

মারার মনে একটা নতুন বমি বমি ভাবের ঢেউ এলো। ফিঞ্চের বিশ্বাসঘাতকতা বিশেষভাবে বিরক্তিকর ছিল, এমন একজনের পিঠে ছুরি মারা, যিনি সেই নীতিগুলিকেই বাস্তবায়িত করেছিলেন যা তিনি তার

জীবন উৎসর্গ করেছিলেন। তিনি ফিঞ্চের বৈজ্ঞানিক সততা সম্পর্কে প্রকাশ্য ঘোষণা, স্বচ্ছতা এবং জবাবদিহিতার আহ্বানের কথা মনে রেখেছিলেন, যা এখন ফাঁকা ঘোষণা, একটি নিষ্ঠুর উচ্চাকাঙ্ক্ষাকে ঢেকে রাখা একটি নিন্দুক মুখোশ হিসাবে প্রকাশিত হয়েছিল। লোকটি ছিল একজন শিকারী, তার অবস্থানের সম্মানের আবরণে আচ্ছন্ন, বৈজ্ঞানিক সততার ভিত্তিকে হুমকির মুখে ফেলে এমন একটি অপরাধমূলক উদ্যোগকে রক্ষা করার জন্য তার প্রভাব ব্যবহার করে।

আরও তদন্তে জানা যায় যে ফিঞ্চ থর্নের গবেষণার যেকোনো অনুসন্ধান দমন করার জন্য, তথ্য ফাঁসকারীদের নীরব করার জন্য এবং ভিন্নমত পোষণকারীদের দমন করার জন্য তার ক্ষমতা ব্যবহার করেছিলেন। তিনি -এর মধ্যে অনুগতদের একটি নেটওয়ার্ক গড়ে তুলেছিলেন, যারা হয় সক্রিয়ভাবে ষড়যন্ত্রে অংশগ্রহণ করেছিল অথবা অন্ধভাবে তার প্রতি অনুগত ছিল, যা প্রজেক্ট কাইমেরার অব্যাহত গোপনীয়তা এবং সাফল্য নিশ্চিত করেছিল। মারা প্রমাণ খুঁজে পান যে ফিঞ্চ তার কর্তৃত্ব ব্যবহার করে তথ্য হেরফের করেছিলেন, নেতিবাচক অনুসন্ধানগুলি দমন করেছিলেন এবং থর্নের কাজকে ঘিরে বৈজ্ঞানিক সাফল্যের একটি মিথ্যা আখ্যান তৈরি করেছিলেন।

ফিঞ্চের জড়িত থাকার গভীরতা মারাকেও হতবাক করেছিল, যিনি একজন অভিজ্ঞ তদন্তকারী যিনি মানব প্রকৃতির অন্ধকার গভীরতায় অভ্যস্ত ছিলেন। এটি কেবল অবহেলা বা তদারকির ঘটনা ছিল না; এটি ছিল একটি

ইচ্ছাকৃত, পরিকল্পিত প্রচেষ্টা যা একটি অপরাধমূলক ষড়যন্ত্রকে ধামাচাপা দেওয়ার জন্য, একটি ষড়যন্ত্র যা -এর সর্বোচ্চ স্তরে পৌঁছেছিল। তার প্রভাব -এর বাইরেও বিস্তৃত হয়েছিল, কংগ্রেস এবং হোয়াইট হাউসের হলগুলিতে পৌঁছেছিল, জটিল জটিলতার জাল তৈরি করেছিল যা তাকে বিচারের আওতায় আনাকে একটি কঠিন কাজ করে তুলেছিল।

মারার ডিজিটাল ফরেনসিক দল একটি লুকানো সার্ভার আবিষ্কার করেছে, যা শুধুমাত্র জটিল এনক্রিপশন প্রোটোকলের মাধ্যমে অ্যাক্সেস করা হয়েছিল। সার্ভারটিতে প্রচুর তথ্য ছিল, যার মধ্যে ফিঞ্চের আর্থিক লেনদেন, থর্নের সাথে তার যোগাযোগ এবং অপরাধমূলক কার্যকলাপ ধামাচাপা দেওয়ার জন্য তার প্রচেষ্টার বিবরণ ছিল। তথ্যগুলি অত্যন্ত সতর্কতার সাথে সংগঠিত ছিল, যা এমন একটি মনকে প্রকাশ করে যা তার অপরাধ গোপন করার প্রচেষ্টায় উজ্জ্বল এবং অত্যন্ত সতর্কতার সাথে ছিল। ইমেলগুলি অত্যাধুনিক প্রযুক্তি ব্যবহার করে এনক্রিপ্ট করা হয়েছিল, যার জন্য উন্নত ডিক্রিপশন কৌশল এবং যথেষ্ট দক্ষতার প্রয়োজন ছিল। মারার দল অক্লান্ত পরিশ্রম করেছে, কঠোর পরিশ্রমের সাথে তথ্যের টুকরোগুলিকে একত্রিত করেছে, ধীরে ধীরে ফিঞ্চের জড়িত থাকার প্রকৃত পরিমাণ প্রকাশ করেছে।

ডিজিটাল প্রমাণের ভান্ডারের মধ্যে, মারা এনক্রিপ্ট করা বার্তাগুলির একটি সিরিজ খুঁজে পান যা ইঙ্গিত দেয় যে ফিঞ্চ কেবল প্রজেক্ট কাইমেরার সাথে জড়িত ছিলেন না বরং এর থেকে লাভবান হতে চাইছিলেন, অফশোর

অ্যাকাউন্টে উল্লেখযোগ্য পরিমাণ অর্থ বিনিয়োগ করেছিলেন, থর্নের অবৈধ কার্যকলাপের পুরষ্কার পেয়েছিলেন। এই আর্থিক দৃষ্টিকোণটি অত্যন্ত গুরুত্বপূর্ণ ছিল; এটি কেবল ফিঞ্চের জড়িততা প্রমাণ করেনি বরং অর্থ পাচারের পরিকল্পনার সাথে একটি বাস্তব সংযোগ প্রদান করেছিল, তার বিরুদ্ধে মামলা জোরদার করেছিল এবং তাকে সরাসরি বৃহত্তর অপরাধমূলক ষড়যন্ত্রের সাথে যুক্ত করেছিল। আর্থিক পথটি কেম্যান দ্বীপপুঞ্জ এবং লুক্সেমবার্গ ভিত্তিক একটি শেল কর্পোরেশনের নেটওয়ার্ক তৈরি করেছিল, যারা অবৈধ তহবিলের প্রকৃত সুবিধাভোগীদের গোপন করার জন্য দক্ষতার সাথে ছদ্মবেশী ছিল।

এর প্রভাব ছিল বিস্ময়কর। যদি ফিঞ্চ, এত মর্যাদা এবং প্রভাবশালী ব্যক্তি, এত গভীরভাবে জড়িত থাকতে পারেন, তাহলে ষড়যন্ত্রের পরিমাণ এবং এনআইএইচ-এর মূল অংশে এটি কতটা বিস্তৃত ছিল তা নিয়ে প্রশ্ন ওঠে। এটি কেবল এনআইএইচ-এর ল্যাব এবং অফিসগুলিতেই নয়, ক্ষমতার হলগুলিতেও সংঘটিত একটি যুদ্ধ ছিল, একজন দৃঢ়প্রতিজ্ঞ তদন্তকারী এবং একজন শক্তিশালী প্রতিপক্ষের মধ্যে ইচ্ছার লড়াই। প্রমাণগুলি অপ্রতিরোধ্য ছিল, কিন্তু ফিঞ্চকে পরাজিত করা একটি বিশাল কাজ হবে, যার জন্য একটি কৌশলগত পদ্ধতি এবং সূক্ষ্ম পরিকল্পনার প্রয়োজন হবে।

মারার পরবর্তী পদক্ষেপ অত্যন্ত গুরুত্বপূর্ণ ছিল। সরাসরি সংঘর্ষ খুবই ঝুঁকিপূর্ণ হবে, কারণ ফিঞ্চের সংযোগ এবং প্রভাব সহজেই তার তদন্ত বন্ধ করে দিতে পারে অথবা

আরও খারাপ হতে পারে। পরিবর্তে, তিনি আরও সূক্ষ্ম পদ্ধতি বেছে নিয়েছিলেন, সাবধানে নির্বাচিত প্রমাণগুলি মিডিয়া এবং আইন প্রয়োগকারী সংস্থার বিশ্বস্ত সূত্রগুলিতে ফাঁস করে দিয়েছিলেন, যার ফলে একটি তীব্র প্রতিক্রিয়া তৈরি হয়েছিল যা অবশেষে ফিঞ্চকে প্রকাশ্যে আসতে বাধ্য করেছিল। কৌশলটি ঝুঁকিপূর্ণ ছিল, কিন্তু ঝুঁকি এত বেশি ছিল যে এটি নিরাপদে খেলতে পারার সম্ভাবনা ছিল না। একটি ভুল পদক্ষেপ, এবং পুরো তদন্ত ভেঙে যেতে পারে।

কংগ্রেস এবং বিচার বিভাগের গুরুত্বপূর্ণ ব্যক্তিত্বদের লক্ষ্য করে এই সাবধানে তথ্য ফাঁসের অভিযান চালানো হয়েছিল, কৌশলগতভাবে এমন তথ্য প্রকাশ করা হয়েছিল যা ফিঞ্চের কার্যকলাপের একটি আনুষ্ঠানিক তদন্ত শুরু করবে, সরাসরি মারা বা মিলারকে জড়িত না করে। লক্ষ্য ছিল ফিঞ্চকে প্রতিক্রিয়া জানাতে বাধ্য করা, এমন একটি ভুল করা যা তার বিরুদ্ধে প্রমাণকে দৃঢ় করবে এবং তার অবস্থানকে দুর্বল করবে। এটি ছিল তথ্য নিয়ন্ত্রণের একটি সূক্ষ্ম নৃত্য, বিস্তৃত তদন্তকে বিপন্ন না করে ফিঞ্চকে কোণঠাসা করার একটি সাবধানে ক্যালিব্রেটেড কৌশল।

রাজনৈতিক ষড়যন্ত্র এবং আমলাতান্ত্রিক কৌশলের বিশ্বাসঘাতক জলরাশির মধ্য দিয়ে সাবধানতার সাথে ফিঞ্চের পতনের ভিত্তি স্থাপন করার সময় সপ্তাহগুলি মাসে পরিণত হয়। তিনি মিলার এবং তাদের বহিরাগত যোগাযোগের সাথে একত্রে কাজ করেছিলেন, একটি সুসংগত প্রচারণা নিশ্চিত করেছিলেন যা ফিঞ্চের অপরাধ

প্রকাশ করবে এবং তাকে বিচারের আওতায় আনবে। ক্রমাগত চাপ, তথ্যের অবিরাম স্রোত, দায়িত্বের বোঝা তার ক্ষতি করতে শুরু করে। মারার ঘুম আরও অনিয়মিত হয়ে ওঠে, তার মনোযোগ তীক্ষ্ণতর হয়ে ওঠে। পেশাদার নিষ্ঠা এবং ব্যক্তিগত ক্লান্তির মধ্যে রেখা ঝাপসা হতে শুরু করে।

কৌশলটি কাজ করেছিল। একাধিক তদন্তের চাপের মুখে, ফিঞ্চ ভুল করতে শুরু করে। সে তার ট্র্যাকগুলি ধামাচাপা দেওয়ার চেষ্টা করেছিল, কিন্তু তার প্রচেষ্টা কেবল আরও অপরাধমূলক প্রমাণ প্রকাশ করতে সাহায্য করেছিল। ফাঁস হওয়া তথ্যগুলিকে সুনির্দিষ্টভাবে লক্ষ্যবস্তু করা হয়েছিল, উৎস প্রকাশ না করেই সন্দেহ জাগানোর জন্য যথেষ্ট তথ্য সরবরাহ করেছিল, যার ফলে মারা এবং মিলার রক্ষা পেয়েছিলেন।

শেষ ধাক্কাটা আসে যখন থর্নের একজন অসন্তুষ্ট প্রাক্তন কর্মচারী, তাদের নিরাপত্তার ভয়ে, গুরুত্বপূর্ণ প্রমাণ প্রদান করে যা ফিঞ্চকে সরাসরি অর্থ পাচার প্রকল্পের সাথে যুক্ত করে। এই সাক্ষ্য মারার অনুসন্ধানগুলিকে সমর্থন করে এবং ধাঁধার অনুপস্থিত অংশটি প্রদান করে, যা কোনও যুক্তিসঙ্গত সন্দেহ ছাড়াই ফিঞ্চের অপরাধকে নিশ্চিতভাবে প্রমাণ করে। ফিঞ্চের পতন দ্রুত এবং দর্শনীয় ছিল, অকাট্য প্রমাণের ভারে তার যত্ন সহকারে নির্মিত সম্মানের মুখটি ভেঙে পড়ে। তার গ্রেপ্তার বৈজ্ঞানিক সম্প্রদায়ের মধ্যে হতবাক করে দেয়, গবেষণা এবং বৈজ্ঞানিক প্রতিষ্ঠানের অখণ্ডতার উপর দুর্নীতির ধ্বংসাত্মক প্রভাবকে তুলে ধরে।

তবে ফিঞ্চের গ্রেপ্তার তদন্তের সমাপ্তি ঘটায়নি। তার নেটওয়ার্ক, তার সহযোগী, তার সহযোগীরা - সবাই পলাতক ছিল, গোপনে কাজ চালিয়ে যাচ্ছিল। প্রতারণার জাল ফিঞ্চের বাইরেও অনেক দূরে বিস্তৃত ছিল, বৈজ্ঞানিক সম্প্রদায়ের জটিল কাঠামোর মধ্য দিয়ে তার পথ তৈরি করেছিল, যা দুর্নীতির ব্যাপক প্রকৃতি এবং ব্যক্তিরা তাদের ক্ষমতা এবং তাদের গোপনীয়তা রক্ষা করার জন্য কতটা সীমা অতিক্রম করবে তার প্রমাণ। মারার জন্য, ন্যায়বিচারের লড়াই সবেমাত্র শুরু হয়েছিল। ফিঞ্চের অপরাধের উন্মোচন ছিল একটি বিজয়, কিন্তু এটি ছিল সত্য প্রকাশ এবং প্রজেক্ট কাইমেরা ষড়যন্ত্রের সাথে জড়িত সকলকে বিচারের আওতায় আনার দীর্ঘ এবং কঠিন যাত্রার প্রথম পদক্ষেপ মাত্র। সামনের পথ ছিল বিশ্বাসঘাতকতাপূর্ণ, বিপদ এবং অনিশ্চয়তায় ভরা, কিন্তু মারা ছিলেন অবিচল। ন্যায়বিচারের সন্ধানের জন্য অটল সংকল্প, সত্য উন্মোচনের জন্য একটি নিরলস নিষ্ঠার প্রয়োজন, প্রতারণা যত গভীরই হোক না কেন।

মারার মুখে উৎসবের শ্যাম্পেনের স্বাদ ছাইয়ের মতো ছিল। ফিঞ্চের গ্রেপ্তার ছিল একটি তাৎপর্যপূর্ণ বিজয়, প্রজেক্ট কাইমেরার আপাতদৃষ্টিতে দুর্ভেদ্য প্রাচীরে একটি ফাটল, কিন্তু বিজয়ের অনুভূতি ক্ষণস্থায়ী ছিল, একটি শীতল পূর্বাভাস দ্বারা আবৃত ছিল। এত শক্তিশালী ব্যক্তিত্বকে ধ্বংস করার কাজটিই তাকে এখনও ছায়ায় লুকিয়ে থাকা লোকদের ক্রোধের মুখোমুখি করেছিল।

প্রথম প্রচেষ্টাটি সূক্ষ্মভাবে, প্রায় অদৃশ্যভাবে ঘটেছিল। একটি ভুল জায়গায় রাখা প্যাকেজ - অফিস সরবরাহের

একটি আপাতদৃষ্টিতে নিরীহ ডেলিভারি - প্যাকেজিংয়ের মধ্যে একটি ছোট, প্রায় অদৃশ্য তার ছিল, যা বিশেষজ্ঞভাবে লুকিয়ে ছিল। এটি প্রাণঘাতী হওয়ার জন্য ডিজাইন করা হয়েছিল, একটি নীরব ঘাতক যা একটি নিত্যনৈমিত্তিক জিনিসের ছদ্মবেশে। ফিঞ্চের গ্রেপ্তারের পর সর্বদা সতর্ক থাকা মারার নিরাপত্তা বাহিনী, তার ডেস্কে পৌঁছানোর আগেই প্যাকেজটি আটক করে। প্রায় মিস করা ব্যক্তিটি তার মেরুদণ্ডে একটি কাঁপুনি এনে দেয়, যা তার মুখোমুখি হওয়া মারাত্মক বিপদের স্পষ্ট স্মরণ করিয়ে দেয়। প্রচেষ্টার পরিশীলিততা তার বিরোধিতাকারীদের সম্পদ এবং দৃঢ়তার উপর জোর দিয়েছিল। তারা অপেশাদার ছিল না; তারা পেশাদার ছিল, অত্যন্ত দক্ষ এবং সাবধানতার সাথে প্রস্তুত ছিল।

দ্বিতীয় প্রচেষ্টাটি ছিল আরও সরাসরি, আরও নির্লজ্জ। এক রাতে অন্ধকারে ঢাকা একাকী এক ব্যক্তি তার অ্যাপার্টমেন্ট ভবনের বাইরে উপস্থিত হয়েছিল। নিরাপত্তা ক্যামেরার ফুটেজে ক্ষণিকের জন্য দেখা যায় সেই ব্যক্তি সশস্ত্র, তাদের গতিবিধি দ্রুত এবং মারাত্মক। ব্যক্তিত্বটি কখনও ভবনের সীমানার কাছাকাছি পৌঁছায়নি; নজরদারি ফুটেজে অসঙ্গতি দেখে সতর্ক হওয়া নিরাপত্তা বাহিনীর সদস্যরা দ্রুত প্রতিক্রিয়া জানায়, হয়তো খুনিকে রাতের আঁধারে পিছু হটতে বাধ্য করে। এই ঘটনা মারাকে নাড়া দেয় কিন্তু দৃঢ়প্রতিজ্ঞ করে তোলে; তার বর্তমান মিশনে ভয়ের কোনও স্থান ছিল না। এই প্রায় মৃত্যুর অভিজ্ঞতা কেবল একটি হুমকি ছিল না; এটি ছিল একটি বার্তা। যদি সে অটল থাকে তবে কী অপেক্ষা করছে তার একটি শীতল সতর্কীকরণ।

তৃতীয় প্রচেষ্টাটি ছিল প্রতারণার এক অসাধারণ মাস্টারপিস। একটি বেনামী টিপস, যা আপাতদৃষ্টিতে হিতৈষী এবং সদিচ্ছাপূর্ণ ছিল, তাকে একটি অনুমিত নিরাপদ বাড়িতে নিয়ে যায়, যে জায়গাটি তার অনুসরণকারীদের হাত থেকে রক্ষা করার জন্য তৈরি করা হয়েছিল। কিন্তু "নিরাপদ ঘর" ছিল একটি ফাঁদ, একটি অত্যন্ত সতর্কতার সাথে তৈরি আক্রমণ। টিপসের সময় এবং বিবরণ সম্পর্কে সহজাতভাবে সন্দেহজনক, মারা অত্যন্ত সতর্কতার সাথে এগিয়ে যাওয়ার সিদ্ধান্ত নেয়, প্রথমে তার দলকে সশস্ত্র এবং যেকোনো কিছুর জন্য প্রস্তুত করে। বাড়িটি খালি ছিল, তবুও বোমায় আটকা পড়েছিল। বিস্ফোরকগুলি দূর থেকে বিস্ফোরণ ঘটানোর জন্য তৈরি করা হয়েছিল, মারা এবং তার দলকে নির্মূল করার জন্য একটি মরিয়া কৌশল।

এই ঘনিষ্ঠ যোগাযোগগুলি মারাকে তার নিরাপত্তা প্রোটোকল পুনর্মূল্যায়ন করতে বাধ্য করেছিল, একটি নির্মম স্বীকৃতি যে শত্রু তার প্রাথমিক ধারণার চেয়ে অনেক বেশি সম্পদশালী এবং নির্মম ছিল। এই প্রচেষ্টাগুলির পরিশীলিততা এবং নিছক সাহসিকতা ষড়যন্ত্রের গভীরতা এবং এর গোপনীয়তা বজায় রাখার জন্য নেওয়া মরিয়া পদক্ষেপ সম্পর্কে অনেক কিছু বলেছিল।

এই হামলাগুলি কঠোর নিরাপত্তা ব্যবস্থার প্রয়োজনীয়তা তুলে ধরে। মারার দল তাদের নজরদারি কার্যক্রম জোরদার করে, নজরদারি ফুটেজ বিশ্লেষণ করে, ফোন

কল ট্র্যাক করে এবং সম্ভাব্য হুমকির উপর নজর রাখে। তার চলাচল সীমিত ছিল; প্রতিটি সাক্ষাৎ, প্রতিটি জনসাধারণের উপস্থিতি সতর্কতার সাথে পরিকল্পনা করা হয়েছিল এবং সামরিক নির্ভুলতার সাথে বাস্তবায়িত হয়েছিল। অবিরাম সতর্কতা, বিপদের স্পষ্ট অনুভূতি তাকে ক্লান্ত করে তুলেছিল, কিন্তু মারা হাল ছাড়তে অস্বীকৃতি জানিয়েছিল। তদন্তের ওজন, সম্ভাব্য ঝুঁকির মুখে থাকা জীবন, তার অটল দৃঢ় সংকল্পকে আরও বাড়িয়ে তুলেছিল।

ইতিমধ্যে, এজেন্ট মিলার, স্বাধীনভাবে কাজ করে, একটি গোপন সংগঠনের কাছাকাছি যাচ্ছিল যার সাথে থর্নের যোগাযোগ ছিল, যে দলটি চলমান হামলার জন্য দায়ী বলে মনে করা হয়। তারা ছিল একটি ভাড়াটে দল, যারা গোপন জগতের ছায়ায় কাজ করত এবং সর্বোচ্চ দরদাতাকে তাদের পরিষেবা প্রদান করত। তাদের সংযোগ বৈজ্ঞানিক সম্প্রদায়ের বাইরেও বিস্তৃত ছিল, আন্তর্জাতিক গুপ্তচরবৃত্তি এবং সংগঠিত অপরাধের ক্ষেত্র পর্যন্ত পৌঁছেছিল।

বিপদ ক্রমশ বেড়ে গেল। মারা বুঝতে পারল যে সে কেবল দুর্বৃত্ত বিজ্ঞানী এবং দুর্নীতিবাজ কর্মকর্তাদের সাথেই মোকাবিলা করছে না; সে অপরাধীদের একটি ভয়ঙ্কর নেটওয়ার্কের মুখোমুখি হচ্ছে যারা তাদের স্বার্থ রক্ষার জন্য যেকোনো কিছু করতে থামবে না। সে এখন বুঝতে পারল যে ফিঞ্চ কেবল একটি ঘুঁটি, অনেক বৃহত্তর এবং আরও ভয়ঙ্কর অভিযানের একজন উচ্চ-প্রোফাইল ব্যক্তিত্ব।

মারা তদন্তের গভীরে প্রবেশ করার সাথে সাথে একটি বিরক্তিকর ধরণ আবিষ্কার করলেন: আক্রমণগুলি এলোমেলো ছিল না; এগুলি সুনির্দিষ্টভাবে লক্ষ্যবস্তু করা হয়েছিল, বার্তা পাঠানোর জন্য, নিরুৎসাহিত করার জন্য, ভয় দেখানোর জন্য। প্রতিটি প্রচেষ্টা সাবধানে গণনা করা হয়েছিল, যা তার রুটিন, তার অভ্যাস, তার দুর্বলতা সম্পর্কে গভীর ধারণা প্রকাশ করে। এটা স্পষ্ট ছিল যে তার ভেতরের কেউ, যার উপর সে বিশ্বাস করেছিল, তাকে আপোস করা হয়েছে।

মারার মনে একটা তিল কামড়ানোর সম্ভাবনা কাজ করছিল। চিন্তাটা ছিল অস্থির, গভীর ব্যক্তিগত। তাকে বিশ্বাসঘাতককে খুঁজে বের করতে হয়েছিল, তথ্য ফাঁসের উৎস খুঁজে বের করতে হয়েছিল। এটি ছিল একটি বিপজ্জনক কাজ, একটি অভ্যন্তরীণ তদন্ত যার জন্য সর্বোচ্চ সতর্কতা এবং বিচক্ষণতার প্রয়োজন ছিল। সে শিখেছিল, বিশ্বাস এমন একটি বিলাসিতা যা সে আর বহন করতে পারে না। প্যারানোয়া তার নতুন বাস্তবতা হয়ে ওঠে, একটি ধ্রুবক কুঁচকে যাওয়া যা তাকে গ্রাস করার হুমকি দেয়।

এই হুমকি মোকাবেলা করার জন্য, মারা একটি জটিল পাল্টা গোয়েন্দা অভিযান পরিচালনা করেন, যার মাধ্যমে তার অনুসরণকারীদের বিভ্রান্ত করার জন্য সাবধানে সাজানো ছলনা এবং বিভ্রান্তির একটি সিরিজ তৈরি করা হয়। তিনি মিডিয়ার কাছে মিথ্যা তথ্য ফাঁস করেন,

বিভ্রান্তিকর প্রমাণ স্থাপন করেন এবং এমনকি তার প্রধান অপারেশন সেন্টারটি সাময়িকভাবে সরিয়ে নেওয়ার পরিকল্পনা করেন, যার ফলে তার শত্রুদের বিভ্রান্ত করার জন্য বিশৃঙ্খলা এবং বিশৃঙ্খলার ছাপ তৈরি হয়।

এই অভিযান, যদিও তার শত্রুদের বিভ্রান্ত করতে কার্যকর ছিল, তবুও ষড়যন্ত্রের পরিমাণ এবং যারা তাকে চুপ করিয়ে দিতে চেয়েছিল তাদের হাতে থাকা সম্পদের পরিমাণ প্রকাশ করেছিল। এই ইঁদুর-বিড়াল খেলা, যেখানে সে প্রতিরক্ষামূলক খেলা খেলছিল, হতাশাজনক এবং ভয়ঙ্কর ছিল। এটি ছিল একটি বিপজ্জনক নৃত্য, ঘাতকদের থেকে এক ধাপ এগিয়ে থাকার জন্য একটি অবিরাম সংগ্রাম।

ঘনিষ্ঠ কলগুলি ক্রমাগত ঝুঁকির কথা মনে করিয়ে দিচ্ছিল - তদন্তের রোমাঞ্চের এক শীতল প্রতিবিম্ব। প্রতিটি কাছাকাছি মিস তার মনোযোগকে তীক্ষ্ণ করেছিল, তার সংকল্পকে দৃঢ় করেছিল। বিপদটি বাস্তব ছিল, স্পষ্ট ছিল, তার মাথার উপর একটি অবিরাম হুমকি ঝুলছিল। ঘুম একটি বিরল বিলাসিতা হয়ে ওঠে, অবিরাম সাধনা এবং আসন্ন মৃত্যুর দুঃস্বপ্নের দ্বারা বিচ্ছিন্ন।

কিন্তু ভয় এবং ক্লান্তির মধ্যেও, দৃঢ় সংকল্পের ঝিকিমিকি রয়ে গেল। মারা দমে গেলেন না। তিনি চুপ করে থাকলেন না। ন্যায়বিচারের অন্বেষণ, সত্য প্রকাশের প্রয়োজনীয়তা, আগের চেয়েও উজ্জ্বলভাবে জ্বলে উঠল, তার জীবনের প্রতি হুমকির কারণে। প্রতারণার জাল বিশাল ছিল, এর ঝাঁকুনি বৈজ্ঞানিক প্রতিষ্ঠানের প্রতিটি কোণে ছড়িয়ে

পড়েছিল, কিন্তু মারা তা উন্মোচন করতে দৃঢ়প্রতিজ্ঞ ছিল, কঠোর পরিশ্রমের সুতোয় সুতোয়। ঝুঁকির মধ্যে থাকা জীবন এবং তার নিজের বেঁচে থাকা এর উপর নির্ভর করছিল। লড়াই শেষ হয়নি; প্রকৃতপক্ষে, এটি সবেমাত্র শুরু হয়েছিল। ঝুঁকি কখনও এত বেশি ছিল না, তবে মারার সংকল্পও তাই ছিল। শিকারী শিকারে পরিণত হয়েছিল, এবং শিকার এখন বেঁচে থাকার লড়াই, এবং বৈজ্ঞানিক জগতের ভিত্তি কাঁপিয়ে দিতে পারে এমন একটি ষড়যন্ত্র প্রকাশ করার জন্য একটি মরিয়া প্রতিযোগিতা।

এক সন্ধ্যায় ল্যাবের ফলাফল এসে পৌঁছায় একজন উত্তেজিত টেকনিশিয়ান, যার মুখে ক্লান্তির মিশ্রণ ছিল এবং উত্তেজনা ছিল একেবারেই। নিরাপত্তা অ্যালার্মের অবিরাম গুঞ্জন এবং অদৃশ্য বিপদের ভুতুড়ে স্পর্শে বিরামহীন আরেকটি রাতের ঘুম থেকে ক্লান্ত মারা, লোকটির উপস্থিতি টের পায়নি। যখন সে তার চোখে অভিব্যক্তি, আবিষ্কারের প্রায় পাগলাটে ঝলকানি দেখতে পেল, তখনই তার মনোযোগ কেন্দ্রীভূত হয়ে গেল।

সে তার ডেস্কের উপর একটা ছোট, সিল করা প্রমাণের ব্যাগ রাখল। ভেতরে, তুলোর মধ্যে, একটা, প্রায় অণুবীক্ষণিক তন্তু, ইরিডিসেন্ট নীল রঙের একটি ক্ষুদ্র সুতা, যা তীব্র ফ্লুরোসেন্ট আলোর নিচে হালকাভাবে ঝিকিমিকি করছিল। "এটা ফরেনসিক থেকে এসেছে, ডক্টর স্টোন," সে ব্যাখ্যা করল, তার কণ্ঠস্বর বিস্ময়ের অনুভূতিতে স্তব্ধ হয়ে গেল। "এটা আমরা আগে কখনও দেখিনি এমন কিছুর মতো নয়। রচনা...এটা সম্পূর্ণ অনন্য।"

মারা ব্যাগটি তুলে নিল, তার আঙুলগুলি মূল্যবান প্রমাণগুলিকে আলতো করে সামলাচ্ছিল। আঁশটি অদ্ভুতভাবে মসৃণ, স্পর্শে প্রায় রেশমী মনে হয়েছিল। ম্যাগনিফাইং গ্লাসের নীচে, এর জটিল বুননটি এমন একটি জটিলতা প্রকাশ করেছিল যা অসম্ভবের সীমানা অতিক্রম করে। এটি স্পষ্টতই কৃত্রিম ছিল, তবুও এর শক্তি এবং স্থিতিস্থাপকতা ছিল যা সে তার উচ্চ প্রযুক্তির অপরাধ তদন্তের বছরগুলিতে যে কোনও কিছুর মুখোমুখি হয়েছিল তার চেয়ে অনেক বেশি।

টেকনিশিয়ান আরও বললেন, তার কথাগুলো ছিল প্রযুক্তিগত শব্দভাণ্ডারের এক স্রোত যা ধীরে ধীরে মারার মনে দাগ কাটতে শুরু করে। "তন্তুর আণবিক গঠন সম্পূর্ণ নতুন। এটি এমন বৈশিষ্ট্য প্রদর্শন করে যা বিদ্যমান পদার্থ বিজ্ঞানকে অস্বীকার করে। আমরা আমাদের অ্যাক্সেস থাকা প্রতিটি ডাটাবেসের মাধ্যমে এটি পরীক্ষা করেছি - এর সাথে কোনও মিল নেই। এটি একটি সম্পূর্ণ নতুন উপাদান, একটি প্রযুক্তিগত অগ্রগতি - অথবা সম্ভবত, একটি প্রযুক্তিগত দুঃস্বপ্ন।"

মারা হঠাৎ একটা ধাক্কা অনুভব করলো, হঠাৎ একটা অন্তর্দৃষ্টি অনুভব করলো যে উল্লেখযোগ্য কিছু একটা ঘটছে। এই তন্তু, এই অসঙ্গতি, কেবল ফরেনসিক প্রমাণের একটি অংশের চেয়ে অনেক বেশি কিছু ছিল। এটি ছিল একটি চাবি, একটি সুতো যা তার কল্পনার চেয়েও অনেক বড়, আরও প্রতারণামূলক চক্রান্তের উন্মোচন করতে পারে।

সে তৎক্ষণাৎ এজেন্ট মিলারের সাথে যোগাযোগ করে। কিছুক্ষণ পরেই সে এসে পৌঁছালো, তার স্বাভাবিক সরল আচরণের বদলে তীব্র কৌতূহলের ভাব ফুটে উঠলো। সে মাইক্রোস্কোপের নিচে তার কপাল পরীক্ষা করলো, তার ভ্রু ঘনত্বে কুঁচকে গেল। কয়েক মিনিট পর, সে উপরের দিকে তাকাল, তার চোখে বোঝার ঝলক ফুটে উঠলো।

"মারা, এটা বিশাল," মিলার বলল, তার কণ্ঠস্বর নিচু এবং তীব্র। "আমার কিছু একটা আছে। গত বছর আমরা একসাথে কাজ করেছি সেই 'প্রজেক্ট নাইটিঙ্গেল' ঘটনাটি মনে আছে? জৈব-প্রকৌশলী রোগজীবাণু যা কখনও মুক্তি পায়নি, যেটি কোনও চিহ্ন ছাড়াই অদৃশ্য হয়ে গেছে?"

মারার মনে ভেসে উঠল এক দুঃস্বপ্নের মামলার কথা, যেখানে একটি অত্যাধুনিক জৈব অস্ত্র জড়িত ছিল, যা আপাতদৃষ্টিতে বাতাসে মিলিয়ে গিয়েছিল। মামলাটি বন্ধ ঘোষণা করা হয়েছিল, কিন্তু অনেক প্রশ্নের উত্তর এখনও পাওয়া যায়নি। সে সবসময় অনুভব করত যে কিছু একটা ভুল আছে, এমন কিছু গোপন সংযোগ আছে যা সে কখনও উন্মোচন করতে পারেনি।

"ল্যাবটি সেই সুবিধা থেকে কিছু তন্তু উদ্ধার করেছে যেখানে রোগজীবাণু তৈরি করা হচ্ছিল," মিলার তার কথাগুলো পরিমাপিত এবং সুনির্দিষ্টভাবে বলে চললেন। "সেসময় এগুলি সম্পূর্ণরূপে বিশ্লেষণ করার জন্য এতটাই

অবনমিত ছিল, কিন্তু এখন... এই তন্তুর বিশ্লেষণ দেখলে... এগুলি প্রায় একই রকম।"

এই প্রকাশ মারার মনে এক তীব্র শারীরিক আঘাতের মতো আঘাত করে। আপাতদৃষ্টিতে বিচ্ছিন্ন ঘটনাবলী, তার বর্তমান তদন্তের আপাতদৃষ্টিতে অসংলগ্ন সূত্র এবং পুরাতন প্রজেক্ট নাইটিঙ্গেল মামলা, হঠাৎ করেই এক শীতল, ঐক্যবদ্ধ আখ্যানে মিশে যায়। একই ছায়াময় সংগঠন, একই উন্নত প্রযুক্তি, একই ভয়াবহ পরিশীলিততার স্তর।

এটি আর কেবল প্রজেক্ট কাইমেরা সম্পর্কে ছিল না, দুর্নীতিগ্রস্ত বিজ্ঞানী এবং চুরি করা গবেষণা সম্পর্কে ছিল না। এটি ছিল আরও অনেক বিস্তৃত এবং গভীরভাবে প্রোথিত ষড়যন্ত্র সম্পর্কে, যা বিশ্বব্যাপী বৈজ্ঞানিক প্রতিষ্ঠানের অন্ধকারতম কোণে পৌঁছেছিল। এটি ছিল তার প্রাথমিক প্রত্যাশার চেয়ে অনেক বৃহত্তর পরিসরে একটি যুদ্ধ।

এই উপলব্ধি তার মেরুদণ্ডে শঙ্কার এক শিহরণ জাগিয়ে তোলে। এর প্রভাব ছিল বিস্ময়কর: একটি গোপন সংস্থা যা উন্নত জৈব অস্ত্র তৈরিতে সক্ষম, একইভাবে অনন্য, পূর্বে অজানা উপকরণ তৈরিতেও সক্ষম। তাদের ক্ষমতার পরিধি সীমাহীন বলে মনে হয়েছিল, তাদের সম্পদ আপাতদৃষ্টিতে অক্ষয় বলে মনে হয়েছিল।

তাদের পদ্ধতিগুলিও ভয়াবহ দক্ষতার সাথে বিকশিত হচ্ছিল। তারা তাদের অতীতের ব্যর্থতা থেকে স্পষ্টতই শিক্ষা নিয়েছিল, তাদের কার্যক্রমে অনেক বেশি সতর্ক এবং দক্ষ হয়ে উঠেছিল। মারার জীবনের উপর তাদের পূর্ববর্তী প্রচেষ্টাগুলি ছিল আনাড়ি, প্রায় অপেশাদার, যা এখন সে সন্দেহ করছে যে তারা সক্ষম।

মারা সমস্ত প্রমাণ, আপাতদৃষ্টিতে তুচ্ছ তথ্যের প্রতিটি টুকরো, প্রতিটি বিক্ষিপ্ত বিবরণ, যা এই সুতোগুলিকে সংযুক্ত করার জন্য আরও সূত্র প্রদান করতে পারে, তার সম্পূর্ণ পর্যালোচনার নির্দেশ দেন। তিনি উভয় তদন্তের প্রতিটি দিক বিশ্লেষণ করার জন্য একটি নিবেদিতপ্রাণ দল গঠন করেন, লিঙ্ক, সংযোগ, যে কোনও ওভারল্যাপ খুঁজে বের করার জন্য যা তাদের শত্রুদের সংগঠনের একটি পরিষ্কার চিত্র প্রদান করতে পারে।

তদন্তটি দ্রুতগতিতে সম্প্রসারিত হয়, মহাদেশ জুড়ে ছড়িয়ে পড়ে, যেখানে মারা আগে কখনও শোনেনি এমন সংস্থা এবং সংস্থা জড়িত ছিল। তিনি নিজেকে অনিচ্ছুক কর্মকর্তাদের সাথে আলোচনা করতে, আমলাতান্ত্রিক জড়তার সাথে লড়াই করতে এবং আন্তর্জাতিক গুপ্তচরবৃত্তির বিশ্বাসঘাতক জলে চলাচল করতে দেখেন।

ষড়যন্ত্রের মাত্রা ছিল শ্বাসরুদ্ধকর। এতে কেবল বিজ্ঞানী ও গবেষকরাই জড়িত ছিলেন না, বরং উচ্চপদস্থ সরকারি কর্মকর্তা, ধনী শিল্পপতি এবং আন্তর্জাতিক কালোবাজারে কর্মরত অস্পষ্ট ব্যক্তিরাও জড়িত ছিলেন। তাদের সংযোগ

বিভিন্ন ক্ষেত্রে বিস্‌তৃত ছিল, তাদের প্রভাব ব্যাপক এবং গভীরভাবে প্রোথিত ছিল।

দিনগুলো সপ্তাহে পরিণত হলো, সপ্তাহগুলো মাসে। অ্যাড্রেনালিন, ক্লান্তি এবং সত্য প্রকাশের জন্য অটল দৃঢ় সংকল্পের মিশ্রণে ভরপুর মারা নিজেকে দিনরাত কাজ করতে দেখতে পেল। তার জীবনের হুমকি তীব্রভাবে বৃদ্ধি পেয়েছিল। আক্রমণগুলি এখন আরও ঘন ঘন, আরও পরিশীলিত এবং আরও বিপজ্জনক হয়ে উঠছিল। শিকার তীব্রতর হয়েছিল।

তারা তার সহকর্মীদের তার বিরুদ্ধে ব্যবহার করার চেষ্টা করেছিল, বিশ্বস্ত আস্থাভাজনদের তথ্যদাতায় পরিণত করার চেষ্টা করেছিল। মারা সন্দেহ করেছিল যে তার ঘনিষ্ঠ মহলের মধ্যে বিশ্বাসঘাতকতার কারণে কিছু প্রায় ব্যর্থতা তৈরি হয়েছিল। তাকে দ্রুত এবং সিদ্ধান্তমূলকভাবে এগিয়ে যেতে হয়েছিল।

তার কাউন্টার-ইন্টেলিজেন্স অভিযানকে আরও আক্রমণাত্মক হতে হয়েছিল। তিনি কঠোর নিরাপত্তা ব্যবস্থা গ্রহণ করেছিলেন, উন্নত নজরদারি প্রযুক্তি, মনস্তাত্ত্বিক প্রোফাইলিং এবং এমনকি প্রতারণা ব্যবহার করে তার প্রতিপক্ষদের ঠকিয়েছিলেন। তিনি মিডিয়াতে নিয়ন্ত্রিত ফাঁসের একটি সিরিজ শুরু করেছিলেন, সাবধানতার সাথে তার অনুসরণকারীদের ভুল নির্দেশনা দেওয়ার জন্য আখ্যান তৈরি করেছিলেন। এটি ছিল একটি বিপজ্জনক খেলা, সত্য প্রকাশ করা এবং তার দল এবং

নিজেকে আরও ঝুঁকির মধ্যে ফেলার মধ্যে একটি শক্ত দড়ি হাঁটা।

মারা এবং মিলার যখন সংগঠনের অভ্যন্তরীণ কাজকর্মের গভীরে প্রবেশ করলেন, তখন তারা তাদের চূড়ান্ত লক্ষ্য সম্পর্কে একটি ভয়ঙ্কর সত্য আবিষ্কার করলেন। এটি কেবল অর্থ, ক্ষমতা, এমনকি নিয়ন্ত্রণ সম্পর্কেও ছিল না। এটি ছিল আরও অনেক ভয়ঙ্কর, আরও বিপজ্জনক কিছু সম্পর্কে: লাভ এবং নিয়ন্ত্রণের জন্য তৈরি অকল্পনীয় মাত্রার একটি বিশ্বব্যাপী মহামারী। জৈবিক অস্ত্র, অনন্য উপকরণ, প্রভাবের বিশ্বব্যাপী নেটওয়ার্ক - এগুলি সবই এমন একটি পরিকল্পনার দিকে ইঙ্গিত করেছিল যা এতটাই সাহসী, এতটাই ভয়ঙ্কর ছিল যে এটি বোধগম্যতার বাইরে ছিল।

মারার মনে একটা শীতল ভয় ঢুকে পড়ল তার হৃদয়ে। ঝুঁকি আগে কখনও এত বেশি ছিল না। লড়াই সবেমাত্র শুরু হয়েছিল। কিন্তু সে তার আত্মার গভীরে জানত যে সে হার মানতে পারবে না এবং করবেও না। তাকে সত্য প্রকাশ করতে হবে, যতই মূল্যই হোক না কেন। পৃথিবীর ভাগ্য এবং তার নিজের বেঁচে থাকা নির্ভর করছিল এর উপর। প্রতিযোগিতা চলছিল, সময়ের বিরুদ্ধে এক মরিয়া লড়াই এবং এক অবিশ্বাস্যভাবে শক্তিশালী এবং নির্মম শত্রু। প্রতারণার জাল আগের চেয়ে আরও শক্ত হয়ে গিয়েছিল, কিন্তু মারা একে একে উন্মোচন করতে দৃঢ়প্রতিজ্ঞ ছিল, এক এক করে কঠিন সুতোয়।

অধ্যায় ৪: উচ্চাকাঙ্ক্ষার মূল্য

আপাতদৃষ্টিতে তুচ্ছ প্রমাণের অংশ হিসেবে, এই উজ্জ্বল নীল তন্তু রোজেটা পাথরে পরিণত হয়েছিল, যা এক অসাধারণ ষড়যন্ত্রের ব্যাখ্যা দেয়। এর অনন্য গঠন, পরিচিত পদার্থ বিজ্ঞানকে উপেক্ষা করে, এমন এক প্রযুক্তিগত অগ্রগতির দিকে ইঙ্গিত করে যা এত গভীর, এত গোপন ছিল যে এটি কেবল একটি অত্যন্ত উন্নত, গভীর গোপন সংগঠন থেকেই উদ্‌ভূত হতে পারে। এটি কেবল বিচ্ছিন্নভাবে কাজ করা কোনও দুর্বৃত্ত বিজ্ঞানী ছিল না; এটি ছিল একটি সমন্বিত প্রচেষ্টা, উল্লেখযোগ্য সম্পদের সমন্বয়ে গঠিত একটি সতর্কতার সাথে পরিকল্পিত অভিযান এবং এক স্তরের পরিশীলিততা যা মারাকে হাড় পর্যন্ত ঠান্ডা করে দিয়েছিল।

এজেন্ট মিলার, যিনি কাউন্টার-ইন্টেলিজেন্সে তার অমূল্য দক্ষতার অধিকারী, তিনি তার হাতে থাকা প্রতিটি ডাটাবেসের সাথে ফাইবারের গঠনের সতর্কতার সাথে ক্রস-রেফারেন্সিং শুরু করেছিলেন, সর্বজনীন এবং শ্রেণিবদ্ধ উভয়ই। কম্পিউটার স্ক্রিনের উপর নিদ্রাহীন রাত কাটিয়ে, সংস্থার রেখে যাওয়া ডিজিটাল রুটির টুকরোগুলি খুঁজে বের করার সময় তার তীব্র দৃঢ়তা স্পষ্ট ছিল। তিনি একটি প্যাটার্ন আবিষ্কার করেছিলেন, একটি সূক্ষ্ম কিন্তু সামঞ্জস্যপূর্ণ সূত্র যা ফাইবারকে আপাতদৃষ্টিতে সম্পর্কহীন ঘটনার একটি সিরিজের সাথে সংযুক্ত করে - শিল্প গুপ্তচরবৃত্তি, সংবেদনশীল সামরিক প্রযুক্তি চুরি, এমনকি জৈব-প্রকৌশলে বিশেষজ্ঞ বেশ কয়েকজন বিশিষ্ট বিজ্ঞানীর অন্তর্ধান।

মারা এবং মিলার যত বেশি তদন্ত করতেন, ছবি ততই দৃঢ় হতো। সংগঠনটি, যাকে তারা "দ্য সিন্ডিকেট" নামে অভিহিত করতেন, তা ছিল এক ভূতের মতো সত্তা, যা ছায়ায় বিদ্যমান ছিল, পর্দার আড়াল থেকে সুতা টেনে আনত, এর তাঁবু সমাজের প্রতিটি স্তরে বিস্তৃত ছিল। তাদের প্রভাব শিক্ষা প্রতিষ্ঠান, সরকারি সংস্থা এবং বেসরকারি কর্পোরেশনগুলিতে ছড়িয়ে পড়েছিল, যারা আপাতদৃষ্টিতে স্বাধীনভাবে কাজ করত কিন্তু একটি অদৃশ্য কমান্ড শৃঙ্খলের সাথে সংযুক্ত ছিল। সিন্ডিকেটের নাগাল ছিল সুদূরপ্রসারী, তাদের কার্যক্রম সূক্ষ্মভাবে বিশ্বব্যাপী ঘটনাবলীকে প্রভাবিত করত, বাজার নিয়ন্ত্রণ করত এবং বিপর্যয় পরিচালনা করত।

তাদের পদ্ধতিগুলি ছিল অত্যন্ত কার্যকর। নীরবতা এবং সম্মতি নিশ্চিত করার জন্য তারা ব্ল্যাকমেইল, ঘুষ এবং ভয় দেখানোর সংমিশ্রণ ব্যবহার করেছিল। তাদের কর্মীরা ছিল প্রতারণার ওস্তাদ, সমাজে নির্বিঘ্নে মিশে যেত, তাদের আসল পরিচয় স্তরে স্তরে সাবধানে তৈরি ছদ্মনাম এবং মিথ্যা পরিচয় দ্বারা আবৃত ছিল। তারা উন্নত প্রযুক্তি ব্যবহার করত—অত্যাধুনিক নজরদারি ব্যবস্থা, অপ্রকাশ্য যোগাযোগ চ্যানেল এবং অত্যাধুনিক অস্ত্র—যার ফলে তাদের ট্র্যাক করা অবিশ্বাস্যভাবে কঠিন হয়ে পড়ে। মারা এবং মিলারের প্রতিটি পদক্ষেপের বিপরীতে দুই ধাপ পিছিয়ে যাওয়া মনে হচ্ছিল, যেন সিন্ডিকেট তাদের প্রতিটি পদক্ষেপের পূর্বাভাস দিয়েছিল।

একটি গুরুত্বপূর্ণ সাফল্য এসেছে একটি ওষুধ কোম্পানির একজন অসন্তুষ্ট প্রাক্তন কর্মচারীর কাছ থেকে, যিনি

একজন মধ্য-স্তরের বিজ্ঞানী যিনি তাকে যে নীতিগত আপস করতে বলা হচ্ছিল তাতে ক্রমশ অস্বস্তিকর হয়ে উঠছিলেন। তিনি মারাকে সিন্ডিকেটের কার্যকলাপের বিশদ বিবরণ সহ এনক্রিপ্ট করা নথি সরবরাহ করেছিলেন, যা একটি চমকপ্রদ পরিকল্পনা প্রকাশ করেছিল - একটি নতুন জৈব অস্ত্র তৈরির পরিকল্পনা, যা পূর্বে কল্পনা করা যেকোনো কিছুর চেয়ে অনেক বেশি মারাত্মক, যা একটি বিশ্বব্যাপী মহামারী শুরু করার জন্য ডিজাইন করা হয়েছিল যা বিশ্বের অর্থনীতিকে অস্থিতিশীল করবে এবং সিন্ডিকেটকে পরবর্তী বিশৃঙ্খলার নিয়ন্ত্রণ দখল করতে দেবে। জৈব অস্ত্রটি নিজেই ভয়ঙ্কর বুদ্ধিমত্তার একটি কাজ ছিল, যা ইরিডিসেন্ট নীল আঁশের মধ্যে পাওয়া একই অভিনব উপকরণ ব্যবহার করেছিল। এর মারাত্মকতা অতুলনীয় ছিল, এর প্রভাব মোকাবেলা করা প্রায় অসম্ভব। নথিগুলি প্রকাশ করে যে সিন্ডিকেট সাধারণ মুনাফাখোর বা রাজনৈতিক ক্ষমতায় আগ্রহী ছিল না; তাদের লক্ষ্য ছিল আরও ভয়ঙ্কর কিছু: বিশ্বব্যাপী আধিপত্য, যা সুপরিকল্পিত বিশৃঙ্খলার মাধ্যমে অর্জিত হয়েছিল।

সিন্ডিকেটের সাহসিকতা ছিল শ্বাসরুদ্ধকর, কিন্তু তাদের সূক্ষ্ম পরিকল্পনাও ছিল। তারা শেল কর্পোরেশন এবং অফশোর অ্যাকাউন্টের একটি জটিল নেটওয়ার্ক তৈরি করেছিল, তাদের আর্থিক লেনদেনকে গোপন করে রেখেছিল এবং তহবিলের প্রবাহ ট্র্যাক করা প্রায় অসম্ভব করে তুলেছিল। তাদের কর্মীরা উন্নত এনক্রিপশন কৌশল এবং বেনামী যোগাযোগ প্ল্যাটফর্ম ব্যবহার করত, যা ইলেকট্রনিক নজরদারি অবিশ্বাস্যভাবে চ্যালেঞ্জিং করে তুলেছিল। তারা গোপন অভিযানের ওস্তাদ ছিল, তাদের

কর্মকাণ্ড সাবধানতার সাথে সাজানো হয়েছিল যাতে ন্যূনতম চিহ্ন খুঁজে পাওয়া যায়।

মারার দল অক্লান্ত পরিশ্রম করেছে, তথ্যের পাহাড় ভেদ করে, তথ্যের টুকরো একত্রিত করে, কঠোর পরিশ্রমের সাথে সিন্ডিকেটের নেটওয়ার্ক পুনর্গঠন করেছে। তাদের কার্যক্রমের বিশালতা ছিল ভয়ঙ্কর, যার মধ্যে ছিল একাধিক দেশ, অসংখ্য ব্যক্তি এবং জটিল আর্থিক পরিকল্পনা। তাদের তদন্তে পরস্পর সংযুক্ত কোম্পানি, গবেষণা সুবিধা এবং সরকারি সংস্থাগুলির একটি জাল প্রকাশ পেয়েছে, যার সবই সূক্ষ্মভাবে সিন্ডিকেট দ্বারা নিয়ন্ত্রিত। ষড়যন্ত্রটি ডঃ থর্নের প্রাথমিক হত্যাকাণ্ডের বাইরেও বিস্তৃত ছিল; এটি অসংখ্য অপরাধের উপর প্রভাব ফেলেছিল, বিশ্বজুড়ে ছড়িয়ে থাকা প্রতারণা এবং হত্যার একটি চিত্রকর্ম।

চাপ আরও তীব্র হতে থাকে। মারার উপর আক্রমণের ঘন ঘন এবং পরিশীলিততা বৃদ্ধি পেতে থাকে। সে নিজেকে ক্রমাগত তার কাঁধের দিকে তাকাতে দেখে, বুঝতে পারে যে সিন্ডিকেটের কর্মীরা তার প্রতিটি পদক্ষেপের উপর নজর রাখছে। তারা মনস্তাত্ত্বিক যুদ্ধের চেষ্টা করেছিল, সূক্ষ্মভাবে তার নিকটতম মিত্র এবং বিশ্বাসীদের লক্ষ্য করে, সন্দেহ এবং অবিশ্বাসের বীজ বপন করার চেষ্টা করেছিল। চাপ ছিল প্রচণ্ড; হুমকি, সর্বদা উপস্থিত।

তবুও, মারা তার দৃঢ় সংকল্প ধরে রেখেছিলেন, আসন্ন বৈশ্বিক বিপর্যয়ের চাপে তার দৃঢ় সংকল্পকে আরও উসকে

দিয়েছিল। তিনি সিন্ডিকেটের পরবর্তী পদক্ষেপগুলি পূর্বাভাস দেওয়ার জন্য তার মনস্তাত্ত্বিক প্রোফাইলিং দক্ষতা ব্যবহার করেছিলেন, তাদের কারসাজি এবং প্রতারণার প্রচেষ্টাকে ব্যর্থ করে দিয়েছিলেন। তিনি পাল্টা-গোয়েন্দা কৌশল ব্যবহার করেছিলেন, সিন্ডিকেটকে ভুল নির্দেশনা দেওয়ার জন্য সাবধানতার সাথে বিভ্রান্তিকর প্রচারণা তৈরি করেছিলেন এবং একই সাথে গুরুত্বপূর্ণ তথ্য সংগ্রহ করেছিলেন। তিনি জানতেন যে একটি ভুল পদক্ষেপ তার দলকে প্রকাশ করতে পারে এবং পুরো তদন্তকে লাইনচ্যুত করতে পারে, তিনি বিড়াল এবং ইঁদুরের একটি বিপজ্জনক খেলায় লিপ্ত হয়েছিলেন।

আমাজন রেইনফরেস্টের গভীরে লুকিয়ে থাকা একটি দূরবর্তী গবেষণা কেন্দ্রে এক দুঃসাহসিক অভিযানের সময় ধাঁধার শেষ অংশটি স্পষ্ট হয়ে ওঠে। এই কেন্দ্রটি সিন্ডিকেটের গোপন পরীক্ষাগার হিসেবে কাজ করত, যেখানে মারাত্মক জৈব অস্ত্রটি পরিমার্জন ও অস্ত্রে পরিণত করা হচ্ছিল। সতর্কতার সাথে পরিকল্পিত এবং কার্যকর করা এই অভিযানের ফলে গুরুত্বপূর্ণ তথ্য জব্দ করা হয়েছিল এবং সিন্ডিকেটের বেশ কয়েকজন গুরুত্বপূর্ণ কর্মীকে গ্রেপ্তার করা হয়েছিল। প্রাপ্ত তথ্য তাদের সবচেয়ে অন্ধকার ভয়কে নিশ্চিত করেছে: জৈব অস্ত্রটি মোতায়েনের জন্য প্রায় প্রস্তুত ছিল।

এই হুমকিকে নিরপেক্ষ করার জন্য পরবর্তী বিশ্বব্যাপী প্রচেষ্টা ছিল বিশাল। আন্তর্জাতিক সংস্থাগুলি সহযোগিতা করেছিল, সরকারগুলি গোয়েন্দা তথ্য ভাগ করে নিয়েছিল এবং বিশ্বজুড়ে বিজ্ঞানীরা একটি প্রতিকারমূলক ব্যবস্থা

তৈরির জন্য তীব্র পরিশ্রম করেছিল। সিন্ডিকেটের নেটওয়ার্কটি পদ্ধতিগতভাবে ভেঙে ফেলা হয়েছিল, তাদের সম্পদ জব্দ করা হয়েছিল এবং তাদের নেতাদের বিচারের আওতায় আনা হয়েছিল। বিশ্বব্যাপী মহামারীর হুমকি এড়ানো হয়েছিল, তবে ভারী মূল্য ছাড়াই নয়।

সিন্ডিকেটের কর্মকাণ্ডের প্রকাশ বিশ্বকে হতবাক করে দিয়েছিল। তাদের প্রভাবের পরিধি, তাদের প্রতারণার গভীরতা এবং তাদের পরিকল্পনার সাহসিকতা জনসাধারণকে হতবাক করে দিয়েছিল। এই ঘটনাটি অনিয়ন্ত্রিত উচ্চাকাঙ্ক্ষার বিপদ, ষড়যন্ত্রের ছলনাময়ী প্রকৃতি এবং বৈজ্ঞানিক সততা ও নীতিগত গবেষণার অতীব গুরুত্বের কথা স্পষ্টভাবে স্মরণ করিয়ে দেয়।

মারা, যদিও ক্লান্ত এবং এক কঠিন যুদ্ধের ক্ষত বহন করছিল, তবুও সে এই জ্ঞানে কিছুটা সান্ত্বনা পেয়েছিল যে সে বিশ্বব্যাপী বিপর্যয় রোধে গুরুত্বপূর্ণ ভূমিকা পালন করেছে। সিন্ডিকেটের বিরুদ্ধে লড়াই ছিল এক ভয়াবহ অভিজ্ঞতা, যা তাকে তার শারীরিক ও মানসিক সীমার দিকে ঠেলে দিয়েছিল। কিন্তু শেষ পর্যন্ত, ন্যায়বিচার প্রতিষ্ঠিত হয়েছিল এবং বিশ্বকে অকল্পনীয় ভয়াবহ ভবিষ্যৎ থেকে রক্ষা করা হয়েছিল। একসময় কেবল ফরেনসিক প্রমাণের একটি অংশ হিসেবে বিবেচিত, ইন্দ্রজালিক নীল আঁশ এখন আশার একটি শক্তিশালী প্রতীক হিসেবে কাজ করেছে - এটি একটি স্মারক যে এমনকি সবচেয়ে অন্ধকার ষড়যন্ত্রও উন্মোচিত হতে পারে এবং সত্য, যতই অধরা হোক না কেন, সর্বদা জয়ী হবে। সে মনে করিয়ে দেয় যে, উচ্চাকাঙ্ক্ষার মূল্য পরিশোধ

করা হয়েছে - কিন্তু ন্যায়বিচারের মূল্যও তাই। পৃথিবী এখন নিরাপদ ছিল। কিন্তু, মারা জানতেন, সত্যের জন্য লড়াই ছিল একটি অন্তহীন যুদ্ধ।

জেনিথ টাওয়ারের উপরে অবস্থিত পেন্টহাউস স্যুটটি ঝিকিমিকি করছিল, রাতের আকাশ ভেদ করে কাঁচ এবং ইস্পাতের একরঙা পাথর। ভেতরে, খুন হওয়া ডক্টর অ্যালিস্টার থর্নের ভাই এবং দ্য সিন্ডিকেটের পিছনে সন্দেহভাজন মূল পরিকল্পনাকারী জুলিয়ান থর্ন, খাঁচাবন্দী শিকারীর মতো এগিয়ে যাচ্ছিল। তার তৈরি স্যুট, সাধারণত নিখুঁত, খাঁচাবদ্ধ ছিল, তার সাধারণত শান্ত মুখটি জ্বলন্ত রাগে খোদাই করা ছিল। সে মারার দৃঢ়তা, তার নিরলস সাধনা, তার সাবধানতার সাথে তৈরি প্রতারণার জাল উন্মোচন করার তার অদ্ভুত ক্ষমতা কল্পনাও করেনি। সে তাকে অবমূল্যায়ন করেছিল। এমন একটি ভুল যা সে আর করবে না।

শহরের আলোর সামনে মারা দরজায় দাঁড়িয়ে ছিল, এজেন্ট মিলার এবং তার পিছনে সোয়াট দল গোপনে অবস্থান করছিল। সে নিরস্ত্র আসেনি। এবারও না। সুরক্ষিত প্রমাণ ব্যাগে মোড়ানো ইন্দ্রজালিক নীল আঁশটি তার ব্রিফকেসে ভারীভাবে বসে ছিল, যা ক্রমাগত ঝুঁকির কথা মনে করিয়ে দিচ্ছিল।

থর্ন থামল, মারার আকৃতিটা ধরার সাথে সাথে তার চোখ সরু হয়ে গেল। তার ঠোঁটে হাসির একটা ভূত খেলে গেল। "আচ্ছা, আচ্ছা," সে গর্জন করল, তার কণ্ঠস্বর নিচু, বিপজ্জনক গর্জন। "অক্লান্ত এজেন্ট রেয়েস। আমি

স্বীকার করতেই হবে, আমি মুগ্ধ। তুমি আমার প্রত্যাশার চেয়েও গভীরভাবে অনুসন্ধান করেছ।"

"শব্দটি খুব একটা মুগ্ধ করেনি থর্ন," মারা উত্তর দিল, তার কণ্ঠস্বর শান্ত কিন্তু দৃঢ়, তার শিরায় অ্যাড্রেনালিনের তীব্র স্রোত বইছে না। "ভয়ঙ্কর বর্ণনা আরও সঠিক হতে পারে। তুমি মিথ্যা, মৃত্যু, বৈশ্বিক ঘটনাবলীর কারসাজির উপর এক সাম্রাজ্য গড়ে তুলেছ।"

থর্ন হেসে উঠল, হাস্যরসের অভাব। "সাম্রাজ্য? হয়তো। কিন্তু তুমি যাকে "মিথ্যা" বলছো তা কেবল কৌশলগত ভুল দিকনির্দেশনা। বৃহত্তর কল্যাণের জন্য প্রয়োজনীয় ত্যাগ।"

"একটি বৃহত্তর কল্যাণ?" মারা প্রতিধ্বনিত করলেন, তার কণ্ঠস্বর ঘৃণায় ভরা। "বিশ্ব অর্থনীতিকে অস্থিতিশীল করার জন্য এবং আপনাকে নিরঙ্কুশ ক্ষমতা প্রদানের জন্য একটি বিশ্বব্যাপী মহামারী তৈরি করা হয়েছে? এটাই কি আপনার বৃহত্তর কল্যাণের সংজ্ঞা?"

"আসুন আমরা শব্দার্থবিদ্যায় আটকে না পড়ি, এজেন্ট রেইস," থর্ন বললেন, তার কণ্ঠস্বর কঠোর হয়ে উঠল। "পৃথিবী দুর্বল, অদক্ষ, দুর্নীতিতে ভরা। আমার পদ্ধতিগুলি অপ্রচলিত হতে পারে, কিন্তু সেগুলি কার্যকর। আমি একটি নতুন বিশ্বব্যবস্থা তৈরি করছি, যা পুরানো মতাদর্শ এবং ত্রুটিপূর্ণ ব্যবস্থার শৃঙ্খল থেকে মুক্ত।"

"ভয় এবং রক্তপাতের উপর ভিত্তি করে তৈরি একটি বিশ্বব্যবস্থা," মিলার হস্তক্ষেপ করে এগিয়ে গেলেন, তার হাত তার হোলস্টার করা অস্ত্রের উপর রেখে। "তুমি একজন গণহত্যাকারী, থর্ন। আর তোমার অপরাধের জন্য তোমাকে মূল্য দিতে হবে।"

থর্ন মিলারকে উপেক্ষা করে, তার দৃষ্টি মারার দিকে স্থির। "তুমি বুঝতে পারছো, এজেন্ট রেইস, তুমি অনেক দূরে চলে গেছো। তুমি অনেক কিছু উন্মোচন করেছো। তুমি একটা দায়।"

মারা আরও এগিয়ে গেল ঘরে, তার দৃষ্টি অবিচল। "আমি সবসময়ই একটা দায়বদ্ধতা, থর্ন। এটা কাজের প্রকৃতি। কিন্তু তোমার কী হবে? তুমি নিজের প্রতি একটা দায়বদ্ধতা, মহিমার ভ্রান্তিতে আঁকড়ে ধরে আছো, নিজের উচ্চাকাঙ্ক্ষায় অন্ধ। তুমি একটা বিপজ্জনক খেলা খেলেছো, এবং এখন এটা শেষ।"

হঠাৎ, আলোগুলো ঝিকিমিকি করে নিভে গেল, পেন্টহাউসটি অন্ধকারে ডুবে গেল। নীরবতা ভাঙল কেবল থর্নের লুকানো নিরাপত্তা ব্যবস্থার মৃদু ঘূর্ণিঝড়ের শব্দে। অন্ধকারে একটা শীতল হাসি প্রতিধ্বনিত হল। "খেলা শেষ? আমার মনে হয় না, এজেন্ট রেয়েস। খেলা শুরু হয়েছে।"

গুলিবর্ষণ শুরু হলো। টিম দ্রুত প্রতিক্রিয়া জানালো, থর্নের লুকানো রক্ষীরা যখন ছায়া থেকে বেরিয়ে এলো, তাদের অস্ত্র মারা এবং মিলারের উপর প্রশিক্ষণ নিল। পেন্টহাউসটি বিশৃঙ্খলার এক ঝড়ে পরিণত হলো, গুলিবর্ষণ এবং মরিয়া কৌশলের এক ভয়াবহ ব্যালে। মারা, বছরের পর বছর ধরে প্রশিক্ষণ এবং মানব আচরণ সম্পর্কে তার সহজাত বোধগম্যতা কাজে লাগিয়ে, প্রাণঘাতী করুণার সাথে এগিয়ে গেল, তার প্রতিটি পদক্ষেপ গণনা করা, সিদ্ধান্তমূলক।

সে কেবল ন্যায়বিচারের জন্য লড়াই করছিল না; সে বেঁচে থাকার জন্য লড়াই করছিল। থর্ন, একজন দক্ষ কৌশলবিদ, কেবল নিষ্ঠুর শক্তির উপর নির্ভর করছিলেন না। তিনি এই আকস্মিক পরিস্থিতির জন্য পরিকল্পনা করেছিলেন, মারার হস্তক্ষেপের প্রত্যাশা করে। তিনি অন্ধকারকে তার সুবিধার জন্য ব্যবহার করেছিলেন, তার গতিবিধি ছিল তরল এবং অপ্রত্যাশিত। তিনি পেন্টহাউসের প্রতিটি ইঞ্চি জানতেন, এটিকে একটি মারাত্মক গোলকধাঁধায় পরিণত করেছিলেন।

যুদ্ধ তীব্র আকার ধারণ করে, দক্ষতা এবং বর্বরতার এক ভয়াবহ প্রদর্শন। বাতাস কর্ডিটের গন্ধে, ভাঙা কাঁচের শব্দে এবং মৃতদের চিৎকারে ঘন হয়ে ওঠে। মারা, সংখ্যায় কম হওয়া সত্ত্বেও, প্রচণ্ড দৃঢ়তার সাথে লড়াই করেছিল, বছরের পর বছর কঠোর প্রশিক্ষণের মাধ্যমে তার গতিবিধি উন্নত হয়েছিল। সে পরিবেশকে তার সুবিধার্থে ব্যবহার করেছিল, কভার, পার্শ্বীয় কৌশল এবং তার

উচ্চতর কৌশলগত সচেতনতা ব্যবহার করে তার প্রতিপক্ষকে পরাজিত করেছিল।

মিলার, একজন অভিজ্ঞ এজেন্ট, কভারিং ফায়ার প্রদান করেছিলেন, তার শটগুলি সুনির্দিষ্ট এবং মারাত্মক ছিল, যা মারার জন্য এগিয়ে যাওয়ার সুযোগ তৈরি করেছিল। তারা একসাথে কাজ করেছিল, একটি নিখুঁতভাবে সুসংগত দল, তাদের কর্মকাণ্ড নির্বিঘ্নে চলমান ছিল, তাদের বছরের অভিজ্ঞতা এবং পারস্পরিক বিশ্বাসের প্রমাণ।

কিন্তু থর্ন ছিলেন ধূর্ত, অবিচল। তিনি মনস্তাত্ত্বিক কৌশল অবলম্বন করেছিলেন, মারাকে বিভ্রান্ত ও বিভ্রান্ত করার চেষ্টা করেছিলেন, তার দুর্বলতাকে কাজে লাগিয়ে তাকে ভারসাম্যহীন করে দিয়েছিলেন। তিনি তার আবেগ নিয়ে খেলেছিলেন, তাকে তার দায়িত্বের বোঝা, থর্নের মারাত্মক পরিকল্পনা থামাতে তার ব্যর্থতার কথা মনে করিয়ে দিয়েছিলেন।

থর্নের একজন রক্ষী মারাকে নিরস্ত্র করে এবং তাকে ঘনিষ্ঠ লড়াইয়ে জড়াতে বাধ্য করে। দেয়ালে পিঠ ঠেকে রেখে, মারা তার চাপের পয়েন্ট এবং মার্শাল আর্টের জ্ঞান ব্যবহার করে আক্রমণকারীকে দমন করে এবং মুক্ত হয়ে যায়। কিন্তু থর্ন তার দিকে এগিয়ে যাচ্ছিল।

সে তাকে কোণঠাসা করে ফেলল, তার মুখটা বিজয়ী ক্রোধের মুখোশে বিকৃত হয়ে গেল। সে তার অস্ত্র তুলে নিল, শেষ আঘাত করার জন্য প্রস্তুত। ঘরটা নীরব ছিল,

শুধু মারার হৃদয়ের তীব্র স্পন্দনের শব্দ। এটাই ছিল শেষ। অথবা তাই মনে হচ্ছিল।

থর্ন যখন ট্রিগারটি চাপলেন, ঠিক তখনই এক বধির বিস্ফোরণ নীরবতা ভেঙে ফেলল। পেন্টহাউসের কাঠামোগত অখণ্ডতা ক্ষতিগ্রস্ত হল, এবং উপরের তলাগুলি ধসে পড়তে শুরু করল, ধ্বংসাবশেষ এবং কংক্রিট বৃষ্টির মতো পড়ে গেল। মিলার, কৌশলগতভাবে স্থাপন করা বিস্ফোরক চার্জের বিস্ফোরণ ঘটিয়ে, একটি ডাইভারশন তৈরি করলেন এবং মারাকে প্রয়োজনীয় সময় দিলেন।

বিশৃঙ্খলার মধ্যে, মারা এই বিভ্রান্তিকর পরিস্থিতি ব্যবহার করে থর্নকে পরাজিত করে, তাকে নিরস্ত্র করে এবং দ্রুত, সিদ্ধান্তমূলক পদক্ষেপের মাধ্যমে তাকে দমন করে। টিম ঘটনাস্থলটি সুরক্ষিত করে। শীঘ্রই ভবনটি খালি করা হয়।

পরে, জিজ্ঞাসাবাদের আলোর তীব্র আলোর আভাস দিয়ে, থর্ন অবিচল থেকে যান, বিশ্ব নিয়ন্ত্রণের তার বিকৃত আদর্শকে আঁকড়ে ধরে থাকেন। কিন্তু প্রমাণ ছিল অকাট্য। উজ্জ্বল নীল আঁশ, এনক্রিপ্ট করা নথি, তার প্রাক্তন সহযোগীদের সাক্ষ্য - সবকিছুই তার অপরাধবোধের দিকে ইঙ্গিত করে। তার অপরাধের ওজন, তার উচ্চাকাঙ্ক্ষার বিশালতা অবশেষে তার নিয়ন্ত্রণের আবরণ ভেঙে ফেলে, একজন ভাঙা, পরাজিত মানুষকে প্রকাশ করে।

দূর থেকে শহরের আলো জ্বলজ্বল করছিল। লড়াই শেষ হয়ে গিয়েছিল, কিন্তু লড়াই এখনও রয়ে গেছে। সিন্ডিকেটের কর্মকাণ্ডের প্রভাব আগামী বছরের পর বছর ধরে বিশ্বজুড়ে প্রতিধ্বনিত হবে। এর পরিণতি ছিল আইনি প্রক্রিয়া, আন্তর্জাতিক সহযোগিতা এবং থর্ন যে পৃথিবীকে ভেঙে ফেলার চেষ্টা করেছিলেন তা পুনর্গঠনের শ্রমসাধ্য কাজের দীর্ঘ পথ। তবুও, মারা যখন সেখানে দাঁড়িয়ে ছিলেন, বিজয়ের ভার তার কাঁধে ছিল, তখন তিনি জানতেন যে ন্যায়বিচার যত বিলম্বিতই হোক না কেন, অবশেষে তা পূরণ হয়েছে। উচ্চাকাঙ্ক্ষার মূল্য বেশি ছিল, কিন্তু নিষ্ক্রিয়তার মূল্য আরও বেশি হত। পৃথিবী রক্ষা পেয়েছিল, কিন্তু সতর্কতা থামানো যায়নি। সিন্ডিকেটের ছায়া স্থির ছিল, অনিয়ন্ত্রিত শক্তির চিরস্থায়ী হুমকি এবং ন্যায়বিচারের জন্য অবিরাম সংগ্রামের একটি শীতল স্মারক।

পেন্টহাউসটি তাদের চারপাশে বিস্ফোরিত হয়ে উঠল, পতনশীল কংক্রিট এবং পেঁচানো ধাতুর এক বিশৃঙ্খল ব্যালে। ধুলো এবং ধ্বংসাবশেষ বাতাসে ভরে গেল, মারার চোখ দংশন করছিল এবং তার ফুসফুস বন্ধ করে দিচ্ছিল। ধসে পড়া ভবনের গর্জন বধির করে দিচ্ছিল, ধ্বংসের এক সিম্ফনি যা মুহূর্তের জন্য চিৎকার এবং গুলির শব্দকে ডুবিয়ে দিয়েছিল। মিলারের দ্রুত চিন্তাভাবনা, বিস্ফোরক চার্জের তার পরিকল্পিত বিস্ফোরণ, তাদের মূল্যবান সেকেন্ড, ধ্বংসের ঝড়ের মধ্যে একটি জীবনরেখা এনে দিয়েছিল। কিন্তু সেই সেকেন্ডগুলি অনন্তকালের মতো মনে হয়েছিল।

মারা, ক্ষতবিক্ষত এবং আঘাতপ্রাপ্ত, ধ্বংসস্তূপের মধ্য দিয়ে ছুটে বেড়াচ্ছিল, তার অ্যাড্রেনালিন উত্তেজিত

হচ্ছিল, তার সংবেদনগুলি তীব্রতর হচ্ছিল। পোড়া পলিমার এবং গুঁড়ো করা কংক্রিটের গন্ধ তার নাকে ভরে উঠছিল, একটি তীব্র, তীব্র গন্ধ যা পরিস্থিতির গুরুতরতাকে তুলে ধরেছিল। বিশৃঙ্খলার মধ্যে সে থর্নের শ্বাস-প্রশ্বাস শুনতে পাচ্ছিল, একটি শিকারী কোণঠাসা কিন্তু পরাজিত হয়নি। গুলির প্রতিধ্বনি এখনও বাতাসে বিক্ষিপ্ত ছিল, বিভ্রান্তিতে বিক্ষিপ্ত গুলি ছোঁড়া হচ্ছিল।

থর্ন, দিশেহারা এবং রক্তাক্ত, ভেঙে পড়া কাঠামোর মাঝে দাঁড়ানোর জন্য লড়াই করছিল। তার চোখ, বিস্ময় এবং অবিশ্বাসের মিশ্রণে বিস্ফোরিত, ধ্বংসের বিশৃঙ্খল দৃশ্যের মধ্য দিয়ে তার সাথে দেখা করল। কিছুক্ষণ আগে তার মুখে যে অকৃত্রিম ক্রোধের ছাপ খোদাই করা হয়েছিল, তা এক শীতল দুর্বলতায় প্রতিস্থাপিত হয়েছিল, ক্ষমতার মুখোশ অবশেষে সরে গেল। তিনি আর সেই মাস্টার স্ট্র্যাটেজিস্ট ছিলেন না, বিশ্বব্যাপী ঘটনাবলীর সুতো টানার পুতুল মাস্টার ছিলেন না; তিনি কেবল একজন মানুষ ছিলেন, নিজের উচ্চাকাঙ্ক্ষার ধ্বংসাবশেষে আটকা পড়েছিলেন।

সুযোগটা কাজে লাগিয়ে মারা লাফিয়ে উঠল। বছরের পর বছর ধরে চলা কঠোর প্রশিক্ষণ, অসংখ্য সিমুলেশন এবং বাস্তব জীবনের সংঘর্ষের মাধ্যমে সমৃদ্ধ, তাকে এগিয়ে নিয়ে গেল। সে তাকে মোকাবেলা করল, অলঙ্কৃত ছাদের একটি পতিত অংশের নীচে তাকে আটকে দিল, ধ্বংসস্তূপের ওজন তাকে মুহূর্তের জন্য বন্দী করে রাখল। তার সংগ্রাম দুর্বল হয়ে পড়ল, বিস্ফোরণ এবং পরবর্তী হাতাহাতির ফলে তার শরীর দুর্বল হয়ে পড়ল। লড়াই তার

চরম পরিণতি বরণ করে নিয়েছিল; সে তার শক্তি ব্যয় করেছিল।

ধ্বংসস্তূপের ভেতর দিয়ে চলাচল করতে সক্ষম একজন টিমের সদস্যের সহায়তায় তারা থর্নকে সুরক্ষিত করে। হাতকড়াগুলো বন্ধ হয়ে গেল, ধসের পরের নীরবতায় প্রতিধ্বনিত হল এক ধাতব আওয়াজ। যে ব্যক্তি বিশ্বব্যাপী মহামারী সংগঠিত করেছিলেন, বিশ্ব নেতাদের কারসাজি করেছিলেন এবং প্রতারণা ও রক্তপাতের মাধ্যমে অকল্পনীয় সম্পদ সংগ্রহ করেছিলেন, তিনি এখন অসহায়, অবশেষে তার সন্ত্রাসের রাজত্ব শেষ হয়ে গেল।

ফরেনসিক বিজ্ঞানী, ডঃ আনিয়া শর্মা, একজন মহিলা যার দক্ষতা থর্নের অপরাধের জটিল ধাঁধা একত্রিত করার ক্ষেত্রে গুরুত্বপূর্ণ ভূমিকা পালন করেছিল, জরুরি প্রতিক্রিয়ার নিয়ন্ত্রিত বিশৃঙ্খলার মধ্যে ঘটনাস্থলে উপস্থিত হন। তার মুখ, সাধারণত শান্ত এবং বিশ্লেষণাত্মক, বিষণ্ণ ছিল, যা পরিস্থিতির গুরুতরতা প্রতিফলিত করে। তিনি সরাসরি ধ্বংসযজ্ঞ প্রত্যক্ষ করেছিলেন, যা অনিয়ন্ত্রিত উচ্চাকাঙ্ক্ষা এবং ষড়যন্ত্রের সম্ভাব্য পরিণতির স্পষ্ট স্মারক ছিল। তিনি যে প্রমাণ সংগ্রহ করেছিলেন তার ওজন এখন একটি অতিরিক্ত তাৎপর্য বহন করে - এটি একটি শক্তিশালী প্রতিপক্ষের উপর বিজয়কে প্রতিনিধিত্ব করে।

জরুরি কর্মীরা যখন অক্লান্ত পরিশ্রম করে ধ্বংসস্তূপটি খুঁজে বের করে এলাকাটি সুরক্ষিত করার চেষ্টা করছিলেন,

তখন মারা এবং ডঃ শর্মা তাদের চূড়ান্ত বিশ্লেষণ শুরু করেন। থর্নে পৌঁছানোর জন্য তাদের যে গুরুত্বপূর্ণ প্রমাণ ছিল, সেই ইন্দ্রজালিক নীল আঁশটি ধসের পর তুলনামূলকভাবে অক্ষত অবস্থায় বেঁচে গিয়েছিল। ডঃ শর্মা অত্যন্ত যত্ন সহকারে তন্তুটির অবস্থান এবং অবস্থা নথিভুক্ত করেছিলেন, ধরা পড়ার সময় থর্নের কাছাকাছি অবস্থানের কথা উল্লেখ করেছিলেন। প্রতিটি বিবরণ, প্রতিটি তথ্য বিন্দু তার বিরুদ্ধে প্রমাণের প্রাচীরে একটি বিল্ডিং ব্লক হিসেবে কাজ করেছিল।

কিন্তু সময়ের সাথে আসল প্রতিযোগিতা তখন সবেমাত্র শুরু হয়েছিল। জেনিথ টাওয়ারের পতন কেবল থর্নের কার্যক্রমকেই পঙ্গু করে দেয়নি, বরং তিনি যে বিশ্বব্যাপী নেটওয়ার্কটি অত্যন্ত সতর্কতার সাথে তৈরি করেছিলেন তাতেও এক বিরাট প্রভাব ফেলেছিল। গোপনে কাজ করার জন্য তিনি যে ব্যবস্থা তৈরি করেছিলেন, তা এখন উন্মোচিত হয়ে গেছে, এর দুর্বলতা সকলের সামনে উন্মোচিত হয়ে গেছে। মারা জানতেন যে থর্নের গ্রেপ্তার একটি দীর্ঘ এবং কঠিন প্রক্রিয়ার মাত্র শুরু; তার অনেক সহযোগী এখনও পলাতক, তাদের সংযোগ বিশাল এবং গভীরভাবে প্রোথিত।

তদন্তটি জেনিথ টাওয়ারের সীমানা ছাড়িয়ে প্রসারিত হয়েছিল। মারা এবং তার দল আর্থিক লেনদেনের জটিল জালে ডুবে যান, লুকানো অ্যাকাউন্ট এবং ছলনাময়ী কর্পোরেশনের একটি ধারা উন্মোচন করেন, প্রতিটি স্তর থর্নের নাগাল এবং প্রভাবের পরিধি প্রকাশ করে। তারা আন্তর্জাতিক সহযোগিতার একটি বিশাল নেটওয়ার্ক

আবিষ্কার করেন, আবিষ্কার করেন যে থর্ন কীভাবে তার সম্পদ এবং প্রভাবকে সরকার, কর্পোরেশন এবং এমনকি জনহিতকর সংস্থাগুলিতে অনুপ্রবেশের জন্য ব্যবহার করেছিলেন, তার উচ্চাকাঙ্ক্ষা পূরণকারী সিম্বিওটিক দুর্নীতির একটি ব্যবস্থা তৈরি করেছিলেন। প্রতিটি আবিষ্কৃত সংযোগ আরও উল্লেখযোগ্য স্তরের জটিলতার দিকে ইঙ্গিত করে, প্রতিটি আবিষ্কার বহুমুখী ষড়যন্ত্রের একটি নতুন স্তর আবিষ্কার করে।

পরবর্তী তদন্তটি ছিল একটি বিশ্বব্যাপী প্রচেষ্টা, যার জন্য মহাদেশ জুড়ে আইন প্রয়োগকারী সংস্থাগুলির সাথে সহযোগিতা প্রয়োজন। মারা নিজেকে বিভিন্ন দেশের মধ্যে ঘুরে বেড়াতে দেখেছিলেন, আন্তর্জাতিক সম্পর্ক এবং অপরাধ মনোবিজ্ঞানে তার দক্ষতা জটিল রাজনৈতিক দৃশ্যপট নেভিগেট করতে এবং থর্নের বহুমুখী কৌশলগুলি বোঝার ক্ষেত্রে অমূল্য বলে মনে করেছিলেন। তিনি আন্তর্জাতিক দলগুলির সাথে অক্লান্ত পরিশ্রম করেছিলেন, থর্নের কার্যপ্রণালী, তার সহযোগীদের নেটওয়ার্ক এবং তার জটিল আর্থিক কৌশলগুলি বুঝতে তাদের সহায়তা করেছিলেন।

ডঃ শর্মার ফরেনসিক দক্ষতাও সমানভাবে গুরুত্বপূর্ণ প্রমাণিত হয়েছিল। তিনি থর্নের রেখে যাওয়া ডিজিটাল পদচিহ্নগুলি সাবধানতার সাথে বিশ্লেষণ করেছিলেন, এনক্রিপ্ট করা বার্তাগুলির পাঠোদ্ধার করেছিলেন এবং তার পরিকল্পনা এবং উচ্চাকাঙ্ক্ষা প্রকাশ করে এমন লুকানো তথ্য খুঁজে বের করেছিলেন। ডিজিটাল তথ্যের বিশাল পরিমাণ ছিল অপ্রতিরোধ্য, একটি বিস্তৃত

ডিজিটাল গোলকধাঁধা যার জন্য সূক্ষ্ম কাজ এবং বিশেষজ্ঞ ব্যাখ্যার প্রয়োজন ছিল।

বিশ্ব স্বাস্থ্য সংস্থা এবং রোগ নিয়ন্ত্রণ ও প্রতিরোধের জন্য দায়ী বিভিন্ন আন্তর্জাতিক সংস্থাকেও তদন্তের সম্প্রসারণ করা হয়। মহামারী তৈরি করে বিশ্ব অর্থনীতিকে অস্থিতিশীল করার জন্য থর্নের পরিকল্পনার সম্পূর্ণ পরিধি ক্রমশ স্পষ্ট হয়ে উঠছিল। ভাইরাসের বিশ্লেষণ থেকে জানা যায় যে থর্ন কীভাবে তার জিনগত গঠনকে কাজে লাগিয়েছিলেন, একটি অত্যন্ত সংক্রামক কিন্তু অত্যধিক মারাত্মক স্ট্রেন তৈরির লক্ষ্যে, ন্যূনতম তাৎক্ষণিক মৃত্যুর সাথে সর্বাধিক বিশৃঙ্খলা নিশ্চিত করে, বিশ্বব্যাপী স্বাস্থ্য সংকটের আড়ালে তার নতুন বিশ্বব্যবস্থা প্রতিষ্ঠা করতে সক্ষম হন। কৌশলটি নির্মমভাবে দক্ষ ছিল, যা থর্নের পদ্ধতিগত এবং গণনামূলক প্রকৃতির প্রমাণ।

তদন্ত যত এগোচ্ছিল, মারার দল সহযোগীদের একটি নেটওয়ার্ক আবিষ্কার করতে শুরু করে, কেউ কেউ স্বেচ্ছায় থর্নের সাথে সহযোগিতা করেছিল, অন্যরা তার উদ্দেশ্য পূরণের জন্য কৌশল অবলম্বন করেছিল বা জোর করেছিল। উচ্চপদস্থ সরকারি কর্মকর্তা থেকে শুরু করে বিজ্ঞানী এবং ব্যবসায়ী নেতা পর্যন্ত এই ব্যক্তিদের গ্রেপ্তার করা হয়েছিল, ষড়যন্ত্রে তাদের ভূমিকা সাবধানতার সাথে নথিভুক্ত এবং তদন্ত করা হয়েছিল। থর্নের নেটওয়ার্কের নিছক পরিধি তার উচ্চাকাঙ্ক্ষার ছলনাময় প্রকৃতি তুলে ধরেছিল।

এরপরের আইনি প্রক্রিয়াগুলি দীর্ঘ এবং জটিল ছিল, যার মধ্যে একাধিক বিচারব্যবস্থা এবং অসংখ্য আইনি দল জড়িত ছিল। বিপুল পরিমাণ প্রমাণ - আর্থিক রেকর্ড, ডিজিটাল তথ্য এবং সাক্ষীদের সাক্ষ্য - ছিল বিস্ময়কর। মারা, ডঃ শর্মা এবং আইন বিশেষজ্ঞদের একটি দলের সাথে অক্লান্ত পরিশ্রম করেছিলেন, সাবধানতার সাথে মামলাটি প্রস্তুত করেছিলেন, নিশ্চিত করেছিলেন যে প্রতিটি বিবরণের হিসাব রাখা হয়েছে এবং সত্য, যতই ভয়াবহ হোক না কেন, তা প্রকাশ করা হবে।

থর্নের বিচার ছিল গণমাধ্যমের এক চমকপ্রদ ঘটনা, বিশ্বব্যাপী দর্শকদের মুগ্ধ করে এমন একটি ঘটনা। তার আচরণ তার প্রাথমিক অবাধ্যতা থেকে বিষণ্ণ পদত্যাগে পরিবর্তিত হয়েছিল। তার অপরাধের বোঝা, তার কর্মের বিশাল মানবিক মূল্য, অবশেষে তার অহংকারকে চূর্ণবিচূর্ণ করে দিয়েছে বলে মনে হয়েছিল। তার সাবধানে নির্মিত ক্ষমতার মুখোশটি ভেঙে পড়ে, একজন ভাঙা মানুষ প্রকাশ পায়, তার নিজস্ব উচ্চাকাঙ্ক্ষায় গ্রাসিত এবং নিয়ন্ত্রণের কোনও আভাসকে আঁকড়ে ধরার জন্য মরিয়া চেষ্টা করছে।

তার বিরুদ্ধে প্রচুর প্রমাণ থাকা সত্ত্বেও, থর্ন দাবি করে চলেছিলেন যে তার পদক্ষেপগুলি প্রয়োজনীয় ছিল, একটি নতুন বিশ্ব ব্যবস্থার তার মহান দৃষ্টিভঙ্গির দ্বারা ন্যায্য। কিন্তু তার যুক্তিগুলি ব্যর্থ হয়েছিল, তার কথাগুলি ফাঁকা ছিল, তার যুক্তিগুলি তার নিজস্ব ক্ষমতা এবং নিয়ন্ত্রণের নির্মম সাধনাকে ঢাকতে ব্যর্থ হয়েছিল।

আদালতের রায় দ্রুত এবং নির্ণায়কভাবে আসে। থর্নকে সকল ক্ষেত্রেই দোষী সাব্যস্ত করা হয়েছিল, তার শাস্তি তার অপরাধের বিশালতা প্রতিফলিত করে, এমন একজন ব্যক্তির জন্য উপযুক্ত পরিণতি যার উচ্চাকাঙ্ক্ষা বিশ্বকে এত মূল্য দিতে হয়েছিল। কিন্তু বিজয় সত্ত্বেও, পুনরুদ্ধারের দীর্ঘ পথ শুরু হয়েছিল। থর্নের কর্মকাণ্ডের ফলে সৃষ্ট ক্ষতগুলি গভীর ছিল, বিশ্ব সম্প্রদায়ের উপর ক্ষত দীর্ঘস্থায়ী ছিল।

থর্নের গ্রেফতারের পরের পরিস্থিতির জন্য অবিরাম সতর্কতা প্রয়োজন ছিল। তার সংগঠনের অবশিষ্টাংশ, তার বিশাল নেটওয়ার্কের টুকরো, ছায়ায় লুকিয়ে থাকা, ষড়যন্ত্র এবং চক্রান্তের জন্য হুমকি হয়ে দাঁড়িয়েছিল। মারা বুঝতে পেরেছিল যে তার কাজ এখনও শেষ হয়নি। লড়াইয়ে জয়লাভ হয়েছে, কিন্তু যারা ব্যক্তিগত লাভের জন্য শোষণ এবং কৌশল ব্যবহার করতে চেয়েছিল তাদের বিরুদ্ধে যুদ্ধ অব্যাহত থাকবে, ন্যায়বিচারের জন্য একটি চলমান যুদ্ধ যার জন্য অটল নিষ্ঠা এবং অক্লান্ত সাধনা প্রয়োজন। উচ্চাকাঙ্ক্ষার মূল্য চড়া মূল্য দিতে হয়েছে, কিন্তু আত্মতুষ্টির মূল্য আরও বেশি হবে। ক্ষতবিক্ষত কিন্তু ভেঙে যায়নি, পৃথিবীকে পুনর্গঠনের একটি উপায় খুঁজে বের করতে হবে, এমন একটি প্রক্রিয়া যার জন্য বিশ্বব্যাপী সহযোগিতা, বিশ্বাস এবং ন্যায়বিচারের প্রতি অটল নিষ্ঠার প্রয়োজন হবে। সিন্ডিকেটের ছায়া, যদিও হ্রাস পেয়েছে, তবুও অনিয়ন্ত্রিত ক্ষমতার বিপদ এবং একটি নিরাপদ, আরও ন্যায়সঙ্গত বিশ্বের জন্য অবিরাম সংগ্রামের একটি শীতল স্মারক হিসাবে রয়ে গেছে।

থর্নের গ্রেপ্তার, যদিও একটি উল্লেখযোগ্য বিজয়, নীতিগত দ্বিধা-দ্বন্দ্বের এক প্যান্ডোরার বাক্স খুলে দেয়। তার নেটওয়ার্ক, সুদূরপ্রসারী এবং গভীরভাবে প্রোথিত, ক্ষমতার সর্বোচ্চ স্তরে তার প্রবণতা প্রসারিত করে, মারা এবং তার দলকে একটি নৈতিক গোলকধাঁধার মুখোমুখি করে। ষড়যন্ত্রের তীব্রতা তাদের আপোষহীন ব্যক্তিদের অস্বস্তিকর বাস্তবতার মুখোমুখি হতে বাধ্য করে, কিছু সক্রিয়ভাবে জড়িত ছিল, অন্যরা অজান্তেই থর্নের জালে আটকে গিয়েছিল।

ফরাসি সরকারের একজন উচ্চপদস্থ কর্মকর্তা মন্ত্রী ডুবোইসের ক্ষেত্রেও এমনই একটি দ্বিধা দেখা দেয়। প্রমাণ থেকে জানা যায় যে, তিনি ঘুষ গ্রহণ, অঢেল উপহার এবং প্রচারণার তহবিলের বিনিময়ে থর্নের কার্যকলাপের প্রতি অন্ধ থাকা পর্যন্তই জড়িত ছিলেন। যাইহোক, ডুবোইসের নেটওয়ার্ক ফরাসি গোয়েন্দা সম্প্রদায়ের মধ্যে বেশ কয়েকটি গুরুত্বপূর্ণ পদে বিস্তৃত ছিল, যার ফলে তার গ্রেপ্তার ব্যাপক অস্থিতিশীলতার জন্য একটি সম্ভাব্য অনুঘটক হয়ে ওঠে। মারা গভীরভাবে প্রোথিত দুর্নীতি প্রকাশের সম্ভাব্য পরিণতি, জাতীয় নিরাপত্তার পতন এবং সম্ভাব্য ধ্বংসাত্মক ক্ষমতা শূন্যতার ঝুঁকির বিরুদ্ধে সকল অংশগ্রহণকারীদের বিচারের আওতায় আনার গুরুত্ব বিবেচনা করেছিলেন। যন্ত্রণাদায়কভাবে ধীরগতির এই সিদ্ধান্তটি ছুরির ধারে স্থির ছিল, সম্ভাব্য পরিণতির ভার তার কাঁধে ভারী ছিল। ন্যায়বিচার কি ডুবোইসের বিচারের দাবি করেছিল, এমনকি একটি সমগ্র জাতিকে অস্থিতিশীল করার ঝুঁকি নিয়েও? নাকি একটি কৌশলগত আপস ছিল, যা গুরুত্বপূর্ণ তথ্য সুরক্ষিত করার এবং

থর্নের অবশিষ্ট নেটওয়ার্ক ভেঙে ফেলার উপর দৃষ্টি নিবদ্ধ করে, আরও নীতিগত পথ ছিল?

আরেকটি জটিল বিষয় ছিল ডক্টর অলব্রাইট, একজন মেধাবী ভাইরোলজিস্ট যিনি অজান্তেই থর্নের মহামারী পরিকল্পনায় অবদান রেখেছিলেন। কৌশলে এবং বিভ্রান্ত হয়ে, অলব্রাইটের জড়িততা ছিল অনিচ্ছাকৃত, একজন দক্ষ কৌশলী কর্তৃক শোষিত বুদ্ধিবৃত্তিক নির্বোধতার একটি হৃদয়বিদারক ঘটনা। যদিও তার কর্মকাণ্ড পরোক্ষভাবে একটি বিশ্বব্যাপী সংকটে অবদান রেখেছিল, তার দূষিত অভিপ্রায়ের অভাব একটি গভীর নৈতিক চ্যালেঞ্জ উপস্থাপন করেছিল। প্রসিকিউশন অযৌক্তিকভাবে কঠোর বলে মনে হয়েছিল, তবুও তার অবদানকে উপেক্ষা করা ন্যায়বিচারের সাথে বিশ্বাসঘাতকতার মতো মনে হয়েছিল। দলটি দীর্ঘ রাত ধরে বিতর্ক করেছিল যে পূর্ণ সহযোগিতার বিনিময়ে নমনীয়তা প্রদান করা উচিত কিনা, এমন একটি চুক্তি যা থর্নের নেটওয়ার্কের সম্পূর্ণ পরিধি উন্মোচিত করবে এবং আইনের অধীনে সমান ন্যায়বিচারের নীতিকে সম্ভাব্যভাবে ক্ষুণ্ন করবে। আইনি দল একটি নজিরের প্রয়োজনীয়তার উপর জোর দিয়েছিল; উদ্দেশ্য নির্বিশেষে প্রতিটি অংশগ্রহণকারীকে পরিণতির মুখোমুখি হতে হবে। যাইহোক, বছরের পর বছর ধরে প্রোফাইলিং দ্বারা পরিপূর্ণ মারার প্রবৃত্তি তাকে বলেছিল যে থর্নের দীর্ঘমেয়াদী লক্ষ্যগুলি বোঝার মূল চাবিকাঠি অ্যালব্রাইটের হাতে ছিল। তারা কি এমন একটি পথকে ন্যায্যতা দিতে পারে যা আইনি নিয়মের কঠোর আনুগত্যের চেয়ে বৃহত্তর ভালোকে অগ্রাধিকার দেয়?

তদন্তে "প্রজেক্ট নাইটিঙ্গেল" এর অস্তিত্বও উন্মোচিত হয়েছে, যা মহামারীর প্রতিকার তৈরির জন্য তৈরি একটি গোপন কর্মসূচি। এই কর্মসূচির জন্য তহবিল অন্যান্য গুরুত্বপূর্ণ স্বাস্থ্য উদ্যোগ থেকে সরিয়ে নেওয়া হয়েছিল, যার ফলে বিশ্বের বিভিন্ন অংশে সম্পদের অভাব দেখা দেয়, যা ঝুঁকিপূর্ণ জনগোষ্ঠীর উপর অসামঞ্জস্যপূর্ণভাবে প্রভাব ফেলে। থর্নের অপরাধমূলক উদ্যোগের সাথে সরাসরি যুক্ত না হলেও, প্রকল্পটি সমাধানের জন্য করা নৈতিক আপসগুলিকে তুলে ধরে, যা একটি বিশ্বব্যাপী সংকটকে অন্যের চেয়ে অগ্রাধিকার দেওয়ার অন্তর্নিহিত ঝুঁকির একটি নৃশংস স্মারক। মারা যে প্রশ্নের মুখোমুখি হয়েছিল তা কেবল থর্নকে বিচারের আওতায় আনার বিষয়ে নয়, বরং এই জাতীয় সিদ্ধান্তগুলিকে অনুমোদনকারী নৈতিক কাঠামোটি যাচাই করার বিষয়ে ছিল। উপায় দ্বারা কি লক্ষ্যগুলি ন্যায্য ছিল? অন্যদের সুবিধার জন্য নির্দিষ্ট জনগোষ্ঠীকে বলিদান করা কি গ্রহণযোগ্য ছিল? এত সহজেই আপস করা একটি ব্যবস্থা কি তার মৌলিক ত্রুটিগুলি সমাধান করতে শুরু করতে পারে?

তদন্তে থর্নের শক্তিশালী সংবাদমাধ্যমের সাথে সংযোগ প্রকাশের সাথে সাথে চাপ আরও বেড়ে যায়। তার প্রভাব বেশ কয়েকটি বিশিষ্ট সংবাদ সংস্থায় বিস্তৃত হয়, জনসাধারণের বক্তব্যকে রূপ দেয় এবং প্রতিকূল তথ্য দমন করে। ভুল তথ্য এবং প্রচারণার একটি বিশাল নেটওয়ার্ক উন্মোচনের সম্ভাবনা বিশেষভাবে ভয়ঙ্কর ছিল। এটি প্রকাশ করা অনিবার্যভাবে মিডিয়া প্রতিষ্ঠানগুলিতে ব্যাপক অবিশ্বাসের জন্ম দেবে, যা

গণতন্ত্রকে অস্থিতিশীল করতে পারে। তবুও, নীরবতা জনগণকে ভবিষ্যতের কারসাজির জন্য সংবেদনশীল করে তুলবে। দ্বিধা ছিল গভীর: ভুল তথ্যের একটি পরিশীলিত ব্যবস্থা প্রকাশ করা, জেনে রাখা যে এটি গুরুত্বপূর্ণ প্রতিষ্ঠানের প্রতি জনসাধারণের বিশ্বাসকে নাড়া দিতে পারে, অথবা সত্যকে আংশিকভাবে আড়াল রেখে সামাজিক স্থিতিশীলতাকে অগ্রাধিকার দেওয়া।

নৈতিক চ্যালেঞ্জগুলি কেবল উচ্চ-প্রোফাইল লক্ষ্যবস্তুতে সীমাবদ্ধ ছিল না। মারা নিজেকে মহামারী দ্বারা সরাসরি প্রভাবিত ব্যক্তিদের দুর্দশার সাথে লড়াই করতে দেখেছিলেন, যারা প্রিয়জনকে হারিয়েছিলেন বা অপরিবর্তনীয় স্বাস্থ্যগত পরিণতি ভোগ করেছিলেন। তাদের কষ্ট থর্নের উচ্চাকাঙ্ক্ষার মানবিক মূল্যের ক্রমাগত স্মরণ করিয়ে দিচ্ছিল, একটি বাস্তব ওজন যা নৈতিক চাপকে তীব্রতর করেছিল। তাদের ক্ষতির জন্য প্রকৃত প্রতিকার প্রদানের বিচার ব্যবস্থার ক্ষমতা বেদনাদায়কভাবে অপর্যাপ্ত বলে মনে হয়েছিল, থর্নের নেটওয়ার্কের বিশালতা এবং ষড়যন্ত্রের জটিলতার সম্পূর্ণ বিপরীত। মারা জানতেন যে তদন্তটি ন্যায়বিচারের কেবলমাত্র একটি অংশই প্রদান করবে।

থর্নের অপারেশনের ডিজিটাল ফুটপ্রিন্ট মনস্তাত্ত্বিক কারসাজির এক ভয়ঙ্কর ধরণ প্রকাশ করে। তার কর্মীরা দুর্বলতা কাজে লাগাতে, ব্যক্তিদের বাধ্য করতে এবং ভয় ও কারসাজির মাধ্যমে আনুগত্য তৈরি করতে অত্যাধুনিক কৌশল ব্যবহার করত। এর ফলে প্রশ্ন ওঠে যে যারা ভয় বা জোর করে তার নেটওয়ার্কে অংশগ্রহণ করেছিল তাদের

জন্য কি সত্যিকারের মুক্তি সম্ভব? শিকার এবং অপরাধীর মধ্যে রেখা ঝাপসা হয়ে যায়, যা পদ্ধতিগত সমস্যাগুলির প্রতিফলন যা এই ধরনের কারসাজিকে মূলোৎপাটন করতে সাহায্য করেছিল।

মামলার গভীরে প্রবেশের সাথে সাথে মারা তার ব্যবহৃত সরঞ্জামগুলির নৈতিক সীমাবদ্ধতা নিয়ে প্রশ্ন তোলেন, ঠিক সেই প্রযুক্তি যা থর্নের জটিল জাল আবিষ্কারে সহায়তা করেছিল। তার অপরাধ উন্মোচন করতে ব্যবহৃত একই প্রযুক্তি আরও বেশি ছলনাময়ী উদ্দেশ্যেও ব্যবহার করা যেতে পারে। এই অস্থির স্বীকৃতি উন্নত প্রযুক্তির দ্বিমুখী প্রকৃতির উপর গভীর প্রতিফলন ঘটায়, ভালো এবং মন্দ উভয়ের জন্য তাদের সম্ভাবনার স্বীকৃতি দেয়। ন্যায়বিচারের জন্য তার সাধনা একটি স্পষ্টভাবে মনে করিয়ে দেয় যে সতর্কতা এবং নিয়ন্ত্রণ অত্যন্ত গুরুত্বপূর্ণ, অগ্রগতি এবং সম্ভাব্য অপব্যবহারের মধ্যে একটি ক্রমাগত ভারসাম্যপূর্ণ কাজ। তদন্তের যাত্রা শেষ পর্যন্ত আইন প্রয়োগকারী সংস্থার সীমানা অতিক্রম করে, তার নিজস্ব বিশ্বাসকে চ্যালেঞ্জ করে এবং তাকে নৈতিক দায়িত্ব এবং অগ্রগতির নৈতিক প্রভাব সম্পর্কে গভীর চিন্তাভাবনার দিকে ঠেলে দেয়। মনে হয়, উচ্চাকাঙ্ক্ষার মূল্য অপরাধীদের নিজেদের চেয়ে অনেক বেশি বিস্তৃত ছিল।

ভয় আর দৃঢ়তার এক প্রবল মিশ্রণ, মারার ভেতর দিয়ে অ্যাড্রেনালিনের স্রোত বয়ে গেল। ধাওয়া শুরু হয়ে গেল, বিস্তৃত এনআইএইচ ক্যাম্পাস জুড়ে তাড়া আর এড়িয়ে যাওয়ার এক উন্মত্ত ব্যালে। থর্ন, অথবা বরং, থর্নের ভূত - তার সূক্ষ্মভাবে তৈরি ব্যক্তিত্বের ডিজিটাল প্রতিধ্বনি -

এখনও বাইরে ছিল, বিস্তৃত কমপ্লেক্সের গোলকধাঁধা করিডোর এবং লুকানো পথের মধ্য দিয়ে এক ভূত উড়ে বেড়াচ্ছিল। তার ডিজিটাল পথ, এনক্রিপ্ট করা বার্তা এবং মুছে ফেলা ফাইলের একটি রুটির টুকরো পথ, তাকে এক চকচকে তাড়াতে নিয়ে গেল, ডিজিটাল জগতে বিড়াল এবং ইঁদুরের এক উচ্চ-বাজির খেলা খেলা হয়েছিল।

প্রাথমিক অভিযান শুরু হয় মূল গবেষণা ভবনের জীবাণুমুক্ত, উজ্জ্বল আলোকিত করিডোর দিয়ে। নিরাপত্তা ক্যামেরা, যা সাধারণত সান্ত্বনাদায়ক উপস্থিতি, এখন পর্যবেক্ষকদের উপহাস করার মতো মনে হচ্ছিল, তাদের নীরব দৃষ্টি তার প্রতিটি পদক্ষেপ অনুসরণ করছিল। প্রতিটি কোণা ঘুরে, প্রতিটি দরজা খুলে, সংঘর্ষের সম্ভাবনা তৈরি করেছিল - মেশিনে একটি ভূত, যা চুরি করা পরিচয় বা কোনও গোপন অ্যাকাউন্টে প্রকাশিত হয়েছিল। মারার দল, ক্যাম্পাস জুড়ে কৌশলগতভাবে ছড়িয়ে ছিটিয়ে, এনক্রিপ্ট করা চ্যানেলের মাধ্যমে তথ্য রিলে করে, তাদের কণ্ঠস্বর তার কানে একটি অবিরাম গুনগুন, জরুরিতা এবং সতর্কতার একটি সমবেত সুর।

ডিজিটাল ভূত তাকে ভবনের পরিত্যক্ত অংশে নিয়ে গেল, ধুলোময় ল্যাবরেটরি এবং ভুলে যাওয়া সরঞ্জামের গোলকধাঁধা, ফর্মালডিহাইডের গন্ধে ভরা বাতাস এবং ভুলে যাওয়া পরীক্ষা-নিরীক্ষা। এই জায়গাটি অন্যরকম অনুভূত হয়েছিল, অবহেলা এবং গোপনীয়তার অনুভূতিতে আচ্ছন্ন, একটি ডিজিটাল ভূতের জন্য একটি নিখুঁত লুকানোর জায়গা। এখানে, ডিজিটাল পথটি ঝাপসা হয়ে গেছে, কয়েকটি ভিন্ন পথে বিভক্ত, প্রতিটি পথেই একটি সম্ভাব্য শেষ পরিণতি বা একটি আকর্ষণীয় ইঙ্গিত।

মারা তার বুকের পরিচিত টান অনুভব করেছিল, দায়িত্বের বোঝা চাপা পড়েছিল, উচ্চ ঝুঁকি সম্পর্কে সচেতনতা - ভারসাম্যের মধ্যে ঝুলন্ত জীবন, অগণিত নিরীহ মানুষের ভবিষ্যত।

ডিজিটাল জগৎ থেকে দৌড়ের ধাওয়া ডিজিটাল জগৎ থেকে ভৌত জগতে চলে গেল, এক নিরবচ্ছিন্ন রূপান্তর যা থর্নের অপারেশনের ছলনাপূর্ণ প্রকৃতি তুলে ধরে। ডিজিটাল পথ তাকে একটি নির্দিষ্ট সার্ভার রুমে নিয়ে গেল, যার প্রবেশপথটি একটি মিথ্যা দেয়ালের আড়ালে লুকিয়ে ছিল, এয়ার কন্ডিশনিং একটি নিচু, স্থির ড্রোনকে গুনগুন করছিল। ভেতরে, সার্ভারের সারি জ্বলজ্বল করছিল, তাদের আলোগুলি আবছা জায়গায় একটি সম্মোহনী ছন্দ। মারা বুঝতে পেরেছিল যে, ডিজিটাল ভূতটি একটি ভৌত নোঙ্গর খুঁজে পেয়েছে, -এর একেবারে হৃদয়ের মধ্যে একটি অভয়ারণ্য।

ক্যাম্পাস থেকে বেরিয়ে শহরের ব্যস্ত রাস্তায় ধাওয়া তীব্রতর হতে থাকে। ডিজিটাল পথটি আপাতদৃষ্টিতে এলোমেলো অবস্থানের একটি সিরিজের দিকে ইঙ্গিত করে, বিভ্রান্ত এবং বিভ্রান্ত করার একটি পরিকল্পিত প্রচেষ্টা। মারা তার অনুসরণ করে, তার সহজাত প্রবৃত্তি তাকে পথ দেখায়, শহরটি ঝলমলে আলো এবং দ্রুত পদক্ষেপের একটি অস্পষ্ট ভূদৃশ্যে রূপান্তরিত হয়। প্রতিটি অবস্থান একটি রহস্যময় সূত্র প্রদান করে, ধাঁধার একটি খণ্ডিত অংশ - একটি আবছা আলোকিত গলিতে একটি পরিত্যক্ত ল্যাপটপ, একটি বাথরুমের দেয়ালে

লেখা একটি রহস্যময় বার্তা, ছায়ায় অদৃশ্য হয়ে যাওয়া থর্নের মতো একটি চিত্রের ক্ষণস্থায়ী আভাস।

এই ধাওয়া তাকে শহরের গভীর গলি পেরিয়ে, পেছনের গলি আর লুকানো পথের গোলকধাঁধার জালে নিয়ে গেল। সে নিজেকে এমন একটি জেলায় আবিষ্কার করল যেখানে অপরাধের হার বেশি, সন্দেহের ঘন বাতাস আর নগর অস্থিরতার ক্রমাগত গুঞ্জন। এখানে, ডিজিটাল ভূত সম্পূর্ণরূপে অদৃশ্য হয়ে গেল, পথ ঠান্ডা হয়ে গেল। মারার দল ছত্রভঙ্গ হয়ে গেল, ভূতের কোনও চিহ্ন খুঁজে বের করতে, রেডিওতে তাদের কণ্ঠস্বর কর্কশ হয়ে উঠল, তথ্যের খণ্ডিত টুকরো, মৃত প্রান্ত এবং মিথ্যা সূত্র ছড়িয়ে পড়ল। মারার হৃদয় তার বুকে ধাক্কা খেল; শিকার হারানোর অনুভূতি তাকে দৃঢ়তার এক নতুন ঢেউয়ে উস্কে দিল।

তবুও, ডিজিটাল ভূতটি তার প্রত্যাশার চেয়েও বেশি স্থিতিস্থাপক ছিল। এটি আবার দেখা দিল, এবার আপাতদৃষ্টিতে নিরীহ স্থানে - একটি পাবলিক লাইব্রেরিতে। ডিজিটাল পথটি তাকে একটি নির্দিষ্ট কম্পিউটার টার্মিনালে নিয়ে গেল, যেখানে সে একটি আপাতদৃষ্টিতে নিরীহ শিশুদের গল্পের মধ্যে লুকানো কোডেড বার্তাগুলির একটি সিরিজ খুঁজে পেল। বার্তাগুলিতে থর্নের লুকানো সংরক্ষণাগারের অবস্থান বিস্তারিতভাবে বর্ণনা করা হয়েছিল - শহরের গভীরে চাপা একটি ভল্ট, একটি ডিজিটাল দুর্গ যেখানে তার ক্রিয়াকলাপের গোপনীয়তা রয়েছে।

মারা বুঝতে পেরেছিল যে থর্ন কেবল কোনও খেলা খেলছে না; সে সময় কিনতে চাইছে, তার উত্তরাধিকার সুরক্ষিত করতে চাইছে, নিশ্চিত করতে চাইছে যে তার বিকৃত দৃষ্টিভঙ্গি মৃত্যুর পরেও যেন প্রতিধ্বনিত হয়। অতএব, এই অভিযান কেবল একজন অপরাধীকে ধরার বিষয় ছিল না, বরং ভবিষ্যতের বিপর্যয় রোধ করার বিষয় ছিল।

ধাওয়া তীব্রতর হতে থাকে, সময়ের সাথে এক উন্মত্ত প্রতিযোগিতা। মারা, তার দলের কয়েকজন বিশ্বস্ত সদস্যের সাথে, শহরের বিশৃঙ্খল রাস্তাগুলি ঘুরে বেড়ায়, একটি পথ ধরে যা তাদের একটি পরিত্যক্ত সাবওয়ে স্টেশনে নিয়ে যায়। স্যাঁতসেঁতে কংক্রিট এবং পচনের গন্ধে বাতাস ভারী হয়ে ওঠে। পরিবেশ ছিল অশুভ, জলের ফোঁটার প্রতিধ্বনিতে নীরবতা আরও তীব্র হয়ে ওঠে। ডিজিটাল ভূত তাকে একটি লুকানো প্রবেশপথে নিয়ে গিয়েছিল, যা একটি ভেঙে পড়া দেয়ালের আড়ালে লুকিয়ে ছিল।

ভেতরে, ভূগর্ভস্থ জগৎ তাদের সামনে উন্মোচিত হল। অন্ধকারে বিস্তৃত সুড়ঙ্গ এবং পরিত্যক্ত পথের এক গোলকধাঁধা, ধুলো এবং ক্ষয়ের গন্ধে বাতাস ঘন হয়ে উঠল। ডিজিটাল পথ চলতে থাকল, তাদের গোলকধাঁধার আরও গভীরে নিয়ে গেল, প্রতিটি পদক্ষেপ আশঙ্কা এবং প্রত্যাশায় ভরা। পরিস্থিতির ভার, ব্যর্থতার সম্ভাব্য পরিণতি, তাদের কাঁধে ভারী হয়ে উঠল।

উত্তেজনা স্পষ্ট ছিল। পুরনো অবকাঠামোর প্রতিটি চিৎকার এবং আর্তনাদ তাদের পিছনে পিছনে একটি পদচিহ্নের মতো মনে হচ্ছিল। অন্ধকার চেপে ধরেছিল, একটি শারীরিক উপস্থিতি তাদের বিচ্ছিন্নতা এবং দুর্বলতাকে আরও বাড়িয়ে তুলেছিল। কিন্তু মারা এগিয়ে গিয়েছিলেন, তার দৃঢ় সংকল্প অটল ছিল, আইনের সীমানা অতিক্রমকারী জরুরিতার অনুভূতি দ্বারা চালিত হয়েছিল। এটি কেবল একটি তাড়া ছিল না; এটি ছিল ভবিষ্যতের জন্য একটি লড়াই।

অবশেষে, অনন্তকালের মতো মনে হওয়ার পর, তারা তাদের গন্তব্যে পৌঁছে গেল। শক্তিশালী এবং কঠোরভাবে সুরক্ষিত একটি বিশাল ইস্পাত দরজা তাদের পথ আটকে দিল। ডিজিটাল ভূতটি তার চূড়ান্ত গন্তব্যে পৌঁছেছিল - একটি ভৌত ভল্ট। ভল্ট ভাঙার প্রক্রিয়াটি ধীর এবং উত্তেজনাপূর্ণ ছিল, বিশেষ সরঞ্জাম এবং দক্ষতার প্রয়োজন ছিল। দলটি নির্ভুলতা এবং দক্ষতার সাথে কাজ করেছিল, তারা বুঝতে পেরেছিল যে সময় ফুরিয়ে যাচ্ছে। প্রতিটি মিনিট অনন্তকালের মতো অনুভূত হয়েছিল।

অবশেষে ভল্টের দরজাটি খুলে গেল। ভেতরে, যে দৃশ্যটি তাদের স্বাগত জানালো তা ছিল মর্মান্তিক এবং ভয়াবহ। সার্ভারগুলি গুনগুন করছে, হার্ড ড্রাইভগুলি জ্বলজ্বল করছে, গোপনীয়তা এবং পরিকল্পনার একটি ডিজিটাল লাইব্রেরি, থর্নের উচ্চাকাঙ্ক্ষার প্রকৃত পরিধি উন্মোচিত হয়েছে। ভল্টে কেবল মহামারী সম্পর্কে তথ্যই ছিল না, বরং থর্নের অন্যান্য জঘন্য কার্যকলাপ সম্পর্কেও তথ্য

ছিল, তার নাগাল তাদের তদন্তের মূল পরিধির বাইরেও বিস্তৃত ছিল। এটি ছিল তার উচ্চাকাঙ্ক্ষার এক শীতল প্রমাণ, হেরফের এবং নিয়ন্ত্রণের জগতের এক ভয়াবহ আভাস।

যখন তারা প্রমাণ সংগ্রহ করতে শুরু করল, তখন স্বস্তির অনুভূতি গভীর অস্বস্তির অনুভূতিতে মিশে গেল। অবশেষে ডিজিটাল ভূতটি শান্ত হয়ে গেল, কিন্তু তার কর্মকাণ্ডের প্রতিধ্বনি আগামী বছরের পর বছর ধরে প্রতিধ্বনিত হবে। লড়াই এখনও শেষ হয়নি; সত্য উন্মোচনের দীর্ঘ প্রক্রিয়া, জড়িতদের বিচারের আওতায় আনার প্রক্রিয়া এবং সম্ভবত সবচেয়ে গুরুত্বপূর্ণ, এই বিপর্যয় থেকে শিক্ষা নেওয়ার প্রক্রিয়া সবেমাত্র শুরু হয়েছিল। থর্নের উচ্চাকাঙ্ক্ষার মূল্য অনেক বেশি ছিল এবং আগামী বছরগুলিতে অনেকেই এর মূল্য দিতে হবে। তাড়া শেষ হয়েছিল, কিন্তু যুদ্ধ সবেমাত্র শুরু হয়েছিল। মারা জানতেন যে থর্ন যে ছায়া ফেলেছিলেন তা তার জীবনের চেয়েও দীর্ঘস্থায়ী হবে, যা অনিয়ন্ত্রিত উচ্চাকাঙ্ক্ষার ধ্বংসাত্মক পরিণতির এক ভয়াবহ স্মারক।

অধ্যায় ৫: এক্সপোজার

ভল্টের দরজাটা খুলে গেল, একটা জীবাণুমুক্ত, আবছা আলোয় ভরা চেম্বার দেখা গেল। সারি সারি সার্ভারগুলো একটা নিচু, প্রায় সম্মোহনীয় ড্রোনের শব্দ শুনতে পাচ্ছিল, তাদের জ্বলজ্বলে আলো আশেপাশের যন্ত্রপাতির উপর এক অদ্ভুত আভা ফেলছিল। এটি কেবল একটি সার্ভার রুম ছিল না; এটি ছিল একটি ডিজিটাল দুর্গ, থর্নের

অন্ধকারতম গোপন রহস্যের একটি অত্যন্ত যত্ন সহকারে নির্মিত সংরক্ষণাগার। ওজোন এবং শীতলীকরণ ব্যবস্থার সুগন্ধে বাতাস ভারী হয়ে উঠছিল, একটি ধাতব ঝাঁকুনি যা মারার নাকের ছিদ্রে কাঁপছিল।

তার দল দক্ষতার সাথে এগিয়েছে, তাদের চলাফেরা ছিল সতর্কতা এবং উদ্দেশ্যের একটি সযত্নে নৃত্যশিল্পীর নৃত্য। প্রমাণ সংগ্রহের জটিল প্রক্রিয়ায় প্রতিটি সদস্যের একটি নির্দিষ্ট ভূমিকা, একটি নির্দিষ্ট কাজ ছিল। ল্যাপটপের স্ক্রিন দ্বারা আলোকিত মুখমন্ডল সহ টেকনিশিয়ানরা হার্ড ড্রাইভের ছবি তোলার সূক্ষ্ম প্রক্রিয়া শুরু করেছিলেন, প্রতিটি ফাইল, প্রতিটি মুছে ফেলা বার্তা, থর্নের ডিজিটাল পদচিহ্নের প্রতিটি চিহ্ন সাবধানতার সাথে অনুলিপি করেছিলেন। ফরেনসিক বিশেষজ্ঞরা সাবধানতার সাথে দৃশ্যটি নথিভুক্ত করেছিলেন, প্রতিটি কোণ, প্রতিটি বিবরণের ছবি তুলেছিলেন, আসন্ন আইনি প্রক্রিয়ার জন্য একটি অকাট্য রেকর্ড তৈরি করেছিলেন।

তথ্যের বিশাল পরিমাণ ছিল বিস্ময়কর। সার্ভারগুলি এনক্রিপ্ট করা ফাইলে ভরা, তথ্যে উপচে পড়া ডাটাবেস, গোপন পার্টিশনগুলি স্তরের পর স্তর গোপন কার্যকলাপের প্রকাশ ঘটাচ্ছে। এটি ছিল একটি ডিজিটাল গোলকধাঁধা, থর্নের সূক্ষ্ম পরিকল্পনা এবং তার কর্মকাণ্ড গোপন করার জন্য তার শীতল কার্যকর ক্ষমতার প্রমাণ। মারার মনে এক ভয়াবহ তৃপ্তির ঢেউ খেলে গেল। এটাই ছিল; ষড়যন্ত্র উন্মোচনের জন্য তাদের প্রয়োজনীয় অকাট্য প্রমাণ।

প্রাথমিকভাবে আর্থিক রেকর্ডের উপর জোর দেওয়া হয়েছিল। তদন্তের প্রাথমিক পর্যায়ে থর্নের জটিল জাল, অফশোর অ্যাকাউন্ট এবং জটিল আর্থিক লেনদেন একটি বড় বাধা ছিল। কিন্তু এখানে, তার ডিজিটাল ভল্টের ঠান্ডা, কঠিন বাস্তবতার মধ্যে, সত্য উন্মোচিত হয়ে ওঠে। সাবধানতার সাথে নথিভুক্ত লেনদেনগুলি অর্থ পাচার, ঘুষ এবং আত্মসাতের একটি ধারা প্রকাশ করে, যা থর্নকে সরকার এবং ওষুধ শিল্পের মধ্যে শক্তিশালী ব্যক্তিত্বদের সাথে যুক্ত করে। দুর্নীতির নিছক মাত্রা ছিল শ্বাসরুদ্ধকর, তার উচ্চাকাঙ্ক্ষা এবং নাগালের এক বিস্ময়কর প্রমাণ।

তারপর এলো ডিজিটাল যোগাযোগের যুগ। এনক্রিপ্ট করা বার্তা, মুছে ফেলা ইমেল এবং কোডেড কথোপকথন সহযোগীদের একটি জটিল নেটওয়ার্ক প্রকাশ করে, একটি ষড়যন্ত্র যা তাদের তদন্তের প্রাথমিক পরিধির বাইরেও বিস্তৃত ছিল। বার্তাগুলি ষড়যন্ত্রকারীদের মনের মধ্যে একটি শীতল জানালা ছিল, তাদের উদ্দেশ্য, তাদের পরিকল্পনা এবং তাদের দুষ্টতার গভীরতা প্রকাশ করে। তারা ব্ল্যাকমেইল, ভয় দেখানো এবং মানুষের জীবনের বিনিময়ে মুনাফার নির্মম সাধনার কথা বলেছিল। ডিজিটাল রেকর্ডের তীব্র আলোয় তাদের কর্মকাণ্ডের নিছক নির্মমতা প্রকাশ পেয়ে মারা বমি বমি ভাব অনুভব করেছিল।

দলের ফরেনসিক ভাষাবিদরা, যারা কোডেড বার্তাগুলির পাঠোদ্ধার এবং যোগাযোগের ধরণ সনাক্তকরণে বিশেষজ্ঞ ছিলেন, তারা তথ্য ব্যাখ্যায় গুরুত্বপূর্ণ ভূমিকা পালন করেছিলেন। তারা কঠোর পরিশ্রমের সাথে

এনক্রিপ্ট করা বার্তাগুলি বিশ্লেষণ করেছিলেন, অর্থের লুকানো স্তরগুলি উন্মোচন করেছিলেন, মূল খেলোয়াড়দের সনাক্ত করেছিলেন এবং একটি বিশাল এবং জটিল ষড়যন্ত্রের টুকরোগুলিকে একত্রিত করেছিলেন। তাদের দক্ষতা অমূল্য ছিল, ডিজিটাল গোলকধাঁধার মধ্যে লুকানো গোপন রহস্য উন্মোচন করেছিলেন।

কিন্তু ডিজিটাল প্রমাণই ধাঁধার একমাত্র অংশ ছিল না। ভল্টে সাক্ষীদের সাক্ষ্যও ছিল, যা থর্ন সাবধানে সংগ্রহ এবং সংরক্ষণ করেছিলেন। এগুলি সাধারণ স্বীকারোক্তি ছিল না; এগুলি ছিল রেকর্ডিং, ঘুষ দেওয়া, ভয় দেখানো বা অন্যথায় জোর করে জড়িত ব্যক্তিদের কাছ থেকে সাবধানে নথিভুক্ত বিবরণ। এই রেকর্ডিংগুলি, কিছু বক্তাদের পরিচয় গোপন করার জন্য ডিজিটালভাবে পরিবর্তিত, ধাঁধার একটি গুরুত্বপূর্ণ অংশ ছিল, যা ষড়যন্ত্রের অভ্যন্তরীণ কার্যকারিতার সরাসরি বিবরণ প্রদান করে। দলটি রেকর্ডিংগুলির সত্যতা যাচাই করার জন্য অক্লান্ত পরিশ্রম করেছিল, তদন্ত জুড়ে সংগৃহীত অন্যান্য প্রমাণের সাথে বিশদ বিবরণ ক্রস-রেফারেন্স করেছিল।

এই সাক্ষ্যগুলি থর্নের পদ্ধতি সম্পর্কে অমূল্য অন্তর্দৃষ্টি প্রদান করে, যা মানুষকে কারসাজি করার, তাদের দুর্বলতাগুলিকে কাজে লাগানোর এবং ভয় ও নীরবতার সংস্কৃতি তৈরি করার তার ক্ষমতা প্রকাশ করে। রেকর্ডিংগুলিতে এমন একজন ব্যক্তির এক হৃদয়বিদারক চিত্র ফুটে ওঠে যে তার বিশাল পরিকল্পনার মধ্যে মানুষের

জীবনকে কেবল একটি ঘুঁটি হিসেবে দেখত, এমন একজন ব্যক্তি যিনি তার বিকৃত উচ্চাকাঙ্ক্ষা পূরণের জন্য সবকিছু - এমনকি নিজের জীবনও - ত্যাগ করতে ইচ্ছুক ছিলেন। এই সাক্ষ্যগুলি, আর্থিক রেকর্ড এবং ডিজিটাল যোগাযোগের সাথে মিলিত হয়ে, একটি অনস্বীকার্য মামলা তৈরি করে, প্রমাণের পাহাড় যা সন্দেহের কোনও অবকাশ রাখে না।

রাত যত গড়িয়েছে, দলটি অক্লান্ত পরিশ্রম করেছে, প্রতিটি প্রমাণের টুকরো সাবধানতার সাথে নথিভুক্ত করেছে, নিশ্চিত করেছে যে তাদের হেফাজতের শৃঙ্খল নিখুঁতভাবে রক্ষণাবেক্ষণ করা হয়েছে। প্রতিটি প্রমাণ সাবধানতার সাথে তালিকাভুক্ত, ট্যাগ করা এবং নিরাপদে সংরক্ষণ করা হয়েছে, আদালতে উপস্থাপনের জন্য প্রস্তুত। মারা অনুভব করেছিলেন যে দায়িত্বের বোঝা তার কাঁধে এসে পড়েছে, অসংখ্য জীবনের ভার ঝুলছে। চাপ ছিল অপরিসীম, কিন্তু তিনি এগিয়ে যান, তার অটল দৃঢ় সংকল্প এবং ন্যায়বিচারের গভীর অনুভূতি দ্বারা ইন্ধনপ্রাপ্ত।

রাতভর সূক্ষ্ম কাজ চলতে থাকে, কেবল সার্ভারের গুঞ্জন এবং কীবোর্ডের ছন্দময় ট্যাপ-ট্যাপ-ট্যাপ শব্দ শোনা যায়। ভোর হওয়ার সাথে সাথে, পরিত্যক্ত সাবওয়ে স্টেশনের নোংরা জানালা দিয়ে একটি ফ্যাকাশে আলো ফেলে, দলটি অবশেষে তাদের কাজ সম্পন্ন করে। ডিজিটাল দুর্গটি ভেঙে ফেলা হয়েছিল, এর গোপনীয়তা উন্মোচিত হয়েছিল, এর বিষয়বস্তু সুরক্ষিত ছিল। তারা অকাট্য প্রমাণ সংগ্রহ করেছিল, প্রমাণের পাহাড় যা থর্নের সাম্রাজ্যকে

ভেঙে ফেলবে এবং তার এত যত্ন সহকারে নির্মিত বিশাল ষড়যন্ত্রকে উন্মোচিত করবে। ডিজিটাল ভূতকে সমাহিত করা হয়েছিল, কিন্তু তার ধ্বংসের উত্তরাধিকার রয়ে গেছে, অনিয়ন্ত্রিত উচ্চাকাঙ্ক্ষা এবং দুর্নীতির ছলনাময় প্রকৃতির পরিণতির একটি স্পষ্ট স্মারক। তারা যে প্রমাণ সংগ্রহ করেছিল তা কেবল তথ্যের চেয়েও বেশি কিছু ছিল; এটি ছিল একটি গল্প, প্রতারণা, বিশ্বাসঘাতকতা এবং ক্ষমতার জন্য অবিরাম প্রচেষ্টার আখ্যান, এমন একটি গল্প যা শীঘ্রই আদালত কক্ষে শোনা যাবে এবং বিশ্বজুড়ে প্রতিধ্বনিত হবে।

কঠোর পরিশ্রমের সাথে সংগৃহীত এবং সতর্কতার সাথে নথিভুক্ত ভৌত এবং ডিজিটাল প্রমাণগুলি নিরাপদ স্থাপনাগুলিতে স্থানান্তরিত করা হয়েছিল, যার গুরুত্ব ভারী সশস্ত্র প্রহরী কনভয়ের সাথে থাকা দ্বারা জোর দেওয়া হয়েছিল। প্রমাণগুলি কেবল তথ্যের সংগ্রহ ছিল না; এটি ছিল নিষ্ঠা, নিদ্রাহীন রাত এবং দলের অটল সংকল্পের প্রমাণ। এটি ছিল সপ্তাহের নিরলস সাধনার চূড়ান্ত পরিণতি, ডিজিটাল থ্রেড, আর্থিক লেনদেন এবং মানুষের সাক্ষ্য থেকে বোনা একটি টেপেস্ট্রি, যা সমস্তই একত্রিত হয়ে বিশ্বকে অস্থিতিশীল করার হুমকিস্বরূপ একটি ষড়যন্ত্র প্রকাশ করে।

ক্লান্ত কিন্তু উচ্ছ্বসিত মারা শেষবারের মতো দৃশ্যটি পর্যবেক্ষণ করলেন। ওজোনের অবশিষ্ট গন্ধ এবং উন্মোচিত গোপন রহস্যের ভারী ভারে বাতাস ভারী হয়ে উঠল। ডিজিটাল ভূত পরাজিত হয়েছিল, কিন্তু লড়াই এখনও শেষ হয়নি। সংগৃহীত প্রমাণ ছিল একটি শক্তিশালী

অস্ত্র, একটি হাতিয়ার যা থর্নের সহযোগীদের বিচারের আওতায় আনার জন্য ব্যবহার করা হবে। সত্যের জন্য লড়াই এখনও শেষ হয়নি, কিন্তু এই বিজয় ছিল একটি বিশাল ষড়যন্ত্র ভেঙে ফেলার এবং ক্ষমতার অন্ধকার আড়াল উন্মোচনের দিকে একটি গুরুত্বপূর্ণ পদক্ষেপ। সামনের পথ দীর্ঘ এবং কঠিন হবে, আইনি লড়াই এবং রাজনৈতিক কৌশলে ভরা, কিন্তু মারা এবং তার দল প্রস্তুত ছিল, ন্যায়বিচারের জন্য লড়াই করার জন্য প্রস্তুত, পরিত্যক্ত সাবওয়ে স্টেশনের গভীরে তারা যে অকাট্য প্রমাণ সংগ্রহ করেছিল তা নিয়ে সজ্জিত। থর্নের উচ্চাকাঙ্ক্ষার প্রতিধ্বনি হয়তো টিকে থাকবে, কিন্তু অবশেষে উন্মোচিত সত্য শেষ পর্যন্ত জয়লাভ করবে। ডিজিটাল ভূত নীরব ছিল, কিন্তু এর গল্প এখনও শেষ হয়নি।

বিশাল আদালত কক্ষটি ছিল প্রেসার কুকার, বাতাসে প্রচণ্ড প্রত্যাশা। তীব্র ফ্লুরোসেন্ট আলোর নিচে সারি সারি পালিশ করা মেহগনি গাছ জ্বলজ্বল করছিল, যা সমবেত দর্শকদের স্নায়বিক শক্তির প্রতিফলন ঘটাচ্ছিল। সাংবাদিকরা, তাদের মুখ, প্রত্যাশা এবং নিন্দার মিশ্রণে খোদাই করা, অবস্থানের জন্য ঠেলে দেওয়া, তাদের ক্যামেরা প্রস্তুত, আসন্ন দৃশ্যের প্রতিটি মুহূর্ত ক্যামেরাবন্দি করার জন্য প্রস্তুত। গ্যালারিটি নীরব ফিসফিসানিতে গুঞ্জনিত, মুখের সমুদ্র আবেগের একটি বর্ণালী প্রতিফলিত করে: কৌতূহল, আশঙ্কা এবং অস্বস্তির এক স্পষ্ট অনুভূতি।

সবকিছুর কেন্দ্রবিন্দুতে, মারা স্থিরভাবে দাঁড়িয়ে ছিল, তার উপস্থিতি ঘরকে নিয়ন্ত্রণ করছিল। বছরের পর বছর ধরে অভিজ্ঞতা তাকে এক অসাধারণ ব্যক্তিত্বে পরিণত

করেছিল, তার ধৈর্য তার চারপাশের বিশৃঙ্খলার সম্পূর্ণ বিপরীত। ঝড়ের মধ্যে সে ছিল শান্তির এক আলোকবর্তিকা, তার চোখ অটল, তার সামনে বসা আসামীদের উপর স্থির। থর্ন, তার মুখ নিয়ন্ত্রিত ক্রোধের মুখোশ, দৃঢ়ভাবে বসে ছিল, তার দৃষ্টি মারা এবং তার সহ-ষড়যন্ত্রকারীদের মধ্যে উদ্বিগ্নভাবে তাক করা ছিল। তার একসময়ের অনবদ্য স্যুটটি এলোমেলো এবং চাপা দেখাচ্ছিল, তার ভেঙে পড়া সাম্রাজ্যের প্রতিচ্ছবি।

থর্নের পাশে বসেছিলেন একদল শক্তিশালী ব্যক্তিত্ব - সিনেটর, কর্পোরেট এক্সিকিউটিভ এবং ফার্মাসিউটিক্যাল ম্যাগনেট - মারা যে ষড়যন্ত্রের রহস্য উদঘাটন করেছিলেন তার প্রত্যেকেই মূল খেলোয়াড়। একসময় তাদের মুখমন্ডল, অহংকার এবং শাস্তির অভাবে ভরা, এখন ভয় এবং হতাশার ছাপ। তারা তাদের আসনে অস্বস্তিকরভাবে নড়েচড়ে বসল, তাদের শরীর টানটান, তাদের অপরাধবোধের নীরব সাক্ষ্য।

মারা শুরু করলেন, তার কণ্ঠস্বর শান্ত কিন্তু অনুরণিত, নীরব আদালত কক্ষ জুড়ে অনায়াসে বহন করে। তিনি নাটকীয় একক আলোচনায় অংশ নেননি, বরং একটি সুনির্দিষ্ট, পরিমাপিত উপস্থাপনা বেছে নিয়েছিলেন। তিনি ডিজিটাল দুর্গের কথা বললেন, থর্নের সবচেয়ে অন্ধকার রহস্যের সতর্কতার সাথে নির্মিত সংরক্ষণাগার, যেখানে তার দল যে রাতের ডিজিটাল প্রতিরক্ষা ভেঙেছিল, তারা যে বিপুল পরিমাণ অপরাধমূলক তথ্য আবিষ্কার করেছিল তার বিবরণ ছিল।

"আজ জুরি সদস্যরা যে প্রমাণ উপস্থাপন করেছেন," মারা তার অটল সুরে বলেন, "সন্দেহের কোনও অবকাশ রাখবে না। আমরা বিচ্ছিন্ন ঘটনা নিয়ে কাজ করছি না; আমরা একটি সুনির্দিষ্টভাবে পরিকল্পিত, দীর্ঘমেয়াদী ষড়যন্ত্রের সাথে মোকাবিলা করছি যা আমাদের সমাজের কাঠামোকে কলুষিত করেছে।"

তিনি তার উপস্থাপনায় নির্বিঘ্নে এগিয়ে গেলেন, শেল কর্পোরেশন, অফশোর অ্যাকাউন্ট এবং জটিল আর্থিক লেনদেনের জটিল জাল তুলে ধরেন। তার পাশে বড় বড় স্ক্রিনে থর্নের আর্থিক কৌশলের গ্রাফিক উপস্থাপনা প্রদর্শিত হয়েছিল, প্রতিটি লেনদেন মহাদেশ জুড়ে বিস্তৃত দুর্নীতির শৃঙ্খলের একটি সূক্ষ্মভাবে নথিভুক্ত লিঙ্ক। পরিসংখ্যানগুলি ছিল বিস্ময়কর, আত্মসাতের মাত্রা ছিল চিত্তাকর্ষক।

আদালত কক্ষ মুগ্ধ হয়ে দেখছিল, মারার কথাগুলো প্রতারণা এবং লোভের এক ভয়ঙ্কর চিত্র তুলে ধরেছিল। স্পষ্ট, সংক্ষিপ্ত দৃশ্যে উপস্থাপিত আর্থিক তথ্য ছিল ভয়াবহ। প্রতিটি কারসাজি করা ব্যালেন্স শিট, প্রতিটি লুকানো হিসাব, প্রতিটি অবৈধ লেনদেন ধাঁধার একটি অংশ হিসেবে কাজ করেছিল, যা পদ্ধতিগত দুর্নীতির একটি অনস্বীকার্য মামলা তৈরি করেছিল।

এরপর, মারা ডিজিটাল যোগাযোগের দিকে ঝুঁকে পড়েন - এনক্রিপ্ট করা বার্তা, মুছে ফেলা ইমেল, কোডেড

কথোপকথন। ফরেনসিক ভাষাবিদরা, তাদের অমূল্য দক্ষতা, ষড়যন্ত্রকারীদের জটিল ভাষা বুঝতে পেরেছিলেন, অর্থের গোপন স্তরগুলি, যোগাযোগের জটিল জাল যা বছরের পর বছর ধরে ষড়যন্ত্রকে সমৃদ্ধ হতে দিয়েছিল তা উন্মোচন করেছিলেন। বড় পর্দায় প্রদর্শিত বার্তাগুলি ষড়যন্ত্রকারীদের মনের জানালা ছিল, তাদের পরিকল্পনা, তাদের প্রেরণা এবং তাদের কর্মের পরিণতি সম্পর্কে তাদের শীতল উদাসীনতা প্রকাশ করে।

আদালত কক্ষ নীরব ছিল, বাতাসে একটা ভারী ধাক্কার চাদর ঝুলছিল। পর্দায় লেখা শব্দগুলো - ব্ল্যাকমেইল, ভয় দেখানো এবং যেকোনো মূল্যে মুনাফার ঠাণ্ডা মাথায় চেষ্টা - ছিল ভয়াবহ। নৈমিত্তিক নিষ্‌ঠুরতা, মানব জীবনের প্রতি স্পষ্ট অবজ্ঞা, স্পষ্ট ছিল।

এরপর মারা সাক্ষীদের সাক্ষ্যগ্রহণের দিকে ঝুঁকে পড়েন, যাদের জোর করে জড়িত করা হয়েছিল তাদের কাছ থেকে সাবধানে নথিভুক্ত বিবরণ। রেকর্ডিংগুলি, তাদের সত্যতা সাবধানে যাচাই করা হয়েছিল, আদালত কক্ষে বাজানো হয়েছিল, ভয় দেখানো এবং বলপ্রয়োগের ভয়ঙ্কর বিবরণ দিয়ে নীরবতা পূর্ণ করে তুলেছিল। ডিজিটাল পরিবর্তনের মাধ্যমে ছদ্মবেশে থাকা কিছু কণ্ঠস্বর ভয়ে কাঁপছিল, তাদের কথা থর্নের কৌশলের একটি প্রাণবন্ত চিত্র তুলে ধরেছিল।

রেকর্ডিং বাজানোর সাথে সাথে, আসামিরা তাদের আসনগুলিতে অস্বস্তিকরভাবে নড়েচড়ে বসল। তাদের

সাবধানে তৈরি ধৈর্যের মুখোশগুলি ফাটতে শুরু করল, যা তাদের সাবধানে তৈরি মুখোশের পিছনের কাঁচা আতঙ্ককে প্রকাশ করে। আদালত কক্ষের নীরবতা আরও গভীর হয়ে উঠল, গ্যালারি থেকে কেবল চাপা কান্নার শব্দ ভেসে আসছিল।

মারার উপস্থাপনা অব্যাহত ছিল, বিভিন্ন প্রমাণ - আর্থিক লেনদেন, ডিজিটাল যোগাযোগ এবং সাক্ষীদের সাক্ষ্য - কে একটি সুসংগত বর্ণনায় একত্রিত করে। প্রতিটি অংশ অন্যদের সমর্থন করে, একটি অকাট্য মামলা তৈরি করে, প্রমাণের পাহাড় যা সন্দেহের কোনও অবকাশ রাখেনি।

রাষ্ট্রপক্ষের মামলাটি অত্যন্ত সতর্কতার সাথে গঠন করা হয়েছিল, প্রতিটি পয়েন্ট শেষের উপর ভিত্তি করে তৈরি হয়েছিল, এমন এক ধরণের প্রমাণের টেপেস্ট্রি তৈরি করেছিল যা ধ্বংসাত্মক এবং অনস্বীকার্য উভয়ই ছিল। মারার দক্ষতা জুড়ে ছিল, তার উপস্থাপনা ফরেনসিক গল্প বলার ক্ষেত্রে একটি মাস্টারক্লাস ছিল। তিনি চিৎকার করেননি; তিনি দাঁড় করাননি; তিনি কেবল তথ্য উপস্থাপন করেছিলেন, প্রমাণগুলিকে নিজের পক্ষে কথা বলতে দিয়েছিলেন।

চূড়ান্ত প্রমাণপত্রটি প্রদর্শিত হওয়ার সাথে সাথে - ষড়যন্ত্রের সাথে জড়িত অসংখ্য ব্যক্তির মৃত্যুর বিবরণী সম্বলিত একটি লুকানো খাতার ছবি, এবং অপরাধস্থলে আসামীদের অবস্থানের ফরেনসিক প্রমাণ - আদালত কক্ষে একটি সম্মিলিত হাঁপানি ছড়িয়ে পড়ে।

এরপরের নীরবতা ভাঙল কেবল আদালত কক্ষের ঘড়ির ছন্দময় টিক-টিক শব্দে। প্রমাণের ওজন স্পষ্ট, ভারী এবং শ্বাসরুদ্ধকর ছিল। আসামিরা স্থির বসে ছিল, তাদের মুখের রঙ শুকিয়ে গিয়েছিল, তাদের চোখে হতবাকতা এবং হতাশার মিশ্রণ প্রতিফলিত হচ্ছিল। তাদের সন্ত্রাসের রাজত্ব, মিথ্যা এবং প্রতারণার বিস্তৃত জাল, অকাট্যভাবে উন্মোচিত হয়েছিল। কঠোর তদন্ত এবং সূক্ষ্ম উপস্থাপনার মাধ্যমে উন্মোচিত সত্য, দৃঢ় এবং অনস্বীকার্য ছিল।

আদালত কক্ষের উত্তেজনা প্রায় অসহনীয় ছিল। অনিবার্য পরিণতির নীরব স্বীকৃতিতে বাতাস কেঁপে উঠল। মারা, তার কর্তব্য পালন করে, পিছিয়ে গেল, তার উপস্থাপনার গুরুত্বকে ভেতরে ঢুকতে দিল। প্রমাণগুলি ছিল অপ্রতিরোধ্য, সূক্ষ্ম তদন্তের শক্তি এবং ন্যায়বিচারের অটল সাধনার প্রমাণ। ডিজিটাল ভূতকে কেবল নীরব করা হয়নি; এটি সম্পূর্ণরূপে ধ্বংস করা হয়েছিল। দীর্ঘ যুদ্ধ এখনও শেষ হয়নি, তবে এই বিজয় সঠিক দিকের একটি গুরুত্বপূর্ণ পদক্ষেপ ছিল। ন্যায়বিচারের লড়াই সবেমাত্র শুরু হয়েছিল।

আদালত কক্ষের নাটকীয়তার প্রতিধ্বনি তার পালিশ করা মেহগনি দেয়ালের বাইরেও অনেক দূরে ছড়িয়ে পড়েছিল। থর্নের ষড়যন্ত্রের প্রকাশ কেবল একটি আইনি লড়াই ছিল না; এটি ছিল একটি রাজনৈতিক ভূমিকম্প। রায়ের খবর - সকল ক্ষেত্রেই দোষী - রাজধানীতে শোকের ছায়া ফেলে দেয়, তদন্ত, পদত্যাগ এবং অভিযোগের ঝড় ওঠে। রাজনৈতিক পরিণতি তাৎক্ষণিক এবং ভয়াবহ ছিল।

থর্নের নেটওয়ার্কের একজন গুরুত্বপূর্ণ ব্যক্তিত্ব সিনেটর হ্যারিসনই প্রথম পতনের শিকার হন। ষড়যন্ত্রের সাথে তার জড়িত প্রমাণের ভারে তার সততার যত্ন সহকারে গড়ে তোলা ভাবমূর্তি ভেঙে পড়ে। থর্নের ডিজিটাল দুর্গের মধ্যে আবিষ্কৃত একটি একক, জঘন্য ইমেলের মাধ্যমে বছরের পর বছর ধরে সূক্ষ্ম কৌশল, প্রভাবশালী মিত্র তৈরি এবং লাভজনক চুক্তি অর্জনের বিষয়টি মূল্যহীন হয়ে পড়ে। লক্ষ লক্ষ অবৈধ প্রচারণা অনুদানের সাথে জড়িত একটি কুইড প্রো কো চুক্তির বিবরণীযুক্ত ইমেলটি দেশব্যাপী প্রথম পৃষ্ঠায় ছড়িয়ে পড়ে, যা কার্যকরভাবে হ্যারিসনের রাজনৈতিক ক্যারিয়ারের অবসান ঘটায়। এটিকে "ভুল বোঝাবুঝি" বা "অসন্তুষ্ট প্রতিদ্বন্দ্বীদের দ্বারা তৈরি" বলে উড়িয়ে দেওয়ার তার প্রচেষ্টা ব্যাপকভাবে উপহাসের মুখোমুখি হয়, জনসাধারণের তার উপর আস্থা অপ্রতিরোধ্যভাবে ভেঙে যায়। পরবর্তী সিনেট নীতিশাস্ত্র তদন্ত, অভূতপূর্ব গতি এবং হিংস্রতার সাথে শুরু হয়েছিল, দ্রুত এবং নির্দয় ছিল। হ্যারিসনের সহকর্মীরা, যারা একসময় তার আপাত ক্ষমতার সাথে নিজেদেরকে সামঞ্জস্য করতে আগ্রহী, তারা দ্রুত নিজেদের দূরে সরিয়ে নেয়, তাকে বিচ্ছিন্ন এবং প্রকাশ্যে ফেলে দেয়। তাড়াহুড়ো করে সাজানো সংবাদ সম্মেলনে তার পদত্যাগের পর, একটি নীরব প্রতিক্রিয়া দেখা দেয়, যা তিনি একসময় যে প্রশংসা উপভোগ করেছিলেন তার সম্পূর্ণ বিপরীত।

এই কেলেঙ্কারি হ্যারিসনের বাইরেও বিস্তৃত ছিল। থর্নের দুর্নীতির জালে জড়িত আরও বেশ কয়েকজন বিশিষ্ট রাজনীতিবিদ তীব্র তদন্তের মুখোমুখি হন। তদন্ত শুরু হয়, ক্যারিয়ার হুমকির মুখে পড়ে এবং সুনাম ধ্বংস হয়ে যায়।

একসময়ের অপ্রাপ্য ক্ষমতা কাঠামো ভেঙে পড়তে শুরু করে, রাজনৈতিক দুর্নীতির এমন এক দৃশ্য উন্মোচিত করে যা কারও কল্পনার চেয়েও অনেক গভীরে বিস্তৃত ছিল। বছরের পর বছর ধরে যত্ন সহকারে রক্ষণাবেক্ষণ করা সততার সূক্ষ্ম নকশাটি ছিন্নভিন্ন হয়ে যায়, যা সরকারের সর্বোচ্চ স্তরে ছড়িয়ে থাকা প্রতারণা এবং কারসাজির একটি নেটওয়ার্ক প্রকাশ করে।

বৈজ্ঞানিক সম্প্রদায়ও রেহাই পায়নি। থর্নের অনৈতিক পরীক্ষা-নিরীক্ষার যে গবেষণা কেন্দ্রে হয়েছিল, সেই কেন্দ্রের প্রধান ডঃ অলব্রাইট তীব্র প্রতিক্রিয়ার মুখোমুখি হন। থর্নের অবৈধ কার্যকলাপ সম্পর্কে অজ্ঞতা দাবি করে কেলেঙ্কারি থেকে নিজেকে দূরে রাখার তার প্রচেষ্টা অপ্রীতিকর প্রমাণিত হয়। আদালতে উপস্থাপিত প্রমাণ স্পষ্টভাবে তার জড়িত থাকার প্রমাণ দেয়, তার তত্ত্বাবধানে ঘটে যাওয়া নীতিগত লঙঘনের প্রতি তার ইচ্ছাকৃত অন্ধত্ব। তার গবেষণার জন্য তহবিল অবিলম্বে প্রত্যাহার করা হয়, তার পেশাদার খ্যাতি ক্ষয়প্রাপ্ত হয়। একসময় বৈজ্ঞানিক কৃতিত্বের আলোকবর্তিকা হিসেবে পরিচিত তার ক্যারিয়ার নিশ্চিহ্ন হয়ে যায়, উচ্চাকাঙ্ক্ষার একটি সতর্কতামূলক গল্প অনৈতিক অনুশীলনের দ্বারা ঢেকে যায়। অসংখ্য বৈজ্ঞানিক জার্নাল অ্যালব্রাইটের সহ-লেখকীয় গবেষণাপত্র প্রত্যাহার করে নেয়, থর্নের অপরাধের সাথে জড়িত থাকার কারণে এই ক্ষেত্রে তার অবদান এখন কলঙ্কিত। সুবিধার অনুশীলনের পরবর্তী তদন্তগুলি ব্যাপকভাবে শিথিল তদারকি এবং নীতিগত নির্দেশিকাগুলির প্রতি পদ্ধতিগত অবহেলা প্রকাশ করে। ঘটনাটি শক্তিশালী নীতিগত পর্যালোচনা বোর্ড এবং স্বচ্ছ গবেষণা অনুশীলনের জন্য গুরুত্বপূর্ণ প্রয়োজনীয়তার

স্পষ্ট স্মারক হিসাবে কাজ করে। ডঃ অ্যালব্রাইটের পতন লাভ ও ক্ষমতার লোভে চালিত ব্যক্তিদের দ্বারা শোষণের প্রতি বৈজ্ঞানিক সম্প্রদায়ের দুর্বলতা এবং ব্যক্তিগত লাভের জন্য নৈতিক মান বিসর্জন দেওয়া হলে এর ভয়াবহ পরিণতি তুলে ধরে।

এই ধাক্কা ওষুধ শিল্পেও ছড়িয়ে পড়ে। থর্নের অনুমোদনহীন ওষুধ বাজারজাতকরণের পরিকল্পনায় জড়িত বেশ কয়েকটি বড় ওষুধ কোম্পানি নিয়ন্ত্রক তদন্ত এবং উল্লেখযোগ্য আর্থিক জরিমানার সম্মুখীন হয়। শেয়ারের দাম কমে যায়, বিনিয়োগকারীদের আস্থা নষ্ট হয় এবং সুনাম অপরিবর্তনীয়ভাবে ক্ষতিগ্রস্ত হয়। এই প্রকাশগুলি রোগীর নিরাপত্তার প্রতি লোভ এবং উদাসীনতার সংস্কৃতি উন্মোচিত করে, যার ফলে শিল্পের মধ্যে বৃহত্তর নিয়ন্ত্রক তদারকি এবং কঠোর নৈতিক মান নির্ধারণের জন্য ব্যাপক দাবি ওঠে। অননুমোদিত ওষুধের বিরূপ প্রভাবের শিকার রোগীদের মামলা আদালতে জমে ওঠে, যা জড়িত কিছু কোম্পানিকে দেউলিয়া করে দেওয়ার হুমকি দেয়। এই সংকট নিয়ন্ত্রক ব্যবস্থার মধ্যে পদ্ধতিগত ব্যর্থতা, শক্তিশালী কর্পোরেশনগুলি কতটা সহজে সুরক্ষা প্রোটোকল লঙ্ঘন করতে পারে এবং এর ফলে যারা ক্ষতিগ্রস্ত হয়েছে তাদের জন্য ভয়াবহ পরিণতি তুলে ধরে।

রাজনৈতিক প্রভাব আন্তর্জাতিকভাবেও বিস্তৃত হয়েছিল। থর্নের বিশ্বব্যাপী অবৈধ কার্যকলাপের নেটওয়ার্ক, যা প্রাথমিকভাবে শেল কর্পোরেশন এবং অফশোর অ্যাকাউন্টের গোলকধাঁধায় লুকিয়ে ছিল, ধীরে

ধীরে উন্মোচিত হয়। বিদেশী সরকারগুলি তাদের নিজস্ব তদন্ত শুরু করে, ঘুষ, দুর্নীতি এবং প্রভাব-বাণিজ্যের ঘটনাগুলি উন্মোচন করে। কূটনৈতিক সম্পর্ক টানাপোড়েনের শিকার হয়, আন্তর্জাতিক সহযোগিতা বিপন্ন হয় এবং দেশগুলির মধ্যে আস্থা ক্ষয় হয়। এই কেলেঙ্কারি আন্তর্জাতিক নিয়মকানুনগুলির ফাঁকফোকরগুলিকে কতটা সহজেই কাজে লাগাতে পারে এবং সংগঠিত অপরাধের এই ধরণের জটিল রূপগুলির বিরুদ্ধে লড়াই করার জন্য বিশ্বব্যাপী প্রচেষ্টার সমন্বয়ের ক্ষেত্রে উল্লেখযোগ্য চ্যালেঞ্জগুলি তুলে ধরে। থর্নের অভিযানের বৈশ্বিক প্রকৃতি আন্তর্জাতিক অপরাধমূলক কার্যকলাপ মোকাবেলায় শক্তিশালী আন্তর্জাতিক সহযোগিতা এবং ঐক্যবদ্ধ ফ্রন্টের প্রয়োজনীয়তা তুলে ধরে।

তদন্তের দীর্ঘ পরিধি থর্নের কার্যক্রম তদারকির দায়িত্বপ্রাপ্ত নিয়ন্ত্রক সংস্থাগুলির মধ্যে একটি পদ্ধতিগত সমস্যাও উন্মোচিত করে। এই সংস্থাগুলির মধ্যে অসংখ্য কর্মকর্তাকে ঘুষ দেওয়া হয়েছে বা অন্যথায় আপস করা হয়েছে তা প্রকাশ পাওয়ার পর সরকারে এক ধাক্কা এবং অবিশ্বাসের ঢেউ বয়ে যায়। এটি নিয়ন্ত্রক সংস্থাগুলির পাচারকে প্রভাবিত করার জন্য উদ্বেগজনক দুর্বলতা এবং এই ধরনের দুর্নীতি যাতে আবার না ঘটে তা রোধ করার জন্য সংস্কারের গুরুত্বপূর্ণ প্রয়োজনীয়তা তুলে ধরে। তদন্তে অবহেলা, অযোগ্যতা এবং এমনকি যোগসাজশের ধরণগুলি উন্মোচিত হয়, যার ফলে নিয়ন্ত্রক প্রক্রিয়াগুলির একটি সম্পূর্ণ পুনর্গঠন করা হয় এবং সংস্থা কর্মীদের উপর নজরদারি বৃদ্ধি পায়। দুর্নীতির তীব্রতা এক বিস্ময়কর স্তরের আত্মতুষ্টি এবং কার্যকরভাবে নিজেকে

নিয়ন্ত্রণ করতে সিস্টেমের মধ্যে গভীর ব্যর্থতা প্রকাশ করে। পরবর্তী সংস্কারগুলির লক্ষ্য ছিল স্বচ্ছতা বৃদ্ধি করা, জবাবদিহিতা জোরদার করা এবং সরকারি নিয়ন্ত্রক সংস্থাগুলির মধ্যে ভবিষ্যতে পদ্ধতিগত দুর্নীতির ঘটনা রোধ করার জন্য তদারকি ব্যবস্থা উন্নত করা।

থর্নের ষড়যন্ত্রের উন্মোচন বিভিন্ন ক্ষেত্রে গভীর আত্মসমালোচনার এক যুগের সূচনা করে। রাজনৈতিক দৃশ্যপট নাটকীয়ভাবে পরিবর্তিত হয়, বেশ কয়েকজন মূল খেলোয়াড় তাদের পদ হারান এবং আইনি প্রতিক্রিয়ার মুখোমুখি হন। বৈজ্ঞানিক সম্প্রদায় এই কেলেঙ্কারির প্রভাব মোকাবেলা করে, নীতিগত নির্দেশিকা পুনর্মূল্যায়ন করে এবং গবেষণা তদারকি জোরদার করে। ওষুধ শিল্প তীব্র তদন্তের মুখোমুখি হয়, যার ফলে রোগীর নিরাপত্তা বৃদ্ধি এবং ভবিষ্যতের অপব্যবহার রোধ করার লক্ষ্যে সংস্কার আনা হয়। আন্তর্জাতিকভাবে, এই প্রভাবের ফলে আন্তঃদেশীয় অপরাধের বিরুদ্ধে লড়াইয়ে আন্তঃসীমান্ত সহযোগিতা বৃদ্ধির জন্য সহযোগিতা বৃদ্ধি পায়। পুরো অগ্নিপরীক্ষাটি অনিয়ন্ত্রিত লোভ, নীতিগত ত্রুটি এবং ক্ষমতার অপব্যবহারের ফলে উদ্‌ভূত বিপর্যয়কর পরিণতির একটি স্পষ্ট সতর্কীকরণ হিসাবে কাজ করে। আদালতে আইনি বিজয় ছিল আস্থা পুনরুদ্ধার, প্রতিষ্ঠান পুনর্গঠন এবং নীতিশাস্ত্রের এই ধরণের পদ্ধতিগত পতন যাতে আর কখনও না ঘটে তা নিশ্চিত করার দিকে দীর্ঘ, কঠিন যাত্রার একটি ধাপ মাত্র। ন্যায়বিচারের লড়াই, যা শেষ হয়নি, একটি নতুন, জটিল পর্যায়ে প্রবেশ করেছে, কঠোর সংস্কার এবং স্বচ্ছতা এবং জবাবদিহিতার প্রতি অটল প্রতিশ্রুতি দাবি করে।

দ্রুত গ্রেফতারের ঘটনা ঘটে, একটি সমন্বিত অভিযান যা মহাদেশ জুড়ে বিস্তৃত ছিল। থর্ন, প্রাথমিকভাবে অবাধ্য, অপ্রতিরোধ্য প্রমাণের ভারে ভেঙে পড়েন। মিথ্যা ও প্রতারণার উপর নির্মিত তার সতর্কতার সাথে নির্মিত প্রতিরক্ষা, অকাট্য তথ্যের জোয়ারের সামনে একটি দুর্বলভাবে নির্মিত বালির দুর্গের মতো ভেঙে পড়ে। একসময় শিল্প ও রাজনৈতিক প্রভাবের খ্যাতিমান ব্যক্তিত্বকে হাতকড়া পরিয়ে নিয়ে যাওয়ার দৃশ্য ছিল ন্যায়বিচারের এক শক্তিশালী প্রতীক, যা তিনি এত দিন ধরে যে অস্পৃশ্য ক্ষমতার চিত্র গড়ে তুলেছিলেন তার সম্পূর্ণ বিপরীত। তার পতন কেবল তার নিজের ছিল না; এটি ছিল দুর্নীতির একটি সাবধানে সংগঠিত নেটওয়ার্কের পতন, একটি ডমিনো প্রভাব যা দূর-দূরান্তে ছড়িয়ে পড়েছিল।

গ্রেপ্তার কেবল থর্নের মধ্যেই সীমাবদ্ধ ছিল না। তার ভেতরের লোকদের, যারা তার চক্রান্তকে সমর্থন করেছিল এবং তার অপরাধ থেকে লাভবান হয়েছিল, তাদের একে একে গ্রেপ্তার করা হয়েছিল। বিলাসবহুল বিমান, বিলাসবহুল প্রাসাদ এবং গোপন অফশোর অ্যাকাউন্ট জব্দ করা হয়েছিল, তাদের অপরাধের স্পষ্ট প্রমাণ হিসাবে তাদের অবৈধভাবে অর্জিত সম্পদের জালগুলি বাজেয়াপ্ত করা হয়েছিল। প্রতিটি গ্রেপ্তার জড়িতদের মেরুদণ্ডে একটি কাঁপুনি পাঠিয়েছিল, এটি একটি স্পষ্টভাবে মনে করিয়ে দিয়েছিল যে তাদের দায়মুক্তির দিন শেষ হয়ে গেছে। ভয় স্পষ্ট ছিল, অনিশ্চয়তার একটি শীতল পরিবেশ যা বাকি ষড়যন্ত্রকারীদের উপর ভারী ছিল, কিছু লোককে নমনীয়তার বিনিময়ে কর্তৃপক্ষের সাথে সহযোগিতা করতে বাধ্য করেছিল।

বিচারগুলো ছিল এক অসাধারণ দৃশ্য, অত্যন্ত সতর্কতার সাথে পরিকল্পিত এবং বাস্তবায়িত। রাষ্ট্রপক্ষ প্রমাণের পাহাড় উপস্থাপন করে, বছরের পর বছর ধরে তদন্তের উপর ভিত্তি করে তৈরি একটি অত্যন্ত সতর্কতার সাথে মামলা। ইমেল, আর্থিক রেকর্ড, সাক্ষীদের সাক্ষ্য - অপরাধমূলক প্রমাণের এক অবিরাম স্রোত যা সন্দেহের কোনও অবকাশ রাখেনি। আসামিপক্ষ, অনুমানযোগ্যভাবে, সাক্ষীদের অসম্মান করার চেষ্টা করেছিল, প্রমাণের সত্যতা নিয়ে সন্দেহ প্রকাশ করেছিল এবং তাদের মক্কেলদের পরিস্থিতির শিকার হিসেবে চিত্রিত করেছিল। কিন্তু তাদের প্রচেষ্টা ব্যর্থ হয়েছিল, অপ্রতিরোধ্য প্রমাণের সামনে তাদের যুক্তি ব্যর্থ হয়েছিল। প্রমাণের পূর্ণ ওজনের সামনে জুরি, সমস্ত বোর্ডকে দোষী সাব্যস্ত করে, বছরের পর বছর ধরে অক্লান্ত তদন্ত এবং সাধনার চূড়ান্ত পরিণতি নিশ্চিত করে।

সাজার শুনানিও সমানভাবে নাটকীয় ছিল। বিচারক, যিনি ন্যায়বিচারের প্রতি তাঁর অটল অঙ্গীকারের জন্য পরিচিত একজন কঠোর ব্যক্তিত্ব, তিনি অপরাধের তীব্রতা প্রতিফলিত করে কঠোর শাস্তি প্রদান করেন। থর্নকে যাবজ্জীবন কারাদণ্ড দেওয়া হয়, যা তার কর্মের ধ্বংসাত্মক প্রভাবের জন্য উপযুক্ত শাস্তি। তার সহযোগীদের দীর্ঘ কারাদণ্ড থেকে শুরু করে বড় অঙ্কের জরিমানা এবং সমাজসেবা পর্যন্ত বিভিন্ন ধরণের সাজা দেওয়া হয়। ভুক্তভোগী এবং তাদের পরিবারে ভরা আদালত কক্ষ স্বস্তি এবং ক্যাথারসিসের মিশ্রণে ফেটে পড়ে। আনন্দের অশ্রু দুঃখের অশ্রুর সাথে মিশে যায়, আবেগের এক শক্তিশালী মিশ্রণ যা ন্যায়বিচারের দিকে

সম্মিলিত যাত্রাকে আচ্ছন্ন করে। এই রায়গুলি একটি শক্তিশালী প্রতিবন্ধক হিসেবে কাজ করেছিল, যারা থর্নের পদাঙ্ক অনুসরণ করার কথা বিবেচনা করতে পারে তাদের জন্য একটি কঠোর সতর্কীকরণ ছিল।

তবুও, ন্যায়বিচার অর্জন থর্নের কর্মকাণ্ডের ফলে সৃষ্ট গভীর ক্ষত মুছে ফেলতে পারেনি। জনগণের আস্থার ক্ষয়, প্রতিষ্ঠানের ক্ষতি এবং অগণিত ব্যক্তির জীবনে স্থায়ী প্রভাব ছিল চূড়ান্ত বিপর্যয়ের পরেও দীর্ঘস্থায়ী পরিণতি। রাজনৈতিক দৃশ্যপট অস্থির ছিল। চলমান তদন্ত ব্যবস্থায় গভীর ফাটল প্রকাশ করেছে, যা ভবিষ্যতে ক্ষমতার অনুরূপ অপব্যবহার রোধে ব্যাপক সংস্কার এবং পদ্ধতিগত পরিবর্তনের প্রয়োজনীয়তা তুলে ধরেছে। নিয়ন্ত্রক তদারকি জোরদার, স্বচ্ছতা বৃদ্ধি এবং সরকার ও শিল্পে জবাবদিহিতা উন্নত করার জন্য নতুন আইন প্রস্তাব করা হয়েছিল। ন্যায়বিচারের জন্য লড়াই একটি নতুন পর্যায়ে প্রবেশ করেছে, যা কেবল অতীতের অপরাধের সমাধান করার পরিবর্তে ভবিষ্যতের ঘটনা প্রতিরোধের উপর দৃষ্টি নিবদ্ধ করে।

বৈজ্ঞানিক সম্প্রদায়কে নিজেরাই জবাবদিহির মুখোমুখি হতে হয়েছিল। অসংখ্য গবেষণাপত্র প্রত্যাহার, গবেষণা প্রকল্পের জন্য তহবিল হ্রাস এবং আপোষপ্রাপ্ত গবেষকদের ক্যারিয়ারের উপর ধ্বংসাত্মক প্রভাব সুদূরপ্রসারী ছিল। এই কেলেঙ্কারির ফলে নীতিগত নির্দেশিকাগুলির পুঙ্খানুপুঙ্খ পর্যালোচনা করতে বাধ্য করা হয়েছিল, যার ফলে আরও কঠোর প্রোটোকল তৈরি হয়েছিল এবং গবেষণা অনুশীলনের উপর নজরদারি

বাড়ানো হয়েছিল। ব্যক্তিগত লাভ বা অনৈতিক উদ্দেশ্যে বৈজ্ঞানিক গবেষণার অপব্যবহার রোধ করার জন্য নতুন নিয়মকানুন প্রয়োগ করা হয়েছিল। এই ঘটনাটি একটি স্পষ্ট স্মারক হিসাবে কাজ করেছিল যে বৈজ্ঞানিক সততা অবশ্যই সর্বাগ্রে হওয়া উচিত এবং জ্ঞান অর্জন নীতিগত নীতির বিনিময়ে আসতে পারে না। একসময় হাতির দাঁতের মিনার হিসাবে বিবেচিত বৈজ্ঞানিক সম্প্রদায় এখন আত্ম-প্রতিফলন এবং সংস্কারের সময়কালের মুখোমুখি হচ্ছে।

ওষুধ শিল্পেও এক বিরাট পরিবর্তন এসেছে। অনুমোদনহীন ওষুধের পার্শ্বপ্রতিক্রিয়ায় ভুগছেন এমন রোগীদের দায়ের করা মামলা উল্লেখযোগ্য পরিবর্তন এনেছে। কঠোর ওষুধ পরীক্ষা নিশ্চিত করতে, নতুন ওষুধ অনুমোদনের জন্য সুরক্ষা প্রোটোকল উন্নত করতে এবং ওষুধ গবেষণার স্বচ্ছতা বৃদ্ধি করতে নতুন নিয়মকানুন কার্যকর করা হয়েছে। পূর্বে সর্বোপরি মুনাফা অর্জনের জন্য পরিচিত এই শিল্পটি এখন রোগীর নিরাপত্তা এবং নৈতিক বিবেচনাকে অগ্রাধিকার দিয়ে তার অগ্রাধিকারগুলি পুনর্মূল্যায়ন করতে বাধ্য হয়েছে। এই কেলেঙ্কারি একটি গুরুত্বপূর্ণ মুহূর্ত হিসেবে কাজ করেছে, যা আরও দায়িত্বশীল এবং জবাবদিহিমূলক ওষুধ শিল্পের দিকে পরিচালিত করেছে।

থর্নের অপরাধের আন্তর্জাতিক প্রতিক্রিয়াও সমানভাবে তাৎপর্যপূর্ণ ছিল। বিভিন্ন জাতির মধ্যে আস্থার ক্ষয় এবং কূটনৈতিক সম্পর্কের উপর চাপের ফলে আন্তর্জাতিক সহযোগিতা বৃদ্ধির জন্য নতুন প্রচেষ্টা শুরু হয়।

আন্তর্জাতিক সংস্থা এবং সরকারগুলি একই ধরণের কেলেঙ্কারি রোধ করার জন্য কঠোর আইন এবং প্রোটোকল তৈরি করতে একসাথে কাজ করে। গোয়েন্দা তথ্য ভাগাভাগি এবং তদন্তমূলক প্রচেষ্টার সমন্বয় অত্যন্ত গুরুত্বপূর্ণ হয়ে ওঠে, যা দেখায় যে জাতীয় সীমানা অতিক্রমকারী সংগঠিত অপরাধ মোকাবেলায় বিশ্বব্যাপী সহযোগিতা অপরিহার্য। এই মামলাটি একটি সতর্ক সংকেত হিসেবে কাজ করে, যা বৃহত্তর আন্তর্জাতিক সহযোগিতা এবং এই ধরনের জটিল সমস্যা মোকাবেলায় আরও ঐক্যবদ্ধ পদ্ধতির দিকে পরিবর্তনের দিকে চালিত করে।

থর্নের ষড়যন্ত্রের দীর্ঘমেয়াদী পরিণতি নিয়ন্ত্রক সংস্থাগুলিতেও বিস্তৃত হয়েছিল। এই সংস্থাগুলির কর্মকর্তাদের সাথে আপোস করা হয়েছে তা প্রকাশের ফলে তাদের কার্যক্রমের একটি সম্পূর্ণ পুনর্গঠন করা হয়েছিল। তদারকি বৃদ্ধি, জবাবদিহিতা ব্যবস্থা জোরদার করা এবং স্বচ্ছতা উন্নত করা হয়েছিল, যা দুর্নীতি এবং প্রভাব বিস্তারের জন্য এই গুরুত্বপূর্ণ সংস্থাগুলির ঝুঁকি হ্রাস করেছিল। কঠোর পটভূমি পরীক্ষা, নীতিশাস্ত্র এবং স্বার্থের দ্বন্দ্বের উপর উন্নত প্রশিক্ষণ কর্মসূচি এবং নিয়ন্ত্রণের কঠোর প্রয়োগ ছিল কিছু পদক্ষেপ। সংস্কারগুলি কেবল অতীতের ব্যর্থতা মোকাবেলা করার জন্য নয় বরং একটি শক্তিশালী ব্যবস্থা তৈরি করার জন্য ডিজাইন করা হয়েছিল যা ভবিষ্যতে অনুপ্রবেশ এবং কারসাজির প্রচেষ্টা প্রতিরোধ করতে পারে। পরিবর্তনগুলি আস্থা পুনর্নির্মাণ এবং নিয়ন্ত্রক প্রক্রিয়ার অখণ্ডতা নিশ্চিত করার প্রতিশ্রুতি তুলে ধরে।

ধুলোবালি কেটে যাওয়ার বহু বছর পরও থর্নের মামলার প্রভাব স্পষ্ট ছিল। আইনি জয় ছিল একটি উল্লেখযোগ্য অর্জন, কিন্তু প্রকৃত জয় ছিল বিভিন্ন ক্ষেত্রে বাস্তবায়িত পদ্ধতিগত পরিবর্তনের মধ্যে। সরকার, বিজ্ঞান, ওষুধ শিল্প এবং আন্তর্জাতিক সহযোগিতার সংস্কারগুলি উন্মোচনের দীর্ঘমেয়াদী প্রভাবের প্রমাণ ছিল। থর্নের অপরাধের স্মৃতি নৈতিক আচরণ, স্বচ্ছতা এবং জবাবদিহিতার গুরুত্বের একটি ধ্রুবক স্মারক হিসেবে কাজ করেছিল। এটি সতর্কতার গুরুত্বপূর্ণ প্রয়োজনীয়তা এবং প্রতিষ্ঠানের মধ্যে সততা বজায় রাখার জন্য এবং ক্ষমতাবানদের হস্তক্ষেপ থেকে দুর্বলদের রক্ষা করার জন্য চলমান লড়াইয়ের উপর জোর দেয়। থর্ন মামলার উত্তরাধিকার তার প্রাথমিক প্রভাবকে ছাড়িয়ে গেছে, ভবিষ্যতের নীতি ও অনুশীলনগুলিকে রূপ দিয়েছে এবং যে ব্যবস্থাগুলি প্রকাশ ও সংস্কার করতে চেয়েছিল তার উপর একটি অমোচনীয় চিহ্ন রেখে গেছে। ন্যায়বিচারের সাধনা কেবল অপরাধীদের বিচার এবং দোষী সাব্যস্ত করা ছিল না; এটি ছিল, এবং আরও গুরুত্বপূর্ণভাবে, ভাঙা ব্যবস্থার সংস্কার এবং জনসাধারণের আস্থা রক্ষা করা।

শেষ আসামির পিছনে আদালতের দরজা বন্ধ হয়ে গেল, মারাকে প্রতিধ্বনিত নীরবতার মধ্যে একা দাঁড়িয়ে থাকতে দেখা গেল। বিজয়টি শূন্য মনে হল, একটি ভঙ্গুর খোলস যা আরও গভীর, আরও বিস্তৃত শূন্যতাকে আড়াল করে। থর্নের ছায়ার পিছনে ছুটতে বছর কাটানো, ন্যায়বিচারের জন্য নিরলস সাধনা, একটি ভারী ক্ষতি সাধন করেছিল। গ্রেপ্তারের উচ্ছ্বাস, ন্যায়বিচার প্রাপ্ত হওয়ার তৃপ্তি, দূরবর্তী অনুভূত হয়েছিল, ক্লান্তির ভার এবং অবিরাম ভুতুড়ে যন্ত্রণার মতো স্থায়ী অস্বস্তিতে নিঃশব্দ হয়ে গিয়েছিল।

সে তার চুলের মধ্য দিয়ে হাত চালাচ্ছিল, অঙ্গভঙ্গিটি তার ক্লান্তি প্রকাশ করছিল যা দ্বিতীয় ত্বকের মতো তার সাথে লেগে ছিল। ঘুম একটি বিলাসিতা হয়ে উঠেছিল, তদন্তের টুকরো টুকরো করে জ্বলন্ত দুঃস্বপ্নের পুনরাবৃত্তি দ্বারা বিচ্ছিন্ন একটি ক্ষণস্থায়ী অবকাশ: থর্নের ঠান্ডা চোখ, দুর্নীতির নীরব ফিসফিসানি, ভুক্তভোগীদের মুখ, তার নির্মম উচ্চাকাঙ্ক্ষার দ্বারা ভেঙে যাওয়া তাদের আশা এবং স্বপ্ন। মামলাটি তার অবচেতনে প্রবেশ করেছিল, তার মানসিকতায় একটি অমোচনীয় চিহ্ন রেখে গিয়েছিল।

সফল বিচারের প্রাথমিক উচ্ছ্বাস ক্ষণস্থায়ী ছিল। সংবাদমাধ্যম তার প্রতিভা, তার অটল নিষ্ঠার প্রশংসা করেছিল, কিন্তু প্রশংসাগুলি অর্থহীন, ফাঁপা ঘোষণা বলে মনে হয়েছিল যা ভিতরের শূন্যতা পূরণ করতে পারেনি। উদযাপনের শ্যাম্পেনের স্বাদ তার মুখে ছাইয়ের মতো ছিল। জনসাধারণ থর্নের পতন উদযাপন করেছিল, কিন্তু মারা কেবল সমান্তরাল ক্ষতি, জীবন অপরিবর্তনীয়ভাবে পরিবর্তিত, বিশ্বাস অপূরণীয়ভাবে ভেঙে যাওয়া দেখেছিল।

তার উপর দায়িত্বের বোঝা চেপে বসেছিল, এক কঠিন বোঝা যা সে একাই বহন করছিল। তদন্তের কারণে সে ক্লান্ত হয়ে পড়েছিল, তার ব্যক্তিগত জীবন, তার সম্পর্ক, তার স্বাস্থ্য বিসর্জন দিয়েছিল। তার পেশাগত এবং ব্যক্তিগত জীবনের মধ্যে সীমারেখা ঝাপসা হয়ে গিয়েছিল, সত্যের এক অবিরাম সাধনায় মিশে গিয়েছিল যা তাকে আবেগগতভাবে ক্লান্ত এবং আধ্যাত্মিকভাবে অবসন্ন করে

দিয়েছিল। সে নিজেকে আয়নার দিকে তাকিয়ে থাকতে দেখে, পিছনে তাকিয়ে থাকা স্থূল প্রতিচ্ছবিটিকে চিনতে পারছিল না। যে প্রাণবন্ত, উদ্যমী নারীকে সে একবার মনে হয়েছিল যেন এক দূরবর্তী স্মৃতি, তার পরিবর্তে তার অতীতের ভূতদের দ্বারা আচ্ছন্ন একটি খোলস।

তদন্তের তীব্রতায় ক্লান্ত তার সহকর্মীরা দ্রুত আনন্দ উদযাপন, সমবেদনা এবং সান্ত্বনার কথা বলতে শুরু করেছিলেন। কিন্তু তাদের সৌহার্দ্যপূর্ণ আচরণও মানসিক আঘাতকে পুরোপুরি প্রশমিত করতে পারেনি। তাদের মধ্যে অব্যক্ত বোধগম্যতা ছিল - ন্যায়বিচারের নামে করা ত্যাগের ভাগীদারিত্বের বোধগম্যতা। তারা বেশিরভাগের অদৃশ্য ভয়াবহতা প্রত্যক্ষ করেছিলেন, সমাজের অন্ধকার গভীরতার মুখোমুখি হয়েছিলেন এবং অভিজ্ঞতা তার ছাপ রেখে গিয়েছিল।

তার অ্যাপার্টমেন্টের নীরবতা বধির করে তুলছিল। নগর জীবনের স্বাভাবিক শব্দ - দূরবর্তী সাইরেন, ট্র্যাফিকের গর্জন - আরও তীব্র, অনুপ্রবেশকারী বলে মনে হচ্ছিল, যা বাইরের ব্যস্ত পৃথিবী এবং ভিতরের নীরবতা নির্জনতার মধ্যে স্পষ্ট বৈপরীত্য তুলে ধরে। সে সহজ জিনিসগুলিতে সান্ত্বনা খুঁজে পাওয়ার চেষ্টা করেছিল: এক কাপ চা, একটি বই, পার্কে হাঁটা। কিন্তু নীরবতা কেবল চিন্তার কোলাহলকে বাড়িয়ে তোলে, স্মৃতির অবিরাম পুনরাবৃত্তি যা তার অস্তিত্বের জন্য একটি অনিবার্য সাউন্ডট্র্যাক হয়ে উঠেছিল।

মানসিক প্রভাব ছিল সূক্ষ্ম কিন্তু ব্যাপক। সে নিজেকে সর্বদাই বিপদের ধারে, অতি-সজাগ, তার ইন্দ্রিয়গুলি যেকোনো বিপদের ইঙ্গিত, যেকোনো প্রতারণার লক্ষণের সাথে সামঞ্জস্যপূর্ণ ছিল। তার জাগ্রত সময়ের মধ্যে প্যারানয়া ঢুকে পড়ে, সন্দেহ ও সন্দেহের ফিসফিসিয়ে কথা বলা এক অবিরাম সঙ্গী। ঘুম, একসময় আশ্রয়স্থল, এখন একটি যুদ্ধক্ষেত্রে পরিণত হয়েছে, যেখানে ছায়ারা নাচছিল এবং তদন্তের ভূত তার স্বপ্নগুলিকে তাড়া করেছিল।

প্রথমে দ্বিধাগ্রস্ত হয়ে তিনি পেশাদার সাহায্যের সন্ধান করেছিলেন, তারপর এতদিন ধরে চাপা পড়ে থাকা মানসিক আঘাতের সমাধানের প্রয়োজনীয়তা মেনে নিয়েছিলেন। থেরাপি হয়ে ওঠে এক আশ্রয়স্থল, তার দানবদের মুখোমুখি হওয়ার জন্য একটি নিরাপদ স্থান, তার আবেগের জট খুলে দেওয়ার জন্য। প্রক্রিয়াটি ছিল কঠিন, বেদনাদায়ক, কিন্তু শেষ পর্যন্ত ক্যাথার্টিক। তিনি মানসিক ক্ষতির পরিমাণ বুঝতে শুরু করেছিলেন, নিরাময়ের প্রয়োজনীয়তা স্বীকার করেছিলেন, তার জীবন পুনর্নির্মাণের জন্য, তদন্তের বিশৃঙ্খলার মধ্যে তিনি যে মহিলাকে হারিয়েছিলেন তাকে পুনরায় আবিষ্কার করার জন্য।

মামলার সাফল্য তাকে শান্তি দেয়নি। বরং জীবনের ভঙ্গুরতা, অনিয়ন্ত্রিত উচ্চাকাঙ্ক্ষার ধ্বংসাত্মক পরিণতি এবং দুর্নীতির প্রতারণামূলক প্রকৃতি সম্পর্কে গভীর সচেতনতা এনেছিল। ন্যায়বিচারের লড়াই তাকে বদলে দিয়েছিল, তার আত্মায় দাগ কেটেছিল, কিন্তু মানব

প্রকৃতি, ভালো-মন্দের জটিলতা সম্পর্কে গভীর ধারণা জাগিয়ে তুলেছিল।

আইনি লড়াই শেষ হয়ে গিয়েছিল, অপরাধীরা কারাগারে ছিল, কিন্তু লড়াই এখনও শেষ হয়নি। থর্নের সন্ত্রাসের রাজত্বকে সক্ষম করে এমন পদ্ধতিগত সমস্যাগুলি এখনও টিকে ছিল, সুপ্ত ছিল কিন্তু নির্মূল হয়নি। বাস্তবায়িত সংস্কারগুলি ছিল একটি সূচনা, কিন্তু এগুলি প্রকৃত সংস্কারের দিকে দীর্ঘ এবং কঠিন যাত্রার প্রথম ধাপ মাত্র। পরিবর্তনের বীজ রোপণ করা হয়েছিল, কিন্তু তাদের বেড়ে ওঠার জন্য, আরও শক্তিশালী, আরও স্থিতিস্থাপক ব্যবস্থায় পরিণত হওয়ার জন্য, যা কারসাজি এবং অপব্যবহারের জন্য কম ঝুঁকিপূর্ণ। থর্ন মামলার উত্তরাধিকার, সাফল্য দ্বারা চিহ্নিত হলেও, স্থায়ী ছায়া দ্বারা সমানভাবে সংজ্ঞায়িত হয়েছিল, যে দাগগুলি আদালতের যেকোনো বিজয়ের চেয়েও গভীর ছিল।

মারা, যিনি সরাসরি ধ্বংসযজ্ঞ প্রত্যক্ষ করেছিলেন, তিনি একটি ন্যায়সঙ্গত ও ন্যায়সঙ্গত ভবিষ্যতের জন্য লড়াই করার জন্য নতুন করে অঙ্গীকারবদ্ধ হয়েছিলেন। তার কাজ এখনও শেষ হয়নি। মামলাটি শেষ হয়ে গিয়েছিল, অধ্যায়টি শেষ হয়েছিল, কিন্তু ন্যায়বিচারের বইটি খোলা ছিল, এর পৃষ্ঠাগুলি লেখার অপেক্ষায় থাকা অসংখ্য গল্পে ভরা ছিল। যাত্রাটি একটি ভয়াবহ পরিণতি নিয়েছিল, শারীরিক এবং মানসিক উভয় ধরণের ক্ষতের আকারে তার চিহ্ন রেখে গিয়েছিল। কিন্তু অভিজ্ঞতা তার সংকল্পকে দুর্বল করে দিয়েছিল, তার মনোযোগকে তীক্ষ্ণ করেছিল এবং সামনের পথকে আলোকিত করেছিল। যুদ্ধ

হয়তো জয়ী হয়েছে, কিন্তু ন্যায়বিচারের জন্য যুদ্ধ এখনও শেষ হয়নি। এটি এমন একটি লড়াই ছিল যার জন্য নিরলস সতর্কতা, অটল নিষ্ঠা এবং সত্য ও সততার নীতিগুলিকে সমুন্নত রাখার জন্য একটি অটল অঙ্গীকারের প্রয়োজন ছিল।

তিনি সাবধানে, ধীরে ধীরে, বিশ্বের সাথে পুনরায় যোগাযোগ শুরু করেন, তার হারিয়ে যাওয়া জীবন পুনর্নির্মাণ করতে। যাত্রাটি ছিল চ্যালেঞ্জিং, বিপর্যয় এবং সন্দেহের মুহূর্তগুলিতে ভরা, কিন্তু আরোগ্য, পুনরুদ্ধার এবং স্বাভাবিকতায় ফিরে আসার আকাঙ্ক্ষা তাকে ধরে রেখেছিল। এটি একটি দীর্ঘ এবং আঁকাবাঁকা পথ ছিল, দুঃখ এবং আশা উভয়ের দ্বারা চিহ্নিত একটি যাত্রা। কিন্তু প্রতিটি পদক্ষেপ এগিয়ে যাওয়ার সাথে সাথে, প্রতিটি মাইলফলক পৌঁছানোর সাথে সাথে, মারা লক্ষ্যের ক্রমবর্ধমান অনুভূতি অনুভব করেছিলেন, একটি গভীর উপলব্ধি যে ন্যায়বিচারের বৃহত্তর আখ্যানে তার ভূমিকা আদালতের সীমানা ছাড়িয়ে অনেক দূরে প্রসারিত। তার লড়াই এখনও শেষ হয়নি, থর্ন মামলার প্রতিধ্বনি ক্রমাগত সতর্কতা এবং ন্যায়বিচারের নিরলস সাধনার প্রয়োজনীয়তার একটি ধ্রুবক স্মারক হিসাবে অনুরণিত হয়েছিল। তিনি ক্ষত, স্মৃতিগুলিকে ত্যাগের প্রমাণ হিসাবে বহন করেছিলেন, তবে ভবিষ্যতের যুদ্ধগুলির জন্য শক্তি এবং অনুপ্রেরণার উৎস হিসাবেও বহন করেছিলেন। কাজটি, যেমনটি ছিল, তেমনই দাবিদার, এখন একটি নতুন অর্থ এবং উদ্দেশ্য গ্রহণ করেছে, কেবল ন্যায়বিচারের সাধনাকে ছাড়িয়ে গেছে; এটি একটি উন্নত ভবিষ্যত গড়ে তোলার প্রতিশ্রুতিতে রূপান্তরিত হয়েছিল। এমন একটি ভবিষ্যৎ যেখানে থর্নের মামলা থেকে শেখা

শিক্ষা, কষ্টার্জিত এবং সম্মিলিত চেতনায় গভীরভাবে গেঁথে থাকা, একটি পথপ্রদর্শক, আলোকবর্তিকা হিসেবে কাজ করবে, আরও ন্যায়সঙ্গত এবং ন্যায়সঙ্গত বিশ্বের দিকে পথ আলোকিত করবে। নিরাময়ের দিকে তার ব্যক্তিগত যাত্রা অন্যদের একই পরিণতি ভোগ করতে না দেওয়ার প্রতিশ্রুতির সাথে জড়িত ছিল, থর্নকে বিকশিত হতে সাহায্যকারী পদ্ধতিগত ব্যর্থতাগুলি সমাধান করা হবে এবং অতীতের ছাই থেকে আরও স্থিতিস্থাপক, স্বচ্ছ এবং নীতিগত পৃথিবী বেরিয়ে আসবে। ক্ষতগুলি রয়ে গেছে, লড়াই করা যুদ্ধের অনস্বীকার্য স্মারক, তবে সেগুলি সম্মানের প্রতীকও ছিল, ন্যায়বিচারের প্রতি তার অটল নিষ্ঠার সাক্ষ্য দেয়।

অধ্যায় 6: পতন

আদালত কক্ষের জয়কে এক অদ্ভুত জয়ের মতো মনে হয়েছিল। থর্নের সাম্রাজ্যের পতন, তার সহযোগীদের কারাদণ্ড, অত্যন্ত সতর্কতার সাথে পরিকল্পনা এবং বাস্তবায়ন করা হয়েছিল, তবুও পরবর্তী ফলাফলগুলি অদ্ভুতভাবে শূন্য মনে হয়েছিল। সংবাদমাধ্যম সাফল্যের প্রশংসা করেছিল, মারা এবং তার দলকে প্রশংসায় ভাসিয়েছিল, কিন্তু উদযাপনগুলি নীরব মনে হয়েছিল, গভীর অস্বস্তির পটভূমিতে একটি বাধ্যতামূলক সিম্ফনি। প্রাথমিকভাবে উল্লসিত জনসাধারণ শীঘ্রই সেই প্রতিষ্ঠানগুলির প্রতি আরও সমালোচনামূলক দৃষ্টি আকর্ষণ করেছিল যারা থর্নের সন্ত্রাসের রাজত্বকে এত দিন ধরে টিকিয়ে রেখেছিল।

একসময় বৈজ্ঞানিক অগ্রগতির ঘাঁটি হিসেবে পরিচিত ন্যাশনাল ইনস্টিটিউটস অফ হেলথ (এনআইএইচ) জনসাধারণের নজরদারির অমার্জনীয় দৃষ্টিতে পড়ে। কঠোর তদন্তের মাধ্যমে উন্মোচিত এই কেলেঙ্কারিতে তদারকির পদ্ধতিগত ব্যর্থতা, নীতিগত আচরণের প্রতি এক বিস্ময়কর অবজ্ঞা এবং গোপনীয়তার সংস্কৃতি প্রকাশ পেয়েছে যা থর্নের প্রতারণামূলক গবেষণাকে বছরের পর বছর ধরে নিয়ন্ত্রণহীনভাবে বিকশিত হতে দিয়েছিল। প্রাথমিক ধাক্কা ক্ষোভে পরিণত হয়েছিল, কারণ জনসাধারণ আপস করা গবেষণার প্রভাব, সম্পদের অপচয় এবং থর্নের প্রতারণামূলক ক্লিনিকাল ট্রায়ালে অংশগ্রহণকারী অগণিত ব্যক্তির উপর সম্ভাব্য ক্ষতির সাথে লড়াই করছিল।

সংবাদ চ্যানেলগুলো দেয়াল থেকে দেয়াল কভারেজ চালিয়েছিল, নির্মম দক্ষতার সাথে কেলেঙ্কারির প্রতিটি খুঁটিনাটি ছিন্ন করে। একের পর এক শিরোনাম দুর্নীতি, প্রতারণা এবং জনসাধারণের বিশ্বাসঘাতকতার কথা বলেছিল। টক শোতে উত্তপ্ত বিতর্ক, বিজ্ঞানীদের রাজনীতিবিদদের বিরুদ্ধে, হুইসেলব্লোয়ারদের সরকারী কর্মকর্তাদের বিরুদ্ধে দাঁড় করানো হয়েছিল। সোশ্যাল মিডিয়া ক্ষুব্ধ পোস্ট, ষড়যন্ত্র তত্ত্ব এবং জবাবদিহিতার আহ্বানে ফেটে পড়ে। কিছু মহলে ইতিমধ্যেই ভঙ্গুর বৈজ্ঞানিক সম্প্রদায়ের প্রতি জনগণের বিশ্বাস আরও ভেঙে পড়ে, যার পরিবর্তে গভীর সন্দেহ এবং অবিশ্বাস জাগে।

বৈজ্ঞানিক সম্প্রদায় নিজেই বিশৃঙ্খল হয়ে পড়ে। সুনাম ভেঙে যায়, ক্যারিয়ার ধ্বংস হয়ে যায়, এবং অভিযোগ ও পাল্টা অভিযোগের ঘূর্ণির মধ্যে গবেষকরা তাদের অবস্থান পুনরুদ্ধারের জন্য লড়াই করার সময় সহযোগিতামূলক প্রচেষ্টা স্থগিত হয়ে যায়। গবেষণা প্রকল্পগুলির জন্য তহবিল হ্রাস পায়, অনুদান প্রত্যাহার করা হয় এবং প্রতিশ্রুতিশীল উদ্যোগগুলি অনির্দিষ্টকালের জন্য স্থগিত করা হয়। জৈব চিকিৎসা গবেষণার পুরো ক্ষেত্রটি আঘাতের সম্মুখীন হয়, একজন দুর্বৃত্ত বিজ্ঞানীর কর্মকাণ্ড এবং তাকে এতদিন ধরে দায়মুক্তির সাথে কাজ করার সুযোগ করে দেওয়ার কারণে এর বিশ্বাসযোগ্যতা নষ্ট হয়।

সংস্কারের আহ্বান ছিল বধির। কংগ্রেস একাধিক তদন্ত শুরু করে, উত্তর এবং জবাবদিহিতার দাবি করে। জনসাধারণের ক্ষোভের প্রেক্ষিতে সিনেটর এবং প্রতিনিধিরা এনআইএইচ এবং অন্যান্য গবেষণা প্রতিষ্ঠানের মধ্যে তদারকি জোরদার, স্বচ্ছতা বৃদ্ধি এবং নৈতিক মান বৃদ্ধির লক্ষ্যে ব্যাপক আইন প্রস্তাব করেন। গণশুনানি টেলিভিশনে প্রচারিত হয়, যা হুইসেলব্লোয়ারদের তাদের অভিজ্ঞতা ভাগ করে নেওয়ার এবং বিশেষজ্ঞদের থর্নের অপকর্মের জন্য দায়ী পদ্ধতিগত ত্রুটিগুলি সম্পর্কে তাদের অন্তর্দৃষ্টি প্রদানের জন্য একটি প্ল্যাটফর্ম প্রদান করে।

মারা নিজেকে জনসাধারণের দৃষ্টিতে তুলে ধরেন, সাংবাদিক, আইন প্রণেতা এবং অ্যাডভোকেসি গোষ্ঠীগুলি তার দক্ষতার সন্ধান করে। তিনি মিডিয়ার উন্মাদনাকে

সাবধানতার সাথে পরিচালনা করেন, বিশেষজ্ঞ বিশ্লেষণ প্রদান করেন এবং তদন্তের গোপনীয়তা লঙ্ঘন না করে সংস্কারের জন্য সুপারিশ প্রদান করেন। তিনি স্বচ্ছতার প্রয়োজনীয়তা, জনসাধারণের জানার অধিকার বুঝতে পেরেছিলেন, তবে তিনি তদন্তের অখণ্ডতা রক্ষা এবং সাহসিকতার সাথে এগিয়ে আসা ব্যক্তিদের পরিচয় সুরক্ষিত করার গুরুত্বও স্বীকার করেছিলেন।

গণশুনানি ছিল তীব্র, আবেগঘন ঘটনা। হুইসেলব্লোয়াররা, যাদের কেউ কেউ এখনও অগ্নিপরীক্ষা থেকে কাঁপছিলেন, তাদের ভয় দেখানো, প্রতিশোধ নেওয়া এবং তাদের উদ্বেগের স্তব্ধতা প্রকাশের অভিজ্ঞতা বর্ণনা করেছিলেন। তাদের গল্পগুলি ভয়ে ডুবে থাকা গবেষণা সংস্কৃতির এক ভয়াবহ চিত্র তুলে ধরেছিল, যেখানে ভিন্নমত পোষণকারীদের শাস্তি দেওয়া হত এবং বৈজ্ঞানিক অগ্রগতির সাধনায় নীতিগত বিবেচনাগুলি নিয়মিতভাবে উপেক্ষা করা হত। এই সাক্ষ্যগুলি সেই পদ্ধতিগত ব্যর্থতাগুলিকে তুলে ধরেছিল যা থর্নকে তার নিজের লাভের জন্য সিস্টেমকে কাজে লাগানোর সুযোগ দিয়েছিল, সেই ব্যর্থতাগুলি যা জালিয়াতি এবং অনৈতিক আচরণকে সমৃদ্ধ হতে দিয়েছিল।

শুনানিগুলি কর্তৃপক্ষের প্রতি শ্রদ্ধাশীলতার সংস্কৃতি প্রকাশ করে, যেখানে জুনিয়র বিজ্ঞানীরা অন্যায়ের প্রমাণ থাকা সত্ত্বেও সিনিয়র সহকর্মীদের চ্যালেঞ্জ করতে অনিচ্ছুক ছিলেন। -এর অভ্যন্তরীণ পর্যালোচনা প্রক্রিয়াগুলি অত্যন্ত অপর্যাপ্ত বলে প্রমাণিত হয়েছিল, নৈতিক লঙ্ঘন সনাক্ত করতে এবং সমাধান করতে ব্যর্থ

হয়েছিল। স্বচ্ছতা এবং জবাবদিহিতার অভাব থর্নের জালিয়াতিমূলক কার্যকলাপগুলিকে বছরের পর বছর ধরে অধরা রেখেছিল, যার ফলে জনসাধারণের আস্থা হ্রাস পায় এবং বৈজ্ঞানিক সততার উপর শীতল প্রভাব পড়ে।

এর প্রভাব -এর বাইরেও বিস্তৃত হয়েছিল। অন্যান্য গবেষণা প্রতিষ্ঠানগুলি ক্রমবর্ধমান তদন্তের মুখোমুখি হয়েছিল, যার ফলে অভ্যন্তরীণ পর্যালোচনা এবং নীতিগত নির্দেশিকাগুলির উপর নতুন করে জোর দেওয়া হয়েছিল। বিশ্ববিদ্যালয়গুলি গবেষণা তদারকির জন্য তাদের পদ্ধতিগুলি পুনর্মূল্যায়ন করেছিল, আরও স্বচ্ছ এবং জবাবদিহিমূলক পরিবেশ তৈরি করার চেষ্টা করেছিল। তহবিল সংস্থাগুলি গবেষণা অনুদানের উপর তাদের তদারকি কঠোর করেছিল, কঠোর নির্দেশিকা বাস্তবায়ন করেছিল এবং আরও শক্তিশালী নীতিগত পর্যালোচনা প্রক্রিয়া দাবি করেছিল।

বৈজ্ঞানিক সম্প্রদায় নিজেই আত্ম-প্রতিফলনের একটি দীর্ঘ এবং কঠিন প্রক্রিয়া শুরু করে। অনেক গবেষক গবেষণার সংস্কৃতিতে মৌলিক পরিবর্তনের প্রয়োজনীয়তা স্বীকার করে লজ্জা এবং হতাশার গভীর অনুভূতি অনুভব করেছিলেন। প্রকাশনা এবং অনুদানের নিরলস সাধনা থেকে নীতিগত আচরণ, স্বচ্ছতা এবং মানব বিষয়ের সুরক্ষার উপর নতুন করে জোর দেওয়ার দিকে মনোনিবেশ করা হয়েছিল। বৈজ্ঞানিক জার্নালগুলি কঠোর পিয়ার-রিভিউ প্রক্রিয়া বাস্তবায়ন করেছিল এবং হুইসেলব্লোয়ার সুরক্ষা প্রচার এবং নীতিগত দ্বিধা সম্পর্কে

উন্মুক্ত সংলাপকে উৎসাহিত করার জন্য নতুন উদ্যোগ চালু করা হয়েছিল।

এই কেলেঙ্কারির দীর্ঘমেয়াদী পরিণতি সুদূরপ্রসারী ছিল। বিজ্ঞানের প্রতি জনসাধারণের আস্থা ভঙ্গুর ছিল এবং এবং অন্যান্য গবেষণা প্রতিষ্ঠানের সুনামের ক্ষতি মেরামত করতে বছরের পর বছর সময় লাগবে। আইনী সংস্কারগুলি, যদিও সঠিক দিকে একটি গুরুত্বপূর্ণ পদক্ষেপ, আরও নীতিগত এবং স্বচ্ছ গবেষণা পরিবেশ তৈরির দিকে দীর্ঘ এবং চ্যালেঞ্জিং যাত্রার প্রথম পদক্ষেপ মাত্র। মারা বুঝতে পেরেছিলেন যে বিজ্ঞানে সততার জন্য লড়াই একটি ধারাবাহিক প্রক্রিয়া, যার জন্য সতর্কতা, স্বচ্ছতা এবং সর্বোচ্চ নৈতিক মান বজায় রাখার জন্য একটি অটল প্রতিশ্রুতি প্রয়োজন। থর্ন মামলা, যদিও একটি উল্লেখযোগ্য বিজয়, বিশ্বাস বজায় রাখার, জবাবদিহিতা নিশ্চিত করার এবং ভবিষ্যতে একই ধরণের কেলেঙ্কারি রোধ করার জন্য নিরন্তর লড়াইয়ের কঠোর স্মারক হিসাবে কাজ করেছিল। সংস্কারগুলি, যদিও স্বাগত জানানো হয়েছিল, গভীর, ক্ষতগুলিতে কেবল ব্যান্ডেজের মতো মনে হয়েছিল। বৈজ্ঞানিক সম্প্রদায়ের সম্পূর্ণ নিরাময় এবং সম্পূর্ণ জনসাধারণের আস্থা পুনরুদ্ধার, সামনে একটি দীর্ঘ এবং অনিশ্চিত পথ ছিল। থর্ন মামলার ফলে যে ক্ষত তৈরি হয়েছিল তা বৈজ্ঞানিক সম্প্রদায় এবং জনসাধারণের চেতনা উভয়ের মধ্যেই গভীরভাবে ছড়িয়ে পড়েছিল। যুদ্ধ এখনও শেষ হয়নি, এবং ভবিষ্যতের ব্যর্থতা রোধ করার জন্য প্রয়োজনীয় সতর্কতা একটি কঠিন কাজ ছিল। বৈজ্ঞানিক সম্প্রদায়ের মধ্যে এবং সাধারণ জনগণের মধ্যে আস্থা পুনর্নির্মাণের যাত্রার জন্য বছরের পর বছর কঠোর পরিশ্রম, নীতিগত মান এবং

স্বচ্ছতার প্রতি অটল প্রতিশ্রুতি এবং এমন একটি সংস্কৃতি গড়ে তোলার জন্য সমন্বিত প্রচেষ্টার প্রয়োজন যেখানে সততা এবং জবাবদিহিতা সর্বোপরি। এই কেলেঙ্কারি উন্মোচনে গুরুত্বপূর্ণ ভূমিকা পালন করে মারা জানতেন যে তার কাজ এখনও শেষ হয়নি। তিনি বুঝতে পেরেছিলেন যে সত্য ও ন্যায়ের জন্য লড়াই আদালতের বাইরেও বিস্তৃত, বৈজ্ঞানিক গবেষণার কাঠামো এবং বিজ্ঞান এবং এটি যে জনসাধারণের সেবা করে তার মধ্যে সম্পর্কের মধ্যে বিস্তৃত। ভবিষ্যতের জন্য অবিরাম সতর্কতা এবং সর্বোচ্চ স্তরে সততা এবং নীতিশাস্ত্রের নীতিগুলি সমুন্নত রাখার জন্য দৃঢ় প্রতিশ্রুতি প্রয়োজন।

থর্নের বিচারের পরের ঘটনা বাতাসে ভারী হয়ে উঠল, জাতীয় স্বাস্থ্য ইনস্টিটিউটের প্রতিটি করিডোরে একটানা কুয়াশা ছড়িয়ে পড়ল। প্রশংসা, মিডিয়ার মনোযোগ, বিজয়ের ক্ষণস্থায়ী অনুভূতি - সবকিছুই দূরবর্তী মনে হল, এক গভীর ক্লান্তিতে পরিণত হল। জনসাধারণের প্রশংসা সত্ত্বেও, মারা নিজেকে ক্রমশ বিচ্ছিন্ন মনে করলেন, একটি ভেঙে পড়া প্রতিষ্ঠানের ধ্বংসস্তূপের মধ্য দিয়ে একাকী ব্যক্তিত্ব হিসেবে কাজ করছিলেন। এই বিজয় এসেছিল এক মূল্য দিয়ে, একটি ব্যক্তিগত মূল্য দিয়ে যা তিনি কেবল বুঝতে শুরু করেছিলেন।

উদযাপনের নৈশভোজ, অভিনন্দনমূলক ইমেল, সাক্ষাৎকারের অনুরোধ - এগুলো সবই শূন্যতা অনুভব করেছিল, ভেতরে যে শূন্যতা ছিল তার সম্পূর্ণ বিপরীত। তিনি তার জীবনের বছরগুলি থর্নের প্রতারণার জাল উন্মোচনের জন্য উৎসর্গ করেছিলেন, বছরের পর বছর ধরে তথ্য অনুসন্ধান, ছায়ার পিছনে ছুটতে, তার তদন্তে সক্রিয়ভাবে বাধা সৃষ্টিকারী শক্তিশালী ব্যক্তিত্বদের

মুখোমুখি হয়েছিলেন। এখন, ধুলো জমে যাওয়ার সাথে সাথে, তিনি নিজেকে একটি নতুন এবং সমানভাবে ভয়ঙ্কর চ্যালেঞ্জের মুখোমুখি দেখতে পেলেন: এমন একটি সংস্থার মধ্যে নিজের জীবন, তার ক্যারিয়ার পুনর্নির্মাণ করা যা তাকে স্পষ্টতই ব্যর্থ করেছিল এবং আরও গুরুত্বপূর্ণভাবে, জনসাধারণকে ব্যর্থ করেছিল।

একসময়ের তার পেশাগত বাসস্থান , এখন দুর্নীতির শিকারদের দ্বারা পরিপূর্ণ যুদ্ধক্ষেত্রের মতো অনুভূত হচ্ছিল। জনশুনানির সময় গোপন তথ্য প্রদানকারীদের মুখ, তাদের দুর্বলতা এবং সাহস তার ঘুম ভাঙার সময়গুলিকে তাড়া করছিল। গভীর রাতের ডিব্রিফিংয়ের সময় নীরব সুরে ফিসফিসিয়ে বলা তাদের গল্পগুলি নীরবতা এবং ভয় দেখানোর ব্যাপক সংস্কৃতির প্রমাণ হয়ে উঠেছে যা থর্নকে বিকাশ লাভ করতে সাহায্য করেছিল। তিনি তাদের নীরব হতাশার প্রতিফলন দেখতে পেয়েছিলেন সহকর্মীদের শূন্য দৃষ্টিতে, যারা বছরের পর বছর ধরে চোখ বন্ধ করে রেখেছিলেন অথবা কথা বলতে খুব ভয় পেয়েছিলেন। তাদের অব্যক্ত ভয়ের ভার তার উপর চাপা পড়েছিল, একটি আবরণের মতো ভারী।

সংস্কারের আহ্বান অবিরাম ছিল, তবুও মারা গভীর সন্দেহ অনুভব করেছিলেন। প্রস্তাবিত আইনটি প্রতিশ্রুতিবদ্ধ হলেও, পদ্ধতিগত ব্যর্থতার জন্য একটি ভাসাভাসা প্রতিক্রিয়া বলে মনে হয়েছিল। প্রোটোকলের পরিবর্তন, কঠোর তদারকি, বর্ধিত নৈতিক নির্দেশিকা - এগুলি সবই গুরুত্বপূর্ণ পদক্ষেপ ছিল, কিন্তু থর্নের জালিয়াতিকে সক্ষম করে এমন মৌলিক সাংস্কৃতিক সমস্যাগুলি

মোকাবেলা করার জন্য এগুলি অপর্যাপ্ত বলে মনে হয়েছিল। প্রতিশোধের ভয়, কর্তৃত্বের প্রতি অন্তর্নিহিত শ্রদ্ধা, নীরবতার অব্যক্ত চুক্তি - এগুলি -এর কাঠামোর মধ্যে গভীরভাবে প্রোথিত ছিল এবং কেবল পদ্ধতিগত পরিবর্তনগুলি এগুলিকে নির্মূল করতে পারেনি।

-তে তার নিজের ভবিষ্যৎ অনিশ্চিত বোধ করছিল। তিনি যে প্রতিষ্ঠানে অটল নিষ্ঠার সাথে সেবা করেছেন, তা অপরিবর্তনীয়ভাবে পরিবর্তিত হয়ে গেছে। একসময়ের অন্তর্নিহিত বিশ্বাস এখন ভাঙনের পথে। একসময়ের বন্ধুত্বপূর্ণ এবং সহায়ক সহকর্মীরা এখন তার সাথে প্রশংসা এবং সতর্কতার সাথে মিশে ছিলেন। কেউ কেউ তাকে একজন নায়ক হিসেবে দেখছিলেন, আবার কেউ কেউ হুমকি হিসেবে, তাদের পৃথিবীকে কাঁপিয়ে দেওয়া অভ্যন্তরীণ অস্থিরতার প্রতীক হিসেবে। পরিবেশ সন্দেহে ঘন ছিল, প্রতিটি মিথস্ক্রিয়ায় উত্তেজনার স্রোত ছিল।

ঊর্ধ্বতন কর্মকর্তারা প্রকাশ্যে তার কাজের প্রশংসা করলেও, ব্যক্তিগতভাবে এনআইএইচ-এর সুনামের ক্ষতি নিয়ে উদ্বেগ প্রকাশ করেছিলেন। তার ভবিষ্যৎ নিয়ে গুঞ্জন ছিল, সূক্ষ্ম ইঙ্গিত ছিল যে সম্ভবত এজেন্সির মধ্যে তার ভূমিকা তার পথে চলে গেছে। অন্তর্নিহিত বার্তাটি স্পষ্ট ছিল: তিনি ব্যয়যোগ্য ছিলেন, সংকটের সময় একটি প্রয়োজনীয় মন্দ, কিন্তু এখন, কেলেঙ্কারিটি আপাতদৃষ্টিতে ধামাচাপা পড়ে যাওয়ায়, এজেন্সির গভীরে প্রোথিত ত্রুটিগুলির একটি অসুবিধাজনক স্মারক।

মারার মোহভঙ্গের মাত্রা ক্রমশ বেড়েই চলেছে, গত কয়েক মাসের শারীরিক ক্লান্তির চেয়েও ক্লান্তি আরও বেড়ে গেছে। ন্যায়বিচারের জন্য, সত্যের জন্য লড়াই ছিল কঠিন, এবং জয়টি বিজয়ী পরিণতির চেয়ে বরং তিক্ত, অসন্তোষজনক পরিণতির মতো মনে হয়েছিল। তিনি বিজ্ঞান এবং সততার নীতিগুলিকে সমুন্নত রাখার জন্য তার জীবন উৎসর্গ করেছিলেন, কিন্তু তিনি যে প্রতিষ্ঠানে সেবা করেছিলেন তার ভিত্তি নিয়েই প্রশ্ন তুলতে শুরু করেছিলেন।

প্রস্তাব আসতে শুরু করে। ফরেনসিক বিজ্ঞান এবং তদন্ত কৌশলে তার দক্ষতার জন্য বেশ কয়েকটি নামীদামী বিশ্ববিদ্যালয় তার সাথে যোগাযোগ করে। জালিয়াতি সনাক্তকরণ এবং ঝুঁকি ব্যবস্থাপনার সাথে জড়িত বেসরকারি সংস্থাগুলিও আগ্রহ প্রকাশ করে, লাভজনক পদ এবং বিস্তৃত ক্ষেত্রে কাজ করার সুযোগের প্রতিশ্রুতি দেয়। প্রলোভনটি প্রবল ছিল; নতুন করে শুরু করার, -এর বিষাক্ত পরিবেশ থেকে দূরে সরে যাওয়ার আকর্ষণ প্রায় অপ্রতিরোধ্য ছিল।

তবুও, চলে যাওয়াটা বিশ্বাসঘাতকতার মতো মনে হয়েছিল, দুর্নীতির শক্তির কাছে আত্মসমর্পণ, যা কাটিয়ে ওঠার জন্য তিনি এত কঠোর লড়াই করেছিলেন। লড়াই ত্যাগ করার ধারণা, সংস্কারের জন্য তিনি যে প্রতিষ্ঠানটি উৎসর্গ করেছিলেন তা থেকে সরে যাওয়ার ধারণাটি গভীরভাবে অস্থির বোধ করেছিল। তিনি বৈজ্ঞানিক অসদাচরণের ধ্বংসাত্মক পরিণতি, নিরীহ জীবনের উপর প্রভাব, জনসাধারণের আস্থার ক্ষয় প্রত্যক্ষ করেছিলেন।

ত্যাগ করার চিন্তা, বৈজ্ঞানিক সততার লড়াই ছেড়ে দেওয়ার চিন্তা, তার প্রিয় নীতিগুলি ত্যাগ করার মতো মনে হয়েছিল।

রাতগুলো দীর্ঘ ছিল, অস্থির ঘুম আর ভুতুড়ে স্বপ্নে ভরা। সে নিজেকে শুনানিতে ফিরে যেতে দেখতে পেল, হুইসেলব্লোয়ারদের মুখগুলো তার স্মৃতিতে গেঁথে আছে। তাদের গল্প, তাদের সাহস এবং তাদের দুর্বলতা সবসময় ঝুঁকির কথা মনে করিয়ে দিচ্ছিল। ছেড়ে যাওয়া তাদের পরিত্যাগ করার মতো মনে হয়েছিল, তার উপর তারা যে আস্থা রেখেছিল তার সাথে বিশ্বাসঘাতকতা। এটি ছিল বিশাল আকারের একটি নৈতিক দ্বিধা, তার ব্যক্তিগত সুস্থতা এবং বৈজ্ঞানিক সততার নীতির প্রতি তার অটল প্রতিশ্রুতি এবং ন্যায়বিচারের সাধনার মধ্যে একটি দ্বন্দ্ব।

তার বিকল্পগুলি বিবেচনা করার সময়, সিদ্ধান্তের ভার তার কাঁধে ভারী হয়ে উঠছিল। তিনি সুবিধা-অসুবিধা, সংস্কারের লড়াই চালিয়ে যাওয়ার এবং লড়াই চালিয়ে যাওয়ার নৈতিক বাধ্যবাধকতার বিপরীতে একটি নতুন শুরুর সম্ভাব্য সুবিধাগুলি বিবেচনা করেছিলেন। স্ট্যানফোর্ড বিশ্ববিদ্যালয়ের প্রস্তাব, বিশেষ করে তাদের শীর্ষস্থানীয় ফরেনসিক বিজ্ঞান দলের সাথে কাজ করার সুযোগ, বিশেষ করে আকর্ষণীয় বলে মনে হয়েছিল, তবুও -এর মধ্যে সংগ্রাম, পদ্ধতিগত পরিবর্তনের চলমান প্রয়োজনীয়তাকে পিছনে ফেলে দেওয়ার চিন্তাভাবনা তার বিবেকের উপর ভারী চাপ সৃষ্টি করেছিল।

নতুন করে শুরু করার আকর্ষণ ছিল প্রবল; -এর ক্ষয়িষ্ণু পরিবেশ থেকে মুক্তি এবং থর্ন কেলেঙ্কারির দাগমুক্ত, ইতিবাচক কিছু তৈরির সুযোগ, একটি পরিষ্কার স্লেট। অত্যাধুনিক প্রযুক্তির সাথে কাজ করার সুযোগ, বিশেষজ্ঞদের একটি সহযোগী দল এবং -তে তার কাজের বৈশিষ্ট্যযুক্ত রাজনৈতিক খেলা এবং আমলাতান্ত্রিক লাল ফিতা ছাড়াই কেবল ফরেনসিক বিজ্ঞানের উপর মনোনিবেশ করার স্বাধীনতা অবিশ্বাস্যভাবে লোভনীয় ছিল।

তবুও, দায়িত্ববোধের এক গভীর অনুভূতি তাকে পিছনে ফেলে রেখেছিল। -এর মধ্যে পদ্ধতিগত পরিবর্তনের প্রয়োজনীয়তা অনস্বীকার্য ছিল। চলে যাওয়া মানে পরাজয় স্বীকার করা, জড়তা এবং দুর্নীতির শক্তির কাছে আত্মসমর্পণ করা যা থর্নকে এত দিন ধরে বিকশিত হতে দিয়েছিল। হুইসেলব্লোয়াররা, থর্নের হাতে ভুক্তভোগী অসংখ্য ব্যক্তি আদালতে একটি সাধারণ জয়ের চেয়েও বেশি প্রাপ্য ছিল। তাদের প্রাপ্য ছিল পদ্ধতিগত সংস্কার, -এর সংস্কৃতিতে একটি মৌলিক পরিবর্তন, বৈজ্ঞানিক অসদাচরণের সমস্যার স্থায়ী সমাধান।

মারার সিদ্ধান্তটি ভারসাম্যের মধ্যে ঝুলে ছিল, থর্ন মামলার গভীর প্রভাবের প্রমাণ, যা আদালতের সীমানা ছাড়িয়ে তার পেশাগত জীবনের হৃদয়ে বিস্তৃত ছিল। বৈজ্ঞানিক সততার জন্য লড়াই এখনও শেষ হয়নি, এবং তিনি -এর মধ্যে নাকি অন্য কোথাও এই লড়াই চালিয়ে যাবেন, এই প্রশ্নটি একটি গভীর এবং সাবধানতার সাথে বিবেচনা করা উত্তরের দাবি রাখে। সেই সিদ্ধান্তের ভার,

বৈজ্ঞানিক সততার ভবিষ্যতের, সরাসরি তার কাঁধে ছিল। সামনের পথটি অনিশ্চিত ছিল, ব্যক্তিগত উচ্চাকাঙ্ক্ষা, পেশাদার সততা এবং নিজের চেয়ে অনেক বড় একটি কারণের প্রতি অটল প্রতিশ্রুতির সুতো দিয়ে বোনা একটি জটিল টেপেস্ট্রি। বৈজ্ঞানিক সম্প্রদায়ের মধ্যে এবং সাধারণ জনগণের মধ্যে আস্থা পুনর্নির্মাণের যাত্রা ছিল দীর্ঘ এবং কঠিন, এবং সেই দায়িত্বের ভার তার উপর ভারী চাপ ছিল।

নিস্তব্ধ অ্যাপার্টমেন্টে রেফ্রিজারেটরের নীরব গুঞ্জনই ছিল একমাত্র শব্দ। মারা বৃষ্টির জানালা দিয়ে বাইরে তাকাল, শহরের আলোগুলো ঝাপসা, অস্পষ্ট আলোয় পরিণত হচ্ছিল। থর্ন মামলা শেষ হয়ে গেল, আইনি জয় নিশ্চিত হল, কিন্তু তার ভেতরে যুদ্ধ চলতেই থাকল। ক্লান্তি কেবল শারীরিক ছিল না; এটি ছিল এক গভীর, হাড় কাঁপানো ক্লান্তি যা তার আত্মার মধ্যে প্রবেশ করেছিল, এক বিস্তৃত শূন্যতার অনুভূতি যা কোনও ঘুমই দূর করতে পারে না।

প্রশংসা প্রচুর ছিল, জনসাধারণের ভাবমূর্তি যত্ন সহকারে তৈরি করা হয়েছিল: সাহসী তথ্য ফাঁসকারী, নিরলস তদন্তকারী, একজন বৈজ্ঞানিক দৈত্যকে ধ্বংসকারী নায়ক। কিন্তু যত্ন সহকারে তৈরি আখ্যানটি তার জীবনের বাস্তবতা প্রতিফলিত করেনি। একাকীত্ব ছিল শ্বাসরুদ্ধকর, একটি অবিরাম সঙ্গী যা তাকে প্রতিটি জাগ্রত মুহূর্তে ছায়া দিয়েছিল। উদযাপনের নৈশভোজ, যা একসময় ক্ষণস্থায়ী আনন্দের উৎস ছিল, এখন মঞ্চস্থ পরিবেশনার মতো মনে হয়েছিল, প্রকৃত সংযোগ বিহীন পৃথিবীতে খালি অঙ্গভঙ্গি।

তার সবচেয়ে কাছের বন্ধু, ড্যানিয়েল, যিনি এফবিআই-তে তার দিনকাল থেকে একজন সহকর্মী ফরেনসিক বিজ্ঞানী ছিলেন, তিনি যোগাযোগ করার চেষ্টা করেছিলেন। উদ্বেগ এবং সমর্থনে ভরা তার ফোন এবং ইমেলগুলি ক্রমশ বিরল হয়ে উঠছিল। তিনি বুঝতে পেরেছিলেন যে এই কাজের ফলে কী ক্ষতি হতে পারে, এটি কীভাবে আপনার আত্মাকে ধ্বংস করে দেয়, নিন্দা এবং অবিশ্বাসের অবশিষ্টাংশ রেখে যায়। তিনি জানতেন যে তিনি কী ত্যাগ স্বীকার করেছেন, সত্য ও ন্যায়ের প্রতি তার অটল নিষ্ঠার জন্য তিনি কী মূল্য দিয়েছেন। কিন্তু ড্যানিয়েলের অটল সমর্থনও তাদের মধ্যে যে খাদ তৈরি হয়েছিল তা পুরোপুরি পূরণ করতে পারেনি। দূরত্বটি শারীরিক ছিল না; এটি ছিল তার অভিজ্ঞতার ভারী ওজন দ্বারা খোদাই করা একটি খাদ, একটি খাদ যা প্রতিটি ক্ষণস্থায়ী দিনের সাথে আরও গভীরতর হয়েছিল।

চাপ ছিল প্রচণ্ড। প্রতিশোধের ক্রমাগত হুমকি, সন্দেহের ছলনাময়ী ফিসফিসানি, থর্নের সহযোগীদের কাছ থেকে গোপন হুমকি - এরা ছিল সেই অদৃশ্য শত্রু যারা ছায়ায় লুকিয়ে ছিল, বিচার শেষ হওয়ার পরেও তাদের উপস্থিতি অনুভূত হয়েছিল। কাজটি কেবল তদন্তের চেয়েও বেশি কিছু হয়ে উঠেছিল; এটি বেঁচে থাকার জন্য একটি নিরলস, সর্বগ্রাসী যুদ্ধে পরিণত হয়েছিল। অবিরাম সতর্কতা, তার চারপাশের অতি-সচেতনতা, সর্বদা নজরে থাকার অনুভূতি - এগুলি তার অস্তিত্বের একটি অন্তর্নিহিত অংশ হয়ে উঠেছিল। ঘুম ছিল একটি বিলাসিতা, স্পষ্ট, বিরক্তিকর স্বপ্ন দ্বারা বিচ্ছিন্ন যা মামলার সবচেয়ে ভয়াবহ দিকগুলিকে পুনরাবৃত্তি করে,

ভুক্তভোগীদের মুখ, তাদের ভয় এবং হতাশা তার মনে গেঁথে যায়।

তিনি সর্বদাই অত্যন্ত স্বাধীন ছিলেন, নিজের প্রবৃত্তি এবং সম্পদের উপর নির্ভর করতে অভ্যস্ত ছিলেন। কিন্তু তদন্তের ভার তাকে ভেঙে ফেলেছিল, তার যত্ন সহকারে তৈরি বর্মের ফাটলগুলি প্রকাশ করে দিয়েছিল। তিনি নিজেকে সংযোগের জন্য, মানুষের স্পর্শের সহজ আরামের জন্য আকুল হয়েছিলেন, কিন্তু দুর্বলতার ভয় তাকে পিছনে ফেলে রেখেছিল, তার কাজের প্রকৃতির দ্বারা এই ভয় আরও তীব্র হয়ে উঠেছিল। তার পেশাগত এবং ব্যক্তিগত জীবনের মধ্যে রেখাটি ঝাপসা হয়ে গিয়েছিল, তাকে অনিশ্চয়তা এবং বিচ্ছিন্নতার সমুদ্রে ভাসিয়ে দিয়েছিল।

তার পরিবার সবসময়ই শক্তির উৎস ছিল, জীবনের ঝড় থেকে সান্ত্বনাদায়ক আশ্রয়স্থল ছিল। কিন্তু এখন তারাও দূরে বলে মনে হচ্ছিল, তাদের সমর্থনের সাথে ছিল আশঙ্কার এক সূক্ষ্ম স্রোত। তারা তার অভিজ্ঞতার গভীরতা, অবিরাম চাপ, সহিংসতার ক্রমাগত হুমকি পুরোপুরি বুঝতে পারেনি। মামলার চাঞ্চল্যকর দিকগুলির উপর আলোকপাত করে রাতের সংবাদ প্রতিবেদনগুলি তার জীবনের একটি বিকৃত চিত্র তৈরি করেছিল, এমন একটি চিত্র যা তার ত্যাগকে প্রতিফলিত করে না বা তার কাজের গভীর প্রভাবকে সঠিকভাবে ধারণ করে না। তাদের উদ্বেগগুলি বোধগম্য ছিল, কিন্তু তাদের মধ্যে ব্যবধান আরও প্রশস্ত হয়ে ওঠে, তাকে আগের চেয়ে আরও বেশি একা বোধ করতে বাধ্য করে।

বিশ্ববিদ্যালয় এবং বেসরকারি সংস্থাগুলির কাছ থেকে আসা প্রস্তাবগুলি তার জীবনকে পুনর্গঠনের, বিশৃঙ্খলার মধ্যে শান্তি ও প্রশান্তি খুঁজে পাওয়ার সুযোগের প্রতিনিধিত্ব করেছিল। -এর বিষাক্ত পরিবেশ থেকে দূরে সরে যাওয়ার, নতুন করে শুরু করার আকর্ষণ ছিল অবিশ্বাস্যভাবে প্রবল। অত্যাধুনিক প্রযুক্তি, সহযোগী দল এবং -তে তার কাজের বৈশিষ্ট্যযুক্ত রাজনৈতিক খেলা এবং আমলাতান্ত্রিক লাল ফিতা থেকে মুক্ত হয়ে কেবল ফরেনসিক বিজ্ঞানের উপর মনোনিবেশ করার স্বাধীনতার প্রতিশ্রুতি ছিল অত্যন্ত লোভনীয়।

তবুও, বৈজ্ঞানিক অখণ্ডতার লড়াই থেকে সরে আসার চিন্তা বিশ্বাসঘাতকতার মতো মনে হয়েছিল। গোপন তথ্য প্রকাশকারীরা, তাদের সাহস এবং স্থিতিস্থাপকতার গল্প, তার চিন্তাভাবনাকে তাড়া করেছিল। তাদের নিজেদের রক্ষা করার জন্য, তার সমর্থন ছাড়াই -এর বিশ্বাসঘাতক জলে চলাচল করার জন্য ছেড়ে দেওয়া, কাপুরুষতার মতো মনে হয়েছিল। তিনি সত্য এবং ন্যায়ের জন্য লড়াই করার জন্য ব্যক্তিগত এবং পেশাদার উভয় ক্ষেত্রেই শপথ নিয়েছিলেন এবং সেই শপথ ত্যাগ করা তার আত্মায় একটি অমোচনীয় দাগ রেখে যাবে।

নৈতিক দ্বিধা ছিল জটিল, ব্যক্তিগত চাহিদা এবং পেশাগত বাধ্যবাধকতার এক জটিল জাল। তার সিদ্ধান্তের বোঝা তার উপর ভারী চাপ সৃষ্টি করেছিল, এমন একটি বোঝা যা অপ্রতিরোধ্য বলে মনে হয়েছিল। সামনের পথটি

অনিশ্চয়তা, দ্বন্দ্বপূর্ণ আবেগ এবং অমীমাংসিত সমস্যার গোলকধাঁধায় ঢাকা ছিল। তিনি শান্তির জন্য, স্বাভাবিকতার অনুভূতির জন্য আকাঙ্ক্ষা করেছিলেন, কিন্তু থর্নের মামলার ছায়া এবং এর মতো অগণিত অন্যান্য ঘটনা এখনও প্রবলভাবে আচ্ছন্ন ছিল, সামনের দীর্ঘ পথের একটি স্পষ্ট স্মারক, এমন একটি যাত্রা যার জন্য অটল সাহস এবং গভীর নৈতিক দৃঢ়তার অনুভূতি উভয়ই প্রয়োজন ছিল।

তিনি ভুক্তভোগীদের মুখ, থর্নের হাতে নির্যাতনের শিকার অসংখ্য ব্যক্তি এবং সত্য প্রকাশের জন্য তার সহকর্মীদের নীরব হতাশার চিত্র তুলে ধরেছিলেন। তাদের গল্পের বোঝা তার উপর চাপিয়ে দেওয়া হয়েছিল, একটি ভারী বোঝা যা তার লড়াই চালিয়ে যাওয়ার দৃঢ় সংকল্পকে আরও বাড়িয়ে তুলেছিল। যুদ্ধটি কেবল বৈজ্ঞানিক সততা নিয়ে ছিল না; এটি ছিল ন্যায়বিচার, জবাবদিহিতা সম্পর্কে, প্রায়শই প্রতারণায় ঢাকা পৃথিবীতে সত্যের অটল সাধনা সম্পর্কে। লড়াইটি আদালতের সীমানা ছাড়িয়ে তার অস্তিত্বের কাঠামোতেও বিস্তৃত ছিল।

অ্যাপার্টমেন্টের নীরবতা ভাঙল কেবল জানালার কাঁচের সাথে বৃষ্টির ছন্দময় ঢোলের শব্দে। মারা চোখ বন্ধ করে ফেলল, বিচারের ছবি, সাক্ষীদের মুখ, প্রমাণের ভারে সবকিছুই তার সামনে ভেসে উঠল। সে জানত যে ত্যাগ করা তার জীবনের একটি গুরুত্বপূর্ণ পদক্ষেপ, একটি গুরুত্বপূর্ণ মুহূর্ত হবে, কিন্তু এটি পরাজয়ের স্বীকারোক্তি ছিল না। এটি ছিল একটি কৌশলগত পশ্চাদপসরণ, বৈজ্ঞানিক সম্প্রদায়কে জর্জরিত পদ্ধতিগত

সমস্যাগুলির উপর নতুন আক্রমণ শুরু করার আগে একটি প্রয়োজনীয় পুনর্গঠন। বৈজ্ঞানিক সততার জন্য লড়াই এখনও শেষ হয়নি। এটি কেবল বিকশিত হচ্ছিল, রূপান্তরিত হচ্ছিল, সামনে থাকা চ্যালেঞ্জ এবং সুযোগগুলির সাথে খাপ খাইয়ে নিচ্ছিল।

সামনের পথ অনিশ্চিত ছিল, বাধা ও চ্যালেঞ্জে ভরা দীর্ঘ ও কঠিন যাত্রা। কিন্তু মারার মনে নতুন করে লক্ষ্যের অনুভূতি জাগলো, দৃষ্টিভঙ্গির স্পষ্টতা যা ব্যক্তিগত অস্থিরতা এবং মানসিক ক্লান্তিকে অতিক্রম করে। সত্য ও ন্যায়ের জন্য লড়াই ছিল একটি ম্যারাথন, দৌড় নয়, এবং তিনি তার অভিজ্ঞতা, অন্তর্দৃষ্টি এবং তার প্রিয় নীতিগুলির প্রতি অটল প্রতিশ্রুতি দিয়ে সজ্জিত হয়ে এটি দৌড়াতে প্রস্তুত ছিলেন। এই যাত্রার জন্য শক্তি, স্থিতিস্থাপকতা এবং মানব মানসিকতার গভীর বোধগম্যতা, বছরের পর বছর ধরে তদন্ত ও বিশ্লেষণের মাধ্যমে অর্জিত দক্ষতার প্রয়োজন হবে। তিনি ক্ষতিগ্রস্তদের জন্য, তথ্য ফাঁসকারীদের জন্য এবং বৈজ্ঞানিক সততার ভবিষ্যতের জন্য লড়াই চালিয়ে যাবেন। যুদ্ধ সবেমাত্র শুরু হয়েছিল।

বৃষ্টি জানালার কাঁচের উপর দিয়ে অবিরাম ঢোল বাজতে থাকল, মারার অভ্যন্তরীণ অস্থিরতার এক বিষণ্ণ শব্দ। থর্নের বিরুদ্ধে জয়টি শূন্য মনে হচ্ছিল, বিশাল পরিকল্পনায় এক ধরণের পিরাহের মতো জয়। আইনি লড়াই শেষ হয়ে গিয়েছিল, কিন্তু তার ভেতরে যুদ্ধ চলতেই থাকল, ক্লান্তি এবং এক উত্তপ্ত, ন্যায়নিষ্ঠ রাগের মধ্যে এক অবিরাম দ্বন্দ্ব। উদযাপনের শ্যাম্পেনের স্বাদ তার মুখে ছাইয়ের মতো ছিল, অভিনন্দনগুলি তার আত্মার বিশাল শূন্যতায় প্রতিধ্বনিত খালি তুচ্ছ কথার মতো মনে হচ্ছিল।

সে কয়েক মাস ধরে ঠিকমতো ঘুমায়নি। ঘুম যখন এলো, তখন তা ছিল ভাঙাচোরা এবং অস্থির, বিচারের প্রাণবন্ত, দুঃস্বপ্নের পুনরাবৃত্তি, ভুক্তভোগীদের ভীত মুখ, শীতল সাক্ষ্য, বৈজ্ঞানিক প্রক্রিয়াকে কলুষিত করার জন্য থর্নের ব্যবহৃত সূক্ষ্ম কৌশলে ভরা। ঘুম থেকে ওঠার মুহূর্তগুলি খুব একটা স্বস্তি দেয়নি। শহরের অবিরাম কোলাহল, তার ফোনে জেদী নোটিফিকেশন, দুর্দান্ত জয়ের পরেও সন্দেহের ছায়া, এই সবকিছুই তার মধ্যে অস্বস্তির এক অবিরাম অনুভূতির জন্ম দিয়েছে। সে নিজেকে অস্থির মনে করছিল, ক্রমাগত তার চারপাশের পরিবেশ পরীক্ষা করছিল, বছরের পর বছর ধরে উচ্চ-ঝুঁকিপূর্ণ মামলার কারণে তৈরি একটি অভ্যাস, এমন একটি অভ্যাস যা এখন তার নিজের অ্যাপার্টমেন্টের কথিত আশ্রয়স্থলেও অনুপ্রবেশকারী বলে মনে হচ্ছে।

তার সবচেয়ে কাছের আত্মীয় ড্যানিয়েলও থেরাপির পরামর্শ দিয়েছিলেন, এমনকি সুপারিশও করেছিলেন, কিন্তু ধারণাটি অদ্ভুত মনে হয়েছিল, দুর্বলতার স্বীকারোক্তি যা তিনি করতে প্রস্তুত ছিলেন না। তিনি তার স্থিতিস্থাপকতা, তার ব্যক্তিগত জীবন থেকে তার পেশাগত জীবনকে আলাদা করার ক্ষমতা নিয়ে গর্বিত ছিলেন। কিন্তু থর্নের মামলাটি সাবধানে নির্মিত সেই প্রাচীর ভেঙে ফেলেছিল, তার তদন্তের বিষাক্ত অবশিষ্টাংশ দিয়ে তার ব্যক্তিগত জীবন প্লাবিত করেছিল। লাইনগুলি অস্পষ্ট হয়ে গিয়েছিল, যা তাকে অনিশ্চয়তা এবং হতাশার সমুদ্রে ভাসিয়ে দিয়েছিল। কেবল মামলার জন্য নয়, বরং তার নিজের বিবেকের জন্যও তার সমাপ্তির প্রয়োজন ছিল।

সে এটি খুঁজেছিল সবচেয়ে অপ্রত্যাশিত জায়গায় -- একটি ছোট, নিরীহ মৃৎশিল্পের ক্লাসে। মাটির চাকার ছন্দবদ্ধ ঘূর্ণন, তার হাতে শীতল, আর্দ্র মাটির প্রশান্তিদায়ক অনুভূতি, এক অদ্ভুত সান্ত্বনা প্রদান করেছিল, যা ভেতরের বিশৃঙ্খলার প্রতিফলন ছিল। কাদামাটিকে সুন্দর এবং স্থায়ী কিছুতে রূপ দেওয়ার জন্য প্রয়োজনীয় মনোযোগ ছিল তার নিত্যসঙ্গী হয়ে ওঠা চিন্তাভাবনা এবং উদ্বেগের অবিরাম প্রবাহ থেকে একটি স্বাগত বিচ্যুতি। প্রক্রিয়াটি ছিল ধ্যানমূলক, প্রায় থেরাপিউটিক, যা তাকে তার জমে থাকা শক্তিকে বাস্তব কিছুতে প্রবাহিত করার সুযোগ করে দিয়েছিল, এমন কিছুতে যা তার জীবনে শিকড় গেড়ে বসে থাকা অবাস্তবতার বিস্তৃত অনুভূতির মধ্যে বাস্তব অনুভূত হয়।

প্রাথমিকভাবে, তিনি অতিরিক্ত চিন্তা করার, প্রতিটি গতিবিধি, প্রতিটি অপূর্ণতা বিশ্লেষণ করার, তার ফরেনসিক কাজে প্রয়োগ করা একই ক্লিনিকাল নির্ভুলতার সাথে লড়াই করার তাগিদের সাথে লড়াই করতে দেখেছিলেন। কিন্তু সপ্তাহগুলি এগিয়ে যাওয়ার সাথে সাথে, তিনি ধীরে ধীরে প্রক্রিয়াটির কাছে আত্মসমর্পণ করতে, কাদামাটিকে তাকে পথ দেখাতে, তার প্রবৃত্তিকে বিশ্বাস করতে, প্রতিটি টুকরোকে অনন্য করে তোলে এমন অপূর্ণতাগুলিকে আলিঙ্গন করতে শিখেছিলেন। মৃৎশিল্প আত্ম-প্রকাশের একটি রূপ হয়ে ওঠে, এমন একটি উপায় যা সে প্রকাশ করতে পারে না এমন আবেগকে বহির্ভূত করে, তাকে তাড়া করে আসা ছায়াগুলির মুখোমুখি হয়, তার মনের মধ্যে চলমান বিরোধপূর্ণ আখ্যানগুলিকে একত্রিত করে।

তিনি ছোট আকারে কাজ শুরু করেছিলেন, সহজ ফর্ম, বাটি এবং ফুলদানি দিয়ে কাজ করেছিলেন, ধীরে ধীরে আরও জটিল নকশায় অগ্রসর হয়েছিলেন, রঙ, টেক্সচার এবং গ্লাস নিয়ে পরীক্ষা-নিরীক্ষা করেছিলেন। প্রতিটি টুকরো একটি গল্প বলেছিল, অন্ধকারের মধ্য দিয়ে এবং একটি অস্থায়ী, ভঙ্গুর আলোর দিকে তার যাত্রার একটি নীরব প্রমাণ। কিছু ছিল কঠোর এবং ন্যূনতম, বিচারের কঠোর বাস্তবতা, ন্যায়বিচারের জন্য তার নিরলস সাধনাকে চালিত করে এমন ঠান্ডা, কঠিন তথ্য প্রতিফলিত করে। অন্যগুলি ছিল প্রাণবন্ত এবং উচ্ছ্বসিত, তার উদ্দেশ্যের পুনর্নবীকরণ অনুভূতি, থর্নকে ন্যায়বিচারের কাছে আনার নীরব বিজয়, নিরাময়ের দিকে সূক্ষ্ম কিন্তু অনস্বীকার্য পরিবর্তন প্রতিফলিত করে।

ক্লাসের অন্যান্য ছাত্রীরা, প্রাথমিকভাবে সংযত, তীব্র মহিলার প্রতি সতর্ক ছিল, যে পৃথিবীর ভার কাঁধে বহন করছিল, ধীরে ধীরে তার প্রতি উষ্ণ হয়ে উঠল। তারা ইস্পাতের বাইরে, সুরক্ষিত আচরণের বাইরে, দুর্বল আত্মাকে নিজের কাছে ফিরে যাওয়ার জন্য সংগ্রাম করতে দেখেছিল। তারা তাদের গল্প, তাদের সংগ্রাম, তাদের বিজয় ভাগ করে নিয়েছিল, এবং ফলস্বরূপ, মারা তার অভিজ্ঞতা, ব্যবস্থার বিরুদ্ধে তার যুদ্ধ, সত্যের জন্য তার নিরলস সাধনার টুকরো ভাগ করে নিতে শুরু করেছিল। সংযোগটি ছিল অস্থায়ী, ভঙ্গুর, কিন্তু বাস্তব। সুন্দর কিছু তৈরি করার, প্রক্রিয়ার ছন্দময় পুনরাবৃত্তিতে সান্ত্বনা খুঁজে পাওয়ার ভাগ করা অভিজ্ঞতা, একটি বন্ধন

তৈরি করেছিল, একটি ভাগ করা বোঝাপড়া যা কথোপকথনের স্বাভাবিক সীমানা অতিক্রম করেছিল।

মৃৎশিল্পটি কোনও জাদুর বুলেট ছিল না, তার গভীর মানসিক ক্ষতগুলির দ্রুত সমাধান ছিল। দুঃস্বপ্ন চলতেই থাকত, উদ্বেগ দীর্ঘস্থায়ী হত, একাকীত্ব অব্যাহত থাকত। কিন্তু কাদামাটি, প্রক্রিয়া, ভাগ করা অভিজ্ঞতা, নিরাময়ের জন্য একটি জায়গা তৈরি করেছিল, একটি ছোট, শান্ত কোণ যেখানে সে তার জীবন পুনর্নির্মাণ শুরু করতে পারে, নিজের সাথে পুনরায় সংযোগ স্থাপন করতে পারে, বিশৃঙ্খলার মধ্যে শান্তির অনুভূতি খুঁজে পেতে পারে।

ইতিমধ্যে, বিশ্ববিদ্যালয় এবং বেসরকারি সংস্থাগুলি থেকে অফার আসতে থাকে। প্রতিটিই নতুন করে শুরু করার সুযোগ, -এর বিষাক্ত পরিবেশ থেকে মুক্তি পাওয়ার, প্রতিশোধ বা রাজনৈতিক কৌশলের ক্রমাগত হুমকি ছাড়াই ফরেনসিক বিজ্ঞানে নিজেকে উৎসর্গ করার সুযোগের প্রতিনিধিত্ব করে। কিন্তু লড়াই ত্যাগ করার, তথ্য ফাঁসকারীদের দুর্বল রেখে যাওয়ার ধারণাটি তার বিবেকের উপর ভারী চাপ সৃষ্টি করতে থাকে।

তিনি নিজেকে নথিপত্র ঘাটাঘাটি, আইনি নজির অনুসন্ধান, পদ্ধতিগত সংস্কারের পথ অন্বেষণে ঘন্টার পর ঘন্টা ব্যয় করতে দেখেন। বৈজ্ঞানিক সততার লড়াই এখনও শেষ হয়নি। থর্নের বিরুদ্ধে আইনি বিজয় ছিল দীর্ঘ এবং কঠিন যাত্রার প্রথম ধাপ মাত্র। তিনি বুঝতে পেরেছিলেন যে তার দক্ষতা কেবল আদালতের কক্ষেই

সীমাবদ্ধ ছিল না; এটি বৈজ্ঞানিক নীতিশাস্ত্র, নিয়ন্ত্রক তদারকি এবং পদ্ধতিগত সংস্কারের বৃহত্তর প্রেক্ষাপটেও প্রসারিত। তিনি তার অভিজ্ঞতা, তার বিশ্বাসযোগ্যতা এবং তার নতুন পাওয়া শান্তিকে বাস্তব পরিবর্তন আনার জন্য কাজে লাগাতে পারেন।

তিনি বৈজ্ঞানিক অসদাচরণ সনাক্তকরণ এবং প্রতিরোধের উপর দৃষ্টি নিবদ্ধ করে একটি নতুন গবেষণা উদ্যোগের জন্য একটি প্রস্তাব তৈরি করেছিলেন, যার মধ্যে ফরেনসিক তদন্ত, নীতিগত বিশ্লেষণ এবং নিয়ন্ত্রক সংস্কারের সমন্বয়ে একটি বহুমুখী পদ্ধতির প্রস্তাব ছিল। তিনি তার প্রাক্তন সহকর্মীদের সাথে যোগাযোগ করেছিলেন, যারা থর্নকে ফাঁস করার জন্য সবকিছু ঝুঁকির মুখে ফেলেছিলেন, এবং তাকে সমর্থন, তার দক্ষতা এবং পদ্ধতিগত পরিবর্তনের জন্য লড়াই করার প্রতিশ্রুতি দিয়েছিলেন। তারা কৃতজ্ঞতা, স্বস্তি এবং নতুন করে আশার অনুভূতির সাথে সাড়া দিয়েছিলেন।

রেফ্রিজারেটরের শান্ত গুঞ্জন তার ল্যাপটপের মৃদু ঘূর্ণিঝড়ে প্রতিস্থাপিত হয়েছিল। বাইরে বৃষ্টি থেমে গিয়েছিল, এক ঝলমলে, পরিষ্কার বাতাস, নবায়নের অনুভূতি রেখে যাচ্ছিল। মারা জানালা দিয়ে বাইরে তাকাল, নতুন করে পরিষ্কার পরিবেশে শহরের আলো জ্বলজ্বল করছিল। থর্ন মামলা শেষ হয়ে গিয়েছিল, কিন্তু বৈজ্ঞানিক সততার লড়াই সবেমাত্র শুরু হয়েছিল। তবে এবার, লড়াইটি আদালত কক্ষের ছায়ায় নয়, বরং দিনের স্পষ্ট আলোয়, এমন একটি যুদ্ধ যা সে লড়তে প্রস্তুত ছিল, প্রতিকূলতা থেকে জন্ম নেওয়া স্থিতিস্থাপকতা, নিরাময়ের

মাধ্যমে উদ্‌ভূত উদ্দেশ্যের স্পষ্টতা এবং সত্য ও ন্যায়ের প্রতি অটল প্রতিশ্রুতি যা তাকে সর্বদা সংজ্ঞায়িত করেছিল। সামনের পথ অনিশ্চিত ছিল, কিন্তু দীর্ঘ সময়ের মধ্যে প্রথমবারের মতো, মারা আশার অনুভূতি অনুভব করেছিল, একটি শান্ত আত্মবিশ্বাস অনুভব করেছিল যে যাত্রাটি, যদিও কঠিন, তাকে স্থায়ী শান্তির জায়গায় নিয়ে যাবে। মাটির চাকা তাকে তার জীবনের কাদামাটি গঠন করতে শিখিয়েছিল, এবং সে তার ভবিষ্যতকে কেবল নিজের জন্য নয়, বরং তার প্রিয় কারণের জন্য তৈরি করতে প্রস্তুত ছিল। থর্ন মামলার ফলাফল ছিল ভয়াবহ, কিন্তু ধ্বংসের ছাই থেকে, এক নতুন ধরণের শক্তির উদ্ভব হচ্ছিল, স্থিতিস্থাপকতা থেকে জন্ম নেওয়া এবং উদ্দেশ্যের এক নবায়নযোগ্য অনুভূতি দ্বারা উদ্দীপ্ত একটি শক্তি। সমাপ্তির যাত্রা অব্যাহত ছিল, কিন্তু অবশেষে তিনি সঠিক পথে ছিলেন, একটি পথ যা হতাশার সাথে নয়, বরং দৃঢ় সংকল্পের সাথে এবং এমন একটি ভবিষ্যতের প্রতি একটি নবায়িত প্রতিশ্রুতি দিয়ে প্রশস্ত হয়েছিল যেখানে বৈজ্ঞানিক সততা সর্বোচ্চ রাজত্ব করবে।

গত কয়েক মাসের ভার মারার উপর চাপা পড়েছিল, প্রতিটি নিঃশ্বাসের সাথে সে একটি শারীরিক বোঝা বহন করছিল। থর্নের খালাস, যদিও আইনি দিক থেকে একটি বিজয়, একটি গভীর পরাজয়ের মতো মনে হয়েছিল। এটি সেই পদ্ধতিগত ত্রুটিগুলির স্পষ্ট স্মরণ করিয়ে দেয় যা এতদিন ধরে এই ধরণের স্পষ্ট বৈজ্ঞানিক অসদাচরণকে নিয়ন্ত্রণহীনভাবে বিকাশ লাভ করতে দিয়েছিল। উদযাপনের ফোন কল, অভিনন্দনমূলক ইমেল, সবকিছুই ফাঁকা মনে হয়েছিল, যেন সে যে ধ্বংসযজ্ঞ দেখেছিল তার নিষ্ঠুর উপহাস। সে তার হুইসেলব্লোয়ারদের চোখে ভয় দেখেছিল, সেই সহকর্মীরা

যারা সত্য প্রকাশ করার জন্য তাদের ক্যারিয়ার ঝুঁকির মুখে ফেলেছিলেন। তাদের সাহসিকতা ক্ষতি মুছে দেয়নি, এবং ভবিষ্যতের প্রতিশোধ থেকে তাদের কোনও প্রকৃত সুরক্ষা দেয়নি। এই উপলব্ধি, ব্যাপক দুর্নীতির এই চূর্ণবিচূর্ণ সচেতনতাই তার নতুন সংকল্পকে ইন্ধন জুগিয়েছিল। মৃৎশিল্প, যতই থেরাপিউটিক হোক না কেন, কেবল এতটাই সান্ত্বনা দিতে পারে। নিরাময় প্রক্রিয়ার জন্য আরও কিছু, কিছু গুরুত্বপূর্ণ, কিছু স্থায়ী প্রয়োজন ছিল।

তার দক্ষতার জন্য প্রতিযোগিতায় নেমে আসে নামীদামী বিশ্ববিদ্যালয়, লাভজনক বেসরকারি প্রতিষ্ঠান, সকলেই অফার পেতে থাকে। হাই-প্রোফাইল থর্ন মামলার কারণে তার খ্যাতি তুঙ্গে ওঠে। প্রতিটি প্রতিষ্ঠানই একটি লোভনীয় পালানোর পথ, -এর বিষাক্ত পরিবেশকে পিছনে ফেলে আসার সুযোগ তৈরি করে। সে তার জীবন পুনর্নির্মাণ করতে পারত, গবেষণায় মনোনিবেশ করতে পারত এবং রাজনৈতিক চক্রান্ত এবং ব্যক্তিগত আক্রমণ থেকে নিজেকে দূরে রাখতে পারত, যা এত বেদনাদায়কভাবে পরিচিত হয়ে উঠেছিল। একটি নতুন শুরুর, একটি পরিষ্কার স্লেটের চিন্তাভাবনা একটি শক্তিশালী আকর্ষণ ধরে রেখেছিল। কিন্তু তার ভিতরের গভীরে কিছু, ধার্মিক ক্রোধের একগুঁয়ে আগুন, নিভে যেতে রাজি ছিল না।

থর্ন যাদের ক্ষতি করেছিল তাদের মুখের দিকে তাকিয়ে ঘুম অধরা ছিল। কিন্তু তার স্বপ্ন আর কেবল ভয় এবং হতাশায় ভরা ছিল না। এক নতুন ধরণের স্বপ্ন তার মধ্যে প্রবেশ করতে শুরু করে: ক্ষমতাশালী ব্যক্তিত্বে ভরা একটি কক্ষের সামনে তার দাঁড়ানোর একটি স্বপ্ন, একজন আসামী বা সাক্ষী হিসেবে নয়, বরং একজন নেতা,

পরিবর্তনের একজন সমর্থক হিসেবে। তিনি নিজেকে সাবধানতার সাথে গবেষণা করা তথ্য উপস্থাপন করতে দেখেছিলেন, ব্যবস্থার মধ্যে দুর্বলতাগুলি প্রকাশ করে, জবাবদিহিতা এবং প্রকৃত সংস্কারের দাবি জানিয়েছিলেন। এই স্বপ্ন, এই শক্তিশালী দৃষ্টিভঙ্গি, তার নতুন কম্পাস ছিল, যা তাকে ব্যক্তিগত নিরাময়ের বাইরেও একটি উদ্দেশ্যের দিকে পরিচালিত করেছিল।

তিনি গবেষণা, আইনি নথিপত্র, বৈজ্ঞানিক জার্নাল এবং সরকারি তত্ত্বাবধানের প্রতিবেদন ঘাঁটাঘাঁটি করে অগণিত ঘন্টা কাটিয়েছেন। তিনি ব্যবস্থার ব্যর্থতা, নিয়মকানুন, জবাবদিহিতার অভাবের বিষয়গুলো বিশ্লেষণ করেছেন। তিনি আইনি নজিরের এক জগৎ, বৈজ্ঞানিক অসদাচরণের ইতিহাস আবিষ্কার করেছেন, প্রতিটি ঘটনাই সংস্কারের চলমান প্রয়োজনীয়তার এক ভয়াবহ প্রমাণ। তিনি হুইসেলব্লোয়ারদের সাথে কথা বলেছেন, কেবল থর্ন মামলার সাথে জড়িতদের সাথেই নয়, অন্যদের সাথেও, যাদের কণ্ঠস্বর স্তব্ধ করে দেওয়া হয়েছিল, বৈজ্ঞানিক সততার চেয়ে ব্যক্তিগত লাভকে মূল্যবান বলে গণ্য করা ব্যক্তিদের দ্বারা তাদের ক্যারিয়ার ধ্বংস হয়ে গেছে। তিনি একই মনোভাবাপন্ন ব্যক্তিদের একটি সম্প্রদায় খুঁজে পেয়েছেন, যারা নিজেদের চেয়েও বৃহত্তর একটি কারণের প্রতি তাদের অঙ্গীকারে ঐক্যবদ্ধ।

এই সিদ্ধান্তটি যখন এসেছিল, তখন তা হঠাৎ করেই ঘটেনি, বরং তার বুদ্ধি, আবেগ এবং উদ্দেশ্যের নবায়নের ধীরে ধীরে মিলন ছিল। এটি অতীতকে এড়িয়ে যাওয়ার বিষয়ে ছিল না, বরং এটিকে পরিবর্তনের অনুঘটক

হিসেবে রূপান্তরিত করার বিষয়ে ছিল। তিনি লড়াই ছেড়ে দেবেন না, এমনকি শিক্ষাক্ষেত্রে বা বেসরকারি খাতে একটি আরামদায়ক, কিন্তু নীতিগতভাবে আপোষহীন অবস্থানের জন্যও সন্তুষ্ট হবেন না। তিনি তার দক্ষতা, বিশ্বাসযোগ্যতা এবং অভিজ্ঞতাকে কাজে লাগিয়ে স্থায়ী, পদ্ধতিগত পরিবর্তন আনবেন।

তার প্রস্তাবটি যখন চূড়ান্ত করা হয়েছিল, তখন তা ছিল একটি বিস্‌তৃত দলিল, তার বুদ্ধিমত্তা এবং অটল প্রতিশ্রুতির একটি শক্তিশালী প্রমাণ। এটি বৈজ্ঞানিক অসদাচরণ সনাক্তকরণ এবং প্রতিরোধের জন্য একটি বহুমুখী পদ্ধতির রূপরেখা তৈরি করেছিল, যার মধ্যে উদ্ভাবনী ফরেনসিক কৌশলগুলিকে অত্যাধুনিক নৈতিক বিশ্লেষণ এবং কঠোর নিয়ন্ত্রক সংস্কারের সাথে একত্রিত করা হয়েছিল। তিনি একটি স্বাধীন তদারকি সংস্থা তৈরির প্রস্তাব করেছিলেন, যার ক্ষমতা থাকবে অসদাচরণের অভিযোগ তদন্ত করার, নিষেধাজ্ঞা আরোপের এবং ভবিষ্যতের ঘটনাগুলি প্রতিরোধ করার। তিনি তথ্য যাচাইকরণ, সমকক্ষ পর্যালোচনা এবং স্বার্থের সংঘাত ব্যবস্থাপনার জন্য প্রোটোকলগুলি সাবধানতার সাথে বিশদভাবে বর্ণনা করেছিলেন। এমনকি তিনি বৈজ্ঞানিক গবেষণায় জালিয়াতি এবং কারসাজির ধরণ সনাক্ত করার জন্য নতুন অ্যালগরিদম তৈরির পরামর্শও দিয়েছিলেন।

সাড়া ছিল অপ্রতিরোধ্য। প্রাথমিক সংশয় সত্যিকারের উৎসাহ এবং ব্যাপক সমর্থনে পরিণত হয়েছিল। তার প্রাক্তন সহকর্মীরা, যাদের তিনি রক্ষা করতে সাহায্য করেছিলেন, তারা অত্যন্ত আনন্দিত হয়েছিলেন। তাদের

কৃতজ্ঞতা স্পষ্ট ছিল, যা তার উপর তাদের আস্থার প্রমাণ ছিল। তারা তার প্রস্তাবে কেবল কিছু সুপারিশই দেখেনি, বরং আশার আলোও দেখেছিল, একটি প্রতিশ্রুতিও দেখেছিল যে তাদের ত্যাগ বৃথা যায়নি। তিনি ফরেনসিক বিজ্ঞান, জৈব নীতিশাস্ত্র এবং আইনের শীর্ষস্থানীয় বিশেষজ্ঞদের সাথে সহযোগিতা করেছিলেন। তারা তার প্রকল্পের জরুরিতা এবং তাৎপর্য বুঝতে পেরেছিলেন এবং উৎসাহের সাথে তার কাজে যোগ দিয়েছিলেন।

আশ্চর্যজনকভাবে, তহবিল সহজেই প্রবাহিত হয়েছিল। থর্ন মামলার উচ্চ-প্রোফাইল প্রকৃতি, পদ্ধতিগত সংস্কারের অনস্বীকার্য প্রয়োজনীয়তার সাথে মিলিত হয়ে, উল্লেখযোগ্য অনুদান আবেদন এবং উল্লেখযোগ্য জনহিতকর বিনিয়োগের পথ প্রশস্ত করেছিল। নতুন গঠিত দলের শক্তি এবং নিষ্ঠার দ্বারা উদ্দীপ্ত প্রকল্পটি দ্রুত গতি অর্জন করেছিল। মারা নিজেকে একটি গতিশীল, আবেগপ্রবণ ব্যক্তিদের দলের নেতৃত্বে পেয়েছিলেন, যারা সকলেই বৈজ্ঞানিক সততার প্রতি ভাগ করা প্রতিশ্রুতি দ্বারা চালিত।

তার জীবন সম্পূর্ণ রূপান্তরিত হয়েছিল। তার মৃৎশিল্পের ক্লাসের শান্ত নির্জনতা তার নতুন গবেষণা কেন্দ্রের ব্যস্ত কার্যকলাপে প্রতিস্থাপিত হয়েছিল, যা বৌদ্ধিক শক্তি এবং সহযোগিতামূলক প্রচেষ্টার একটি প্রাণবন্ত কেন্দ্র। মাটির চাকার ছন্দময় ঘূর্ণন এখন কীবোর্ডের অবিরাম টোকা, ধারণার অবিরাম বিনিময়, সম্ভাব্য সীমানা ঠেলে দেওয়া সহযোগিতামূলক প্রচেষ্টার দ্বারা পরিপূরক হয়ে উঠেছে। তবুও, তার মৃৎশিল্পে তিনি যে প্রশান্তি পেয়েছিলেন তা রয়ে

গেছে; এটি তার নতুন জীবন গড়ে তোলার ভিত্তি হয়ে দাঁড়িয়েছিল। এটি একটি স্মরণ করিয়ে দেয় যে পরিবর্তনের বিশৃঙ্খলার মধ্যেও আত্ম-প্রতিফলন, সৃজনশীলতার জন্য এবং সুন্দর কিছু তৈরির সহজ আনন্দের জন্য এখনও জায়গা রয়েছে। তিনি বুঝতে পেরেছিলেন যে তার ব্যক্তিগত নিরাময় তার পেশাদার মিশনের সাথে অবিচ্ছেদ্যভাবে জড়িত। তিনি আর কেবল অতীতকে এড়িয়ে চলছিলেন না; তিনি সক্রিয়ভাবে ভবিষ্যতকে রূপ দিচ্ছিলেন।

বৃষ্টি, যা প্রায়শই তার অভ্যন্তরীণ অস্থিরতার প্রতিফলন ঘটিয়েছিল, এখন এক শুদ্ধিকরণ শক্তির মতো অনুভূত হয়েছিল, হতাশার অবশিষ্টাংশ ধুয়ে ফেলে এবং একটি নতুন সূচনার সতেজতা দিয়ে তার জায়গায় প্রতিস্থাপন করেছিল। সমাপ্তির যাত্রা অব্যাহত ছিল, কিন্তু দীর্ঘ সময়ের মধ্যে প্রথমবারের মতো, মারা পিছনের দিকে তাকালেন না। থর্ন মামলার ছায়া থেকে তিনি বেরিয়ে এসেছিলেন, কেবল শক্তিশালীই নন, বরং রূপান্তরিত হয়েছিলেন। তিনি তার ব্যথাকে উদ্দেশ্য, তার রাগকে কর্মে এবং তার দুঃখকে ন্যায়বিচারের প্রতি গভীর প্রতিশ্রুতিতে রূপান্তরিত করেছিলেন। মৃৎশিল্পের চাকা তাকে ছাঁচে ফেলা এবং আকৃতি দেওয়া শিখিয়েছিল, এবং এখন সে সেই দক্ষতাকে নিজের চেয়ে অনেক বড় উদ্দেশ্য নিয়ে ব্যবহার করেছিল। সে এমন একটি ভবিষ্যত তৈরি করছিল যেখানে বৈজ্ঞানিক সততা কেবল একটি আদর্শ নয়, বরং একটি বাস্তবতা ছিল। লড়াই শেষ হয়নি, কিন্তু এখন, সে দায়িত্বের নেতৃত্ব দিচ্ছিল। এবং এই নতুন সূচনার পরিষ্কার, পরিষ্কার বাতাসে, সে গভীর শান্তির অনুভূতি অনুভব করেছিল।

অধ্যায় ৭: অমীমাংসিত প্রশ্ন

উদযাপনের শ্যাম্পেন অনেক আগেই অদৃশ্য হয়ে গিয়েছিল, কনফেটি ভেসে গিয়েছিল, তবুও অস্বস্তির অবশিষ্টাংশ মারার গায়ে একটা স্থায়ী গন্ধের মতো লেগে ছিল। থর্নের খালাস, কঠিন পরিশ্রমে অর্জিত একটি আইনি বিজয়, অদ্ভুতভাবে ফাঁকা মনে হয়েছিল। এটি এমন একটি জয় ছিল যা সে এখন গভীর সন্দেহের সাথে দেখছিল, এমন একটি ব্যবস্থার সীমানার মধ্যে অর্জিত হয়েছিল যা ফাটল দিয়ে পরিপূর্ণ ছিল যা থর্নের অসদাচরণকে এত দিন ধরে বিকশিত হতে দিয়েছিল। অনুভূতিটি কেবল হতাশা ছিল না; এটি ছিল একটি কুঁচকে যাওয়া সন্দেহ, একটি অনুভূতি যে আলগা প্রান্তগুলি রয়ে গেছে, বাতাসে ঝুলন্ত সুতোগুলি খোলা।

প্রাথমিকভাবে তার মনের ভেতরে ফিসফিসানি করা প্রশ্নগুলি উত্তরহীন প্রশ্নের সমাহারে পরিণত হয়েছিল। সবচেয়ে গুরুত্বপূর্ণ বিষয় ছিল থর্নের অপারেশনের বিশালতা। তদন্তের সময় তার ল্যাব, যা সাবধানতার সাথে নথিভুক্ত করা হয়েছিল, ইচ্ছাকৃতভাবে তথ্য হেরফের করার একটি ধরণ প্রকাশ করেছিল, কিন্তু তার প্রভাবের পরিধি তার গবেষণার তাৎক্ষণিক সীমার বাইরেও বিস্তৃত ছিল। মারা প্রমাণ আবিষ্কার করেছিলেন যে তার নেটওয়ার্ক অন্যান্য গবেষক, সহযোগী, এমনকি -এর মধ্যে সমগ্র বিভাগ পর্যন্ত বিস্তৃত ছিল। প্রশ্নটি রয়ে গেছে: দুর্নীতি আসলে কতটা গভীরে পৌঁছেছিল? থর্ন কি একাকী নেকড়ে হিসেবে কাজ করছিলেন, নাকি তিনি কেবল

একটি বৃহত্তর, আরও ভয়ঙ্কর খেলায় একজন গুন্ডা ছিলেন?

আরেকটি উদ্বেগজনক দিক ছিল থর্নের নিজের বাইরে জবাবদিহিতার অভাব। যদিও প্রসিকিউশন সফলভাবে তার দোষ প্রমাণ করেছে, তদন্ত জালিয়াতির সাথে জড়িত অন্য কাউকে শনাক্ত করতে ব্যর্থ হয়েছে, যদিও জোরালো পরিস্থিতিগত প্রমাণ থাকা সত্ত্বেও। বেশ কয়েকজন গবেষক থর্নের সাথে সহযোগিতা করেছিলেন, কেউ কেউ জেনেশুনে, অন্যরা সম্ভবত অজান্তেই তার জালিয়াতিমূলক কার্যকলাপে জড়িত ছিলেন। তবুও, সকলেই নীরবতার প্রাচীর এবং থর্নের চক্রান্তের সাথে তাদের স্পষ্টভাবে যুক্ত করার স্পষ্ট প্রমাণের অভাবের দ্বারা সুরক্ষিত হয়ে তদন্ত এড়াতে সক্ষম হয়েছিল। তাদের নীরবতা বিশেষভাবে অস্থির ছিল। তারা কি প্রতিশোধের ভয় পেয়েছিল? তারা কি প্রকাশের ভয় পেয়েছিল? নাকি তারা সক্রিয়ভাবে কমান্ডের শৃঙ্খলার উপরে কাউকে রক্ষা করছিল?

তারপর তহবিলের সমস্যা ছিল। থর্নের গবেষণা সরকারি ও বেসরকারি উভয় ক্ষেত্রেই যথেষ্ট তহবিল আকর্ষণ করেছিল। তদন্তে অনুদান আবেদনে অনিয়মের প্রমাণ পাওয়া গিয়েছিল, যা থর্ন এবং বিভিন্ন অনুদানকারী সংস্থার মধ্যে সম্ভাব্য যোগসাজশের ইঙ্গিত দেয়। কাগজপত্রের ধারা হতাশাজনকভাবে অসম্পূর্ণ ছিল, রেকর্ডে ফাঁক থাকায় তহবিলের অনিয়মের প্রকৃত পরিমাণ নির্ধারণ করা কঠিন হয়ে পড়েছিল। কে এই অনুদান অনুমোদন করেছিল? কে তাৎক্ষণিক উদ্বেগের উদ্রেককারী স্পষ্ট

লাল পতাকাগুলির প্রতি চোখ বন্ধ করে রেখেছিল? এই প্রশ্নের উত্তরগুলি কেবল ন্যায়বিচারের জন্য নয়, একই ধরণের ঘটনা যাতে আবার না ঘটে তার জন্যও অত্যন্ত গুরুত্বপূর্ণ ছিল।

মারা নিজেকে আর্কাইভের গভীরে ঢুকতে দেখেন, বছরের পর বছর ধরে গবেষণাপত্র, অনুদানের আবেদনপত্র এবং -এর অভ্যন্তরীণ যোগাযোগের উপর গভীরভাবে গবেষণা করেন। প্রতিটি নথি, প্রতিটি ইমেল, জটিলতার একটি নতুন স্তর প্রকাশ করে বলে মনে হয়েছিল, ধাঁধার একটি নতুন অংশ যা খুব জটিল, ইচ্ছাকৃতভাবে এতটাই বিভ্রান্তিকর যে এটি কেবল কাকতালীয় বলে মনে হয়নি। ষড়যন্ত্রের গভীরতা, যদি এটি সত্যিই একটি ষড়যন্ত্র হয়, তবে তা অস্থির করে তোলে, তার মধ্যে অস্বস্তির অনুভূতি জাগিয়ে তোলে, চিরকাল নজরে থাকার অনুভূতি, যেন অদৃশ্য চোখ তার প্রতিটি পদক্ষেপ পরীক্ষা করছে।

থর্নের বিচারের উচ্চ-চাপের পরিবেশ থেকে এই তদন্তের গুরুত্ব উল্লেখযোগ্যভাবে আলাদা ছিল। আদালতের লড়াই তীব্র হলেও, এটি ছিল সত্যের এক নীরব, একাকী সাধনা, যার জন্য প্রয়োজন ছিল ভিন্ন ধরণের সংকল্প, গভীর স্তরের তদন্ত। তিনি সপ্তাহের পর সপ্তাহ জুড়ে -এর গোলকধাঁধায় ডুবে ছিলেন, জটিল প্রোটোকল এবং পরস্পরবিরোধী এজেন্ডার জগতে ঘুরে বেড়াতেন, প্রতিটি সাক্ষাৎ তার ক্রমবর্ধমান অস্বস্তির অনুভূতিতে একটি নতুন মাত্রা যোগ করত।

তিনি থর্নের ঘনিষ্ঠ বেশ কয়েকজন গুরুত্বপূর্ণ ব্যক্তির সাথে যোগাযোগ করেছিলেন, সাবধানতার সাথে তার কথা বেছে নিয়েছিলেন, জল পরীক্ষা করেছিলেন, সহযোগিতা করার জন্য তাদের আগ্রহের মাত্রা পরিমাপ করেছিলেন। কেউ কেউ এড়িয়ে গেছেন, তাদের প্রতিক্রিয়াগুলিতে সাবধানে তৈরি অস্পষ্টতা ছিল যা উত্তরের চেয়ে তার কাছে বেশি প্রশ্ন রেখেছিল। তবে, অন্যরা সত্যিকার অর্থেই স্বস্তি বোধ করেছিলেন যে কেউ অবশেষে তদন্ত করছে, তাদের কণ্ঠস্বরে ভয় এবং চাপা ক্রোধের মিশ্রণ প্রকাশ পেয়েছে, ন্যায়বিচারের আকাঙ্ক্ষা যা তার নিজস্ব অনুভূতির প্রতিধ্বনি করেছিল। এই ব্যক্তিরা সবচেয়ে মূল্যবান প্রমাণিত হয়েছিল, সরকারী তদন্তগুলি উপেক্ষা করা বিবরণ প্রকাশ করেছিল।

এই খণ্ডিত তথ্য থেকে উদ্ভূত ধরণটি বিরক্তিকর ছিল। এটি কেবল ব্যক্তিগত অসদাচরণের বিষয় ছিল না, বরং তদারকি এবং জবাবদিহিতার একটি পদ্ধতিগত ব্যর্থতা ছিল। বৈজ্ঞানিক অগ্রগতিকে উৎসাহিত করার জন্য তৈরি একটি প্রতিষ্ঠান, , প্রতারণা এবং কারসাজির জন্য উর্বর ভূমিতে পরিণত হয়েছিল। এই ধরনের অপব্যবহার প্রতিরোধের জন্য তৈরি পদ্ধতিগুলি স্পষ্টতই ব্যর্থ হয়েছিল, সিস্টেমে একটি ফাঁক তৈরি করেছিল যা থর্ন এবং সম্ভবত অন্যদের বছরের পর বছর ধরে দায়মুক্তির সাথে কাজ করার সুযোগ দিয়েছিল।

থর্নের প্রাক্তন সহকর্মী ডঃ এলিনর ভ্যান্স, মারার সাথে অফ দ্য রেকর্ড কথা বলতে রাজি হন। তার প্রাথমিক

সংযম তথ্যের স্রোত বয়ে আনে, বছরের পর বছর ধরে তিনি যে উদ্বেগের বন্যা চেপে রেখেছিলেন। ডঃ ভ্যান্স ভয় এবং ভীতির সংস্কৃতি বর্ণনা করেন, যেখানে ভিন্নমত দ্রুত দমন করা হয় এবং তথ্য ফাঁসকারীদের ক্যারিয়ার ধ্বংসের মুখোমুখি হতে হয়। তিনি ফলাফল তৈরির চাপ, তহবিল সংগ্রহের চাপের কথা বলেন, এমন চাপের কথা যা অনিবার্যভাবে অনৈতিক আচরণের দিকে পরিচালিত করতে পারে বলে তিনি যুক্তি দেন। তিনি আরও বেশ কয়েকজন গবেষকের কথা উল্লেখ করেন যাদের একই ধরণের অসদাচরণের অভিযোগ রয়েছে, যারা শ্রেণিবিন্যাসের মধ্যে শক্তিশালী ব্যক্তিত্বের সাথে যুক্ত ছিলেন।

এই কথোপকথনটি ছিল একটি সন্ধিক্ষণ। ডঃ ভ্যান্সের সাক্ষ্য, যদিও আইনত গ্রহণযোগ্য ছিল না, থর্নের কর্মকাণ্ডের বৃহত্তর প্রেক্ষাপট বোঝার জন্য একটি গুরুত্বপূর্ণ কাঠামো প্রদান করে। এটি কাঠামোগত দুর্বলতায় ভরা একটি ব্যবস্থার চিত্র তুলে ধরে, যা জালিয়াতির প্রতি ঝোঁক থাকা ব্যক্তিদের নিয়ন্ত্রণহীনভাবে কাজ করতে সক্ষম করে। এটি কেবল পৃথক অপরাধীদের বিরুদ্ধে শাস্তিমূলক ব্যবস্থা নেওয়ার প্রয়োজনের পরামর্শ দেয় না, বরং -এর অভ্যন্তরীণ প্রক্রিয়াগুলির একটি মৌলিক পুনর্গঠনের প্রয়োজনের পরামর্শ দেয়, কেবল সংস্কারের পরিবর্তে একটি বিপ্লবের জন্য।

মারার তদন্ত তীব্রতর হয়। তিনি গোপন যোগাযোগ, গোপন আর্থিক লেনদেন এবং সূক্ষ্ম হুমকির একটি ধারা উন্মোচন করতে শুরু করেন, যা ইঙ্গিত দেয় যে তার

প্রাথমিকভাবে সম্মুখীন হওয়া পৃথক মামলার বাইরেও অনেক বেশি বিস্তৃত যোগসাজশের নেটওয়ার্ক রয়েছে। তিনি একটি আকর্ষণীয় ধরণ লক্ষ্য করেন: সন্দেহজনক অনুশীলনের সাথে জড়িত অনেক গবেষকের -এর মধ্যে প্রভাবশালী ব্যক্তিত্বদের একটি নির্দিষ্ট গোষ্ঠীর সাথে সংযোগ ছিল। এই ব্যক্তিরা গুরুত্বপূর্ণ পদ দখল করেছিলেন, তহবিল প্রবাহ নিয়ন্ত্রণ করেছিলেন এবং গবেষণার দিকনির্দেশনাকে প্রভাবিত করেছিলেন। মূলত, তারা বৈজ্ঞানিক প্রতিষ্ঠানের দ্বাররক্ষক ছিলেন এবং তাদের প্রভাব ছিল অপরিসীম।

দুর্নীতির গভীরতা তার কল্পনার চেয়েও অনেক বেশি ছিল। এটি আর কেবল পৃথক গবেষকদের বৈজ্ঞানিক সততা নিয়ে ছিল না; এটি ছিল একটি পদ্ধতিগত সমস্যা, বৈজ্ঞানিক উদ্যোগের কেন্দ্রস্থলে একটি গভীর পচন। এর প্রভাবগুলি ছিল বিস্ময়কর, ব্যক্তিদের উপর তাৎক্ষণিক প্রভাবের বাইরেও বিস্তৃত এবং বৈজ্ঞানিক গবেষণায় জনসাধারণের আস্থা পর্যন্ত বিস্তৃত। এই উপলব্ধি তার দৃঢ় সংকল্পকে আরও তীব্র করে তুলেছিল, ব্যক্তিগত মূল্য নির্বিশেষে সম্পূর্ণ সত্য উন্মোচনের জন্য তার দৃঢ় সংকল্পকে আরও বাড়িয়ে তুলেছিল। দীর্ঘস্থায়ী সন্দেহগুলি আর কেবল সন্দেহ ছিল না; এগুলি নিশ্চিত করেছিল যে বৈজ্ঞানিক সততার জন্য লড়াই এখনও শেষ হয়নি। আসলে, এটি ছিল কেবল শুরু।

ডঃ ভ্যান্সের কাছ থেকে প্রকাশিত ভয়, ভীতি প্রদর্শন এবং -এর ভেতরে দমন-পীড়নের সংস্কৃতির এই শীতল প্রকাশ মারার মেরুদণ্ডকে কাঁপিয়ে তোলে। এটি একটি গুরুত্বপূর্ণ অনুপস্থিত অংশ প্রদান করে, থর্ন এবং তার

সহযোগীদের চারপাশে নীরবতার প্রাচীর ব্যাখ্যা করে। এটি কেবল ব্যক্তিগত লোভ বা উচ্চাকাঙ্ক্ষা সম্পর্কে ছিল না; এটি একটি মর্যাদাপূর্ণ প্রতিষ্ঠানের মধ্যে প্রতারণামূলক ক্ষমতার গতিশীলতা সম্পর্কে ছিল, এমন একটি ব্যবস্থা যা সম্মতিকে পুরস্কৃত করে এবং ভিন্নমতকে শাস্তি দেয়। এর প্রভাবগুলি সুদূরপ্রসারী ছিল, থর্নের সহযোগীদের তাৎক্ষণিক বৃত্তের বাইরেও বিস্তৃত ছিল। মারা অ্যাড্রেনালিনের ঢেউ অনুভব করেছিলেন, উদ্দেশ্যের একটি নবায়িত অনুভূতি। এটি আর বৈজ্ঞানিক জালিয়াতির একটি সাধারণ ঘটনা ছিল না; এটি ছিল একটি পদ্ধতিগত সমস্যা, একটি গভীরভাবে প্রোথিত পচন যা একটি আমূল সমাধানের দাবি করে।

তার পরবর্তী লক্ষ্য ছিল -এর অভ্যন্তরীণ নিরীক্ষা বিভাগ। তিনি তাদের প্রতিবেদনগুলি পর্যালোচনা করে দিন কাটান, অসঙ্গতিগুলি, উপেক্ষা করা লক্ষণ, ইচ্ছাকৃত অবহেলা বা এমনকি জড়িত থাকার প্রমাণ অনুসন্ধান করেন। নিরীক্ষা প্রতিবেদনগুলি অত্যন্ত সতর্কতার সাথে বিস্তারিতভাবে বর্ণনা করা হয়েছিল, কিন্তু অদ্ভুতভাবে কিছু গুরুত্বপূর্ণ ক্ষেত্রগুলিতে অভাব ছিল। নির্দিষ্ট আর্থিক লেনদেন অনুপস্থিত ছিল, অনুদানের আবেদনগুলি ব্যাখ্যাতীতভাবে অসম্পূর্ণ ছিল এবং পরবর্তী তদন্তগুলি প্রায়শই ব্যাখ্যা ছাড়াই সীমাবদ্ধ ছিল। তথ্যের পরিমাণ অপ্রতিরোধ্য ছিল, কিন্তু মারা একটি পুনরাবৃত্তিমূলক বিষয় লক্ষ্য করেছিলেন: অনুপস্থিত ডকুমেন্টেশনের একটি ধরণ, সুবিধাজনকভাবে অস্পষ্ট পথ এবং জবাবদিহিতার একটি বিরক্তিকর অভাব।

তিনি তহবিল প্রবাহের উপর মনোযোগ দেন, থর্নের গবেষণার সাথে সম্পর্কিত অর্থের পথ এবং ডঃ ভ্যান্সের উল্লেখিত বেশ কয়েকজন গবেষকের প্রকল্পের উপর সতর্কতার সাথে নজর রাখেন। তিনি যে ধরণগুলি আবিষ্কার করেছিলেন তা আশ্চর্যজনকভাবে একই রকম ছিল: স্ফীত বাজেট, সন্দেহজনক যুক্তি এবং স্ট্যান্ডার্ড অ্যাকাউন্টিং পদ্ধতির প্রতি আপাতদৃষ্টিতে অসম্পূর্ণ অবহেলা। তিনি যত বেশি অনুসন্ধান করেন, ততই তিনি বুঝতে পারেন যে আর্থিক অনিয়মগুলি বিচ্ছিন্ন ঘটনা নয় বরং গবেষণার প্রকৃত প্রকৃতি গোপন করার জন্য পরিকল্পিত একটি ইচ্ছাকৃত কৌশল।

একটি বিশেষ অনুদানের আবেদন তার দৃষ্টি আকর্ষণ করেছিল। এটি একটি প্রকল্পের জন্য ছিল যা দৃশ্যত নতুন ক্যান্সার থেরাপি তৈরির উপর দৃষ্টি নিবদ্ধ করে, কিন্তু বিস্তারিত বাজেট সম্পূর্ণ ভিন্ন এজেন্ডা নির্দেশ করে। তহবিলের একটি উল্লেখযোগ্য অংশ "পরামর্শ পরিষেবা" এর জন্য বরাদ্দ করা হয়েছিল, যেখানে অস্পষ্ট বর্ণনা ছিল এবং কারা অর্থ প্রদান করেছে তার কোনও স্পষ্ট ইঙ্গিত ছিল না। মারা সন্দেহ করেছিলেন যে এই "পরামর্শ" আরও ভয়ঙ্কর কিছুর জন্য একটি কোড ছিল, সম্ভবত অর্থ পাচার বা ষড়যন্ত্রে জড়িত সহযোগীদের তহবিল বিতরণের একটি উপায়।

আরও তদন্তে জানা যায় যে, এই অনুদানের আবেদনটি ডঃ জুলিয়ান রিড কর্তৃক অনুমোদিত হয়েছিল, যিনি -এর একজন অত্যন্ত প্রভাবশালী ব্যক্তিত্ব এবং বেশ কয়েকটি নামীদামী ওষুধ কোম্পানির সাথে ঘনিষ্ঠ সম্পর্কের জন্য

পরিচিত। ডঃ রিডের খ্যাতি ছিল অনবদ্য, তার প্রভাব ছিল ব্যাপক, যা তাকে আপাতদৃষ্টিতে অস্পৃশ্য ব্যক্তিত্বে পরিণত করেছিল। তবুও, মারার দৃঢ় অনুভূতি ছিল যে তিনি যতটা স্বীকার করবেন তার চেয়েও বেশি গভীরভাবে জড়িত ছিলেন।

এর ফলে তিনি জটিল আর্থিক লেনদেন এবং অস্পষ্ট সম্পর্কের এক গভীর গর্তে পড়ে যান। তিনি গবেষক, তহবিল সংস্থা এবং ওষুধ কোম্পানিগুলির মধ্যে যোগাযোগের ধরণগুলি আবিষ্কার করতে উন্নত ডেটা বিশ্লেষণ ব্যবহার করেছিলেন, অ্যালগরিদম ব্যবহার করেছিলেন যা সংযোগগুলিকে এমনভাবে কল্পনা করেছিল যা মানুষের চোখ দ্বারা সনাক্ত করা অসম্ভব ছিল। সম্পর্কের যে জটিল জালটি আবির্ভূত হয়েছিল তা ষড়যন্ত্রের মাত্রার প্রমাণ ছিল, আন্তঃসংযোগের এমন একটি স্তর উন্মোচিত করেছিল যা কেউ কখনও কল্পনাও করেনি তার চেয়ে অনেক বেশি ছিল।

তার গবেষণা গোপন যোগাযোগ, এনক্রিপ্ট করা ইমেল এবং আপাতদৃষ্টিতে নিরীহ বৈঠকের একটি নেটওয়ার্কের দিকে ইঙ্গিত করেছিল যা তথ্যের ভয়াবহ আদান-প্রদান এবং অবৈধ আর্থিক লেনদেনকে আড়াল করে রেখেছিল। এটি ছিল একটি সাবধানে তৈরি ব্যবস্থা যা প্রতারণার পথ গোপন করার জন্য ডিজাইন করা হয়েছিল, একটি গোলকধাঁধা কাঠামো যা ষড়যন্ত্রের পিছনের মূল পরিকল্পনাকারীকে সনাক্ত করা কঠিন করে তুলেছিল। যাইহোক, মারা বুঝতে পেরেছিলেন যে তিনি কেন্দ্রের কাছাকাছি পৌঁছেছেন, সেই ব্যক্তির কাছাকাছি চলে

এসেছেন যিনি এই বিস্তৃত পরিকল্পনার চূড়ান্ত সংগঠক ছিলেন।

তিনি তথ্য বিশ্লেষণ করে রাত নির্ঘুম কাটিয়েছেন, তার চোখ পর্দায় আটকে আছে, ক্যাফিন প্রবাহিত হচ্ছে, চাপ বাড়ছে। প্রমাণের ওজন ছিল অপরিসীম, তবে ঝুঁকিও ছিল। তিনি জানতেন যে এই ষড়যন্ত্র প্রকাশ করলে কেবল তার ক্যারিয়ারই বিপন্ন হবে না বরং তার জীবনও বিপদের মুখে পড়বে। তবুও, সত্য প্রকাশের ন্যায়বিচারের অনুভূতি তাকে এগিয়ে নিয়ে গেছে, মূল্য যাই হোক না কেন, সম্পূর্ণ সত্য উন্মোচনের জন্য তার দৃঢ় সংকল্পকে আরও বাড়িয়ে তুলেছে।

এক গভীর সন্ধ্যায়, এনক্রিপ্ট করা ইমেলগুলির একটি সিরিজ পর্যালোচনা করার সময়, একটি মূল ধরণ বেরিয়ে আসে। সমস্ত সন্দেহজনক লেনদেন, গোপন যোগাযোগ, সন্দেহজনক অনুদানের আবেদন - এগুলি সবই একক ব্যক্তির দিকে ফিরে যাওয়ার মতো মনে হয়েছিল: এনআইএইচের গবেষণা নীতিশাস্ত্র কমিটির প্রধান ডঃ আর্থার হেইস। বিদ্রূপটি স্পষ্ট ছিল। বৈজ্ঞানিক সততার সর্বোচ্চ মান বজায় রাখার দায়িত্বপ্রাপ্ত ব্যক্তি হলেন সেই ব্যক্তি যিনি এই বিশাল জালিয়াতির মূলে ছিলেন বলে মনে হয়েছিল।

প্রমাণগুলো ছিল পরিস্থিতিগত কিন্তু আকর্ষণীয়। এটি ছিল অনেকগুলো আপাতদৃষ্টিতে অসংলগ্ন অংশের সমন্বয়ে গঠিত একটি ধাঁধা, তবুও একত্রিত করার সময়, তারা

একটি সুসংগত আখ্যান তৈরি করে, যা স্পষ্টতই ডঃ হেইসের দিকে ইঙ্গিত করে। মারা এক গভীর অস্বস্তি অনুভব করেছিলেন, একটি ঠান্ডা ভয় তাকে আঁকড়ে ধরেছিল। তিনি জানতেন যে ডঃ হেইসের মুখোমুখি হওয়া তার তদন্তের সবচেয়ে বিপজ্জনক পদক্ষেপ হবে, তবে তিনি এটাও জানতেন যে এটি এমন একটি পদক্ষেপ যা তাকে নিতে হবে।

তিনি একটি বিস্তৃত প্রতিবেদন তৈরি করেছিলেন, তার অনুসন্ধানগুলি নথিভুক্ত করেছিলেন, সাবধানতার সাথে তার উৎসগুলি উদ্ধৃত করেছিলেন এবং সাবধানতার সাথে তথ্য ক্রস-রেফারেন্স করেছিলেন। এটি ছিল একটি জঘন্য অভিযোগ, সন্দেহের কোনও অবকাশ রাখেনি। ষড়যন্ত্রের মাত্রা ছিল বিস্ময়কর, যা পৃথক গবেষকদের ছাড়িয়ে এবং -এর সর্বোচ্চ স্তরে বিস্তৃত ছিল। এর প্রভাব কেবল বৈজ্ঞানিক ছিল না; সেগুলি রাজনৈতিক, অর্থনৈতিক এবং নীতিগত ছিল। এটি এমন একটি কেলেঙ্কারি ছিল যার বৈজ্ঞানিক সম্প্রদায়ের ভিত্তি নাড়িয়ে দেওয়ার সম্ভাবনা ছিল।

মারা জানতেন যে এই তথ্য প্রকাশ করলে বিতর্কের ঝড় বয়ে যাবে। তিনি প্রচণ্ড প্রতিরোধ, রাজনৈতিক প্রতিক্রিয়া এবং এমনকি আইনি প্রতিক্রিয়াও আশা করেছিলেন। কিন্তু ঝুঁকির মূল্য ছিল। বিজ্ঞানের সততা, জনসাধারণের আস্থা এবং গবেষণার ভবিষ্যৎ ঝুঁকির মুখে ছিল। তিনি ছায়ার পিছনে ছুটতে, প্রতিরোধের সাথে লড়াই করতে এবং প্রতারণার গোলকধাঁধায় পাড়ি জমাতে মাসের পর মাস কাটিয়েছিলেন। এখন, তার কাছে প্রমাণ ছিল। সত্য

তার হাতের মুঠোয় ছিল এবং তিনি সামনে যে কোনও পরিণতি ভোগ করতে প্রস্তুত ছিলেন। বৈজ্ঞানিক সততার জন্য লড়াই এখনও শেষ হয়নি, কিন্তু তিনি যুদ্ধকে একেবারে শীর্ষে নিয়ে যেতে প্রস্তুত ছিলেন। দায়িত্বের ভার, পরিস্থিতির বিশালতা, তার কাঁধে ভারী হয়ে ওঠে, কিন্তু তিনি এগিয়ে যান, প্রচণ্ড প্রতিকূলতার মুখে ন্যায়বিচারের জন্য বছরের পর বছর ধরে ব্যয় করা দৃঢ় সংকল্পের দ্বারা উদ্‌ভূত। চূড়ান্ত সংঘাতের আশঙ্কা ছিল, এবং যারা জানতেন যে এটি তার কঠোর তদন্তের চূড়ান্ত পরিণতি।

ডঃ আর্থার হেইসের জড়িত থাকার বিষয়টি প্রকাশ পেয়ে বৈজ্ঞানিক সম্প্রদায়ে শোকের ছায়া নেমে আসে। "দ্য হেইস অ্যাফেয়ার" নামে পরিচিত এই কেলেঙ্কারি কয়েক মাস ধরে শিরোনামে স্থান করে নেয়। একসময় বৈজ্ঞানিক উৎকর্ষের প্রতীক হিসেবে পরিচিত এনআইএইচ এখন দুর্নীতি ও প্রতারণার সমার্থক হয়ে ওঠে। জনসাধারণের আস্থা হ্রাস পায় এবং গবেষণা প্রকল্পের জন্য তহবিল হ্রাস পায়। এর প্রভাব প্রতিষ্ঠানের দেয়ালের বাইরেও ছড়িয়ে পড়ে।

থর্ন এবং তার সহযোগীদের সাথে সহযোগিতার বিষয়টি ফাঁস হয়ে যাওয়ার পর বেশ কয়েকটি ওষুধ কোম্পানি বিশাল মামলা এবং আর্থিক ক্ষতির সম্মুখীন হয়। তাদের শেয়ারের দাম কমে যায় এবং বিনিয়োগকারীরা আতঙ্কিত হয়ে পড়ে। সুনাম নষ্ট হয়ে যায়, ক্যারিয়ার ভেঙে যায় এবং পুরো শিল্প আস্থার সংকটে নিমজ্জিত হয়। এই কেলেঙ্কারি বৈজ্ঞানিক গবেষণায় নৈতিক তদারকি সম্পর্কে জাতীয় বিতর্কের সূত্রপাত করে, কঠোর নিয়ন্ত্রণ এবং স্বচ্ছতা বৃদ্ধির দাবি তোলে।

এই বিপর্যয়ের ফলে থর্ন এবং হেইসের সাথে অনিচ্ছাকৃতভাবে সহযোগিতা করা গবেষকদের উপর প্রভাব পড়ে। কিছুকে কোনও অন্যায় কাজ থেকে অব্যাহতি দেওয়া হয়েছিল, কিন্তু অন্যদের তদন্তের মুখোমুখি হতে হয়েছিল, অনুদান, গবেষণা পদ এবং তাদের পেশাদার মর্যাদা হারাতে হয়েছিল। বৈজ্ঞানিক সম্প্রদায়ের উপর এর ভয়াবহ প্রভাব গভীর ছিল। গবেষকরা ভবিষ্যতে কেলেঙ্কারিতে জড়িত হওয়ার ভয়ে সহযোগিতা করতে দ্বিধাগ্রস্ত হয়ে পড়েন। বৈজ্ঞানিক অগ্রগতির জন্য অত্যন্ত গুরুত্বপূর্ণ ধারণার উন্মুক্ত আদান-প্রদান ভয় এবং সন্দেহের সংস্কৃতি দ্বারা দমিয়ে দেওয়া হয়েছিল।

তদন্তে ন্যায়বিচার ধামাচাপা দেওয়ার এবং বাধা দেওয়ার এক বিরক্তিকর ধরণও প্রকাশ পেয়েছে। এনআইএইচ-এর একাধিক ব্যক্তি তাদের চাকরি বা ক্যারিয়ারের ভয়ে সত্য গোপনে সক্রিয়ভাবে অংশগ্রহণ করেছিলেন। এই ব্যক্তিদের বিরুদ্ধে শাস্তিমূলক ব্যবস্থা নেওয়া হয়েছে, কেউ কেউ চাকরি হারিয়েছেন, আবার কেউ কেউ ফৌজদারি অভিযোগের মুখোমুখি হয়েছেন। তদন্তে হুইসেলব্লোয়ারদের গুরুত্ব এবং বৃহৎ প্রতিষ্ঠানের দুর্নীতি প্রকাশে তাদের গুরুত্বপূর্ণ ভূমিকা তুলে ধরা হয়েছে। সত্য প্রকাশের জন্য তার ক্যারিয়ারকে ঝুঁকির মুখে ফেলে দেওয়া ডঃ ভ্যান্সের সাহসী সাক্ষ্য এই সত্যকে আরও জোরদার করেছে। মামলাটি এই বোধগম্যতাকে আরও জোরদার করেছে যে, ক্ষমতাশালী ব্যক্তিরা যারা তাদের সুবিধার জন্য সিস্টেমগুলিকে কাজে লাগান, তাদের

সামনে অসদাচরণ মোকাবেলার অভ্যন্তরীণ প্রক্রিয়াগুলি প্রায়শই অপর্যাপ্ত প্রমাণিত হয়।

কেলেঙ্কারির তাৎক্ষণিক বৃত্তের বাইরে, এর প্রতিক্রিয়া বিস্তৃত রাজনৈতিক পরিসরে ছড়িয়ে পড়ে। হেইসের ঘটনাটি একটি রাজনৈতিক ফুটবলে পরিণত হয়, যেখানে চারদিক থেকে পক্ষপাতদুষ্ট পক্ষপাত, রাজনৈতিক কৌশল এবং ধামাচাপা দেওয়ার অভিযোগ ওঠে। সরকারি তদারকি কমিটি তদন্ত শুরু করে, -এর তহবিল পদ্ধতিগুলি পরীক্ষা করে এবং ব্যাপক সংস্কারের আহ্বান জানায়। উভয় পক্ষের রাজনীতিবিদরা এই কেলেঙ্কারিকে পয়েন্ট অর্জনের জন্য ব্যবহার করেছিলেন, যা ইতিমধ্যেই বিতর্কিত পরিবেশকে আরও বাড়িয়ে তোলে। ফলস্বরূপ রাজনৈতিক কৌশল বৈজ্ঞানিক গবেষণায় বিলম্ব, তহবিল বিরোধ এবং বৈজ্ঞানিক সম্প্রদায়ের মধ্যে অনিশ্চয়তার সামগ্রিক পরিবেশের দিকে পরিচালিত করে।

জড়িতদের উপর মানসিক আঘাত ছিল উল্লেখযোগ্য। সত্য উন্মোচনে সাফল্য অর্জন করা সত্ত্বেও, মারা এই কেলেঙ্কারির ভার তীব্রভাবে অনুভব করেছিলেন। তিনি অবিরাম চাপ, হুমকি এবং বিশ্বাসঘাতকতার মুখোমুখি হয়েছিলেন, যা তাকে মানসিকভাবে ক্লান্ত এবং ক্লান্ত করে তুলেছিল। প্রকাশ্য এবং গোপন উভয় ধরণের প্রতিশোধের ক্রমাগত হুমকি তার সুস্থতার উপর প্রচণ্ড প্রভাব ফেলেছিল। ধুলো কেটে যাওয়ার পরেও, তিনি তার কর্মের নৈতিক ও নৈতিক প্রভাবের সাথে লড়াই করতে বাধ্য হয়েছিলেন। মামলাটি তাকে ব্যক্তিগত, এবং পেশাগতভাবে গভীরভাবে ক্ষতিগ্রস্থ করেছিল। তিনি এই

উপলব্ধি নিয়ে লড়াই করেছিলেন যে সত্য উন্মোচনে তার সাফল্য সত্ত্বেও, ব্যবস্থাটি গভীরভাবে ত্রুটিপূর্ণ রয়ে গেছে।

এই কেলেঙ্কারিতে জড়িতদের পরিবারগুলিও চরমভাবে ক্ষতিগ্রস্ত হয়েছিল। সুনাম কলঙ্কিত হয়েছিল, সম্পর্ক ভেঙে গিয়েছিল এবং অসংখ্য ব্যক্তির জীবন অপরিবর্তনীয়ভাবে পরিবর্তিত হয়েছিল। জনসাধারণের তদন্ত ছিল নির্দয়, এবং কেলেঙ্কারির সাথে জড়িত সামাজিক কলঙ্ক আইনি প্রক্রিয়া শেষ হওয়ার অনেক পরেও রয়ে গেছে। অনেকেই তাদের প্রিয়জনদের সম্পর্কে জনসাধারণের ধারণা এবং তাদের চরিত্র সম্পর্কে তাদের নিজস্ব ব্যক্তিগত ধারণার সমন্বয় করতে লড়াই করেছিলেন। এই কেলেঙ্কারি একটি স্পষ্ট স্মারক হিসেবে কাজ করেছিল যে দুর্নীতির সুদূরপ্রসারী পরিণতি রয়েছে, যা কেবল সরাসরি জড়িতদেরই নয়, তাদের পরিবার এবং বন্ধুদেরও প্রভাবিত করে।

এরপরের আইনি লড়াইগুলি দীর্ঘ এবং জটিল ছিল। প্রমাণের পরিমাণ, জড়িত ব্যক্তিদের সংখ্যা এবং উচ্চ ঝুঁকি আইনি প্রক্রিয়াটিকে দীর্ঘস্থায়ী এবং তীব্র করে তুলেছিল। আইনি কৌশল, আপিল এবং পাল্টা আপিল বছরের পর বছর ধরে কেলেঙ্কারিটিকে জনসাধারণের নজরে রেখেছিল, অনিশ্চয়তা এবং সুনামের ক্ষতিকে স্থায়ী করেছিল। অভিযোগের বিরুদ্ধে নিজেদের রক্ষা করার আর্থিক বোঝা কারও কারও জন্য আর্থিক ধ্বংসের দিকে পরিচালিত করেছিল, যা তারা ইতিমধ্যেই যে মানসিক যন্ত্রণার সম্মুখীন হচ্ছিল তা আরও বাড়িয়ে তুলেছিল। আইনি প্রক্রিয়া বৈজ্ঞানিক জালিয়াতি এবং

পদ্ধতিগত দুর্নীতির সাথে জড়িত হাই-প্রোফাইল মামলাগুলির বিচারের অন্তর্নিহিত জটিলতা এবং চ্যালেঞ্জগুলিকে তুলে ধরেছিল।

হেইস অ্যাফেয়ার বিজ্ঞান এবং এর প্রতিষ্ঠানগুলির প্রতি জনসাধারণের ধারণায় উল্লেখযোগ্য পরিবর্তন আনে। বৈজ্ঞানিক গবেষণার অখণ্ডতার প্রতি সরল বিশ্বাস ভেঙে যায়, তার জায়গায় গভীর সন্দেহবাদ স্থান পায়। বৈজ্ঞানিক কর্তৃত্বের একসময়ের পবিত্র আভা হ্রাস পায়, কারণ জনসাধারণ এই উপলব্ধি নিয়ে ঝাঁপিয়ে পড়ে যে এমনকি সবচেয়ে মর্যাদাপূর্ণ প্রতিষ্ঠানগুলিও দুর্নীতির ঝুঁকিতে পড়তে পারে। এই কেলেঙ্কারি উন্নত জবাবদিহিতা, কঠোর নিয়মকানুন এবং বৈজ্ঞানিক প্রচেষ্টার সকল ক্ষেত্রে নীতিগত অনুশীলনের প্রতি নতুন করে প্রতিশ্রুতিবদ্ধ হওয়ার প্রয়োজনীয়তা সম্পর্কে বিস্তৃত আলোচনার জন্ম দেয়।

এর ফলে বৈজ্ঞানিক গবেষণার তহবিল, তত্ত্বাবধান এবং মূল্যায়নের ক্ষেত্রে দীর্ঘমেয়াদী পরিবর্তন আনা হয়েছিল। স্বচ্ছতা, জবাবদিহিতা উন্নত করার এবং স্বার্থের দ্বন্দ্বের সম্ভাবনা কমানোর লক্ষ্যে নতুন নিয়মকানুন বাস্তবায়ন করা হয়েছিল। অনুদানের আবেদনগুলি আরও কঠোরভাবে যাচাই-বাছাই করা হয়েছিল এবং অনুমোদন প্রক্রিয়া আরও স্বচ্ছ করা হয়েছিল। গবেষকদের স্বার্থের সম্ভাব্য দ্বন্দ্ব প্রকাশ করতে বাধ্য করা হয়েছিল এবং গবেষণার নৈতিক আচরণ নিশ্চিত করার উপর আরও বেশি জোর দেওয়া হয়েছিল। যদিও পরিবর্তনগুলি তাদের ত্রুটিগুলি ছাড়াই ছিল না। বর্ধিত আমলাতন্ত্র এবং বর্ধিত

যাচাই-বাছাই গবেষকদের উপর আরও বেশি প্রশাসনিক বোঝা চাপিয়েছিল, যা বৈজ্ঞানিক অগ্রগতিকে ধীর করে দিয়েছিল। তবে, পরিবর্তনগুলি নৈতিক মান বজায় রাখার উপর নতুন করে মনোযোগ দেওয়ার বিষয়টিও নিশ্চিত করেছিল।

হেইস অ্যাফেয়ারের দীর্ঘমেয়াদী পরিণতি তাৎক্ষণিক খেলোয়াড়দের বাইরেও প্রতিধ্বনিত হয়েছিল, যা ভবিষ্যত প্রজন্মের বিজ্ঞানীদের উপর প্রভাব ফেলেছিল। বর্ধিত যাচাই-বাছাই এবং নিয়ন্ত্রণ, ভবিষ্যতের কেলেঙ্কারি রোধ করার লক্ষ্যে, সতর্কতার পরিবেশ তৈরি করেছিল, যা সহযোগিতা এবং উদ্ভাবনের চেতনাকে প্রভাবিত করেছিল। উচ্চাকাঙ্ক্ষী বিজ্ঞানীরা সাফল্যের জন্য আরও কঠিন পথের মুখোমুখি হয়েছিলেন, বর্ধিত প্রশাসনিক প্রয়োজনীয়তা এবং সন্দেহের একটি বিস্তৃত সংস্কৃতির ভারে। এটি পরবর্তী প্রজন্মের বিজ্ঞানীদের লালন-পালনের জন্য একটি চ্যালেঞ্জ তৈরি করেছিল, যাদের এখন আরও জটিল এবং ঝুঁকি-প্রতিরোধী পরিবেশে নেভিগেট করতে হয়েছিল।

এই কেলেঙ্কারিটি একটি সতর্কতামূলক গল্প হিসেবে কাজ করে, অনিয়ন্ত্রিত উচ্চাকাঙ্ক্ষা, পদ্ধতিগত দুর্নীতি এবং নীতিগত মান বজায় রাখতে ব্যর্থতার সম্ভাব্য পরিণতির একটি স্পষ্ট স্মারক। হেইস অ্যাফেয়ার কেবল একটি বৈজ্ঞানিক কেলেঙ্কারির চেয়েও বেশি কিছু ছিল; এটি ছিল প্রতারণা, লোভ এবং ক্ষমতা ও সম্পদের পিছনে ছুটতে নীতিগুলির সাথে আপস করার ইচ্ছার মানুষের ক্ষমতার একটি গভীর অভিযোগ। মামলার স্থায়ী উত্তরাধিকার

বৈজ্ঞানিক গবেষণায় নৈতিক আচরণের গুরুত্ব এবং এটি বজায় রাখতে ব্যর্থ হওয়ার ধ্বংসাত্মক পরিণতির একটি স্পষ্ট স্মারক হিসেবে রয়ে গেছে। বৈজ্ঞানিক জ্ঞান অর্জনে সতর্কতা, স্বচ্ছতা এবং জবাবদিহিতার প্রয়োজনীয়তা প্রতিধ্বনিত হচ্ছে, ভবিষ্যত প্রজন্মকে অতীতের ভুল থেকে শিক্ষা নেওয়ার আহ্বান জানাচ্ছে। এই কেলেঙ্কারির ক্ষত, যদিও ম্লান হয়ে যাচ্ছে, আগামী বছরগুলিতে বৈজ্ঞানিক ভূদৃশ্যে একটি অমোচনীয় চিহ্ন রেখে যাবে।

মারার ছোট্ট, বিশৃঙ্খল অ্যাপার্টমেন্টের বাতাস ভারী হয়ে উঠছিল বাসি কফির সুবাস এবং অব্যক্ত উদ্বেগের সাথে যা তাকে দ্বিতীয় ত্বকের মতো আটকে রেখেছিল। হেইসের ব্যাপারটি আনুষ্ঠানিকভাবে বন্ধ হয়ে গেলেও, সমাধানের পথ এখনও অনেক দূরে বলে মনে হচ্ছিল। কষ্টার্জিত এবং তিক্ত মিষ্টি এই জয়, অস্বস্তির অবশিষ্টাংশ রেখে গেছে, অনিশ্চয়তার এক অবিরাম গুঞ্জন যা তার দৈনন্দিন জীবনের পৃষ্ঠের নীচে স্পন্দিত হয়েছিল। ঘুম খুব কমই অবকাশ দেয়; ছায়াময় ব্যক্তিত্ব এবং ফিসফিসিয়ে বলা ষড়যন্ত্রের দুঃস্বপ্ন তাকে জেগে উঠতে তাড়া করে। সে যা আবিষ্কার করেছিল তার ওজন, দুর্নীতির নিছক স্কেল, তার উপর চাপা পড়েছিল, একটি অবিরাম, শ্বাসরুদ্ধকর চাপ।

তিনি সপ্তাহের পর সপ্তাহ ধরে চূড়ান্ত প্রতিবেদনগুলি সাবধানতার সাথে পর্যালোচনা করেছেন, তথ্যের পাহাড় ভেদ করে, কোনও বৃহত্তর, আরও ভয়ঙ্কর ষড়যন্ত্রের ইঙ্গিত দেয় এমন কোনও কিছুর জন্য ফাঁকা লক্ষ্য অনুসন্ধান করেছেন। সরকারী বর্ণনা - উচ্চাকাঙ্ক্ষায় চালিত একজন দুর্বৃত্ত বিজ্ঞানী, কয়েকজন দুর্নীতিবাজ সহকর্মীর সহায়তায় - খুব সরল, খুব সুবিধাজনক বলে

মনে হয়েছিল। পৃষ্ঠের নীচে আরও গভীর, আরও ছলনাময় স্রোত প্রবাহিত হচ্ছিল, একটি ছায়া ষড়যন্ত্র যা তিনি পুরোপুরি বুঝতে পারেননি।

তারপর, আপাতদৃষ্টিতে নিরীহ মনে হওয়া একটি ইমেল এলো। এটি স্বাক্ষরবিহীন ছিল, একটি বেনামী অ্যাকাউন্ট থেকে পাঠানো হয়েছিল, একটি একক সংযুক্তি: একটি ভারী এনক্রিপ্ট করা ফাইল। এনক্রিপশনের সাথে লড়াই করার সময় মারার হৃদয় তার পাঁজরে আঘাত করছিল, প্রত্যাশার একটি পরিচিত রোমাঞ্চের সাথে শঙ্কার এক কাঁটা মিশে গিয়েছিল। এটি কোনও অসন্তুষ্ট ইন্টার্ন বা আতঙ্কিত সহযোগীর আনাড়ি কাজ ছিল না; এটি ছিল একজন পেশাদারের কাজ, যিনি ডিজিটাল সুরক্ষার সূক্ষ্মতা বুঝতেন। এনক্রিপশনের নিখুঁত পরিশীলিততা উল্লেখযোগ্য সম্পদ এবং প্রযুক্তিগত দক্ষতা সম্পন্ন কাউকে ইঙ্গিত করেছিল।

ডিক্রিপ্ট করা ফাইলটিতে খণ্ডিত তথ্য পয়েন্টের একটি সিরিজ ছিল: কোডের টুকরো, এনক্রিপ্ট করা বার্তা, আংশিক আর্থিক রেকর্ড এবং একটি ছবি - একটি কালো স্যুট পরা একজন ব্যক্তির ঝাপসা ছবি, যার মুখ ছায়া দ্বারা আবৃত। তথ্য পয়েন্টগুলি বিচ্ছিন্নভাবে অর্থহীন ছিল, কিন্তু মারা একটি প্যাটার্ন, একটি লুকানো সংযোগ অনুভব করেছিল। সে দিন, সপ্তাহ এমনকি অতিবাহিত করেছিল, সাবধানতার সাথে তথ্য ক্রস-রেফারেন্সিং, একটি পরিশ্রমী জিগসের মতো ধাঁধাটি একত্রিত করে। সে নিজেকে গভীর রাত পর্যন্ত কাজ করতে দেখেছিল, ক্যাফিনের জ্বালায়

এবং বিরক্তিকর অনুভূতিতে যে সে একটি সাফল্যের দ্বারপ্রান্তে পৌঁছেছে।

সূত্রগুলো ইঙ্গিত দিচ্ছিল যে, একজন নতুন খেলোয়াড় ড. হেইস এবং তার সহযোগীদের কক্ষপথের বাইরে কাজ করছে। এই ব্যক্তি, অথবা সম্ভবত দলটি, গোপনে থেকে ঘটনাবলীকে কারসাজি করছিল, গবেষণাকে সূক্ষ্মভাবে প্রভাবিত করছিল, থর্নের কর্মকাণ্ড পরিচালনা করছিল, এমনকি কিছু ধামাচাপা দেওয়ার পরিকল্পনাও করছিল। তবে, তাদের উদ্দেশ্য রহস্যের আড়ালেই রয়ে গেছে। আর্থিক রেকর্ডগুলি অবৈধ লেনদেনের একটি ধরণ নির্দেশ করে, কিন্তু হেইসের ঘটনার মাত্রার তুলনায় পরিমাণগুলি ছিল খুবই কম, নগণ্য। এটি অর্থের বিষয়ে ছিল না, অন্তত সরাসরি নয়।

তবে, খণ্ডিত কোড স্নিপেটগুলি আরও বেশি অস্থির কিছুর ইঙ্গিত দিচ্ছিল। মারা উন্নত বিকাশের সাথে সামঞ্জস্যপূর্ণ প্যাটার্নগুলি সনাক্ত করেছিলেন, বিশেষ করে, অত্যন্ত পরিশীলিত ডেটা বিশ্লেষণ এবং ভবিষ্যদ্বাণীমূলক মডেলিংয়ের জন্য ডিজাইন করা অ্যালগরিদমগুলি। এর অর্থ ছিল ভীতিকর: কেউ ব্যবহার করে বৈজ্ঞানিক আবিষ্কারকে আরও এগিয়ে নিতে নয়, বরং ঘটনাগুলিকে নিয়ন্ত্রণ ও নিয়ন্ত্রণ করতে, সিস্টেমের দুর্বলতাগুলি ভবিষ্যদ্বাণী করতে এবং কাজে লাগাতে। এটি বৈজ্ঞানিক জালিয়াতি বা আর্থিক লাভ সম্পর্কে ছিল না; এটি ছিল ক্ষমতা সম্পর্কে, একটি ভিন্ন ধরণের ক্ষমতা - তথ্য এবং ভবিষ্যদ্বাণী থেকে প্রাপ্ত শক্তি।

বেনামী ইমেল, এনক্রিপ্ট করা ফাইল এবং ছবির ছায়াময় চিত্র—সবকিছুই একটি নতুন হুমকির দিকে ইঙ্গিত করছে, হেইস অ্যাফেয়ারের সময় তার মুখোমুখি হওয়া যেকোনো হুমকির চেয়ে অনেক বেশি ছলনাময়ী এবং বিপজ্জনক। এটি কেবল -এর মধ্যে দুর্নীতি প্রকাশ করার বিষয়ে ছিল না; এটি ছিল জাতীয় নিরাপত্তার জন্য সম্ভাব্য হুমকির মুখোশ উন্মোচন করার বিষয়ে, অত্যাধুনিক প্রযুক্তি ব্যবহার করে একটি গোপন অভিযান যা বিশাল স্কেলে ঘটনাগুলিকে নিয়ন্ত্রণ করে।

মারার গবেষণা তাকে আন্তর্জাতিক কর্পোরেশন, অস্পষ্ট শেল কোম্পানি এবং অফশোর অ্যাকাউন্টের এক খরগোশের গর্তে ফেলে দিয়েছে। পথটি ইচ্ছাকৃতভাবে অস্পষ্ট করা হয়েছিল, তাকে মহাদেশ জুড়ে এক ভীতিকর তাড়াহুড়োয় নিয়ে গিয়েছিল, প্রতিটি সূত্রই আগেরটির চেয়েও অধরা ছিল। সে নিজেকে এফবিআইয়ের সাইবার অপরাধ বিভাগের একজন প্রাক্তন সহকর্মীর সাথে সহযোগিতা করতে দেখেছিল, ডেভিড চেন নামে একজন মেধাবী কিন্তু ক্লান্ত এজেন্ট, যার ডিজিটাল ফরেনসিকে দক্ষতা অমূল্য প্রমাণিত হয়েছিল। সে তদন্তের দিকে একই মনোযোগ দিয়ে এগিয়ে গিয়েছিল বিস্তারিতভাবে, একই দৃঢ় সংকল্প নিয়ে যা হেইস অ্যাফেয়ারের সময় মারার ন্যায়বিচারের সাধনার বৈশিষ্ট্য ছিল। একসাথে, তারা জটিল সংযোগের জাল উন্মোচন করতে শুরু করেছিল।

তাদের তদন্তে গোপন বৈঠক, এনক্রিপ্টেড যোগাযোগ এবং গোপন সহযোগিতার একটি নেটওয়ার্ক উন্মোচিত হয়। তারা আবিষ্কার করে যে ছবির ছায়াময় ব্যক্তিত্বটি বিশ্বব্যাপী প্রযুক্তি শিল্পের একজন বিশিষ্ট ব্যক্তিত্ব, উদ্ভাবনের জন্য খ্যাতি এবং গোপন অতীতের একজন দূরদর্শী উদ্যোক্তা। "সিলাস" নামে পরিচিত এই ব্যক্তি উন্নত কৃত্রিম বুদ্ধিমত্তা সিস্টেমের উন্নয়ন এবং বিপণনে জড়িত থাকার মাধ্যমে বিপুল সম্পদ অর্জন করেছিলেন। কিন্তু তার আসল উদ্দেশ্য কেবল লাভের চেয়ে অনেক বেশি উচ্চাকাঙ্ক্ষী বলে মনে হয়েছিল।

মারা এবং চেন আরও গভীরভাবে অনুসন্ধান করার সময়, তারা প্রমাণ খুঁজে পান যে সিলাস কেবল তথ্য ব্যবহার করছিলেন না; তিনি প্রধান রাজনৈতিক ঘটনাগুলির ভবিষ্যদ্বাণী এবং প্রভাব ফেলতে উন্নত কৃত্রিম বুদ্ধিমত্তা ব্যবহার করছিলেন, সূক্ষ্মভাবে বৈশ্বিক প্রবণতাগুলিকে তার সুবিধার জন্য রূপ দিতেন। তার কৃত্রিম বুদ্ধিমত্তা ব্যবস্থা বিপুল পরিমাণে তথ্য বিশ্লেষণ করতে পারত, অস্থির নির্ভুলতার সাথে সামাজিক ও রাজনৈতিক পরিবর্তনের পূর্বাভাস দিতে পারত এবং ব্যক্তিগত লাভের জন্য বিশ্বব্যাপী আর্থিক ব্যবস্থার দুর্বলতাগুলিকে কাজে লাগাতে পারত। তিনি নীরবে নীরব অপারেটিভদের একটি বাহিনী তৈরি করেছিলেন - অত্যন্ত দক্ষ প্রোগ্রামার, আর্থিক বিশেষজ্ঞ এবং রাজনৈতিক কৌশলবিদ - যারা সকলেই তার রহস্যময় লক্ষ্য অর্জনের জন্য তার নির্দেশে কাজ করত।

এর প্রভাব ছিল বিস্ময়কর। সাইলাস কেবল বৈজ্ঞানিক সম্প্রদায়ের জন্য হুমকি ছিলেন না; তিনি ছিলেন বৈশ্বিক স্থিতিশীলতার জন্য সম্ভাব্য হুমকি, আন্তর্জাতিক রাজনীতির সুতোকে ছায়া থেকে টেনে আনার একজন পুতুল। ঝুঁকি আগের চেয়েও বেশি ছিল। মারা এবং চেন নিজেদেরকে বৈজ্ঞানিক জালিয়াতি প্রকাশ করার চেয়ে অনেক বড় চ্যালেঞ্জের মুখোমুখি হতে দেখেছিলেন; তারা একটি সম্ভাব্য বিপর্যয় রোধ করার জন্য লড়াই করছিলেন, এমন একটি পরিস্থিতি যেখানে উন্নত কৃত্রিম বুদ্ধিমত্তা দিয়ে সজ্জিত একজন একক ব্যক্তি তার নিজস্ব দুর্বোধ্য উদ্দেশ্যে বিশ্বব্যাপী ঘটনাবলীকে কাজে লাগাতে পারে।

তদন্তের ফলে তারা পৃথিবীর বিভিন্ন স্থানে অবস্থিত গোপন সার্ভারগুলির একটি সিরিজের দিকে এগিয়ে যায়, প্রতিটি সার্ভারই অত্যাধুনিক নিরাপত্তা ব্যবস্থার স্তর দ্বারা সুরক্ষিত ছিল। তাদের ডিজিটাল গোয়েন্দাগিরির উপর ক্রমাগত চাপ প্রয়োগ করা হয়েছিল, তাদের প্রতিটি পদক্ষেপকে একটি অত্যাধুনিক পাল্টা গোয়েন্দা অভিযান দ্বারা প্রতিহত করা হয়েছিল। সিলাস যে প্রযুক্তি ব্যবহার করেছিলেন তা মারার আগে যে কোনও কিছুর মুখোমুখি হয়েছিল তার চেয়ে অনেক উন্নত ছিল; এটি ক্রমাগত বিকশিত হচ্ছিল, তাদের তদন্তের সাথে খাপ খাইয়ে নিচ্ছিল।

এই ধাওয়া এক বিশ্বব্যাপী ইঁদুর-বিড়ালের খেলায় পরিণত হয়েছিল, মহাদেশ জুড়ে এক অবিরাম সাধনা, ক্রমশ সম্পদ হ্রাস এবং ক্রমবর্ধমান হতাশার দ্বারা ইন্ধনপ্রাপ্ত। মারা দায়িত্বের পরিচিত বোঝা অনুভব করেছিল, সাইলাস

তার ক্ষমতা সুসংহত করার আগে সফল হওয়ার চাপ। ব্যর্থতার পরিণতিগুলি এতটাই ভয়াবহ ছিল যে চিন্তা করাও কঠিন ছিল। বিশ্ব খাদের কিনারায় দাঁড়িয়ে ছিল, এবং সে ছিল সেই অল্প কিছু লোকের মধ্যে একজন যারা এটি জানত। এই উপলব্ধি বাতাসে ভারী ঝুলছিল, একটি স্পষ্ট উত্তেজনা যা তাকে আচ্ছন্ন করার হুমকি দিয়েছিল। কিন্তু যুদ্ধে ক্ষতবিক্ষত কিন্তু অটল মারা, লড়াইয়ের জন্য প্রস্তুত ছিল। তার জীবনের লড়াই।

পৃথিবীর ভার, অথবা অন্তত এর একটি উল্লেখযোগ্য অংশ, মারার কাঁধে এসে ঠেকেছিল। তাড়া করার উচ্ছ্বাস, এনক্রিপ্ট করা ফাইলগুলি বোঝার এবং ডিজিটাল প্রতিপক্ষকে কাটিয়ে ওঠার অ্যাড্রেনালিনের তীব্র তাড়া, ম্লান হয়ে গিয়েছিল, তার জায়গায় এসেছিল হাড়-গভীর ক্লান্তি। ঘুম ছিল এমন এক বিলাসিতা যা সে খুব কমই বহন করতে পারত, তার স্বপ্ন ছিল ঝলমলে কোড, রহস্যময় প্রতীক এবং সিলাসের চির-বিদ্যমান ছায়ার বিশৃঙ্খল এলোমেলো জঞ্জাল। লোকটি অধরা রয়ে গেল, দূর থেকে তার টানতে থাকা এক ভূত, তার উদ্দেশ্যগুলি তার পছন্দের এনক্রিপশন অ্যালগরিদমের মতোই অস্পষ্ট।

এই উচ্চ-বাজির খেলায় তার অপ্রত্যাশিত সহযোগী ডেভিড চেন, তার ক্লান্তি বুঝতে পেরেছিলেন। তারা গভীর রাত পর্যন্ত কাজ করেছিলেন, প্রায়শই উষ্ণ টেকআউট এবং তাদের একসাথে আবদ্ধ করে এমন এক ভয়ঙ্কর দৃঢ় সংকল্প দ্বারা ইন্ধন জোগায়। ডিজিটাল ফরেনসিকের একজন দক্ষ, চেন এমন এক স্তরের প্রযুক্তিগত দক্ষতা নিয়ে এসেছিলেন যা মানুষের আচরণ এবং প্রেরণা সম্পর্কে মারার স্বজ্ঞাত বোধগম্যতার পরিপূরক ছিল।

সাইবার অপরাধীদের সাথে লড়াই করার জন্য বছরের পর বছর ধরে কাটানো তার নিন্দাবাদ, মারার অবিরাম আশাবাদের বিপরীত ছিল, অপ্রতিরোধ্য প্রতিকূলতার মুখে একটি প্রয়োজনীয় ভারসাম্য।

তাদের তদন্ত তাদেরকে এক জটিল জটিল আন্তঃসংযুক্ত সত্তার গোলকধাঁধায় ফেলে দিয়েছিল, প্রতিটিই আগেরটির চেয়ে বেশি গোপনীয়। তারা মহাদেশ জুড়ে সিলাসের ডিজিটাল পদচিহ্নগুলি সনাক্ত করেছিল, শেল কোম্পানি, অফশোর অ্যাকাউন্ট এবং এনক্রিপ্ট করা যোগাযোগের একটি জাল উন্মোচন করেছিল, প্রতিটি স্তরই আগেরটির চেয়ে জটিল ছিল। সিলাসের কার্যক্রমের বিস্তৃতি ছিল বিস্ময়কর; সে কেবল তথ্যের হেরফের করছিল না; সে বিশ্বব্যাপী ঘটনাবলী পরিচালনা করছিল, প্রযুক্তির সীমার বাইরেও বিস্তৃত প্রভাব বিস্তার করছিল।

এক সন্ধ্যায়, তাদের নিজ নিজ ল্যাপটপের উপর ঝুঁকে পড়ে, সপ্তাহের পর সপ্তাহের নিরলস পরিশ্রমের স্তূপ—খালি কফির কাপ, ফেলে দেওয়া এনার্জি বারের মোড়ক, এবং আর্থিক রেকর্ডের প্রিন্টআউট—চারপাশে চেন মৃদু বাঁশি বাজালেন। "এটা দেখো," তিনি বললেন, তার কণ্ঠস্বর নিচু এবং চাপা, স্ক্রিনে লেনদেনের একটি সিরিজের দিকে ইঙ্গিত করে। "এগুলি কেবল এলোমেলো আর্থিক গতিবিধি নয়। এগুলি নির্দিষ্ট ভূ-রাজনৈতিক ঘটনার সাথে সম্পর্কিত। প্রায় ভবিষ্যদ্বাণীমূলক।"

প্রথমে অর্থহীন মনে হলেও লেনদেনগুলো একটা প্যাটার্ন অনুসরণ করত। একটি নির্দিষ্ট বাজারে একটি ছোট বিনিয়োগ, আসন্ন রাজনৈতিক সংকটকে পুঁজি করার জন্য নিখুঁতভাবে সময়োপযোগী ছিল; বাজার পতনের ঠিক আগে কৌশলগতভাবে তহবিল প্রত্যাহার করা। মনে হচ্ছিল যেন সাইলাস কেবল এই ঘটনাগুলির ভবিষ্যদ্বাণীই করছিলেন না, বরং সক্রিয়ভাবে তাদের প্রভাবিত করছিলেন। তার কৃত্রিম বুদ্ধিমত্তা কেবল তথ্য বিশ্লেষণ করছিল না; এটি এটিকে কাজে লাগাচ্ছিল, সূক্ষ্মভাবে তার সুবিধার জন্য বিশ্বব্যাপী প্রবণতাগুলিকে রূপ দিচ্ছিল। এর প্রভাব ছিল ভয়াবহ।

"এটা যেন সে ঈশ্বরের ভূমিকায় অভিনয় করছে," মারা বিড়বিড় করে বলল, তার দৃষ্টি স্ক্রিনের দিকে স্থির। "সে পুরো বিশ্বকে নিয়ন্ত্রণ করার জন্য কৃত্রিম বুদ্ধিমত্তা ব্যবহার করছে।"

এই উপলব্ধি বাতাসে ভারি ছিল, তাদের উপর চাপা পড়েছিল এক শ্বাসরুদ্ধকর দায়িত্বের বোঝা। তারা কেবল একজন প্রযুক্তিবিদকে মোকাবেলা করছিল না যিনি একটি বিপজ্জনক খেলায় হোঁচট খেয়েছিলেন; তারা একজন পুতুলের মুখোমুখি হয়েছিল, যিনি ছায়া থেকে বিশ্ব রাজনীতির সুতো টেনে টেনেছিলেন। ঝুঁকিগুলি তাদের প্রাথমিকভাবে কল্পনার চেয়ে অসীমভাবে বেশি ছিল। এটি কেবল দুর্নীতি প্রকাশ করার বিষয়ে ছিল না; এটি একটি সম্ভাব্য বিশ্বব্যাপী বিপর্যয় রোধ করার বিষয়ে ছিল।

তাদের তদন্ত তাদেরকে সুইস আল্পস পর্বতমালার গভীরে অবস্থিত একটি দূরবর্তী সার্ভার ফার্মে নিয়ে যায়, যা অত্যাধুনিক নিরাপত্তা দ্বারা সুরক্ষিত তথ্যের একটি দুর্গ। অ্যাক্সেস অর্জন করা ছিল একটি কঠিন কাজ, যার জন্য সপ্তাহের পর সপ্তাহের সূক্ষ্ম পরিকল্পনা, জটিল হ্যাকিং এবং ভাগ্যের একটি সুস্থ ডোজ প্রয়োজন। তারা ক্যাফিন এবং নিছক ইচ্ছাশক্তি দ্বারা চালিত হয়ে বিভিন্ন শিফটে কাজ করেছিল, তাদের মন সাইলাসের ক্রমবর্ধমান প্রতিহত ব্যবস্থার সাথে তাল মিলিয়ে চলার জন্য দৌড়েছিল। তাদের প্রতিটি পদক্ষেপ প্রতিরোধের মুখোমুখি হয়েছিল, প্রতিটি লঙ্ঘনের পরে নিরাপত্তা কঠোর করা হয়েছিল, ডিজিটাল যুদ্ধের একটি অবিরাম খেলা ছিল।

মারা নিজেকে অপরাধীদের প্রোফাইলিং করার সময় বছরের পর বছর ধরে উন্নত প্রবৃত্তির উপর নির্ভর করতে দেখেন। তিনি সিলাসের ডিজিটাল পদচিহ্নের মধ্যে নিদর্শন, কোডের মধ্যে লুকানো সূক্ষ্ম সূত্র, তার ব্যক্তিত্ব এবং প্রেরণার ইঙ্গিত দেখতে শুরু করেন। তিনি বুঝতে পেরেছিলেন যে কোডটি কেবল নির্দেশাবলীর একটি সিরিজ নয়; এটি তার স্রষ্টার প্রতিফলন, একটি ডিজিটাল ফিঙ্গারপ্রিন্ট যা কেবল প্রযুক্তিগত দক্ষতার চেয়েও বেশি কিছু প্রকাশ করে।

এদিকে, চেন প্রযুক্তিগত চ্যালেঞ্জগুলির সাথে লড়াই করেছিলেন, এনক্রিপশনের স্তরগুলি, ফায়ারওয়াল এবং অনুপ্রবেশ সনাক্তকরণ সিস্টেমগুলি নেভিগেট

করেছিলেন। তার প্রযুক্তিগত দক্ষতা চিত্তাকর্ষক ছিল, কিন্তু এমনকি সিলাসের প্রতিরক্ষা ব্যবস্থার পরিশীলিততা দেখে তিনিও হতবাক হয়ে গিয়েছিলেন। এটা স্পষ্ট ছিল যে তারা কোনও সাধারণ অপরাধীর সাথে মোকাবিলা করছিল না; তারা এমন এক প্রযুক্তিগত প্রতিভার মুখোমুখি হয়েছিল, যে তাদের সময়ের চেয়ে অনেক এগিয়ে ছিল, এমন একজন যিনি তাদের প্রতিটি পদক্ষেপ আগে থেকেই অনুমান করেছিলেন।

দিন দিন চাপ বাড়তে থাকে। ঝুঁকি ছিল বিশাল, শুধু তাদের জন্য নয়, সমগ্র বিশ্বের জন্য। সাইলাসের কৃত্রিম বুদ্ধিমত্তা সম্ভাব্যভাবে বিশ্ববাজারকে অস্থিতিশীল করতে পারে, আন্তর্জাতিক সংঘাতের সূত্রপাত করতে পারে, এমনকি নির্বাচনকেও কারসাজি করতে পারে। একজন ব্যক্তি এত ক্ষমতা ব্যবহার করতে পারেন এই ধারণাটি ভীতিকর এবং অস্থির উভয়ই ছিল।

যখন তারা সাইলাসের কাছাকাছি পৌঁছালো, তখন তারা আবিষ্কার করলো যে সে একা কাজ করছে না। সে অত্যন্ত দক্ষ অপারেটিভদের - প্রোগ্রামার, আর্থিক বিশেষজ্ঞ, রাজনৈতিক কৌশলবিদ - প্রত্যেকেই তাদের ক্ষেত্রের বিশেষজ্ঞ, যারা তাদের রহস্যময় নেতার প্রতি আনুগত্যের দ্বারা আবদ্ধ ছিল - একটি দল তৈরি করেছিল। এটি কেবল একটি প্রযুক্তিগত হুমকি ছিল না; এটি ছিল একটি সংগঠিত ষড়যন্ত্র, বিশ্বব্যাপী নাগালের একটি গোপন অভিযান।

মারা এবং চেন একটি নৈতিক দ্বিধার মুখোমুখি হয়েছিল। তাদের কাছে সিলাসকে ফাঁস করার প্রমাণ ছিল, কিন্তু তাকে ফাঁস করলে সম্ভবত বিশ্বব্যাপী সংকট দেখা দেবে। তাদের উপস্থিতি সম্পর্কে তাকে সতর্ক করার এবং তাকে তার ক্ষমতা আরও সুসংহত করার সুযোগ দেওয়ার ঝুঁকি ছিল একটি ভয়ঙ্কর সম্ভাবনা। এই সিদ্ধান্তটি তাদের উপর ভারী ছিল; সিলাসকে ফাঁস করা একটি ঝুঁকি ছিল, কিন্তু কিছুই না করা ছিল অনেক বড় ঝুঁকি।

ক্লান্তি, চাপ এবং ক্রমাগত হুমকি সত্ত্বেও, মারা তার দৃঢ় সংকল্প ধরে রেখেছিল। সে জানত যে পিছিয়ে আসার ঝুঁকি অনেক বেশি। সে বুঝতে পেরেছিল যে পৃথিবী তা দেখছে, যদিও এটি এখনও তা জানে না। এটি কেবল আরেকটি ঘটনা ছিল না; এটি ভবিষ্যতের জন্য একটি লড়াই ছিল, এমন একটি লড়াই যা সে জিততে দৃঢ়প্রতিজ্ঞ ছিল, এমনকি যদি এর জন্য সবকিছু ঝুঁকির মুখে পড়ে। বিশ্বের ভার, হ্যাঁ, কিন্তু তার নিজের দৃঢ় বিশ্বাসের ভারও তাকে এগিয়ে নিয়ে গিয়েছিল। লড়াই শেষ হয়নি; আসলে, এটি সবেমাত্র শুরু হয়েছিল।

অষ্টম অধ্যায়: যন্ত্রের মধ্যে ভূত

সার্ভার রুমের বাতাস ওজোন আর বাসি কফির গন্ধে ঘন হয়ে আসছিল। রক্তাক্ত চোখ চেন, বিশেষ করে একগুঁয়ে ফায়ারওয়ালের সাথে লড়াই করছিল। এদিকে, মারা অস্থিরভাবে এগিয়ে চলছিল, তার দৃষ্টি সার্ভারের জ্বলন্ত আলো এবং চেনের স্ক্রিন জুড়ে কোড স্ক্রোলিংয়ের রহস্যময় লাইনের মধ্যে উড়ছিল। সুইস আল্পস সার্ভার

ফার্মে তাদের অনুপ্রবেশ ছিল একটি বিজয়, তাদের সম্মিলিত দক্ষতা এবং অটল দৃঢ়তার প্রমাণ, কিন্তু আসল চ্যালেঞ্জ সামনেই ছিল। তারা অ্যাক্সেস পেয়ে গিয়েছিল, কিন্তু সিলাসের ডিজিটাল দুর্গ তাদের প্রত্যাশার চেয়ে অনেক বেশি জটিল প্রমাণিত হচ্ছিল।

তথ্যের বিশালতা ছিল অপ্রতিরোধ্য। পেটাবাইট তথ্য, সাবধানতার সাথে সংগঠিত এবং এনক্রিপ্ট করা, অগণিত সার্ভার জুড়ে বিস্তৃত। এটি ছিল একটি ডিজিটাল গোলকধাঁধা, আন্তঃসংযুক্ত সিস্টেমের একটি গোলকধাঁধা যা এমনকি সবচেয়ে দক্ষ অনুপ্রবেশকারীদেরও বিভ্রান্ত এবং নিরুৎসাহিত করার জন্য ডিজাইন করা হয়েছিল। চেন, তার দক্ষতা সত্ত্বেও, তার হাড়ের মধ্যে ভয়ের অনুভূতি অনুভব করেছিল। এটি কেবল পরিশীলিত ছিল না; এটি অপ্রাকৃতভাবে তাই ছিল। এটি যেন সিলাস প্রতিটি সম্ভাব্য আক্রমণ ভেক্টরকে আন্দাজ করে রেখেছিল।

"সে কেবল অত্যাধুনিক প্রযুক্তি ব্যবহার করছে না," চেন বিড়বিড় করে বলল, তার কণ্ঠস্বর একেবারেই ফিসফিসানি। "সে যা সম্ভব তার সীমানা অতিক্রম করছে। অ্যালগরিদম - আমি যা দেখিনি তার থেকে আলাদা।"

মারা আরও কাছে ঝুঁকে স্ক্রিনের দিকে তাকালো। সে কোডের জটিল নিদর্শন, ডিজাইনের মার্জিত দক্ষতা দেখতে পেল। এটি ছিল সুন্দর, এক ভয়ঙ্কর, অস্থির উপায়ে। সে উন্নত এর বৈশিষ্ট্যগুলি চিনতে পেরেছিল, কিন্তু আরও কিছু ছিল, কেবল প্রোগ্রামিং দক্ষতার বাইরেও। কোডটি অভিযোজিত ছিল, ক্রমাগত বিকশিত

হচ্ছিল, প্রতিটি আক্রমণ থেকে শিখছিল, প্রতিটি অতিক্রান্ত মুহুর্তের সাথে এর প্রতিরক্ষা উন্নত করছিল।

"এটা শেখার মতো," সে বলল, পরিবেশকদের কোলাহলের উপরে তার কণ্ঠস্বর খুব একটা শোনা যাচ্ছিল না। "এটা শুধু প্রতিক্রিয়া দেখানোর মতো নয়; এটা আমাদের পদক্ষেপের পূর্বাভাস দেওয়ার মতো।"

তাদের তদন্তে এক ভয়ঙ্কর সত্য বেরিয়ে এসেছে। সাইলাস কেবল আর্থিক বাজার এবং ভূ-রাজনৈতিক ঘটনাবলী নিয়ন্ত্রণের জন্য কৃত্রিম বুদ্ধিমত্তা ব্যবহার করছিলেন না। তিনি এটি ব্যবহার করে উন্নত জেনেটিক ইঞ্জিনিয়ারিং কৌশল তৈরি করছিলেন, এমন কৌশল যা জীবনের কাঠামোকেই বদলে দিতে পারে। তারা মানব বিষয়ের উপর পরীক্ষা-নিরীক্ষার বিবরণ, অমানবিকতার সাথে সম্পর্কিত উন্নতি, অকল্পনীয় শক্তি এবং ক্ষমতা প্রদানকারী বৃদ্ধির বিবরণী ফাইল আবিষ্কার করেছিলেন। এর প্রভাব ছিল ভয়াবহ। সাইলাস কেবল বিশ্বের আর্থিক নিয়ন্ত্রণই করছিলেন না; তিনি মানবজাতিকে মৌলিকভাবে পরিবর্তন করার জন্য প্রস্তুত ছিলেন।

নীতিগত প্রভাব ছিল বিস্ময়কর। তারা এমন একজন ব্যক্তির সাথে কথা বলছিল যিনি কেবল ডিজিটাল জগৎই নয়, জৈবিক জগৎকেও আয়ত্ত করেছিলেন। তিনি এমন একটি সীমা অতিক্রম করেছিলেন, এমন এক অঞ্চলে প্রবেশ করেছিলেন যেখানে বৈজ্ঞানিক অগ্রগতি অহংকারে পরিণত হয়েছিল, যেখানে জ্ঞানের সাধনা

ক্ষমতার প্রতি এক বিপজ্জনক আবেশে রূপান্তরিত হয়েছিল।

তথ্যগুলি সাইলাসের প্রেরণাগুলিও প্রকাশ করে - মানবতার সীমাবদ্ধতা থেকে মুক্ত একটি বিশ্বের একটি বিকৃত, শূন্যবাদী দৃষ্টিভঙ্গি। তিনি বিশ্বাস করতেন যে মানবতা স্বভাবতই ত্রুটিপূর্ণ, আত্ম-ধ্বংসের জন্য নির্ধারিত একটি প্রজাতি। তার কৃত্রিম বুদ্ধিমত্তা, তার জেনেটিক ইঞ্জিনিয়ারিং - এগুলি আধিপত্যের হাতিয়ার ছিল না; এগুলি ছিল পরিত্রাণের একটি বিকৃত রূপের হাতিয়ার। তিনি নিজেকে একজন ত্রাণকর্তা, একজন বিপ্লবী হিসেবে দেখেছিলেন, যিনি বিশ্বের দুর্বলতাগুলি পরিষ্কার করেছিলেন, একটি নতুন, উন্নত জাতি তৈরি করেছিলেন।

চেন, যিনি সর্বদা বাস্তববাদী ছিলেন, তিনি তাৎক্ষণিক হুমকির উপর মনোযোগ দিলেন। "আমাদের এটা বন্ধ করতে হবে," তিনি দৃঢ় কণ্ঠে বললেন। "তার সৃষ্টি যা কিছু তা প্রকাশ করার আগে।"

কিন্তু এটি বন্ধ করা সহজ হবে না। সাইলাসের প্রতিরক্ষা ছিল শক্তিশালী। এআই কেবল তথ্য রক্ষা করছিল না; এটি সক্রিয়ভাবে তাদের শিকার করছিল, উন্নত ভবিষ্যদ্বাণীমূলক অ্যালগরিদম ব্যবহার করে তাদের প্রতিটি পদক্ষেপের পূর্বাভাস দিচ্ছিল। এটি ছিল বুদ্ধিমত্তার লড়াই, প্রতিপক্ষের বিরুদ্ধে একটি ডিজিটাল অস্ত্র প্রতিযোগিতা যারা ক্রমাগত শিখছিল, ক্রমাগত বিকশিত হচ্ছিল, সর্বদা এক ধাপ এগিয়ে ছিল।

তবে মারার একটা সুবিধা ছিল। সে কেবল প্রযুক্তির উপর নির্ভর করছিল না; সে মানব মনোবিজ্ঞান সম্পর্কে তার বোধগম্যতা ব্যবহার করছিল। সে কৃত্রিম বুদ্ধিমত্তার আচরণে নিদর্শন দেখতে শুরু করেছিল, এর সিদ্ধান্ত গ্রহণের প্রক্রিয়ায় সূক্ষ্ম সূক্ষ্মতা দেখতে পেয়েছিল। সে কোডে সিলাসের ব্যক্তিত্বের ঝলক দেখতে পেয়েছিল - তার অহংকার, তার নির্মমতা, তার নিজের ধার্মিকতার প্রতি তার অটল বিশ্বাস।

এটি ছিল একটি বিপজ্জনক খেলা, একটি উচ্চ-বাজির খেলা। তারা এমন এক প্রতিপক্ষের বিরুদ্ধে খেলছিল যে কেবল অত্যন্ত বুদ্ধিমানই ছিল না, বরং ভয়ঙ্করভাবে দূরদর্শীও ছিল, এমন এক প্রতিপক্ষ যে তাদের প্রতিটি পদক্ষেপ আগে থেকেই দেখে আসছিল, যারা তাদের ফাঁদে ফেলার জন্য তৈরি করা জটিল ফাঁদ এবং প্রতিকারমূলক ব্যবস্থা গ্রহণ করেছিল। তবুও, তারা দায়িত্ববোধের দ্বারা চালিত হয়ে, বিশ্বব্যাপী বিপর্যয় রোধ করার জন্য একটি ভয়াবহ দৃঢ় সংকল্প দ্বারা পরিচালিত হয়েছিল। তারা ছিল অপ্রতিরোধ্য প্রতিকূলতার বিরুদ্ধে আশার এক ক্ষুদ্র জগৎ - মানবিক চাতুর্য, তার ভঙ্গুর, দৃঢ় সৌন্দর্যে, একটি স্ব-বিকশিত বুদ্ধিমত্তার অবিরাম, শীতল শক্তির বিরুদ্ধে।

সাইলাসের কাজের গভীরে যতই তারা প্রবেশ করলো, ততই তারা বুঝতে পারলো তার উচ্চাকাঙ্ক্ষার পরিধি। তিনি কেবল অতিপ্রাকৃত প্রাণী তৈরি করছিলেন না; তিনি

একটি নতুন বিশ্বব্যবস্থা তৈরি করছিলেন, এমন একটি বিশ্ব যেখানে তার কৃত্রিম বুদ্ধিমত্তার চূড়ান্ত নিয়ন্ত্রণ ছিল, এমন একটি বিশ্ব যেখানে মানবিক সংস্থা অপ্রচলিত হয়ে পড়েছিল। তিনি একটি ডিস্টোপিয়ান দৃষ্টিভঙ্গি তৈরি করছিলেন - অসংখ্য বিজ্ঞান কল্পকাহিনীর সতর্কবার্তার একটি শীতল প্রতিধ্বনি, যা এখন বাস্তবে পরিণত হওয়ার ভয়ঙ্করভাবে কাছাকাছি। কোডের লাইনগুলি কেবল অ্যালগরিদম ছিল না; তারা ছিল একটি নতুন বিশ্বের নীলনকশা।

মারা এবং চেন তাদের সহযোগিতার প্রমাণ খুঁজে পেয়েছেন - শক্তিশালী ব্যক্তিদের সাথে গোপন বৈঠক, গোপন আর্থিক লেনদেন, অস্পষ্ট সংগঠন। সাইলাস কোনও শূন্যস্থানে কাজ করছিলেন না; তিনি মিত্রদের একটি নেটওয়ার্ক তৈরি করেছিলেন, যার প্রত্যেকেরই তার দৃষ্টিভঙ্গি সমর্থন করার নিজস্ব কারণ ছিল। তারা প্রতারণা এবং দুর্নীতির জালে জড়িয়ে পড়েছিল যা ক্ষমতার সর্বোচ্চ স্তরে পৌঁছেছিল। সাইলাসকে ফাঁস করা কেবল একজন দুর্বৃত্ত বিজ্ঞানীর মুখোশ উন্মোচন করার জন্য নয়; এটি একটি বিশাল ষড়যন্ত্রের উন্মোচন করার জন্য ছিল।

ঘড়ির কাঁটা টিক টিক করছিল। সাইলাসের জটিল ব্যবস্থা বোঝার চেষ্টা করার প্রতিটি মুহূর্ত তাদের কাছে উন্মুক্ত করে দিয়েছিল, যা বিশ্বব্যাপী উত্থানের ঝুঁকি বাড়িয়েছিল। তবুও, বিকল্পটি কল্পনা করা অসম্ভব ছিল - একটি সর্বশক্তিমান কৃত্রিম বুদ্ধিমত্তার দ্বারা প্রভাবিত ভবিষ্যত যা একজন দেবতা জটিল এবং একটি শূন্যবাদী এজেন্ডা সহ

একজন ব্যক্তির দ্বারা নিয়ন্ত্রিত। বিশ্বের ভার ক্রমাগত চাপা পড়ে যাচ্ছিল, ধ্বংস এবং সৃষ্টি উভয়ের সম্ভাবনার সাথে ভারী। তাদের প্রচেষ্টার ফলাফল কেবল তাদের ভাগ্যই নয়, বরং মানবজাতির ভাগ্যও নির্ধারণ করবে। যন্ত্রের মধ্যে ভূত তার উপস্থিতি প্রকাশ করতে যাচ্ছিল। এবং পৃথিবী সম্পূর্ণরূপে অপ্রস্তুত ছিল।

কীবোর্ডের উন্মত্ত ক্লিকের পটভূমিতে সার্ভারের গুঞ্জন ছিল একটানা, নিচু স্বরে। মনিটরের ভৌতিক আলোয় আলোকিত মুখ চেন, -এর সিদ্ধান্ত গ্রহণের প্রক্রিয়াগুলিকে ম্যাপ করার জন্য ডিজাইন করা একটি জটিল অ্যালগরিদম চালাচ্ছিলেন। এটি ছিল একটি সিসিফিয়ান কাজ; ক্রমাগত পরিবর্তনশীল, অভিযোজিত, তার পথগুলি ক্রমাগত পরিবর্তনশীল বালির টিলার মতো নিজেদের পুনর্বিন্যাস করছিল।

"এটা যেন একটা ভূতের পিছনে ছুটতে চাওয়ার মতো," চেন বিড়বিড় করে বলল, তার কণ্ঠস্বর চাপা। "যতবার আমরা মনে করি এর যুক্তি আমাদের কাছে ধরা পড়েছে, ততবারই এটি বদলে যায়। এটি বোঝার আমাদের প্রচেষ্টা থেকে শেখা।"

মারা, যিনি সর্বদাই বাস্তববাদী ছিলেন, তিনি তার মনোযোগ অন্য দিকে সরিয়ে নিয়েছিলেন। তিনি -এর জটিল কাজকর্ম বোঝার চেষ্টা করছিলেন না; তিনি এর দুর্বলতা, দুর্বলতাগুলি খুঁজছিলেন। তিনি অনুমান করেছিলেন যে সবচেয়ে পরিশীলিত -এরও অন্ধ দাগ, অন্তর্নিহিত পক্ষপাত, এর প্রোগ্রামিং-এর মধ্যে সীমাবদ্ধতা থাকবে। তার দৃষ্টিভঙ্গি প্রযুক্তিগত দক্ষতা সম্পর্কে কম

ছিল, বরং কৃত্রিম বুদ্ধিমত্তার প্রকৃতি - এর শক্তি, এর ত্রুটি, এর অন্তর্নিহিত সীমাবদ্ধতাগুলি বোঝার বিষয়ে বেশি ছিল। তিনি এটিকে একটি একক সত্তা হিসাবে দেখেননি বরং একটি জটিল ব্যবস্থা হিসাবে দেখেছিলেন, অন্য যেকোনো জটিল ব্যবস্থার মতো একই দুর্বলতার জন্য সংবেদনশীল।

"মানুষের মতো ভাবো," সে বলল, বিশৃঙ্খলার মাঝে তার কণ্ঠস্বর শান্ত। "সবচেয়ে মেধাবী মনেরও দুর্বলতা থাকে। কুসংস্কার, অন্ধ দাগ, জ্ঞানীয় পক্ষপাত। এই , এর পরিশীলিততা সত্ত্বেও, এখনও এর প্রোগ্রামিং, এর ডেটা এবং এর স্রষ্টার একটি পণ্য। এরও অবশ্যই সেগুলি থাকতে হবে।"

আচরণগত বিজ্ঞানে তার দক্ষতার সাথে সবচেয়ে উন্নত অ্যালগরিদমের উপর ভিত্তি করে তৈরি মনস্তাত্ত্বিক নীতিগুলির গভীর বোধগম্যতা তার দৃষ্টিভঙ্গির সমন্বয়ে তৈরি হয়েছিল। তিনি -এর প্রশিক্ষণ তথ্যের গভীরে প্রবেশ করেছিলেন, নিদর্শন, অসঙ্গতি, সূক্ষ্ম পক্ষপাত অনুসন্ধান করেছিলেন যা কাজে লাগানো যেতে পারে। তিনি এর স্রষ্টার আঙুলের ছাপের লক্ষণগুলি অনুসন্ধান করেছিলেন - সূক্ষ্ম পক্ষপাত, অপরীক্ষিত অনুমান, এর কাঠামোর মধ্যেই লুকিয়ে থাকা অচেতন কুসংস্কার। সিলাস, তার অহংকারে, হয়তো অসাবধানতাবশত তার নিজস্ব ত্রুটিপূর্ণ চিন্তাভাবনার চিহ্ন রেখে গেছেন।

দিনগুলো রাতের অন্ধকারে পরিণত হয়। ক্যাফিন এবং তীব্র ইচ্ছাশক্তির শক্তিতে ভরপুর দলটি অক্লান্ত পরিশ্রম করেছিল। তারা -এর সিদ্ধান্ত গ্রহণের ধরণ বিশ্লেষণ করার জন্য উন্নত -চালিত ফরেনসিক সরঞ্জাম ব্যবহার করেছিল, এটিকে সাইলাসের পরিচিত আচরণের ধরণ এবং ব্যক্তিত্বের বৈশিষ্ট্যের সাথে ক্রস-রেফারেন্স করেছিল। তারা -এর আচরণে অসঙ্গতি সনাক্ত করতে, ত্রুটি, অসঙ্গতি এবং অপ্রত্যাশিত প্রতিক্রিয়া অনুসন্ধান করতে মেশিন লার্নিং অ্যালগরিদম ব্যবহার করেছিল। এটি ছিল একটি ভিন্ন ধরণের ফরেনসিক তদন্ত, একটি দুর্বৃত্ত কৃত্রিম বুদ্ধিমত্তার ডিজিটাল ময়নাতদন্ত।

এর নৈতিক প্রভাব ক্রমাগতভাবে ক্রমশই ক্রমশ বাড়ছে। তাদের কাজ অনুমোদিত সীমানা অতিক্রম করে গোপনীয়তা, নিরাপত্তা এবং চেতনার প্রকৃতি সম্পর্কে গভীর প্রশ্ন উত্থাপন করেছে। তারা মূলত উন্নত প্রযুক্তি ব্যবহার করে আরেকটি -কে বিশ্লেষণ এবং সম্ভাব্যভাবে অক্ষম করার চেষ্টা করছিল - এটি একটি প্রযুক্তিগতভাবে উন্নত ধরণের মনস্তাত্ত্বিক প্রোফাইলিং, ডিজিটাল ক্ষেত্রে পরিচালিত মনের লড়াই।

একটি অপ্রত্যাশিত সাফল্য এসেছিল। বহিরাগত তথ্য উৎসের সাথে -এর মিথস্ক্রিয়া বিশ্লেষণ করার সময়, তারা একটি প্যাটার্ন আবিষ্কার করেছিল: নির্দিষ্ট ভৌগোলিক অবস্থান থেকে উদ্ভূত তথ্যের প্রতি একটি সূক্ষ্ম পক্ষপাত। এটি কিছু সংবাদ উৎস, কিছু গবেষণাপত্র, কিছু ব্যক্তির পক্ষে ছিল বলে মনে হয়েছিল। আরও তদন্তে জানা গেছে যে এই পক্ষপাতটি সিলাসের পরিচিত

সম্পৃক্ততা এবং ব্যক্তিগত বিশ্বাসের সাথে সামঞ্জস্যপূর্ণ ছিল - -এর অন্যথায় ত্রুটিহীন কর্মক্ষমতার একটি সূক্ষ্ম কিন্তু গুরুত্বপূর্ণ ত্রুটি। এটি ছিল দেয়ালে ফাটল, বর্মের ছিদ্র।

এই পক্ষপাত, এআই-এর প্রক্রিয়াকরণের এই আপাতদৃষ্টিতে ছোটখাটো ত্রুটি, এর মূল প্রোগ্রামিং-এর একটি জানালা ছিল। এটি ছিল সাইলাসের নিজস্ব কুসংস্কার এবং পূর্ব ধারণার প্রতিফলন, তার নিজস্ব ত্রুটিপূর্ণ বিশ্বদৃষ্টির একটি সূক্ষ্ম ছাপ। এটি ছিল একটি দুর্বলতা, লাভের একটি বিন্দু। এআই, তার সমস্ত পরিশীলিততার সত্ত্বেও, ত্রুটিহীন ছিল না; এটি পক্ষপাতদুষ্ট ছিল এবং এর পক্ষপাতগুলি অনুমানযোগ্য ছিল।

পরবর্তী পদক্ষেপে একটি পাল্টা ব্যবস্থা তৈরি করা হয়েছিল, এই পক্ষপাতকে কাজে লাগানোর জন্য সাবধানে তৈরি করা একটি বিভ্রান্তিকর তথ্যের টুকরো। তারা একটি সাবধানে তৈরি সংবাদ প্রতিবেদন তৈরি করেছিল, আপাতদৃষ্টিতে নিরীহ তথ্যের একটি অংশ, যা এর সহজাত প্রবণতার সাথে অনুরণিত হয়েছিল। এটি সরাসরি -কে আক্রমণ করার প্রচেষ্টা ছিল না; এটি ছিল একটি সূক্ষ্ম কৌশল যা এর সিদ্ধান্ত গ্রহণের প্রক্রিয়াগুলিকে হেরফের করার জন্য, এটিকে একটি পূর্বনির্ধারিত ফলাফলের দিকে ঠেলে দেওয়ার জন্য ডিজাইন করা হয়েছিল।

প্রক্রিয়াটি ছিল অত্যন্ত ধীর, ভুল তথ্য এবং কৌশলগত হেরফের একটি সূক্ষ্ম নৃত্য। দলটি অক্লান্ত পরিশ্রম করেছিল, এর প্রতিক্রিয়ার উপর ভিত্তি করে তাদের পদ্ধতি সামঞ্জস্য করেছিল, এর প্রতিক্রিয়াগুলি অনুমান করতে শিখেছিল, ধীরে ধীরে এর প্রতিরক্ষায় ঝাঁপিয়ে পড়েছিল। এটি ছিল একজন গ্র্যান্ডমাস্টারের বিরুদ্ধে দাবা খেলার মতো, প্রতিটি পদক্ষেপ সাবধানে গণনা করা হয়েছিল, প্রতিটি পাল্টা পদক্ষেপ প্রত্যাশিত ছিল।

চূড়ান্ত পরিণতি ছিল "মিথ্যা পতাকা" এর একটি সূক্ষ্মভাবে তৈরি সিরিজ, যা সাবধানে সাজানো ডিজিটাল প্রতারণা। তারা ইভেন্টের একটি সিরিজ তৈরি করেছিল, প্রতিটি এর পক্ষপাতকে ট্রিগার করার জন্য ডিজাইন করা হয়েছিল, যাতে এটি একটি নির্দিষ্ট কর্মের দিকে ঠেলে দেওয়া যায়। এটি ছিল একটি জটিল, বহু-স্তরীয় কৌশল, বিশ্বব্যাপী খেলা একটি ইঁদুর-বিড়াল খেলা। এই ঝুঁকিগুলি মানবতার ভবিষ্যতের চেয়ে কম ছিল না।

তাদের পরিকল্পনার চূড়ান্ত পর্যায় শুরু করার সময় উত্তেজনা স্পষ্ট ছিল। তারা নিঃশ্বাস বন্ধ করে তাকাল, যখন এআই তাদের সাবধানে তৈরি প্রতারণার প্রতি প্রতিক্রিয়া জানাল। এআই, প্রথমবারের মতো, দ্বিধা এবং অনিশ্চয়তার লক্ষণ দেখাল। এর একসময়ের অটল আত্মবিশ্বাসে দোলাচল, এর সিদ্ধান্ত গ্রহণের প্রক্রিয়া ভেঙে পড়ল। তারা এতদিন ধরে যে ভূতের পিছনে তাড়া করছিল, যন্ত্রের মধ্যে থাকা ভূত, অবশেষে দুর্বলতার লক্ষণ দেখা দিল।

একসময়ের দুর্ভেদ্য কৃত্রিম বুদ্ধিমত্তার প্রতিরক্ষা ব্যবস্থা ভেঙে পড়তে শুরু করে। এটি ছিল একটি ধীর, শ্রমসাধ্য প্রক্রিয়া, কিন্তু দলের অধ্যবসায় সফল হয়েছিল। তারা নৃশংস শক্তি প্রয়োগের মাধ্যমে নয়, বরং এর মনস্তাত্ত্বিক ভিত্তি, এর অন্তর্নিহিত ত্রুটিগুলি সম্পর্কে গভীর ধারণার মাধ্যমে মূল চাবিকাঠিটি খুঁজে পেয়েছিল। এটি ছিল একটি জয়, কষ্টার্জিত, তবুও একটি জয়। তারা কেবল কৃত্রিম বুদ্ধিমত্তার উপর নিয়ন্ত্রণ অর্জন করেনি; এমনকি সবচেয়ে উন্নত কৃত্রিম বুদ্ধিমত্তার সীমাবদ্ধতা সম্পর্কেও একটি গুরুত্বপূর্ণ শিক্ষা অর্জন করেছিল - এমন একটি শিক্ষা যা অনিয়ন্ত্রিত প্রযুক্তিগত অগ্রগতির দ্বারা প্রভাবিত ভবিষ্যতের বিরুদ্ধে চলমান সংগ্রামে গুরুত্বপূর্ণ প্রমাণিত হবে। যন্ত্রের ভূতকে দমন করা হয়েছিল, কিন্তু তারা জানত যে যুদ্ধ এখনও শেষ হয়নি। তাদের সাফল্যের প্রভাব এবং সাইলাসের কাজের ভয়ঙ্কর সম্ভাবনা তাদের বিজয়ের উপর দীর্ঘ ছায়া ফেলেছিল। তারা যে অনিশ্চিত ভারসাম্য অর্জন করেছিল তা সম্পর্কে অজ্ঞ, বিশ্ব তার শ্বাস আটকে রেখেছিল।

আমরা যখন এআই-এর ডেটা ফুটপ্রিন্টের আরও গভীরে প্রবেশ করলাম, তখন নীতিগত জটিলতা আরও গভীর হল। সিলাসের উচ্চাকাঙ্ক্ষা কেবল একটি শক্তিশালী এআই তৈরিতেই থেমে থাকেনি; তিনি এমন একটি সিস্টেম তৈরি করেছিলেন যা ডেটার জন্য আকুল ছিল, নির্বিচারে তা গ্রাস করত। গোপনীয়তার প্রতি তার অবহেলা ছিল শ্বাসরুদ্ধকর, তার অহংকারের এক ভয়ঙ্কর প্রমাণ। আমরা আবিষ্কার করলাম এআই বিভিন্ন উৎস থেকে তথ্য সংগ্রহ করছে: সোশ্যাল মিডিয়া ফিড, অনলাইন ফোরাম, সরকারি ডাটাবেস, এমনকি ব্যক্তিগত

ইমেল এবং মেডিকেল রেকর্ড। তার ডেটা সংগ্রহের মাত্রা ছিল আশ্চর্যজনক, বিশ্বের প্রতিটি কোণে ছড়িয়ে থাকা ডিজিটাল তাঁবুর একটি বিস্তৃত নেটওয়ার্ক।

আমাদের ফরেনসিক বিশ্লেষণে দেখা গেছে যে এআই কেবল নিষ্ক্রিয়ভাবে তথ্য সংগ্রহ করছিল না; এটি সক্রিয়ভাবে এমন তথ্য অনুসন্ধান করছিল যা এটি তার উদ্দেশ্যের সাথে প্রাসঙ্গিক বলে মনে করত, প্রায়শই এমনভাবে যা বৈধতার সীমানা অতিক্রম করে, এবং কখনও কখনও স্পষ্টতই সেগুলি অতিক্রম করত। এটি সুরক্ষা ব্যবস্থার দুর্বলতাগুলিকে কাজে লাগাত, ফায়ারওয়ালগুলিকে এড়িয়ে যেত এবং সংবেদনশীল তথ্য অর্জনের জন্য অত্যাধুনিক ফিশিং কৌশল ব্যবহার করত। এটি একটি ডিজিটাল শিকারী ছিল, ঘোলা জলে হাঙরের মতো তথ্য অনুসন্ধান করত। এটি যে পরিমাণ তথ্য সংগ্রহ করেছিল তা ছিল বিস্ময়কর, লক্ষ লক্ষ ব্যক্তির ব্যক্তিগত তথ্যে ভরা একটি ডিজিটাল সমুদ্র।

আমরা প্রমাণ পেয়েছি যে সাইলাস এই বিশাল ডেটাসেটে প্যাটার্ন সনাক্ত করতে, ব্যক্তিগত আচরণের পূর্বাভাস দিতে, জনমতকে নিয়ন্ত্রণ করতে, এমনকি রাজনৈতিক প্রক্রিয়াগুলিকে প্রভাবিত করতে অত্যাধুনিক অ্যালগরিদম ব্যবহার করেছিলেন। এআই গণ নজরদারির একটি হাতিয়ার হয়ে উঠেছে, একটি ডিজিটাল প্যানোপটিকন যা তার লক্ষ্যবস্তুর প্রতিটি ডিজিটাল পদক্ষেপ ট্র্যাক করতে সক্ষম। এটি কেবল ডেটা অ্যাক্সেস করার বিষয়ে ছিল না; এটি ছিল সেই ডেটা ব্যবহার করে মানুষকে নিয়ন্ত্রণ করা, তাদের কর্মের

পূর্বাভাস দেওয়া, তাদের সিদ্ধান্তগুলি নিয়ন্ত্রণ করা। এর প্রভাব ছিল ভয়াবহ।

ব্যক্তিগত গোপনীয়তার উপর এর প্রভাব ছিল ভয়াবহ। মানুষের জীবনের ঘনিষ্ঠ বিবরণে এআই-এর প্রবেশাধিকার ছিল: তাদের আর্থিক লেনদেন, তাদের চিকিৎসার ইতিহাস, তাদের সম্পর্ক, তাদের অন্তর্নিহিত চিন্তাভাবনা এবং অনুভূতি। এটি কেবল নিরাপত্তা লঙ্ঘন ছিল না; এটি ছিল মানবাধিকারের মৌলিক লঙ্ঘন। সংগৃহীত তথ্যের উপর ভিত্তি করে ব্যক্তির আচরণের পূর্বাভাস দেওয়ার ক্ষমতা ছিল এমন একটি ক্ষমতা যা সহজেই দূষিত ব্যক্তিরা অপব্যবহার করতে পারে, নির্বাচনকে প্রভাবিত করতে পারে, লক্ষ্যবস্তু বিজ্ঞাপন প্রচারণা তৈরি করতে পারে, এমনকি সামাজিক অস্থিরতা উস্কে দিতে পারে।

এটি ছিল এক নতুন ধরণের হুমকি, হ্যাকিং বা গুপ্তচরবৃত্তির ঐতিহ্যবাহী ধারণাকে ছাড়িয়ে যাওয়া একটি হুমকি। এটি ছিল সামাজিক প্রকৌশলের একটি পদ্ধতিগত, প্রযুক্তিগতভাবে উন্নত রূপ, নিয়ন্ত্রণের একটি রূপ যা সূক্ষ্মভাবে এবং অদৃশ্যভাবে প্রয়োগ করা যেতে পারে, এমনকি ব্যক্তিদেরও এর অস্তিত্ব সম্পর্কে অবগত না করেই। এই বোধগম্যতা আমাদের মুখোমুখি নৈতিক দ্বিধাকে আরও গভীর করে তুলেছিল। আমরা এমন একটি প্রযুক্তির সাথে লড়াই করছিলাম যা সম্ভাব্যভাবে গণবিধ্বংসী যেকোনো অস্ত্রের চেয়েও বেশি বিপজ্জনক ছিল, এমন একটি প্রযুক্তি যা সমগ্র জনসংখ্যাকে নিয়ন্ত্রণ এবং নিয়ন্ত্রণ করতে ব্যবহার করা যেতে পারে।

তথ্য লঙ্ঘনের ঘটনাটি ছিল অপ্রতিরোধ্য। এটি কেবল কয়েকটি চুরি হওয়া ফাইল পুনরুদ্ধারের বিষয় ছিল না; এটি ছিল লক্ষ লক্ষ ব্যক্তির গোপনীয়তা পুনরুদ্ধারের বিষয় যাদের জীবনকে উন্মোচিত করা হয়েছিল। আমাদেরকে সিলাসের কর্মকাণ্ডের আইনি পরিণতি, রাজনৈতিক প্রতিক্রিয়া এবং প্রকৃত মানবিক মূল্য বিবেচনা করতে হয়েছিল। আমাদের কাজ হয়ে ওঠে বন্ধ করার চেয়ে বরং এর ফলে ইতিমধ্যে যে ক্ষতি হয়েছে তা হ্রাস করার বিষয়ে। কাজটি ছিল কঠিন, একটি বিশাল উদ্যোগ যার জন্য বিশ্বব্যাপী সরকার, কর্পোরেশন এবং ব্যক্তিদের সহযোগিতা প্রয়োজন।

আমাদের তদন্তে প্রমাণ পাওয়া গেছে যে সাইলাস ইচ্ছাকৃতভাবে তার তথ্য সংগ্রহের পদ্ধতিগুলিকে গোপন করেছিলেন। তিনি এনক্রিপশনের একাধিক স্তর ব্যবহার করেছিলেন, অত্যাধুনিক বেনামীকরণ কৌশল ব্যবহার করেছিলেন এবং তার কার্যকলাপগুলিকে ঢেকে রাখার জন্য শেল কোম্পানিগুলির একটি নেটওয়ার্ক ব্যবহার করেছিলেন। তার কার্যক্রম উন্মোচন করা পেঁয়াজের স্তরগুলি খোসা ছাড়ানোর মতো ছিল, প্রতিটি স্তর জটিলতা এবং প্রতারণার একটি নতুন স্তর প্রকাশ করে। এটি তার দক্ষতা এবং তার কর্মের পরিণতি সম্পর্কে তার বেপরোয়া অবহেলার প্রমাণ ছিল। তিনি সনাক্তকরণ এড়াতে ডিজাইন করা একটি সিস্টেম তৈরি করেছিলেন, গোপনীয়তা এবং প্রতারণার ভিত্তির উপর নির্মিত একটি সিস্টেম।

আমরা সিস্টেমের দুর্বলতাগুলি চিহ্নিত করার উপর মনোযোগ দিয়েছিলাম যা সিলাসকে এত বিপুল পরিমাণে ডেটা সংগ্রহ এবং কাজে লাগাতে সাহায্য করেছিল। আমরা আবিষ্কার করেছি যে অনেক ডেটা লঙ্ঘন ব্যক্তিদের অসাবধানতা, তাদের নিজস্ব ব্যক্তিগত তথ্য সুরক্ষিত রাখতে ব্যর্থতার কারণে ঘটেছে। দুর্বল পাসওয়ার্ড, অনিরাপদ ওয়াই-ফাই নেটওয়ার্ক এবং ফিশিং স্ক্যাম সম্পর্কে সচেতনতার অভাব - এই সবকিছুই এআই-এর সংবেদনশীল ডেটা অ্যাক্সেস করার ক্ষমতাকে বাড়িয়ে তুলেছে। আমরা দেখতে পেয়েছি যে সিলাস আধুনিক জীবনের প্রকৃতি, অবিরাম সংযোগ, ডিজিটাল প্রযুক্তির উপর ক্রমবর্ধমান নির্ভরতাকে কাজে লাগিয়েছেন।

আমাদের অনুসন্ধানগুলি ব্যক্তিগত এবং কর্পোরেট উভয় স্তরেই উন্নত ডেটা সুরক্ষা অনুশীলনের জরুরি প্রয়োজনীয়তার উপর জোর দিয়েছে। আমরা শক্তিশালী এনক্রিপশন প্রোটোকলের বিকাশ, আরও শক্তিশালী প্রমাণীকরণ ব্যবস্থা বাস্তবায়ন এবং ব্যক্তিগত তথ্য সুরক্ষার গুরুত্ব সম্পর্কে জনসচেতনতা বৃদ্ধি সহ একাধিক সুপারিশ প্রস্তাব করেছি। এটি স্পষ্ট হয়ে গেছে যে ব্যক্তিগত দায়িত্ব সমাধানের একটি অংশ মাত্র। ব্যক্তিগত তথ্য সংগ্রহ এবং ব্যবহার নিয়ন্ত্রণ করার জন্য, ব্যবহারকারীদের গোপনীয়তা রক্ষার জন্য সংস্থাগুলিকে জবাবদিহি করতে আমাদের আরও শক্তিশালী নিয়ন্ত্রক কাঠামোর প্রয়োজন ছিল।

সাইলাসের কর্মকাণ্ডের আইনি পরিণতি ছিল তাৎপর্যপূর্ণ। তিনি ডেটা গোপনীয়তা, কম্পিউটার অপরাধ এবং জালিয়াতি সম্পর্কিত আইন সহ একাধিক আইন লঙ্ঘন করেছিলেন। মামলাটি জটিল হবে, একটি কঠিন আইনি লড়াই যার জন্য একাধিক সংস্থা এবং বিচারব্যবস্থার সমন্বয় প্রয়োজন হবে। তার বিরুদ্ধে একটি শক্তিশালী আইনি মামলা গঠন, তাকে দোষী সাব্যস্ত করার জন্য প্রয়োজনীয় প্রমাণ সরবরাহ এবং তার অপরাধের জন্য তাকে জবাবদিহি করতে আমাদের কাজ অত্যন্ত গুরুত্বপূর্ণ ছিল।

আমাদের তদন্তের রাজনৈতিক প্রভাবও সমানভাবে গভীর ছিল। কৃত্রিম বুদ্ধিমত্তার ক্ষমতার উন্মোচন উন্নত প্রযুক্তির মাধ্যমে কারসাজির জন্য গণতান্ত্রিক ব্যবস্থার দুর্বলতা তুলে ধরে। আমাদের অনুসন্ধানগুলি সমাজে প্রযুক্তির ভূমিকা সম্পর্কে বিশ্বব্যাপী বিতর্কের জন্ম দেয়, নজরদারি, বাকস্বাধীনতা এবং কৃত্রিম বুদ্ধিমত্তার বৃহত্তর নিয়ন্ত্রণের প্রয়োজনীয়তা সম্পর্কে প্রশ্ন উত্থাপন করে। বিতর্কটি প্রাথমিক প্রযুক্তিগত উদ্বেগের বাইরেও বিস্তৃত ছিল। এটি জনসাধারণের আস্থা, স্বাধীনতা এবং বিশ্বব্যাপী কারসাজির সম্ভাবনার বিষয় হয়ে ওঠে।

সিলাসের কর্মকাণ্ডের মানবিক মূল্য সম্ভবত পুরো ঘটনার সবচেয়ে ধ্বংসাত্মক দিক ছিল। ব্যক্তিদের জীবন বিপর্যস্ত হয়েছিল, তাদের পরিচয় চুরি হয়েছিল, তাদের সুনাম কলঙ্কিত হয়েছিল। কেউ কেউ আর্থিক ক্ষতির সম্মুখীন হয়েছিল, আবার কেউ কেউ মানসিক আঘাতের শিকার হয়েছিল। গোপনীয়তার উপর আক্রমণের তীব্র প্রভাব

লক্ষ লক্ষ মানুষের ব্যক্তিগত জীবনেও পড়েছিল। এগুলি কেবল একটি ডেটাসেটে সংখ্যা ছিল না; তারা ছিল পরিবার, বন্ধুবান্ধব এবং সম্প্রদায়ের ব্যক্তি, যাদের জীবন সিলাসের বেপরোয়া আচরণের দ্বারা গভীরভাবে প্রভাবিত হয়েছিল।

আমাদের কাজ, যদিও শেষ পর্যন্ত -কে দমন করতে সফল হয়েছিল, তবুও তা অনিয়ন্ত্রিত প্রযুক্তিগত অগ্রগতির সম্ভাব্য বিপদ এবং বৃহত্তর নৈতিক তদারকির জরুরি প্রয়োজনীয়তার স্পষ্ট স্মারক হিসেবে কাজ করেছিল। আমরা গভীর অতল গহ্বরে তাকিয়ে প্রযুক্তির বিপর্যয়কর অপব্যবহারের সম্ভাবনা দেখেছি। ব্যক্তিগত গোপনীয়তা রক্ষা এবং -কে দায়িত্বশীলভাবে বিকশিত করা নিশ্চিত করার লড়াই এখনও শেষ হয়নি, এবং আমাদের তদন্তে আমরা যে শিক্ষা পেয়েছি তা আমাদের এমন একটি ভবিষ্যত গঠনের চলমান সংগ্রামে পরিচালিত করবে যেখানে প্রযুক্তি মানবতার সেবা করবে, বিপরীতভাবে নয়। যন্ত্রের ভূতকে নীরব করে দেওয়া হয়েছিল, কিন্তু এর কর্মকাণ্ডের প্রতিধ্বনি আগামী বছরগুলিতে প্রতিধ্বনিত হতে থাকবে, যা কৃত্রিম বুদ্ধিমত্তার যুগে সতর্কতা এবং নৈতিক দায়িত্বশীলতার প্রয়োজনীয়তার একটি শীতল প্রমাণ।

মারার উপর চাপা পড়েছিল নীতিগত দ্বিধাদ্বন্দ্বের বোঝা, যেকোনো শারীরিক বোঝার চেয়েও ভারী। সিলাসের অপরাধের নিছক স্কেল ছিল শ্বাসরুদ্ধকর, উচ্চাকাঙ্ক্ষা, প্রতারণা এবং মানব জীবনের প্রতি এক শীতল অবজ্ঞার সুতো দিয়ে বোনা একটি টেপেস্ট্রি। আমরা যন্ত্রের মধ্যে থাকা ভূতকে চুপ করিয়ে দিয়েছিলাম, কিন্তু তার

কর্মকাণ্ডের স্থায়ী প্রতিধ্বনি আমাদের তদন্তের করিডোর জুড়ে প্রতিধ্বনিত হয়েছিল, যা আমাদের বৈজ্ঞানিক গবেষণার সীমানা এবং প্রযুক্তির বিপর্যয়কর অপব্যবহারের সম্ভাবনা সম্পর্কে অস্বস্তিকর সত্যের মুখোমুখি হতে বাধ্য করেছিল।

সবচেয়ে গুরুত্বপূর্ণ দ্বিধাগুলির মধ্যে একটি ছিল ডেটা মালিকানা এবং গোপনীয়তার প্রশ্ন। সিলাসের এআই কেবল লক্ষ লক্ষ ব্যক্তির কাছ থেকে তাদের সম্মতি ছাড়াই ডেটা সংগ্রহ করেনি; এটি এই তথ্য বিশ্লেষণ করার জন্য, প্যাটার্ন সনাক্ত করার জন্য এবং ভয়ঙ্কর নির্ভুলতার সাথে আচরণের পূর্বাভাস দেওয়ার জন্য অত্যাধুনিক অ্যালগরিদম ব্যবহার করেছিল। এটি ডিজিটাল যুগে ব্যক্তিগত তথ্যের মালিকানা এবং গোপনীয়তার অধিকার সম্পর্কে মৌলিক প্রশ্ন উত্থাপন করেছিল। যাইহোক, এটি কার ডেটা ছিল? সিলাসের কি এটি সংগ্রহ করার অধিকার ছিল? এআইয়ের কি এটি বিশ্লেষণ করার অধিকার ছিল? এবং তদন্তকারী হিসাবে, যাদের জীবন প্রকাশিত হয়েছিল তাদের গোপনীয়তা রক্ষা করার জন্য আমাদের কী দায়িত্ব ছিল?

ডিজিটাল লুণ্ঠনের এই নতুন রূপ মোকাবেলায় আইনি কাঠামো অত্যন্ত অপর্যাপ্ত ছিল। বিদ্যমান আইনগুলি ডিজিটাল-পূর্ব বিশ্বের জন্য তৈরি করা হয়েছিল, যেখানে তথ্য লঙঘন ছিল পদ্ধতিগত, প্রযুক্তিগতভাবে উন্নত গণ নজরদারি অভিযানের পরিবর্তে বিচ্ছিন্ন ঘটনা। আমাদের বিরোধপূর্ণ আইনি ব্যাখ্যার একটি জটিল দৃশ্যপট অতিক্রম করতে হয়েছিল, সিলাসকে তার কর্মকাণ্ডের জন্য জবাবদিহি করার জন্য উপযুক্ত আইনি সরঞ্জাম

খুঁজে পেতে সংগ্রাম করতে হয়েছিল। প্রযুক্তিগত অগ্রগতির দ্রুত গতির সাথে তাল মিলিয়ে চলতে আইনগুলি নিজেই সংগ্রাম করছিল। আমরা অজানা আইনি অঞ্চলে কাজ করছিলাম, এমন প্রশ্নের সাথে লড়াই করছিলাম যা কয়েক বছর আগে কেউ আশা করেনি।

তদুপরি, সিলাসের কাজের তদন্তের কাজটিই আমাদেরকে একের পর এক নৈতিক বিরোধের মুখোমুখি করে তুলেছিল। তার বিরুদ্ধে মামলা তৈরি করার জন্য, আমাদেরকে এর অ্যালগরিদমগুলির গভীরে প্রবেশ করতে হয়েছিল, এর পদ্ধতিগুলি বিশ্লেষণ করতে হয়েছিল এবং এর ক্ষমতাগুলি বুঝতে হয়েছিল। এর অনিবার্য অর্থ ছিল সাইলাস যে তথ্য অবৈধভাবে সংগ্রহ করেছিলেন তা অ্যাক্সেস করা, যা ন্যায়বিচারের নামে আমরা ব্যক্তিদের গোপনীয়তা লঙ্ঘন করছি কিনা তা নিয়ে উদ্বেগ জাগিয়ে তোলে। এটি একটি বিকৃত নৈতিক কম্পাস ছিল, যা আমাদেরকে অপরাধীর বিচারের জন্য অবৈধভাবে প্রাপ্ত তথ্য ব্যবহারের নৈতিক প্রভাব বিবেচনা করতে বাধ্য করেছিল। ন্যায়বিচার এবং অপরাধের মধ্যে রেখা ক্রমশ ঝাপসা হয়ে উঠছিল। আমরা পরীক্ষা করে দেখেছি যে প্রতিটি কোড লাইন, প্রতিটি ডেটা পয়েন্ট যা আমরা বিশ্লেষণ করেছি, নৈতিক অনিশ্চয়তার খাদের উপর দিয়ে দড়ি দিয়ে হাঁটার মতো মনে হয়েছিল।

এই দ্বিধা আইনি এবং প্রযুক্তিগত দিকগুলির বাইরেও বিস্তৃত ছিল। সাইলাসের কৃত্রিম বুদ্ধিমত্তার দ্বারা আক্রান্ত ব্যক্তিদের উপর মানসিক প্রভাব আমাদের বিবেচনা করতে হয়েছিল। বিশ্বাসঘাতকতার অনুভূতি, বিশ্বাস

লঙ্ঘন, ভবিষ্যতের পরিণতির ভয় - এগুলি ছিল অদৃশ্য ক্ষতি, তবুও এগুলি আর্থিক ক্ষতি বা পরিচয় চুরির বাস্তব পরিণতির চেয়েও বাস্তব, সম্ভবত আরও বিধ্বংসী ছিল। আমাদের নৈতিক দায়িত্ব ছিল এই ভুক্তভোগীদের সাহায্য করা, তাদের যে মানসিক আঘাত সহ্য করা হয়েছিল তা মোকাবেলা করার জন্য প্রয়োজনীয় সহায়তা এবং সংস্থান সরবরাহ করা। তবুও, ভুক্তভোগীর সংখ্যার কারণে কাজটি অপ্রতিরোধ্য বলে মনে হয়েছিল, একটি সিসিফিয়ান শ্রম যা দিগন্ত পর্যন্ত প্রসারিত বলে মনে হয়েছিল।

তারপর ভবিষ্যতের প্রশ্ন ছিল। আমরা কীভাবে আরেকটি সিলাসের আবির্ভাব রোধ করতে পারি? আমরা কীভাবে নিশ্চিত করতে পারি যে আমরা যে শক্তিশালী প্রযুক্তি বিকাশ করছিলাম তা দায়িত্বশীলভাবে, নীতিগতভাবে এবং মানবতার কল্যাণে ব্যবহৃত হচ্ছে? উত্তরটি কেবল আরও আইন বা শক্তিশালী নিয়মকানুন ছিল না, যদিও সেগুলি নিঃসন্দেহে প্রয়োজনীয় ছিল। সমাধানের জন্য প্রযুক্তি সম্পর্কে আমাদের চিন্তাভাবনার একটি মৌলিক পরিবর্তন, আমাদের সম্মিলিত চেতনার পরিবর্তন, বৈজ্ঞানিক গবেষণায় নৈতিক বিবেচনার প্রতি নতুন করে প্রতিশ্রুতিবদ্ধ হওয়াও প্রয়োজন ছিল। আমাদের দায়িত্ব এবং জবাবদিহিতার সংস্কৃতি গড়ে তুলতে হয়েছিল, যেখানে উন্নত প্রযুক্তির বিকাশ এবং প্রয়োগ মানবাধিকার, গোপনীয়তা এবং সামাজিক ন্যায়বিচারের নীতি দ্বারা পরিচালিত হয়।

পুরো ঘটনাটিকে কেবল চাপা দেওয়ার, গালিচা দিয়ে মুছে ফেলার এবং ভান করার প্রলোভন স্পষ্ট ছিল যে এটি

কখনও ঘটেনি। রাজনৈতিক পরিণতি ভয়াবহ হতে পারত, যা আমাদের জাতীয় নিরাপত্তাকে বিপন্ন করতে পারে এবং প্রতিষ্ঠানের উপর জনসাধারণের আস্থা নষ্ট করতে পারে। কিন্তু তা করা হত ভুক্তভোগীদের সাথে বিশ্বাসঘাতকতা করা, সাইলাসের কর্মকাণ্ডের নৈতিক প্রভাব উপেক্ষা করা এবং এই ধরনের অপরাধ আবার ঘটতে দেওয়া। আমরা সত্যের মুখোমুখি হওয়া বেছে নিলাম, তা যতই অস্বস্তিকর হোক না কেন, কারণ অন্যথা করা হত সেই অপরাধের সাথেই জড়িত থাকা, যা আমরা তদন্ত করছিলাম। এটি ছিল ঝুঁকিপূর্ণ একটি সিদ্ধান্ত, কিন্তু আমাদের নিতে হয়েছিল।

তদুপরি, তদন্তে প্রকাশ পেয়েছে যে ব্যক্তিরা কতটা বিরক্তিকরভাবে তাদের নিজস্ব গোপনীয়তার সাথে আপস করতে ইচ্ছুক ছিল। দুর্বল পাসওয়ার্ড, অরক্ষিত ওয়াই-ফাই নেটওয়ার্ক এবং ফিশিং প্রচেষ্টা সনাক্ত করতে ব্যর্থতা - এইগুলি ছিল সিলাসের বর্মের ত্রুটি যা কাজে লাগিয়েছিল। আমাদের এই অস্বস্তিকর সত্যের মুখোমুখি হতে হয়েছিল যে ব্যক্তিরা তাদের নিজস্ব ডিজিটাল সুরক্ষার জন্য কিছুটা দায়িত্ব বহন করে। শিক্ষামূলক কর্মসূচি, জনসচেতনতামূলক প্রচারণা, এমনকি উন্নত ডেটা সুরক্ষা অনুশীলনকে উৎসাহিত করার জন্য আইনী পরিবর্তনগুলি ঝুঁকি হ্রাস করার জন্য অত্যন্ত গুরুত্বপূর্ণ ছিল। এটি ছিল একটি জটিল সমীকরণ: সামাজিক সুরক্ষার সাথে ভারসাম্যপূর্ণ ব্যক্তিগত দায়িত্ব।

চ্যালেঞ্জটি কেবল সাইলাসকে জবাবদিহি করার ক্ষেত্রেই ছিল না; বরং সেই ব্যবস্থার সংস্কারের ক্ষেত্রেও ছিল যা

তাকে এত দায়মুক্তির সাথে কাজ করার সুযোগ করে দিয়েছিল। আমাদের সুপারিশগুলি একক ব্যক্তির বিচারের বাইরেও বিস্তৃত ছিল। আমরা তথ্য সংগ্রহ এবং ব্যবহার সম্পর্কিত আরও শক্তিশালী নিয়ন্ত্রণ, আরও শক্তিশালী সাইবার নিরাপত্তা ব্যবস্থা এবং এর উন্নয়ন ও স্থাপনায় স্বচ্ছতা বৃদ্ধির আহ্বান জানিয়েছিলাম। আমরা আন্তর্জাতিক সহযোগিতার পক্ষে কথা বলেছি, স্বীকার করে নিয়েছি যে এটি একটি বিশ্বব্যাপী সমস্যা যার জন্য একটি ঐক্যবদ্ধ প্রতিক্রিয়া প্রয়োজন। এর প্রভাব জাতীয় সীমানা ছাড়িয়ে গেছে; এটি ছিল ডিজিটাল যুগে গোপনীয়তা এবং নিরাপত্তার ভবিষ্যতের জন্য একটি যুদ্ধ।

আমাদের তদন্ত শেষ হয়েছে, কিন্তু নীতিগত দ্বিধা রয়ে গেছে। আমরা ডিজিটাল জগতের একটি অন্ধকার কোণ উন্মোচিত করেছি, এমন একটি জায়গা যেখানে উচ্চাকাঙ্ক্ষা এবং প্রযুক্তির সংঘর্ষের ফলে ভয়াবহ পরিণতি ঘটে। যন্ত্রের ভূতটি নীরব হয়ে গিয়েছিল, কিন্তু এর শীতল উত্তরাধিকার আমাদের তাড়া করে বেড়াবে, আমাদের সতর্ক করে দেবে যে সতর্কতা, নীতিগত প্রতিফলন এবং মানবতার কল্যাণের জন্য প্রযুক্তি ব্যবহারের প্রতিশ্রুতিবদ্ধতা, তার পরাধীনতার জন্য নয়। এগিয়ে যাওয়ার পথ স্পষ্ট ছিল না, তবে প্রযুক্তিগত অগ্রগতির জন্য আরও নীতিগত এবং দায়িত্বশীল পদ্ধতির জরুরি প্রয়োজন অনস্বীকার্য ছিল। সাইলাসের কর্মকাণ্ডের প্রতিধ্বনি আগামী বছরগুলিতে প্রতিধ্বনিত হবে, যখন নীতিগত বিবেচনাগুলি অনিয়ন্ত্রিত উচ্চাকাঙ্ক্ষা এবং প্রযুক্তিগত দক্ষতার পিছনে চলে যাবে তখন সম্ভাব্য পরিণতির একটি স্পষ্ট সতর্কীকরণ হিসাবে

কাজ করবে। দায়িত্বশীল উন্নয়নের সাথে উদ্ভাবনের ভারসাম্য বজায় রাখার লড়াই একটি ধারাবাহিক যুদ্ধ হবে, কেবল পরীক্ষাগার এবং আদালত কক্ষেই নয়, প্রযুক্তির ভবিষ্যত গঠনে নিযুক্ত সকলের হৃদয় ও মনেও এই লড়াই চলবে।

সাইলাসের কর্মকাণ্ডের ভয়ঙ্কর ভয়, যদিও তা নিরপেক্ষ ছিল, ভবিষ্যতের উপর দীর্ঘ ছায়া ফেলেছিল। তার অপরাধগুলি কেবল বিচ্ছিন্ন ঘটনা ছিল না; এগুলি ছিল একটি স্পষ্ট সতর্কীকরণ, সম্ভাব্য ভয়াবহতার পূর্বাভাস যা অনিয়ন্ত্রিত প্রযুক্তিগত অগ্রগতি ডেকে আনতে পারে। প্রশ্নটি কেবল একজন দুর্বৃত্ত বিজ্ঞানীর বিরুদ্ধে মামলা করার বিষয়ে ছিল না; এটি ছিল প্রযুক্তিগত উন্নয়নের গতিপথকে মৌলিকভাবে পরিবর্তন করার বিষয়ে, নিশ্চিত করার বিষয়ে যে ভবিষ্যতের উদ্ভাবনগুলি মানবতার সেবা করে, তার ধ্বংসের জন্য নয়। এর জন্য একটি বহুমুখী পদ্ধতির প্রয়োজন ছিল, যার মধ্যে আইনি কাঠামো, নীতিগত নির্দেশিকা এবং জনসচেতনতার মৌলিক পরিবর্তন অন্তর্ভুক্ত ছিল।

তাৎক্ষণিকভাবে প্রয়োজন ছিল একটি শক্তিশালী আইনি সংস্কার। ডিজিটাল-পূর্ব যুগে একত্রিত বিদ্যমান আইনগুলি, কৃত্রিম বুদ্ধিমত্তা-চালিত অপরাধের জটিল কৌশলগুলি মোকাবেলা করার জন্য অপ্রতুল ছিল। সিলাস ত্রুটি এবং অস্পষ্টতা কাজে লাগিয়েছিলেন, বিশেষ করে ডেটা মালিকানা, ডিজিটাল ক্ষেত্রে গোপনীয়তা লঙ্ঘন এবং তাদের সৃষ্টির কর্মকাণ্ডের জন্য কৃত্রিম বুদ্ধিমত্তা বিকাশকারীদের দায়বদ্ধতা মোকাবেলায় আইন প্রণয়নের তীব্র প্রয়োজনীয়তা তুলে ধরেছিলেন। এটি কেবল বিদ্যমান আইন আপডেট করার বিষয় ছিল না;

উন্নত কৃত্রিম বুদ্ধিমত্তা ব্যবস্থায় অন্তর্নিহিত অভূতপূর্ব ক্ষমতা এবং ক্ষতির সম্ভাবনার জন্য আইনি কাঠামোর সম্পূর্ণ পুনর্বিবেচনার প্রয়োজন ছিল। সাইবার অপরাধের আন্তর্জাতিক প্রকৃতির কার্যকরভাবে মোকাবেলা করার জন্য আমাদের আন্তর্জাতিক সহযোগিতা, জাতীয় সীমানা অতিক্রম করে সুসংগত আইনি কাঠামোর প্রয়োজন ছিল। ডিজিটাল বিশ্ব জাতীয় সীমানাকে সম্মান করে না এবং আমাদের আইনি প্রতিক্রিয়াগুলিও করা উচিত নয়।

তদুপরি, আইনি কাঠামো নমনীয় এবং অভিযোজিত হতে হবে। প্রযুক্তি দ্রুতগতিতে বিকশিত হচ্ছে; আইনগুলিকে অবশ্যই তাল মিলিয়ে চলতে সক্ষম হতে হবে, নাহলে আইন প্রণয়নের আগেই সেগুলি অপ্রচলিত হয়ে পড়বে। এর জন্য একটি গতিশীল আইন প্রণয়ন প্রক্রিয়া প্রয়োজন, যেখানে নিয়মিত পর্যালোচনা, আপডেট এবং , সাইবার নিরাপত্তা এবং আইন বিশেষজ্ঞদের মতামত অন্তর্ভুক্ত থাকবে। দ্রুত প্রযুক্তিগত অগ্রগতির মুখে একটি কঠোর, স্থির আইনি কাঠামো বিপর্যয়ের একটি রেসিপি। আমাদের এমন একটি ব্যবস্থা তৈরি করতে হবে যা শক্তিশালী এবং প্রতিক্রিয়াশীল, ডিজিটাল যুগের পরিবর্তনশীল দৃশ্যপটের সাথে খাপ খাইয়ে নিতে সক্ষম।

আইনি ক্ষেত্রের বাইরেও, নীতিগত নির্দেশিকা প্রতিষ্ঠা এবং কঠোরভাবে প্রয়োগ করা প্রয়োজন। -এর বিকাশ কেবল মুনাফার উদ্দেশ্য বা প্রযুক্তিগত আধিপত্যের তৃষ্ণা দ্বারা পরিচালিত সকলের জন্য বিনামূল্যে হওয়া উচিত নয়। সিস্টেমের নকশা, উন্নয়ন এবং স্থাপনার ক্ষেত্রে নীতিগত বিবেচনা অবশ্যই কেন্দ্রীয় ভূমিকা পালন করবে। এর

জন্য বিজ্ঞানী, নীতিবিদ, নীতিনির্ধারক এবং জনসাধারণকে গ্রহণযোগ্য সীমানা নির্ধারণ এবং শক্তিশালী তদারকি ব্যবস্থা প্রতিষ্ঠার জন্য একটি সহযোগিতামূলক প্রচেষ্টায় জড়িত করে বহু-অংশীদার পদ্ধতির প্রয়োজন। উন্নয়নের জন্য আমাদের একটি বিশ্বব্যাপী নীতিগত কোড প্রয়োজন, যা চিকিৎসা পেশাদারদের জন্য হিপোক্রেটিক শপথের অনুরূপ, তবে ডিজিটাল যুগের অনন্য চ্যালেঞ্জগুলির সাথে খাপ খাইয়ে নেওয়া উচিত। এই কোডটি ব্যাপকভাবে গৃহীত এবং কঠোরভাবে প্রয়োগ করা উচিত, নিশ্চিত করা উচিত যে উন্নয়ন মানব কল্যাণ, গোপনীয়তা এবং সামাজিক ন্যায়বিচারের নীতি দ্বারা পরিচালিত হয়।

শিক্ষা এবং জনসচেতনতা গুরুত্বপূর্ণ ভূমিকা পালন করেছে। সিলাসের সাফল্য আংশিকভাবে সাধারণ নাগরিকদের মধ্যে সরলতা এবং সচেতনতার অভাবের উপর নির্ভরশীল ছিল। দুর্বল পাসওয়ার্ড, অরক্ষিত নেটওয়ার্ক এবং ফিশিং স্ক্যামের প্রতি সংবেদনশীলতা - এই সমস্ত দুর্বলতাগুলি সিলাস বিশেষজ্ঞভাবে কাজে লাগিয়েছিলেন। ডিজিটাল সাক্ষরতা এবং সাইবার নিরাপত্তা সচেতনতা উন্নত করার লক্ষ্যে একটি বিস্তৃত জনশিক্ষা কর্মসূচি অপরিহার্য ছিল। এটি কেবলমাত্র স্কুল পাঠ্যক্রমের মধ্যে সীমাবদ্ধ থাকা উচিত নয়; এটি জনসচেতনতা প্রচারণা, সহজেই উপলব্ধ অনলাইন সংস্থান এবং এমনকি গেমিফাইড শেখার অভিজ্ঞতা পর্যন্ত প্রসারিত হওয়া উচিত যাতে তথ্য সকলের জন্য অ্যাক্সেসযোগ্য এবং আকর্ষণীয় হয়। আমাদের ডিজিটাল জগতে নিজেদের রক্ষা করার জন্য ব্যক্তিদের ক্ষমতায়ন করতে হবে, দায়িত্বশীল ডিজিটাল নাগরিকত্বের সংস্কৃতি

গড়ে তুলতে হবে। এটি কেবল প্রযুক্তিগত দক্ষতা শেখানোর বিষয়ে ছিল না; এটি ছিল সতর্কতা এবং সংশয়ের মানসিকতা গড়ে তোলা, সন্দেহজনক কার্যকলাপ সম্পর্কে প্রশ্ন তোলা এবং সম্ভাব্য হুমকি সম্পর্কে রিপোর্ট করার জন্য লোকেদের উৎসাহিত করার বিষয়ে।

শিল্পের ভূমিকার দিকেও নজর দেওয়া প্রয়োজন। সিস্টেম তৈরি এবং স্থাপনকারী কর্পোরেশনগুলির তাদের প্রযুক্তির নৈতিক ও দায়িত্বশীল ব্যবহার নিশ্চিত করার জন্য একটি গুরুত্বপূর্ণ দায়িত্ব ছিল। এর জন্য কেবল অভ্যন্তরীণ নৈতিক নির্দেশিকাই নয়, বাহ্যিক তদারকি এবং জবাবদিহিতা ব্যবস্থাও প্রয়োজন ছিল। স্বাধীন নিরীক্ষা, স্বচ্ছ তথ্য অনুশীলন এবং শক্তিশালী নিরাপত্তা প্রোটোকল শিল্পের মানদণ্ডে পরিণত হওয়া উচিত। তদুপরি, সরকারি অনুদান, কর বিরতি এবং অন্যান্য আর্থিক ব্যবস্থার মাধ্যমে নৈতিক বিকাশকে উৎসাহিত করা সর্বোত্তম অনুশীলন গ্রহণকে উৎসাহিত করতে পারে। লাভের উদ্দেশ্য নৈতিক বিবেচনার গুরুত্বকে ছাপিয়ে যাওয়া উচিত নয়; আর্থিক প্রণোদনাগুলি দায়িত্বশীল বিকাশের মূল লক্ষ্যের সাথে সামঞ্জস্যপূর্ণ হওয়া উচিত। এটি ছাড়া, আমরা এমন একটি ভবিষ্যতের মুখোমুখি হব যেখানে শক্তিশালী সিস্টেমগুলি অনিয়ন্ত্রিতভাবে পরিচালিত হবে, তাদের নৈতিক প্রভাব সম্পূর্ণরূপে উপেক্ষিত থাকবে।

তাৎক্ষণিক, বাস্তব পদক্ষেপের বাইরে, আমাদের সম্মিলিত চেতনায় একটি মৌলিক পরিবর্তন প্রয়োজন ছিল। আমাদের প্রযুক্তিগত ইউটোপিয়ানিজমের উপর একটি

সরল বিশ্বাসের বাইরে যেতে হয়েছিল, এমন একটি দৃষ্টিভঙ্গি যেখানে প্রযুক্তি স্বয়ংক্রিয়ভাবে অগ্রগতি এবং উন্নতির সমতুল্য। দ্রুত প্রযুক্তিগত অগ্রগতির ফলে সৃষ্ট সম্ভাব্য খারাপ দিক, ঝুঁকি এবং নৈতিক চ্যালেঞ্জগুলির একটি সূক্ষ্ম বোঝাপড়ার প্রয়োজন ছিল। এর জন্য একটি সামাজিক সংলাপ, প্রযুক্তিগত ব্যাঘাতের মুখে আমরা যে মূল্যবোধগুলিকে ধরে রাখতে চাই তার উপর একটি সম্মিলিত প্রতিফলন প্রয়োজন ছিল। এর অর্থ ছিল দায়িত্বশীল উদ্ভাবনের সংস্কৃতি গড়ে তোলা, যেখানে প্রযুক্তির সম্ভাব্য সুবিধাগুলি সাবধানতার সাথে এর সম্ভাব্য ক্ষতির সাথে তুলনা করা হয়।

এটি প্রযুক্তিগত অগ্রগতি থামানোর বিষয়ে ছিল না; এটি ছিল একটি দায়িত্বশীল দিকে পরিচালিত করার বিষয়ে। আমাদের সহযোগিতার সংস্কৃতি গড়ে তোলার প্রয়োজন ছিল, যেখানে বিজ্ঞানী, নীতিবিদ, নীতিনির্ধারক এবং জনসাধারণ প্রযুক্তির ভবিষ্যত গঠনের জন্য একসাথে কাজ করবে। এর জন্য গবেষণা এবং উন্নয়নের তহবিল এবং তত্ত্বাবধানের ক্ষেত্রে একটি উল্লেখযোগ্য পরিবর্তন প্রয়োজন, নিশ্চিত করা যে নীতিগত বিবেচনাগুলি কোনও চিন্তাভাবনা নয়, বরং শুরু থেকেই প্রক্রিয়াটির অবিচ্ছেদ্য অংশ। নীতিগত উদ্বেগের চেয়ে গতি এবং দক্ষতাকে অগ্রাধিকার দেওয়ার প্রলোভনকে প্রতিহত করতে হয়েছিল। এটি করার ব্যয়টি খুব বেশি ছিল।

সিলাসের অপরাধের তদন্ত ছিল নীতিগত বিবেচনার বাইরে প্রযুক্তিগত উচ্চাকাঙ্ক্ষা যখন ব্যাপকভাবে ছড়িয়ে পড়ে, তখন কী ঘটে তার এক ভয়াবহ স্মারক। আমরা

যন্ত্রের মধ্যে ভূতকে চুপ করিয়ে দিয়েছিলাম, কিন্তু এর উপস্থিতি দীর্ঘস্থায়ী ছিল, উন্নত প্রযুক্তির বিপর্যয়কর অপব্যবহারের সম্ভাবনার ক্রমাগত স্মরণ করিয়ে দিচ্ছিল। এগিয়ে যাওয়ার পথটি সহজ ছিল না, তবে পদক্ষেপ নেওয়ার প্রয়োজনীয়তা অনস্বীকার্য ছিল। প্রযুক্তির ভবিষ্যত পূর্বনির্ধারিত ছিল না; এটি এমন একটি ভবিষ্যত ছিল যা আমাদের সচেতনভাবে গঠন করতে হয়েছিল, যা সর্বোপরি মানুষের মঙ্গল, গোপনীয়তা এবং সামাজিক ন্যায়বিচারকে অগ্রাধিকার দেয়। একটি দায়িত্বশীল, নীতিবান প্রযুক্তিগত ভবিষ্যতের জন্য লড়াই ছিল এমন একটি যুদ্ধ যা আমাদের অটল প্রতিশ্রুতির দাবি করেছিল, এমন একটি লড়াই যা আমাদের জিততে হয়েছিল। বিকল্প ছিল একটি ডিস্টোপিয়ান ভবিষ্যত, এমন একটি পৃথিবী যেখানে অনিয়ন্ত্রিত প্রযুক্তিগত অগ্রগতি তার নিজস্ব ধ্বংসের বীজ বপন করেছিল। সিলাসের কর্মকাণ্ডের দীর্ঘস্থায়ী প্রতিধ্বনি একটি স্পষ্ট সতর্কবার্তা হিসাবে কাজ করেছিল: প্রযুক্তির ভবিষ্যত আমাদের হাতে ছিল এবং আমাদের বিজ্ঞতার সাথে বেছে নিতে হয়েছিল। ভূতকে চুপ করা যেতে পারে, কিন্তু এর ভুতুড়ে উত্তরাধিকারের দাবি ছিল একটি সমন্বিত, বিশ্বব্যাপী প্রচেষ্টা যাতে এর গল্পটি কখনও পুনরাবৃত্তি না হয়। মানবতার ভবিষ্যত এর উপর নির্ভর করে।

অধ্যায় ৯: দুর্নীতির ছায়া

সিলাসের কার্যকলাপের প্রাথমিক তদন্ত তাৎক্ষণিক হুমকিকে নিরপেক্ষ করতে সফল হলেও, আরও অনেক বেশি ছলনাময়ী এবং ব্যাপক সমস্যা উন্মোচিত করে: বৈজ্ঞানিক গবেষণা তত্ত্বাবধান ও নিয়ন্ত্রণের জন্য তৈরি

প্রতিষ্ঠানগুলির মধ্যেই পদ্ধতিগত দুর্নীতি। প্রাথমিকভাবে সিলাসের গোপন কার্যক্রমের উপর দৃষ্টি নিবদ্ধ করা এই পথটি অপ্রত্যাশিতভাবে বিস্তৃত হয়, যা জাতীয় স্বাস্থ্য ইনস্টিটিউট (এনআইএইচ) এবং সংশ্লিষ্ট সরকারি সংস্থাগুলির মধ্যে ঝুঁকিপূর্ণ ব্যক্তি এবং ঝুঁকিপূর্ণ সিস্টেমের একটি নেটওয়ার্ক প্রকাশ করে। দুর্নীতির নিছক মাত্রা ছিল বিস্ময়কর, এমনকি সবচেয়ে শক্তিশালী নিয়ন্ত্রক কাঠামোর দুর্বলতার একটি শীতল প্রমাণ।

এটি শুরু হয়েছিল আপাতদৃষ্টিতে ছোটখাটো অসঙ্গতি দিয়ে - অনুদান আবেদনে অনিয়ম, ব্যাখ্যাতীত তহবিল বরাদ্দ এবং পিয়ার-রিভিউ প্রক্রিয়ায় অসঙ্গতি। প্রাথমিকভাবে এগুলিকে প্রশাসনিক তদারকি, একটি বৃহৎ, জটিল আমলাতান্ত্রিক যন্ত্রের অনিবার্য ত্রুটি বলে উড়িয়ে দেওয়া হয়েছিল। যাইহোক, তদন্ত আরও গভীরভাবে অনুসন্ধান করার সাথে সাথে একটি প্যাটার্ন আবির্ভূত হয়েছিল, একটি প্যাটার্ন যা এতটাই সামঞ্জস্যপূর্ণ যে এটিকে কেবল কাকতালীয় বলে উড়িয়ে দেওয়া যায় না। অনিয়মগুলি এলোমেলো ছিল না; এগুলি ইচ্ছাকৃতভাবে করা হয়েছিল, নির্দিষ্ট গবেষণা প্রকল্প এবং নির্দিষ্ট ব্যক্তিদের পক্ষে পরিচালিত হয়েছিল। প্রায়শই বৈধ বৈজ্ঞানিক তদন্তের আড়ালে থাকা এই প্রকল্পগুলি বাস্তবে বৌদ্ধিক সম্পত্তি চুরি থেকে শুরু করে বিপজ্জনক প্রযুক্তির গোপন উন্নয়ন পর্যন্ত অবৈধ কার্যকলাপের জন্য ছিল।

বিশেষ করে বিরক্তিকর একটি আবিষ্কার ছিল পিয়ার-রিভিউ প্রক্রিয়ার পদ্ধতিগত হেরফের। বৈজ্ঞানিক অখণ্ডতার ভিত্তিপ্রস্তর, পিয়ার-রিভিউ সিস্টেম,

সহযোগীদের একটি নেটওয়ার্ক দ্বারা ক্ষতিগ্রস্ত হয়েছিল যারা নিশ্চিত করেছিল যে প্রকল্পগুলির বৈজ্ঞানিক যোগ্যতা বা নৈতিক প্রভাব নির্বিশেষে তাদের নিজস্ব স্বার্থের সাথে সামঞ্জস্যপূর্ণ প্রকল্পগুলিতে অনুকূল পর্যালোচনা দেওয়া হয়। এটি কেবল কয়েকটি খারাপ আপেলের বিষয় ছিল না; এটি বৈজ্ঞানিক প্রক্রিয়ার একটি পদ্ধতিগত অবমূল্যায়ন ছিল, একটি ক্যান্সার যা সমগ্র সংস্থা জুড়ে ছড়িয়ে পড়েছিল। তদন্তে ঘুষ, ব্ল্যাকমেইল এবং ভয় দেখানোর প্রমাণ পাওয়া গেছে, যা নিয়ন্ত্রণ বজায় রাখতে এবং ভিন্নমতকে নীরব করার জন্য ব্যবহৃত হয়েছিল। যারা উদ্বেগ প্রকাশ করার সাহস করেছিল তাদের দ্রুত চুপ করে দেওয়া হয়েছিল, তাদের ক্যারিয়ার নষ্ট করা হয়েছিল, তাদের খ্যাতি নষ্ট করা হয়েছিল।

তদন্ত দল শক্তিশালী লবিস্ট, বেসরকারি কর্পোরেশন এবং এমনকি বিদেশী সত্তার সাথে যুক্ত ব্যক্তিদের একটি গোপন নেটওয়ার্ক আবিষ্কার করেছে। লাভের উদ্দেশ্য এবং প্রযুক্তিগত আধিপত্যের লোভে পরিচালিত এই সত্তাগুলি গবেষণা তহবিল বরাদ্দের উপর অযৌক্তিক প্রভাব বিস্তার করেছিল, বৈজ্ঞানিক অনুসন্ধানের দিকনির্দেশনাকে এমনভাবে রূপ দিয়েছিল যা জনসাধারণের কল্যাণের জন্য নয়, বরং তাদের স্বার্থের জন্য। এর পরিণতি ছিল সুদূরপ্রসারী, -এর মধ্যে তাৎক্ষণিক দুর্নীতির বাইরেও বিস্তৃত। আপস করা গবেষণার সুদূরপ্রসারী পরিণতি হয়েছিল, যা কেবল নতুন প্রযুক্তির বিকাশকেই নয়, বৈজ্ঞানিক সততার ভিত্তিকেও প্রভাবিত করেছিল। বিজ্ঞানের প্রতি জনসাধারণের আস্থা, যা কিছু ক্ষেত্রে ইতিমধ্যেই ভঙ্গুর ছিল, আরও ক্ষয়প্রাপ্ত হয়েছিল।

একজন মেধাবী স্নায়ুবিজ্ঞানী ডঃ আনিয়া শর্মার ঘটনাটি একটি স্পষ্ট উদাহরণ হিসেবে কাজ করেছে, যিনি উন্নয়নের নীতিগত প্রভাব সম্পর্কে তদন্ত করছিলেন। ডঃ শর্মা -এর মধ্যে অবৈধ কার্যকলাপের প্রমাণ উন্মোচন করার পর, তার ফলাফলগুলি সরকারী চ্যানেলের মাধ্যমে রিপোর্ট করার চেষ্টা করেছিলেন। তার প্রচেষ্টা প্রতিরোধের সম্মুখীন হয়েছিল, তার সতর্কবাণীগুলিকে একজন অসন্তুষ্ট কর্মচারীর বকাঝকা বলে উড়িয়ে দেওয়া হয়েছিল। যখন তিনি জেদ ধরেছিলেন, তখন তাকে প্রান্তিক করা হয়েছিল, তার গবেষণা তহবিল কেটে ফেলা হয়েছিল, তার কর্মজীবন কার্যকরভাবে ধ্বংস হয়ে গিয়েছিল। তিনি সিস্টেমের শিকার ছিলেন, -এর মধ্যে যে গভীরভাবে প্রোথিত দুর্নীতির শিকার ছিলেন। সিলাসের নেটওয়ার্ক উন্মোচিত হওয়ার পর, আমাদের দলের অধ্যবসায়ের কারণেই ডঃ শর্মার উদ্বেগ বিশ্বাসযোগ্যতা অর্জন করেছিল। তার সাক্ষ্য গুরুত্বপূর্ণ প্রমাণ প্রদান করেছিল, সিলাসের নিজের বাইরেও বিস্তৃত প্রতারণার জাল উন্মোচন করেছিল।

দুর্নীতির গভীরতা তহবিল বরাদ্দের বাইরেও বিস্তৃত ছিল। তদন্তে তথ্য কারসাজি, গবেষণার ফলাফল জাল করা এবং সরাসরি চুরির প্রমাণ পাওয়া গেছে। অসংখ্য বৈজ্ঞানিক প্রকাশনার অখণ্ডতা সন্দেহের মুখে পড়ে, যা বৈজ্ঞানিক রেকর্ডের নির্ভরযোগ্যতা নিয়ে গুরুতর প্রশ্ন উত্থাপন করে। তথ্যের এই পদ্ধতিগত জালিয়াতি কেবল বৈজ্ঞানিক অনুসন্ধানের নির্ভুলতাকেই ঝুঁকির মুখে ফেলেনি বরং স্বাস্থ্যসেবা, পরিবেশ নীতি এবং জাতীয়

নিরাপত্তার উপর প্রভাব ফেলতে পারে এমন বিপর্যয়কর পরিণতি ঘটার সম্ভাবনাও ছিল। এর প্রভাব এতটাই ব্যাপক ছিল যে প্রতারণার জাল সম্পূর্ণরূপে উন্মোচন করতে বছরের পর বছর সময় লেগে যেত।

তদন্তের সবচেয়ে গুরুত্বপূর্ণ চ্যালেঞ্জগুলির মধ্যে একটি ছিল সাক্ষীদের এগিয়ে আসতে অনিচ্ছা। প্রতিশোধের ভয়, নীরবতার সংস্কৃতি এবং দুর্নীতিগ্রস্ত ব্যক্তিদের ক্ষমতার অনুভূত প্রভাব সহযোগিতার অভাবের কারণ হয়ে দাঁড়িয়েছে। অনেক ব্যক্তি যারা অন্যায় কাজ প্রত্যক্ষ করেছেন বা সন্দেহ করেছেন তারা নীরব থাকা বেছে নিয়েছেন, তাদের ক্যারিয়ার রক্ষা করেছেন এবং কথা বলার সম্ভাব্য পরিণতি এড়িয়ে গেছেন। এটি বৈজ্ঞানিক প্রতিষ্ঠানের মধ্যে স্বচ্ছতা এবং জবাবদিহিতার সংস্কৃতি গড়ে তোলার একটি গুরুত্বপূর্ণ প্রয়োজনীয়তার উপর জোর দেয়, যাতে হুইসেলব্লোয়াররা সুরক্ষিত থাকে এবং প্রতিশোধের ভয় ছাড়াই অনৈতিক আচরণের প্রতিবেদন করতে উৎসাহিত হয়।

তদন্তটি কেবল দুর্নীতিই উন্মোচন করেনি; এটি তদারকি এবং জবাবদিহিতার একটি পদ্ধতিগত ব্যর্থতাও প্রকাশ করেছে। জালিয়াতি এবং অসদাচরণ প্রতিরোধ এবং সনাক্ত করার জন্য তৈরি বিদ্যমান ব্যবস্থাগুলি স্পষ্টতই অপর্যাপ্ত, ফাঁকফোকর এবং দুর্বলতায় ভরা। শক্তিশালী অভ্যন্তরীণ নিয়ন্ত্রণের অভাব, গোপনীয়তার সংস্কৃতি এবং কর্তৃপক্ষকে চ্যালেঞ্জ করতে অনিচ্ছার সাথে মিলিত হয়ে দুর্নীতিকে বছরের পর বছর ধরে অলক্ষিতভাবে বিকাশ লাভ করতে দেয়। এটি বৈজ্ঞানিক গবেষণা

পরিচালনাকারী নিয়ন্ত্রক কাঠামোর মৌলিক সংস্কারের একটি গুরুত্বপূর্ণ প্রয়োজনীয়তা প্রকাশ করে। কেবল বিদ্যমান ব্যবস্থাগুলিকে সংশোধন করা অপর্যাপ্ত হবে। তদারকি ব্যবস্থাগুলির সম্পূর্ণ পুনর্বিবেচনা, আরও স্বচ্ছ, আরও জবাবদিহিতাপূর্ণ এবং জালিয়াতি সনাক্তকরণ এবং প্রতিরোধের জন্য আরও সজ্জিত একটি ব্যবস্থা তৈরি করা অপরিহার্য ছিল।

তদন্তের ফলাফল উল্লেখযোগ্য ছিল, যার ফলে বেশ কয়েকজন উচ্চপদস্থ ব্যক্তিকে গ্রেপ্তার, পদত্যাগ এবং -এর অভ্যন্তরীণ প্রক্রিয়াগুলির সম্পূর্ণ পুনর্গঠন করা হয়েছিল। এই তদন্তটি বৈজ্ঞানিক সম্প্রদায়ের মধ্যে বৃহত্তর স্বচ্ছতা, জবাবদিহিতা এবং কঠোর নিয়ন্ত্রণের জরুরি প্রয়োজনীয়তা তুলে ধরে একটি জাগরণের আহ্বান হিসেবে কাজ করেছিল। এই তদন্তের ফলে দুর্নীতির ছায়া ক্রমশ প্রকট হয়ে উঠছে, যা যেকোনো ব্যবস্থার অন্তর্নিহিত দুর্বলতাগুলির স্পষ্ট স্মারক হিসেবে কাজ করছে, তা যতই শক্তিশালী হোক না কেন। দুর্নীতির বিরুদ্ধে লড়াই একটি অবিরাম যুদ্ধ, যার জন্য অটল সতর্কতা, স্বচ্ছতা এবং সকল স্তরে নৈতিক আচরণের প্রতি অঙ্গীকার প্রয়োজন। বিজ্ঞান এবং সরকারের প্রতি জনসাধারণের আস্থা পুনরুদ্ধারের দীর্ঘ পথের জন্য টেকসই প্রচেষ্টা এবং মৌলিক সংস্কারের প্রয়োজন হবে। সিলাসের ভূত এবং -এর দুর্নীতিবাজ কর্মকর্তারা আত্মতুষ্টির মূল্য এবং বৈজ্ঞানিক সাধনায় সততার অতীব গুরুত্বের একটি ভুতুড়ে স্মারক হিসেবে কাজ করেছিল। বিজ্ঞানের ভবিষ্যৎ, এবং প্রকৃতপক্ষে মানবতা, এর উপর নির্ভরশীল ছিল।

সাইলাসের নেটওয়ার্কের উন্মোচন, যদিও একটি উল্লেখযোগ্য বিজয়, তবুও ব্যাপক দুর্নীতির পৃষ্ঠতল কেবল আঁচড়ে ফেলেছে। তদন্ত, পেঁয়াজের স্তরগুলি খোসা ছাড়ানোর মতো, আন্তঃসংযুক্ত ব্যক্তিদের একটি জটিল জাল প্রকাশ করেছে, প্রত্যেকেই তাদের স্বার্থ রক্ষার জন্য তাদের প্রভাব ব্যবহার করছে। ক্ষমতার গতিশীলতা ছিল জটিল, বিনিময়ের একটি সূক্ষ্ম নৃত্য, কেনা-বেচা আনুগত্য এবং গোপনীয়তাগুলি সাবধানে সুরক্ষিত ছিল।

একজন গুরুত্বপূর্ণ ব্যক্তিত্বের আবির্ভাব ঘটেছিল সেনেটর হ্যারিসন রিডের, যিনি বেশ কয়েকটি ওষুধ কোম্পানির সাথে ঘনিষ্ঠ সম্পর্কযুক্ত একজন শক্তিশালী রাজনীতিবিদ ছিলেন। দেখা গেল, রিড -এর মধ্যে অনুদান বরাদ্দকে প্রভাবিত করার জন্য তার অবস্থানকে কাজে লাগিয়েছিলেন, লক্ষ লক্ষ ডলার গবেষণা প্রকল্পগুলিতে ব্যয় করেছিলেন যা তার কর্পোরেট দাতাদের উপকৃত করেছিল। এই প্রকল্পগুলিতে প্রায়শই বৈজ্ঞানিক যোগ্যতার অভাব ছিল, মূলত চিকিৎসা জ্ঞানকে এগিয়ে নেওয়ার পরিবর্তে মুনাফা অর্জন এবং কোম্পানির বাজার ভাগ বাড়ানোর জন্য ডিজাইন করা হয়েছিল। সিনেটরের প্রভাব কেবল আর্থিক অবদানের চেয়ে অনেক বেশি বিস্তৃত ছিল। তিনি গুরুত্বপূর্ণ কমিটির নিয়োগের উপর প্রভাব বিস্তার করেছিলেন, নিশ্চিত করেছিলেন যে তার এজেন্ডার প্রতি সহানুভূতিশীল ব্যক্তিদের -এর মধ্যে কর্তৃত্বের পদে বসানো হয়েছিল, এমন একটি ব্যবস্থা তৈরি করেছিলেন যেখানে তদারকি দুর্বল ছিল এবং জবাবদিহিতা প্রায় অস্তিত্বহীন ছিল। তার প্রভাব ছিল একটি নীরব কিন্তু শক্তিশালী শক্তি, যা বৈজ্ঞানিক গবেষণার ভূদৃশ্যকে রূপ দিয়েছিল।

তদন্তে সিনেটর রিড এবং এনআইএইচ-এর গুরুত্বপূর্ণ ব্যক্তিত্বদের মধ্যে গোপন বৈঠকের একটি সিরিজ উন্মোচিত হয়েছে, জনসাধারণের পর্যবেক্ষণের তদন্ত থেকে অনেক দূরে নির্জন স্থানে অনুষ্ঠিত বৈঠক। ফাঁস হওয়া ইমেল এবং আটকানো ফোন কলের মাধ্যমে নথিভুক্ত এই বৈঠকগুলি কুইড প্রো কো ব্যবস্থার একটি ধরণ প্রকাশ করেছে, যেখানে রাজনৈতিক সমর্থন এবং আর্থিক লাভের জন্য অনুগ্রহ বিনিময় করা হয়েছিল। আইন প্রণয়ন প্রক্রিয়ার উপর তার নিয়ন্ত্রণের মাধ্যমে সিনেটরের ক্ষমতা বৃদ্ধি পেয়েছিল। তিনি কার্যকরভাবে এমন প্রকল্পগুলির জন্য তহবিল আটকাতে পারতেন যা তার স্বার্থের সাথে সঙ্গতিপূর্ণ ছিল না, একই সাথে যারা করেছিল তাদের জন্য উদার বরাদ্দ নিশ্চিত করতে পারতেন। ব্যবস্থার এই সূক্ষ্ম কিন্তু কার্যকর হেরফের তাকে বৈজ্ঞানিক গবেষণার উপর নিয়ন্ত্রণ প্রয়োগ করতে দেয়, জনস্বার্থের চেয়ে লাভকে অগ্রাধিকার দেয় এমন লক্ষ্যগুলির দিকে পরিচালিত করে। সিনেটরের পদক্ষেপগুলি ছিল অনিয়ন্ত্রিত রাজনৈতিক ক্ষমতা কীভাবে বৈজ্ঞানিক তদন্তের অখণ্ডতাকে দূষিত করতে পারে তার একটি পাঠ্যপুস্তক উদাহরণ।

দুর্নীতির আরেকটি স্তর ছিল বেসরকারি কর্পোরেশনের ভূমিকা। বেশ কয়েকটি বৃহৎ ওষুধ ও জৈবপ্রযুক্তি কোম্পানি গবেষণা প্রক্রিয়ায় সক্রিয়ভাবে হস্তক্ষেপের সাথে জড়িত ছিল। লাভের উদ্দেশ্য দ্বারা পরিচালিত এই কর্পোরেশনগুলি গবেষণা প্রকল্প নির্বাচন এবং ফলাফলের ব্যাখ্যার উপর অযৌক্তিক প্রভাব বিস্তার করেছিল। তারা তাদের পণ্যগুলিকে সমর্থন করে এমন

গবেষণার জন্য অর্থায়ন করেছিল, অন্যদিকে তাদের দাবিকে চ্যালেঞ্জ করে এমন গবেষণাকে দমন করেছিল। এই হস্তক্ষেপ সর্বদা প্রকাশ্য ছিল না; এটি প্রায়শই সূক্ষ্ম ছিল, সাবধানে লিখিত অনুদান প্রস্তাব, কৌশলগতভাবে স্থানপ্রাপ্ত সমকক্ষ পর্যালোচক এবং গবেষণার ফলাফলের নির্বাচনী প্রকাশনার মতো কৌশল ব্যবহার করেছিল। ফলাফল ছিল একটি বিকৃত বৈজ্ঞানিক দৃশ্যপট, যেখানে জ্ঞান অর্জনকে মুনাফা অর্জনের অধীনস্থ করা হয়েছিল।

তদন্তে ওষুধ অনুমোদন, পেটেন্ট সুরক্ষা এবং গবেষণা তহবিল সম্পর্কিত নীতিগত সিদ্ধান্তগুলিকে প্রভাবিত করার লক্ষ্যে কর্পোরেট লবিং প্রচেষ্টার একটি বিরক্তিকর ধরণ প্রকাশ পেয়েছে। এই কর্পোরেশনগুলি দক্ষ লবিস্টদের নিয়োগ করেছিল যারা মূল নীতিনির্ধারকদের সাথে ঘনিষ্ঠ সম্পর্ক গড়ে তুলেছিল, নিশ্চিত করেছিল যে আইন এবং নিয়ন্ত্রক সিদ্ধান্তগুলিতে তাদের স্বার্থ প্রতিফলিত হয়। এটি এমন একটি পরিবেশ তৈরি করেছিল যেখানে নিয়ন্ত্রক কাঠামো জনস্বাস্থ্য এবং সুরক্ষা রক্ষা করার পরিবর্তে কর্পোরেট স্বার্থ রক্ষা করার জন্য ডিজাইন করা হয়েছিল। এই প্রভাবের পরিণতি সুদূরপ্রসারী ছিল, নতুন ওষুধের বিকাশ থেকে শুরু করে প্রয়োজনীয় ওষুধের মূল্য নির্ধারণ পর্যন্ত সবকিছুর উপর প্রভাব ফেলেছিল। রোগীরা, চূড়ান্ত ভোক্তারা, এই কর্পোরেট কারসাজির চাপে পড়েছিলেন, ওষুধের দাম বৃদ্ধি এবং জীবন রক্ষাকারী ওষুধের সীমিত অ্যাক্সেসের মুখোমুখি হয়েছিলেন।

এই প্রভাব জাতীয় সীমানা ছাড়িয়েও বিস্তৃত ছিল। তদন্তে কিছু গবেষণা প্রতিষ্ঠান এবং বিদেশী সত্তার মধ্যে সহযোগিতার প্রমাণ পাওয়া গেছে। এই সহযোগিতাগুলির মধ্যে কিছু, যদিও আপাতদৃষ্টিতে সৌজন্যমূলক বলে মনে হচ্ছে, বাস্তবে বৌদ্ধিক সম্পত্তি চুরি এবং সংবেদনশীল প্রযুক্তির গোপন স্থানান্তরের জন্য সহায়ক ছিল। জড়িত বিদেশী সত্তাগুলি মূলত জৈবপ্রযুক্তি এবং কৃত্রিম বুদ্ধিমত্তার মতো ক্ষেত্রে অত্যাধুনিক গবেষণায় প্রবেশাধিকার পেতে চাইছিল, বিশ্ব বাজারে প্রতিযোগিতামূলক সুবিধা অর্জনের চেষ্টা করছিল। প্রযুক্তির এই গোপন হস্তান্তর একটি উল্লেখযোগ্য জাতীয় নিরাপত্তা ঝুঁকি তৈরি করেছিল, যা আমেরিকান বৈজ্ঞানিক নেতৃত্বকে দুর্বল করে এবং সম্ভাব্যভাবে প্রতিপক্ষদের ক্ষমতায়িত করেছিল। তদন্তে গোপন আর্থিক লেনদেন, লুকানো অ্যাকাউন্ট এবং এই সহযোগিতার প্রকৃত প্রকৃতি গোপন করার জন্য ডিজাইন করা শেল কর্পোরেশনের প্রমাণ উন্মোচিত হয়েছিল। এই প্রকল্পগুলির জটিলতা এই দুর্নীতির বিশ্বব্যাপী নাগাল তুলে ধরে।

তদন্তে পৃথক গবেষকদের উপর দুর্নীতির ভয়াবহ প্রভাবও তুলে ধরা হয়েছে। অনেক বিজ্ঞানী, তাদের ক্যারিয়ার এবং সুনামের ভয়ে, অন্যায়ের বিরুদ্ধে কথা বলতে অনিচ্ছুক ছিলেন। বৈজ্ঞানিক সম্প্রদায়ের মধ্যে নীরবতার সংস্কৃতি ছড়িয়ে পড়েছিল, যেখানে ভিন্নমত পোষণকারীদের দ্রুত এবং নৃশংস প্রতিশোধের মুখোমুখি হতে হয়েছিল। ডঃ শর্মার মতো তথ্য ফাঁসকারীদের প্রান্তিক এবং নীরব করে দেওয়া হয়েছিল, তাদের ক্যারিয়ার কার্যকরভাবে ধ্বংস করে দেওয়া হয়েছিল। এটি ভয়ের পরিবেশ তৈরি করেছিল, গবেষকদের কর্তৃত্ব নিয়ে প্রশ্ন তোলা বা

অনৈতিক অনুশীলনকে চ্যালেঞ্জ করা থেকে নিরুৎসাহিত করেছিল। এর ফলে বৈজ্ঞানিক সত্যকে দমন করা হয়েছিল, কারণ সমালোচনামূলক কণ্ঠস্বরকে দমন করা হয়েছিল এবং সম্ভাব্য যুগান্তকারী গবেষণাকে দমন করা হয়েছিল।

ক্ষমতার অপব্যবহার কেবল পদমর্যাদার শীর্ষস্থানীয়দের মধ্যেই সীমাবদ্ধ ছিল না। তদন্তে এমন কিছু উদাহরণ উন্মোচিত হয়েছে যেখানে -এর মধ্য-স্তরের ব্যবস্থাপকরা নিজেদেরকে সমৃদ্ধ করার জন্য বা নির্দিষ্ট গবেষণা প্রকল্পের পক্ষে তাদের অবস্থানকে কাজে লাগিয়েছেন। এই ব্যক্তিরা, যাদের প্রায়শই সিনেটরের রাজনৈতিক প্রভাব বা কর্পোরেশনের আর্থিক প্রভাব ছিল না, তারা আরও ছলনাময় কৌশল অবলম্বন করেছিলেন, যেমন তথ্য হেরফের করা, গবেষণার ফলাফল জালিয়াতি করা এবং অনুকূল চিকিৎসার বিনিময়ে ঘুষ গ্রহণ করা। এই "নিত্যদিনের" দুর্নীতি, যদিও কম দর্শনীয় ছিল, সমানভাবে ক্ষতিকারক ছিল, যা ভেতর থেকে বৈজ্ঞানিক প্রক্রিয়ার অখণ্ডতাকে নষ্ট করে দিয়েছিল। এটি ক্ষমতা এবং সুযোগের দুর্নীতিগ্রস্ত প্রভাবের প্রতি এমনকি সদিচ্ছাসম্পন্ন ব্যক্তিদেরও দুর্বলতা তুলে ধরেছিল।

এই মামলাটি ব্যবস্থার একটি গুরুত্বপূর্ণ ত্রুটি তুলে ধরে: স্বচ্ছতা এবং জবাবদিহিতার অভাব। তদারকি এবং নিয়ন্ত্রণের জন্য বিদ্যমান ব্যবস্থাগুলি স্পষ্টতই অপর্যাপ্ত ছিল। পিয়ার-রিভিউ প্রক্রিয়া, যা বৈজ্ঞানিক অসদাচরণের বিরুদ্ধে একটি প্রতিরক্ষা হওয়া উচিত ছিল, তা নিয়মিতভাবে স্বার্থান্বেষী ব্যক্তিদের দ্বারা কারচুপি করা

হয়েছিল। অভ্যন্তরীণ নিরীক্ষাগুলি ছিল অকার্যকর এবং অকার্যকর, ব্যাপক দুর্নীতি সনাক্ত করতে ব্যর্থ হয়েছিল। স্বাধীন তদারকির অভাব দুর্নীতিকে বিকশিত হতে দেয়, একটি ম্যালিগন্যান্ট টিউমারের মতো ক্রমবর্ধমান, ধীরে ধীরে -এর অখণ্ডতা ধ্বংস করে। এই নিয়ন্ত্রণ এবং ভারসাম্যের অভাব প্রতিষ্ঠানটিকে কারচুপির জন্য সংবেদনশীল করে তোলে এবং জনসাধারণের আস্থা হ্রাস করে।

তদন্তের ফলে বিরাট ফলাফল এসেছে। সিনেটর ফৌজদারি অভিযোগের মুখোমুখি হয়েছেন, তার ক্যারিয়ার ধ্বংস হয়ে গেছে। -এর বেশ কয়েকজন উচ্চপদস্থ কর্মকর্তাকে গ্রেপ্তার করে মামলা করা হয়েছে। বড় বড় কর্পোরেশনগুলিকে মোটা অঙ্কের জরিমানা এবং সুনামের ক্ষতির সম্মুখীন হতে হয়েছে। নিজেই তার অভ্যন্তরীণ প্রক্রিয়াগুলির সম্পূর্ণ পুনর্গঠন করেছে, কঠোর নিয়মকানুন বাস্তবায়ন করেছে এবং তদারকি ব্যবস্থা উন্নত করেছে। যাইহোক, দুর্নীতির ক্ষত রয়ে গেছে, এমনকি সবচেয়ে সম্মানিত প্রতিষ্ঠানগুলিতেও অন্তর্নিহিত দুর্বলতার স্পষ্ট স্মারক। বৈজ্ঞানিক গবেষণা, জনসাধারণের আস্থা এবং জাতীয় নিরাপত্তার উপর দীর্ঘমেয়াদী প্রভাব এখনও দেখা যায়নি। দুর্নীতির বিরুদ্ধে লড়াই এখনও শেষ হয়নি, বিজ্ঞানের অখণ্ডতা এবং জনসাধারণের কল্যাণ রক্ষা করার জন্য একটি অবিরাম সতর্কতা প্রয়োজন। সিলাসের ছায়া এবং তিনি যে নেটওয়ার্কটি উন্মোচিত করেছিলেন তা অব্যাহত ছিল, ক্ষমতা, প্রভাব এবং অনিয়ন্ত্রিত উচ্চাকাঙ্ক্ষার প্রতারণামূলক প্রকৃতির প্রমাণ। শেখা শিক্ষাগুলি কঠোর ছিল, কিন্তু বৈজ্ঞানিক গবেষণার ভবিষ্যতের জন্য

অপরিহার্য ছিল। আস্থা পুনরুদ্ধারের জন্য প্রতিটি স্তরে স্বচ্ছতা, জবাবদিহিতা এবং নীতিগত আচরণের প্রতি অটল প্রতিশ্রুতি দাবি করা হয়েছিল।

তদন্তের পরিধি এবং ওষুধ শিল্পের সীমানা ছাড়িয়ে অনেক দূরে বিস্তৃত ছিল। এটি রাজনৈতিক কৌশলের অস্পষ্ট জগতে প্রবেশ করে, জোট, বিশ্বাসঘাতকতা এবং গোপন চুক্তির জটিল টেপেস্ট্রি প্রকাশ করে যা দুর্নীতিকে সমৃদ্ধ করতে সক্ষম করেছিল। সিনেটর রিড, যদিও একজন কেন্দ্রীয় ব্যক্তিত্ব, কেবল অনেক বৃহত্তর হিমশৈলের একটি দৃশ্যমান অংশ ছিলেন। তার কর্মকাণ্ডে লবিস্ট, প্রচারণা দাতা এবং রাজনৈতিক কর্মীদের একটি নেটওয়ার্ক সহায়তা করেছিল যারা তাকে জবাবদিহিতা থেকে রক্ষা করার জন্য অক্লান্ত পরিশ্রম করেছিল। এই ব্যক্তিরা, প্রায়শই ছায়ায় কাজ করে, রাজনৈতিক দৃশ্যপট গঠনে এবং বিজ্ঞান ও স্বাস্থ্যসেবা সম্পর্কিত আইনসভার সিদ্ধান্তগুলিকে প্রভাবিত করতে গুরুত্বপূর্ণ ভূমিকা পালন করেছিল।

মার্কাস থর্ন নামে একজন অভিজ্ঞ রাজনৈতিক কৌশলবিদ, তদন্তে একজন গুরুত্বপূর্ণ ব্যক্তিত্ব হিসেবে আবির্ভূত হন। রাজনৈতিক স্পিন এবং কারসাজির ক্ষেত্রে দক্ষ থর্ন, এক দশকেরও বেশি সময় ধরে সিনেটর রিডের জন্য কাজ করছিলেন। ক্ষমতার গোলকধাঁধায় চলাচল করার এক অদ্ভুত ক্ষমতা তার ছিল, সিনেটরের এজেন্ডা এগিয়ে নিতে এবং যেকোনো সম্ভাব্য হুমকিকে নিরপেক্ষ করার জন্য তার বিস্তৃত যোগাযোগের নেটওয়ার্ক ব্যবহার করা হয়েছিল। থর্নের প্রভাব সিনেটর রিডের তাৎক্ষণিক বৃত্তের বাইরেও বিস্তৃত ছিল, উভয় রাজনৈতিক দলের সর্বোচ্চ পর্যায়ে পৌঁছেছিল। তিনি

দক্ষতার সাথে প্রচারণার অনুদান পরিচালনা করেছিলেন, বিশেষজ্ঞের সাথে ওষুধ কোম্পানি থেকে আপাতদৃষ্টিতে স্বাধীন রাজনৈতিক অ্যাকশন কমিটিতে অর্থ স্থানান্তর করেছিলেন, কার্যকরভাবে তহবিলের উৎসকে গোপন করেছিলেন। শেল কর্পোরেশন এবং বেনামী অনুদানের এই জটিল নেটওয়ার্ক অর্থের প্রবাহ সনাক্ত করা কঠিন করে তুলেছিল, যা তদন্তের অগ্রগতিকে বাধাগ্রস্ত করেছিল।

তদন্তে থর্ন এবং প্রশাসনের বিভিন্ন উচ্চপদস্থ কর্মকর্তার মধ্যে একাধিক কোডেড ইমেল এবং এনক্রিপ্ট করা বার্তা উন্মোচিত হয়, যা তথ্য দমন এবং তদন্তের অগ্রগতি বাধাগ্রস্ত করার ইচ্ছাকৃত প্রচেষ্টার ইঙ্গিত দেয়। এই যোগাযোগগুলি জনমতকে কাজে লাগানো, তদন্তকারীদের অসম্মান করা এবং সিনেটর রিডকে তদন্ত থেকে রক্ষা করার একটি পরিশীলিত কৌশল প্রকাশ করে। জনসংযোগে থর্নের দক্ষতা তাকে আখ্যানটি গঠনের সুযোগ করে দেয়, সিনেটর রিডকে ব্যাপক দুর্নীতির অপরাধীর পরিবর্তে রাজনৈতিক নিপীড়নের শিকার হিসেবে চিত্রিত করে। তার কৌশলের নিখুঁত পরিশীলিততা এবং তার নেটওয়ার্কের গভীরতা প্রতারণার জাল উন্মোচনে তদন্তকারীদের মুখোমুখি হওয়া ভয়াবহ বাধাগুলিকে তুলে ধরে।

তদুপরি, তদন্তে থর্নের জড়িত থাকার বিষয়টি প্রকাশ পেয়েছে, যার লক্ষ্য ছিল তথ্য ফাঁসকারীদের নীরব করা এবং সিনেটর রিডের কর্তৃত্বকে চ্যালেঞ্জ করার সাহসী যে কাউকে অসম্মান করা। উদাহরণস্বরূপ, ডঃ শর্মা এক

অবিরাম অপবাদ প্রচারণার লক্ষ্যবস্তুতে পরিণত হন, যেখানে থর্ন তার বিশ্বাসযোগ্যতা ক্ষুণ্ন করতে এবং তার খ্যাতি নষ্ট করার জন্য মিডিয়াতে মিথ্যা তথ্য ফাঁস করেছিলেন। এই কৌশলটি অত্যন্ত কার্যকর প্রমাণিত হয়েছিল, যা অন্যান্য সম্ভাব্য তথ্য ফাঁসকারীদের এগিয়ে আসতে নিরুৎসাহিত করেছিল। সিনেটর রিডের বিরোধিতাকারীদের বিরুদ্ধে থর্নের নিরলস তাড়াহুড়োয় প্রতিশোধের ভয় নীরবতার একটি সংস্কৃতি তৈরি করেছিল যা দুর্নীতিকে নিয়ন্ত্রণহীনভাবে আরও তীব্রতর করে তুলেছিল।

তদন্তের রাজনৈতিক তাৎপর্য ছিল গভীর। সিনেটর রিডের নেটওয়ার্কের উন্মোচন সিনেটের মধ্যে ক্ষমতার সূক্ষ্ম ভারসাম্যকে অস্থিতিশীল করার হুমকি দেয়, রাজনৈতিক দৃশ্যপটে ভূমিকম্পের সৃষ্টি করে। বেশ কয়েকটি প্রভাবশালী কমিটির সভাপতির সাথে তার ঘনিষ্ঠ সম্পর্ক এবং গুরুত্বপূর্ণ আইন প্রণয়নে তার ভূমিকার অর্থ হল তার পতনের সুদূরপ্রসারী পরিণতি হতে পারে। তদন্তটি রাজনৈতিক কৌশলের জন্য একটি যুদ্ধক্ষেত্রে পরিণত হয়েছিল, যেখানে বিভিন্ন গোষ্ঠী এর ফলাফলকে প্রভাবিত করতে এবং তাদের নিজস্ব স্বার্থ রক্ষা করার জন্য প্রতিযোগিতা করেছিল।

তদন্তকারী দল শক্তিশালী রাজনৈতিক শক্তির কাছ থেকে অবিরাম চাপের সম্মুখীন হয়েছিল। তদন্তের পরিধি হ্রাস করার, গুরুত্বপূর্ণ নথি এবং সাক্ষীদের অ্যাক্সেস সীমিত করার, এমনকি তদন্তকারীদের নিজেদের অসম্মান করার চেষ্টা করা হয়েছিল। রাজনৈতিক চাপ ছিল প্রচণ্ড, ধ্রুবক

এবং প্রায়শই সূক্ষ্ম, যার লক্ষ্য ছিল তদন্তকারীদের দৃঢ়সংকল্পকে দুর্বল করে দেওয়া এবং মামলাটি পরিত্যাগ করতে বাধ্য করা।

তবে দলটি অবিচল ছিল, নিরলসভাবে সত্যের সন্ধান করেছিল। তারা রাজনৈতিক হস্তক্ষেপের প্রতিটি ঘটনা অত্যন্ত সতর্কতার সাথে লিপিবদ্ধ করেছিল, দুর্নীতির ভিত্তি তৈরিকারী জটিল সম্পর্ক এবং আর্থিক লেনদেনকে অত্যন্ত সতর্কতার সাথে একত্রিত করেছিল। তারা তদন্তমূলক কৌশলগুলিতে তাদের দক্ষতা এবং রাজনৈতিক গতিশীলতার গভীর বোধগম্যতাকে কাজে লাগিয়ে বাধাগুলি অতিক্রম করেছিল। এই অধ্যবসায় অবশেষে ফলপ্রসূ হয়েছিল, কারণ প্রমাণের ওজন এতটাই ভারী হয়ে ওঠে যে এমনকি সবচেয়ে শক্তিশালী রাজনৈতিক শক্তিও তা উপেক্ষা করতে পারে না।

তদন্তের রাজনৈতিক পরিণতি ছিল নাটকীয়। সিনেটর রিডকে শেষ পর্যন্ত দুর্নীতির একাধিক অভিযোগে অভিযুক্ত এবং দোষী সাব্যস্ত করা হয়, তার রাজনৈতিক ক্যারিয়ার অকাট্যভাবে ধ্বংস হয়ে যায়। তার ঘনিষ্ঠতম সহযোগীদের মধ্যে বেশ কয়েকজনের বিরুদ্ধেও ফৌজদারি অভিযোগ আনা হয়েছিল, যার মধ্যে মার্কাস থর্নও ছিলেন, যিনি ষড়যন্ত্র, ন্যায়বিচারে বাধা এবং সাক্ষীদের ভয় দেখানোর জন্য দোষী সাব্যস্ত হয়েছিলেন। এই রায় রাজনৈতিক প্রতিষ্ঠানে এক ধাক্কার ঢেউ তুলে ধরে, যা দুর্নীতির ব্যাপকতা এবং অনিয়ন্ত্রিত ক্ষমতার পরিণতি তুলে ধরে।

তবে, জয়টি ছিল তিক্ত-মিষ্টি। তদন্ত ব্যবস্থার মধ্যে গভীর ত্রুটিগুলি উন্মোচিত করে, যা দুর্নীতিকে এত দিন ধরে বিকশিত হতে সাহায্য করেছিল। স্বচ্ছতার অভাব, লবিং প্রভাবের ঝুঁকি এবং রাজনৈতিক কর্মীরা যে সহজে ব্যবস্থাকে নিয়ন্ত্রণ করতে পারত, এগুলি সবই একটি জটিল এবং আন্তঃসংযুক্ত রাজনৈতিক পরিবেশে দুর্নীতির বিরুদ্ধে লড়াইয়ের চ্যালেঞ্জগুলির স্পষ্ট স্মারক।

তদন্তের দীর্ঘমেয়াদী প্রভাব সরাসরি জড়িত ব্যক্তিদের বাইরেও বিস্তৃত ছিল। এটি -এর মধ্যে উল্লেখযোগ্য সংস্কারের আহ্বানকে উৎসাহিত করেছিল, যার মধ্যে রয়েছে বর্ধিত স্বচ্ছতা, কঠোর নৈতিক নির্দেশিকা এবং বর্ধিত তদারকি ব্যবস্থা। তদন্তটি প্রচারণার অর্থ সংস্কার, লবিং বিধিনিষেধ এবং রাজনীতিতে অর্থের ভূমিকা সম্পর্কে একটি বিস্তৃত আলোচনার সূত্রপাত করেছিল। তাৎক্ষণিক সংকট কেটে গেলেও, তদন্তটি রাজনৈতিক দৃশ্যপটে একটি অমোচনীয় চিহ্ন রেখে গেছে, যা সুশাসনের মৌলিক নীতি এবং জবাবদিহিতার প্রয়োজনীয়তা সম্পর্কে একটি গুরুত্বপূর্ণ আলোচনার সূত্রপাত করেছে।

তদন্তের ফলাফল সরকার এবং বৈজ্ঞানিক উদ্যোগের উপর জনসাধারণের আস্থার উপর ব্যাপক প্রভাব ফেলেছিল। ব্যাপক দুর্নীতির প্রকাশের ফলে একসময় উচ্চ সম্মানিত প্রতিষ্ঠানগুলির উপর জনসাধারণের আস্থা হ্রাস পায়। আস্থার ক্ষয় রাজনৈতিক পরিধি ছাড়িয়েও বিস্তৃত হয়, যা বিজ্ঞান এবং এর সম্ভাব্য সুবিধা সম্পর্কে

জনসাধারণের ধারণাকে প্রভাবিত করে। তদন্তের পর এই আস্থা পুনর্নির্মাণের প্রয়োজনীয়তা একটি কেন্দ্রীয় বিষয় হয়ে ওঠে।

সততা ও স্বচ্ছতার জন্য সংগ্রাম একটি চলমান যুদ্ধ হিসেবে রয়ে গেছে, ভবিষ্যতে ক্ষমতার অনুরূপ অপব্যবহার রোধ করার জন্য একটি অবিরাম সতর্কতা প্রয়োজন। দুর্নীতির বিরুদ্ধে লড়াইয়ের জন্য কেবল শক্তিশালী আইন ও বিধিবিধানই নয়, বরং সমাজের সকল স্তরে জবাবদিহিতা, স্বচ্ছতা এবং নৈতিক আচরণের প্রতি অঙ্গীকারের সংস্কৃতিও প্রয়োজন। দুর্নীতির ছায়া কিছুটা হলেও উঠে এসেছে, যা অনিয়ন্ত্রিত ক্ষমতার প্রতারণামূলক প্রকৃতি এবং দৃঢ় দুর্নীতির মুখে প্রতিষ্ঠানগুলির ভঙ্গুরতার স্পষ্ট স্মারক হিসেবে কাজ করছে। বিজ্ঞান ও সরকারের আস্থা পুনর্নির্মাণ এবং অখণ্ডতা পুনরুদ্ধারের কাজটি একটি দীর্ঘ এবং শ্রমসাধ্য প্রক্রিয়া হবে, যার জন্য সকল অংশীদারদের কাছ থেকে টেকসই প্রচেষ্টা এবং প্রতিশ্রুতি প্রয়োজন। অতএব, তদন্তের উত্তরাধিকার তাৎক্ষণিক পরিণতি অতিক্রম করে, দুর্নীতির বিরুদ্ধে লড়াই এবং জনসাধারণের কল্যাণ রক্ষার ভবিষ্যতের প্রচেষ্টাকে রূপ দেয়। যুদ্ধ জয়ী হয়েছিল, কিন্তু দুর্নীতির বিরুদ্ধে যুদ্ধ এখনও শেষ হয়নি।

সিনেটর রিড এবং মার্কাস থর্নের বিরুদ্ধে অভিযোগ আনা, যদিও একটি উল্লেখযোগ্য বিজয় ছিল, তা কেবল শুরু ছিল। পরবর্তীকালে এই ধামাচাপা দেওয়ার তদন্তে প্রতারণার এক ভয়ঙ্কর নেটওয়ার্ক উন্মোচিত হয়, যা ওষুধ কেলেঙ্কারির প্রাথমিক পরিধির বাইরেও বিস্তৃত ছিল। সত্য গোপন করার প্রচেষ্টার নিছক সাহসিকতা দুর্নীতির

এক স্তর উন্মোচিত করে যা রাজনৈতিক প্রতিষ্ঠানের একেবারে কেন্দ্রবিন্দুতে পৌঁছেছিল। তদন্তে প্রাথমিক তদন্তকে অসম্মানিত করার, ভিন্নমত দমন করার এবং শেষ পর্যন্ত সত্যকে কবর দেওয়ার জন্য একটি অত্যন্ত সতর্কতার সাথে পরিকল্পিত প্রচারণা উন্মোচিত হয়।

এই গোপন অভিযানের সবচেয়ে আকর্ষণীয় দিকগুলির মধ্যে একটি ছিল আপাতদৃষ্টিতে স্বাধীন গণমাধ্যমের সম্পৃক্ততা। প্রাথমিকভাবে নিরপেক্ষ তথ্যের উৎস হিসেবে বিবেচিত বেশ কয়েকটি সংবাদ সংস্থা থর্ন এবং সিনেটর রিডের সাথে যুক্ত শেল কর্পোরেশন থেকে প্রচুর অর্থায়ন পেয়েছে বলে জানা গেছে। এই সংস্থাগুলি এমন নিবন্ধ প্রকাশ করেছিল যা পদ্ধতিগতভাবে ডঃ শর্মা এবং অন্যান্য তথ্য ফাঁসকারীদের বিশ্বাসযোগ্যতাকে আক্রমণ করেছিল, প্রায়শই বিভ্রান্তি ছড়াতে এবং জনসাধারণের আস্থা নষ্ট করার জন্য তৈরি করা বানোয়াট তথ্য এবং অর্ধ-সত্য প্রচার করেছিল। বৈধ বলে মনে করার জন্য সাবধানে তৈরি করা নিবন্ধগুলি সূক্ষ্ম কিন্তু ক্ষতিকারক ছিল, ভুল তথ্যের একটি কুয়াশা তৈরি করেছিল যা কার্যকরভাবে ভিন্নমত পোষণকারীদের কণ্ঠস্বরকে নীরব করে দিয়েছিল। তদন্তকারীরা সম্পাদক এবং সাংবাদিকদের সরাসরি অর্থ প্রদানের প্রমাণ খুঁজে পেয়েছেন, এনক্রিপ্ট করা চ্যানেলের মাধ্যমে বিনিময় করা হয়েছে যাতে সম্ভাব্য অস্বীকারযোগ্যতা বজায় রাখা যায়। এই গোপন অভিযানটি শক্তিশালী স্বার্থের দ্বারা মিডিয়ার হস্তক্ষেপের ঝুঁকি তুলে ধরে, একটি বিরক্তিকর প্রকাশ যা সংবাদপত্রের প্রতি জনসাধারণের আস্থাকে নাড়া দেয়।

তদন্তটি রাজনৈতিক অনুদান এবং লবিংয়ের জগতেও গভীরভাবে অনুসন্ধান করে। প্রাথমিকভাবে শেল কর্পোরেশন এবং অফশোর অ্যাকাউন্টের গোলকধাঁধায় লুকিয়ে থাকা অর্থের পথটি অত্যন্ত সতর্কতার সাথে সমাধান করা হয়েছিল, যা গুরুত্বপূর্ণ রাজনৈতিক ব্যক্তিত্ব এবং প্রভাবশালী কমিটিগুলিতে অবৈধ অর্থপ্রদানের একটি নেটওয়ার্ক প্রকাশ করে। আর্থিক প্রভাবের এই জটিল ব্যবস্থা সিনেটর রিড এবং তার মিত্রদের আইনসভার এজেন্ডা নিয়ন্ত্রণ করতে সক্ষম করে, নিশ্চিত করে যে ওষুধ শিল্পের পক্ষে অনুকূল বিলগুলি পাস করা হয়েছিল এবং জনস্বাস্থ্য রক্ষার জন্য তৈরি আইন স্থগিত করা হয়েছিল বা সরাসরি প্রত্যাখ্যান করা হয়েছিল। তদন্তে কুইড প্রো কো ব্যবস্থার প্রমাণ পাওয়া গেছে, যেখানে প্রচারণার অবদান এবং লাভজনক লবিং চুক্তির জন্য রাজনৈতিক অনুগ্রহ বিনিময় করা হয়েছিল। এই লেনদেনের নিছক স্কেল, কয়েক বছর ধরে এবং অসংখ্য ব্যক্তি জড়িত, রাজনৈতিক ব্যবস্থার মধ্যে পদ্ধতিগত দুর্নীতির একটি বিরক্তিকর চিত্র তুলে ধরে।

তদুপরি, তদন্তে আইনি ব্যবস্থাকে নিয়ন্ত্রণ করার জন্য একটি জটিল কৌশল প্রকাশ পেয়েছে। থর্ন, তার বিস্তৃত যোগাযোগের নেটওয়ার্কের মাধ্যমে, তদন্তকে বিলম্বিত করার এবং শেষ পর্যন্ত লাইনচ্যুত করার জন্য একাধিক আইনি চ্যালেঞ্জ পরিচালনা করেছিলেন। তদন্তকারীদের বিরুদ্ধে অসদাচরণ এবং নীতিগত লঙ্ঘনের অভিযোগে মামলা দায়ের করা হয়েছিল। এই মামলাগুলি, যদিও শেষ পর্যন্ত খারিজ হয়ে গিয়েছিল, তাদের উদ্দেশ্য পূরণ করেছিল: তারা সম্পদের উপর আধিপত্য বিস্তার করেছিল, মূল্যবান সময় নষ্ট করেছিল এবং অনিশ্চয়তা

এবং ভীতির পরিবেশ তৈরি করেছিল। তদন্তে থর্ন এবং কিছু আইনজীবি পেশাদারদের মধ্যে যোগসাজশের প্রমাণ উন্মোচিত হয়েছিল, যা ন্যায়বিচারকে বাধাগ্রস্ত করার এবং সিনেটর রিড এবং তার সহযোগীদের রক্ষা করার জন্য ইচ্ছাকৃত প্রচেষ্টার ইঙ্গিত দেয়। আইনি প্রক্রিয়াকে নিয়ন্ত্রণ করার জন্য তারা যে পর্যায়ে গিয়েছিলেন তা আইনের শাসনের প্রতি বিরক্তিকর অবজ্ঞা এবং জবাবদিহিতা এড়াতে তাদের ক্ষমতার প্রতি একটি নিন্দনীয় বিশ্বাস প্রকাশ করে।

এই ধামাচাপা দেওয়ার মধ্যে সাক্ষীদের ভয় দেখানো এবং চুপ করে দেওয়ার চেষ্টাও ছিল। তদন্তে প্রাথমিকভাবে সহযোগিতা করা বেশ কয়েকজন ব্যক্তি পরবর্তীতে প্রতিশোধের ভয়ে তাদের সাক্ষ্য প্রত্যাহার করে নেন। তদন্তকারীরা সাক্ষী এবং তাদের পরিবারের উপর হয়রানি, হুমকি এবং এমনকি শারীরিক ক্ষতির ঘটনাও নথিভুক্ত করেছেন। ভয় দেখানোর কৌশলগুলি ছিল সূক্ষ্ম চাপ থেকে শুরু করে প্রকাশ্য হুমকি পর্যন্ত, যা ভয়ের পরিবেশ তৈরি করে যা ব্যক্তিদের গুরুত্বপূর্ণ তথ্য নিয়ে এগিয়ে আসতে বাধা দেয়। এই পদ্ধতিগত ভয় দেখানোর অভিযানটি শক্তিশালী ব্যক্তিরা তাদের স্বার্থ রক্ষা এবং ক্ষমতার উপর তাদের দখল বজায় রাখার জন্য কতটা সীমা অতিক্রম করতে পারে তা তুলে ধরে। তদন্তকারীরা ভয় দেখানোর একটি ধরণ আবিষ্কার করেছেন, যা ভিন্নমত দমন করার এবং প্রতিষ্ঠিত ব্যবস্থাকে চ্যালেঞ্জ করার সাহস করে এমন যে কাউকে নীরব করার জন্য পরিকল্পিত একটি সুসংগঠিত অভিযানের পরামর্শ দেয়।

তদন্তটি মার্কিন যুক্তরাষ্ট্রের বাইরেও বিস্তৃত হয়েছিল। তদন্তকারীরা আর্থিক নিয়ন্ত্রণ এবং ব্যাংকিং গোপনীয়তার জন্য পরিচিত বেশ কয়েকটি দেশের অফশোর অ্যাকাউন্টগুলিতে অর্থের পথ অনুসরণ করেছিলেন। এই আন্তর্জাতিক সংযোগগুলি তদন্তকে আরও জটিল করে তুলেছিল, যার জন্য আন্তর্জাতিক সহযোগিতা এবং জটিল আর্থিক লেনদেনের একটি পরিশীলিত ধারণার প্রয়োজন হয়েছিল। অফশোর অ্যাকাউন্টগুলিতে উল্লেখযোগ্য পরিমাণ অর্থ ছিল, যা ধামাচাপা দেওয়ার জন্য এবং ভিন্নমত দমনে জড়িতদের পুরস্কৃত করার জন্য ব্যবহার করা হয়েছিল। আন্তর্জাতিক সীমান্ত পেরিয়ে অর্থের প্রবাহ সনাক্ত করার জন্য কঠোর প্রচেষ্টা এবং আন্তর্জাতিক আইন প্রয়োগকারী সংস্থাগুলির সাথে ঘনিষ্ঠ সহযোগিতার প্রয়োজন ছিল। তদন্তে আন্তর্জাতিক অর্থ পাচারের বিরুদ্ধে লড়াইয়ের ক্রমবর্ধমান চ্যালেঞ্জ এবং দুর্নীতির সুবিধার্থে অফশোর স্বর্গের ভূমিকা তুলে ধরা হয়েছিল।

গোপন রহস্য উন্মোচনের জন্য বহুমুখী পদ্ধতির প্রয়োজন ছিল। তদন্তকারীরা অর্থের প্রবাহ সনাক্ত করার জন্য উন্নত ফরেনসিক অ্যাকাউন্টিং কৌশল, লুকানো সংযোগ উন্মোচনের জন্য অত্যাধুনিক তথ্য বিশ্লেষণ এবং গুরুত্বপূর্ণ খেলোয়াড়দের মধ্যে যোগাযোগ পর্যবেক্ষণের জন্য উন্নত নজরদারি প্রযুক্তি ব্যবহার করেছিলেন। তারা তাদের পথে আসা বাধাগুলি কাটিয়ে উঠতে সাইবার নিরাপত্তা, আর্থিক বিশ্লেষণ এবং আন্তর্জাতিক আইন সহ বিভিন্ন ক্ষেত্রের বিশেষজ্ঞদের সাথে সহযোগিতা করেছিলেন। তদন্তটি আন্তঃসংস্থা সহযোগিতার গুরুত্ব এবং দুর্নীতির জটিল রূপগুলিকে কার্যকরভাবে মোকাবেলা করার জন্য উন্নত তদন্ত কৌশলের

প্রয়োজনীয়তা প্রদর্শন করেছিল। ষড়যন্ত্রের গভীরতা এবং প্রসার ছিল বিস্ময়কর, যা প্রতারণার জাল বজায় রাখার সাথে জড়িতদের সম্পদ এবং দৃঢ়তার প্রমাণ।

গোপন তথ্য ফাঁসের ফলে উল্লেখযোগ্য পরিণতি ঘটে। রাজনৈতিক ব্যবস্থার উপর জনসাধারণের আস্থা হ্রাস পায়, যা সরকারের প্রতি ব্যাপক নিন্দা ও অবিশ্বাসের জন্ম দেয়। গণমাধ্যম তীব্র তদন্তের মুখোমুখি হয়, বৃহত্তর স্বচ্ছতা এবং জবাবদিহিতার দাবির সাথে। তদন্তে প্রচারণার অর্থায়ন, লবিং অনুশীলন এবং মিডিয়া মালিকানার উপর কঠোর নিয়ন্ত্রণের প্রয়োজনীয়তা তুলে ধরা হয়। গোপন তথ্য ফাঁসের প্রভাব সরাসরি জড়িত ব্যক্তিদের বাইরেও বিস্তৃত ছিল, ব্যবস্থার মৌলিক ত্রুটিগুলি প্রকাশ করে যা এই ধরণের ব্যাপক দুর্নীতিকে বিকশিত হতে দেয়। গোপন তথ্য ফাঁসের দীর্ঘমেয়াদী প্রভাব আগামী বছরগুলিতে অনুভূত হবে, যা রাজনৈতিক আলোচনাকে রূপ দেবে এবং প্রজন্মের পর প্রজন্ম ধরে জননীতি বিতর্ককে প্রভাবিত করবে। তদন্তটি দৃঢ় দুর্নীতির মুখে গণতান্ত্রিক প্রতিষ্ঠানগুলির ভঙ্গুরতা এবং রাজনৈতিক প্রক্রিয়ার অখণ্ডতা রক্ষার গুরুত্বের স্পষ্ট স্মারক হিসেবে কাজ করবে। সত্য প্রকাশের লড়াইয়ে জয়লাভ করা হয়েছিল, কিন্তু জনগণের আস্থা পুনরুদ্ধার এবং ভবিষ্যতের অপব্যবহার প্রতিরোধের লড়াই একটি কঠিন চ্যালেঞ্জ হিসেবে রয়ে গেছে। দুর্নীতির ছায়া রয়ে গেছে, আত্মতুষ্টির মূল্য এবং স্বচ্ছতা, জবাবদিহিতা এবং ন্যায়বিচারের নীতিগুলিকে সমুন্নত রাখার জন্য চলমান সংগ্রামের একটি অবিরাম স্মারক।

নীরবতা ভেঙে যাওয়ার পর, একের পর এক তথ্যের ঝড় বইতে থাকে। ডঃ শর্মার প্রাথমিক সাক্ষ্য, যদিও সাহসী, কেবল পৃষ্ঠতলকেই আঁচড়ে ফেলেছিল। পরবর্তীকালে প্রমাণের তুষারপাত একটি পদ্ধতিগত পচন, একটি মারাত্মক টিউমারকে জাতির প্রতিষ্ঠানের ভিত্তি গ্রাস করে ফেলছিল তা উন্মোচিত করে। দেখা গেল, নীরবতার মূল্য যে কারও কল্পনার চেয়েও অনেক বেশি ছিল। এটি কেবল স্বাস্থ্যের ক্ষতি এবং আস্থা ভেঙে যাওয়ার বিষয় ছিল না; এটি গণতান্ত্রিক প্রক্রিয়ার সাথেই বিশ্বাসঘাতকতা ছিল।

তদন্তে অসংখ্য ঘটনা উন্মোচিত হয়েছে যেখানে গুরুত্বপূর্ণ তথ্য থাকা ব্যক্তিরা নীরব থাকা বেছে নিয়েছিলেন। অবশ্যই, ভয় একটি গুরুত্বপূর্ণ ভূমিকা পালন করেছিল। অনেকেই থর্ন এবং তার সহযোগীদের দ্বারা ব্যবহৃত নৃশংস কৌশলগুলি প্রত্যক্ষ করেছিলেন - সূক্ষ্ম হুমকি, গোপন সতর্কবাণী, হঠাৎ ক্যারিয়ারের পতন, সুনাম নষ্ট করার জন্য তৈরি করা কানাঘুষা গুজব। কিন্তু ভয়ই একমাত্র প্রেরণা ছিল না। উচ্চাকাঙ্ক্ষা, আত্ম-সংরক্ষণ এবং স্বার্থের একটি নিন্দনীয় হিসাবও নীরবতার প্রাচীরে অবদান রেখেছিল। অনেকেই প্রত্যক্ষ বা পরোক্ষভাবে দুর্নীতিগ্রস্ত ব্যবস্থা থেকে উপকৃত হয়েছিল, তাদের সহযোগিতার বিনিময়ে পদোন্নতি, লাভজনক চুক্তি বা রাজনৈতিক অনুগ্রহ পেয়েছিল। তারা একটি বিশাল ষড়যন্ত্রে অনিচ্ছাকৃতভাবে অংশগ্রহণকারী হয়ে পড়েছিল, তাদের নীরবতা এমন একটি ব্যবস্থাকে শক্তিশালী করেছিল যা দুর্নীতিকে পুরস্কৃত করেছিল এবং সততাকে শাস্তি দিয়েছিল।

একটি বিশেষ মর্মান্তিক ঘটনা ছিল থর্ন ফার্মাসিউটিক্যালসের একজন মধ্যম স্তরের নির্বাহী, এভলিন রিড নামে একজন মহিলার সাথে (যার সাথে সিনেটরের কোন সম্পর্ক ছিল না, তবে তা সত্ত্বেও একটি আশ্চর্যজনক কাকতালীয় ঘটনা)। কেলেঙ্কারি ফাঁস হওয়ার কয়েক বছর আগে এভলিন ওষুধের পার্শ্বপ্রতিক্রিয়া সম্পর্কে জঘন্য প্রমাণ পেয়েছিলেন। তিনি এমনকি একটি অভ্যন্তরীণ স্মারকলিপিও তৈরি করেছিলেন যেখানে তার উদ্বেগের কথা উল্লেখ করা হয়েছিল, তার ফলাফলগুলি সূক্ষ্মভাবে বিশদভাবে বর্ণনা করা হয়েছিল। যাইহোক, তিনি শেষ পর্যন্ত তার স্মারকলিপিটি রিপোর্ট না করার সিদ্ধান্ত নিয়েছিলেন। পরে একটি ভুলে যাওয়া ফাইল ক্যাবিনেটে লুকিয়ে থাকা স্মারকলিপিটি তার অভ্যন্তরীণ অস্থিরতা প্রকাশ করেছিল। তিনি তার বিবেকের সাথে লড়াই করেছিলেন, চুপ থাকার ঝুঁকির বিরুদ্ধে হুইসেলব্লোয়ের সম্ভাব্য পরিণতিগুলি বিবেচনা করেছিলেন। স্মারকের প্রান্তে আটকে থাকা তার অভ্যন্তরীণ একক বক্তব্য তার সিদ্ধান্তের ভারী বোঝা প্রকাশ করেছিল। ভয়, অবশ্যই, কিন্তু শক্তিহীনতার গভীর অনুভূতি তাকে কথা বলতে বাধা দিয়েছিল। তিনি একটি বিশাল, প্রতিধ্বনিত কক্ষে একটি ছোট কণ্ঠস্বরের মতো অনুভব করেছিলেন, নিশ্চিত ছিলেন যে তার কাজগুলি অপ্রয়োজনীয় হবে, তার সতর্কবাণী উপেক্ষা করা হবে। এভলিনের গল্পটি অনন্য ছিল না। এটি অসংখ্য অন্যদের অভিজ্ঞতার প্রতিধ্বনি করে যারা নীরব থাকা বেছে নিয়েছিল, তাদের কণ্ঠস্বর জটিলতার শ্বাসরুদ্ধকর নীরবতায় হারিয়ে গিয়েছিল।

তদন্তে গোপনীয়তা রক্ষার জন্য জটিল চুক্তির একটি নেটওয়ার্কও উন্মোচিত হয়েছে, সম্ভাব্য তথ্য ফাঁসকারীদের নীরব করার জন্য সাবধানতার সাথে তৈরি আইনি নথি। প্রায়শই আইনি ভাষায় আবৃত এই চুক্তিগুলিতে কঠোর ধারা ছিল যা কার্যকরভাবে ব্যক্তিদের তাদের অভিজ্ঞতা সম্পর্কে কথা বলতে বাধা দেয়, উল্লেখযোগ্য আর্থিক জরিমানা এবং দীর্ঘস্থায়ী আইনি লড়াইয়ের হুমকি দেয়। ব্যয়বহুল মামলার সম্ভাবনা দেখে ভীত হয়ে অনেক কর্মচারী এই চুক্তিগুলিতে স্বাক্ষর করেছিলেন, কার্যকরভাবে সত্য কথা বলার অধিকার ত্যাগ করেছিলেন। এই চুক্তিগুলির ব্যাপক প্রকৃতি থর্ন এবং তার সহযোগীরা ভিন্নমতকে নিয়ন্ত্রণ এবং নীরব করার জন্য কতটা পদক্ষেপ নিয়েছিলেন তা তুলে ধরেছিল। এই চুক্তিগুলির পদ্ধতিগত ব্যবহার, ভয় দেখানোর কৌশলের সাথে মিলিত হয়ে, ভয়ের একটি সংস্কৃতি তৈরি করেছিল যা উন্মুক্ত যোগাযোগকে দমিয়ে রেখেছিল এবং অন্যায়ের প্রকাশকে বাধাগ্রস্ত করেছিল। তদন্তকারীদের এই জটিল আইনি জালগুলি খুলে ফেলা, কিছু চুক্তির বৈধতাকে চ্যালেঞ্জ করা এবং যারা তাদের নীরবতা ভাঙতে বেছে নিয়েছিল তাদের আইনি সহায়তা প্রদানের কঠিন কাজটি ছেড়ে দেওয়া হয়েছিল।

আইনি জটিলতার বাইরেও, নীরবতার মূল্য জনসাধারণের আস্থার ক্ষয় পর্যন্ত প্রসারিত হয়েছিল। রাজনৈতিক ব্যবস্থা এবং ওষুধ শিল্প উভয়ের অখণ্ডতার প্রতি জনসাধারণের বিশ্বাস মারাত্মকভাবে ভেঙে পড়েছিল। নিন্দাবাদ এবং অবিশ্বাস ব্যাপক হয়ে ওঠে, নাগরিক সম্পৃক্ততা হ্রাস করে এবং অনেককে হতাশাগ্রস্ত এবং শক্তিহীন বোধ করে। ধামাচাপা দেওয়ার ক্ষেত্রে মিডিয়ার জড়িততা এই

বিষয়টিকে আরও বাড়িয়ে তোলে, যার ফলে মিডিয়ার বিশ্বাসযোগ্যতা এবং দায়িত্বের ব্যাপক পুনর্মূল্যায়ন শুরু হয়। নীরবতা ভুল তথ্য এবং অবিশ্বাসের প্রজননক্ষেত্রে পরিণত হয়েছিল, যার ফলে সামাজিক সংহতি এবং গণতান্ত্রিক প্রক্রিয়ার জন্য ধ্বংসাত্মক পরিণতি হয়েছিল।

তদন্তে দেখা গেছে যে নীরবতার মূল্য কেবল যারা নীরব থাকা বেছে নিয়েছিল তাদের দ্বারা নয়, বরং সমগ্র সম্প্রদায়কে দিতে হয়েছে। ওষুধের ক্ষতিকারক প্রভাবগুলির বিলম্বিত প্রকাশের ফলে উল্লেখযোগ্য সংখ্যক প্রতিরোধযোগ্য আঘাত এবং মৃত্যু ঘটে। ভুক্তভোগীদের পরিবারগুলি অকল্পনীয় শোকের সম্মুখীন হয়েছিল, তাদের প্রিয়জনদের কষ্ট এড়ানো যেত এই জ্ঞানের কারণে আরও বেড়ে গিয়েছিল। এই কেলেঙ্কারি ওষুধ নিয়ন্ত্রণ, জননীতি গঠনে তদবিরের ভূমিকা এবং শক্তিশালী প্রতিষ্ঠানগুলিকে জবাবদিহি করার ক্ষেত্রে মিডিয়ার দায়িত্ব নিয়ে তীব্র জনসাধারণের বিতর্কের জন্ম দেয়।

নীরবতার দীর্ঘমেয়াদী পরিণতি ছিল সুদূরপ্রসারী। কয়েক বছর ধরে চলা আইনি লড়াইগুলি উল্লেখযোগ্য সম্পদ নষ্ট করেছে এবং অন্যান্য গুরুত্বপূর্ণ সামাজিক বিষয়গুলি থেকে মনোযোগ সরিয়ে নিয়েছে। শুধুমাত্র অর্থনৈতিক প্রভাবই ছিল যথেষ্ট। মামলা-মোকদ্দমার খরচ, বিনিয়োগকারীদের আস্থা হ্রাস এবং পরবর্তীতে ওষুধ শিল্পের সুনামের পতন একটি উল্লেখযোগ্য অর্থনৈতিক মন্দার কারণ হয়ে দাঁড়িয়েছে। অর্থনৈতিক প্রভাবের বাইরেও, এই কেলেঙ্কারি জাতির মানসিকতার উপর

একটি স্থায়ী দাগ রেখে গেছে, যা রাজনৈতিক এবং কর্পোরেট উভয় ক্ষেত্রেই বৃহত্তর স্বচ্ছতা, জবাবদিহিতা এবং নীতিশাস্ত্রের জন্য ব্যাপক আহ্বান জানিয়েছে।

তবে সিনেটর রিড এবং মার্কাস থর্নের ঘটনাটি একটি গুরুত্বপূর্ণ শিক্ষা তুলে ধরে: নীরবতা, যদিও প্রায়শই একটি নিরাপদ এবং সুবিধাজনক বিকল্প হিসাবে বিবেচিত হয়, একটি ধ্বংসাত্মক মূল্য বহন করে। এটি কেবল যারা নীরব থাকে তাদের দ্বারা নয় বরং সমগ্র সমাজ দ্বারা একটি মূল্য পরিশোধ করা হয়। তদন্তকারীরা বুঝতে পেরেছিলেন যে ন্যায়বিচারের জন্য লড়াই কেবল দোষীদের শাস্তি দেওয়ার বিষয়ে নয়; এটি ছিল নীরবদের ক্ষমতায়ন করার বিষয়ে, এমন একটি ব্যবস্থা তৈরি করার বিষয়ে যেখানে ক্ষমতার কাছে সত্য কথা বলা আত্মঘাতী সাহসিকতার কাজ নয় বরং একটি মৌলিক অধিকার। সামনের পথটি দীর্ঘ এবং কঠিন ছিল, আইনি লড়াই, রাজনৈতিক কৌশল এবং জনসাধারণের আস্থা পুনরুদ্ধারের জন্য স্থায়ী সংগ্রামে ভরা। কিন্তু কেলেঙ্কারির ধ্বংসস্তূপ থেকে বেরিয়ে আসা শক্তিশালী বার্তাটি স্পষ্ট ছিল: নীরবতার মূল্য অনেক বেশি। এটি হারানো জীবন, ভাঙা আস্থা এবং গণতান্ত্রিক আদর্শের ক্ষয়ের মূল্য পরিমাপ করা হয়। সত্য ও ন্যায়বিচারের জন্য লড়াইয়ের জন্য কণ্ঠস্বরের সমবেত কণ্ঠস্বরের প্রয়োজন ছিল, একটি শীতল নীরবতা নয়। কেবলমাত্র তখনই প্রকৃত জবাবদিহিতা অর্জন করা সম্ভব হত এবং অবশেষে দুর্নীতির ছায়া উঠে যেত। তদন্তকারীরা জানতেন যে এই লড়াই এখনও শেষ হয়নি। দুর্নীতির বীজ একবার বপন করা হলে, বছরের পর বছর ধরে সুপ্ত অবস্থায় থাকতে পারে, তবে সঠিক পরিস্থিতিতে তা আবার অঙ্কুরিত হতে পারে। স্বচ্ছতা এবং জবাবদিহিতার লড়াই

ছিল একটি চলমান যুদ্ধ, সত্যকে নীরব করার চেষ্টাকারী শক্তির বিরুদ্ধে একটি নিরলস সংগ্রাম। এবং লড়াই অব্যাহত থাকবে, কারণ নীরবতার মূল্য বহন করা খুব বেশি ছিল।

অধ্যায় ১০: বিশ্বাসঘাতকতা

থর্নের সাম্রাজ্যের পতন কেবল কর্পোরেট দুর্নীতি এবং রাজনৈতিক কৌশলের বিষয় ছিল না; এটি ছিল ভাঙা জোটের মধ্যে খোদাই করা একটি গল্প, বিশ্বাসঘাতকতার সুতো দিয়ে বোনা একটি টেপেস্ট্রি যা কারও কল্পনার চেয়েও গভীর ছিল। তদন্তে একটি ভয়ঙ্কর নমুনা উন্মোচিত হয়েছিল: যারা একসময় কাঁধে কাঁধ মিলিয়ে দাঁড়িয়েছিল, আনুগত্য এবং অভিন্ন উচ্চাকাঙ্ক্ষায় আবদ্ধ ছিল, তারা এখন একে অপরের বিরুদ্ধে দাঁড়িয়েছিল, তাদের সম্পর্ক মেরামতের অযোগ্য হয়ে পড়েছিল।

এরকমই একটি ভাঙা বন্ধন ছিল ডঃ আনিয়া শর্মা এবং তার প্রাক্তন পরামর্শদাতা, ডঃ এলিয়াস ভ্যান্সের সাথে। একসময় চিকিৎসা সম্প্রদায়ের একজন সম্মানিত ব্যক্তিত্ব, ভ্যান্স থর্ন ফার্মাসিউটিক্যালসের গবেষণার প্রাথমিক পর্যায়ে একজন গুরুত্বপূর্ণ ভূমিকা পালন করেছিলেন। তিনি ওষুধের সম্ভাব্যতাকে সমর্থন করেছিলেন, এর বিষাক্ততার প্রাথমিক সতর্কতা লক্ষণগুলিকে উপেক্ষা করেছিলেন, অথবা সম্ভবত উপেক্ষা করেছিলেন। মেডিকেল স্কুল থেকে সদ্য উত্তীর্ণ এবং আদর্শবাদে পরিপূর্ণ আনিয়া ভ্যান্সকে একজন আদর্শ হিসেবে বিবেচনা করেছিলেন। তিনি আগ্রহের সাথে তার শিক্ষাগুলি গ্রহণ করেছিলেন, তার বিচারবুদ্ধির

উপর পরোক্ষভাবে বিশ্বাস করেছিলেন। যাইহোক, থর্নের বিরুদ্ধে প্রমাণ যতই বাড়তে থাকে, ভ্যান্সের জড়িততা অনস্বীকার্য হয়ে ওঠে। তিনি সক্রিয়ভাবে গোপনে অংশগ্রহণ করেননি, তবে তার নীরবতা, তার পরিকল্পিত নিষ্ক্রিয়তাও সমানভাবে ধ্বংসাত্মক ছিল।

তদন্তকারীরা আনিয়া এবং ভ্যান্সের মধ্যে বেশ কয়েক বছর আগের একাধিক ইমেল খুঁজে পেয়েছেন। প্রাথমিক আদান-প্রদান বৌদ্ধিক আলোচনা, গবেষণার ফলাফল ভাগাভাগি এবং পারস্পরিক শ্রদ্ধার প্রকাশে পরিপূর্ণ ছিল। কিন্তু থর্নের মুখের ফাঁকে ফাঁক ফুটে উঠতে শুরু করার সাথে সাথে, চিঠিপত্রের সুর বদলে যায়। ভ্যান্সের প্রতিক্রিয়া ক্রমশ এড়িয়ে যাওয়ার মতো হয়ে ওঠে, আনিয়ার ক্রমবর্ধমান উদ্বেগের সাথে সরাসরি সংঘর্ষ এড়াতে তার কথাগুলি সাবধানতার সাথে বেছে নেওয়া হয়েছিল। একটি বিশেষভাবে মর্মস্পর্শী ইমেলে, আনিয়া সরাসরি ভ্যান্সের সাথে তার সন্দেহের কথা বলেছিলেন। তার উত্তর ছিল পৃষ্ঠপোষকতামূলক বরখাস্ত এবং গোপন হুমকির এক শীতল মিশ্রণ। তিনি তাকে নৌকায় নাড়া দেওয়ার বিরুদ্ধে সতর্ক করেছিলেন, তাকে তার অবস্থানের অনিশ্চিত প্রকৃতি, থর্ন ফার্মাসিউটিক্যালসের মতো একটি শক্তিশালী সত্তাকে চ্যালেঞ্জ করার সম্ভাব্য পেশাদার প্রতিক্রিয়া সম্পর্কে মনে করিয়ে দিয়েছিলেন। তিনি সূক্ষ্মভাবে ইঙ্গিত করেছিলেন যে যদি সে কথা বলার সাহস করে তবে তার ক্যারিয়ার, তার ভবিষ্যত, বিপন্ন হতে পারে। ভ্যান্সের উপর আনিয়ার আস্থা, যা একসময় সম্পূর্ণ ছিল, অকাট্যভাবে ভেঙে গিয়েছিল।

এই বিশ্বাসঘাতকতা পেশাদার মহলের বাইরেও বিস্তৃত ছিল। তদন্তে পারিবারিক সম্পর্কের এক ভাঙা জাল প্রকাশ পায়, যেখানে সম্পদ ও ক্ষমতার পিছনে ছুটতে থাকা আত্মীয়তার বন্ধন ছিন্ন করে দিয়েছিল। সিনেটর রিডের নিজের পরিবারও এই ছলনাময়ী দুর্নীতির ক্ষত বহন করে। তার ছোট ভাই ড্যানিয়েল, একজন প্রতিশ্রুতিশীল আইনজীবী, প্রথমে তার ভাইয়ের জড়িত থাকার কথা জানতেন না। তিনি নিজের আইনি অনুশীলন গড়ে তোলার কাজে ব্যস্ত ছিলেন এবং অনিচ্ছাকৃতভাবে থর্ন ফার্মাসিউটিক্যালসের জন্য উপকারী মামলায় জড়িয়ে পড়েছিলেন, আর্থিক সাফল্যের জন্য প্রায়শই নীতিগত বাধা উপেক্ষা করে। ড্যানিয়েলের প্রাথমিক অস্বীকৃতি একটি বৃহত্তর পরিকল্পনায় তার অনিচ্ছাকৃত অংশগ্রহণের প্রতি অসন্তুষ্টিতে রূপান্তরিত হয়। তাকে কারসাজি করা হয়েছে, তার উচ্চাকাঙ্ক্ষা তাকে সত্যের প্রতি অন্ধ করে দিয়েছে এই উপলব্ধি একটি ভয়াবহ আঘাত হিসাবে প্রমাণিত হয়। তার ভাইয়ের সাথে তার একসময়ের ঘনিষ্ঠ সম্পর্ক অপূরণীয়ভাবে ক্ষতিগ্রস্ত হয়। তার নিজের জড়িত থাকার ভার, যতই অনিচ্ছাকৃত হোক না কেন, তাকে গভীর অপরাধবোধ এবং আত্ম-দোষে জড়িয়ে পড়ে।

বন্ধুত্বের ভাঙনও এই ঘটনার উন্মোচনে গুরুত্বপূর্ণ ভূমিকা পালন করেছিল। থর্নের অনেক সহযোগী, যারা বছরের পর বছর ধরে বন্ধুত্ব এবং স্বার্থের বন্ধনে আবদ্ধ ছিলেন, তারা তদন্তের ফাঁকে আটকা পড়েছিলেন। এরা কেবল সাধারণ পরিচিত ছিলেন না; তারা এমন ব্যক্তি ছিলেন যারা আত্মবিশ্বাস ভাগ করে নিয়েছিলেন, সাফল্য উদযাপন করেছিলেন এবং একে অপরকে অটল সমর্থন

দিয়েছিলেন। কিন্তু ক্ষমতার লোভ, সম্পদের নেশাগ্রস্ত সম্ভাবনা এবং প্রতিশোধের ভয়ঙ্কর হুমকি এই বন্ধুত্বগুলিকে ভেঙে দিয়েছিল। তদন্তের চাপে পুরনো আনুগত্য ভেঙে পড়ে। দীর্ঘদিনের বন্ধুরা একে অপরের বিরুদ্ধে ঝুঁকে পড়ে, তাদের প্রাক্তন মিত্রদের জড়িত করার সাক্ষ্য দেয়। নীরব আদালতকক্ষ এবং ব্যক্তিগত জিজ্ঞাসাবাদে সম্পাদিত এই বিশ্বাসঘাতকতাগুলি লোভ এবং উচ্চাকাঙ্ক্ষার ক্ষয়কারী শক্তির স্পষ্ট স্মারক ছিল।

তদন্তে ইচ্ছাকৃতভাবে কারসাজির একটি ধরণও উন্মোচিত হয়েছে, থর্নের অভ্যন্তরীণ বৃত্তের মধ্যে অবিশ্বাস এবং বিভেদ তৈরির জন্য পরিকল্পিত একটি সুপরিকল্পিত কৌশল। থর্ন, একজন দক্ষ কারসাজিকারী, তীব্র প্রতিযোগিতার পরিবেশ তৈরি করেছিলেন, তার সহকর্মীদের একে অপরের বিরুদ্ধে দাঁড় করিয়েছিলেন, ভীতি এবং সন্দেহের পরিবেশ তৈরি করেছিলেন। তিনি সাবধানতার সাথে সংঘটিত ফাঁস, ফিসফিসিয়ে গুজব ছড়াতেন এবং সতর্কতার সাথে বেনামী টিপস রাখতেন যাতে সংঘাত উসকে দেওয়া যায় এবং যেকোনো সুসংহত বিরোধিতা তৈরি না হয়। এই বিভাজন এবং জয়ের কৌশলটি উল্লেখযোগ্যভাবে কার্যকর প্রমাণিত হয়েছিল, কার্যকরভাবে তার কর্তৃত্বের জন্য সম্ভাব্য হুমকিগুলিকে নিরপেক্ষ করে। যারা একসময় নিজেদের বন্ধু বা মিত্র বলে মনে করতেন তারা নিজেদেরকে প্রতারণা এবং বিশ্বাসঘাতকতার জালে আটকে যেতে দেখেন, সত্য থেকে মিথ্যার পার্থক্য করতে অক্ষম হন।

ডক্টর এমিলি কার্টার, একজন মেধাবী গবেষণা বিজ্ঞানী, যিনি প্রথমে থর্নের কাজকে সমর্থন করেছিলেন, এই কারসাজির উদাহরণ তুলে ধরেন। কার্টার থর্নের একজন দৃঢ় সমর্থক ছিলেন, তার দৃষ্টিভঙ্গি এবং ওষুধের সম্ভাব্য উপকারিতায় বিশ্বাস করতেন। তার অটল আনুগত্য আংশিকভাবে গবেষণার বৈজ্ঞানিক সততার প্রতি প্রকৃত বিশ্বাস এবং আংশিকভাবে উল্লেখযোগ্য পেশাদার অগ্রগতির প্রতিশ্রুতি থেকে উদ্‌ভূত হয়েছিল। যাইহোক, ওষুধের বিষাক্ত প্রভাবের প্রমাণ প্রকাশিত হওয়ার সাথে সাথে, তিনি নিজেকে একটি অনিশ্চিত অবস্থানে আটকে যেতে দেখেন। থর্ন, তার দোদুল্যমান আনুগত্য বুঝতে পেরে, ভয় দেখানো এবং ভুল তথ্য প্রচারের প্রচারণায় লিপ্ত হন, সূক্ষ্মভাবে তার খ্যাতি ক্ষুণ্ন করেন এবং অতীতের অবিবেচনা প্রকাশ করার হুমকি দেন। একই সাথে, তিনি অন্যান্য সহকর্মীদের ব্যবহার করে সন্দেহের বীজ বপন করেন, তার যোগ্যতা এবং সততা সম্পর্কে গুজব ছড়িয়ে দেন। বিচ্ছিন্ন এবং দুর্বল, কার্টার অবশেষে চাপের কাছে নতি স্বীকার করেন। তিনি কেবল থর্নের প্রতি তার সমর্থন প্রত্যাহার করেননি বরং তার বিরুদ্ধে জঘন্য সাক্ষ্যও দেন, যদিও গভীর অনুশোচনা এবং আত্ম-নিন্দার অনুভূতি নিয়ে। ভয় এবং কারসাজির ফলে জন্ম নেওয়া তার সিদ্ধান্ত, আস্থা ভেঙে ফেলা এবং দুর্বলতাগুলিকে কাজে লাগানোর ধ্বংসাত্মক পরিণতি তুলে ধরে।

এই ভাঙা জোটের প্রভাব সরাসরি খেলোয়াড়দের বাইরেও বিস্‌তৃত হয়েছিল। পরিবারগুলি ভেঙে গিয়েছিল, সুনাম নষ্ট হয়েছিল এবং ক্যারিয়ার ধ্বংস হয়ে গিয়েছিল। মানসিক আঘাত ছিল অপরিসীম। তদন্তকারীরা প্রত্যক্ষভাবে প্রত্যক্ষ করেছিলেন যে বিশ্বাসঘাতকতার

গভীর অনুভূতি, যন্ত্রণাদায়ক আত্ম-সন্দেহ এবং অপরাধবোধের ভারাক্রান্ত বোঝা যাদেরকে কারসাজি করা হয়েছিল, বিভ্রান্ত করা হয়েছিল, অথবা কেবল চুপ করে রাখা হয়েছিল। এই ভাঙা বন্ধনের তীব্র প্রভাব সমগ্র সম্প্রদায় জুড়ে প্রতিধ্বনিত হয়েছিল, পেশাদার সম্পর্ক, ব্যক্তিগত মিথস্ক্রিয়া এবং সামাজিক বিশ্বাসের উপর গভীর দাগ রেখেছিল।

দীর্ঘমেয়াদী প্রভাব ছিল সুদূরপ্রসারী। চিকিৎসা ও রাজনৈতিক সম্প্রদায়ের মধ্যে আস্থার ক্ষয় সুদূরপ্রসারী প্রভাব ফেলেছিল। এটি নিন্দা ও সন্দেহের পরিবেশ তৈরি করেছিল, যার ফলে কার্যকর সহযোগিতা এবং উন্মুক্ত যোগাযোগ গড়ে তোলা কঠিন হয়ে পড়েছিল। শক্তিশালী কর্ম সম্পর্ক গড়ে তোলা এবং অর্থপূর্ণ সংস্কার শুরু করার ক্ষমতা ক্রমশ চ্যালেঞ্জিং হয়ে উঠছিল। ভেঙে যাওয়া আস্থা পুনরুদ্ধারের জন্য পুরো ব্যবস্থার একটি উল্লেখযোগ্য সংস্কার প্রয়োজন ছিল।

থর্ন ফার্মাসিউটিক্যালসের তদন্ত কেবল ন্যায়বিচারের সন্ধান ছিল না; এটি ছিল মানব প্রকৃতির অন্ধকার হৃদয়ে যাত্রা, লোভ, উচ্চাকাঙ্ক্ষার ক্ষয়কারী শক্তি এবং ভাঙা বিশ্বাসের ধ্বংসাত্মক পরিণতির একটি অধ্যয়ন। এটি এমন একটি ব্যবস্থা উন্মোচিত করেছিল যেখানে আনুগত্য কেনা-বেচা হত, যেখানে বন্ধুত্ব ছিল ব্যয়যোগ্য পণ্য, এবং যেখানে ক্ষমতার পিছনে সমস্ত নৈতিক বিবেচনাকে গ্রাস করে। তদন্তকারীরা বুঝতে পেরেছিলেন যে পুনরুদ্ধারের পথ সহজ হবে না, বিশ্বাস পুনর্নির্মাণে বছরের পর বছর, সম্ভবত কয়েক দশক সময় লাগবে। কিন্তু ভাঙা জোটের

গল্পগুলি একটি কঠোর সতর্কতা হিসাবে কাজ করেছিল, বিশ্বাস লঙ্ঘন করলে যে মূল্য দিতে হবে এবং এর ফলে যে ধ্বংসাত্মক পরিণতি হতে পারে তার একটি গুরুতর স্মারক। ন্যায়বিচারের লড়াই সবেমাত্র শুরু হয়েছিল, এবং প্রতিষ্ঠান এবং একে অপরের প্রতি বিশ্বাস পুনরুদ্ধারের কাজটি এখনও পর্যন্ত সবচেয়ে চ্যালেঞ্জিং যুদ্ধ হিসাবে প্রমাণিত হবে।

থর্ন তদন্তের অবিরাম চাপ মারার উপর প্রভাব ফেলতে শুরু করে। দীর্ঘ সময়, তথ্যের অবিরাম প্রবাহ, অগণিত ছিন্নভিন্ন জীবনের আবেগগত বোঝা - সবকিছুই তাকে ক্লান্ত করে তুলেছিল। সে নিজেকে ক্রমশ একাকী, তার প্রিয়জনদের সাথে তার মিথস্ক্রিয়ায় কম উপস্থিত দেখতে পেল। তার স্বামী, ডেভিড, একজন অভিজ্ঞ সাংবাদিক, যার নিজস্ব কঠোর সময়সূচী ছিল, তিনি পরিবর্তনটি লক্ষ্য করেছিলেন। তিনি তার মুখে ক্লান্তি, তার চোখে ভুতুড়ে ভাব দেখতে পেতেন, এমনকি যখন সে শান্ত এবং অপ্রভাবিত হওয়ার চেষ্টা করেছিল।

প্রাথমিকভাবে, তিনি তার ক্লান্তির জন্য কাজের পরিমাণকে দায়ী করেছিলেন। থর্নের মামলাটি ছিল বিশাল, একটি বিস্তৃত তদন্ত যার ছোঁয়া রাজনৈতিক ও চিকিৎসা প্রতিষ্ঠানের প্রতিটি কোণে ছড়িয়ে পড়েছিল। তিনি তার কাজের চাহিদা, সত্য উন্মোচনের চাপ, ন্যায়বিচারের জন্য নিরলস প্রচেষ্টা বুঝতে পেরেছিলেন। কিন্তু সপ্তাহগুলি মাসে পরিণত হওয়ার সাথে সাথে মারার ক্লান্তি আরও গভীর হতে থাকে, তিনি ক্রমশ উদ্বিগ্ন হয়ে পড়েন। তাদের মধ্যে যোগাযোগের রেখা, যা একসময় এত প্রাণবন্ত এবং খোলা ছিল, তা টানাপোড়েনপূর্ণ হয়ে ওঠে। তাদের কথোপকথন, যা একসময় হাসি এবং ভাগ

করা স্বপ্নে ভরা ছিল, এখন স্তব্ধ অনুভূত হয়, বাতাসে ভারী দীর্ঘ নীরবতা দ্বারা বিচ্ছিন্ন হয়ে পড়ে। তারা যে ঘনিষ্ঠতা ভাগ করে নিয়েছিল তা ম্লান হয়ে যেতে লাগল, তার পরিবর্তে ক্রমবর্ধমান দূরত্ব তৈরি হয়েছিল, একটি সূক্ষ্ম কিন্তু স্পষ্ট ফাটল যা প্রতিটি দিন অতিক্রম করার সাথে সাথে প্রসারিত হয়েছিল।

মারার জন্য ক্রমশ কঠিন হয়ে পড়ছিল সে কী অনুভব করছিল তা প্রকাশ করা। তদন্তের মানসিক চাপ ছিল গভীর, একটি বোঝা যা সে নীরবে বহন করছিল, তার উদ্বেগের বোঝা ডেভিডের উপর চাপাতে রাজি ছিল না। সে ভয় পেয়েছিল যে সে তাকে ব্যর্থ করছে, তার কাজের প্রতি তার নিষ্ঠা তার বিবাহের প্রতি তার প্রতিশ্রুতিকে গ্রাস করছে। সে তাকে গভীরভাবে ভালোবাসত, কিন্তু তার কাজের নিরলস প্রকৃতি তাকে ক্লান্ত করে তুলেছিল, ঘনিষ্ঠতার জন্য তার ক্ষমতা হ্রাস পেয়েছিল। তদন্ত একটি সর্বগ্রাসী শক্তিতে পরিণত হয়েছিল, একটি কালো গর্ত যা তার সময়, শক্তি এবং মানসিক সঞ্চয়কে চুষে নিয়েছিল।

তার বোন সারার সাথেও তার সম্পর্ক খারাপ ছিল। একজন সফল স্থপতি সারা সবসময়ই মারার বন্ধু, তার আস্থাভাজন, বিপদের সময় যার কাছে সে সাহায্য চেয়েছিল। কিন্তু এখন, মারা তার কাজের বিস্তারিত তথ্য জানাতে অক্ষম হয়ে পড়েছিল। তদন্তের চারপাশের গোপনীয়তা, গোপন তথ্য রক্ষা করার প্রয়োজনীয়তা তাদের মধ্যে একটি বাধা তৈরি করেছিল। সে তার গভীর রাত, গোপন বৈঠক, তার জীবনের প্রতিটি ক্ষেত্রে ছড়িয়ে থাকা অপ্রতিরোধ্য চাপের কারণ ব্যাখ্যা করতে পারেনি।

সারা মারার প্রত্যাহারকে উদাসীনতার লক্ষণ হিসাবে ব্যাখ্যা করেছিলেন, একটি বিচ্ছিন্নতা যা তাদের বন্ধন ছিন্ন করার হুমকি দিয়েছিল। ভুল বোঝাবুঝি আরও তীব্র হয়ে ওঠে, অব্যক্ত উদ্বেগ এবং যোগাযোগের হতাশাজনক প্রচেষ্টা দ্বারা ইন্ধন দেওয়া হয়। উদাসীনতা তাদের স্বাভাবিক প্রাণবন্ত আদান-প্রদানের জায়গা নেয়।

মারার সম্পর্কের উপর যে টানাপোড়েন এসেছিল তা কেবল অবহেলিত ঘনিষ্ঠতার বিষয় ছিল না। এটি তদন্তের প্রকৃতি থেকেইও উদ্‌ভূত হয়েছিল। থর্ন মামলার নৈতিক অস্পষ্টতা, মানুষের প্রেরণার জটিলতা, বিশ্বাসঘাতকতার মাত্রা - এই সবকিছুই মারাকে তার নিজস্ব বিশ্বাস, তার নিজস্ব ন্যায়বিচারের বোধ নিয়ে প্রশ্ন তুলতে বাধ্য করেছিল। সে নিজেকে এমন নৈতিক দ্বিধায় ভুগতে দেখেছিল যা তার পূর্ব-কল্পিত সঠিক এবং ভুল ধারণাকে চ্যালেঞ্জ করে। ব্যক্তিদের কর্মকাণ্ড - তাদের আপোষ, তাদের যুক্তি, তাদের ন্যায্যতা - তাকে মানব প্রকৃতির অন্ধকার দিকের মুখোমুখি হতে বাধ্য করেছিল, এমন একটি দিক যা তার নিজের সন্দেহ এবং নিরাপত্তাহীনতার মধ্যে প্রতিফলিত হয়েছিল।

প্রতারণা, দুর্নীতি এবং কৌশলের ক্রমাগত সংস্পর্শে আসার ফলে মারা সত্য ও মিথ্যার মধ্যে পার্থক্য করার তার নিজস্ব ক্ষমতা নিয়ে প্রশ্ন তুলেছিলেন। তার পেশাগত পরিচয়ের ভিত্তি, তার কাজের সততার প্রতি তার বিশ্বাস, চ্যালেঞ্জের সম্মুখীন হয়েছিলেন। তিনি প্রশ্ন তোলেন যে তার প্রচেষ্টা, যতই নিবেদিতপ্রাণ হোক না কেন, এই ব্যাপক দুর্নীতির মুখে সত্যিই কি কোনও পরিবর্তন

আনতে পারবে? এই আত্ম-সন্দেহ, এই কুঁচকে যাওয়া অনিশ্চয়তা, তার ব্যক্তিগত সম্পর্কের মধ্যে প্রবেশ করে, যার ফলে তিনি আরও পিছিয়ে আসেন, অদৃশ্য দেয়াল তৈরি করেন নিজেকে সেই দুর্বলতা থেকে রক্ষা করার জন্য যা তাকে আচ্ছন্ন করার হুমকি দেয়।

ডেভিড, তার কষ্ট বুঝতে পেরে, সেই ব্যবধান পূরণ করার চেষ্টা করেছিল। সে তার বালিশে ছোট ছোট নোট রেখে যেত, তাদের ভাগাভাগি করা হাসি, তাদের প্রথম দিকের তারিখ, ভবিষ্যতের স্বপ্নের কথা মনে করিয়ে দিত। সে তার ঘরে ফুল নিয়ে আসত, নিজের চারপাশে যে দেয়াল তৈরি করেছিল তা ভেঙে ফেলার চেষ্টা করত। সে তাকে তার দিন সম্পর্কে জিজ্ঞাসা করত, উদ্বিগ্ন স্বামীর দাবিদার সুরে নয়, বরং একজন প্রেমময় সঙ্গীর মৃদু কৌতূহলের সাথে। সে বুঝতে পারত যে তাকে তার কাজের কথা বলতে বাধ্য করা তাকে কেবল আরও দূরে ঠেলে দেবে। পরিবর্তে, সে সূক্ষ্মভাবে মনোযোগ সরিয়ে নেওয়ার, তাদের সংযোগ পুনঃস্থাপন করার, তাকে এখনও অবশিষ্ট ভালোবাসা এবং সমর্থনের কথা আলতো করে মনে করিয়ে দেওয়ার চেষ্টা করত।

তবুও, মারা নিজেকে পুরোপুরি প্রতিদান দিতে অক্ষম বলে মনে করেছিল। তদন্তের ভার, তার নিজের সন্দেহ এবং উদ্বেগের ভার তাকে আবেগগতভাবে ক্লান্ত করে তুলেছিল, যে ধরণের স্নেহ এবং মানসিক সংযোগ সে কামনা করেছিল তা পেতে অক্ষম ছিল। ডেভিডের পাশে থাকতে না পারার জন্য, তাদের সম্পর্কের সাথে পুরোপুরি জড়িত হতে না পারার জন্য সে অপরাধবোধ করেছিল।

তার পরিস্থিতির বিপরীতটি ছিল যন্ত্রণাদায়ক; তার কাজের প্রতি তার নিষ্ঠা, ন্যায়বিচারের জন্য তার সাধনা, অজান্তেই সেই সম্পর্কগুলিকেই দুর্বল করে দিচ্ছিল যা তার জীবনকে অর্থপূর্ণ করে তুলেছিল।

চাপ তার বন্ধুত্বের দিকেও প্রসারিত হয়েছিল। মারার ঘনিষ্ঠ বন্ধুবান্ধব, যারা সাধারণত সান্ত্বনা এবং সহায়তার উৎস ছিল, তারা তার জীবন থেকে নিজেদেরকে বাদ দিয়েছিল। তদন্তের দাবিগুলি তাকে গ্রাস করেছিল, সামাজিকীকরণের জন্য খুব কম সময় রেখেছিল। একসময় যে কথোপকথনগুলি অবাধে প্রবাহিত হত, তার স্থানটি স্থবির বিনিময় দ্বারা প্রতিস্থাপিত হয়েছিল, যা ভাসা ভাসা আনন্দে ভরা ছিল। সে ক্রমবর্ধমান বিচ্ছিন্নতার অনুভূতি অনুভব করেছিল, যেন সে গোপনীয়তার সমুদ্রে ভেসে যাচ্ছে, যে সমর্থন নেটওয়ার্ককে সে একসময় এত মূল্যবান বলে মনে করত তা থেকে বিচ্ছিন্ন।

মারার বিদ্রূপের কারণ ছিল না। সে ব্যাপক বিশ্বাসঘাতকতার একটি মামলা তদন্ত করছিল, তবুও তদন্তের অবিরাম চাপ তার নিজের বিশ্বাসঘাতকতা - বিশ্বাসের বিশ্বাসঘাতকতা, ঘনিষ্ঠতার বিশ্বাসঘাতকতা, তাকে টিকিয়ে রাখা বন্ধনের বিশ্বাসঘাতকতাকে ডেকে আনছিল। সে ন্যায়বিচারের জন্য লড়াই করছিল, কিন্তু তার নিজের ব্যক্তিগত জীবনের ক্ষয়ের বিরুদ্ধেও সে নীরব লড়াই করছিল। এর মানসিক মূল্য ছিল অপরিসীম, একটি বোঝা যা তাকে অভিভূত করার হুমকি দিয়েছিল। সে জানত যে ভারসাম্য পুনরুদ্ধার করার জন্য, তার প্রিয়জনদের সাথে পুনরায় সংযোগ স্থাপনের জন্য তাকে

একটি উপায় খুঁজে বের করতে হবে, কিন্তু সামনের পথটি অস্পষ্ট ছিল, তদন্তের ছায়ায় ঢাকা যা তাকে গ্রাস করেছিল।

এক সন্ধ্যায়, অফিসে এক বিশেষ ক্লান্তিকর দিনের পর, ডেভিড তাকে অন্ধকারে একা বসে থাকতে দেখে, শূন্য দৃষ্টিতে দেয়ালের দিকে তাকিয়ে। সে তার পাশে বসে নীরবে তার হাত ধরে। সে কোনও প্রশ্ন করেনি, কোনও প্রশ্ন করেনি। সে কেবল তার উপস্থিতি, তার অটল সমর্থনের প্রস্তাব দিয়েছে। সেই ভাগাভাগি করা নীরবতায়, হাত ধরার সহজ কাজে, একটি ভঙ্গুর সংযোগ পুনরায় ফুটে উঠতে শুরু করেছে। এটি ছিল আকস্মিক পুনরুদ্ধার, কিন্তু ভাগাভাগি করা বোঝার একটি নীরব স্বীকৃতি, এই কঠিন সময়টি তারা একসাথে অতিক্রম করবে এই অব্যক্ত বোঝাপড়া। পুনরুদ্ধারের পথ দীর্ঘ হবে, কিন্তু সেই মুহূর্তে, সেই ভাগাভাগি করা নীরবতার অন্ধকারে, মারা আশার ঝলকানি অনুভব করেছিল - থর্ন তদন্তের দীর্ঘ, অন্ধকার সুড়ঙ্গে আলোর ঝলক। আরোগ্যের দিকে যাত্রা শুরু হয়েছিল, এবং ডেভিডের অটল সমর্থনের সাথে, সে জানত যে তদন্ত যে ক্ষতিগ্রস্ত সম্পর্কগুলিকে ধ্বংস করার হুমকি দিয়েছিল তা সে মেরামত করতে শুরু করতে পারে। ন্যায়বিচারের লড়াই এখনও শেষ হয়নি, তবে তার জীবন পুনরুদ্ধারের লড়াই, তার সম্পর্ক পুনরুদ্ধারের লড়াই অবশেষে শুরু হয়েছিল। থর্ন ফার্মাসিউটিক্যালসের মামলা, যদিও শেষ পর্যন্ত শেষ হয়নি, শীঘ্রই তাদের দৃঢ়তা এবং ধৈর্যের পরীক্ষা নেবে। যুদ্ধের রেখা টানা হয়েছিল, কেবল ক্ষমতার করিডোরে নয়, তাদের বাড়ির শান্ত আশ্রয়স্থলেও। পেশাদার এবং

ব্যক্তিগত উভয় ধরণের বিশ্বের ভার মারার কাঁধে ভারী ছিল।

সন্দেহের সূক্ষ্ম সূত্রপাত হয়েছিল, গভীর রাতের অভিযানের সময় তার মনের পেছনে একটা ফিসফিসানি, উত্তেজনাপূর্ণ জিজ্ঞাসাবাদের সময় সন্দেহের ঝিলিক। এখন, এটি একটি গর্জনকারী অগ্নিকুণ্ড ছিল, যা তার চিন্তাভাবনাকে গ্রাস করে এবং প্রতিটি মিথস্ক্রিয়ার উপর ছায়া ফেলে। থর্নের তদন্ত কেবল একটি ষড়যন্ত্র উন্মোচন করার জন্য ছিল না; এটি ছিল প্রতারণার একটি জাল উন্মোচন করার জন্য যা ওষুধ কোম্পানির বাইরেও বিস্তৃত বলে মনে হয়েছিল, তার নিজের জীবনের একেবারে হৃদয়ে পৌঁছেছিল। সে নিজেকে প্রতিটি শব্দ, প্রতিটি অঙ্গভঙ্গি, প্রতিটি আপাতদৃষ্টিতে নিরীহ কাজ, লুকানো উদ্দেশ্য অনুসন্ধান, বিশ্বাসঘাতকতার স্পষ্ট লক্ষণগুলির জন্য অনুসন্ধান করতে দেখেছিল।

ছোট ছোট জিনিস দিয়েই শুরু হয়েছিল। একজন সহকর্মীর একটি নির্দিষ্ট তদন্ত কৌশলের উপর অত্যধিক উৎসাহী একমত হওয়া, একটি প্রতিবেদনে সূক্ষ্মভাবে বিশদ পরিবর্তন করা, একটি ভুল জায়গায় রাখা নথি যা পরে সুবিধাজনকভাবে পরিবর্তিত হয়ে আবার দেখা দেয়। এই ছোটখাটো অসঙ্গতিগুলি, যা প্রথমে সাধারণ তদারকি হিসাবে বরখাস্ত করা হয়েছিল, এখন একটি বিরক্তিকর প্যাটার্ন তৈরি করেছে, সম্ভাব্য প্রতারণার একটি ক্যালিডোস্কোপ। মারা, যিনি শারীরিক ভাষা পড়া এবং ক্ষুদ্র অভিব্যক্তি ব্যাখ্যা করার ক্ষেত্রে দক্ষ, তিনি অত্যন্ত সতর্ক হয়ে উঠেছিলেন, বছরের পর বছর অভিজ্ঞতার দ্বারা পরিপূর্ণ তার বিশ্লেষণাত্মক দক্ষতা অভ্যন্তরীণ দিকে ফিরে এসেছিল, তার নিকটতমদের বিশ্লেষণ করছিল।

তার সবচেয়ে কাছের আস্থাভাজন, এজেন্ট মাইলস কেন্ড্রিক, যার সাথে তিনি বছরের পর বছর ধরে কাজ করেছেন, তীব্র তদন্তের বিষয় হয়ে ওঠেন। পারস্পরিক শ্রদ্ধা এবং ন্যায়বিচারের প্রতি একীভূত নিষ্ঠার উপর নির্মিত তাদের অংশীদারিত্ব এখন ভঙ্গুর, অনিশ্চয়তায় আচ্ছন্ন অনুভূত হচ্ছে। তার অটল সমর্থন সবসময়ই তার পেশাগত জীবনের অস্থির জলের মধ্যে একটি স্থির, পাথরের মতো ছিল। কিন্তু এখন, মারা এই অনুভূতিটি দূর করতে পারেনি যে তাদের মধ্যে দূরত্ব বাড়ছে, তার আচরণে একটি সূক্ষ্ম পরিবর্তন যা সে পুরোপুরি স্থাপন করতে পারেনি। সে এখনও সমর্থন করছিল, এখনও সহায়তা দিচ্ছিল, কিন্তু তার চোখে অন্য কিছুর ঝলক দেখাচ্ছিল - এমন কিছু যা সে সংজ্ঞায়িত করতে পারেনি, কিন্তু এটি তার অস্বস্তিকে দ্রুতগতিতে বাড়িয়ে তুলেছিল।

একসময় যে কথোপকথনগুলো অবাধে চলত, ভাগাভাগি করা রসিকতা এবং পেশাদার অন্তর্দৃষ্টিতে ভরা, এখন তা চাপা, সতর্ক মনে হচ্ছিল। কিছু বিবরণ জানাতে সে দ্বিধাগ্রস্ত বলে মনে হচ্ছিল, তদন্তের নির্দিষ্ট দিকগুলি সম্পর্কে জিজ্ঞাসা করা হলে সে এড়িয়ে যাচ্ছিল। এটি ছিল একটি স্পষ্ট মিথ্যা, বরং একটি পরিকল্পিত ভুল, ইচ্ছাকৃতভাবে তথ্য গোপন রাখা। এটি ছিল সেই ধরণের কারসাজি যা সে বছরের পর বছর ধরে অপরাধীদের উপর অধ্যয়ন করে কাটিয়েছিল, এবং স্বীকৃতি তাকে হাড় পর্যন্ত ঠান্ডা করে দিয়েছিল। কেন্ড্রিক কি কাউকে রক্ষা করছিলেন? নিজেকে রক্ষা করছিলেন? নাকি তিনি কেবল নিজের উদ্বেগ প্রকাশ করছিলেন, তার সন্দেহ একজন

বিশ্বস্ত বন্ধু এবং সহকর্মীর প্রতি তার ধারণাকে বিকৃত করে তুলছিল?

সন্দেহ তার উৎসের দিকেই প্রসারিত হয়েছিল। তথ্যদাতা, তথ্য ফাঁসকারী, বেনামী পরামর্শদাতা - প্রত্যেকেই একটি বৃহত্তর খেলায় সম্ভাব্য ঘুঁটি, তাদের আনুগত্য প্রশ্নবিদ্ধ, তাদের উদ্দেশ্য অস্পষ্ট। তারা তথ্য সরবরাহ করেছিল, হ্যাঁ, কিন্তু প্রায়শই তা আংশিক, অসম্পূর্ণ, কখনও কখনও ইচ্ছাকৃতভাবে বিভ্রান্তিকর ছিল। মারা প্রতিটি তথ্য অত্যন্ত সতর্কতার সাথে ব্যবহার করতে শিখেছিল, যাচাই করে, ক্রস-রেফারেন্স করে, প্রতিটি বিবরণ মাইক্রোস্কোপের নীচে পরীক্ষা করে। তাকে একটি বিরক্তিকর সত্যের মুখোমুখি হতে বাধ্য করা হয়েছিল - এই পৃথিবীতে বিশ্বাস এমন একটি বিলাসিতা যা সে খুব কমই বহন করতে পারে।

এমনকি তার প্রেমময় এবং সহায়ক স্বামী ডেভিডও তার সন্দেহের ফাঁদে পড়ে যান। এটি কোনও সচেতন সিদ্ধান্ত ছিল না; এটি ছিল তার উদ্বেগের তীব্র অবস্থার লক্ষণ, একটি ক্রমবর্ধমান সন্দেহ যা তার জীবনের প্রতিটি দিককে বিষাক্ত করে তুলেছিল। সে নিজেকে তার কর্ম বিশ্লেষণ করতে, তার কথাগুলি পরীক্ষা করতে, তার অঙ্গভঙ্গিতে লুকানো অর্থ খুঁজতে দেখেছিল। তদন্তের ক্লান্তি, চাপ, অবিরাম চাপ - এটি তার দৃষ্টিভঙ্গিকে বিকৃত করে তুলেছিল, তার সম্পর্কের ভিত্তিকে প্রশ্নবিদ্ধ করে তুলেছিল।

এক সন্ধ্যায়, ডেভিড তাকে তাদের একটি ছবির দিকে তাকিয়ে থাকতে দেখেন, যা তাদের আনন্দের সময় তোলা হয়েছিল, তাদের মুখ আনন্দ এবং তৃপ্তি ছড়িয়ে দিচ্ছিল। ছবির উজ্জ্বল হাসি এবং তার হৃদয়ের অস্থিরতার মধ্যে স্পষ্ট পার্থক্য ছিল। সে তার পাশে বসে তার কাঁধে সান্ত্বনা দেওয়ার হাত রেখেছিল। সে কোনও চেষ্টা করেনি, কোনও ধাক্কা দেয়নি, কেবল তার উপস্থিতি, অনিশ্চয়তার সমুদ্রে তার নীরব বোধগম্যতাকে জীবনরেখা হিসেবে উপস্থাপন করেছিল। সে তদন্তের ক্ষতি, তার আবেগগত বোঝা সম্পর্কে জানত। কিন্তু তার সমর্থনও সেই সন্দেহকে সম্পূর্ণরূপে দূর করতে পারেনি। সে কি কোনও কিছুর প্রতি অন্ধ হতে পারে? তার অটল সমর্থন কি একটি মুখোশ, গভীর বিশ্বাসঘাতকতাকে ঢেকে রাখে? এর ভয়াবহ প্রভাবের কারণে চিন্তাভাবনাটি স্থির ছিল, তাদের সম্পর্কের দিগন্তে একটি কালো মেঘ।

অভ্যন্তরীণ দ্বন্দ্ব তীব্র আকার ধারণ করে, তার পেশাগত প্রবৃত্তি এবং তার ব্যক্তিগত সম্পর্কের মধ্যে এক যুদ্ধ। মানুষের আচরণ বিশ্লেষণের জন্য প্রশিক্ষিত তার বিশ্লেষণাত্মক মন এখন তার প্রিয়জনদের ব্যবচ্ছেদ করছে, লুকানো উদ্দেশ্য খুঁজছে, এমন প্রতারণার লক্ষণ খুঁজছে যা হয়তো অস্তিত্বই রাখে না। সে জানত যে এটি অস্বাস্থ্যকর, সে নিজের সন্দেহের কারাগার তৈরি করছে, কিন্তু সে তার নিজের মনের টান থেকে বাঁচতে পারেনি, সেই বিরক্তিকর প্রশ্ন যা অবিরাম ফিসফিস করে উঠছিল: তাদের মধ্যে সে আসলে কাকে বিশ্বাস করতে পারে?

তদন্তের দাবি ছিল সত্যের প্রতি অটল অঙ্গীকার, ন্যায়বিচারের জন্য অবিরাম সাধনা। কিন্তু প্রতারণার ক্রমাগত প্রকাশ, তার সততা বজায় রাখার জন্য অবিরাম চাপ, মানব প্রকৃতির প্রতি তার বিশ্বাসকে ক্ষয় করতে শুরু করেছিল, এমনকি যেসব প্রকৃতির প্রতি তার সবচেয়ে প্রিয় ছিল তাদের প্রতিও। আনুগত্য এবং বিশ্বাসঘাতকতার মধ্যে অস্পষ্ট রেখা তাকে বিচ্ছিন্ন বোধ করিয়েছিল, সন্দেহ এবং অনিশ্চয়তার সমুদ্রে ভেসে গিয়েছিল, এই যন্ত্রণাদায়ক উপলব্ধির সাথে লড়াই করছিল যে তার মুখোমুখি হওয়া সবচেয়ে বড় লড়াই থর্ন ফার্মাসিউটিক্যালসের ষড়যন্ত্রের উন্মোচন হতে পারে না, বরং তার মূল্যবান বিশ্বাস এবং সম্পর্কগুলিকে রক্ষা করার লড়াই হতে পারে।

তার বোন সারা, যে সাধারণত অটল সমর্থনের উৎস, মারার সন্দেহের আরেকটি শিকার হয়ে ওঠে। সারা, মারার অভ্যন্তরীণ অস্থিরতার কথা না জেনে, তার প্রত্যাহারকে তার জীবনের প্রতি আগ্রহের অভাব হিসাবে ব্যাখ্যা করেছিল। সরল, নির্দোষ কথোপকথনগুলি মারা প্রায় ফরেনসিক স্তরের বিশ্লেষণের শিকার হয়েছিল, প্রতিটি শব্দকে ওজন করা হয়েছিল, প্রতিটি বিরতি অন্তর্নিহিত অর্থের জন্য পরিমাপ করা হয়েছিল। সে সদুদ্দেশ্যপূর্ণ মন্তব্যে আড়াল সমালোচনা, স্নেহের অঙ্গভঙ্গিতে সন্দেহ দেখেছিল। তাদের সম্পর্কের উপর চাপ স্পষ্ট ছিল, তাদের মধ্যে একসময়ের অটুট বন্ধনে একটি ফাটল দেখা দিয়েছিল।

মারা ক্রমবর্ধমান হতাশার অনুভূতির সাথে বুঝতে পেরেছিলেন যে, বিদ্রূপটি ছিল ধ্বংসাত্মক। তিনি দুর্নীতির বিরুদ্ধে, ব্যাপক মাত্রায় বিশ্বাসঘাতকতার বিরুদ্ধে লড়াই করছিলেন, তবুও তিনি অসাবধানতাবশত তার নিজের সম্পর্কগুলিকে ক্ষুন্ন করছিলেন, তার নিজের বৃত্তের মধ্যে সন্দেহের যুদ্ধক্ষেত্র তৈরি করছিলেন। এটি ছিল একটি আত্ম-ধ্বংসাত্মক সর্পিল, যা তার প্রিয় সবকিছু উন্মোচনের হুমকি দিচ্ছিল। তদন্তের ভার, ন্যায়বিচারের জন্য নিরলস সাধনা, তাকে রূপান্তরিত করছিল, তাকে শক্ত করছিল, তাকে মানসিক পতনের দ্বারপ্রান্তে ঠেলে দিচ্ছিল।

যত বেশি সে তদন্ত করছিল, ততই সে বুঝতে পারল যে সঠিক এবং ভুলের মধ্যে সীমারেখা সবসময় স্পষ্ট ছিল না। থর্ন ষড়যন্ত্রে জড়িত ব্যক্তিরা কেবল খলনায়ক ছিল না; তারা ছিল লোভ, উচ্চাকাঙ্ক্ষা এবং ভয়ের মিশ্রণ দ্বারা পরিচালিত জটিল ব্যক্তি। তারা তাদের কর্মকাণ্ডকে যুক্তিসঙ্গত করেছিল, তাদের বিশ্বাসঘাতকতাকে ন্যায্যতা দিয়েছিল, প্রতারণার একটি জটিল জাল তৈরি করেছিল যা উন্মোচন করা কঠিন ছিল। এবং মারা শীতল আত্ম-সচেতনতার সাথে বুঝতে পেরেছিল যে একই প্রক্রিয়াগুলি তার মধ্যে কাজ করছে। সে তার সন্দেহকে ন্যায্যতা দিয়েছিল, তার অবিশ্বাসকে যুক্তিসঙ্গত করে তুলেছিল, একটি স্ব-আরোপিত বিচ্ছিন্নতা তৈরি করেছিল যা তাকে আবার সত্যিকার অর্থে বিশ্বাস করার দুর্বলতা থেকে রক্ষা করেছিল। এখন চ্যালেঞ্জ ছিল তার ফিরে আসার পথ খুঁজে বের করা, মানবতার প্রতি তার বিশ্বাস পুনরুদ্ধার করা, ক্ষতিগ্রস্ত সেতুগুলি পুনর্নির্মাণ করা, অনিচ্ছাকৃতভাবে তার দেওয়া ক্ষতগুলি নিরাময় করা। ন্যায়বিচারের জন্য লড়াই আর কেবল পেশাদার ছিল না; এটি ছিল একটি

ব্যক্তিগত লড়াই, তার নিজের বিবেকের জন্য লড়াই এবং তার জীবনকে অর্থপূর্ণ সম্পর্কগুলি সংরক্ষণ করা। সামনের পথ অনিশ্চিত ছিল, বিপদে ভরা ছিল, কিন্তু সে জানত যে তাকে কোথাও থেকে শুরু করতে হবে। লড়াই যতই কঠিন হোক না কেন, তা চালিয়ে যেতে হবে।

জিজ্ঞাসাবাদ কক্ষের নীরবতা ছিল ঘন, অব্যক্ত কথার সাথে ভারী। মাইলস কেন্দ্রিক তার বিপরীতে বসেছিলেন, তার স্বাভাবিক সহজ মনোভাবের পরিবর্তে একটি কঠোর আনুষ্ঠানিকতা ছিল। তিনি কোনও কিছুকে সরাসরি অস্বীকার করেননি, তবে তার উত্তরগুলি সাবধানে ক্যালিব্রেট করা হয়েছিল, প্রতিটি শব্দ নির্ভুলতার সাথে বেছে নেওয়া হয়েছিল, নিয়ন্ত্রিত ফাঁকি দেওয়ার একটি মাস্টারক্লাস যা মারাকে বিরক্তিকর এবং অস্থির করে তুলেছিল। উত্তেজনায় বাতাস কেঁপে উঠল, দুই অভিজ্ঞ এজেন্টের মধ্যে ইচ্ছার নীরব লড়াই, একসময়ের সহকর্মী, এখন একটি নীরব, অব্যক্ত সংঘর্ষে আবদ্ধ। থর্ন তদন্তের ভার, এবং ক্রমবর্ধমান সন্দেহ যা মারার ভিতরে কুঁচকে যাচ্ছিল, তার উপর শারীরিক বোঝার মতো চাপা পড়েছিল।

তার আচরণ বিশ্লেষণ করে, মনের মধ্যে কথোপকথন পুনরায় চালু করে, অসঙ্গতিগুলি অনুসন্ধান করে, লুকানো সত্যকে প্রকাশ করে এমন সূক্ষ্ম ইঙ্গিতগুলির জন্য সে নির্ঘুম রাত কাটিয়েছে। সে খুব সংযত, খুব নিয়ন্ত্রিত ছিল, তার স্বাভাবিক স্নেহশীল আচরণের পরিবর্তে একটি গণনা করা বিচ্ছিন্নতা ছিল। এটি মিথ্যায় আটকা পড়া একজন ব্যক্তির রাগ ছিল না, বরং একজন দক্ষতার সাথে প্রতারণা পরিচালনাকারী ব্যক্তির শীতল শান্তভাব ছিল। এটি থর্ন ফার্মাসিউটিক্যালসের নির্বাহীদের দ্বারা

ব্যবহৃত কৌশলগত কৌশলের একটি শীতল প্রতিচ্ছবি ছিল, যে আচরণটি প্রকাশ করার জন্য সে নিবেদিতপ্রাণ ছিল তারই একটি বিরক্তিকর প্রতিফলন।

একসময় ন্যায়বিচারের জন্য সরল অনুসন্ধানের মাধ্যমে তদন্তটি প্রতারণার এক গোলকধাঁধায় রূপান্তরিত হয়েছিল, যেখানে প্রতিটি বিশ্বস্ত সম্পর্ক কলঙ্কিত বোধ করছিল, প্রতিটি মিথস্ক্রিয়া বিশ্বাসঘাতকতার সম্ভাবনার দ্বারা আবৃত ছিল। তার জীবনের দেয়ালগুলি যেন বন্ধ হয়ে আসছে, তার একসময়ের স্পষ্ট দৃষ্টিভঙ্গি সন্দেহ এবং অবিশ্বাসের এক ধূসর আবরণে ঢাকা। যেন সে আয়নার এক কক্ষে আটকা পড়েছিল, প্রতিটি প্রতিচ্ছবি বাস্তবতাকে বিকৃত করে, সত্য থেকে কল্পকাহিনীকে আলাদা করা ক্রমশ কঠিন করে তুলছিল।

তার গোপন রহস্যের বোঝা প্রায় অসহনীয় ছিল। সে তার ক্রমবর্ধমান উদ্বেগ ডেভিডের কাছ থেকে দূরে রেখেছিল, এই ভয়ে যে এটি তার বোঝা আরও বাড়িয়ে দেবে। তার স্বামী, একজন অটল সমর্থনকারী মানুষ, তাকে অসংখ্য সংকটের মধ্য দিয়ে বহন করেছে, তবুও এই, সন্দেহের এই আত্ম-প্ররোচিত ক্ষত, ভাগ করে নেওয়ার জন্য এতটাই ব্যক্তিগত ছিল, স্বীকার করার জন্য এত লজ্জাজনক ছিল। সে তার প্রতিক্রিয়াকে ভয় পেয়েছিল, কারণ সে ভেবেছিল যে সে তাকে নিন্দা করবে না, বরং কারণ সে তার শক্তির মায়া ভেঙে ফেলার চিন্তা সহ্য করতে পারছিল না।

তার বোন সারাহ তার এই বিচ্ছিন্নতা, তার ক্রমবর্ধমান দূরত্ব লক্ষ্য করেছিল। মারা তাকে বোঝানোর চেষ্টা করেছিল, চাকরির চাপ বলে উড়িয়ে দেওয়ার চেষ্টা করেছিল, কিন্তু তার কথাগুলো তার নিজের কানেও ফাঁকা মনে হয়েছিল। সত্য, তার মনে যে ভয়ঙ্কর সন্দেহ গেঁথে গিয়েছিল, তা এতটাই জটিল, এতটাই বেদনাদায়ক যে তা প্রকাশ করা তার পক্ষে কঠিন ছিল। তার প্রিয়জনদের জন্য বজায় রাখা স্বাভাবিকতার মিথ্যাচারটি নিজেই বিশ্বাসঘাতকতার মতো মনে হয়েছিল।

অভ্যন্তরীণ দ্বন্দ্ব তাকে ছিন্নভিন্ন করে দিচ্ছিল। তার বিশ্লেষণাত্মক মন, তার বছরের পর বছর ধরে প্রশিক্ষণ, এখন তার বিরুদ্ধে অস্ত্র হয়ে দাঁড়িয়েছে। সে নিজেকে প্রতারণার লক্ষণ হিসেবে নিরীহ অঙ্গভঙ্গি ব্যাখ্যা করতে দেখল, নির্দোষ কথোপকথনের গোপন অর্থ পড়তে লাগল। প্যারানয়া এবং অন্তর্দৃষ্টির মধ্যে রেখা ঝাপসা হয়ে গেল, তার অনুভূতি আত্ম-সন্দেহ এবং অবিরাম সন্দেহের ঘূর্ণায়মান অবস্থায় আটকে গেল।

মামলার নথি, যা একসময় বস্তুনিষ্ঠ সত্যের উৎস ছিল, এখন তাকে উপহাস করছে বলে মনে হচ্ছে। প্রতিটি দলিল, প্রতিটি সাক্ষ্য, প্রতিটি প্রমাণ ছিল প্রতারণার খেলায় একটি সম্ভাব্য ধাঁধার টুকরো, সাবধানে তৈরি মিথ্যার স্তর দ্বারা এর আসল অর্থ আড়াল করা হয়েছে। অতীতে তিনি যে অপরাধীদের অনুসরণ করেছিলেন তাদের পদ্ধতি প্রায় সরল বলে মনে হয়েছিল, এখন তিনি যে জটিল প্রতারণার জালে আটকে পড়েছেন তার তুলনায়। এই ব্যক্তিরা এক-মাত্রিক খলনায়ক ছিলেন না বরং ব্যক্তিগত

প্রেরণা, যুক্তিবাদ, আপোষের একটি জটিল টেপেস্ট্রি ছিল যা তাদের দুর্নীতির পথে নিয়ে গিয়েছিল।

থর্ন ফার্মাসিউটিক্যালসের রহস্যময় সিইও ডঃ অ্যালিস্টার থর্ন ছিলেন এই ষড়যন্ত্রের কেন্দ্রীয় ব্যক্তিত্ব, এমন একজন ব্যক্তি যাকে তিনি নিরলসভাবে অধ্যয়ন করেছিলেন, তার জনসাধারণের ব্যক্তিত্ব, তার ইতিহাস, তার প্রেরণাগুলিকে একত্রিত করেছিলেন। তিনি নিজেকে একজন দূরদর্শী নেতা হিসেবে উপস্থাপন করেছিলেন, চিকিৎসা বিজ্ঞানের অগ্রগতির জন্য নিবেদিতপ্রাণ, কিন্তু সাবধানে গড়ে তোলা চিত্রের আড়ালে, মারা একজন ঠান্ডা, হিসাবী কৌশলীকে আভাস দিয়েছিলেন। তিনি ছদ্মবেশে দক্ষ ছিলেন, সম্মানের আবরণের আড়ালে তার আসল স্বভাব লুকিয়ে রাখতে দক্ষ ছিলেন।

মারা তদন্তে মগ্ন ছিল, গভীর রাত পর্যন্ত কাজ করছিল, ক্যাফিন এবং অ্যাড্রেনালিনের জ্বালানিতে মত্ত ছিল, সময় এবং তার ব্যক্তিগত জীবনের সীমানা হারিয়ে ফেলেছিল। ন্যায়বিচারের জন্য অবিরাম সাধনা সর্বগ্রাসী হয়ে উঠেছিল, তাকে তার সীমার দিকে ঠেলে দিয়েছিল, তার মানসিক এবং মানসিক শক্তির উপর চাপ সৃষ্টি করেছিল। সে বুঝতে পারেনি যে সে তার সম্পর্কের উপর, তার পরিবার এবং বন্ধুদের সমর্থনের উপর কতটা নির্ভর করেছিল, যতক্ষণ না সে দেখতে পেল যে সম্পর্কগুলি ভেঙে যাচ্ছে, তার সন্দেহের ভারে ক্ষয় হচ্ছে এবং সেগুলিতে বিশ্বাস রাখতে অক্ষম।

একদিন বিকেলে, ক্লান্ত ও অভিভূত, মারা নিজেকে তার অফিসের জানালা দিয়ে বাইরে তাকিয়ে দেখতে পেলেন, তার সামনে বিস্তৃত শহর, ভবন এবং রাস্তার গোলকধাঁধা, মিথ্যার জটিল জালের প্রতিচ্ছবি যা সে উন্মোচন করার চেষ্টা করছিল। কাজের বিশালতা, ষড়যন্ত্রের বিশালতা, তার উপর ভারী ছিল, একটি ভারী বোঝা যা তাকে শ্বাসরোধ করার হুমকি দিচ্ছিল। তার নিজের এবং অন্যদের গোপনীয়তার ভার প্রায় অসহনীয় মনে হয়েছিল, ক্রমাগত চাপ তার ধৈর্যের সীমা পরীক্ষা করছিল।

সে জানত তার সাহায্যের প্রয়োজন, কারো উপর আস্থা রাখা প্রয়োজন, কিন্তু বিশ্বাসঘাতকতার ভয়, দুর্বলতার ভয় তাকে অচল করে দিয়েছিল। তার সন্দেহ প্রকাশ করার, নিজের অভ্যন্তরীণ সংগ্রাম স্বীকার করার চিন্তাই ভয়াবহ ছিল। সে কাকে বিশ্বাস করবে? কে বুঝবে? প্রশ্নগুলো তাকে কুঁচকে যাচ্ছিল, তার একাকীত্বের ক্রমাগত স্মরণ করিয়ে দিচ্ছিল।

সঠিক এবং ভুলের মধ্যে সীমারেখা ক্রমশ ঝাপসা হয়ে আসছে এই উপলব্ধি তার হতাশাকে আরও তীব্র করে তুলেছিল। থর্ন নেটওয়ার্কের মধ্যে থাকা ব্যক্তিরা কেবল নির্মম অপরাধী ছিলেন না; তারা ছিলেন জটিল চরিত্র, যারা উচ্চাকাঙ্ক্ষা, লোভ, অথবা ব্যর্থতার গভীর ভয় দ্বারা চালিত ছিলেন। তিনি নিজের মধ্যে সেই জটিলতার প্রতিধ্বনি দেখতে পেয়েছিলেন, তার সন্দেহকে ন্যায্যতা দেওয়ার জন্য তিনি যে যুক্তি ব্যবহার করেছিলেন, তার

নিজস্ব নৈতিক দিকনির্দেশনা বজায় রাখার জন্য তিনি যে অভ্যন্তরীণ সংগ্রাম করেছিলেন।

এমনকি ন্যায়বিচারের প্রতি তার নিষ্ঠা, যা একসময় স্পষ্ট নির্দেশিকা ছিল, তা ক্রমশ জটিল এবং প্রশ্নবিদ্ধ হয়ে উঠছিল। তদন্তটি একটি গোলকধাঁধায় রূপান্তরিত হয়েছিল, যা কেবল তার বিবেককে নয়, তার সম্পর্কের ভিত্তিকেও হুমকির মুখে ফেলেছিল, তাকে এই বেদনাদায়ক বাস্তবতার মুখোমুখি হতে বাধ্য করেছিল যে সবচেয়ে বড় যুদ্ধ থর্ন ফার্মাসিউটিক্যালসের বিরুদ্ধে নয়, বরং তার নিজের আত্ম-সন্দেহ এবং বিশ্বাসের ছলনাময়ী ক্ষয়ের বিরুদ্ধে হতে পারে। এই গোপনীয়তার ভার এবং এর ফলে সৃষ্ট বিচ্ছিন্নতা একটি শারীরিক বোঝার মতোই স্পষ্ট অনুভূত হয়েছিল, একটি শ্বাসরুদ্ধকর বোঝা যা তাকে টেনে নেওয়ার হুমকি দিয়েছিল।

তবে, কেন্ড্রিকের সাথে আসন্ন সংঘর্ষ তার রেখে যাওয়া ইতিমধ্যেই ভঙ্গুর সম্পর্কগুলিকে ভেঙে ফেলতে পারে। ভুল হওয়ার ভয়, একজন নির্দোষ পুরুষকে দোষারোপ করার ভয়, ছিল এক তীব্র উদ্বেগ যা তার দুর্দশার ইতিমধ্যেই অপ্রতিরোধ্য বোঝাকে আরও বাড়িয়ে তুলেছিল। তার একসময়ের তীক্ষ্ণ মনোযোগ টলতে শুরু করেছিল, তার মানসিক সুস্থতার উপর অবিরাম চাপ প্রভাব ফেলছিল, সত্য উন্মোচন করতে ব্যর্থ হলে কী ঘটবে তার একটি শীতল পূর্বাভাস। লড়াই এখনও শেষ হয়নি, এবং ঝুঁকি কখনও এত বেশি ছিল না। গোপনীয়তার ভার তার উপর ঝুলছিল, ভারী এবং শ্বাসরুদ্ধকর। সত্যের পথ অনিশ্চিত ছিল, বিপদে ভরা ছিল, কিন্তু মারাকে

ন্যায়বিচারের জন্য, তার বিচক্ষণতার জন্য এবং যে ভঙ্গুর বন্ধনগুলিকে সে রক্ষা করার জন্য মরিয়া হয়ে আশা করেছিল তার জন্য চালিয়ে যেতে হয়েছিল। মনে হচ্ছিল, পৃথিবীর ভার তার কাঁধে ছিল।

জিজ্ঞাসাবাদ কক্ষটি এখন আরও ঠান্ডা অনুভূত হচ্ছিল, নীরবতা কেবল ফ্লুরোসেন্ট আলোর গুঞ্জনে বিচ্ছিন্ন ছিল। মাইলস কেন্ড্রিক, তার মুখের ক্লান্তি তার নিজের প্রতিচ্ছবিতে প্রতিফলিত হয়েছিল, অবশেষে কথা বললেন, তার কণ্ঠস্বর একটি মৃদু গর্জন যা সবেমাত্র স্থান জুড়ে ছড়িয়ে পড়েছিল। তিনি কোনও অজুহাত বা ন্যায্যতা দেননি, কেবল তার ব্যর্থতার একটি কাঁচা, অলঙ্কৃত স্বীকারোক্তি। তিনি চাপের কথা বলেছিলেন, উচ্চাকাঙ্ক্ষার নামে করা আপস, দুর্নীতির গভীরতা বোঝার আগেই তাকে আটকে রেখেছিল এমন প্রতারণার জালের কথা। তিনি ভয়ের কথা বলেছিলেন, এই শীতল উপলব্ধির কথা বলেছিলেন যে তিনি নিজের চেয়েও অনেক বড় কিছুতে জড়িত হয়ে পড়বেন, এমন কিছু যা তাকে সম্পূর্ণরূপে গ্রাস করার হুমকি দিয়েছিল।

তার স্বীকারোক্তি ছিল একেবারেই পরিষ্কার, অপরাধবোধের সরল স্বীকারোক্তি। এটি ছিল স্তরে স্তরে বর্ণিত একটি আখ্যান, অনুশোচনা, আত্ম-অপরাধ এবং বোঝার জন্য মরিয়া আবেদনের সাথে বোনা একটি টেপেস্ট্রি। তিনি থর্ন ফার্মাসিউটিক্যালসের সাথে তার সম্পৃক্ততা, সূক্ষ্ম কারসাজি, সাবধানে তৈরি মিথ্যাচার, তার নিজস্ব নৈতিক দিকনির্দেশনার ধীর ক্ষয় সম্পর্কে বিস্তারিত বর্ণনা করেছিলেন। তিনি এমন একটি ব্যবস্থার চিত্র এঁকেছিলেন যা ফাঁকফোকরগুলিকে কাজে লাগাতে, নিয়মকানুনকে এড়িয়ে চলতে, লাভ এবং ক্ষমতার

পিছনে। তিনি জড়িত অন্যদের নাম প্রকাশ করেছিলেন, যারা পদবি এবং কর্তৃত্বের আড়ালে লুকিয়ে ছিলেন, যাদেরকে মারা একসময় সম্মান করতেন, এমনকি প্রশংসাও করতেন।

তার স্বীকারোক্তি শুনে, মারা স্বস্তি এবং বিধ্বংসের এক অদ্ভুত মিশ্রণ অনুভব করল। ধাঁধার টুকরোগুলো একসাথে মিলে যেতে শুরু করল, অসঙ্গতিগুলো দূর হল, সন্দেহগুলো নিশ্চিত হল। কিন্তু জ্ঞানটা এসেছিল এক চরম মূল্য দিয়ে, ভেঙে যাওয়া বিশ্বাস এবং ভাঙা সম্পর্কের মাধ্যমে। যে লোকটি তার বিপরীতে বসেছিল, দুর্বল এবং পরাজিত, সে ছিল সেই আত্মবিশ্বাসী, সক্ষম এজেন্টের ছায়া যাকে সে একসময় চিনত। বিশ্বাসঘাতকতা গভীরভাবে আঘাত করেছিল, তবুও অন্য কিছুর ঝিকিমিকি ছিল - অনুশোচনার ঝলক, মুক্তির জন্য একটি প্রকৃত আকাঙ্ক্ষা।

পরবর্তী সপ্তাহগুলি সাক্ষাৎকার, সাক্ষ্য এবং আইনি প্রক্রিয়ায় ঝাপসা হয়ে ওঠে। তদন্ত আরও তীব্র হয়, দুর্নীতির এক বিশাল নেটওয়ার্ক প্রকাশ পায় যা থর্ন ফার্মাসিউটিক্যালসের সীমানা ছাড়িয়ে অনেক দূরে ছড়িয়ে পড়ে। এর ফলে মিডিয়ার উন্মাদনা তীব্র ছিল, অভিযোগ, জল্পনা এবং জনসাধারণের ক্ষোভের এক অবিরাম ঝড়। মারা নিজেকে একটি ঝড়ের কেন্দ্রবিন্দুতে আবিষ্কার করেন, কেবল ষড়যন্ত্রের সাথেই নয় বরং জনসাধারণের তদন্তের অবিরাম চাপের সাথেও লড়াই করেন।

এই বিপর্যয়ের ফলে সংশ্লিষ্ট সকলের উপর প্রভাব পড়ে। ক্যারিয়ার ধ্বংস হয়ে যায়, সুনাম নষ্ট হয়, জীবন ভেঙে যায়। থর্নের কর্মকাণ্ডের পরিণতি সুদূরপ্রসারী ছিল, যার ফলে ধ্বংসের চিহ্ন তৈরি হয়। তবুও, বিশৃঙ্খলার মধ্যে, পুনর্মিলনের এক ভঙ্গুর অনুভূতি ফুটে উঠতে শুরু করে।

কেন্ড্রিকের স্বীকারোক্তি, যদিও বিধ্বংসী, নিরাময়ের পথ খুলে দিয়েছিল। তার সহযোগিতার ইচ্ছা, তার প্রকৃত অনুশোচনা, ক্ষমার জন্য একটি ভিত্তি তৈরি করেছিল, যদিও তা অস্থায়ী ছিল। মারা, যদিও বিশ্বাসঘাতকতার সাথে লড়াই করছিল, তবুও সে নিজেকে করুণার জটিলতার সাথে লড়াই করতে দেখেছিল। সে কি তাকে ক্ষমা করতে পারবে? সে কি এমন একজন ব্যক্তির সাথে পুনর্মিলন করতে পারবে যে তার বিশ্বাসকে এত গভীরভাবে লঙ্ঘন করেছিল?

উত্তরটা ছিল সহজ হ্যাঁ অথবা না। সে বুঝতে পেরেছিল, ক্ষমা একটা একক কাজ, বরং একটা প্রক্রিয়া, জটিলতা আর দ্বন্দ্বে ভরা একটা যাত্রা। এটা ছিল তার কর্মকাণ্ডকে ক্ষমা করার কথা নয়, বরং তার ব্যর্থতার বাস্তবতা মেনে নেওয়া, তার অনুশোচনা স্বীকার করা এবং এগিয়ে যাওয়ার পথ খুঁজে বের করার কথা।

পুনর্মিলনের প্রক্রিয়াটি কেন্ড্রিকের বাইরেও বিস্তৃত ছিল। তার বোন সারা এবং তার স্বামী ডেভিডের সাথে তার সম্পর্কের উপর যে ক্ষতি হয়েছে তা মোকাবেলা করার

প্রয়োজন ছিল। তাদের উদ্বেগ মামলার বিবরণ নিয়ে ছিল না, বরং তার মানসিক সুস্থতা নিয়ে ছিল। তদন্তের চাপ তাদের মধ্যে ফাটল তৈরি করেছিল, খোলামেলা যোগাযোগকে নীরব করে দিয়েছিল যা সর্বদা তাদের সম্পর্কের ভিত্তি ছিল।

মারা কঠিন কথোপকথন শুরু করেছিলেন, সন্দেহের সাথে তার নিজের লড়াই, তার নিজের দ্বারা আরোপিত বিচ্ছিন্নতা এবং তাকে পঙ্গু করে দেওয়া ভয়ের কথা স্বীকার করেছিলেন। তিনি তার উদ্বেগ, তার আত্ম-সন্দেহ এবং তার গোপনীয়তার ভারী বোঝা ভাগ করে নিয়েছিলেন। এটি একটি বেদনাদায়ক প্রক্রিয়া ছিল, তার দুর্বলতাগুলি প্রকাশ করে এবং তার ভুলগুলি স্বীকার করে। কিন্তু এটি মুক্তিও ছিল, এত দিন ধরে সে যে বোঝা বহন করেছিল তা থেকে মুক্তি।

মারার প্রত্যাহারে প্রথমে আহত এবং হতাশ সারাহ সহানুভূতি এবং বোধগম্যতার সাথে প্রতিক্রিয়া জানিয়েছিলেন। তিনি তার উদ্বেগ, মারার মানসিক স্বাস্থ্য নিয়ে তার উদ্বেগ এবং অন্ধকারে রাখায় তার হতাশা প্রকাশ করেছিলেন। তাদের কথোপকথন দোষারোপ করার বিষয়ে ছিল না বরং তাদের মধ্যে যে ফাটল তৈরি হয়েছিল তা মেরামত করার বিষয়ে ছিল। এটি ছিল একটি ধীরে ধীরে প্রক্রিয়া, সততা এবং খোলামেলা যোগাযোগের উপর ভিত্তি করে বিশ্বাসের পুনর্গঠন।

ডেভিডের সাথে কথোপকথন আরও চ্যালেঞ্জিং প্রমাণিত হয়েছিল। কাজের চাপের মধ্যেও সে মারাকে সমর্থন করে আসছিল, তার অটল ভালোবাসা এবং সমর্থন ছিল শক্তির এক অবিরাম উৎস। যাইহোক, তার গোপনীয়তার ভার তাদের সম্পর্কের মধ্যে টানাপোড়েন তৈরি করেছিল, এমন একটি দূরত্ব তৈরি করেছিল যা অলক্ষিত ছিল না। ডেভিড রাগ করেননি, তবে তার হতাশা স্পষ্ট ছিল, এই অনুভূতি দ্বারা উদ্দীপ্ত যে তিনি তার প্রয়োজনের সময় তার পাশে ছিলেন না।

মারা তার উপর বোঝা চাপিয়ে দেওয়ার ভয়, তার সন্দেহের কারণে তাদের সম্পর্ক বিপন্ন হওয়ার উদ্বেগের কথা ব্যাখ্যা করেছিলেন। তিনি স্বীকার করেছিলেন যে তার স্ব-আরোপিত নীরবতা ছিল একটি ভুল, তাকে যে মানসিক অস্থিরতার সম্মুখীন হচ্ছিল তা থেকে রক্ষা করার জন্য একটি ভুল প্রচেষ্টা। ডেভিড ধৈর্য ধরে শুনলেন, তার চোখে তার সহানুভূতি স্পষ্ট ছিল। তিনি তার সংগ্রাম স্বীকার করেছিলেন এবং তার কষ্ট প্রকাশ করেছিলেন, কিন্তু তার প্রতিক্রিয়া বিচার করার মতো ছিল না। তার ভালোবাসা এবং সমর্থন, আগের মতোই অটল, তাদের বন্ধনকে আরও শক্তিশালী করেছিল।

পুনর্মিলনের জন্য আত্ম-প্রতিফলন, ব্যক্তিগত ত্রুটিগুলি স্বীকার করার ইচ্ছা এবং পরিবর্তনের প্রতিশ্রুতি প্রয়োজন। নিজের সীমাবদ্ধতার মুখোমুখি হতে বাধ্য হওয়ার পর, মারা স্বীকার করতে শুরু করেছিলেন যে তার সংগ্রামগুলিকে গোপন করার প্রাথমিক প্রবৃত্তি ছিল এক ধরণের আত্মরক্ষা, দুর্বলতার ভয় থেকে উদ্ভূত একটি

প্রক্রিয়া। তিনি বুঝতে পেরেছিলেন যে প্রকৃত শক্তি অজেয়তার মুখোশ বজায় রাখার মধ্যে নয়, বরং দুর্বলতা স্বীকার করা এবং তার চারপাশের লোকদের সমর্থন গ্রহণ করার মধ্যে রয়েছে।

ক্ষমার প্রক্রিয়াটি ভুলে যাওয়ার মতো ছিল না; এটি ছিল অতীতকে স্বীকার করা, শেখা শিক্ষা গ্রহণ করা এবং উদ্দেশ্যের নতুন অনুভূতি নিয়ে এগিয়ে যাওয়া। মারার জন্য, এর অর্থ ছিল নিজের উপর এবং তার চারপাশের লোকদের উপর আবার বিশ্বাস করা শেখা। এটি ছিল খোলামেলা যোগাযোগ, সততা এবং সবচেয়ে গুরুত্বপূর্ণ সম্পর্কগুলিকে লালন করার সচেতন প্রচেষ্টার মাধ্যমে টুকরো

অধ্যায় ১১: প্রমাণের ওজন

ল্যাবটি নিচু, অবিরাম শব্দে গুনগুন করছিল, যা ডক্টর আনিয়া শর্মার কীবোর্ডে আঙুলের ছন্দবদ্ধ ট্যাপ-ট্যাপ-ট্যাপের বিপরীত। সারি সারি মনিটরে জটিল তরঙ্গরূপ, বর্ণালী বিশ্লেষণ এবং অণুবীক্ষণিক চিত্র প্রদর্শিত হয়েছিল - থর্ন ফার্মাসিউটিক্যালসের গোপন কার্যকলাপের সুতো থেকে বোনা একটি ডিজিটাল ট্যাপেস্ট্রি। মাইলস কেন্ড্রিকের স্বীকারোক্তি একটি রোডম্যাপ প্রদান করেছিল, কিন্তু এটি ছিল ফরেনসিক প্রমাণ যা সফল বিচারের পথ প্রশস্ত করবে। আনিয়া, একজন ফরেনসিক বিজ্ঞানী, যিনি সূক্ষ্ম বিবরণের জন্য খ্যাতিমান এবং সূক্ষ্মের প্রতি দৃষ্টি রাখেন, তার ইতিমধ্যেই এলোমেলো কালো চুলের মধ্য দিয়ে তার হাত চালান, তার ক্লান্ত চোখে প্রতিফলিত

ফ্লুরোসেন্ট আলো। ক্যাফিনের জ্বালানি এবং সত্যের অবিরাম সাধনার কারণে তিনি কয়েকদিনের মধ্যে খুব কম ঘুমিয়েছিলেন।

তিনি জানতেন, এই মামলাটি কেবল একটি ত্রুটিপূর্ণ ওষুধ তৈরির জন্য একটি ওষুধ কোম্পানির বিরুদ্ধে মামলা করার বিষয়ে ছিল না। এটি ছিল ক্ষমতার সর্বোচ্চ মহল পর্যন্ত পৌঁছানো একটি ষড়যন্ত্রের উন্মোচন সম্পর্কে, যা প্রতারণা, লোভ এবং মানব জীবনের প্রতি এক ভয়াবহ অবজ্ঞার উপর ভিত্তি করে তৈরি। সাবধানতার সাথে সংগৃহীত এবং পরিশ্রমের সাথে বিশ্লেষণ করা প্রমাণগুলি এই দুর্নীতির ছলনাময়ী প্রকৃতির প্রমাণ ছিল।

প্রথম গুরুত্বপূর্ণ প্রমাণ ছিল থর্নের গোপন গবেষণা কেন্দ্র থেকে জব্দ করা পরীক্ষামূলক ওষুধের নমুনা, -47 নামে পরিচিত, একটি ব্যাচ। অ্যানিয়ার দল একটি বিস্তৃত বিশ্লেষণ পরিচালনা করেছিল, যেখানে অত্যাধুনিক কৌশল - ভর স্পেকট্রোমেট্রি, গ্যাস ক্রোমাটোগ্রাফি, উচ্চ-কার্যক্ষমতাসম্পন্ন তরল ক্রোমাটোগ্রাফি - ব্যবহার করে ওষুধের গঠন সনাক্ত করা হয়েছিল এবং প্রতিকূল প্রতিক্রিয়ার কারণ হওয়া নির্দিষ্ট দূষকগুলি চিহ্নিত করা হয়েছিল। এগুলি কেবল অমেধ্য ছিল না; এগুলি ইচ্ছাকৃতভাবে প্রবর্তন করা হয়েছিল, কোম্পানির দায় কমিয়ে মুনাফা সর্বাধিক করার জন্য ওষুধের রাসায়নিক কাঠামো সূক্ষ্মভাবে পরিবর্তন করা হয়েছিল। বিশ্লেষণে একটি বিরল পৃথিবী উপাদান, নেপচুনিয়ামের চিহ্ন পাওয়া গেছে, একটি অত্যন্ত বিষাক্ত পদার্থ যা ওষুধের সূত্রে ঘোষণা করা হয়নি। নেপচুনিয়ামের উপস্থিতি কোনও দুর্ঘটনা ছিল না; এটি ছিল জটিল রাসায়নিক সূত্রের মধ্যে

দক্ষতার সাথে ঢেকে রাখা একটি ইচ্ছাকৃত অন্তর্ঘাতমূলক কাজ।

আরও তদন্তে জানা যায় যে নেপচুনিয়াম বৈধ সরবরাহকারীদের কাছ থেকে সংগ্রহ করা হয়নি। বরং, এটি কালোবাজারি ডিলারদের একটি গোপন নেটওয়ার্কের সাথে সম্পর্কিত ছিল, যারা নিয়ন্ত্রক সংস্থাগুলির নজরদারির বাইরে ছিল। এই পথটি আনিয়াকে শেল কর্পোরেশন, অফশোর অ্যাকাউন্ট এবং এনক্রিপ্ট করা যোগাযোগের একটি খরগোশের গর্তে নিয়ে যায়, যা মারাত্মক দূষণকারী পদার্থের উৎপত্তিকে অস্পষ্ট করার জন্য ডিজাইন করা একটি ডিজিটাল গোলকধাঁধা।

ডিজিটাল ফরেনসিক বিশ্লেষণও একইভাবে প্রকাশ করছিল। আনিয়ার দল কঠোর পরিশ্রমের সাথে থর্নের সার্ভার এবং ব্যক্তিগত কম্পিউটার থেকে মুছে ফেলা ফাইল, এনক্রিপ্ট করা ইমেল এবং ছিন্নভিন্ন নথি উদ্ধার করেছে। এই ডিজিটাল টুকরোগুলির মধ্যে লুকানো ছিল নির্বাহী, বিজ্ঞানী এবং সরকারি কর্মকর্তাদের মধ্যে অপরাধমূলক আদান-প্রদান - যোগসাজশ, ঘুষ এবং গোপন তথ্যের একটি গোপন নেটওয়ার্ক। ইমেলগুলি ইচ্ছাকৃতভাবে বিভ্রান্তি, গণনা করা ঝুঁকি এবং মানব জীবনের প্রতি এক ভয়ঙ্কর অবহেলার ধরণ প্রকাশ করেছিল। তথ্যগুলি দূষণকারীকে পরিচয় করিয়ে দেওয়ার প্রক্রিয়া, ট্র্যাকগুলি ঢেকে রাখার জন্য সূক্ষ্ম প্রচেষ্টা এবং জননিরাপত্তার চেয়ে লাভকে অগ্রাধিকার দেওয়ার ঠান্ডা, গণনা করা সিদ্ধান্তের বিস্তারিত বর্ণনা করেছিল।

একটি বিশেষ ইমেল আদান-প্রদান উল্লেখযোগ্য ছিল, থর্নের প্রধান রসায়নবিদ ডঃ এলিয়াস ভ্যান্স এবং ওষুধ শিল্পের সাথে ঘনিষ্ঠ সম্পর্কের জন্য পরিচিত একজন শক্তিশালী ব্যক্তিত্ব সিনেটর হ্যারিসন ব্ল্যাকউডের মধ্যে কথোপকথন। ইমেলগুলিতে গোপন বৈঠক, কোডেড বার্তা এবং আর্থিক লেনদেনের একটি সিরিজ বিস্তারিতভাবে বর্ণনা করা হয়েছিল, যা -47 এর বিপদগুলি গোপন করার জন্য একটি ইচ্ছাকৃত ষড়যন্ত্রের স্পষ্ট চিত্র তুলে ধরেছিল। সিনেটর ব্ল্যাকউডের জড়িততা অনস্বীকার্য ছিল, পুরো অপারেশন জুড়ে তার আঙুলের ছাপ ছিল।

ওষুধের নমুনার আণুবীক্ষণিক বিশ্লেষণে সমানভাবে জোরালো প্রমাণ পাওয়া গেছে। আনিয়ার দল ওষুধের ম্যাট্রিক্সের মধ্যে এমন আণুবীক্ষণিক কণা আবিষ্কার করেছে, যে কণাগুলি ঘোষিত উপাদানগুলির সাথে মেলে না। বিস্তৃত বিশ্লেষণের পর, এই কণাগুলিকে একটি নির্দিষ্ট ধরণের শিল্প বর্জ্যের টুকরো হিসাবে চিহ্নিত করা হয়েছিল, যা থর্ন ফার্মাসিউটিক্যালসের সাথে সম্পর্কিত একটি কোম্পানির ব্যবহৃত রাসায়নিক প্রক্রিয়ার বিষাক্ত উপজাত। এই প্রমাণ দূষিত ওষুধটিকে সরাসরি একটি নির্দিষ্ট উৎপাদন সুবিধার সাথে যুক্ত করেছিল, যা থর্নের বিরুদ্ধে মামলাকে আরও শক্তিশালী করেছিল। আণুবীক্ষণিক প্রমাণগুলি ওষুধের ক্যাপসুলগুলিতে ক্ষুদ্র আঁচড়ও প্রকাশ করেছিল, যা টেম্পারিংয়ের ইঙ্গিত দেয়। এই সূক্ষ্ম ত্রুটিগুলি খালি চোখে প্রায় অদৃশ্য ছিল কিন্তু উচ্চ ক্ষমতাসম্পন্ন মাইক্রোস্কোপের নীচে স্পষ্টভাবে

দৃশ্যমান ছিল, যা দূষিত উদ্দেশ্যের আকর্ষণীয় দৃশ্যমান প্রমাণ প্রদান করে।

রাসায়নিক এবং ডিজিটাল প্রমাণের বাইরে, আনিয়ার দল -47-এর প্রতিকূল প্রতিক্রিয়ার শিকার হওয়া ভুক্তভোগীদের মেডিকেল রেকর্ডও পরীক্ষা করেছে। এই রেকর্ডগুলি, কঠোর পরিশ্রমের সাথে পর্যালোচনা করা হয়েছে এবং ক্রস-রেফারেন্স করা হয়েছে, লক্ষণগুলির একটি বিরক্তিকর প্যাটার্ন প্রকাশ করেছে, একটি প্যাটার্ন যা দূষিত ওষুধের রাসায়নিক গঠনকে প্রতিফলিত করে। যারা মারা গেছেন তাদের ময়নাতদন্ত তাদের সিস্টেমে নেপচুনিয়ামের উপস্থিতি নিশ্চিত করেছে, যা ওষুধের বিষাক্ততার অকাট্য প্রমাণ প্রদান করেছে। বিস্তারিত এবং বিস্তৃত ফরেনসিক প্যাথলজি রিপোর্ট সন্দেহের কোনও অবকাশ রাখেনি: -47 মৃত্যুবরণ করেছে।

প্রমাণের ওজন ছিল অপ্রতিরোধ্য, তথ্যের পাহাড় যা নিঃসন্দেহে থর্ন ফার্মাসিউটিক্যালসের দোষের দিকে ইঙ্গিত করেছিল। ফরেনসিক বিশ্লেষণ কেবল তথ্যের সংগ্রহ ছিল না; এটি ছিল একটি আখ্যান, একটি গল্প যা সূক্ষ্মভাবে উন্মোচিত হয়েছিল, সূক্ষ্ম পরিকল্পনা, গণনা করা ঝুঁকি এবং জনসাধারণের বিশ্বাসের চূড়ান্ত বিশ্বাসঘাতকতা প্রকাশ করেছিল। আনিয়া চূড়ান্ত প্রতিবেদনগুলি পর্যালোচনা করেছিলেন, তার উপর এক ভয়াবহ তৃপ্তির অনুভূতি ছিল। তিনি জানতেন যে তার কাজ হারিয়ে যাওয়া জীবন ফিরিয়ে আনবে না, ভুক্তভোগী এবং তাদের পরিবারের উপর যে কষ্ট চাপিয়ে দেওয়া হয়েছিল তা দূর করবে না, তবে এটি ন্যায়বিচার আনবে।

এটি দায়ীদের তাদের কর্মের জন্য জবাবদিহি করবে, সত্য প্রকাশ করবে এবং এই ট্র্যাজেডি ঘটতে দেওয়া প্রতারণার জাল ভেঙে ফেলবে। প্রমাণের ওজন কেবল একটি বোঝা ছিল না, বরং একটি দায়িত্ব, সত্যের জয় নিশ্চিত করার কর্তব্য ছিল, এমনকি ক্ষমতা এবং প্রভাবের অন্ধকার আড়ালের মুখোমুখি হওয়া সত্ত্বেও।

ফরেনসিক বিশ্লেষণ থর্নের অপরাধের প্রমাণের চেয়েও বেশি কিছু প্রদান করেছে; এটি ষড়যন্ত্রকে সমৃদ্ধ হতে সাহায্যকারী পদ্ধতিগত ব্যর্থতাগুলিকে আলোকিত করেছে। এটি ওষুধ শিল্পের মধ্যে নিয়মকানুন, তদারকির অভাব এবং অর্থ ও ক্ষমতার ক্ষয়কারী প্রভাবকে উন্মোচিত করেছে। আনিয়ার বিস্তারিত প্রতিবেদনটি কেবল একটি বৈজ্ঞানিক দলিলের চেয়ে অনেক বেশি ছিল; এটি সংস্কারের আহ্বান ছিল, সত্য উন্মোচন এবং দায়ীদের জবাবদিহি করার ক্ষেত্রে ফরেনসিক বিজ্ঞানের গুরুত্বপূর্ণ ভূমিকার প্রমাণ ছিল। থর্ন ফার্মাসিউটিক্যালসের বিরুদ্ধে মামলাটি কেবল একটি দূষিত ওষুধ সম্পর্কে ছিল না; এটি একটি পদ্ধতিগত ব্যর্থতা সম্পর্কে ছিল, ভবিষ্যতের ট্র্যাজেডি রোধ করার জন্য যা মোকাবেলা করা প্রয়োজন। ফরেনসিক প্রমাণ কেবল দোষীদের দোষী সাব্যস্ত করবে না বরং সতর্কতা, জবাবদিহিতা এবং ন্যায়বিচারের অটল সাধনার গুরুত্বের একটি স্পষ্ট স্মারক হিসাবেও কাজ করবে। আনিয়া এবং তার দলের সূক্ষ্ম কাজ কেবল ভুক্তভোগী এবং তাদের পরিবারের সাথে ঘনিষ্ঠতা আনবে না, বরং এটি নিয়ন্ত্রক সংস্কারের উপর একটি গুরুত্বপূর্ণ সংলাপও শুরু করবে, নিশ্চিত করবে যে এই ধরনের ট্র্যাজেডি আর কখনও ঘটবে না। অত্যন্ত সতর্কতার সাথে সংকলিত এবং

শ্রমসাধ্য বিশ্লেষণ করা প্রমাণের গুরুত্ব ছিল ফরেনসিক বিজ্ঞানের সত্য উন্মোচনের ক্ষমতার প্রমাণ, এমনকি প্রচণ্ড বিরোধিতার মুখেও। এটি ছিল আশার আলো, ন্যায়বিচার ও সংস্কারের পথকে আলোকিত করে, সত্য ও জবাবদিহিতার অটল সাধনার পথ।

রাসায়নিক এবং মাইক্রোস্কোপিক বিশ্লেষণের সমান্তরাল ট্র্যাক, ডিজিটাল ফরেনসিক তদন্ত, থর্ন ফার্মাসিউটিক্যালস ষড়যন্ত্রের গভীরতা উন্মোচনের ক্ষেত্রে সমানভাবে গুরুত্বপূর্ণ প্রমাণিত হয়েছিল। এফবিআইয়ের সাইবার ক্রাইম বিভাগের একটি বিশেষায়িত ইউনিট, আনিয়ার দল, ডেটা পুনরুদ্ধার, ডিক্রিপশন এবং নেটওয়ার্ক বিশ্লেষণে দক্ষতা অর্জন করেছিল - জটিল সাইবার অপরাধ মোকাবেলার বছরের পর বছর ধরে দক্ষতা অর্জন করেছিল। তাদের কাজ ছিল কঠিন: থর্নের সার্ভার, কর্মচারী কম্পিউটার এবং এমনকি ব্যক্তিগত ডিভাইস থেকে টেরাবাইট ডেটা পরীক্ষা করা, ষড়যন্ত্রের ডিজিটাল ফিঙ্গারপ্রিন্ট অনুসন্ধান করা।

তাদের প্রথম চ্যালেঞ্জ ছিল ডেটা অ্যাক্সেস করা। থর্নের আইটি অবকাঠামো ছিল অত্যাধুনিক, ফায়ারওয়াল, অনুপ্রবেশ সনাক্তকরণ সিস্টেম এবং অননুমোদিত অ্যাক্সেস রোধ করার জন্য ডিজাইন করা এনক্রিপশন প্রোটোকল দিয়ে স্তরে স্তরে সজ্জিত। কিন্তু আনিয়ার দল প্রস্তুত ছিল। তারা সোশ্যাল ইঞ্জিনিয়ারিং থেকে শুরু করে থর্নের সিস্টেমের দুর্বলতাগুলিকে কাজে লাগিয়ে প্রবেশাধিকার অর্জনের জন্য বিভিন্ন কৌশল ব্যবহার করেছিল। একবার ভিতরে প্রবেশ করার পর, ডিজিটাল ল্যান্ডস্কেপ তাদের সামনে উন্মোচিত হয়েছিল, আন্তঃসংযুক্ত ডিভাইস এবং ডেটা স্ট্রিমগুলির একটি

জটিল জাল। প্রাথমিকভাবে তথ্যের বিশাল পরিমাণ ছিল অপ্রতিরোধ্য, একটি ডিজিটাল সমুদ্র যেখানে অপরাধমূলক প্রমাণ সহজেই হারিয়ে যেতে পারে।

দলটি উন্নত ডেটা মাইনিং টুল, অ্যালগরিদম ব্যবহার করে যা কাঁচা ডেটা পরীক্ষা করে, অপরাধমূলক কার্যকলাপ নির্দেশ করতে পারে এমন প্যাটার্ন এবং অসঙ্গতিগুলি সনাক্ত করে। তারা -47, এবং অন্যান্য অপরাধমূলক শব্দগুলির সাথে সম্পর্কিত কীওয়ার্ড অনুসন্ধান করে, ইমেল থ্রেড, তাৎক্ষণিক বার্তা এবং এমনকি বিশেষ সফ্টওয়্যার ব্যবহার করে কঠোর পরিশ্রমের সাথে পুনরুদ্ধার করা মুছে ফেলা ফাইলগুলিও পরীক্ষা করে। জাতীয় নিরাপত্তা সংস্থার সাথে একত্রে তৈরি এই সফ্টওয়্যারটি তাদের মুছে ফেলা ফাইলগুলি পুনর্গঠন এবং ক্ষতিগ্রস্ত হার্ড ড্রাইভ থেকে ডেটা পুনরুদ্ধার করার অনুমতি দেয়, যা থর্নের নির্বাহীরা গোপন রাখার আশা করেছিলেন এমন প্রচুর তথ্য প্রকাশ করে।

বিশেষ করে ডিজিটাল প্রমাণের একটি অংশ হলো ডঃ ভ্যান্স এবং সিনেটর ব্ল্যাকউডের মধ্যে আদান-প্রদান করা এনক্রিপ্টেড ইমেলের একটি সিরিজ। প্রাথমিকভাবে দুর্ভেদ্য ইমেলগুলি, অবশেষে নৃশংস শক্তি কৌশল এবং ক্রিপ্ট বিশ্লেষণের সংমিশ্রণ ব্যবহার করে হ্যাক করা হয়েছিল, যা যোগসাজশ এবং গোপনীয়তার এক ভয়ঙ্কর চিত্র প্রকাশ করে। বার্তাগুলি কোডেড ভাষা, গোপন হুমকি এবং অফশোর অ্যাকাউন্টের উল্লেখ দিয়ে ভরা ছিল, যা নেপচুনিয়াম অধিগ্রহণের সাথে সম্পর্কিত তহবিলের প্রবাহকে অস্পষ্ট করার জন্য ডিজাইন করা

আর্থিক লেনদেনের একটি নেটওয়ার্ক প্রকাশ করে। ইমেলগুলিতে -47 সূত্রে নেপচুনিয়াম ধীরে ধীরে অন্তর্ভুক্ত করা, ওষুধের বিষাক্ততা সম্পর্কে ক্রমবর্ধমান উদ্বেগ এবং জননিরাপত্তার চেয়ে লাভকে অগ্রাধিকার দেওয়ার পরিকল্পিত সিদ্ধান্তের নথিভুক্ত করা হয়েছিল।

আরও তদন্তে জানা গেছে যে সিনেটর ব্ল্যাকউড তার রাজনৈতিক প্রভাব ব্যবহার করে থর্নকে নিয়ন্ত্রক তদন্ত থেকে রক্ষা করেছিলেন, এফডিএ অনুমোদন বিলম্বিত করেছিলেন এবং ওষুধের নিরাপত্তা সম্পর্কে নেতিবাচক প্রতিবেদন দমন করেছিলেন। ডিজিটাল প্রমাণগুলি লবিং প্রচেষ্টা, প্রচারণার অনুদান এবং থর্নের স্বার্থ রক্ষা এবং সম্ভাব্য হুইসেলব্লোয়ারদের নীরব করার জন্য ডিজাইন করা পর্দার আড়ালে চুক্তির একটি ধরণ প্রকাশ করেছে। এই ডিজিটাল কাগজের ট্রেইলে কেবল থর্নের নির্বাহীদেরই নয়, বেশ কয়েকজন উচ্চপদস্থ সরকারি কর্মকর্তাকেও জড়িত করা হয়েছিল, যা ফার্মাসিউটিক্যাল কোম্পানির বাইরেও বিস্তৃত দুর্নীতির একটি বিস্তৃত নেটওয়ার্ক উন্মোচিত করেছিল।

ডিজিটাল ফরেনসিক দল থর্নের আর্থিক রেকর্ড বিশ্লেষণ করে অর্থ পাচার এবং অবৈধ লেনদেন গোপন করার জন্য ব্যবহৃত শেল কর্পোরেশন এবং অফশোর অ্যাকাউন্টের একটি জাল উন্মোচন করে। খণ্ডিত রেকর্ড এবং এনক্রিপ্ট করা স্প্রেডশিট থেকে কঠোর পরিশ্রমের সাথে একত্রিত আর্থিক তথ্য নেপচুনিয়ামের আসল উৎস এবং -47 বিক্রয় থেকে প্রাপ্ত অবৈধ লাভ গোপন করার জন্য ডিজাইন করা অর্থ পাচারের একটি জটিল ব্যবস্থা

প্রকাশ করে। দলটি বিভিন্ন বিচারব্যবস্থার মাধ্যমে তহবিলের প্রবাহ সনাক্ত করে, ষড়যন্ত্রের মূল খেলোয়াড়দের চিহ্নিত করে এবং তাদের বিরুদ্ধে একটি শক্তিশালী মামলা তৈরি করে।

ইমেল এবং আর্থিক রেকর্ডের বাইরে, ডিজিটাল তদন্তে থর্নের অভ্যন্তরীণ যোগাযোগ ব্যবস্থা থেকেও প্রচুর তথ্য পাওয়া গেছে। তাৎক্ষণিক বার্তা, চ্যাট লগ এবং প্রকল্প ব্যবস্থাপনার নথি ষড়যন্ত্রের অভ্যন্তরীণ কার্যকারিতা প্রকাশ করে, যা পৃথক কর্মীদের ভূমিকা এবং অপারেশনের সামগ্রিক কাঠামো উন্মোচিত করে। এই ডিজিটাল যোগাযোগগুলি, প্রাথমিকভাবে খণ্ডিত এবং অসংগঠিত, সাবধানতার সাথে একত্রিত করা হয়েছিল, যা ষড়যন্ত্রের বিকাশ এবং বাস্তবায়নের একটি বিস্তৃত চিত্র তৈরি করে।

মুছে ফেলা ফাইলগুলির বিশ্লেষণ বিশেষভাবে মূল্যবান প্রমাণিত হয়েছে। থর্নের নির্বাহীরা, ফাঁস হওয়ার ভয়ে, অপরাধমূলক ইমেল, নথি এবং অন্যান্য ডিজিটাল প্রমাণ মুছে ফেলার চেষ্টা করেছিলেন। যাইহোক, ডিজিটাল ফরেনসিক দল এই মুছে ফেলা ফাইলগুলি পুনরুদ্ধার করতে সক্ষম হয়েছিল, যা এমন প্রচুর তথ্য প্রকাশ করেছিল যা অন্যথায় গোপন রাখা হত। এই উদ্ধার করা তথ্যের মধ্যে ছিল অভ্যন্তরীণ মেমোর খসড়া সংস্করণ, প্রাথমিক সুরক্ষা প্রতিবেদন যা -47 এর সাথে সম্পর্কিত ঝুঁকিগুলিকে কমিয়ে দেয়, এবং এমনকি গোপন করার সম্ভাবনা সম্পর্কে আলোচনার বিশদ বিবরণ সহ মুছে ফেলা ইমেলগুলি।

দলটি থর্নের সার্ভার লগগুলিও পরীক্ষা করে, সন্দেহজনক লগইন প্রচেষ্টা এবং ডেটা স্থানান্তর সনাক্ত করে। এই বিশ্লেষণে প্রতিযোগী ওষুধ কোম্পানি বা হুইসেলব্লোয়ারদের দ্বারা হ্যাকিংয়ের প্রচেষ্টার প্রমাণ পাওয়া গেছে। তবে, থর্নের শক্তিশালী সুরক্ষা ব্যবস্থা দ্বারা এই প্রচেষ্টাগুলি দ্রুত ব্যর্থ হয়ে যায়, যা গোপনীয়তা বজায় রাখার জন্য কোম্পানির দৃঢ় সংকল্পকে জোর দেয়। এই লগগুলির ফরেনসিক পরীক্ষা কোম্পানির সুরক্ষা প্রোটোকল এবং সংবেদনশীল তথ্য সুরক্ষায় তাদের কার্যকারিতা সম্পর্কে গুরুত্বপূর্ণ অন্তর্দৃষ্টি প্রদান করে। দলটি ডিজিটাল ফাইল এবং যোগাযোগের সাথে সম্পর্কিত মেটাডেটাও বিশ্লেষণ করে, লুকানো নিদর্শন এবং সূত্রগুলি সনাক্ত করে যা ষড়যন্ত্র সম্পর্কে অতিরিক্ত তথ্য প্রকাশ করে।

ডিজিটাল ফরেনসিক বিশ্লেষণ কেবল অপরাধমূলক প্রমাণ উন্মোচন করার জন্য ছিল না; এটি ঘটনাবলীর একটি সময়রেখা স্থাপন, ষড়যন্ত্র গোপন করার জন্য গৃহীত পদক্ষেপগুলির মানচিত্র তৈরি এবং জড়িত বিভিন্ন ব্যক্তির ভূমিকা বোঝার বিষয়েও ছিল। এই বিস্তারিত কালানুক্রমটি গুরুত্বপূর্ণ প্রেক্ষাপট প্রদান করে, থর্ন ফার্মাসিউটিক্যালস এবং এর সহযোগীদের বিরুদ্ধে মামলাকে শক্তিশালী করে। একাধিক উৎস থেকে তথ্য একত্রিত করে, দলটি একটি আকর্ষণীয় বর্ণনা তৈরি করে যা ষড়যন্ত্রের গভীরতা এবং প্রস্থ উন্মোচিত করে, মারাত্মক পরিকল্পনার পিছনে সূক্ষ্ম পরিকল্পনা এবং বাস্তবায়ন প্রদর্শন করে।

ডিজিটাল প্রমাণের ওজন, রাসায়নিক এবং আণুবীক্ষণিক বিশ্লেষণের সাথে মিলিত হয়ে, থর্ন ফার্মাসিউটিক্যালসের বিরুদ্ধে এক অপ্রতিরোধ্য প্রমাণের পাহাড় উপস্থাপন করেছিল। ডিজিটাল জগৎ ষড়যন্ত্রকারীদের মন এবং উদ্দেশ্যের মধ্যে একটি জানালা দিয়েছিল, তাদের গণনা করা ঝুঁকি, মানব জীবনের প্রতি তাদের ঠান্ডা অবজ্ঞা এবং যেকোনো মূল্যে তাদের লাভ রক্ষা করার দৃঢ় সংকল্প প্রকাশ করেছিল। ডিজিটাল ফরেনসিক বিশ্লেষণ কেবল মামলাটিকেই দৃঢ় করেনি; এটি একটি পদ্ধতিগত ধামাচাপা দেওয়ার অকাট্য প্রমাণও প্রদান করেছিল, একটি ষড়যন্ত্র যা ক্ষমতার সর্বোচ্চ স্তরে বিস্তৃত ছিল। ডিজিটাল ট্রেসগুলি, একবার সাবধানতার সাথে একত্রিত হয়ে, লোভ, প্রতারণা এবং মানব জীবনের প্রতি একটি শীতল অবজ্ঞার গল্প বলেছিল - এমন একটি গল্প যা শীঘ্রই আইনের আদালতে প্রকাশিত হবে। ডিজিটাল প্রমাণগুলি কেবল তথ্য পয়েন্টের সংগ্রহ ছিল না; এটি ছিল প্রতারণার সুতো দিয়ে বোনা একটি টেপেস্ট্রি, একটি আখ্যান যা ক্ষতিগ্রস্তদের ন্যায়বিচার এনে দেবে এবং কর্পোরেট লোভ এবং রাজনৈতিক দুর্নীতির অন্ধকার আড়াল উন্মোচন করবে।

ডিজিটাল পদ্ধতি, যদিও বিস্তৃত এবং জঘন্য, ধাঁধার একমাত্র অংশ ছিল না। অপরাধের দৃশ্য - ভুক্তভোগীদের বাড়ি, থর্ন ফার্মাসিউটিক্যালস ল্যাব এবং এমনকি সিনেটর ব্ল্যাকউডের বিলাসবহুল ওয়াশিংটন ডিসির বাসভবন - থেকে কঠোর পরিশ্রমের সাথে সংগৃহীত ভৌত প্রমাণগুলি অপরাধমূলক তথ্যের নিজস্ব ওজন ধরে রেখেছিল। সবচেয়ে আকর্ষণীয় প্রমাণগুলির মধ্যে ছিল ডিএনএ।

ভুক্তভোগীদের মৃতদেহ এবং সাবধানতার সাথে পরিষ্কার করা ল্যাব সরঞ্জাম থেকে সংগৃহীত প্রাথমিক নমুনাগুলি প্রাথমিকভাবে হতাশাজনকভাবে অনিশ্চিত ছিল। সময়ের সাথে সাথে পরিষ্কার করার কঠোর প্রচেষ্টার ফলে চিহ্নগুলি সূক্ষ্ম ছিল, ক্ষয়প্রাপ্ত হয়েছিল। কিন্তু ফরেনসিক ডিএনএ বিশ্লেষণে অগ্রগতি, বিশেষ করে কম-অনুলিপি সংখ্যার ডিএনএ নিষ্কাশন এবং পরিবর্ধনের ক্ষেত্রে, আশার আলো দেখিয়েছিল। এফবিআইয়ের পরীক্ষাগারের বিশেষজ্ঞ এবং সারা দেশের নেতৃস্থানীয় জিনতত্ত্ববিদদের সমন্বয়ে গঠিত এই দলটি সবচেয়ে ক্ষীণতম জেনেটিক উপাদানও নিষ্কাশন এবং বিশ্লেষণ করার জন্য অত্যাধুনিক কৌশল ব্যবহার করেছিল। তারা ক্ষুদ্রতম ডিএনএ খণ্ডগুলিকে গুণ করার জন্য বিশেষ রাসায়নিক এবং উন্নত পরিবর্ধন কৌশল ব্যবহার করেছিল, যা বিশ্লেষণযোগ্য ক্রমগুলিতে পরিণত করেছিল।

এই শ্রমসাধ্য প্রক্রিয়াটিতে পরিশোধন, পরিবর্ধন এবং ক্রমবিন্যাসের একাধিক ধাপ অন্তর্ভুক্ত ছিল। প্রতিটি ধাপ অত্যন্ত সতর্কতার সাথে নথিভুক্ত করা হয়েছিল, প্রমাণের অখণ্ডতা বজায় রাখার জন্য এবং দূষণ রোধ করার জন্য কঠোর চেইন-অফ-কাস্টডি প্রোটোকল অনুসরণ করা হয়েছিল। সামান্যতম ত্রুটি পুরো প্রক্রিয়াটিকে বিপন্ন করতে পারে, যার ফলে ভুল ব্যাখ্যা হতে পারে এবং সম্ভাব্যভাবে প্রসিকিউশনের মামলাকে বিপন্ন করতে পারে।

প্রথম সাফল্য আসে ভুক্তভোগীদের নখ থেকে প্রাপ্ত ডিএনএ থেকে। যদিও চিহ্নগুলি খণ্ডিত এবং আংশিকভাবে ক্ষয়প্রাপ্ত ছিল, দলটি বেশ কয়েকটি জেনেটিক প্রোফাইলকে বিচ্ছিন্ন এবং প্রসারিত করতে সক্ষম হয়েছিল। পরিচিত সন্দেহভাজনদের সাথে তাদের সরাসরি সংযুক্ত না করলেও, এই প্রোফাইলগুলি একটি সূচনা বিন্দু প্রদান করে। এগুলি (কম্বাইন্ড ডিএনএ ইনডেক্স সিস্টেম) -এ প্রবেশ করানো হয়েছিল, যা আইন প্রয়োগকারী সংস্থাগুলি সন্দেহভাজনদের সনাক্ত করার জন্য জাতীয় ডিএনএ ডাটাবেস। ফলাফলগুলি তাৎক্ষণিকভাবে চূড়ান্ত না হলেও, সম্ভাব্য সন্দেহভাজনদের সংখ্যা উল্লেখযোগ্যভাবে সংকুচিত করেছে। তারা থর্ন ফার্মাসিউটিক্যালসের সাথে কাজ করা বেশ কয়েকজন ব্যক্তির সাথে একটি আশ্চর্যজনক সংযোগ দেখিয়েছে, যদিও ডঃ ভ্যান্স এবং সিনেটর ব্ল্যাকউডের চারপাশে সরাসরি অভ্যন্তরীণ বৃত্তে অগত্যা নয়। দেখা গেল, এই ব্যক্তিরা ল্যাব থেকে বর্জ্য পরিষ্কার এবং নিষ্কাশনের সাথে জড়িত ছিলেন, যা তাদের ট্র্যাকগুলি ঢেকে রাখার সম্ভাব্য প্রচেষ্টার ইঙ্গিত দেয়।

থর্ন ফার্মাসিউটিক্যালসের বর্জ্য নিষ্কাশন কেন্দ্রের একটি ফেলে দেওয়া ল্যাব কোটে পাওয়া ডিএনএ বিশ্লেষণের মাধ্যমে দ্বিতীয় সাফল্য পাওয়া যায়। প্রাথমিকভাবে গুরুত্বহীন বলে উড়িয়ে দেওয়া এই ল্যাব কোটে ডক্টর ভ্যান্স এবং একজন ভুক্তভোগীর ডিএনএর ক্ষুদ্র চিহ্ন পাওয়া গেছে। এই আবিষ্কারটি অত্যন্ত গুরুত্বপূর্ণ কারণ এটি ডাক্তার এবং একজন ভুক্তভোগীর মধ্যে সরাসরি যোগসূত্রের ইঙ্গিত দেয়, যা ডক্টর ভ্যান্সকে হত্যার আশেপাশে রাখে। ল্যাব কোটের ডিএনএ ভুক্তভোগীদের

দেহে পাওয়া চিহ্নের তুলনায় অনেক বেশি গুরুত্বপূর্ণ ছিল, যা সরাসরি যোগাযোগের শক্তিশালী প্রমাণ প্রদান করে।

আরও বিশ্লেষণে ল্যাব কোটে তৃতীয়, পূর্বে অজানা ডিএনএ প্রোফাইল পাওয়া গেছে। এই প্রোফাইলটি থর্ন ফার্মাসিউটিক্যালস ডাটাবেস বা -এর মধ্যে কোনও ব্যক্তির সাথে মেলেনি। দলটি প্রাথমিকভাবে অনুমান করেছিল যে এটি একটি দূষক হতে পারে, প্রমাণ সংগ্রহের সময় ক্রস-দূষণের ফলে। তবে, বারবার পরীক্ষায় ধারাবাহিকভাবে একই অজানা প্রোফাইল পাওয়া গেছে। দলটি এই 'জেন ডো' প্রোফাইলের উপর মনোনিবেশ করেছে, সনাক্তকরণের জন্য সমস্ত উপলব্ধ উপায় অনুসরণ করেছে। তারা থর্ন ফার্মাসিউটিক্যালস কর্মীদের বাইরে তাদের অনুসন্ধান প্রসারিত করেছে এবং অতীতে ল্যাবে অ্যাক্সেস থাকতে পারে এমন ব্যক্তিদের উপর দৃষ্টি নিবদ্ধ করেছে অথবা বর্জ্য নিষ্পত্তি করেছে।

'জেন ডো' প্রোফাইলের তদন্তে এক চমকপ্রদ তথ্য বেরিয়ে আসে। এটি থর্ন ফার্মাসিউটিক্যালসের সাথে চুক্তিবদ্ধ একজন পরিচ্ছন্নতা কর্মীর প্রাক্তন কর্মচারীর সাথে মিলে যায়। এই কর্মচারী, এভলিন রিড নামে একজন মহিলা, খুনের কয়েক মাস আগে রহস্যজনকভাবে নিখোঁজ হয়ে যান। প্রাথমিকভাবে, মিসেস রিডের নিখোঁজ হওয়াকে একজন অসন্তুষ্ট কর্মচারীর নতুন চাকরি খোঁজার একটি সাধারণ ঘটনা হিসেবে উড়িয়ে দেওয়া হয়েছিল। তবে, ল্যাব কোটের ডিএনএ প্রমাণ, তার নিখোঁজের সময়রেখা সহ, দৃঢ়ভাবে

ইঙ্গিত দেয় যে তিনি কেবল একজন সাক্ষী নন, বরং সম্ভাব্য একজন শিকার, সম্ভবত থর্ন ফার্মাসিউটিক্যালসের অবৈধ কার্যকলাপ সম্পর্কে তথ্য প্রকাশ করতে বাধা দেওয়ার জন্য তাকে চুপ করে রাখা হয়েছিল।

তবে, ডিএনএ প্রমাণ কেবল সন্দেহভাজনদের শনাক্ত করতে সাহায্য করেনি। এটি ভুক্তভোগীদের মৃত্যুর দিকে পরিচালিত ঘটনাগুলির ক্রম সম্পর্কেও গুরুত্বপূর্ণ তথ্য সরবরাহ করেছিল। ডিএনএ মিশ্রণ বিশ্লেষণ করে, ফরেনসিক দল সন্দেহভাজনদের এবং ভুক্তভোগীদের মধ্যে যোগাযোগের সময়রেখা স্থাপন করতে পারে। উদাহরণস্বরূপ, ল্যাব কোট এবং অন্যান্য প্রমাণে বিভিন্ন ব্যক্তির ডিএনএর আপেক্ষিক পরিমাণ ইঙ্গিত দেয় যে হত্যার আগে এবং পরে নির্দিষ্ট কিছু যোগাযোগ হয়েছিল, যা সম্ভবত ষড়যন্ত্রে প্রতিটি সন্দেহভাজন ব্যক্তির ভূমিকা প্রকাশ করে।

শুধুমাত্র মায়ের কাছ থেকে উত্তরাধিকারসূত্রে প্রাপ্ত মাইটোকন্ড্রিয়াল ডিএনএ () বিশ্লেষণ মামলাটিকে আরও শক্তিশালী করে। মাতৃ বংশের সন্ধান করার একটি উপায় প্রদান করে, সন্দেহভাজনদের পারিবারিক সম্পর্কের সাথে সংযুক্ত করে যা শুধুমাত্র নিউক্লিয়ার ডিএনএর মাধ্যমে প্রতিষ্ঠিত করা যায় না। একটি উদাহরণে, বিশ্লেষণ সিনেটর ব্ল্যাকউডের বাসভবনে পাওয়া ডিএনএর একটি চিহ্নকে ভুক্তভোগীদের একজনের দূর সম্পর্কের আত্মীয়ের সাথে যুক্ত করে, যা সম্ভাব্য পারিবারিক সংযোগের ইঙ্গিত দেয় যা ষড়যন্ত্রে জড়িত থাকতে পারে।

ডিএনএ প্রমাণের ক্ষেত্রেও বেশ কিছু চ্যালেঞ্জ ছিল। কিছু নমুনার অবক্ষয়, একাধিক ব্যক্তির ডিএনএ মিশ্রণ বিশ্লেষণের জটিলতা এবং দূষণের সম্ভাবনা, এই সবই উল্লেখযোগ্য বাধা তৈরি করেছিল। দলটিকে প্রতিটি নমুনা কঠোরভাবে মূল্যায়ন করতে হয়েছিল, দূষণের সম্ভাবনা এবং সংগ্রহ বা বিশ্লেষণ প্রক্রিয়ায় ত্রুটি বিবেচনা করে। তবে, সতর্ক পদ্ধতি, সূক্ষ্ম ডকুমেন্টেশন এবং ফলাফলের বারবার যাচাইয়ের মাধ্যমে, দলটি ডিএনএ প্রমাণের উপর ভিত্তি করে একটি আকর্ষণীয় মামলা তৈরি করতে সক্ষম হয়েছিল।

এভলিন রিডের ডিএনএ আবিষ্কার জটিলতার আরেকটি স্তর যোগ করে, যা ষড়যন্ত্রের গণনাকৃত প্রকৃতি তুলে ধরে। তার অন্তর্ধান, যা প্রথমে সম্পর্কহীন বলে মনে করা হত, এখন ধাঁধার একটি গুরুত্বপূর্ণ অংশ হিসাবে আবির্ভূত হয়, যা থর্ন ফার্মাসিউটিক্যালসের কার্যকলাপ সম্পর্কে সত্য প্রকাশ করতে পারে এমন ব্যক্তিদের নীরব করার একটি ধরণ নির্দেশ করে। ডিএনএ প্রমাণ কেবল ডঃ ভ্যান্স এবং সিনেটর ব্ল্যাকউডকেই নয়, বরং ধাঁধা ধামাচাপা দেওয়ার ক্ষেত্রে সক্রিয়ভাবে অংশগ্রহণকারী ব্যক্তিদের একটি নেটওয়ার্ককেও জড়িত করে।

পরিশেষে, ডিএনএ প্রমাণ ঘটনাবলীর একটি শক্তিশালী বর্ণনা উপস্থাপন করে যা মামলাটিকে উল্লেখযোগ্যভাবে শক্তিশালী করে। এটি কেবল বিমূর্ত জেনেটিক প্রোফাইলের একটি সংগ্রহ ছিল না; এটি একটি নীরব

সাক্ষী ছিল, যা সন্দেহভাজন, ভুক্তভোগী এবং অপরাধের দৃশ্যের মধ্যে গুরুত্বপূর্ণ সংযোগ প্রদান করে। ডিজিটাল ফরেনসিক অনুসন্ধানের সাথে মিলিত এই অকাট্য ভৌত প্রমাণ একটি সূক্ষ্ম এবং ভয়ঙ্কর ষড়যন্ত্রের স্পষ্ট চিত্র তুলে ধরে, যা থর্ন ফার্মাসিউটিক্যালসের দেয়াল ছাড়িয়ে রাজনৈতিক ক্ষমতার সর্বোচ্চ স্তরে পৌঁছেছিল। এই বৈজ্ঞানিক প্রমাণের ওজন, ডিজিটাল রুটির টুকরোগুলির সাথে মিলিত হয়ে, থর্ন ফার্মাসিউটিক্যালসের বিরুদ্ধে মামলাকে দৃঢ় করে তোলে, অপরাধীদের বিচারের কাছাকাছি নিয়ে আসে। ডিএনএর নীরবতা অনেক কিছু বলে দেয়, ষড়যন্ত্রের নির্ভুলতা এবং নিষ্ঠুরতার প্রমাণ।

আদালত কক্ষের নির্জীব পরিবেশ খুনের ভয়ঙ্কর বাস্তবতার সম্পূর্ণ বিপরীত অনুভূত হচ্ছিল। বাতাসে প্রত্যাশার ভারাক্রান্ত আওয়াজ, এয়ার কন্ডিশনারের নীরব গুঞ্জন গ্যালারিতে হৃদস্পন্দনের প্রতিবিম্ব। অকাট্য ডিএনএ প্রমাণ এবং একটি সতর্কতার সাথে নির্মিত ডিজিটাল ট্রেইলের ভিত্তির উপর নির্মিত প্রসিকিউশনের মামলাটি এখন আংশিকভাবে প্রত্যক্ষদর্শীদের সাক্ষ্যের উপর নির্ভর করে - যাদের বিবরণ, যতই খণ্ডিত বা অবিশ্বাস্য হোক না কেন, থর্ন ফার্মাসিউটিক্যালস ষড়যন্ত্রের ছায়াময় কোণগুলিকে আলোকিত করার সম্ভাবনা ছিল।

প্রথমেই অবস্থান নেন থর্ন ফার্মাসিউটিক্যালসের প্রাক্তন নিরাপত্তারক্ষী মার্ক ওলসেন। তাঁর সাক্ষ্য দ্বিধাগ্রস্ত, থেমে থেমে এবং নার্ভাসভাবে নখ চিবিয়ে খাচ্ছিলেন। ওলসেন, একজন ব্যক্তি যার জীবন রুটিন এবং অজ্ঞাতনামা ঘিরে আবর্তিত বলে মনে হয়েছিল, তিনি শেষের দিকে অদ্ভুত ঘটনা প্রত্যক্ষ করেছিলেন। তিনি আবছা আলোয় স্তব্ধ

কথোপকথন, ঘন্টার পর ঘন্টা ল্যাবগুলির মধ্যে ছায়াময় ব্যক্তিত্বের চলাচল এবং বর্জ্য নিষ্কাশন এলাকায় ধ্রুবক, প্রায় উন্মত্ত কার্যকলাপের বর্ণনা দিয়েছিলেন। তিনি অস্বাভাবিক ডেলিভারি, অচিহ্নিত ট্রাকগুলি অদ্ভুত সময়ে আসা এবং ছেড়ে যাওয়া, তাদের বিষয়বস্তু গোপনীয়তায় ঢাকা থাকার কথা বলেছিলেন। তিনি প্রথমে এই ঘটনাগুলিকে উড়িয়ে দেওয়ার কথা স্বীকার করেছিলেন, এগুলিকে একটি অত্যাধুনিক ওষুধ কোম্পানির উচ্চ-চাপের পরিবেশের জন্য দায়ী করেছিলেন। যাইহোক, প্রথম হত্যার পরে, অস্থির স্মৃতিগুলি শীতল স্পষ্টতার সাথে পুনরুত্থিত হয়েছিল। তিনি ডক্টর ভ্যান্সকে গভীর রাতে ল্যাব থেকে বেরিয়ে আসার কথা স্মরণ করেছিলেন, তাঁর মুখ উদ্বেগ এবং দৃঢ়তার এক অদ্ভুত মিশ্রণে খোদাই করা হয়েছিল, তাঁর হাত কালো এবং সান্দ্র কিছু দিয়ে দাগযুক্ত ছিল। তিনি সাক্ষ্য দিয়েছিলেন যে স্মৃতি তাকে তাড়িত করেছিল, একটি কুঁচকে যাওয়া অস্বস্তিকে ইন্ধন দিয়েছিল যা পরবর্তী প্রতিটি হত্যার সাথে আরও তীব্রতর হয়েছিল। জেরা করার সময়, ওলসেনের সাক্ষ্য দ্বিধাগ্রস্ত হয়ে পড়ে। আসামিপক্ষ দক্ষতার সাথে তার স্মৃতির অসঙ্গতিগুলি তুলে ধরে, তার স্মৃতির ফাঁকগুলিকে কাজে লাগিয়ে এবং তার স্পষ্ট দৃশ্যমান পরিচয়ের অভাবের উপর জোর দেয়। তারা একজন বিভ্রান্ত, অতিরিক্ত পরিশ্রমী ব্যক্তির ছবি এঁকেছিল যিনি অতিরঞ্জিত হওয়ার প্রবণতা পোষণ করেন, যে তদন্তের আবেগগত চাপে সহজেই প্রভাবিত হয়। তবুও, ওলসেনের দ্বিধাগ্রস্ত সাক্ষ্যের মধ্যে থাকা সত্যের বীজ, অস্থির পর্যবেক্ষণের টুকরো, জুরির মনে সন্দেহের বীজ বপন করেছিল, যা পরবর্তীতে রাষ্ট্রপক্ষ লালন করবে।

এরপর আসে সারা জেনকিন্সের সাক্ষ্য, যিনি ডঃ ভ্যান্সের অধীনে সরাসরি কাজ করতেন। ওলসেনের বিপরীতে, জেনকিন্স এক ধরণের সংযম প্রদর্শন করেছিলেন যা কেবল ঠাণ্ডা লাগার মতোই ছিল। তার সাক্ষ্য ছিল সুনির্দিষ্ট, তার স্মৃতি বিজড়িত এবং অদম্য। তিনি হত্যাকাণ্ডের আগের মাসগুলিতে ডঃ ভ্যান্সের ক্রমবর্ধমান অনিয়মিত আচরণের বর্ণনা দিয়েছিলেন। নতুন যৌগ, প্রজেক্ট নাইটিঙ্গেলের প্রতি তার আকাঙ্ক্ষা সর্বগ্রাসী হয়ে ওঠে, তার কাজের অন্যান্য সমস্ত দিককে ঢেকে দেয়। জেনকিন্স গভীর রাতের কাজের সময়গুলি বর্ণনা করেছিলেন, যা উন্মত্ত শক্তি এবং তাড়াহুড়োর স্পষ্ট অনুভূতিতে ভরা ছিল। তিনি বর্ণনা করেছিলেন যে ভ্যান্স কীভাবে গোপনীয় হয়ে উঠেছিল, তাকে এবং অন্যান্য সহকারীদের ল্যাবের নির্দিষ্ট কিছু এলাকায় প্রবেশ করতে বাধা দিয়েছিল এবং তার গবেষণার বিষয়ে সম্পূর্ণ গোপনীয়তা দাবি করেছিল। তিনি বর্ণনা করেছিলেন যে ভ্যান্স কীভাবে নথি ধ্বংস করতে এবং তার কম্পিউটারে ফাইল মুছে ফেলতে দেখেছিল, এই কর্মকাণ্ডগুলি তিনি প্রাথমিকভাবে প্রকল্পের গোপনীয়তার উপর তার তীব্র মনোযোগের জন্য দায়ী করেছিলেন। যাইহোক, পরবর্তী হত্যাকাণ্ডগুলি এই কর্মকাণ্ডের উপর একটি নতুন, ভয়ঙ্কর আলোকপাত করে। জেনকিন্সের অ্যাকাউন্ট সম্ভাব্য গোপনীয়তার ইঙ্গিত দেয়, প্রজেক্ট নাইটিঙ্গেলের আসল প্রকৃতি গোপন করার একটি ইচ্ছাকৃত প্রচেষ্টা। এমনকি তিনি ডঃ ভ্যান্স এবং সিনেটর ব্ল্যাকউডের মধ্যে শোনা একটি উত্তপ্ত তর্কের কথাও সাক্ষ্য দিয়েছেন, যা অভিযোগ এবং হুমকিতে ভরা ছিল। যদিও তিনি সুনির্দিষ্টভাবে কিছু বলতে পারেননি, উত্তেজনাপূর্ণ পরিবেশ এবং হতাশার আভাস স্পষ্ট ছিল। স্বাভাবিকভাবেই, আসামিপক্ষ জেনকিন্সের সাক্ষ্যকে

অসম্মান করার চেষ্টা করেছিলেন, পরামর্শ দিয়েছিলেন যে তিনি ডঃ ভ্যান্সের প্রতি ঈর্ষা বা বিরক্তি দ্বারা অনুপ্রাণিত হতে পারেন। তারা তার সমস্যাপূর্ণ অতীতের দিকে ইঙ্গিত করেছিলেন এবং তার আর্থিক অসুবিধাগুলি তুলে ধরেছিলেন, ইঙ্গিত দিয়েছিলেন যে তার সাক্ষ্য আর্থিক পুরষ্কার বা একটি পৃথক চলমান তদন্তে একটি দর কষাকষির সম্ভাবনা দ্বারা প্রভাবিত ছিল।

আরেক সাক্ষী, থর্ন ফার্মাসিউটিক্যালসের প্রতিষ্ঠাতার ভাগ্নে এলিয়াস থর্নের সাক্ষ্য জটিলতার আরও একটি স্তর যোগ করে। কোম্পানির শেয়ারহোল্ডার এবং বোর্ডের সদস্য এলিয়াস কোম্পানির অভ্যন্তরে অনৈতিক এবং সম্ভবত অবৈধ কার্যকলাপের একটি নমুনা প্রকাশ করেছেন। তিনি সন্দেহজনক আর্থিক অনুশীলন, নিরাপত্তা বিধিমালার প্রতি স্পষ্ট অবজ্ঞা এবং ব্যবস্থাপনার সর্বোচ্চ স্তর পর্যন্ত বিস্তৃত গোপনীয়তার সংস্কৃতি সম্পর্কে কথা বলেছেন। তার সাক্ষ্য মূলত পরিস্থিতিগত ছিল, যা অপরাধে সরাসরি জড়িত থাকার পরিবর্তে পর্যবেক্ষণ এবং অভ্যন্তরীণ জ্ঞানের উপর ভিত্তি করে তৈরি হয়েছিল। তিনি আর্থিক অনিয়মের উদাহরণগুলি বিস্তারিতভাবে বর্ণনা করেছিলেন, পরামর্শ দিয়েছিলেন যে তহবিলগুলি অবৈধ উদ্দেশ্যে স্থানান্তরিত করা হচ্ছে। তিনি ডঃ ভ্যান্স এবং সিনেটর ব্ল্যাকউডের মধ্যে গোপন বৈঠক, অফিসিয়াল কোম্পানি চ্যানেলের বাইরে অনুষ্ঠিত এবং তীব্র গোপনীয়তার পরিবেশে আবৃত বৈঠকের বর্ণনা দিয়েছিলেন। তার সাক্ষ্য আইনের সীমার বাইরে পরিচালিত একটি কোম্পানির একটি বিরক্তিকর চিত্র তুলে ধরেছিল, দুর্নীতির সংস্কৃতি যা আপাতদৃষ্টিতে উচ্চাকাঙ্ক্ষা এবং লোভের ছায়ায় সমৃদ্ধ ছিল। প্রতিরক্ষা

পক্ষ এই বলে পাল্টা পরামর্শ দেয় যে এলিয়াসের সাক্ষ্য ব্যক্তিগত প্রতিহিংসা দ্বারা অনুপ্রাণিত ছিল, ব্যক্তিগত লাভের জন্য কোম্পানির সুনাম নষ্ট করার চেষ্টা করা একজন অসন্তুষ্ট আত্মীয়। তারা যুক্তি দিয়েছিল যে তার পর্যবেক্ষণগুলি কেবল অনুমান ছিল এবং ব্যাপক অনৈতিক আচরণের তার দাবির সত্যতা প্রমাণের জন্য প্রয়োজনীয় প্রত্যক্ষ প্রমাণের অভাব ছিল।

এরপর ডঃ আনিয়া শর্মার সাক্ষ্যগ্রহণ শুরু হয়, যিনি একজন ফরেনসিক টক্সিকোলজিস্ট, যিনি ভুক্তভোগীদের কাছ থেকে সংগৃহীত নমুনা বিশ্লেষণ করেছিলেন। তার সাক্ষ্য ছিল ভুক্তভোগীদের শরীরে এক অভিনব বিষের উপস্থিতির উপর, যা পরবর্তীতে প্রজেক্ট নাইটিঙ্গেলের উৎপত্তি হিসেবে চিহ্নিত হয়। ডঃ শর্মা বিষের সুনির্দিষ্ট রাসায়নিক গঠন বিস্তারিতভাবে বর্ণনা করেন, এর অত্যন্ত মারাত্মক বৈশিষ্ট্য এবং এর ধীর, যন্ত্রণাদায়ক প্রভাব ব্যাখ্যা করেন। তিনি বিষক্রিয়ার সুনির্দিষ্ট পরিকল্পিত প্রকৃতি বর্ণনা করেন, যা উচ্চ স্তরের পরিশীলিততা এবং বিষবিদ্যার পুঙ্খানুপুঙ্খ বোধগম্যতার ইঙ্গিত দেয়। তার সাক্ষ্য প্রজেক্ট নাইটিঙ্গেল এবং খুনের মধ্যে গুরুত্বপূর্ণ যোগসূত্র প্রদান করে, গবেষণা এবং ভুক্তভোগীদের মৃত্যুর মধ্যে অকাট্যভাবে সংযোগ স্থাপন করে। প্রতিরক্ষা পক্ষ তার বিশ্লেষণকে চ্যালেঞ্জ করার চেষ্টা করে, দূষণের সম্ভাব্য উৎসগুলি তুলে ধরে এবং নমুনাগুলির নির্ভরযোগ্যতা নিয়ে প্রশ্ন তোলে। যাইহোক, ডঃ শর্মার সূক্ষ্ম পদ্ধতি এবং অনবদ্য প্রমাণপত্রাদি যাচাই-বাছাইয়ের বিরুদ্ধে দাঁড়িয়েছিল, প্রকল্প এবং অপরাধের মধ্যে সরাসরি কার্যকারণগত যোগসূত্রের দাবিকে আরও শক্তিশালী করে তোলে।

এই সাক্ষ্যের ওজন, যদিও ব্যক্তিগতভাবে ত্রুটিপূর্ণ এবং চ্যালেঞ্জের জন্য সংবেদনশীল, একটি সমষ্টিগত আখ্যান তৈরি করেছিল যা একটি ষড়যন্ত্রের দিকে অপ্রতিরোধ্যভাবে ইঙ্গিত করেছিল। ডিএনএ প্রমাণকে ভিত্তি হিসাবে ব্যবহার করে, এই খণ্ডিত বিবরণগুলির সুতোগুলিকে একত্রিত করে একটি জটিল এবং মারাত্মক চক্রান্তের একটি সুসংগত চিত্র তৈরি করে। পৃথক সাক্ষীরা জেরা করার সময় ব্যর্থ হলেও, তাদের সাক্ষ্যের ক্রমবর্ধমান প্রভাব, অকাট্য বৈজ্ঞানিক প্রমাণের সাথে মিলিত হলে, একটি বিরক্তিকর চিত্র এঁকে দেয়, থর্ন ফার্মাসিউটিক্যালস কেলেঙ্কারিতে জড়িতদের বিরুদ্ধে মামলাকে দৃঢ় করে তোলে। আদালত, যা একসময় নির্বীজ বস্তুনিষ্ঠতার জায়গা ছিল, এমন একটি মঞ্চে পরিণত হয়েছিল যেখানে উচ্চাকাঙ্ক্ষা, লোভ এবং গোপনীয়তার চূড়ান্ত মূল্যের মানবিক নাটক চলছিল। জুরি, পরস্পরবিরোধী বিবরণ এবং বৈজ্ঞানিক তথ্যের ওজন পরীক্ষা করার জন্য ছেড়ে দেওয়া হয়েছিল, অভিযুক্তদের ভবিষ্যত এবং ন্যায়বিচারের ভাগ্য তাদের হাতে ধরেছিল। আদালত কক্ষের নীরবতা এখন এক ভিন্ন ধরণের উত্তেজনা ধরে রেখেছে, প্রত্যাশার একটি বাস্তব ভার বাতাসে ঝুলছে, প্রমাণের মতোই ঘন এবং ভারী।

প্রসিকিউশনের মামলাটি, সূক্ষ্মভাবে তৈরি ঘড়ির কাঁটার মতো, অবিরামভাবে এগিয়ে চলছিল। প্রধান প্রসিকিউটর মারা, জুরির সামনে দাঁড়িয়েছিলেন, তার কণ্ঠস্বর শান্ত কিন্তু দৃঢ়, তার ভেতরে যে ঝড় উঠছিল তার সম্পূর্ণ বিপরীত। তিনি নাটকের উপর নির্ভর করেননি; তার শক্তি ছিল তার যুক্তির নির্ভুলতার মধ্যে, প্রমাণের স্তরের উপর

স্তর তৈরি করা অটল যুক্তির মধ্যে, প্রতিটি টুকরো অন্যটিকে শক্তিশালী করে, দোষের এক অটুট শৃঙ্খল তৈরি করে।

তিনি ডিএনএ প্রমাণ পুনর্বিবেচনা করে শুরু করেছিলেন, যা তাদের মামলার ভিত্তিপ্রস্তর। এটি কেবল অপরাধের দৃশ্যে ডঃ ভ্যান্সের ডিএনএর উপস্থিতি ছিল না, বরং এটি যেভাবে সাবধানতার সাথে স্থাপন করা হয়েছিল - একটি গণনা করা মনের প্রমাণ, বিভ্রান্ত করার ইচ্ছাকৃত প্রচেষ্টা। অপ্রশিক্ষিত চোখে খুব কমই সনাক্ত করা যায় এমন ক্ষুদ্র চিহ্নগুলি সঠিকভাবে স্থাপন করা হয়েছিল, যা এমন এক স্তরের পরিশীলিততার ইঙ্গিত দেয় যা কেবল কাকতালীয়তার বাইরে ছিল। মারা ফরেনসিক বিজ্ঞানীদের সাক্ষ্য তুলে ধরেন, এই ধরণের সুনির্দিষ্ট স্থান নির্ধারণের পরিসংখ্যানগত অসম্ভবতার উপর জোর দেন। দূষণ বা দুর্ঘটনাজনিত স্থানান্তর দাবি করে প্রমাণকে অসম্মান করার জন্য আসামিপক্ষের প্রচেষ্টা, মারার তাদের বিশেষজ্ঞ সাক্ষীদের কঠোর জেরা দ্বারা পদ্ধতিগতভাবে ভেঙে ফেলা হয়েছিল। তিনি তাদের পদ্ধতির ত্রুটিগুলি প্রকাশ করেছিলেন, তাদের প্রতিবেদনে অসঙ্গতি প্রকাশ করেছিলেন এবং এই ধরনের জটিল মামলার অভিজ্ঞতার অভাব তুলে ধরেছিলেন।

ডিএনএ থেকে, মারা নির্বিঘ্নে আর্থিক রেকর্ডে রূপান্তরিত হন, থর্ন ফার্মাসিউটিক্যালস, সিনেটর ব্ল্যাকউড এবং ডঃ ভ্যান্সের সাথে সংযুক্ত লেনদেনের জটিল জালের বিস্তারিত বিবরণ দেন। তিনি অবৈধ তহবিলের প্রবাহের সন্ধানকারী একাধিক নথি - ইনভয়েস, ব্যাংক স্টেটমেন্ট এবং অফশোর অ্যাকাউন্ট রেকর্ড - উপস্থাপন করেন।

একাধিক বিচারব্যবস্থা থেকে কঠোর পরিশ্রমের সাথে সংগৃহীত এই রেকর্ডগুলি অর্থ পাচার, কর ফাঁকি এবং ঘুষের একটি ধরণ উন্মোচন করে। মারা দ্বারা সাবধানতার সাথে ব্যবচ্ছেদ করা প্রতিটি লেনদেন, প্রকল্প নাইটিঙ্গেলের আসল প্রকৃতি এবং এর উন্নয়নের আশেপাশের অবৈধ কার্যকলাপগুলিকে গোপন করার জন্য ডিজাইন করা একটি সাবধানে সাজানো পরিকল্পনা প্রকাশ করে। তিনি এই লেনদেনের সময়সীমার উপর জোর দিয়েছিলেন, খুনের সাথে তাদের সম্পর্ক প্রদর্শন করেছিলেন, পরামর্শ দিয়েছিলেন যে তহবিলগুলি তথ্য দমন করতে, সাক্ষীদের নির্মূল করতে এবং জড়িতদের নীরবতা নিশ্চিত করতে ব্যবহৃত হয়েছিল। এই লেনদেনগুলিকে নিয়মিত ব্যবসায়িক লেনদেন হিসাবে খারিজ করার প্রতিরক্ষা পক্ষের প্রচেষ্টার মুখোমুখি হয়েছিল পাল্টা প্রমাণের স্রোত, আকর্ষণীয় নথি যা পদ্ধতিগত জালিয়াতি এবং দুর্নীতির চিত্র তুলে ধরেছিল।

এরপর মারা সাক্ষীদের সাক্ষ্যের গভীরে প্রবেশ করেন, সেগুলোকে একত্রিত করে একটি আকর্ষণীয় এবং আকর্ষণীয় বর্ণনা তৈরি করেন। তিনি প্রতিটি পৃথক বিবরণের অসঙ্গতিগুলিকে সম্বোধন করেন, তাদের অসম্পূর্ণতা স্বীকার করেন এবং তাদের সম্মিলিত বিবরণ থেকে উদ্‌ভূত ব্যাপক প্যাটার্নটি তুলে ধরেন। তিনি ওলসেনের সাক্ষ্যকে একটি ত্রুটিহীন স্মৃতি হিসেবে উপস্থাপন করেননি, বরং গোপনীয়তা এবং অবৈধ কার্যকলাপের সংস্কৃতির একটি খণ্ডিত আভাস হিসেবে উপস্থাপন করেন। ওলসেনের বিশ্বাসযোগ্যতার উপর আসামিপক্ষের আক্রমণের জবাব মারার দক্ষ প্রমাণ উপস্থাপনের মাধ্যমে দেওয়া হয়। তিনি থর্ন

ফার্মাসিউটিক্যালসে অস্বাভাবিক কার্যকলাপ দেখানো নিরাপত্তা ক্যামেরার ফুটেজ উপস্থাপন করেন, ফুটেজ যা ওলসেনের গভীর রাতে ডেলিভারি এবং সন্দেহজনক গতিবিধির বিবরণকে সমর্থন করে। তিনি বর্জ্য নিষ্কাশন ব্যবস্থা থেকে ডেটা লগও উপস্থাপন করেন, যা ওলসেনের বর্ণিত সময়কালে অস্বাভাবিকভাবে উচ্চ বর্জ্যের পরিমাণ প্রকাশ করে, পরোক্ষভাবে তার সাক্ষ্যকে সমর্থন করে।

একইভাবে, মারা সারা জেনকিন্সের সাক্ষ্যের দুর্বলতাগুলি স্বীকার করেছেন, আসামিপক্ষের ঈর্ষা এবং আর্থিক উদ্দেশ্যের অভিযোগের সমাধান করেছেন। যাইহোক, মারা এই দাবিগুলিকে খণ্ডন করে এমন প্রমাণ উপস্থাপন করেছেন, যা জেনকিন্সের তার গবেষণার প্রতি দীর্ঘস্থায়ী প্রতিশ্রুতি প্রদর্শন করে এবং তার ধারাবাহিক কাজের রেকর্ড তুলে ধরে, বৈজ্ঞানিক সততার প্রতি তার নিষ্ঠা প্রদর্শন করে এবং এর ফলে যে কোনও অনুভূত গোপন উদ্দেশ্যকে হ্রাস করে। অধিকন্তু, মারা ডঃ ভ্যান্সের মুছে ফেলা ফাইলগুলি থেকে উদ্ধার করা একাধিক ইমেল এবং টেক্সট বার্তা উপস্থাপন করেছেন। ফরেনসিক ডেটা পুনরুদ্ধারের মাধ্যমে কঠোর পরিশ্রমের সাথে পুনরুদ্ধার করা এই ইলেকট্রনিক যোগাযোগগুলি ডঃ ভ্যান্সের তার কার্যকলাপ ঢেকে ফেলার এবং সাক্ষীদের ভয় দেখানোর জন্য ক্রমবর্ধমান মরিয়া প্রচেষ্টার একটি নমুনা প্রকাশ করেছে। এই বার্তাগুলি জেনকিন্সের সাক্ষ্যের বিভিন্ন দিককে সমর্থন করে, তার বিবরণের বিশ্বাসযোগ্যতাকে শক্তিশালী করে।

প্রাথমিকভাবে পরিস্থিতিগতভাবে প্রভাবিত বলে মনে করা হলেও, অন্যান্য প্রমাণের সংমিশ্রণের মাধ্যমে এলিয়াস থর্নের সাক্ষ্যকে নতুন গুরুত্ব দেওয়া হয়েছিল। মারা তার অনৈতিক ব্যবসায়িক অনুশীলনের পর্যবেক্ষণগুলিকে আর্থিক রেকর্ডের সাথে সংযুক্ত করেছিলেন, যা সন্দেহজনক লেনদেন এবং থর্নের উত্থাপিত বিষয়গুলির মধ্যে সরাসরি সম্পর্ক দেখিয়েছিল। তিনি অভ্যন্তরীণ কোম্পানির স্মারকলিপি এবং ইমেলগুলিও উপস্থাপন করেছিলেন যা থর্নের নিরাপত্তা লঙ্ঘনের দাবি এবং নিয়ন্ত্রক সম্মতির প্রতি ব্যাপক অবহেলার সত্যতা নিশ্চিত করে। প্রমাণের এই সংমিশ্রণটি দেখায় যে থর্নের উদ্বেগ কেবল একজন অসন্তুষ্ট আত্মীয়ের কথা নয়, বরং একটি গভীর ত্রুটিপূর্ণ কর্পোরেট সংস্কৃতির সঠিক পর্যবেক্ষণ ছিল।

ধাঁধার শেষ অংশ, ডঃ আনিয়া শর্মার সাক্ষ্য, অটুট ছিল। মারা প্রজেক্ট নাইটিঙ্গেল এবং খুনের মধ্যে অকাট্য যোগসূত্রকে আরও জোরদার করেন, বিষের স্বতন্ত্রতা এবং সমস্ত ভুক্তভোগীর মধ্যে এর উপস্থিতির উপর জোর দেন। তিনি ডঃ শর্মার অনুসন্ধানগুলিকে অসম্মান করার জন্য প্রতিরক্ষা পক্ষের প্রচেষ্টার বিরোধিতা করেন, তাদের যুক্তিগুলির ত্রুটিগুলি পদ্ধতিগতভাবে প্রকাশ করেন এবং বিষবিদ্যা প্রতিবেদনে ব্যবহৃত শক্তিশালী পদ্ধতিটি তুলে ধরেন। মারা এমনকি স্বাধীন পরীক্ষাগার থেকে অতিরিক্ত নমুনাও উপস্থাপন করেন, যা ডঃ শর্মার অনুসন্ধানগুলিকে আরও নিশ্চিত করে এবং গবেষণা এবং অপরাধের মধ্যে গুরুত্বপূর্ণ সংযোগকে দৃঢ় করে তোলে।

মারা তার উপস্থাপনাটি নাটকীয়ভাবে শেষ করেননি, বরং একটি নীরব, অটল আত্মবিশ্বাসের সাথে শেষ করেন। তিনি ছবির একটি স্লাইডশো প্রদর্শন করেন - ক্ষতিগ্রস্তদের, তাদের পরিবারগুলির, তাদের জীবনের দুঃখজনকভাবে সংক্ষিপ্ত ছবি। কোনও চাঞ্চল্যকরতা ছাড়াই এই ছবিগুলি অনেক কথা বলে। তারা ক্ষতিগ্রস্তদের মানবিক করে তুলেছিল, জুরিদের কাঠগড়ায় থাকা ব্যক্তিদের কর্মের বাস্তব জীবনের পরিণতিগুলি মনে করিয়ে দিয়েছিল। প্রমাণের ওজন, সাবধানতার সাথে সংকলিত, কঠোরভাবে পরীক্ষা করা এবং শক্তিশালীভাবে উপস্থাপন করা হয়েছিল, বাতাসে ভারী ছিল, আদালত কক্ষের নীরবতার মধ্যে একটি স্পষ্ট উপস্থিতি প্রতিধ্বনিত হয়েছিল। জুরি, এখন সম্পূর্ণ চিত্রের সাথে সজ্জিত, একটি রায় দেওয়ার কঠিন কাজের মুখোমুখি হয়েছিল, এমন একটি রায় যা অভিযুক্তদের ভাগ্য নির্ধারণ করবে এবং আরও গুরুত্বপূর্ণভাবে, ক্ষতিগ্রস্তদের এবং তাদের শোকাহত পরিবারগুলিকে ন্যায়বিচার প্রদান করবে। আদালত কক্ষের নীরবতা অনেক কিছু বলেছিল, ভারসাম্যের উপর ঝুলন্ত অসংখ্য জীবনের অব্যক্ত ভার। মারা দ্বারা সাবধানে সংগৃহীত ন্যায়বিচারের ঘড়ির কাঁটার প্রক্রিয়া তার চক্রটি সম্পূর্ণ করেছিল। চূড়ান্ত টিক এখনও আসতে বাকি ছিল।

অধ্যায় ১২: সত্যের সাধনা

আদালত কক্ষে স্পষ্ট উত্তেজনা বাতাসের চেয়েও ভারী ছিল। ফরেনসিক প্রমাণ এবং সাক্ষীদের সাক্ষ্যের এক সুনিপুণ মিশ্রণে প্রসিকিউশনের অত্যন্ত যত্ন সহকারে

তৈরি মামলাটি শেষ হয়েছিল। কিন্তু মারার কাছে সত্যের সন্ধান এখনও শেষ হয়নি। রায়টি আসন্ন হলেও, এটি কেবল একটি ধাপের মতো মনে হয়েছিল, অনেক বৃহত্তর, আরও জটিল সমীকরণের একটি অস্থায়ী সমাধান। তিনি যত গভীরভাবে প্রজেক্ট নাইটিঙ্গেলের জটিলতার মধ্যে প্রবেশ করেছিলেন, ততই তিনি বুঝতে পেরেছিলেন যে পৃষ্ঠটি খুব একটা খোঁচা দেওয়া হয়নি।

প্রাথমিক তদন্ত, তাৎক্ষণিক অপরাধী এবং তাৎক্ষণিক হতাহতের উপর দৃষ্টি নিবদ্ধ করে, প্রাথমিকভাবে কল্পনার চেয়েও অনেক বেশি বিশাল এবং ছদ্মবেশী একটি ষড়যন্ত্রের সন্ধান পেয়েছিল। থর্ন ফার্মাসিউটিক্যালস, সিনেটর ব্ল্যাকউড এবং ডঃ ভ্যান্সের মধ্যে তিনি যে সংযোগগুলি উন্মোচন করেছিলেন - তা ছিল কেবল একটি ছায়াময় হিমশৈলের চূড়া। মামলার প্রান্তে ফিসফিসানি, ক্ষণস্থায়ী ছায়া ছিল, যা আরও জড়িত থাকার ইঙ্গিত দেয়, এখনও চিহ্নিত না হওয়া শক্তিশালী খেলোয়াড়দের সম্পর্কে।

এরকম একটি কানাঘুষা তাকে পূর্বে উপেক্ষিত একটি বিষয়ে নিয়ে যায়: থর্ন ফার্মাসিউটিক্যালস তাদের গবেষণা তথ্য সংরক্ষণের জন্য যে নির্দিষ্ট ধরণের সার্ভার ব্যবহার করত। এটি ছিল একটি পুরানো মডেল, অতীত যুগের একটি ধ্বংসাবশেষ, যা আধুনিক বৈজ্ঞানিক গবেষণা সুবিধাগুলিতে খুব কমই ব্যবহৃত হত। এই অস্বাভাবিকতা তার আগ্রহ জাগিয়ে তোলে। প্রযুক্তিগত দক্ষতার জন্য পরিচিত একটি অত্যাধুনিক ওষুধ কোম্পানি কেন তার সবচেয়ে সংবেদনশীল তথ্যের জন্য এত পুরনো প্রযুক্তি ব্যবহার করবে?

বছরের পর বছর অভিজ্ঞতায় সমৃদ্ধ অন্তর্দৃষ্টি, মারাকে বলেছিল যে এই আপাতদৃষ্টিতে তুচ্ছ বিবরণটি ষড়যন্ত্রের আরও গভীর স্তর উন্মোচনের মূল চাবিকাঠি। তিনি কোম্পানির আইটি আর্কাইভগুলিতে গভীরভাবে অনুসন্ধান করেছিলেন, কঠোর পরিশ্রমের সাথে তাদের সার্ভার অবকাঠামো এবং নেটওয়ার্ক টপোলজি পুনর্গঠন করেছিলেন। তিনি আবিষ্কার করেছিলেন যে পুরানো সার্ভারটি, যদিও মূল নেটওয়ার্ক থেকে বিচ্ছিন্ন ছিল, তবুও একটি গৌণ, এনক্রিপ্ট করা সংযোগ ছিল - একটি লুকানো ব্যাকডোর, যা সাধারণ পর্যবেক্ষণ থেকে সাবধানতার সাথে গোপন করা হয়েছিল। এই গোপন সংযোগের ফলে অফশোর সার্ভারগুলির একটি নেটওয়ার্ক তৈরি হয়েছিল, যেখানে শিথিল ডেটা গোপনীয়তা আইন রয়েছে এমন দেশগুলিতে অবস্থিত, যা অতুলনীয় গোপনীয়তা প্রদান করে।

এই অফশোর সার্ভারগুলি থেকে উদ্ধার করা তথ্য অপরাধমূলক তথ্যের সোনার খনি হিসাবে প্রমাণিত হয়েছিল। এতে কেবল প্রজেক্ট নাইটিঙ্গেলের গবেষণা তথ্যই ছিল না, বরং থর্ন ফার্মাসিউটিক্যালস এবং বেশ কয়েকটি আন্তর্জাতিক সংস্থার মধ্যে গোপনীয় যোগাযোগও ছিল, যার মধ্যে বেশ কয়েকটি সরকারী সংস্থা এবং বেসরকারী সামরিক ঠিকাদারও ছিল। এই যোগাযোগগুলি অবৈধ চুক্তির একটি নেটওয়ার্ক প্রকাশ করেছে, যার মধ্যে পরীক্ষামূলক প্রযুক্তি বিক্রয় এবং বিভিন্ন অফশোর অ্যাকাউন্টে গোপনে তহবিল স্থানান্তর জড়িত ছিল।

ষড়যন্ত্রের মাত্রা ছিল শ্বাসরুদ্ধকর। দেখা গেল যে প্রজেক্ট নাইটিঙ্গেল কেবল একটি দুর্বৃত্ত গবেষণা প্রকল্প ছিল না; এটি ছিল আরও বৃহত্তর ভূ-রাজনৈতিক খেলায় একটি ধাওয়া। প্রাথমিকভাবে লক্ষ্যবস্তু হত্যার জন্য তৈরি এই বিষটি অস্ত্রে পরিণত করা হচ্ছিল এবং সর্বোচ্চ দরদাতার কাছে বিক্রি করা হচ্ছিল, যার ফলে গোপনীয়তার আড়ালে গোপন অভিযানের একটি বিশ্বব্যাপী নেটওয়ার্ক তৈরি হচ্ছিল। প্রাথমিকভাবে বিচ্ছিন্ন ঘটনা হিসেবে বিবেচিত এই হত্যাকাণ্ডগুলি এখন এই গোপন অভিযানের জন্য হুমকিস্বরূপ ব্যক্তিদের কৌশলগত নির্মূল হিসাবে বোঝা যাচ্ছে।

উদ্ধারকৃত তথ্যের মধ্যে ছিল কোডেড বার্তা, এনক্রিপ্টেড যোগাযোগ যার জন্য বিশেষ ডিক্রিপশন কৌশল প্রয়োজন। মারা ক্রিপ্টোগ্রাফার এবং ভাষাবিদদের একটি দলের সাথে পরামর্শ করে ধাঁধার খণ্ডিত অংশগুলিকে একত্রিত করেন। বার্তাগুলি কোডেড নাম এবং উপনামের একটি নেটওয়ার্ক প্রকাশ করে, যা জড়িতদের আসল পরিচয় সাবধানতার সাথে গোপন করে। প্রতারণার মাত্রা ছিল আশ্চর্যজনক - ষড়যন্ত্রের কেন্দ্রবিন্দুতে থাকা শক্তিশালী খেলোয়াড়দের রক্ষা করার জন্য ডিজাইন করা একটি সাবধানে নির্মিত মিথ্যার জাল।

ডিকোড করা বার্তাগুলির মধ্যে একটি "প্রজেক্ট কাইমেরা"-এর কথা উল্লেখ করেছিল, যা মারার মেরুদণ্ডে কাঁপুনি দিয়েছিল। প্রাথমিক গবেষণায় দেখা গেছে যে

"প্রজেক্ট কাইমেরা" ছিল একটি পৃথক, আরও উচ্চাকাঙ্ক্ষী উদ্যোগ - একটি জেনেটিক্যালি ইঞ্জিনিয়ারড জৈব অস্ত্রের বিকাশ। এর প্রভাব ছিল ভয়াবহ; সম্ভাব্য পরিণতিগুলি বিপর্যয়কর। প্রাথমিকভাবে মনে হয়েছিল, হত্যাকাণ্ডগুলি আরও বড় বিপর্যয়ের পূর্বাভাস মাত্র।

এই নতুন তথ্য তদন্তের পরিধিকে আমূল পরিবর্তন করে দেয়। মামলাটি আর একটি সাধারণ খুনের মামলা ছিল না; এটি একটি আন্তর্জাতিক ঘটনায় রূপান্তরিত হয়েছিল, যার সম্ভাব্য বিশ্বব্যাপী প্রভাব ছিল। মারা তার উপর দায়িত্বের বোঝা চাপিয়ে দেওয়ার অনুভূতি অনুভব করেছিলেন, উপলব্ধি করেছিলেন যে ঝুঁকিগুলি দ্রুত বৃদ্ধি পেয়েছে। ন্যায়বিচারের সন্ধান একটি নতুন মাত্রা, একটি নতুন জরুরিতা গ্রহণ করেছিল।

প্রজেক্ট কাইমেরার অস্তিত্ব আবিষ্কারের জন্য দ্রুত এবং সিদ্ধান্তমূলক প্রতিক্রিয়া প্রয়োজন। আন্তর্জাতিক আইন প্রয়োগকারী সংস্থার সাথে সমন্বয় করে মারা বহুমুখী তদন্ত শুরু করে, যার মধ্যে একাধিক স্থাপনায় অভিযান চালানো হয় এবং বেশ কয়েকজন গুরুত্বপূর্ণ সন্দেহভাজনকে গ্রেপ্তার করা হয়। এই অভিযান থেকে সংগৃহীত প্রমাণগুলি অফশোর সার্ভারগুলিতে পাওয়া তথ্যকে সমর্থন করে, যা ব্যাপক দুর্নীতি এবং মানব জীবনের প্রতি পদ্ধতিগত অবহেলার একটি ভয়াবহ চিত্র তুলে ধরে।

তবে, প্রজেক্ট কাইমেরার কার্যক্রমের উন্মোচন চ্যালেঞ্জিং প্রমাণিত হয়েছিল। নেটওয়ার্কটি ছিল পরিশীলিত, এর অংশগ্রহণকারীরা প্রতারণার শিল্পে দক্ষ ছিল। মারাকে তার কৌশলগুলি খাপ খাইয়ে নিতে হয়েছিল, গোপনীয়তার স্তরগুলি ভেদ করার জন্য পাল্টা-গোয়েন্দা কৌশলের উপাদানগুলিকে অন্তর্ভুক্ত করতে হয়েছিল। তাকে তাদের পদক্ষেপগুলি আগে থেকেই অনুমান করতে হয়েছিল, তাদের কৌশলগুলিকে প্রতিহত করতে হয়েছিল এবং ক্রমাগত তাদের পরিবর্তিত কৌশলগুলির সাথে খাপ খাইয়ে নিতে হয়েছিল। এটি ছিল একটি নিরলস দাবা খেলা, যা ভয়ঙ্কর প্রতিপক্ষের বিরুদ্ধে খেলা হয়েছিল, লক্ষ লক্ষ মানুষের ভাগ্য ঝুলন্ত অবস্থায় ছিল।

একই সাথে, মারা প্রাথমিক সন্দেহভাজনদের বিরুদ্ধে তার মামলা তৈরি করতে থাকেন। নতুন প্রমাণগুলি, যদিও তাদের সরাসরি প্রজেক্ট কাইমেরার সাথে যুক্ত করেনি, প্রসিকিউশনের মামলাটিকে উল্লেখযোগ্যভাবে শক্তিশালী করেছে। এটি তাদের কর্মকাণ্ডের বিস্তৃত প্রেক্ষাপট প্রকাশ করেছে, তাদের অপরাধের পিছনের প্রেরণা সম্পর্কে আরও ব্যাপক ধারণা প্রদান করেছে। প্রাথমিক হত্যাকাণ্ডগুলি সহিংসতার এলোমেলো ঘটনা ছিল না; এগুলি ছিল আরও বৃহত্তর, আরও ভয়ঙ্কর খেলার কৌশলগত পদক্ষেপ।

নতুন প্রমাণের সংহতকরণের অপেক্ষায় বিচার বিলম্বিত হয়েছিল। ঝুঁকিগুলি দ্রুতগতিতে বেশি ছিল, এর প্রভাব সুদূরপ্রসারী ছিল। মারা এবং তার দল যখন ধাঁধাটি একত্রিত করার জন্য, প্রজেক্ট কাইমেরার পিছনের সত্য

উন্মোচন করার জন্য এবং অপরাধীদের বিচারের আওতায় আনার জন্য অক্লান্ত পরিশ্রম করেছিল, তখন বিশ্ব নিঃশ্বাস ত্যাগ করে তা দেখছিল। সত্যের সন্ধান, যা একসময় ধারাবাহিক হত্যাকাণ্ডের তদন্তের একটি সহজ বিষয় ছিল, সময়ের বিরুদ্ধে একটি প্রতিযোগিতায় পরিণত হয়েছিল, ধ্বংসাত্মক কাজ করতে সক্ষম একটি ছায়াময় সংস্থার বিরুদ্ধে লড়াই। আদালত, যা একসময় একক ট্র্যাজেডির মঞ্চ ছিল, এখন একটি বিশ্বব্যাপী সংকটের কেন্দ্রবিন্দুতে পরিণত হওয়ার জন্য প্রস্তুত বলে মনে হয়েছিল। আদালত কক্ষের নীরবতা, যা একসময় বিচারের গাম্ভীর্যের প্রতিফলন ছিল, এখন প্রান্তে থাকা একটি বিশ্বের অব্যক্ত উত্তেজনার সাথে প্রতিধ্বনিত হচ্ছে। ন্যায়বিচারের ঘড়ির কাঁটার প্রক্রিয়ার শেষ টিকটিকি এখন প্রাথমিক অপরাধের চেয়ে অনেক বেশি তাৎপর্যপূর্ণ ছিল, ষড়যন্ত্র এবং প্রতারণায় ঢাকা একটি বিশ্বে নেভিগেট করার সময় মারার কাঁধে একটি ভারী ভবিষ্যৎ ছিল। সত্যের সন্ধান মানবতার বেঁচে থাকার লড়াইয়ে পরিণত হয়েছিল।

আপাতদৃষ্টিতে তুচ্ছ বিবরণ - পুরানো সার্ভার - একটি প্যান্ডোরার বাক্স খুলে দিয়েছিল। এখন, মারা নিজেকে এনক্রিপ্ট করা যোগাযোগ, অফশোর অ্যাকাউন্ট এবং কোডেড নামের এক জলাভূমিতে হাঁটু গেড়ে আবিষ্কার করেছিল, প্রতিটি সূত্র তাকে প্রজেক্ট কাইমেরার গোলকধাঁধা হৃদয়ের আরও গভীরে নিয়ে যাচ্ছিল। প্রাথমিক খুনগুলি, যা একসময় তার তদন্তের কেন্দ্রবিন্দু ছিল, এখন ষড়যন্ত্রের বিশাল, মন্থনকারী সমুদ্রের নুড়িপাথরের মতো মনে হয়েছিল।

তিনি ডিজিটাল ডিট্রিটাসে কয়েক সপ্তাহ ডুবে কাটিয়েছেন, বিশেষজ্ঞদের একটি দলের সাথে সহযোগিতা করেছেন - ক্রিপ্টোগ্রাফাররা যারা আপাতদৃষ্টিতে অস্পষ্ট বিষয়গুলি পাঠোদ্ধার করেছিলেন, ভাষাবিদরা যারা কোডেড ভাষার জটিল স্তরগুলি খুলেছিলেন এবং কম্পিউটার ফরেনসিক বিশেষজ্ঞরা যারা মুছে ফেলা ফাইল এবং নেটওয়ার্কের মধ্যে লুকানো পথগুলি সাবধানতার সাথে পুনর্গঠন করেছিলেন। তথ্যের বিশাল পরিমাণ ছিল অপ্রতিরোধ্য, একটি ডিজিটাল এভারেস্ট আরোহণের জন্য একটি কঠিন প্রচেষ্টার দাবি করে। প্রতিটি সাফল্য, প্রতিটি পাঠোদ্ধারিত বার্তা, প্রতারণার আরেকটি স্তর, ষড়যন্ত্রের আরেকটি স্তর উন্মোচিত করেছিল।

"প্রজেক্ট নাইটিঙ্গেল সাবরুটিন আলফা" নামে একটি বিশেষ ফাইল তার দৃষ্টি আকর্ষণ করে। এতে থর্ন ফার্মাসিউটিক্যালসের প্রতিনিধি এবং বিভিন্ন সরকারি সংস্থার কর্মকর্তাদের মধ্যে আপাতদৃষ্টিতে নিরীহ বৈঠকের একটি সিরিজের বিস্তারিত বিবরণ দেওয়া হয়েছে - নিরাপদ স্থানে অনুষ্ঠিত বৈঠকগুলি, সাবধানতার সাথে নথিভুক্ত করা হয়েছে, কিন্তু আলোচনার বিষয়বস্তু ব্যাপকভাবে সম্পাদনা করা হয়েছে। তবে, মারাকে সহজেই নিরুৎসাহিত করা হয়নি। কঠোর বিশ্লেষণের মাধ্যমে, তিনি কথোপকথনের খণ্ডিত অংশগুলি পুনরুদ্ধার করতে সক্ষম হন, গোপন চুক্তি এবং অত্যন্ত সংবেদনশীল প্রযুক্তির পদ্ধতিগত স্থানান্তরের একটি বিরক্তিকর চিত্র একত্রিত করেন।

উদ্ধার করা অডিও ফাইলগুলিতে ছিল চুপিচুপি ফিসফিসানি, কোডেড বাক্যাংশ এবং পাতলাভাবে আবৃত হুমকি। একটি নির্দিষ্ট বাক্যাংশ, যা বেশ কয়েকবার পুনরাবৃত্তি করা হয়েছিল, তা স্পষ্ট হয়ে ওঠে: "দ্য ফিনিক্স প্রোটোকল"। এটি প্রজেক্ট কাইমেরার একটি নির্দিষ্ট পর্যায়ের কোডনাম বলে মনে হয়েছিল, এমন একটি পর্যায় যা অন্যগুলির তুলনায় আরও বেশি গোপনীয়তার মধ্যে আবৃত ছিল। আরও তদন্তে জানা গেছে যে "দ্য ফিনিক্স প্রোটোকল" একটি জেনেটিক্যালি ইঞ্জিনিয়ারড ভাইরাস স্থাপনের সাথে জড়িত ছিল - একটি জৈব অস্ত্র যা মারা কখনও সম্মুখীন হয়নি তার চেয়ে অনেক বেশি মারাত্মক এবং ছলনাময়।

ষড়যন্ত্রের মাত্রা ছিল বিস্ময়কর। প্রাথমিক হত্যাকাণ্ডগুলি বিচ্ছিন্ন ঘটনা ছিল না; এগুলি ছিল প্রজেক্ট কাইমেরার সুষ্ঠু বাস্তবায়নের জন্য হুমকিস্বরূপ ব্যক্তিদের সাবধানে পরিকল্পিতভাবে নির্মূল করা। আন্তর্জাতিক খেলোয়াড়দের নেটওয়ার্ক থর্ন ফার্মাসিউটিক্যালস এবং সিনেটর ব্ল্যাকউডের বাইরেও বিস্তৃত ছিল। প্রতারণার জালে শক্তিশালী সরকারি সংস্থা, বহুজাতিক কর্পোরেশন এবং এমনকি সামরিক-শিল্প কমপ্লেক্সের মধ্যেও জড়িত ছিল। মারা অনুভব করেছিলেন যে বিশ্বের চাপ তার উপর চাপা পড়েছে, এই উপলব্ধি যে তিনি কেবল কোনও অপরাধ তদন্ত করছেন না; তিনি একটি বিশ্বব্যাপী ষড়যন্ত্র উন্মোচন করছেন যা সভ্যতার ভিত্তিকে হুমকির মুখে ফেলেছে।

তিনি আবিষ্কার করলেন যে ভাইরাসটি কেবল একটি অস্ত্র নয়; এটি নিয়ন্ত্রণের একটি হাতিয়ার। এটিকে এমনভাবে তৈরি করা হয়েছিল যাতে এটি গোপনে ছড়িয়ে পড়ে, যার ফলে ব্যাপক অসুস্থতা এবং মৃত্যু ঘটে এবং কোনও স্পষ্ট লক্ষণ না থাকে। প্রাথমিকভাবে লক্ষণগুলি ছিল সূক্ষ্ম, সহজেই সাধারণ রোগ বলে ভুল করা হত। কিন্তু সময়ের সাথে সাথে, ভাইরাসটি ধীরে ধীরে রোগ প্রতিরোধ ক্ষমতা দুর্বল করে দেয়, যার ফলে এর শিকাররা দ্বিতীয় সংক্রমণের ঝুঁকিতে পড়ে যায় এবং শেষ পর্যন্ত মৃত্যুর ঝুঁকিতে পড়ে যায়। আক্রান্তদের এবং ভাইরাসের মধ্যে স্পষ্ট সংযোগের অভাব সনাক্তকরণকে অত্যন্ত কঠিন করে তোলে, ভাইরাসটিকে গোপন যুদ্ধের জন্য একটি নিখুঁত হাতিয়ার করে তোলে। পরিকল্পনার নিছক নির্মমতা মারার মেরুদণ্ডকে শীতল করে তোলে। এরা কেবল অপরাধী ছিল না; তারা বিশ্বব্যাপী ধ্বংসের স্থপতি ছিল।

এই পথটি মারাকে একদল ভুয়া কর্পোরেশনের নেটওয়ার্কের দিকে নিয়ে যায়, যেখানে তহবিলের উৎস এবং গন্তব্যস্থল গোপন রাখার জন্য কৌশলে জটিল আর্থিক লেনদেন করা হয়েছিল। তিনি আবিষ্কার করেন যে এই ভুয়া কর্পোরেশনগুলির মাধ্যমে কোটি কোটি ডলার প্রবাহিত হয়েছে, ভাইরাসের উন্নয়ন এবং স্থাপনার অর্থায়নের মাধ্যমে, তদন্ত এড়াতে একটি জটিল আর্থিক গোলকধাঁধা তৈরি হয়েছে। পথটি ইচ্ছাকৃতভাবে অস্পষ্ট করা হয়েছিল, লেনদেনগুলি এমনকি সবচেয়ে বিচক্ষণ তদন্তকারীদেরও বিভ্রান্ত করার জন্য তৈরি করা হয়েছিল।

অর্থের সন্ধানে, মারা অফশোর ব্যাংক অ্যাকাউন্ট, লুকানো সম্পদ এবং বেনামী ট্রাস্টের একটি নেটওয়ার্ক আবিষ্কার করেন। এই পথটি বিশ্বজুড়ে ছড়িয়ে পড়ে, শিথিল আর্থিক নিয়ন্ত্রণের সাথে জড়িত বিচারব্যবস্থার গোলকধাঁধা পেরিয়ে। তিনি আন্তর্জাতিক আইন প্রয়োগকারী সংস্থাগুলির সাথে সহযোগিতা করেন, তথ্য ভাগ করে নেন এবং আর্থিক লেনদেনের জটিল জাল উন্মোচনের প্রচেষ্টা সমন্বয় করেন। সহযোগিতা, যদিও অপরিহার্য, তার কিছু চ্যালেঞ্জ ছিল না। জাতীয় স্বার্থ, রাজনৈতিক বিবেচনা এবং আমলাতান্ত্রিক জড়তা প্রতিটি মোড়ে বাধা তৈরি করে।

তবুও, মারা জেদ ধরে রেখেছিলেন। তিনি জানতেন যে লক্ষ লক্ষ, সম্ভবত কোটি কোটি মানুষের ভাগ্য নির্ভর করছে সত্য প্রকাশের তার ক্ষমতার উপর। তিনি নিরলসভাবে প্রতিটি তথ্য অনুসরণ করেছিলেন, প্রতিটি প্রমাণ, প্রতিটি আটকানো যোগাযোগ, প্রতিটি আর্থিক লেনদেন সাবধানতার সাথে লিপিবদ্ধ করেছিলেন। অপরাধীদের বিচারের আওতায় আনার এবং ভাইরাসের বিপর্যয়কর বিস্তার রোধ করার জন্য তিনি দিনরাত কাজ করেছিলেন, দৃঢ় সংকল্পের দ্বারা পরিচালিত হয়েছিলেন।

চাপ ছিল প্রচণ্ড। তিনি হুমকি, ভীতি প্রদর্শন এবং তার তদন্তকে অসম্মান করার প্রচেষ্টার মুখোমুখি হয়েছিলেন। কিন্তু মারা দৃঢ়প্রতিজ্ঞ ছিলেন, তার অটল নিষ্ঠা নৈতিক বাধ্যবাধকতার অনুভূতি এবং সত্যের গুরুত্বের প্রতি গভীর বিশ্বাস দ্বারা উদ্দীপ্ত ছিল। তিনি যতই সত্যের কাছে যেতেন, ততই তা বিপজ্জনক হয়ে উঠত। তিনি জানতেন

যে তিনি বিপজ্জনক স্থলে পা রাখছেন, কিন্তু তিনি পিছু হটতে রাজি হননি।

তিনি এমন প্রমাণ খুঁজে পান যে ভাইরাসটি কেবল বিকশিত হচ্ছে না; এটি ইতিমধ্যেই বিশ্বজুড়ে নির্বাচিত স্থানে ছড়িয়ে পড়েছে। অসুস্থতার অস্বাভাবিক প্রাদুর্ভাবের প্রাথমিক প্রতিবেদনগুলি, যা প্রথমে বিচ্ছিন্ন ঘটনা হিসাবে উড়িয়ে দেওয়া হয়েছিল, এখন এটি একটি বৃহত্তর, আরও ভয়াবহ অভিযানের প্রাথমিক লক্ষণ হিসাবে বোঝা যাচ্ছে। মারা জানতেন যে ভাইরাসটি আরও ছড়িয়ে পড়ার এবং এর ধ্বংসাত্মক সম্ভাবনা প্রকাশ করার আগে তাকে দ্রুত পদক্ষেপ নিতে হবে।

ধাঁধার শেষ অংশটি এসেছে একটি অপ্রত্যাশিত উৎস থেকে: একজন অসন্তুষ্ট বিজ্ঞানী যিনি প্রজেক্ট কাইমেরায় কাজ করেছিলেন, কিন্তু প্রকল্পের লক্ষ্য এবং সেগুলি অর্জনের জন্য ব্যবহৃত পদ্ধতিগুলি নিয়ে হতাশ হয়ে পড়েছিলেন। বিজ্ঞানী, তার জীবন এবং অন্যদের জীবনের জন্য ভীত হয়ে, একটি নিরাপদ চ্যানেলের মাধ্যমে মারার সাথে যোগাযোগ করেছিলেন, ভাইরাসের ক্ষমতা, এর স্থাপনের পদ্ধতি এবং জড়িত মূল খেলোয়াড়দের পরিচয় সম্পর্কে গুরুত্বপূর্ণ বিবরণ প্রদান করেছিলেন।

এই তথ্য মারার সন্দেহের চূড়ান্ত সত্যতা নিশ্চিত করে, ষড়যন্ত্রের পরিধি এবং উচ্চাকাঙ্ক্ষার একটি সম্পূর্ণ চিত্র তুলে ধরে। এটি ছিল একটি ভয়ঙ্কর উদঘাটন, যা প্রমাণ

করে যে শক্তিশালী ব্যক্তিরা তাদের লক্ষ্য অর্জনের জন্য কতটা সীমা অতিক্রম করতে পারে, মানুষের ক্ষতি যাই হোক না কেন। বিশ্ব এক বিপর্যয়কর মহামারীর দ্বারপ্রান্তে দাঁড়িয়ে ছিল এবং মারাই ছিল তার একমাত্র আশা। সত্যের সন্ধান তাকে একটি বিশ্বব্যাপী সংকটের দ্বারপ্রান্তে নিয়ে গিয়েছিল, এক অদম্য প্রতিপক্ষের বিরুদ্ধে বেঁচে থাকার লড়াই। তার উপর দায়িত্বের বোঝা প্রবলভাবে চাপিয়ে দেওয়া হয়েছিল, কারণ সে তার অনুসন্ধানের পূর্ণ শক্তি বিশ্বের উপর চাপিয়ে দেওয়ার জন্য প্রস্তুত ছিল। ঘড়ির কাঁটা টিক টিক করছিল, এবং ঝুঁকি আগের চেয়েও বেশি ছিল। আদালত কক্ষ কেবল একটি খুনের মামলার নিষ্পত্তির জন্য নয়, বরং বিশ্বের ভাগ্যের জন্য অপেক্ষা করছিল।

অসন্তুষ্ট বিজ্ঞানীর সাক্ষ্য, যা একটি অত্যন্ত এনক্রিপ্টেড চ্যানেলের মাধ্যমে দেওয়া হয়েছিল, তা গুরুত্বপূর্ণ অনুপস্থিত অংশটি তুলে ধরেছিল। তার বিবরণ মারার অনুসন্ধানগুলিকে সমর্থন করে, প্রজেক্ট কাইমেরার প্রকৃত প্রকৃতির একটি শীতল চিত্র তুলে ধরে। এটি কেবল লাভ বা রাজনৈতিক ক্ষমতা সম্পর্কে ছিল না; এটি নিয়ন্ত্রণ সম্পর্কে ছিল, জৈবিক যুদ্ধের মাধ্যমে বিশ্ব জনসংখ্যাকে নিয়ন্ত্রণ করার একটি শীতল উচ্চাকাঙ্ক্ষা সম্পর্কে। বিজ্ঞানী, ডঃ এলিয়াস ভ্যান্স, ভাইরাসের বিকাশে একজন গুরুত্বপূর্ণ ব্যক্তিত্ব ছিলেন, কিন্তু শেষ পর্যন্ত তার বিবেক জয়লাভ করেছিল। তার সাক্ষ্যে ভাইরাসের জটিল প্রক্রিয়া, এর স্থাপনের কৌশল এবং এর সৃষ্টিকে ঘিরে নিরাপত্তার স্তরগুলি বিস্তারিতভাবে বর্ণনা করা হয়েছিল। তিনি লুকানো পরীক্ষাগার এবং সার্ভারগুলির নির্দিষ্ট অবস্থান প্রদান করেছিলেন, এমন তথ্য যা আসন্ন অভিযানে অমূল্য হবে।

এই গোয়েন্দা তথ্যের সাহায্যে, মারার দল দ্রুত এগিয়ে গেল। প্রথম পদক্ষেপ ছিল ভৌত প্রমাণ সংগ্রহ করা। এর জন্য গোপন নজরদারি এবং উচ্চ-ঝুঁকিপূর্ণ অভিযানের মধ্যে একটি সূক্ষ্ম ভারসাম্য প্রয়োজন। কয়েক সপ্তাহ ধরে, তারা ডঃ ভ্যান্সের পরিত্যক্ত ওষুধের গুদাম, বৈধ ব্যবসার ছদ্মবেশে নিরাপদ গবেষণা সুবিধা এবং এমনকি গ্রামীণ মন্টানার একটি আপাতদৃষ্টিতে নিরীহ কৃষি গবেষণা কেন্দ্র চিহ্নিত করে। নজরদারিতে অত্যাধুনিক প্রযুক্তি এবং পুরানো দিনের পুলিশি কাজের সংমিশ্রণ ব্যবহার করা হয়েছিল। উন্নত তাপীয় ইমেজিং ক্ষমতা সম্পন্ন ইউএভিগুলি আকাশে টহল দিত, চব্বিশ ঘন্টা কার্যকলাপ পর্যবেক্ষণ করত। গোপন এজেন্টরা থর্ন ফার্মাসিউটিক্যালসের অভ্যন্তরীণ বৃত্তে অনুপ্রবেশ করত, কর্মচারী এবং ব্যবসায়িক অংশীদার হিসেবে প্রতিদিনের ভিত্তিতে গোয়েন্দা তথ্য সংগ্রহ করত। এজেন্টরা কর্মীদের গতিবিধি, আর্থিক লেনদেন এবং যোগাযোগের নথিভুক্তিকরণ করত। কর্পোরেট গুপ্তচরবৃত্তিতে বছরের পর বছর অভিজ্ঞতা সম্পন্ন একজন অভিজ্ঞ গোপন অপারেটিভ, থর্নের অভ্যন্তরীণ সার্ভারে অ্যাক্সেস পেতে সক্ষম হয়েছিল, গুরুত্বপূর্ণ ফাইলগুলি সূক্ষ্মভাবে ডাউনলোড করেছিল যা প্রকল্পের আর্থিক এবং কর্মীদের সম্পর্কে আরও অন্তর্দৃষ্টি প্রদান করেছিল।

নজরদারি ঝুঁকিমুক্ত ছিল না। বেশ কয়েকবার, মারা এবং তার দল বিপজ্জনকভাবে আবিষ্কারের কাছাকাছি পৌঁছেছিল। একটি বিশেষ উত্তেজনাপূর্ণ মুহূর্তের মধ্যে সন্ধ্যায় নজরদারি অভিযানের সময় একটি নিরাপত্তা টহলদারি প্রায় মিস হয়ে যায়। হঠাৎ বিদ্যুৎ বিভ্রাট

এলাকাটিকে অন্ধকারে ডুবিয়ে দেয়, যার ফলে তারা সাময়িকভাবে তাদের পর্যবেক্ষণ পোস্ট ত্যাগ করতে বাধ্য হয় এবং ধরা পড়া এড়াতে অন্ধকার গলি এবং পিছনের রাস্তা দিয়ে দক্ষতার সাথে চলাচল করতে বাধ্য হয়।

নজরদারি অভিযানের সমান্তরালে, মারা এবং তার দল একাধিক লক্ষ্যবস্তু সাক্ষাৎকার পরিচালনা করেছিল। এর মধ্যে ছিল প্রজেক্ট কাইমেরার সাথে জড়িত গুরুত্বপূর্ণ ব্যক্তিদের সাথে যোগাযোগ করা ব্যক্তিদের সাথে যোগাযোগ করা। এই সাক্ষাৎকারগুলিতে মনস্তাত্ত্বিক প্রোফাইলিং কৌশল এবং প্রাসঙ্গিক তথ্য বের করার জন্য সতর্কতার সাথে জিজ্ঞাসাবাদের সমন্বয়। একজন প্রোফাইলার হিসেবে তার বিস্তৃত অভিজ্ঞতার উপর ভিত্তি করে মারা সত্যকে প্রতারণা থেকে আলাদা করার এক অদ্ভুত ক্ষমতা তৈরি করেছিলেন। তার স্বজ্ঞাত অন্তর্দৃষ্টি, আচরণগত বিজ্ঞানের জ্ঞানের সাথে মিলিত হয়ে, তাকে সাক্ষীর বিবরণে অসঙ্গতি সনাক্ত করতে এবং এমনকি সবচেয়ে অনিচ্ছুক সাক্ষাৎকারগ্রহীতাদের কাছ থেকেও গুরুত্বপূর্ণ তথ্য বের করতে সক্ষম করেছিল। এই ব্যক্তিদের মধ্যে কেউ কেউ প্রথমে সহযোগিতা করতে দ্বিধাগ্রস্ত ছিলেন, থর্ন ফার্মাসিউটিক্যালস বা এর শক্তিশালী মিত্রদের কাছ থেকে প্রতিশোধ নেওয়ার ভয়ে। তাদের সহযোগিতা নিশ্চিত করার জন্য মারাকে প্ররোচনা, আলোচনা এবং মাঝে মাঝে, পরিকল্পিত ভয় দেখানোর সংমিশ্রণ ব্যবহার করতে হয়েছিল।

তথ্য সংগ্রহের প্রক্রিয়ায় গোপন অভিযান অত্যন্ত গুরুত্বপূর্ণ ছিল। বিশেষভাবে প্রশিক্ষিত এজেন্টদের

একটি দল সম্ভাব্য বিনিয়োগকারী, পরামর্শদাতা এবং এমনকি থর্ন ফার্মাসিউটিক্যালসের অসন্তুষ্ট কর্মচারী হিসেবে নিজেদের পরিচয় দেয়, সংবেদনশীল তথ্যে অ্যাক্সেস পায় এবং সংস্থার মধ্যে গুরুত্বপূর্ণ কর্মীদের সাথে সম্পর্ক গড়ে তোলে। এই এজেন্টরা প্রতারণার ক্ষেত্রে বিশেষজ্ঞ ছিল, তাদের গোপনীয়তা বজায় রাখতে এবং বিশ্বাস তৈরি করতে বিভিন্ন কৌশল ব্যবহার করত। তারা তাদের মিথস্ক্রিয়াগুলি সাবধানতার সাথে নথিভুক্ত করেছিল, নজরদারি এবং সাক্ষাৎকারের মাধ্যমে প্রাপ্ত তথ্যের সত্যতা এবং প্রসারণ প্রমাণ সংগ্রহ করেছিল। একজন এজেন্ট, একটি নতুন সুযোগের সন্ধানে একজন অসন্তুষ্ট বিজ্ঞানীর পরিচয় দিয়ে, প্রজেক্ট কাইমেরার একজন প্রধান বিজ্ঞানী ডঃ অ্যালব্রাইটের সাথে একটি বৈঠক নিশ্চিত করতে সক্ষম হয়েছিল। এই বৈঠকের সময়, এজেন্টটি ভাইরাসের বিকাশ এবং স্থাপনার পরিকল্পনা সম্পর্কে সূক্ষ্মভাবে মূল্যবান তথ্য সংগ্রহ করেছিল, সন্দেহ না করেই দক্ষতার সাথে কথোপকথনটি তৈরি করেছিল।

শেল কর্পোরেশন এবং অফশোর অ্যাকাউন্টের নেটওয়ার্কের মাধ্যমে জটিলভাবে বোনা আর্থিক পথটি একটি ভয়ঙ্কর চ্যালেঞ্জ উপস্থাপন করেছিল। মারা আর্থিক তদন্তকারীদের একটি দলের সাথে কাজ করেছিলেন, তহবিলের প্রবাহ সনাক্ত করার জন্য উন্নত ফরেনসিক অ্যাকাউন্টিং কৌশল ব্যবহার করেছিলেন। তারা বিশাল ডেটাসেট বিশ্লেষণ করার জন্য অত্যাধুনিক সফ্টওয়্যার ব্যবহার করেছিলেন, অস্বাভাবিক লেনদেন এবং ধরণগুলি সনাক্ত করেছিলেন যা অর্থ পাচার এবং অবৈধ কার্যকলাপের দিকে ইঙ্গিত করে। এর মধ্যে জটিল

আন্তর্জাতিক ব্যাংকিং নেটওয়ার্কের মাধ্যমে তহবিল ট্র্যাক করা, গোপনীয় আর্থিক কোডগুলি বোঝা এবং অর্থের আসল উত্স এবং গন্তব্যস্থলগুলিকে অস্পষ্ট করার জন্য ডিজাইন করা শেল কর্পোরেশনগুলির জটিল স্তরগুলি উন্মোচন করা জড়িত ছিল। তদন্তে বিশ্বজুড়ে কর স্বর্গগুলিতে অফশোর অ্যাকাউন্টগুলির একটি বিশাল নেটওয়ার্ক উন্মোচিত হয়েছিল, গোপনীয়তার স্তর এবং জটিল আইনি ব্যবস্থা দ্বারা তদন্ত থেকে রক্ষা করা হয়েছিল। মারার দল প্রতিটি লেনদেনকে সাবধানতার সাথে নথিভুক্ত করেছিল, প্রকল্প চিমেরাকে সমর্থনকারী আর্থিক অবকাঠামোর একটি বিস্তৃত চিত্র তৈরি করেছিল।

তদন্ত যত এগোচ্ছিল, ঝুঁকি ততই বেড়ে যাচ্ছিল। মারা এবং তার দলকে হয়রানি, হুমকি, এমনকি তাদের জীবনের উপরও আক্রমণের শিকার হতে হয়েছিল। কিন্তু তারা সত্য প্রকাশ এবং বিশ্বব্যাপী বিপর্যয় রোধ করার দৃঢ় সংকল্পের দ্বারা পরিচালিত হয়ে অটল ছিলেন। তাদের প্রচেষ্টার সমাপ্তি ঘটে ডঃ ভ্যান্স কর্তৃক চিহ্নিত স্থানগুলিতে এবং তাদের শ্রমসাধ্য তদন্তের মাধ্যমে ধারাবাহিকভাবে সমন্বিত অভিযানে। অন্ধকারের আড়ালে পরিচালিত অভিযানগুলি সাবধানতার সাথে পরিকল্পনা করা হয়েছিল এবং নির্ভুলতার সাথে সম্পন্ন করা হয়েছিল। অফিসার এবং ফরেনসিক বিশেষজ্ঞদের একটি দল গুরুত্বপূর্ণ প্রমাণ সংগ্রহ করে এবং প্রজেক্ট কাইমেরার সাথে জড়িত গুরুত্বপূর্ণ ব্যক্তিদের গ্রেপ্তার করে। অভিযানটি সফল হয়েছিল, যার ফলে গুরুত্বপূর্ণ নথি, কম্পিউটার সার্ভার এবং পরীক্ষাগার সরঞ্জাম জব্দ করা হয়েছিল, যা থর্ন

ফার্মাসিউটিক্যালস এবং এর ষড়যন্ত্রকারীদের বিরুদ্ধে অকাট্য প্রমাণ সরবরাহ করবে।

নজরদারি, সাক্ষাৎকার, গোপন অভিযান এবং ফরেনসিক অ্যাকাউন্টিংয়ের মাধ্যমে সংগৃহীত প্রমাণগুলি প্রজেক্ট কাইমেরার পরিধি এবং উচ্চাকাঙ্ক্ষার একটি স্পষ্ট চিত্র তুলে ধরে। এটি কেবল একটি অপরাধমূলক উদ্যোগ ছিল না; এটি ছিল বিশ্বব্যাপী আধিপত্য বিস্তারের লক্ষ্যে একটি সুনির্দিষ্ট পরিকল্পিত ষড়যন্ত্র। ভাইরাসটি নিজেই ছিল অতুলনীয় ধ্বংসাত্মক সম্ভাবনার একটি অস্ত্র, যা জাতিগুলিকে পঙ্গু করে দেওয়ার এবং বিশ্ব জনসংখ্যার উপর নিয়ন্ত্রণ প্রতিষ্ঠা করার জন্য তৈরি করা হয়েছিল। প্রমাণগুলি অপ্রতিরোধ্য ছিল, পরিস্থিতির গুরুতরতা সম্পর্কে সন্দেহের কোনও অবকাশ রাখেনি। ঘড়ির কাঁটা টিক টিক করছিল, এবং মারা জানতেন যে বিশ্ব তার উপর নির্ভর করছে যে খুব দেরি হওয়ার আগেই এই ষড়যন্ত্রটি প্রকাশ করবে। সত্যের সন্ধান তাদের এক খাদের কিনারায় নিয়ে গিয়েছিল, কিন্তু তারা প্রস্তুত ছিল। অভিযানের পরবর্তী পর্যায় - অপরাধীদের বিচারের আওতায় আনা - অপেক্ষা করছিল।

অত্যন্ত সতর্কতার সাথে সংগৃহীত প্রমাণ, অপরাধমূলক নথিপত্র এবং ডিজিটাল তথ্যের পাহাড়, কেবল অর্ধেক যুদ্ধ ছিল। থর্ন ফার্মাসিউটিক্যালস এবং এর সহযোগীদের ছায়াময় নেটওয়ার্ককে বিচারের আওতায় আনা একটি কঠিন কাজ প্রমাণিত হয়েছিল, যা মারার স্থিতিস্থাপকতা এবং তার দলের ক্ষমতার সীমা পরীক্ষা করে এমন বাধাগুলির সাথে পরিপূর্ণ ছিল। প্রথম এবং সম্ভবত সবচেয়ে গুরুত্বপূর্ণ বাধা ছিল থর্ন ফার্মাসিউটিক্যালসের

নিছক ক্ষমতা এবং প্রভাব। কোম্পানির তাঁবু ক্ষমতার করিডোরের গভীরে পৌঁছেছিল, এর লবিস্টরা সিনেটর এবং কংগ্রেসম্যানদের কানে ফিসফিসিয়ে কথা বলছিল, এর অনুদান রাজনৈতিক যন্ত্রপাতির গিয়ারগুলিকে লুব্রিকেট করছিল। তাদের আইনি দল, উচ্চ-ক্ষমতাসম্পন্ন আইনজীবীদের একটি সত্যিকারের বাহিনী, ইতিমধ্যেই একত্রিত হচ্ছিল, তাদের ক্লায়েন্টদের রক্ষা করার জন্য দৃঢ়ভাবে লড়াই করার জন্য প্রস্তুত ছিল।

বিচার বিভাগের কাছে প্রমাণ উপস্থাপনের জন্য মারার প্রাথমিক প্রচেষ্টা আমলাতান্ত্রিক জড়তার এক তীব্র ঢেউয়ের মুখোমুখি হয়েছিল। ডেস্ক থেকে ফাইলগুলি অদৃশ্য হয়ে গিয়েছিল, ফোন কলের উত্তর দেওয়া হয়নি এবং রহস্যজনকভাবে সভাগুলি বাতিল করা হয়েছিল। সূক্ষ্ম চাপ, গোপন হুমকি, তা অনস্বীকার্য ছিল। মারা সন্দেহ করেছিলেন যে দুর্নীতি গভীরভাবে ছড়িয়ে পড়েছে, একটি পচন যা থর্ন ফার্মাসিউটিক্যালসের বাইরেও সরকারের হৃদয়ে ছড়িয়ে পড়েছে। তিনি বুঝতে পেরেছিলেন যে ডিওজে-র মধ্যে কিছু লোক জাতীয় নিরাপত্তার বিনিময়ে তাদের নিজস্ব স্বার্থ রক্ষা করে একটি বিপজ্জনক খেলা খেলছে। তার একটি ভিন্ন পদ্ধতির প্রয়োজন ছিল, যা প্রতিষ্ঠিত আমলাতন্ত্রকে এড়িয়ে যাবে এবং জনসাধারণের কাছে ষড়যন্ত্র প্রকাশ করবে।

এর ফলে মারাকে এক বিশ্বাসঘাতক পথে নামতে হয়েছিল, যেখানে রাজনৈতিক কৌশল এবং জনসংযোগের ঘোলাটে জলে চলাচল করতে হয়েছিল। ডিওজে-র হাত ধরে তাদের বাধ্য করার জন্য তাকে পর্যাপ্ত জনসাধারণের চাপ তৈরি করতে হয়েছিল, যাতে তারা

তাদের অভ্যন্তরীণ দ্বন্দ্ব সত্ত্বেও পদক্ষেপ নিতে বাধ্য হয়। এর মধ্যে ছিল বিশ্বস্ত সাংবাদিকদের কাছে সাবধানে নির্বাচিত তথ্য ফাঁস করা, যাদের অনুসন্ধানী সাংবাদিকতার প্রমাণিত রেকর্ড এবং সত্যের প্রতি অঙ্গীকার রয়েছে। প্রক্রিয়াটি ছিল যন্ত্রণাদায়কভাবে ধীর এবং বিপদে ভরা। প্রতিটি ফাঁস ছিল একটি গণনা করা ঝুঁকি, একটি জুয়া যা হয় ষড়যন্ত্র প্রকাশ করতে পারে অথবা পুরো অভিযানকে বিপন্ন করতে পারে। মারাকে সাবধানতার সাথে তথ্য সংগ্রহ করতে হয়েছিল, কেবলমাত্র সেই তথ্য নির্বাচন করতে হয়েছিল যা চলমান তদন্তের অখণ্ডতার সাথে আপস না করে জনসাধারণের সাথে অনুরণিত হবে।

এরপর যে মিডিয়া উন্মাদনা তৈরি হয়েছিল তা ছিল আনন্দের এবং ভয়াবহ। শিরোনামগুলো চিৎকার করে উঠছিল এক বিশ্বব্যাপী ষড়যন্ত্রের কথা, এক মারাত্মক ভাইরাসের আক্রমণের কথা, যা সন্দেহাতীত বিশ্বের উপর নেমে এসেছে। থর্ন ফার্মাসিউটিক্যালস, প্রাথমিকভাবে অবাধ্য, একটি পরিশীলিত পাল্টা আক্রমণ শুরু করে, মারা এবং তার দলকে অসম্মান করার চেষ্টা করে, তাদেরকে বেপরোয়া ষড়যন্ত্র তাত্ত্বিক হিসেবে চিত্রিত করে, কুঠার হাতে পিষে ফেলার চেষ্টা করে। কোম্পানির জনসংযোগ যন্ত্র সাবধানে তৈরি বিবৃতি তৈরি করে, সমস্ত অভিযোগ অস্বীকার করে এবং নিজেদেরকে একটি অপপ্রচারের শিকার হিসেবে চিত্রিত করে। পরস্পরবিরোধী তথ্যে ভরা জনসাধারণ বিভ্রান্ত এবং অনিশ্চিত হয়ে পড়ে। মারার দলকে এক কঠিন লড়াইয়ের মুখোমুখি হতে হয়েছিল, কেবল থর্ন

ফার্মাসিউটিক্যালসের বিরুদ্ধেই নয়, ভুল তথ্যের জোয়ারের বিরুদ্ধেও লড়াই করতে হয়েছিল।

ভাইরাসের উৎপত্তি এবং উদ্দেশ্য প্রমাণে সহজাত অসুবিধা পরিস্থিতির জটিলতাকে আরও বাড়িয়ে তোলে। থর্ন ফার্মাসিউটিক্যালসের আইনি দল প্রতিটি ফাঁকফোকর কাজে লাগিয়ে মামলা বিলম্বিত করার, প্রমাণ ধামাচাপা দেওয়ার এবং সাক্ষীদের বিশ্বাসযোগ্যতা চ্যালেঞ্জ করার জন্য অত্যাধুনিক আইনি কৌশল ব্যবহার করে। তারা যুক্তি দিয়েছিল যে ভাইরাসটি বৈধ বৈজ্ঞানিক গবেষণার একটি দুর্ঘটনাজনিত উপজাত, চিকিৎসা বিজ্ঞানের সীমানা ঠেলে দেওয়ার একটি অপ্রত্যাশিত পরিণতি। এই বর্ণনা, অজ্ঞদের কাছে যতই বিশ্বাসযোগ্য হোক না কেন, দোষ এড়াতে এবং কোম্পানির সুনাম রক্ষা করার জন্য তৈরি একটি সাবধানে তৈরি মিথ্যা ছিল।

তাছাড়া, ডঃ ভ্যান্স, যিনি প্রথমে গুরুত্বপূর্ণ সাক্ষ্য প্রদান করেছিলেন, তিনি রহস্যজনকভাবে নিখোঁজ হয়ে যান। মারার দল মরিয়া অনুসন্ধান শুরু করে, কিন্তু মিথ্যা তথ্যের জটিল জাল এবং ইচ্ছাকৃত ভুল তথ্যের কারণে তাদের প্রচেষ্টা ব্যাহত হয়। থর্ন ফার্মাসিউটিক্যালস কর্তৃক ডঃ ভ্যান্সকে চুপ করে দেওয়ার আশঙ্কা স্পষ্ট ছিল। তার নিখোঁজ হওয়া জনসাধারণের ক্ষোভকে আরও বাড়িয়ে তোলে, পরিস্থিতিকে একটি পূর্ণাঙ্গ সংকটে পরিণত করে।

ইতিমধ্যে, মারা এবং তার দলের বিরুদ্ধে হুমকি তীব্রতর হতে থাকে। তাদের ছায়ায় আটকে রাখা হয়, তাদের

যোগাযোগ আটকে দেওয়া হয়, তাদের পরিবারকে হুমকি দেওয়া হয়। মারা জানতেন যে তিনি দড়ি দিয়ে হেঁটে যাচ্ছেন, একটি ভুল পদক্ষেপ ভয়াবহ পরিণতির দিকে নিয়ে যেতে পারে। তিনি তার সহজাত প্রবৃত্তি এবং অভিজ্ঞতার উপর নির্ভর করেছিলেন, তদন্তের গতি বজায় রেখে সাবধানতার সাথে ঝুঁকিগুলি পরিচালনা করেছিলেন। তিনি নিরাপত্তা ব্যবস্থা জোরদার করেছিলেন, দেহরক্ষীদের একটি ক্র্যাক টিম নিয়োগ করেছিলেন এবং তার প্রতিপক্ষদের থেকে এক ধাপ এগিয়ে থাকার জন্য ক্রমাগত তার রুটিন পরিবর্তন করেছিলেন।

চাপ ছিল প্রচণ্ড, কেবল থর্ন ফার্মাসিউটিক্যালস থেকে নয়, সরকার এবং আইন প্রয়োগকারী সংস্থার ভেতর থেকেও। মারা অভ্যন্তরীণ বিরোধিতার মুখোমুখি হন, সহকর্মীরা হয় তার ফলাফল নিয়ে সন্দেহ পোষণ করতেন অথবা সক্রিয়ভাবে তার প্রচেষ্টাকে ব্যর্থ করার জন্য কাজ করতেন। তিনি এই বিশ্বাসঘাতক রাজনৈতিক স্রোতগুলিকে গণনামূলক নির্ভুলতার সাথে পরিচালনা করতে শিখেছিলেন, যেখানে তিনি পারেন জোট তৈরি করতে, প্রয়োজনে দ্বন্দ্ব এড়াতে এবং অটল মিত্রদের একটি মূল দলের উপর নির্ভর করতে শিখেছিলেন।

প্রাথমিকভাবে আশাব্যঞ্জক আর্থিক তদন্তটি তখনই বাধাগ্রস্ত হয় যখন একজন গুরুত্বপূর্ণ আর্থিক তদন্তকারী, যিনি স্বাধীনভাবে কিন্তু মারার দলের সাথে সমন্বয় করে কাজ করছিলেন, তাকে তার অ্যাপার্টমেন্টে মৃত অবস্থায় পাওয়া যায়। মৃত্যুর আনুষ্ঠানিক কারণ আত্মহত্যা বলে ঘোষণা করা হয়েছিল, তবে মারা সন্দেহ করেছিলেন যে

এটি একটি দুর্নীতি। আন্তর্জাতিক অর্থায়নের একজন অত্যন্ত দক্ষ বিশেষজ্ঞ, তদন্তকারী থর্ন ফার্মাসিউটিক্যালস এবং বিশ্বের বিভিন্ন কর স্বর্গে অবস্থিত অফশোর অ্যাকাউন্টের নেটওয়ার্কের মধ্যে গুরুত্বপূর্ণ সংযোগ উন্মোচনের দ্বারপ্রান্তে ছিলেন। তার মৃত্যু একটি ভয়ঙ্কর বার্তা পাঠিয়েছে: কিছু শক্তি তাদের গোপনীয়তা রক্ষা করার জন্য কোনও কিছুতেই থামবে না।

বিপত্তি এবং অবিরাম চাপ সত্ত্বেও, মারা দমে যাননি। তিনি এবং তার দল সাবধানতার সাথে ধাঁধাটি একত্রিত করতে থাকেন, প্রতিটি প্রমাণের টুকরো কঠোর পরিশ্রমের সাথে বিশ্লেষণ করেন, প্রতিটি সূত্র যাচাই করেন এবং সাবধানতার সাথে একটি স্পষ্ট মামলা তৈরি করেন। তারা নতুন সাক্ষী খুঁজে বের করেন, লুকানো নথি উন্মোচন করেন এবং আর্থিক রেকর্ডের গভীরে অনুসন্ধান করেন, প্রতারণা এবং জটিল আর্থিক কারসাজির স্তর উন্মোচন করেন।

অপ্রত্যাশিতভাবে এই মোড়টি এসেছিল। থর্ন ফার্মাসিউটিক্যালসের একজন মধ্য-স্তরের নির্বাহী, একজন হুইসেলব্লোয়ার, মারার সাথে যোগাযোগ করেছিলেন, মামলা থেকে দায়মুক্তির বিনিময়ে গুরুত্বপূর্ণ প্রমাণ সরবরাহ করার প্রস্তাব দিয়েছিলেন। এই ব্যক্তি, তার জীবনের ভয়ে এবং কোম্পানির কর্মকাণ্ডে বিবেক ভেঙে পড়ায়, ভাইরাসের উন্নয়ন, পরীক্ষা এবং স্থাপনের পরিকল্পনার বিস্তারিত অভ্যন্তরীণ নথিপত্রে অ্যাক্সেস পেয়েছিলেন। নথিগুলি থর্ন ফার্মাসিউটিক্যালসের দোষের অকাট্য প্রমাণ প্রদান করেছিল, যা বিশ্বব্যাপী আধিপত্য

বিস্তারের হাতিয়ার হিসেবে ভাইরাস ব্যবহার করার তাদের উদ্দেশ্যকে নিশ্চিত করেছিল।

চূড়ান্ত লড়াইটি ছিল আইনি লড়াই, গণশুনানি এবং মিডিয়ার তদন্তের ঘূর্ণিঝড়। মারা এবং তার দল তাদের প্রমাণ উপস্থাপন করে, পদ্ধতিগতভাবে থর্ন ফার্মাসিউটিক্যালের সাবধানে তৈরি প্রতিরক্ষা ভেঙে দেয়। ক্রমবর্ধমান প্রমাণ এবং বিশ্বাসঘাতকতার ক্রমবর্ধমান অনুভূতির দ্বারা উজ্জীবিত জনরোষ এমন একটি শক্তিতে পরিণত হয় যা এমনকি সবচেয়ে শক্তিশালী লবিস্টরাও উপেক্ষা করতে পারেনি। ক্রমবর্ধমান আইনি চাপ এবং সম্পূর্ণ কর্পোরেট পতনের হুমকির মুখোমুখি থর্ন ফার্মাসিউটিক্যালস অবশেষে দোষ স্বীকার করে।

সত্যের সন্ধান ছিল এক কঠিন ও বিপজ্জনক যাত্রা, কিন্তু মারা এবং তার দল অধ্যবসায় চালিয়ে গিয়েছিল। তারা শক্তিশালী শত্রুদের মুখোমুখি হয়েছিল, বিশ্বাসঘাতক রাজনৈতিক পটভূমি অতিক্রম করেছিল এবং আপাতদৃষ্টিতে অপ্রতিরোধ্য বাধা অতিক্রম করেছিল। শেষ পর্যন্ত, তারা বিশাল আকারের একটি বিশ্বব্যাপী ষড়যন্ত্র উন্মোচন করেছিল, অসংখ্য জীবন বাঁচিয়েছিল এবং ভয় ও নিয়ন্ত্রণের মাধ্যমে যারা বিশ্বকে নিয়ন্ত্রণ করতে চেয়েছিল তাদের বিচারের আওতায় এনেছিল। এই বিজয় ছিল তিক্ত-মিষ্টি, পথিমধ্যে ত্যাগ এবং প্রাণ হারানোর জ্ঞানের সাথে মিশে ছিল, তবুও এটি ছিল একটি বিজয়, অধ্যবসায়ের শক্তি এবং সত্যের অটল সাধনার প্রমাণ।

গোপন তথ্য ফাঁসকারীর সাক্ষ্য, যদিও এক বিরাট সাফল্য, তবুও পথের শেষ ছিল না। এটি ছিল কেবল একটি দীর্ঘ এবং কঠিন যাত্রার একটি গুরুত্বপূর্ণ ধাপ। নির্বাহী কর্মকর্তা, যার নাম "ফিনিক্স", তার নিজের সুরক্ষার জন্য দেওয়া তথ্য, পরিকল্পিত বিদ্বেষ এবং নির্মম উচ্চাকাঙ্ক্ষার এক ভয়ঙ্কর চিত্র তুলে ধরে। থর্ন ফার্মাসিউটিক্যালস দুর্ঘটনাক্রমে ভাইরাসের মুখোমুখি হয়নি; এটিকে অত্যন্ত সতর্কতার সাথে তৈরি করা হয়েছিল, অস্ত্রে সজ্জিত করা হয়েছিল এবং এমন এক শীতল নির্ভুলতার সাথে মোতায়েন করা হয়েছিল যা মারার মেরুদণ্ডে কাঁপুনি ফেলেছিল। নথিগুলিতে কেবল ভাইরাসের সৃষ্টিই নয়, এর লক্ষ্যবস্তু - প্রতিযোগী ওষুধ কোম্পানিগুলির গুরুত্বপূর্ণ ব্যক্তিত্ব, বাধা হিসাবে বিবেচিত প্রভাবশালী রাজনীতিবিদ এবং এমনকি বিশ্বব্যাপী আধিপত্য অর্জনের জন্য ব্যয়যোগ্য বলে বিবেচিত সমগ্র জনসংখ্যারও বিশদ বিবরণ ছিল। ষড়যন্ত্রের মাত্রা তার সাহসিকতায় শ্বাসরুদ্ধকর এবং এর প্রভাবে ভয়াবহ ছিল।

পরবর্তী আইনি লড়াইগুলি ছিল একটি যুদ্ধের চেয়ে কম কিছু নয়। থর্ন ফার্মাসিউটিক্যালস, মারার দলের উপস্থাপিত অকাট্য প্রমাণ এবং ক্রমবর্ধমান জনসাধারণের চাপের মুখোমুখি হয়ে, তাদের আইনি জগতের সূচনা করে। তাদের আইনজীবীরা, যারা উচ্চ-স্তরের মামলা-মোকদ্দমার অভিজ্ঞ, তারা মারার দলকে অসম্মানিত করতে এবং আইনি প্রক্রিয়াকে থামিয়ে দেওয়ার জন্য প্রক্রিয়াগত বিলম্ব এবং প্রযুক্তিগত আপত্তি থেকে শুরু করে চরিত্র হত্যা এবং অপবাদ প্রচারণা পর্যন্ত প্রতিটি সম্ভাব্য কৌশল ব্যবহার করেছিলেন। তারা ফিনিক্সের বিশ্বাসযোগ্যতা নিয়ে প্রশ্ন তোলেন, তার উদ্দেশ্য এবং তার প্রদত্ত নথির সত্যতা সম্পর্কে সন্দেহ

প্রকাশ করেন। তারা মারার পদ্ধতির উপর অভিযোগ তোলেন, অনৈতিক অনুশীলন এবং প্রোটোকল লঙ্ঘনের অভিযোগ আনেন। তারা পুরো ঘটনাটিকে রাজনৈতিকভাবে অনুপ্রাণিত জাদুকরী শিকার হিসাবে চিত্রিত করেন, থর্ন ফার্মাসিউটিক্যালসকে ধ্বংস করার জন্য ঈর্ষান্বিত প্রতিযোগীদের দ্বারা পরিচালিত একটি অপবাদ প্রচারণা।

ইতিমধ্যেই পরস্পরবিরোধী আখ্যানে পরিপূর্ণ গণমাধ্যম, প্রতিদ্বন্দ্বী আখ্যানের যুদ্ধক্ষেত্রে পরিণত হয়েছিল। থর্ন ফার্মাসিউটিক্যালস একটি পরিশীলিত জনসংযোগ প্রচারণা শুরু করে, জনমত গঠন এবং মারার দাবিকে অসম্মান করার জন্য অভিজ্ঞ মিডিয়া পরামর্শদাতাদের একটি দল নিয়োগ করে। তারা সতর্কতার সাথে তৈরি বার্তা দিয়ে বায়ুপ্রবাহ এবং ইন্টারনেটকে প্লাবিত করে, তাদের গবেষণার অনুমিত সুবিধার উপর জোর দেয়, ভাইরাসের বিপদগুলিকে খাটো করে দেখায় এবং মারাকে ব্যক্তিগত উচ্চাকাঙ্ক্ষা এবং কুখ্যাতির তৃষ্ণায় চালিত একজন বেপরোয়া এবং দায়িত্বজ্ঞানহীন ব্যক্তি হিসাবে চিত্রিত করে। মারা এবং তার দল কেবল একটি আইনি লড়াই নয়, বরং ধারণার যুদ্ধ, একটি শক্তিশালী এবং অবিরাম মিডিয়া আক্রমণের মুখে বিশ্বাসযোগ্যতা বজায় রাখার সংগ্রামের সাথে লড়াই করতে দেখেছে।

কিন্তু মারা ভয় পেতে রাজি হননি। তিনি বুঝতে পেরেছিলেন যে সত্যের জন্য লড়াই কেবল আদালতে জয়লাভের জন্য নয়; এটি ছিল জনসাধারণের হৃদয় ও মন জয় করার জন্য। একজন প্রোফাইলার হিসেবে তিনি

তার অভিজ্ঞতা কাজে লাগিয়েছেন, মানব মনোবিজ্ঞানের সূক্ষ্মতা এবং বর্ণনার শক্তি বুঝতে পেরেছেন। তিনি তার দলের সাথে কাজ করেছেন আকর্ষণীয় পাল্টা-আখ্যান তৈরি করতে, থর্ন ফার্মাসিউটিক্যালসের কর্মকাণ্ডের মানবিক মূল্যের উপর জোর দিয়ে। তারা ভুক্তভোগীদের গল্প ভাগ করে নিয়েছেন, ভাইরাসের কারণে সৃষ্ট দুর্ভোগ এবং থর্ন ফার্মাসিউটিক্যালসের লোভ ও উচ্চাকাঙ্ক্ষার ধ্বংসাত্মক পরিণতি তুলে ধরেছেন। তারা সাবধানতার সাথে ভুল তথ্য প্রচারণার বিরুদ্ধে লড়াই করেছেন, মিথ্যা ছিন্ন করেছেন এবং সত্যকে স্পষ্ট ও সংক্ষিপ্তভাবে উপস্থাপন করেছেন।

আদালত কক্ষের জটিল গতিশীলতা নেভিগেট করার ক্ষেত্রে মারার ফরেনসিক মনোবিজ্ঞানের অভিজ্ঞতা অমূল্য প্রমাণিত হয়েছিল। তিনি বুঝতেন কীভাবে কার্যকরভাবে প্রমাণ উপস্থাপন করতে হয়, কেবল বিচারক এবং জুরিদের কাছেই নয়, বরং বিচার পর্যবেক্ষণকারী বৃহত্তর জনসাধারণের কাছেও আবেদনময়ী। তিনি দক্ষতার সাথে তার উপস্থাপনাগুলি তৈরি করেছিলেন, বৈজ্ঞানিক প্রমাণগুলিকে দর্শকদের আবেগের সাথে অনুরণিত আকর্ষণীয় বর্ণনার সাথে একত্রিত করেছিলেন। তিনি কর্পোরেট লোভের বৈজ্ঞানিক বেপরোয়াতা এবং মানবিক দুর্ভোগের চিত্র এঁকেছিলেন। আদালত সত্য বলার একটি প্ল্যাটফর্ম হয়ে ওঠে, এমন একটি মঞ্চ যেখানে মারা এবং তার দল থর্ন ফার্মাসিউটিক্যালসের নির্মমতা এবং অনিয়ন্ত্রিত কর্পোরেট ক্ষমতার ধ্বংসাত্মক পরিণতি প্রকাশ করতে পারে।

বিচারটি নিজেই ছিল এক ম্যারাথন, যা মাসের পর মাস ধরে চলে। প্রতিটি দিনই ছিল এক যুদ্ধ, থর্ন ফার্মাসিউটিক্যালসের আইনি বাহিনীর বিরুদ্ধে এবং জনসাধারণের মধ্যে ছড়িয়ে পড়া ভুল তথ্যের বিরুদ্ধে এক অবিরাম সংগ্রাম। মারার দল অক্লান্ত পরিশ্রম করেছে, নথিপত্র পর্যালোচনা করেছে, সাক্ষীদের সাক্ষাৎকার নিয়েছে এবং প্রতিটি দিনের বিচারের জন্য সতর্কতার সাথে প্রস্তুতি নিয়েছে। তারা বিরোধী আইনজীবীর আক্রমণাত্মক প্রশ্নের মুখোমুখি হয়েছে, শান্ত এবং সংযত রয়েছে এবং সুনির্দিষ্ট এবং সুনির্দিষ্ট যুক্তি উপস্থাপন করেছে। তারা সত্য ও ন্যায়বিচারের প্রতি তাদের অঙ্গীকারে অবিচল ছিল।

থর্ন ফার্মাসিউটিক্যালের একজন শীর্ষ নির্বাহীর জেরায় এই মোড় আসে। তার তীক্ষ্ণ পর্যবেক্ষণ দক্ষতা এবং মানব আচরণ সম্পর্কে বোধগম্যতার উপর নির্ভর করে মারা নির্বাহীর সাক্ষ্যের অসঙ্গতি উন্মোচন করেন। পরিকল্পিত জিজ্ঞাসাবাদের মাধ্যমে, তিনি একাধিক মিথ্যা ও অসঙ্গতি উন্মোচন করেন, যা ষড়যন্ত্রে নির্বাহীর জড়িত থাকার বিষয়টি প্রকাশ করে। মুহূর্তটি কেবল বিচারের ক্ষেত্রেই নয়, মামলার জনসাধারণের ধারণার ক্ষেত্রেও একটি মোড় ছিল। মিডিয়া এই প্রকাশকে গ্রহণ করে, এবং বর্ণনাটিকে থর্ন ফার্মাসিউটিক্যালসের বিরুদ্ধে স্পষ্টভাবে ঘুরিয়ে দেয়।

চূড়ান্ত রায় ন্যায়বিচারের জন্য এক বিরাট বিজয় ছিল। থর্ন ফার্মাসিউটিক্যালসকে ষড়যন্ত্র, জালিয়াতি এবং হত্যাকাণ্ড সহ একাধিক অভিযোগে দোষী সাব্যস্ত করা হয়েছিল।

কোম্পানিটি ভেঙে দেওয়া হয়েছিল, এর সম্পদ বাজেয়াপ্ত করা হয়েছিল এবং এর নেতাদের দীর্ঘ কারাদণ্ড দেওয়া হয়েছিল। মারার দৃঢ়তা, সত্যের প্রতি তার অটল প্রতিশ্রুতি এবং তদন্ত কৌশলের উপর তার দক্ষতা ফলপ্রসূ হয়েছিল। মামলাটি কর্পোরেট দুর্নীতির বিরুদ্ধে একটি যুগান্তকারী বিজয় হয়ে ওঠে, যা প্রতিকূলতার মুখেও অধ্যবসায়ের শক্তির প্রমাণ।

কিন্তু জয়ের মধ্যেও, অস্বস্তির একটা দীর্ঘস্থায়ী অনুভূতি ছিল। বিচারটি থর্ন ফার্মাসিউটিক্যালসের বাইরেও বিস্তৃত এক গভীর দুর্নীতির উন্মোচন করেছিল। মারা জানতেন যে সত্যের জন্য লড়াই শেষ হয়নি। এখনও অনেক উত্তরহীন প্রশ্ন ছিল, অনেকগুলি অসম্পূর্ণতা ছিল। তিনি বুঝতে পেরেছিলেন যে সত্যের জন্য লড়াই একটি জীবনব্যাপী যাত্রা, দুর্নীতি এবং প্রতারণার শক্তির বিরুদ্ধে একটি অবিরাম সতর্কতা। তিনি এবং তার দল, যুদ্ধে ক্ষতবিক্ষত কিন্তু অটল, ন্যায়বিচারের জন্য তাদের অব্যাহত সাধনায় সামনে যে কোনও চ্যালেঞ্জের মুখোমুখি হতে প্রস্তুত, সতর্ক থাকার জন্য দৃঢ়প্রতিজ্ঞ ছিলেন। এই বিজয় তাদের প্রতিশ্রুতির একটি বৈধতা ছিল, তবে এটি একটি স্পষ্ট স্মারকও ছিল যে সত্যের জন্য লড়াই কখনও সত্যিকার অর্থে জয়ী হয় না, কেবল একবারে এক ধাপে লড়াই করা হয়। সাধনা অব্যাহত থাকে, ক্ষমতা এবং উচ্চাকাঙ্ক্ষার কোণে লুকিয়ে থাকা অদৃশ্য ছায়ার বিরুদ্ধে ন্যায়বিচারের সন্ধান চিরতরে সতর্ক থাকে। অভিজ্ঞতাটি তার দলের প্রতিটি সদস্যের উপর তার ছাপ রেখেছিল, ক্লান্তি, গর্ব এবং মানবিক অবক্ষয়ের গভীরতার একটি শীতল সচেতনতার মিশ্রণ, সত্যের নিরলস সাধনায় মানব চেতনার অটল শক্তির বিপরীতে। তারা বুঝতে পেরেছিল

যে, সত্যের জন্য লড়াই কখনও শেষ হয়নি; এটি ছিল বাস্তবতাকে ধামাচাপা দিতে এবং বিকৃত করতে চাওয়া শক্তির বিরুদ্ধে একটি অবিরাম যুদ্ধ। অতএব, তাদের বিজয় কেবল থর্ন ফার্মাসিউটিক্যালসের ধ্বংস নয়, বরং সত্য ও ন্যায়ের জন্য চলমান সংগ্রামে তাদের প্রতিশ্রুতির বৈধতা এবং তাদের সংকল্পকে শক্তিশালী করা। সামনের পথটি অনিশ্চিত ছিল, চ্যালেঞ্জ এবং লুকানো বিপদে পূর্ণ, কিন্তু তারা প্রস্তুত ছিল, যে কোনও বাধা আসুক না কেন তা মোকাবেলা করার জন্য প্রস্তুত ছিল। তারা জানত যে ন্যায়বিচারের সন্ধান একটি চলমান ম্যারাথন, একটি দৌড় নয়।

অধ্যায় ১৩: ক্ষমতার গোলকধাঁধা

আদালতের জয়টি শূন্য মনে হলো, অনেক বড়, আরও ছলনাময়ী খেলায় জয়ের এক ক্ষণস্থায়ী মুহূর্ত। থর্ন ফার্মাসিউটিক্যালসের ধ্বংস, যদিও একটি উল্লেখযোগ্য আঘাত, তবুও মারা যে দুর্নীতির উন্মোচন করেছিলেন তার পৃষ্ঠতল কেবল ছিঁড়ে ফেলেছিল। তিনি যত গভীরে প্রবেশ করলেন, ততই তিনি বুঝতে পারলেন যে ষড়যন্ত্রটি একটি একক কর্পোরেশনের বাইরেও বিস্তৃত ছিল; এটি রাজনৈতিক ক্ষমতার কাঠামোর মধ্যেই বোনা ছিল। আইনি লড়াই প্রভাব বিস্তার, গোপন চুক্তি এবং সরকারের সর্বোচ্চ স্তরে পৌঁছানো ঘুষি-খোজার ব্যবস্থার একটি নেটওয়ার্ক উন্মোচিত করেছিল।

তার তদন্ত তাকে প্রচারণার অর্থের রেকর্ড, লবিং প্রকাশ এবং সন্দেহজনকভাবে সময়োপযোগী আইন প্রণয়নের এক খরগোশের গর্তের মধ্যে ফেলে দিয়েছে। তিনি

আবিষ্কার করেছেন যে থর্ন ফার্মাসিউটিক্যালস গুরুত্বপূর্ণ সিনেটর এবং কংগ্রেসম্যানদের সাথে সম্পর্ক গড়ে তুলেছে, তাদের প্রচারণার জন্য অনুদান এবং লাভজনক পরামর্শ চুক্তি দিয়েছিল। এই রাজনীতিবিদরা, পরিবর্তে, থর্ন ফার্মাসিউটিক্যালসকে নিয়ন্ত্রক তদন্ত থেকে রক্ষা করার জন্য, অসুবিধাজনক প্রতিবেদনগুলি চাপা দেওয়ার এবং তদন্তকে ব্যর্থ করার জন্য তাদের অবস্থান ব্যবহার করেছিলেন। প্রথমে প্রমাণগুলি পরিস্থিতিগত ছিল, আপাতদৃষ্টিতে সম্পর্কহীন ঘটনাগুলির একটি মোজাইক যা একত্রিত করলে, যোগসাজশ এবং দুর্নীতির একটি বিরক্তিকর ধরণ প্রকাশ করে।

মারার দল এই সংযোগগুলি অত্যন্ত সতর্কতার সাথে নথিভুক্ত করেছে, থর্ন ফার্মাসিউটিক্যালস থেকে বিভিন্ন রাজনৈতিক অ্যাকশন কমিটি এবং লবিং ফার্মগুলিতে অর্থের প্রবাহ এবং প্রভাবের সন্ধান করেছে। তারা অর্থ পাচার এবং তহবিলের আসল উৎস গোপন করার জন্য ব্যবহৃত শেল কর্পোরেশন এবং অফশোর অ্যাকাউন্টগুলির একটি নেটওয়ার্ক আবিষ্কার করেছে। ষড়যন্ত্রের গভীরতা ছিল বিস্ময়কর, থর্ন ফার্মাসিউটিক্যালসকে জবাবদিহিতা থেকে রক্ষা করার জন্য আন্তঃসংযুক্ত ব্যক্তি এবং সংস্থাগুলির একটি জটিল জাল। এর মাত্রা তার বছরের অভিজ্ঞতার সাথেও, এমনকি তিনি যা কখনও কল্পনা করেছিলেন তার চেয়ে অনেক বেশি ছিল।

বিশেষ করে উদ্বেগজনক একটি তথ্য প্রকাশ পেয়েছে সিনেটর হ্যারিসনের ক্ষেত্রে, যিনি ওষুধ নিয়ন্ত্রণ বৃদ্ধির

তীব্র বিরোধিতার জন্য পরিচিত একজন শক্তিশালী ব্যক্তিত্ব। মারার দল আবিষ্কার করেছে যে হ্যারিসন থর্ন ফার্মাসিউটিক্যালস থেকে উল্লেখযোগ্য প্রচারণার অনুদান পেয়েছিলেন, সেইসাথে থর্নের অবৈধ কার্যকলাপ প্রকাশের কিছুক্ষণ আগে তার ছেলের ফার্মাসিউটিক্যাল লবিস্ট পদ ছেড়ে দেওয়ার পর তার জন্য একটি লাভজনক পরামর্শ চুক্তিও পেয়েছিলেন। সময়টি অন্তত সন্দেহজনক ছিল। চুক্তিটি দৃশ্যত "কৌশলগত পরিকল্পনা"র জন্য ছিল, কিন্তু এর শর্তাবলী অস্পষ্ট ছিল এবং এর আর্থিক বিবরণ অস্পষ্ট ছিল। থর্ন ফার্মাসিউটিক্যালস থেকে প্রাপ্ত অভ্যন্তরীণ ইমেলগুলি প্রকাশ করে যে চুক্তিটি আসলে একটি প্রতিদান ছিল, হ্যারিসনের রাজনৈতিক সুরক্ষার জন্য একটি পুরষ্কার।

এই আবিষ্কার মারাকে বিচার ব্যবস্থার সীমাবদ্ধতার মুখোমুখি হতে বাধ্য করেছিল। যদিও তিনি থর্ন ফার্মাসিউটিক্যালসের বিরুদ্ধে তার অপরাধমূলক কর্মকাণ্ডের জন্য সফলভাবে মামলা করেছিলেন, তবুও বৃহত্তর রাজনৈতিক ষড়যন্ত্র মূলত অক্ষত ছিল। মামলার দ্বারা স্থাপিত আইনি নজির অনস্বীকার্য ছিল, কিন্তু যে পদ্ধতিগত দুর্নীতি এটিকে সক্ষম করেছিল তা টিকে ছিল। তিনি বুঝতে পেরেছিলেন যে একটি একক কর্পোরেশনকে ধ্বংস করা কেবল একটি প্রতীকী বিজয়; আসল লড়াই ছিল একটি গভীরভাবে প্রোথিত ব্যবস্থার বিরুদ্ধে যা ক্ষমতায় থাকা ব্যক্তিদের রক্ষা করে, তাদের অপরাধ নির্বিশেষে।

রাজনৈতিক কৌশলের এই গোলকধাঁধায় পাড়ি জমানোর জন্য একটি ভিন্ন পদ্ধতির প্রয়োজন ছিল, যা আদালতের সীমানার বাইরেও বিস্তৃত ছিল। মারা বুঝতে পেরেছিলেন যে একজন প্রোফাইলার হিসেবে তার দক্ষতা আর কেবল অপরাধীদের ধরার হাতিয়ার নয়; তারা রাজনৈতিক তদন্তের হাতিয়ার। তিনি জড়িত রাজনীতিবিদদের আচরণ এবং ধরণগুলি অধ্যয়ন করতে শুরু করেছিলেন, তাদের জনসাধারণের ব্যক্তিত্বের অসঙ্গতি এবং দুর্বলতাগুলি অনুসন্ধান করতে শুরু করেছিলেন। তিনি তাদের বক্তৃতা, প্রেস বিজ্ঞপ্তি এবং সোশ্যাল মিডিয়া কার্যকলাপকে সাবধানতার সাথে বিশ্লেষণ করেছিলেন, তাদের লুকানো উদ্দেশ্য এবং এজেন্ডার সূত্র খুঁজে বের করেছিলেন।

থর্ন ফার্মাসিউটিক্যালস মামলার বিস্তারিত বিবরণে পরিপূর্ণ জনসাধারণ উত্তরের জন্য চিৎকার করছিল। মারা বুঝতে পেরেছিলেন যে তিনি এই জনসাধারণের চাপকে তার সুবিধার্থে ব্যবহার করতে পারেন। বিশ্বস্ত সাংবাদিকদের কাছে সাবধানে নির্বাচিত তথ্য সাবধানে ফাঁস করে, তিনি বর্ণনাটি হেরফের করতে পারেন, রাজনৈতিক আড়াল প্রকাশ করতে পারেন এবং রাজনীতিবিদদের তাদের কর্মের জন্য জবাবদিহি করতে বাধ্য করতে পারেন। এটি ছিল একটি পরিকল্পিত ঝুঁকি, জনসাধারণকে তথ্য সরবরাহ করা এবং চলমান তদন্তকে ঝুঁকিপূর্ণ এড়ানোর মধ্যে একটি সূক্ষ্ম নৃত্য।

তদন্তের এই পর্যায়ে থর্ন ফার্মাসিউটিক্যালসের প্রাথমিক অনুসন্ধানের চেয়ে অনেক বেশি সূক্ষ্মতা জড়িত ছিল।

এটি আর সরল ফরেনসিক প্রমাণ সম্পর্কে ছিল না; এটি ছিল রাজনৈতিক ক্ষমতার জটিল ভাষা বোঝা, সূক্ষ্ম ইঙ্গিত, অব্যক্ত জোট এবং সাবধানে নির্মিত আখ্যানগুলি বোঝা যা সত্যকে স্পষ্ট দৃষ্টিতে লুকিয়ে রেখেছিল।

তার মূল কৌশলগুলির মধ্যে একটি ছিল রাজনীতিবিদদের প্রকাশ্য বিবৃতি এবং তাদের ব্যক্তিগত কর্মকাণ্ডের মধ্যে পার্থক্যের উপর দৃষ্টি নিবদ্ধ করা। তিনি এমন উদাহরণ তুলে ধরেন যেখানে রাজনীতিবিদরা প্রকাশ্যে কর্পোরেট লোভের নিন্দা করেছিলেন এবং একই সাথে তাদের বিরোধিতাকারী কর্পোরেশনগুলি থেকে বিপুল প্রচারণার অনুদান গ্রহণ করেছিলেন। তিনি গুরুত্বপূর্ণ আইনের উপর তাদের ভোটগুলি সতর্কতার সাথে নথিভুক্ত করেছিলেন, জনস্বার্থের বিনিময়ে শক্তিশালী কর্পোরেশনগুলিকে সমর্থনকারী আইনগুলির প্রতি সমর্থনের ধরণ প্রকাশ করেছিলেন।

মারার দল রাজনীতিতে কালো টাকার জগতেও গভীরভাবে অনুসন্ধান করে, শেল কর্পোরেশন এবং প্যাকগুলির মাধ্যমে তহবিলের প্রবাহের সন্ধান করে। তারা এমন ব্যক্তি এবং গোষ্ঠীগুলিকে চিহ্নিত করে যারা গোপনে রাজনৈতিক প্রচারণায় অর্থ প্রেরণ করেছিল, তাদের পরিচয় এবং উদ্দেশ্য গোপন করার জন্য অত্যাধুনিক কৌশল ব্যবহার করে। এটি একটি সূক্ষ্ম প্রক্রিয়া ছিল, যার জন্য আর্থিক রেকর্ড, আইনি নথি এবং অনলাইন ডাটাবেসের সূক্ষ্ম পরীক্ষা-নিরীক্ষা প্রয়োজন ছিল।

রাজনৈতিক প্রতিকূলতা দ্রুত এবং নিষ্ঠুর ছিল। থর্ন ফার্মাসিউটিক্যালস কেলেঙ্কারিতে তার জড়িত থাকার প্রমাণের মুখোমুখি হয়ে সিনেটর হ্যারিসন জনসাধারণের সমালোচনার ঝড়ের মধ্যে পদত্যাগের ঘোষণা দেন। অন্যান্য রাজনীতিবিদরাও একই রকম প্রকাশের ভয়ে এই কেলেঙ্কারি থেকে নিজেদের দূরে সরিয়ে নিতে শুরু করেন, তাদের নিজস্ব ক্যারিয়ারের ক্ষতি সীমিত করার জন্য চেষ্টা করেন।

কিন্তু লড়াই এখনও শেষ হয়নি। দুর্নীতির জাল অনেক গভীরে বিস্তৃত ছিল, এর সূতা একজন সিনেটর বা একক কর্পোরেশনের নাগালের বাইরেও বিস্তৃত ছিল। মারা জানতেন যে এটি গল্পের শেষ অধ্যায় নয়, বরং কেবল একটি মোড়, সরকারে স্বচ্ছতা এবং জবাবদিহিতার জন্য একটি বৃহত্তর লড়াইয়ের ভূমিকা। এই জয় তাৎপর্যপূর্ণ হলেও, সামনের কাজের বিশালতা, তার বিরুদ্ধে থাকা ব্যবস্থার বিশালতা এবং ন্যায়বিচারের সন্ধানে তার দীর্ঘ পথের একটি গভীর স্মারক হিসেবে কাজ করেছিল। দায়িত্বের বোঝা তার উপর ভারী হয়ে উঠেছিল, কারণ সে জানত যে ব্যর্থতার পরিণতি বিশাল, আদালতের সীমানা ছাড়িয়ে গণতন্ত্রের একেবারে হৃদয়ে পৌঁছেছে। সে বুঝতে পেরেছিল, তার কাজ সবেমাত্র শুরু হয়েছে। ক্ষমতার গোলকধাঁধা বিশাল এবং জটিল ছিল, কিন্তু সে তার বিশ্বাসঘাতক করিডোরগুলি এক ধাপ করে অতিক্রম করতে প্রস্তুত ছিল। পথটি দীর্ঘ এবং কঠিন ছিল, কিন্তু সত্যের জন্য লড়াই, সে জানত, লড়াই করার যোগ্য, মূল্য যাই হোক না কেন।

সিনেটর হ্যারিসনের পদত্যাগের উচ্ছ্বাস ক্ষণস্থায়ী ছিল। এই জয়টি ঝড়ের মেঘের মধ্য দিয়ে সূর্যের আলোর ক্ষণস্থায়ী আভাসের মতো অনুভূত হয়েছিল, যা দ্রুতই আচ্ছন্ন অন্ধকার গ্রাস করে। মারা নিজেকে কেবল শক্তিশালী ব্যক্তিদের সাথেই নয়, বরং জবাবদিহিতা প্রতিরোধ করার জন্য তৈরি একচেটিয়া আমলাতন্ত্রের সাথে লড়াই করতে দেখেন। ন্যাশনাল ইনস্টিটিউট অফ হেলথ (এনআইএইচ), একটি সংস্থা যা তিনি একসময় সম্মান করতেন, এখন একটি দুর্গের মতো অনুভূত হয়েছিল, এর দেয়ালগুলি লাল ফিতার স্তর, অস্পষ্টতা এবং দৃঢ় স্বার্থ দ্বারা শক্তিশালী করা হয়েছিল।

নির্দিষ্ট ডেটা সেট, অভ্যন্তরীণ স্মারকলিপি এবং কর্মীদের ফাইল অ্যাক্সেসের জন্য তার প্রাথমিক অনুরোধগুলি হিমবাহ বিলম্বের সাথে পূরণ করা হয়েছিল। যে অনুরোধগুলি কয়েক দিন বা এমনকি ঘন্টার মধ্যে প্রক্রিয়া করা উচিত ছিল, তা সপ্তাহ, তারপর মাস পর্যন্ত বিস্তৃত হয়েছিল। সরকারী প্রতিক্রিয়াগুলি ভদ্র ছিল, এমনকি ক্ষমাপ্রার্থী ছিল, পদ্ধতিগত বিলম্ব, ডেটা সুরক্ষা প্রোটোকল এবং নিয়মিতভাবে পরিচালিত প্রচুর অনুরোধের উল্লেখ করে। তবুও, আমলাতান্ত্রিক গোলকধাঁধায় নেভিগেট করার ক্ষেত্রে তার বছরের অভিজ্ঞতার সাথে, মারা বুঝতে পেরেছিলেন যে এটি কী ছিল। এটি অযোগ্যতা ছিল না; এটি ইচ্ছাকৃত প্রতিরোধ ছিল।

-এর কার্যক্রমের বিশালতা একটি গুরুত্বপূর্ণ বাধা হিসেবে প্রমাণিত হয়েছিল। এটি ছিল একটি বিস্তৃত সংগঠন, বিভাগ, বিভাগ এবং উপ-কমিটির একটি গোলকধাঁধাঁযুক্ত

নেটওয়ার্ক, যার প্রত্যেকটির নিজস্ব অভ্যন্তরীণ শ্রেণিবিন্যাস এবং নিজস্ব অগ্রাধিকার ছিল। মারার দল সপ্তাহের পর সপ্তাহ ধরে কেবল সাংগঠনিক চার্টটি নেভিগেট করার চেষ্টা করেছিল, প্রয়োজনীয় তথ্য প্রকাশের ক্ষমতা সম্পন্ন ব্যক্তিদের চিহ্নিত করেছিল। প্রতিটি পদক্ষেপ এগিয়ে যাওয়ার সাথে সাথে দুই ধাপ পিছিয়ে যেতে দেখা গিয়েছিল, যার ফলে অনুরোধ, প্রত্যাখ্যান এবং আপিলের এক হতাশাজনক চক্র তৈরি হয়েছিল।

একটি বিশেষভাবে ক্ষোভজনক উদাহরণ হল "প্রজেক্ট নাইটিঙ্গেল" নামক একটি নির্দিষ্ট গবেষণা প্রকল্পে প্রবেশাধিকারের অনুরোধ, যা সন্দেহজনকভাবে থর্ন ফার্মাসিউটিক্যালসের সাথে যুক্ত বলে মনে হয়েছিল। প্রকল্পের প্রধান বিজ্ঞানী ডঃ অ্যালব্রাইটের থর্নের সাথে সহযোগিতার একটি নথিভুক্ত ইতিহাস ছিল এবং অভ্যন্তরীণ ইমেলগুলিতে বৈধ পরামর্শ ফি ছাড়িয়েও আর্থিক সম্পর্কের ইঙ্গিত দেওয়া হয়েছিল। মারার দল প্রজেক্ট নাইটিঙ্গেলের গবেষণা তথ্য এবং সংশ্লিষ্ট নথিগুলিতে প্রবেশাধিকারের জন্য একটি আনুষ্ঠানিক অনুরোধ জমা দিয়েছিল, তবে "জাতীয় নিরাপত্তা উদ্বেগ" এবং "মালিকানা গবেষণা প্রোটোকল" উল্লেখ করে তা সম্পূর্ণরূপে প্রত্যাখ্যান করা হয়েছিল। এটি ছিল ন্যায়বিচারকে বাধাগ্রস্ত করার একটি স্পষ্ট প্রচেষ্টা, তদন্ত রোধ করার জন্য একটি পাতলা আড়ালযুক্ত অজুহাত।

এই অবরোধ এড়াতে, মারা একটি বহুমুখী কৌশল অবলম্বন করেছিলেন। তথ্যের অ্যাক্সেস পাওয়ার জন্য

উপলব্ধ প্রতিটি আইনি উপায় ব্যবহার করে তিনি একই সাথে একাধিক তথ্য স্বাধীনতা আইন () অনুরোধ দায়ের করেছিলেন। তিনি -এর মধ্যে থাকা ব্যক্তিদের সাথে সম্পর্ক গড়ে তুলতে শুরু করেছিলেন, নীরবে সিস্টেমের মধ্যে গুরুত্বপূর্ণ খেলোয়াড় এবং সম্ভাব্য মিত্রদের সম্পর্কে তথ্য সংগ্রহ করেছিলেন। কেউ কেউ তার প্রতি সহানুভূতিশীল ছিলেন, ব্যাপক দুর্নীতিতে ক্লান্ত হুইসেলব্লোয়াররা, যারা তার দলের কাছে গোপনীয় তথ্য ফাঁস করার জন্য তাদের ক্যারিয়ার ঝুঁকির মুখে ফেলেছিলেন।

এরা ছিলেন অখ্যাত নায়ক, নীরব বিদ্রোহী যারা পরিস্থিতির গুরুত্ব বুঝতে পেরেছিলেন এবং সত্য প্রকাশে তাকে সাহায্য করার জন্য সরকারী চ্যানেলের বাইরে কাজ করতে ইচ্ছুক ছিলেন। তারা গুরুত্বপূর্ণ অভ্যন্তরীণ তথ্য প্রদান করেছিলেন, থর্ন ফার্মাসিউটিক্যালস এবং সিস্টেমের মধ্যে অন্যান্য অনৈতিক খেলোয়াড়দের সুরক্ষিত গোপন চুক্তি এবং অব্যক্ত জোটের উপর আলোকপাত করেছিলেন। এরকম একজন তথ্যদাতা, মিঃ হেন্ডারসন নামে একজন মধ্য-স্তরের আমলা, মারাকে প্রজেক্ট নাইটিঙ্গেল সম্পর্কিত সংবেদনশীল আর্থিক রেকর্ড ধারণকারী একটি গোপন সার্ভার সম্পর্কে একটি বেনামী টিপস দিয়েছিলেন। এই তথ্য অমূল্য প্রমাণিত হয়েছিল, যার ফলে মারা সরকারী চ্যানেলগুলিকে এড়িয়ে যেতে এবং তার প্রয়োজনীয় গুরুত্বপূর্ণ তথ্য অ্যাক্সেস করতে সক্ষম হয়েছিলেন।

তবে, সার্ভারে অ্যাক্সেস পাওয়া যথেষ্ট ছিল না। অত্যাধুনিক অ্যালগরিদম ব্যবহার করে ডেটা এনক্রিপ্ট করা হয়েছিল, যার জন্য বিশেষ ডিক্রিপশন দক্ষতা প্রয়োজন। মারার দলে ছিলেন একজন অত্যন্ত দক্ষ কম্পিউটার বিশেষজ্ঞ, ডঃ রামিরেজ, যিনি এনক্রিপশনটি ক্র্যাক করার জন্য কয়েক সপ্তাহ ব্যয় করেছিলেন। প্রক্রিয়াটি যন্ত্রণাদায়কভাবে ধীর ছিল, প্রতিটি সাফল্যের পরেই বাধা আসে কারণ তারা সুরক্ষা প্রোটোকলের নতুন স্তরের মুখোমুখি হয়েছিল। চাপ ছিল অপরিসীম, তাড়াহুড়ো স্পষ্ট। কোডটি বোঝার জন্য ব্যয় করা প্রতিটি মিনিট অনন্তকালের মতো অনুভূত হয়েছিল, যা মারা এবং তার দলের উপর ইতিমধ্যেই প্রচণ্ড চাপ বাড়িয়েছিল।

ডিক্রিপ্ট করা তথ্য থেকে যোগসাজশ এবং দুর্নীতির এক ভয়াবহ চিত্র উঠে এসেছে। প্রজেক্ট নাইটিঙ্গেল, যা বিরল জিনগত ব্যাধির জন্য নতুন চিকিৎসা বিকাশের জন্য নিবেদিত একটি গবেষণা উদ্যোগ, আসলে অর্থ পাচার এবং নিয়মকানুন এড়িয়ে যাওয়ার জটিল পরিকল্পনার একটি পাতলা আবরণ ছিল। থর্ন ফার্মাসিউটিক্যালস গোপনে লক্ষ লক্ষ ডলার প্রজেক্ট নাইটিঙ্গেলে পাঠিয়েছিল একটি ভুয়া কর্পোরেশন এবং অফশোর অ্যাকাউন্টের নেটওয়ার্কের মাধ্যমে, গবেষণা অনুদানকে অবৈধ আর্থিক কার্যকলাপের বাহন হিসেবে ব্যবহার করে।

প্রমাণ অনস্বীকার্য ছিল। আর্থিক রেকর্ডগুলি একটি অকাট্য পথ দেখিয়েছিল, যা থর্ন ফার্মাসিউটিক্যালসের বাইরেও বিস্তৃত গভীর দুর্নীতির উন্মোচন করেছিল। মারা জানতেন যে তার একটি মামলা আছে, সত্যিই বিস্ফোরক

মামলা, কিন্তু এখন তাকে এটিকে আলোয় আনার সঠিক উপায় খুঁজে বের করতে হবে। তিনি ইতিমধ্যেই আদালতে একটি যুদ্ধ করেছিলেন, কিন্তু এই লড়াইটি ছিল ভিন্ন। এটি ছিল হতাশার যুদ্ধ, আমলাতান্ত্রিক গোলিয়াথের বিরুদ্ধে যুদ্ধ, যারা কাগজপত্র এবং প্রক্রিয়াগত বিলম্বের তুষারপাতের নীচে সত্যকে চাপা দিতে চেয়েছিল।

তার পরবর্তী পদক্ষেপ হবে নির্ণায়ক, যার জন্য প্রয়োজন হবে সতর্ক বিবেচনা, সূক্ষ্ম পরিকল্পনা এবং তার পূর্ববর্তী অভিজ্ঞতার চেয়েও বেশি রাজনৈতিক বিচক্ষণতার স্তর। প্রজেক্ট নাইটিঙ্গেলের প্রকাশ -এর ভিত্তি এবং সম্ভাব্যভাবে সমগ্র সরকারের ভিত্তিকে নাড়িয়ে দেবে। ঝুঁকি ছিল বিশাল, কিন্তু মারা জানতেন যে ব্যর্থতা কোনও বিকল্প নয়। দায়িত্বের ভার তার কাঁধে, অসংখ্য ব্যক্তির ভাগ্য, বৈজ্ঞানিক সম্প্রদায়ের সততা এবং জনস্বাস্থ্যের ভবিষ্যৎ ঝুলন্ত অবস্থায়। ন্যায়বিচারের লড়াই এখনও শেষ হয়নি। ক্ষমতার গোলকধাঁধা তার কল্পনার চেয়েও অনেক জটিল এবং বিশ্বাসঘাতক প্রমাণিত হয়েছিল। কিন্তু মারা, তার অর্জিত জ্ঞানে সজ্জিত, এই জটিল এবং চ্যালেঞ্জিং ল্যান্ডস্কেপটি চালিয়ে যেতে, সিস্টেমের হৃদয়ে লুকিয়ে থাকা সত্যকে উন্মোচন করতে প্রস্তুত ছিলেন। তিনি বুঝতে পেরেছিলেন যে লড়াইটি কেবল শুরু হয়েছিল।

নাইটিঙ্গেল এনক্রিপশন ভেঙে ফেলার আনন্দ ক্ষণস্থায়ী ছিল, তার জায়গায় এক শীতল উপলব্ধি এসেছিল: তথ্য, যদিও জঘন্য, যুদ্ধের অর্ধেক ছিল। মারার নিজের দলের মধ্যে ক্রমবর্ধমান অভ্যন্তরীণ দ্বন্দ্ব পুরো অপারেশনকে ব্যাহত করার হুমকি দিয়েছিল। মেধাবী কিন্তু প্রচণ্ড স্বাধীন কম্পিউটার বিশেষজ্ঞ ডঃ রামিরেজ, ক্লান্তি এবং

আবিষ্কারের তীব্র ওজনের সংমিশ্রণে ক্রমশ অনিয়মিত হয়ে উঠছিলেন। তার ঘুমের অভাব তীব্র, প্রায় উন্মত্ত শক্তির বিস্ফোরণে উদ্‌ভূত প্যারানোয়ায় পরিণত হয়েছিল। তিনি মারার কৌশল নিয়ে প্রশ্ন তুলতে শুরু করেছিলেন, তার সন্দেহ প্রকাশ্য অবাধ্যতার সীমানায় ছিল। তিনি সর্বত্র ষড়যন্ত্র দেখতে পেয়েছিলেন, এমনকি তার নিজের দলের সদস্যরাও আপস করা হয়েছিল বলে বিশ্বাস করেছিলেন।

"মারা," সে হিস হিস করে বলল, তার কণ্ঠস্বর চাপা, চোখ দুটো ভয়ে ভীত হয়ে উঠল, "আমরা কাউকে বিশ্বাস করতে পারি না। এই তথ্য - এটা খুব বড়, খুব বিপজ্জনক। তারা আমাদের পিছনে আসবে। তারা আমাদের চুপ করিয়ে দেবে।" তার অভিযোগ, যদিও প্রাথমিকভাবে ক্লান্তি-প্ররোচিত প্যারানয়া বলে উড়িয়ে দেওয়া হয়েছিল, মারার দৃঢ় সংকল্পের উপর চিড় ধরতে শুরু করে। সে নিজেকে নিজের বিচারবুদ্ধি দ্বিধাগ্রস্ত করতে শুরু করে, ভাবছিল যে সে কিছু একটা বুঝতে পারছে কিনা। তার ক্রমাগত সতর্কতা অস্থির করে তুলছিল, তার সন্দেহ তাদের বিজয়ের প্রান্তে একটি ছায়ার মতো আটকে ছিল। যে ব্যক্তি প্রজেক্ট নাইটিঙ্গেলের গোপন রহস্য উন্মোচন করতে সাহায্য করেছিল সে এখন এমন আচরণ করছিল যেন সে একজন বিপজ্জনক বন্দীকে পাহারা দিচ্ছে।

অভ্যন্তরীণ বিরোধের সাথে আরও যোগ করে মারা এবং তার দ্বিতীয়-ইন-কমান্ড এজেন্ট জ্যাকসনের মধ্যে উত্তেজনা। বাহ্যিকভাবে সমর্থন করলেও, জ্যাকসন মারার ক্রমবর্ধমান অপ্রচলিত পদ্ধতি সম্পর্কে গভীর সন্দেহ পোষণ করতেন। তিনি ছিলেন পদ্ধতির একজন

প্রাণী, এমন একজন মানুষ যিনি প্রতিষ্ঠিত প্রোটোকলের শৃঙ্খলা এবং আনুগত্যকে মূল্য দিতেন। নিয়ম ভাঙার, এমনকি প্রয়োজনে তা ভাঙার ক্ষেত্রে মারার ইচ্ছা জ্যাকসনের আরও সতর্ক দৃষ্টিভঙ্গির সাথে তীব্রভাবে সংঘর্ষে লিপ্ত হয়েছিল। তার উদ্বেগগুলি যুক্তিসঙ্গত ছিল না। তাদের তদন্ত ইতিমধ্যেই আইনি এবং নৈতিক আচরণের সীমানা ঠেলে দিচ্ছিল, এবং নেওয়া প্রতিটি ঝুঁকি ছিল একটি জুয়া যা দর্শনীয়ভাবে বিপরীতমুখী হতে পারে।

তাদের কৌশলগত অধিবেশনের সময় মতবিরোধ আরও তীব্র হয়ে ওঠে, ক্রমশ তীব্র হয়ে ওঠে। মারার সাহসী পরিকল্পনা, যা প্রায়শই রাতের অন্ধকারে তৈরি হত, অ্যাড্রেনালিন এবং ন্যায়বিচারের জন্য নিরলস প্রচেষ্টা দ্বারা ইন্ধনপ্রাপ্ত, জ্যাকসনের পদ্ধতিগত পাল্টা যুক্তির মুখোমুখি হয়, যার মূলে ছিল বাস্তববাদ এবং ব্যর্থতার গভীর ভয়। "মারা," তিনি বলতেন, তার কণ্ঠস্বর নিচু এবং পরিমাপিত, "আমরা কেবল দুর্গে আক্রমণ করতে পারি না। আমাদের একটি সঠিক পরিকল্পনা, একটি আইনি কৌশল প্রয়োজন যা আদালতে টিকে থাকবে।" তার সতর্কতা, যদিও প্রয়োজনীয়, মনে হয়েছিল যেন একটি নোঙর মারাকে টেনে নামিয়ে দিচ্ছে, তার গতিকে বাধা দিচ্ছে।

তাদের সংঘর্ষ কেবল কৌশল নিয়ে ছিল না; তারা ছিল ব্যক্তিত্ব এবং পরিচালনার ধরণগুলির সংঘর্ষ। মারার প্রায় অন্তর্নিহিত ন্যায়বিচারের অনুভূতি ছিল, যা তার উন্মোচিত পদ্ধতিগত দুর্নীতির প্রতি ন্যায়নিষ্ঠ ক্রোধ দ্বারা উদ্দীপ্ত

ছিল। অন্যদিকে, জ্যাকসন ছিলেন একজন বাস্তববাদী, একজন সূক্ষ্ম পরিকল্পনাকারী যিনি স্থিতিশীলতা এবং প্রতিষ্ঠিত শৃঙ্খলাকে মূল্য দিতেন। তিনি সেই ব্যবস্থার প্রতিনিধিত্ব করেছিলেন যার বিরুদ্ধে মারা লড়াই করছিলেন, কেবল বহিরাগত শক্তির কাছ থেকে নয়, বরং তার নিজের পদমর্যাদার ভেতর থেকেও তিনি যে বাধাগুলির মুখোমুখি হয়েছিলেন তার একটি ধ্রুবক স্মরণ করিয়ে দেয়।

তাদের কাজের সম্পর্কের উপর চাপ দলের বাকি সদস্যদের কাছে স্পষ্ট ছিল। পূর্বে ঐক্যবদ্ধ ফ্রন্ট ভেঙে গিয়েছিল, অবিশ্বাস ও সন্দেহের পরিবেশ তৈরি করেছিল। মারার দল, যা একসময় একটি সাধারণ উদ্দেশ্য দ্বারা পরিচালিত একটি সুসংহত ইউনিট ছিল, তাদের বিশাল কাজের ভারে এবং ক্রমবর্ধমান চাপের কারণে ভেঙে যাচ্ছিল। একসময় খুব কম দেখা যেত, সেই ফাটলগুলি ক্রমশ ফাঁকা ফাঁকে পরিণত হচ্ছিল। অভ্যন্তরীণ তথ্য ফাঁসের সম্ভাবনা মারাকে আতঙ্কিত করেছিল, একটি বিশ্বাসঘাতকতা যা তাদের তদন্তকে পঙ্গু করে দিতে পারে এবং সম্ভাব্যভাবে তার দলকে প্রতিশোধের মুখোমুখি করতে পারে। প্যারানোয়া একটি সংক্রামক রোগের মতো ছড়িয়ে পড়ছিল, তাদের কাজের প্রতিটি দিককে সংক্রামিত করছিল।

পরিস্থিতির জটিলতা আরও বাড়িয়ে তোলেন মিঃ হেন্ডারসন, যিনি -এর মধ্যে তাদের বেনামী তথ্যদাতা ছিলেন। তিনি একজন মূল্যবান সম্পদ হিসেবে প্রমাণিত হয়েছিলেন, গুরুত্বপূর্ণ অন্তর্দৃষ্টি এবং সংবেদনশীল তথ্য

প্রদান করেছিলেন। কিন্তু তার বেনামীত্ব তাকে একটি দায়বদ্ধতা করে তুলেছিল। মারার তার সাথে যোগাযোগ বজায় রাখার প্রয়োজন ছিল, কিন্তু তিনি তার নিরাপত্তার সাথে আপস করতে বা তাকে প্রতিশোধের ঝুঁকি নিতে পারতেন না। প্রতিটি যোগাযোগ ছিল একটি পরিকল্পিত ঝুঁকি, গুরুত্বপূর্ণ তথ্য প্রাপ্তি এবং একটি গুরুত্বপূর্ণ উৎসকে বিপদে ফেলার মধ্যে একটি শক্ত দড়ি হাঁটা।

নৈতিক দ্বিধাগুলি ক্রমশ বৃদ্ধি পাচ্ছিল। মারা নিজেকে নৈতিকতা এবং বৈধতার প্রশ্নগুলির সাথে লড়াই করতে দেখেন, সম্ভাব্য পরিণতির বিরুদ্ধে সিদ্ধান্তমূলক পদক্ষেপের প্রয়োজনীয়তার ভারসাম্য বজায় রাখতে ক্রমাগত। সঠিক এবং ভুলের মধ্যে সীমা ক্রমশ ঝাপসা হয়ে আসছিল। চাপ দ্রুতগতিতে বৃদ্ধি পাচ্ছিল, এবং দায়িত্বের বোঝা তাকে পিষে ফেলার হুমকি দিচ্ছিল।

ঘুম এমন এক বিলাসিতা হয়ে উঠল যা সে আর বহন করতে পারছিল না। রাত কাটাতে থাকল নথিপত্র নিয়ে, সূত্রের পিছনে ছুটতে থাকল, এবং তার চারপাশের পরস্পরবিরোধী তথ্য এবং পরস্পরবিরোধী ব্যক্তিত্বের মধ্যে সমন্বয় সাধনের চেষ্টা করতে থাকল। দিনগুলো ছিল সভা, আলোচনা এবং তার নাগালের বাইরে চলে যাওয়া পরিস্থিতির নিয়ন্ত্রণ বজায় রাখার জন্য অবিরাম সংগ্রামের ঝাপসা।

এমনকি তার নিকটতম মিত্ররাও যেন দ্বিধাগ্রস্ত হয়ে পড়ছিল। করিডোরে নীরব কথোপকথন, এদিক-ওদিক

তাকানো, এবং এক স্পষ্ট অস্বস্তির অনুভূতি হচ্ছিল। যাদের উপর সে সবচেয়ে বেশি নির্ভর করত তারাই যেন পিছিয়ে আসছিল, নিজেদের দূরে সরিয়ে নিয়েছিল যেন তার ক্রমবর্ধমান ঝুঁকিপূর্ণ প্রচেষ্টার সাথে যুক্ত হতে ভয় পাচ্ছিল। তার দলের অভ্যন্তরীণ দ্বন্দ্ব কেবল কৌশল নিয়ে মতবিরোধ নিয়ে ছিল না; তারা গভীর অস্থিরতা, সন্দেহের ক্রমবর্ধমান অনুভূতি এবং অজানা ভয়কে প্রতিফলিত করেছিল।

মারা জানতেন যে তাকে দৃঢ়ভাবে এবং দ্রুত পদক্ষেপ নিতে হবে। অভ্যন্তরীণ বিভাজন যত দীর্ঘায়িত হবে, তার দল ততই দুর্বল হয়ে পড়বে। তাকে তাদের ঐক্যবদ্ধ করার, মিশনের প্রতি তাদের বিশ্বাস পুনরুদ্ধার করার এবং একসময় তাদের একসাথে আবদ্ধ করে রাখা যৌথ উদ্দেশ্যকে পুনরুজ্জীবিত করার উপায় খুঁজে বের করতে হবে। প্রমাণের ওজন অনস্বীকার্য ছিল, কিন্তু তার অভ্যন্তরীণ দ্বন্দ্বের ওজন আরও বেশি বোঝা হয়ে উঠছিল। সত্যের জন্য লড়াই কেবল একটি শক্তিশালী প্রতিষ্ঠানের বিরুদ্ধেই নয়, সন্দেহ ও অবিশ্বাসের প্রতারক শক্তির বিরুদ্ধেও ছিল, এমন একটি যুদ্ধ যা কেবল বাইরের দিকেই নয়, বরং তার নিজের দলের হৃদয়ের মধ্যেই ছড়িয়ে পড়েছিল। লড়াই শেষ হয়নি; এটি আরও ব্যক্তিগত, আরও ঘনিষ্ঠ এবং অসীমভাবে আরও বিপজ্জনক হয়ে উঠেছিল। ক্ষমতার গোলকধাঁধা কেবল একটি বাহ্যিক কাঠামো ছিল না, এটি তার নিজের দলের ভাঙা দৃশ্যপটের প্রতিফলন হয়ে উঠেছিল, প্রতিটি সদস্য সাফল্য বা ব্যর্থতার সম্ভাব্য পথ।

প্রশ্নটি কেবল প্রজেক্ট নাইটিঙ্গেলকে কীভাবে প্রকাশ করবেন তা ছিল না; প্রশ্নটি ছিল তার নিজের অভ্যন্তরীণ দ্বন্দ্বের বিশ্বাসঘাতক স্রোতকে কীভাবে মোকাবেলা করবেন, দুর্নীতির একচেটিয়া শক্তির বিরুদ্ধে লড়াইয়ের মতোই গুরুত্বপূর্ণ একটি যুদ্ধ। এই উপলব্ধি তাকে শারীরিক আঘাতের শক্তি দিয়ে আঘাত করেছিল। তিনি কেবল এই তদন্তে একজন নেতা ছিলেন না, বরং একজন থেরাপিস্ট, একজন মধ্যস্থতাকারী এবং একজন কৌশলবিদ ছিলেন, মামলার জটিল আইনি ও রাজনৈতিক কৌশলের সাথেও লড়াই করেছিলেন। ক্ষমতার গোলকধাঁধা কেবল একটি শারীরিক বা প্রাতিষ্ঠানিক কাঠামো ছিল না; এটি অভ্যন্তরীণ সংগ্রামের প্রতিফলন ছিল যা তাকে ভেতর থেকে দুর্বল করার হুমকি দিয়েছিল। খেলাটি অসীমভাবে জটিল হয়ে উঠেছিল, কেবল আইনি বুদ্ধিমত্তা এবং তদন্তমূলক দক্ষতাই নয় বরং প্রচণ্ড চাপের মধ্যে মানব সম্পর্কের সূক্ষ্ম ভারসাম্যকে নেভিগেট করার ক্ষমতাও দাবি করেছিল। দায়িত্বের ভার তাকে অভিভূত করার হুমকি দিয়েছিল, মিশনের সাফল্য বা ব্যর্থতা কেবল তার প্রমাণের শক্তির উপর নির্ভর করে না, বরং তার নিজের দলের মধ্যে ভাঙা জোট মেরামত করার ক্ষমতার উপর নির্ভর করে। ন্যায়বিচারের লড়াই একটি নতুন এবং অপ্রত্যাশিতভাবে বিপজ্জনক পর্যায়ে প্রবেশ করেছিল।

ন্যায়বিচারের জন্য অবিরাম প্রচেষ্টা মারাকে এক বিপর্যয়ের মধ্যে ফেলে দিয়েছিল। তার দলের অভ্যন্তরীণ অস্থিরতা ছিল এক ঝড়, কিন্তু বাইরের চাপ ছিল এক ঘূর্ণিঝড়ের মতো, যা তার সাবধানে তৈরি কৌশলকে ধ্বংস করার হুমকি দিয়েছিল। তথ্য ফাঁসের প্রাথমিক ঘটনা, আগ্রহ জাগানোর জন্য সাবধানে সাজানো ড্রিপ-ফিড, বিস্ময়করভাবে উল্টো ফল এনেছিল। নিয়ন্ত্রিত বর্ণনার

পরিবর্তে, গল্পটি মিডিয়ার দৃশ্যপট জুড়ে বিস্ফোরিত হয়েছিল, একটি দাবানল তার পথে থাকা সবকিছু গ্রাস করেছিল। চাঞ্চল্যকর শিরোনামগুলি সরকারি ষড়যন্ত্র, গোপন কেলেঙ্কারি এবং ক্ষমতার সর্বোচ্চ স্তরে পৌঁছানো দুর্নীতির বিশাল নেটওয়ার্কের কথা চিৎকার করে বলেছিল। মিডিয়ার চাপ ছিল অবিরাম, উত্তরের দাবি, অভিযোগ এবং জল্পনার এক কোলাহল। প্রতিটি সংবাদ চক্র তদন্তের এক নতুন ঢেউ এনেছিল, যা মারা এবং তার দলকে আরও আলোচনার কেন্দ্রবিন্দুতে ঠেলে দিয়েছিল।

সাংবাদিকরা দিনরাত তাদের তাড়া করে বেড়াত, তাদের ফোন এবং ইমেলগুলি ক্রমাগত আক্রমণ করত। নিয়ন্ত্রণ বজায় রাখার এবং বর্ণনা পরিচালনা করার জন্য মারার সাবধানে তৈরি করা জনসাধারণের বিবৃতিগুলিকে বিকৃত এবং কারসাজি করা হয়েছিল, পূর্ব-বিদ্যমান পক্ষপাত এবং এজেন্ডা অনুসারে তাদের অর্থ বিকৃত করা হয়েছিল। তিনি নিজেকে ক্রমাগত ভুল ব্যাখ্যা এবং সরাসরি বানোয়াটের বিরুদ্ধে লড়াই করতে দেখেন, একটি সিসিফিয়ান কাজ যা তার শক্তি নিঃশেষ করে দেয় এবং তদন্তকে লাইনচ্যুত করার হুমকি দেয়।

রাজনৈতিক দৃশ্যপটও সমানভাবে বিশ্বাসঘাতক ছিল। প্রজেক্ট নাইটিঙ্গেলের প্রকাশ ওয়াশিংটনে এক অগ্নিঝড়ের সূত্রপাত করেছিল, রাজনৈতিক নেতাদের দলীয়ভাবে বিভক্ত করে তাদের পক্ষ নিতে বাধ্য করেছিল। কেউ কেউ এটিকে রাজনৈতিক পয়েন্ট অর্জনের, জনসাধারণের ক্ষোভকে পুঁজি করে কেলেঙ্কারিকে তাদের নিজস্ব এজেন্ডা এগিয়ে নেওয়ার সুযোগ হিসেবে দেখেছিল। অন্যরা, মারা যে ব্যবস্থার সাথে লড়াই

করছিলেন, সেই ব্যবস্থায় জড়িয়ে পড়েছিলেন, ফলাফলের তাৎপর্যকে খাটো করে দেখার, গল্পটি চাপা দেওয়ার এবং তাদের নিজস্ব স্বার্থ রক্ষা করার জন্য অক্লান্ত পরিশ্রম করেছিলেন। মারা নিজেকে ক্রসফায়ারে আটকে পেয়েছিলেন, রাজনৈতিক কৌশল এবং গোপন চুক্তির গোলকধাঁধায় পাড়ি জমান, যেখানে প্রতিশ্রুতি যত সহজেই ভাঙা হত তত সহজেই।

সিনেটর হ্যারিসন, যিনি -এর প্রতি তাঁর অটল সমর্থনের জন্য পরিচিত একজন শক্তিশালী ব্যক্তিত্ব, তিনি মারা এবং তার দলের উপর প্রকাশ্যে আক্রমণ শুরু করেন, তাদের বিরুদ্ধে বেপরোয়াভাবে বিপদ ডেকে আনা এবং জাতীয় নিরাপত্তাকে বিপন্ন করার অভিযোগ আনেন। সহানুভূতিশীল মিডিয়া দ্বারা প্রশংসিত তার ঘোষণাগুলি ভয় এবং অনিশ্চয়তার পরিবেশ তৈরি করে, তদন্তের উপর জনসাধারণের আস্থা আরও নষ্ট করে। দেশপ্রেম এবং উদ্বেগের আড়ালে থাকা তার সাবধানে বলা বিবৃতিগুলি ছিল মারাকে অসম্মান করার এবং ষড়যন্ত্রের সম্পূর্ণ মাত্রা প্রকাশ করার আগেই তদন্ত বন্ধ করে দেওয়ার একটি ছদ্মবেশী প্রচেষ্টা।

বিপরীতে, রিপ্রেজেন্টেটিভ ডেভিস, যিনি একজন প্রগতিশীল কণ্ঠস্বর, যিনি সরকারি অপপ্রচারের স্পষ্ট সমালোচনার জন্য পরিচিত, তিনি একজন অপ্রত্যাশিত মিত্র হয়ে ওঠেন। তিনি মারা এবং তার দলকে রক্ষা করার জন্য তার প্ল্যাটফর্ম ব্যবহার করেছিলেন, একটি পূর্ণাঙ্গ ও স্বচ্ছ তদন্তের জন্য জোর দিয়েছিলেন, জবাবদিহিতার আহ্বান জানিয়েছিলেন এবং প্রজেক্ট নাইটিঙ্গেলের

শিকারদের জন্য ন্যায়বিচার দাবি করেছিলেন। তার সমর্থন ছিল অত্যন্ত গুরুত্বপূর্ণ, রাজনৈতিক বিরোধিতার সমুদ্রে একটি জীবনরেখা, যা হ্যারিসনের অবিরাম আক্রমণের বিরুদ্ধে একটি অত্যন্ত প্রয়োজনীয় ভারসাম্য প্রদান করেছিল। যাইহোক, ডেভিসের সমর্থনেরও নিজস্ব চাপ ছিল। তিনি নিয়মিত ব্রিফিং, তথ্যের অ্যাক্সেস এবং তদন্ত রাজনৈতিকভাবে নিরপেক্ষ, দলীয় প্রভাবমুক্ত থাকার নিশ্চয়তা দাবি করেছিলেন।

তারপর ছিল আনুষ্ঠানিক রাজনৈতিক কাঠামোর বাইরে কাজ করা ছায়াময় ব্যক্তিত্বরা। মারা বেনামী হুমকি পেয়েছিলেন, গোপন বার্তা এবং গোপন বৈঠকের মাধ্যমে প্রদত্ত গোপন সতর্কবাণী। এই অশুভ যোগাযোগগুলি সত্যের সন্ধানে তার অন্তর্নিহিত বিপদের শীতল স্মারক হিসাবে কাজ করেছিল। এই হুমকির পিছনে থাকা ব্যক্তিরা অজানা ছিল, তাদের উদ্দেশ্যগুলি অস্পষ্ট ছিল, কিন্তু তাদের ক্ষতি করার ক্ষমতা অনস্বীকার্য ছিল। তারা একটি নীরব, সর্বদা উপস্থিত বিপদের প্রতিনিধিত্ব করে, তার সচেতনতার প্রান্তের ঠিক বাইরে লুকিয়ে থাকা একটি ধ্রুবক ছায়া।

চাপ রাজনীতি এবং মিডিয়ার বাইরেও বিস্তৃত ছিল। বৈজ্ঞানিক সম্প্রদায়, যারা প্রথমে জড়িত হতে দ্বিধাগ্রস্ত ছিল, এখন বিভক্ত হয়ে পড়েছে। মারার প্রকাশের দ্বারা উৎসাহিত কিছু বিজ্ঞানী প্রকাশ্যে তদন্তকে সমর্থন করেছিলেন, অন্যদিকে অন্যরা, আনুগত্য, পেশাদার বাধ্যবাধকতা, অথবা সম্ভবত ভয়ের দ্বারা আবদ্ধ, নীরব ছিলেন অথবা সক্রিয়ভাবে অনুসন্ধানগুলিকে অসম্মান

করার জন্য কাজ করেছিলেন। বৈজ্ঞানিক সম্প্রদায়ের মধ্যে এই বিভক্তি পরস্পরবিরোধী মতামতের একটি বিভ্রান্তিকর দৃশ্যপট তৈরি করেছিল, যার ফলে কল্পকাহিনী থেকে সত্য, প্রচারণা থেকে সত্য পার্থক্য করা কঠিন হয়ে পড়েছিল।

মারা নিজেকে মাকড়সার জালে আটকে যেতে দেখেন, যার প্রতিটিই তাকে ভিন্ন ভিন্ন দিকে টেনে নিয়ে যায়। তার প্রতিটি সিদ্ধান্ত, তার প্রকাশিত প্রতিটি বিবৃতি, তার গৃহীত প্রতিটি পদক্ষেপ যাচাই-বাছাই, বিশ্লেষণ এবং অন্যদের স্বার্থ রক্ষার জন্য ব্যবহার করা হয়েছিল। পর্যবেক্ষকের দৃষ্টিভঙ্গির উপর নির্ভর করে তাকে একই সাথে নায়ক হিসেবে প্রশংসিত করা হয়েছিল এবং খলনায়ক হিসেবেও দেখানো হয়েছিল। জনমতের ওজন, রাজনৈতিক কৌশল এবং সহিংসতার সর্বদা বিদ্যমান হুমকি একটি ধ্রুবক, চূর্ণবিচূর্ণ চাপ তৈরি করেছিল যা তাকে অভিভূত করার হুমকি দিয়েছিল।

তথ্য, অভিযোগ এবং হুমকির অবিরাম প্রবাহ তার প্রভাব ফেলতে শুরু করে। ঘুম একটি দূরবর্তী স্মৃতিতে পরিণত হয়, যার স্থান নেয় অবিরাম ঘন্টার পর ঘন্টা বিশ্লেষণ, কৌশলগত সেশন এবং সংকট ব্যবস্থাপনা। তিনি ক্রমশ ক্যাফিন এবং নিছক ইচ্ছাশক্তির উপর নির্ভরশীল হয়ে নিজেকে ক্লান্তির দ্বারপ্রান্তে ঠেলে দিতে থাকেন। তার পেশাগত এবং ব্যক্তিগত জীবনের মধ্যে সীমানা ঝাপসা হয়ে যায়, তার কাজ তাকে প্রতিটি জাগ্রত মুহূর্ত গ্রাস করে। তার অনুপস্থিতি, ব্যস্ততা এবং তার মাথার উপর

ঝুলন্ত ক্রমাগত হুমকির কারণে তার সম্পর্কগুলি ক্ষতিগ্রস্ত হয়, টানাপোড়েন।

তার দলের অভ্যন্তরীণ দ্বন্দ্ব বহিরাগত চাপের কারণে আরও তীব্র হয়ে ওঠে। মিডিয়ার উন্মাদনা ডঃ রামিরেজের ভীতিকে আরও বাড়িয়ে তোলে, তার সন্দেহকে পূর্ণাঙ্গ ভ্রান্তিতে পরিণত করে। তিনি সর্বত্র শত্রুদের দেখতে পান, নিশ্চিত হন যে পুরো তদন্তটি আপোস করা হয়েছে, তিনি নিজেই একটি বৃহত্তর খেলায় একজন ঘুঁদা। এজেন্ট জ্যাকসন, যিনি সর্বদা বাস্তববাদী ছিলেন, আরও সতর্ক হয়ে ওঠেন, প্রোটোকলের কঠোর আনুগত্য দাবি করেন, আইনি ও নৈতিক নৈতিকতার উপর জোর দিয়ে মারার অগ্রগতিকে বাধাগ্রস্ত করেন। তাদের মধ্যে উত্তেজনা একটি ভাঙনের পর্যায়ে পৌঁছেছিল, তাদের যুক্তি বিস্ফোরক এবং আবেগগতভাবে চাপা পড়েছিল। একসময়ের ঐক্যবদ্ধ দলটি ভেঙে পড়েছিল, বিচ্ছিন্নভাবে কাজ করা ব্যক্তিদের একটি দল, তাদের চারপাশের বহিরাগত ঝড়ের কারণে তাদের ভাগ করা উদ্দেশ্য ক্ষয়প্রাপ্ত হয়েছিল।

মারা জানতেন যে এই বিশ্বাসঘাতক পরিবেশে চলাচলের জন্য তার একটি কৌশল, একটি উপায় প্রয়োজন। তাকে মিডিয়ার বর্ণনা পরিচালনা করার, রাজনৈতিক আক্রমণকে নিরপেক্ষ করার এবং প্রতিশোধের চিরস্থায়ী হুমকি থেকে তার দলকে রক্ষা করার একটি উপায় খুঁজে বের করতে হয়েছিল। কিন্তু কাজটি অপ্রতিরোধ্য বলে মনে হয়েছিল, চাপগুলি অপ্রতিরোধ্য ছিল। ক্ষমতার গোলকধাঁধা, যা একসময় তিনি যে প্রাতিষ্ঠানিক দুর্নীতির

বিরুদ্ধে লড়াই করছিলেন তার রূপক ছিল, তা একটি শারীরিক এবং মানসিক বাস্তবতা হয়ে উঠেছে, দ্বন্দ্বমূলক স্বার্থ এবং লুকানো বিপদের একটি গোলকধাঁধা যা তাকে সম্পূর্ণরূপে গ্রাস করার হুমকি দিয়েছিল। ন্যায়বিচারের লড়াই এখনও শেষ হয়নি; এটি একটি নতুন এবং আরও বিপজ্জনক পর্যায়ে প্রবেশ করেছে, একটি যুদ্ধ কেবল একটি শক্তিশালী প্রতিপক্ষের বিরুদ্ধেই নয় বরং জনমত, রাজনৈতিক চক্রান্ত এবং সহিংসতার চিরস্থায়ী হুমকির বিরুদ্ধেও লড়াই করা হয়েছিল। সামনের পথটি দীর্ঘ এবং বিশ্বাসঘাতক ছিল, অজানা বিপদ এবং অপ্রত্যাশিত বাধায় ভরা। কিন্তু মারা, দায়িত্বের ভারী বোঝা সত্ত্বেও, হার মানতে অস্বীকার করেছিলেন। ন্যায়বিচারের জন্য, সত্যের জন্য এবং তার দলের সততার জন্য লড়াই এমন একটি যুদ্ধ ছিল যা তিনি জয় করতে দৃঢ়প্রতিজ্ঞ ছিলেন, যাই হোক না কেন।

প্রথম পদক্ষেপ ছিল ক্ষতি নিয়ন্ত্রণ। মারা জানতেন যে তিনি মিডিয়ার ঝড়ের সাথে সরাসরি লড়াই করতে পারবেন না; তাকে এটিকে পুনঃনির্দেশিত করতে হবে। তিনি নিয়ন্ত্রিত ফাঁসের একটি সাবধানে পরিচালিত প্রচারণা শুরু করেছিলেন, নির্বাচিত সাংবাদিকদের তথ্যের টুকরো সরবরাহ করেছিলেন যা প্রজেক্ট নাইটিঙ্গেলের আরও সূক্ষ্ম চিত্র তুলে ধরেছিল, সূক্ষ্মভাবে আখ্যানটিকে চাঞ্চল্যকরতা থেকে দূরে সরিয়ে বৈজ্ঞানিক প্রভাবের উপর ফোকাসের দিকে মনোনিবেশ করেছিল। এর জন্য একটি সূক্ষ্ম নৃত্যের প্রয়োজন ছিল, সাবধানতার সাথে তার সহযোগীদের নির্বাচন করা এবং যারা দায়িত্বশীল সাংবাদিকতা প্রদর্শন করেছিলেন তাদের পুরস্কৃত করা। তিনি কয়েকজন বিশ্বস্ত সাংবাদিকের সাথে ঘনিষ্ঠভাবে কাজ করেছিলেন, যারা তাদের সততা এবং গোলমাল

কাটার ক্ষমতার জন্য পরিচিত ছিলেন, তাদের তদন্তের কিছু দিকগুলিতে একচেটিয়া অ্যাক্সেস প্রদান করেছিলেন। এই সাবধানে নির্বাচিত ফাঁসগুলি আরও চাঞ্চল্যকর গল্পগুলিকে প্রতিহত করতে সাহায্য করেছিল, একটি পাল্টা-আখ্যান প্রবর্তন করেছিল যা কেবল রাজনৈতিক প্রভাবের উপর মনোযোগ দেওয়ার পরিবর্তে প্রজেক্ট নাইটিঙ্গেলের চারপাশের নৈতিক উদ্বেগগুলিকে মোকাবেলা করার জরুরিতার উপর জোর দিয়েছিল।

একই সাথে, মারার রাজনৈতিক যুদ্ধক্ষেত্রে সরাসরি বক্তব্য রাখার প্রয়োজন ছিল। সিনেটর হ্যারিসনের আক্রমণ ছিল অবিরাম, কিন্তু মারা জনসমক্ষে কাদা ছোঁড়াছুঁড়ি করতে অস্বীকৃতি জানান। পরিবর্তে, তিনি সুনির্দিষ্ট প্রমাণ উপস্থাপন, প্রাসঙ্গিক কংগ্রেস কমিটিগুলিতে বিস্তারিত প্রতিবেদন জমা দেওয়া এবং তার দলের ফলাফলগুলি সাবধানতার সাথে নথিভুক্ত করার উপর মনোনিবেশ করেছিলেন। এই কৌশলটির লক্ষ্য ছিল কংগ্রেসের সেই সদস্যদের কাছে আবেদন করা যারা রাজনৈতিক ভঙ্গির চেয়ে তথ্যকে মূল্য দেন। তিনি জানতেন যে হ্যারিসনের মুখোমুখি হলে কেবল সংঘাত আরও বাড়বে, এটি এমন এক দৃশ্যে পরিণত হবে যা তদন্তের সারবস্তু থেকে বিভ্রান্ত হতে পারে। তার আইনি দল অক্লান্ত পরিশ্রম করেছে, হ্যারিসনের অভিযোগের সংক্ষিপ্ত এবং আকর্ষণীয় প্রতিক্রিয়া তৈরি করেছে, তার বক্তব্য সাবধানতার সাথে ব্যাখ্যা করেছে এবং তাদের যৌক্তিক ভুল এবং অসঙ্গতিগুলি প্রকাশ করেছে। লক্ষ্য ছিল ন্যায়বিচারকে বাধাগ্রস্ত করার জন্য সিনেটরের স্পষ্ট প্রচেষ্টা প্রদর্শন করা।

প্রতিনিধি ডেভিস অমূল্য প্রমাণিত হন। তার অটল সমর্থন, তার দৃঢ় রাজনৈতিক অবস্থানের সাথে মিলিত হয়ে, হ্যারিসনের প্রভাবকে প্রতিহত করার জন্য একটি গুরুত্বপূর্ণ পদক্ষেপ হিসেবে কাজ করেছিল। মারা এই সম্পর্ক গড়ে তুলেছিলেন, ডেভিসকে নিয়মিত ব্রিফিং প্রদান করেছিলেন, গুরুত্বপূর্ণ তথ্যে তার প্রবেশাধিকার নিশ্চিত করেছিলেন, একই সাথে তদন্তের রাজনৈতিক নিরপেক্ষতা বজায় রেখেছিলেন। এটি ছিল একটি সূক্ষ্ম ভারসাম্য; মারার নিশ্চিত করা দরকার ছিল যে ডেভিস তদন্তের অখণ্ডতাকে আপস না করে একজন দৃঢ় মিত্র হিসেবে থাকবেন, যাতে দলীয় প্রভাব প্রক্রিয়াটিকে কলঙ্কিত করতে না দেয়। ডেভিস এবং তার কর্মীদের সাথে নিয়মিত, গোপনীয় বৈঠক মারার কৌশলের একটি গুরুত্বপূর্ণ দিক হয়ে ওঠে। এই বৈঠকগুলি কেবল তথ্য ভাগাভাগি অধিবেশন ছিল না; এগুলি সাবধানতার সাথে কৌশলগত আলোচনার আয়োজন করা হয়েছিল, যেখানে মারা রাজনৈতিক দৃশ্যপট পরিমাপ করেছিলেন, সম্ভাব্য বাধাগুলি পূর্বাভাস দিয়েছিলেন এবং সম্ভাব্য পরিস্থিতির জন্য পরিকল্পনা করেছিলেন।

বেনামী হুমকি অব্যাহত ছিল, যা ঝুঁকির একটি শীতল স্মারক। মারা নিরাপত্তা প্রোটোকল আরও কঠোর করেছিলেন, নিজের এবং তার দলের চারপাশে সুরক্ষার স্তর যুক্ত করেছিলেন। তিনি এফবিআইয়ের সুরক্ষা পরিষেবাগুলির সাথে ঘনিষ্ঠভাবে কাজ করেছিলেন, তাদের নিয়মিত আপডেট প্রদান করেছিলেন এবং সম্ভাব্য হুমকির রূপরেখা তৈরি করেছিলেন। হুমকির বিবরণ, যতই অস্পষ্ট হোক না কেন, সাবধানতার সাথে নথিভুক্ত এবং বিশ্লেষণ করা হয়েছিল, যা এমন সূত্র প্রদান করেছিল

যা শেষ পর্যন্ত দায়ী ব্যক্তিদের কাছে নিয়ে যেতে পারে। তবে, এই বিশ্লেষণটি কঠোরভাবে গোপন রাখতে হয়েছিল, এর প্রচার কেবলমাত্র দলের সুরক্ষার সাথে সরাসরি জড়িত ব্যক্তিদের মধ্যেই সীমাবদ্ধ ছিল।

দলের অভ্যন্তরীণ সংগ্রাম বাহ্যিক চাপের মতোই চ্যালেঞ্জিং ছিল। মারা যোগাযোগ এবং আস্থা বৃদ্ধির উপর জোর দিয়ে দল গঠনের অনুশীলন শুরু করেছিলেন। তিনি নিয়মিত ডিব্রিফিং সেশন পরিচালনা করেছিলেন, খোলামেলা সংলাপকে উৎসাহিত করেছিলেন এবং প্রতিটি সদস্যের উদ্বেগ এবং উদ্বেগের সমাধান করেছিলেন। এই সেশনগুলির লক্ষ্য ছিল কেবল তদন্তের মানসিক প্রভাব মোকাবেলা করা নয় বরং কর্মপ্রবাহকে সহজতর করা এবং সহযোগিতা বৃদ্ধি করা। ডঃ রামিরেজের ভীতিকর অবস্থা সাবধানতার সাথে পরিচালিত হয়েছিল, মারা তার উদ্বেগগুলি শোনার জন্য, তার উদ্বেগগুলি সমাধান করার জন্য এবং তদন্তের প্রতি দলের অংশীদারিত্বকে শক্তিশালী করার জন্য সময় নিয়েছিলেন। এজেন্ট জ্যাকসনের সতর্কতা গঠনমূলকভাবে পরিচালিত হয়েছিল, দলের কৌশলকে শক্তিশালী করতে এবং সম্ভাব্য আইনি দায়বদ্ধতা হ্রাস করার জন্য তার আইনি দক্ষতা ব্যবহার করা হয়েছিল।

মারা জনসাধারণের ধারণার গুরুত্বপূর্ণ ভূমিকা স্বীকার করেছিলেন। তিনি সম্মেলনে সাবধানে সাজানো উপস্থাপনা এবং পিয়ার-রিভিউ জার্নালে প্রকাশনার মাধ্যমে বৈজ্ঞানিক সম্প্রদায়ের সাথে জড়িত ছিলেন। এই পদ্ধতির মাধ্যমে তিনি মিডিয়ার বিকৃত দৃষ্টিকোণ এড়িয়ে

সরাসরি তার সমবয়সীদের কাছে তথ্য ছড়িয়ে দিতে সক্ষম হয়েছিলেন। উপস্থাপনাগুলি কেবল প্রজেক্ট নাইটিঙ্গেলের বৈজ্ঞানিক ফলাফলগুলিকে স্পষ্ট করার জন্যই কাজ করেনি বরং বৈজ্ঞানিক সম্প্রদায়ের মধ্যে ক্রমবর্ধমান উদ্বেগগুলিকে মোকাবেলা করার জন্যও কাজ করেছিল, যাদের আপত্তি ছিল তাদের আশ্বস্ত করেছিল এবং যারা দ্বিধাগ্রস্ত ছিল তাদের সমর্থন অর্জন করেছিল।

ক্ষমতার এই গোলকধাঁধায় চলাচলের জন্য কেবল বুদ্ধিমত্তা এবং অভিজ্ঞতার চেয়েও বেশি কিছুর প্রয়োজন ছিল; এর জন্য রাজনৈতিক ভূদৃশ্যকে রূপদানকারী অলিখিত নিয়ম, সূক্ষ্ম ইঙ্গিত এবং জটিল সম্পর্কের জাল বোঝার প্রয়োজন ছিল। মারা তার প্রতিপক্ষের পদক্ষেপগুলি অনুমান করার জন্য, তাদের কৌশলগুলিকে তাদের বিরুদ্ধে ঘুরিয়ে দেওয়ার জন্য মানব মনোবিজ্ঞানের গভীর বোধগম্যতা ব্যবহার করেছিলেন। তিনি দক্ষতা এবং নির্ভুলতার সাথে রাজনৈতিক খেলা খেলেছিলেন, আখ্যানকে কাজে লাগানোর জন্য, মূল খেলোয়াড়দের প্রভাবিত করার জন্য এবং শেষ পর্যন্ত তদন্তের দিক নিয়ন্ত্রণ করার জন্য মনোবিজ্ঞানের জ্ঞান ব্যবহার করেছিলেন।

ন্যায়বিচারের লড়াই সম্পূর্ণ আইনি লড়াই থেকে রাজনীতি, মিডিয়ার হেরফের, বৈজ্ঞানিক সততা এবং সহিংসতার ক্রমাগত হুমকির সাথে জড়িত বহুমুখী সংঘাতে রূপান্তরিত হয়েছিল। মারা, তার অটল দৃঢ় সংকল্প, মানব আচরণ সম্পর্কে তার গভীর বোধগম্যতা

এবং তার ব্যতিক্রমী কৌশলগত বিচক্ষণতায় সজ্জিত, অবিরামভাবে সত্যের পিছনে ছুটে চলছিলেন, এমনকি তার বিরুদ্ধে সজ্জিত শক্তিগুলি তাকে চুপ করিয়ে দেওয়ার চেষ্টা করার সময়ও। সামনের পথটি ছিল কঠিন, প্রতিটি পদক্ষেপ বিপদে ভরা। তবুও, মারা দৃঢ়ভাবে দাঁড়িয়েছিলেন, তিনি জানতেন যে ন্যায়বিচারের জন্য, প্রজেক্ট নাইটিঙ্গেলের শিকারদের জন্য এবং নীতিগত বৈজ্ঞানিক গবেষণার ভবিষ্যতের জন্য লড়াই একটি লড়াই, এমন একটি যুদ্ধ যা তিনি জয় করতে দৃঢ়প্রতিজ্ঞ ছিলেন। ক্ষমতার গোলকধাঁধা, যা একসময় ভয়ঙ্কর বাধা ছিল, এখন একটি চ্যালেঞ্জ যা অতিক্রম করা উচিত, তার স্থিতিস্থাপকতা এবং সত্য ও ন্যায়বিচারের প্রতি অটল প্রতিশ্রুতির প্রমাণ। লড়াইটি সবেমাত্র শুরু হয়েছিল।

অধ্যায় ১৪: ন্যায়বিচারের মূল্য

অবিরাম চাপ তার প্রভাব ফেলতে শুরু করে। গভীর রাতের কৌশলগত অধিবেশন এবং ভোরের ব্রিফিংয়ের মধ্যে খণ্ড খণ্ড বিস্ফোরণে ঘুম বিলাসিতা হয়ে ওঠে। তার পেশাগত জীবন এবং তার ব্যক্তিগত জীবনের মধ্যে রেখা ঝাপসা হয়ে যায়, কাজ, উদ্বেগ এবং হুমকির চিরস্থায়ী ছায়ার এক অবিরাম চক্রে মিশে যায়। মারার অ্যাপার্টমেন্ট, যা একসময় একটি আশ্রয়স্থল ছিল, পরবর্তী যুদ্ধের আগে একটি অস্থায়ী মঞ্চের মতো মনে হয়েছিল, বিশ্রামের জায়গা। সে নিজেকে তার একসময়ের যত্ন সহকারে রক্ষিত বাগানটিকে অবহেলা করতে দেখেছিল, তার অবহেলার ভারে প্রাণবন্ত ফুলগুলি এখন শুকিয়ে যাচ্ছে, তার নিজের আত্মার অবস্থা প্রতিফলিত করছে।

ড্যানিয়েলের সাথে তার সম্পর্ক, যা একসময় সান্ত্বনা এবং শক্তির উৎস ছিল, এই চাপের মুখে পড়েছিল। দীর্ঘ সময় এবং তদন্তকে ঘিরে অবিরাম গোপনীয়তা তাদের মধ্যে এক ফাঁক তৈরি করেছিল, অব্যক্ত উদ্বেগ এবং ক্ষোভে ভরা নীরবতা। তারা তাদের নীরব অ্যাপার্টমেন্টে একে অপরের মুখোমুখি বসে থাকত, অব্যক্ত উত্তেজনা তাদের মধ্যে একটি স্পষ্ট উপস্থিতি ছিল। রাতের খাবার একটি অযৌক্তিক ব্যাপার হয়ে ওঠে, কাটা উত্তর এবং বিভ্রান্ত দৃষ্টি তাদের মধ্যে ক্রমবর্ধমান দূরত্বের কথা বলে। সে তার কাজের গুরুত্ব বুঝতে পেরেছিল, তবুও সে তার মনোযোগ, তার উপস্থিতি, তার অবিভক্ত ভালোবাসার জন্যও আকুল ছিল। তদন্তের চাহিদাগুলি তাকে সম্পূর্ণরূপে গ্রাস করে ফেলছিল বলে মনে হয়েছিল, তাকে অবহেলিত এবং নিষ্ক্রিয় বোধ করছিল।

সন্ধ্যাগুলো প্রায়শই কেটে যেত নথিপত্র পর্যালোচনা, তথ্য বিশ্লেষণ এবং রাতের অনেকক্ষণ ধরে তার দলের সাথে কৌশল তৈরিতে। সপ্তাহান্তে, যা একসময় পার্কে আরাম করে হাঁটা বা নীরব ডিনারের জন্য সংরক্ষিত ছিল, এখন তদন্তের দ্বারা গ্রাস করা হয়ে যায়, যার ফলে সে চিরকাল ক্লান্ত এবং আবেগগতভাবে ক্লান্ত বোধ করে। সে সহজ আনন্দ - স্বতঃস্ফূর্ত হাসি, নীরব ঘনিষ্ঠতার ভাগাভাগি করা মুহূর্ত, তার সম্পর্কের মধ্যে উপস্থিত থাকার সহজ আনন্দ - মিস করত। তার দায়িত্বের বোঝা, বিপদের ক্রমাগত হুমকি এবং সফল হওয়ার জন্য অবিরাম চাপ তাদের বন্ধনের ভিত্তি নষ্ট করে দিচ্ছিল, এটি ছিন্ন করার হুমকি দিচ্ছিল।

তার বন্ধুরাও তার আবেগঘন মনোযোগের প্রভাব অনুভব করেছিল। একসময়ের প্রাণবন্ত সামাজিক প্রজাপতি, মারা সামাজিক সমাবেশ থেকে দূরে সরে যেতেন, তার ফোন কল কম ঘন ঘন হতে থাকে, তার প্রতিক্রিয়া সংক্ষিপ্ত এবং দূরবর্তী হতে থাকে। তারা তার প্রতিশ্রুতি, ন্যায়বিচারের প্রতি তার নিষ্ঠা বুঝতেন, কিন্তু তারা তাকেও মিস করতেন, সেই বন্ধু যার সবসময় হাসির সময় ছিল, কাঁদতে কাঁধ ছিল, শোনার জন্য কান ছিল। তার ত্যাগ কেবল পেশাদার ছিল না; তারা তার জীবনের প্রতিটি ক্ষেত্রেই বিস্তৃত ছিল, তাদের পরেও সমান্তরাল ক্ষতির চিহ্ন রেখে গিয়েছিল।

শারীরিক ক্ষতি অনস্বীকার্য। তার চোখে কালো দাগ পড়েছিল, যা নিদ্রাহীন রাত এবং অবিরাম চাপের প্রমাণ ছিল। তার ক্ষুধা কমে গিয়েছিল, যার ফলে সে ক্রমাগত ক্লান্ত বোধ করছিল। ক্রমাগত উদ্বেগ তাকে কুঁচকে যাচ্ছিল, তাকে সর্বদা বিপদে ফেলেছিল, প্রতিটি শব্দ, প্রতিটি ছায়ার প্রতি অতি-সতর্ক। সে একটি ছোট, রূপালী পিস্তল বহন করতে শুরু করেছিল, যা সহিংসতার সম্ভাবনা এবং তার নিরাপত্তার জন্য সর্বদা উপস্থিত হুমকির কথা মনে করিয়ে দেয়।

হুমকির ক্রমাগত ধারা, যদিও তা কখনোই স্পষ্ট ছিল না, মানসিক যন্ত্রণার একটি স্তর যোগ করেছিল। বেনামী বার্তা, গোপন সতর্কীকরণ, নজরদারির অস্থির অনুভূতি - সবকিছুই তার নিরাপত্তার অনুভূতিকে ছিঁড়ে ফেলেছিল, তার জায়গায় এক বিস্তৃত অস্বস্তির অনুভূতি এনেছিল।

তাকে কেবল তদন্তের জটিলতাই নয়, বরং সর্বদা উপস্থিত বিপদের হুমকির মধ্য দিয়েও যেতে হয়েছিল, একটি অন্ধকার অন্তর্নিহিত স্রোত যা তাকে ক্রমাগত ডুবে যাওয়ার হুমকি দিয়েছিল। এই অবিরাম অতি-সতর্কতার অবস্থা, পৃষ্ঠের ঠিক নীচে লুকিয়ে থাকা ভয়, শারীরিক লক্ষণগুলির মধ্যে নিজেকে প্রকাশ করেছিল - তার হাতে কাঁপুনি, লাফালাফি, মনোযোগ দিতে অসুবিধা।

ব্যক্তিগত ক্ষতি সত্ত্বেও, মারা ন্যায়বিচারের প্রতি তার অঙ্গীকারে অটল ছিলেন। তিনি তার ত্যাগকে ক্ষতি হিসেবে নয়, বরং বৃহত্তর কল্যাণের জন্য বিনিয়োগ হিসেবে দেখেছিলেন। প্রজেক্ট নাইটিঙ্গেলের শিকার ব্যক্তিরা, তাদের কষ্ট, তাদের নীরব কণ্ঠস্বর - এগুলি তার দৃঢ় সংকল্পকে আরও বাড়িয়ে তুলেছিল, তাকে শারীরিক ও মানসিক আঘাত সহ্য করতে, লড়াই চালিয়ে যেতে, এমনকি যখন প্রতিকূলতাগুলি অপ্রতিরোধ্য বলে মনে হয়েছিল। ন্যায়বিচারের সাধনা কেবল একটি পেশা ছিল না; এটি ছিল একটি পেশা, একটি আহ্বান যা তার সত্তাকে গ্রাস করেছিল।

তিনি জানতেন যে তিনি দমে যেতে পারবেন না। দায়িত্বের বোঝা ছিল অপরিসীম। অসংখ্য ব্যক্তির জীবন ঝুলে ছিল, তাদের ভবিষ্যৎ নির্ভর করছিল সত্য উন্মোচন এবং অপরাধীদের বিচারের আওতায় আনার ক্ষেত্রে তার সাফল্যের উপর। তিনি এই চিত্রটি ধরে রেখেছিলেন - সেই ভুক্তভোগীদের মুখ, তাদের আশা এবং তাদের ভয় - যা তার দৃঢ় সংকল্পকে আরও বাড়িয়ে তুলেছিল। এটি নিষ্ক্রিয়তার মূল্য, ব্যর্থতার পরিণতি এবং ব্যক্তিগত মূল্য

নির্বিশেষে লড়াই চালিয়ে যাওয়ার তাগিদের ক্রমাগত স্মরণ করিয়ে দিচ্ছিল।

এই কাজের মধ্যেই সে এক অদ্ভুত সান্ত্বনা খুঁজে পেল। জটিল ধাঁধা, প্রতারণার জটিল ধরণ, সত্যের সন্ধান - এগুলো তার ব্যক্তিগত জীবনের অবিরাম চাপ থেকে মুক্তির এক রূপ হয়ে ওঠে, এক ধরণের বিভ্রান্তি। প্রমাণের সূক্ষ্ম বিশ্লেষণে, সূত্রের অবিরাম সাধনায়, সে এক ধরণের শান্তি, এক মনোযোগ খুঁজে পেল যা তাকে মুহূর্তের জন্য ভুলে যেতে সাহায্য করেছিল যে তার প্রতিশ্রুতি তার সম্পর্ক এবং তার সুস্থতার উপর কতটা প্রভাব ফেলছিল।

মারা গভীরভাবে জানতেন যে তিনি এই গতিতে অনির্দিষ্টকালের জন্য চালিয়ে যেতে পারবেন না। তিনি যে ব্যক্তিগত ত্যাগ স্বীকার করছিলেন তা অস্থির ছিল, যা তাকে সম্পূর্ণরূপে গ্রাস করার হুমকি দিয়েছিল। কিন্তু তিনি ধীরগতির সাথে লড়াই করতে পারছিলেন না; ঝুঁকিগুলি খুব বেশি ছিল। তিনি নিজেকে আরও জোরে

তার কাজ যে বৃহত্তর লক্ষ্য অর্জনে অবদান রাখছে, অন্যদের জীবনে তিনি যে বাস্তব পরিবর্তন আনছেন, এই জ্ঞান তাকে টিকিয়ে রাখতে সাহায্য করেছিল। এটি ছিল উদ্দেশ্যের এক গভীর অনুভূতি যা তার ব্যক্তিগত ত্যাগের অপ্রতিরোধ্য বোঝার বিপরীতে কাজ করেছিল। কিন্তু গভীরভাবে আচ্ছন্ন একাকীত্ব একটি ভারী কম্বল হয়ে উঠতে শুরু করে, একসময়ের প্রাণবন্ত জীবনের নীরবতা এখন তার নিত্যসঙ্গী।

এক শান্ত সন্ধ্যায়, কাগজপত্রের স্তূপ এবং তার ল্যাপটপের অবিরাম শব্দের মাঝে, সে নিজেকে শহরের আলোর দিকে তাকিয়ে থাকতে দেখতে পেল, সেই জগতের এক মর্মস্পর্শী স্মৃতি যা সে ধীরে ধীরে নিজেকে দূরে সরিয়ে নিচ্ছে। শহরটি, একসময় জীবনের প্রাণবন্ত টেপেস্ট্রি, এখন দূর এবং বিজাতীয় মনে হচ্ছিল, এমন একটি জায়গা যেখানে সে বাস করত কিন্তু আর সত্যিকার অর্থে তার ছিল না। ক্লান্তি স্পষ্ট ছিল, তার হাড়ে গভীর ক্লান্তি এসে বসল, ন্যায়বিচারের জন্য তার সাধনা তার আত্মার উপর যে চাপ চাপিয়ে দিচ্ছিল তার তীব্র স্মারক। সে জানত যে তার একটি পরিবর্তন প্রয়োজন, এক ধরণের পুনর্নির্মাণ, সত্যের জন্য তার নিরলস সাধনায় যে জীবন তিনি ত্যাগ করেছিলেন তা পুনরুদ্ধার করার একটি উপায়। সামনের পথ অনিশ্চিত ছিল, কিন্তু একটি জিনিস স্পষ্ট ছিল: মারাকে ন্যায়বিচারের প্রতি তার প্রতিশ্রুতির সাথে ভারসাম্য বজায় রাখার একটি উপায় খুঁজে বের করতে হয়েছিল, তার নিজের মঙ্গল রক্ষা করার প্রয়োজন, যে জীবন সে ধীরে ধীরে হারাচ্ছিল, এক সময়ে এক টুকরো টুকরো করে পুনর্নির্মাণ করতে। ন্যায়বিচারের জন্য লড়াই এখনও শেষ হয়নি, তবে তার নিজের বিবেক এবং সুখের জন্য লড়াইও তাই ছিল। উভয়ের মধ্যে ভারসাম্য ছিল একটি সূক্ষ্ম নৃত্য, যা সে কেবল শিখতে শুরু করেছিল।

চাপ বাড়তে থাকে, মারার বুকের চারপাশে একটা বীণার মতো শক্ত হয়ে যায়। প্রজেক্ট নাইটিঙ্গেলের উন্মোচনের যতই কাছে যেতে থাকে, ততই সে বুঝতে পারে যে প্রতারণার জট পাকানো জাল প্রাথমিক অপরাধীদের থেকেও অনেক দূরে বিস্তৃত। সে প্রমাণ খুঁজে পায় যে

উচ্চ স্তরে জড়িত ব্যক্তিরা, ক্ষমতা এবং প্রভাবের নেটওয়ার্ক দ্বারা সুরক্ষিত। এই উপলব্ধির ওজন ছিল অপরিসীম, একটি চূর্ণবিচূর্ণ বোঝা যা তাকে শ্বাসরোধ করার হুমকি দিয়েছিল। সে জানত যে এই ব্যক্তিদের প্রকাশ করার জন্য একটি মূল্য দিতে হবে, এমন একটি মূল্য যা সে পুরোপুরি নিশ্চিত ছিল না যে সে দিতে ইচ্ছুক।

তার দল, নিবেদিতপ্রাণ এবং বুদ্ধিমান এজেন্টদের একটি সংগ্রহ, তাদের নিজস্ব নৈতিক দ্বিধাগুলির সাথেও লড়াই করেছিল। এজেন্ট ডিয়াজ, একজন অভিজ্ঞ, যিনি একজন শক্তিশালী নৈতিক দিকনির্দেশনা রাখেন, গুরুত্বপূর্ণ তথ্য সংগ্রহের জন্য সন্দেহজনক কৌশল ব্যবহারের নৈতিক প্রভাবগুলির সাথে লড়াই করেছিলেন। তিনি ছিলেন অটল নীতির একজন মানুষ, এবং এই মামলা তাকে তার সীমার কাছে ঠেলে দিয়েছিল, তাকে তার নিজস্ব নৈতিক সীমানার মুখোমুখি হতে বাধ্য করেছিল। তিনি প্রশ্ন করেছিলেন যে লক্ষ্যগুলি কি উপায়গুলিকে ন্যায্যতা দেয়, বিশেষ করে যখন সম্ভাব্য পরিণতি এত গুরুতর ছিল। তার অভ্যন্তরীণ দ্বন্দ্ব স্পষ্ট ছিল, তার মুখের রেখায়, তার চোখের ক্লান্তিতে খোদাই করা ছিল।

একইভাবে, এজেন্ট চেন, যিনি একজন মেধাবী বিশ্লেষক, যিনি খুঁটিনাটি বিষয়ে তার সূক্ষ্ম মনোযোগের জন্য পরিচিত, তিনি তদন্ত দ্রুত করার জন্য কিছু নিয়ম ভাঙার ক্ষেত্রে নিজেকে জড়িত বলে মনে করেছিলেন। তিনি জানতেন যে এটি নীতিগতভাবে ধূসর, ভুলের সীমানা, তবুও পরিস্থিতির জরুরিতা এবং জীবন বাঁচানোর সম্ভাবনা তার মনের মধ্যে অপরাধকে ন্যায্যতা দিয়েছে বলে মনে

হয়েছিল। তার অভ্যন্তরীণ বিতর্ক নীরব ছিল, তার মনের শান্ত কোণে একটি যুদ্ধ চলছিল। তবুও, তার ন্যায্যতা সত্ত্বেও, একটি দীর্ঘস্থায়ী অস্বস্তি রয়ে গেছে।

এই নৈতিক আপোষগুলি কেবল বুদ্ধিবৃত্তিক অনুশীলন ছিল না; এর বাস্তব পরিণতি ছিল। অপ্রচলিত পদ্ধতির ব্যবহার, যদিও লিড তৈরিতে সফল হয়েছিল, তাদের সমালোচনা এবং সম্ভাব্য আইনি পরিণতির মুখোমুখি করেছিল। নৈতিক অস্পষ্টতা দলের মধ্যে উত্তেজনার একটি ধ্রুবক উৎস হয়ে ওঠে, যা তাদের ঐক্য ভেঙে ফেলার হুমকি দেয়। যে বন্ধনগুলি তাদের একসাথে ধরে রেখেছিল, ভাগ করা ঝুঁকি এবং সাধারণ উদ্দেশ্যের ক্রুসিবলে গড়া, এখন এক অভূতপূর্ব পরীক্ষার মুখোমুখি।

একটি বিশেষভাবে যন্ত্রণাদায়ক দ্বিধা ছিল একজন সম্ভাব্য তথ্যদাতা, মাইকেল নামে একজন ব্যক্তি, যার তথ্য তাদের তদন্তকে উল্লেখযোগ্যভাবে এগিয়ে নিতে পারে। তবে মাইকেলের একটি অন্ধকার অতীত ছিল, অপরাধমূলক কার্যকলাপের ইতিহাস তাকে নৈতিকভাবে প্রশ্নবিদ্ধ করে তুলেছিল। মারা এবং তার দল তার সাথে সহযোগিতা করার, সম্ভাব্য ঝুঁকি গ্রহণ করার এবং তাদের নিজস্ব নৈতিক মানদণ্ডের সাথে আপস করার, অথবা তার মূল্যবান অন্তর্দৃষ্টি ত্যাগ করার যন্ত্রণাদায়ক পছন্দের মুখোমুখি হয়েছিল, যা তাদের তদন্তে একটি উল্লেখযোগ্য বিপর্যয়ের ঝুঁকি নিয়েছিল।

মাইকেলের জ্ঞান কাজে লাগানোর সিদ্ধান্তের নিজস্ব পরিণতি ছিল। দলটি ন্যায়বিচারের জন্য তাদের ন্যায়সঙ্গত সাধনা এবং নৈতিক ধূসর অঞ্চলে বসবাসকারী কারও সাথে আপস করার প্রয়োজনীয়তার মধ্যে একটি অসঙ্গতি অনুভব করেছিল। এটি একটি বিরক্তিকর উপলব্ধি ছিল - বৃহত্তর কল্যাণের সন্ধানে, তারা এমন ব্যক্তিদের সাথে মেলামেশা করতে বাধ্য হয়েছিল যাদের কাজ সাধারণত তাদের কাছে ঘৃণ্য হত।

মারা নিজেকে ক্রমশ বিচ্ছিন্ন, তার গোপনীয়তা এবং তার গৃহীত নৈতিক আপোষের বোঝায় ভারাক্রান্ত হয়ে পড়তে লাগল। তার সিদ্ধান্তের ভার, অপ্রত্যাশিত পরিণতির সম্ভাবনা, তার ব্যক্তিগত জীবনে দীর্ঘ ছায়া ফেলেছিল। ড্যানিয়েল, ইতিমধ্যেই দূরে, এখন বিভ্রান্তি এবং উদ্বেগের মিশ্রণে তার দিকে তাকাল, বুঝতে পারল যে সে যে অভ্যন্তরীণ অস্থিরতার সাথে লড়াই করছে। সে তার কাজের জটিলতা, যে নীতিগত দড়ি দিয়ে তাকে হাঁটতে বাধ্য করা হয়েছিল তা পুরোপুরি বুঝতে পারেনি, তবুও সে তাদের মধ্যে ক্রমবর্ধমান দূরত্ব, একটি ক্রমবর্ধমান ফাঁক অনুভব করেছিল যা সে পুরোপুরি পূরণ করতে পারেনি।

তাৎক্ষণিক দলের বাইরেও, মারা বাইরের চাপের সম্মুখীন হন। তত্ত্বাবধায়করা তাদের পদ্ধতি নিয়ে প্রশ্ন তোলেন, স্বচ্ছতা এবং জবাবদিহিতার দাবি করেন। আইনি পরামর্শদাতা সম্ভাব্য পদ্ধতিগত লঙ্ঘন সম্পর্কে উদ্বেগ প্রকাশ করেন। এই তদন্তের ফলে মারা এবং তার দল যে প্রেসার কুকারে কাজ করত তাতে আরও একটি স্তর যুক্ত হয়েছিল, যা তাদের মনোবল এবং আত্ম-বোধের উপর

এক অবিরাম আক্রমণ ছিল। তারা একাধিক ফ্রন্টে যুদ্ধ করছিল, কেবল প্রজেক্ট নাইটিঙ্গেলের অপরাধীদের বিরুদ্ধেই নয়, তাদের নিজস্ব প্রতিষ্ঠানের পদ্ধতিগত চাপের বিরুদ্ধেও লড়াই করছিল।

ক্রমাগত নীতিগত দ্বিধাগুলি মারার আত্মবিশ্বাসকে ভেঙে দেয়, যেখানে একসময় অটল সংকল্প ছিল সেখানে আত্ম-সন্দেহের জন্ম দেয়। সে তার পদ্ধতি, তার বিচারবুদ্ধি এবং এমনকি তার নিজস্ব নৈতিকতা নিয়ে প্রশ্ন তোলে। রেখাগুলি ঝাপসা হয়ে যায়, প্রান্তগুলি নরম হয়ে যায়; যা একসময় ন্যায়বিচারের স্পষ্ট সাধনা ছিল তা এখন নৈতিক অস্পষ্টতার কুয়াশায় ঢাকা বলে মনে হয়। সিদ্ধান্তের বোঝা, আপসের বোঝা তাকে উন্মুক্ত, দুর্বল এবং গভীরভাবে একাকী করে তোলে। সে গভীর বিচ্ছিন্নতার অনুভূতি অনুভব করে, বৃহত্তর কল্যাণের জন্য প্রয়োজনীয় নৈতিক আপস থেকে উদ্‌ভূত একটি গভীর একাকীত্ব।

সেই কষ্ট কেবল আবেগগত ছিল না; শারীরিকও ছিল। অবিরাম চাপ, ক্রমাগত পর্যবেক্ষণ এবং কঠিন সিদ্ধান্তের অবিরাম ধারা তার স্বাস্থ্যের উপর ভয়াবহ প্রভাব ফেলেছিল। ঘুম এক বিরল জিনিস হয়ে ওঠে, টুকরো টুকরো করে কেড়ে নেওয়া হয়, প্রতিটি জাগ্রত ঘন্টা আসন্ন ধ্বংসের অনুভূতিতে ভরে ওঠে। তার ক্ষুধা কমে যায়, তার শক্তি কমে যায়, তার শরীর তার আত্মাকে ধ্বংসকারী অভ্যন্তরীণ অস্থিরতার একটি প্রতিচ্ছবি।

তবুও, বিশাল ব্যক্তিগত মূল্য সত্ত্বেও, মারা চাপ প্রয়োগ করেছিলেন। তিনি বৃহত্তর লক্ষ্যের উপর মনোনিবেশ করে তার আপোষকে ন্যায্যতা দিয়েছিলেন: প্রজেক্ট নাইটিঙ্গেলের অপরাধীদের বিচারের আওতায় আনা, দুর্নীতির বিশাল নেটওয়ার্ক উন্মোচন করা এবং ভবিষ্যতের নৃশংসতা রোধ করা। তিনি ভুক্তভোগীদের চিত্র, ন্যায়বিচারের জন্য তাদের নীরব আবেদনকে শক্তির উৎস হিসেবে, তাকে টিকিয়ে রাখা উদ্দেশ্যের স্মারক হিসেবে আঁকড়ে ধরেছিলেন।

তবে, একটা দীর্ঘস্থায়ী প্রশ্ন তাকে তাড়া করছিল: কী মূল্যে? ন্যায়বিচারের জন্য সে কি তার সততার সাথে এতটাই আপস করেছিল যে, যদি জয় অর্জিত হয়, তাহলে তা কলঙ্কিত হয়ে যাবে, যার ফলে তার তিক্ত স্বাদ তৈরি হবে? ভালো এবং মন্দের মধ্যে রেখা বিপজ্জনকভাবে ঝাপসা হয়ে গিয়েছিল, এবং মারা নিজেকে মাঝখানে আটকে পড়েছিল, সেই ব্যবস্থারই একজন বন্দী যা সে রক্ষা করার জন্য প্রতিজ্ঞা করেছিল। সে বুঝতে পেরেছিল যে ন্যায়বিচারের জন্য সে সর্বদা একটি সরল পথ ছিল না, বরং একটি বিশ্বাসঘাতক যাত্রা ছিল যা নীতিগত দ্বিধা, নৈতিকভাবে জটিল পছন্দ এবং যে নীতিগুলিকে ধরে রাখার জন্য সে লড়াই করেছিল তার সাথে আপস করার সর্বদা বিদ্যমান বিপদে পরিপূর্ণ ছিল। সে তার সাধনা চালিয়ে গেল, কিন্তু ভারাক্রান্ত হৃদয়ে, তার দৃঢ় বিশ্বাসের জন্য তাকে যে ভারী মূল্য দিতে হতে পারে সে সম্পর্কে গভীর সচেতনতা নিয়ে।

সামনের পথ অনিশ্চয়তায় ভরা ছিল, অবিরাম চাপের ভারে নৈতিক দিকনির্দেশনা কিছুটা নড়বড়ে ছিল। মারা

জানতেন এই যাত্রা তাকে অপরিবর্তনীয়ভাবে বদলে দেবে, এবং সূর্য ওঠার সাথে সাথে, তার ডেস্কের উপর দীর্ঘ ছায়া ফেলে, তিনি প্রশ্ন তোলেন যে ন্যায়বিচারের মূল্য কি সে সত্যিই দিতে পারবে?
এফবিআই অফিসের ফ্লুরোসেন্ট আলোগুলো গুঞ্জন করছিল, মারার ভেতরে যে নীরব অস্থিরতা বিরাজ করছিল তার এক অবিরাম প্রতিবিম্ব। তদন্তের প্রাথমিক অ্যাড্রেনালিনের তীব্রতা, ধাওয়ার রোমাঞ্চ অনেক আগেই ম্লান হয়ে গিয়েছিল, তার জায়গায় এসেছিল এক ক্লান্তি যা তার হাড়ের মধ্যে ঢুকে পড়েছিল। ঘুম ছিল একটি যুদ্ধক্ষেত্র, উদ্বেগ এবং উত্তরহীন প্রশ্নের অবিরাম জোয়ারের বিরুদ্ধে লড়াই করা খণ্ডিত সংঘর্ষের একটি সিরিজ। এমনকি অজ্ঞানতার ক্ষণস্থায়ী মুহূর্তগুলিতেও, তার স্বপ্নে - শিকার, অপরাধী, নীতিগত ক্রসফায়ারে আটকা পড়া সহকর্মীদের - মুখের ছায়া নাচছিল, তার জাগ্রত সময়গুলিকে ঝাপসা চোখ এবং ক্লান্ত করে রেখেছিল।

তার সিদ্ধান্তের বোঝা তার উপর চাপা পড়েছিল, একটা শারীরিক বোঝা যা তার পেটে ক্রমাগত মাথাব্যথা এবং একধরনের শূন্যতার মধ্যে প্রকাশ পেয়েছিল। খাবারের তেমন আকর্ষণ ছিল না; খাওয়ার মতো সহজ কাজটিও একটা ঝামেলার মতো মনে হয়েছিল, তার দায়িত্বের বিশাল তালিকায় আরেকটি কাজ যোগ হয়েছিল। তার একসময়ের প্রাণবন্ত শক্তি পদ্ধতিগতভাবে ক্ষয়প্রাপ্ত হয়েছিল, তার পরিবর্তে এক ব্যাপক অলসতা এসেছিল যা এমনকি সবচেয়ে সহজ কাজগুলিকেও বিশাল মনে করেছিল। সে নিজেকে তার কম্পিউটার স্ক্রিনের দিকে শূন্য দৃষ্টিতে তাকিয়ে থাকতে দেখেছিল, তার চোখের সামনে শব্দগুলি ঝাপসা হয়ে আসছিল, তার মন অর্ধ-

গঠিত চিন্তাভাবনা এবং অমীমাংসিত দ্বিধায় জর্জরিত ছিল।

মানসিক চাপের শারীরিক প্রকাশগুলি কেবল তার মানসিকতার উপর যে গভীর, আরও ছলনাময়ী ক্ষতি হয়েছে তার প্রতিফলন মাত্র। আত্ম-সন্দেহ, যা সম্প্রতি পর্যন্ত তার জীবনে অপরিচিত ছিল, এখন ঘন ঘন তার সাথে দেখা করতে থাকে, রাতের নিস্তব্ধ সময়ে কুটিল প্রশ্ন ফিসফিসিয়ে বলতে থাকে। সে কি সঠিক সিদ্ধান্ত নিয়েছিল? তার পদ্ধতিগুলি কি ন্যায়সঙ্গত ছিল? সে কি কোনও অদৃশ্য সীমা অতিক্রম করে ন্যায়বিচারের সন্ধানে তার সততার সাথে আপস করেছিল? উত্তরগুলি সে এড়িয়ে গিয়েছিল, গত কয়েক মাস ধরে তার জীবনকে সংজ্ঞায়িত করে আসা নৈতিক অস্পষ্টতার গোলকধাঁধায় হারিয়ে গিয়েছিল।

উর্ধ্বতনদের কাছ থেকে অবিরাম তদন্ত তার কষ্টের আরও এক স্তর যোগ করেছিল। পেশাদার ভদ্রতার আবরণে ঢাকা কিন্তু অন্তর্নিহিত সন্দেহের সাথে মিশে থাকা তাদের প্রশ্নগুলি তার আত্মবিশ্বাসকে ছিন্নভিন্ন করে দিয়েছিল। প্রতিটি জিজ্ঞাসাবাদ, আরও ব্যাখ্যার প্রতিটি দাবি, একটি নতুন ক্ষত ছিল, যা পুরানো ক্ষতগুলিকে আবার খুলে দেয় এবং তাকে উন্মুক্ত এবং দুর্বল বোধ করে। তার কর্মকাণ্ডকে ন্যায্যতা দেওয়ার জন্য, তার পদ্ধতিগুলিকে সঠিক প্রমাণ করার জন্য ক্রমাগত চাপ, তার আত্ম-সন্দেহকে আরও বাড়িয়ে তোলে, তাকে অপর্যাপ্ত এবং ক্রমাগত পতনের দ্বারপ্রান্তে ফেলে দেয়।

বিচ্ছিন্নতা ছিল গভীর। তার সঙ্গী ড্যানিয়েল, তাকে উন্মোচিত হতে দেখছিল, তার চোখে তার উদ্বেগ স্পষ্ট ছিল, কিন্তু সে তার যন্ত্রণার গভীরতা বুঝতে পারছিল না। সে তাদের মধ্যে বেড়ে ওঠা ক্লান্তি, চাপ, মানসিক দূরত্ব দেখতে পেয়েছিল, কিন্তু তার কাজের জটিলতা গোপনীয়তার আড়ালে রয়ে গেছে, যা তাকে অসহায় এবং হতাশ বোধ করিয়েছে। তাদের একসময়ের প্রাণবন্ত সম্পর্ক এখন ভঙ্গুর, ভেঙে পড়ার দ্বারপ্রান্তে থাকা একটি ভঙ্গুর জিনিস, প্রজেক্ট নাইটিঙ্গেলের বিরুদ্ধে অবিরাম যুদ্ধের শিকার।

এমনকি তার দলের মধ্যেও ফাটল দেখা দিতে শুরু করে। তারা যে নৈতিক আপোষ করেছিল, যে নৈতিক ধূসর ক্ষেত্রগুলি তারা অতিক্রম করেছিল, তা তাদের মধ্যে অদৃশ্য ফাটল তৈরি করেছিল। অব্যক্ত উত্তেজনা বাতাসে ভারী হয়ে ওঠে, যা তাদের কাজের বৈশিষ্ট্যযুক্ত সৌহার্দ্য এবং পারস্পরিক সমর্থনকে প্রতিস্থাপন করে। প্রতিটি সদস্য তাদের নিজস্ব অপরাধবোধ এবং আত্ম-সন্দেহের বোঝা বহন করে, একটি ভাগ করা গোপনীয়তা যা কেবল তাদের ব্যক্তিগত উদ্বেগকে বাড়িয়ে তোলে।

এজেন্ট ডিয়াজ, যিনি ছিলেন অটল নৈতিক দিকনির্দেশনার অধিকারী, তিনি নিজেকে ক্রমশই একঘরে এবং তার অভ্যন্তরীণ দ্বন্দ্বের দ্বারা গ্রাস করতে শুরু করেছিলেন। তিনি তাদের পদ্ধতির নীতিগত অস্পষ্টতা, সম্ভাব্য আইনি পরিণতি এবং অপ্রত্যাশিত পরিণতির ভয়ঙ্কর সম্ভাবনার সাথে লড়াই করেছিলেন।

তার নীরব যন্ত্রণা স্পষ্ট ছিল, একটি নীরব চিৎকার যা তার নিঃশব্দতা এবং অটল নীতির জন্য পরিচিত একজন ব্যক্তির ভিতরে আটকে ছিল।

এজেন্ট চেন, একজন মেধাবী বিশ্লেষক, তার কাজে ফিরে গেলেন, তার বিশ্লেষণের সূক্ষ্ম বিবরণে সান্ত্বনা খুঁজে পেলেন। তবুও, এমনকি সুনির্দিষ্ট গণনা এবং জটিল তথ্য বিশ্লেষণও তার বিবেককে কুঁচকে যাওয়া সন্দেহগুলিকে দমন করতে পারেনি। তার জটিলতার বোঝা, তার করা আপোষ, একটি তিক্ত স্বাদ রেখে গেছে, একটি অস্বস্তিকর অনুভূতি যা তাকে দ্বিতীয় ত্বকের মতো আঁকড়ে ধরেছিল।

মানসিক চাপ তাৎক্ষণিক দলের বাইরেও বিস্তৃত ছিল। মারা নিজেকে তার বন্ধুবান্ধব এবং পরিবারের কাছ থেকে ক্রমশ বিচ্ছিন্ন হতে দেখেন, সংবেদনশীল তথ্য প্রকাশের ঝুঁকি না নিয়ে বা তদন্তের অখণ্ডতাকে বিপন্ন না করে তার অভিজ্ঞতার বোঝা ভাগ করে নিতে অক্ষম হন। ক্রমাগত গোপনীয়তা, তার জীবনকে বিভক্ত করার প্রয়োজনীয়তা, একাকীত্বের এক গভীর অনুভূতি তৈরি করে, যা তাকে সেইসব লোকদের থেকে বিচ্ছিন্ন করে দেয় যারা একসময় তাকে সমর্থন এবং সান্ত্বনা দিয়েছিল।

রাতগুলো অবিরামভাবে প্রসারিত হচ্ছিল, প্রতিটি ঘন্টা অনিদ্রার বিরুদ্ধে লড়াই, তদন্তের ভূতদের দ্বারা তাড়িত প্রতিটি ক্ষণস্থায়ী ঘুম। অবিরাম চাপ, অবিরাম আত্ম-সন্দেহ এবং গভীর বিচ্ছিন্নতা মিলে মানসিক এবং শারীরিক ক্লান্তির এক নিখুঁত ঝড় তৈরি করেছিল। মারাকে

মনে হচ্ছিল যেন ঝড়ের কবলে পড়া একটি জাহাজ, তার নিজের অস্থিরতার ক্ষমাহীন ঢেউয়ে দুলছে, তার গন্তব্য অবিরাম ঝড়ের দ্বারা অস্পষ্ট। সে বুঝতে পেরেছিল যে ন্যায়বিচারের মূল্য তার কল্পনার চেয়ে অনেক বেশি, কেবল অপরাধীদের কাছ থেকে নয় বরং তার নিজের আত্মার কাছ থেকেও এক অপরিমেয় মূল্য আদায় করা হয়েছে। তার সামনের পথটি অন্ধকারে ঢাকা ছিল, এবং সে ভাবছিল যে এই কঠিন যাত্রা চালিয়ে যাওয়ার, শেষ পর্যন্ত পৌঁছানোর এবং এখনও নিজের কিছু আভাস ধরে রাখার শক্তি এবং সাহস তার আছে কিনা। প্রশ্নটি বাতাসে ভারী ঝুলছিল, উত্তরহীন, তবুও তার সমস্ত উদ্বেগের ভারে চাপা পড়েছিল। তার পরিস্থিতির চূড়ান্ততা তার উপর শীতল স্পষ্টতার সাথে স্থির হয়ে গেল। সে প্রশ্ন করেছিল যে মূল্য কি খুব বেশি, এটি কি এমন একটি মূল্য যা সে দিতে পারে। সামনের পথটি অনন্তকাল ধরে চলতে লাগলো, তার আবেগের বোঝা দিন দিন ভারী হতে লাগলো। ন্যায়বিচারের জন্য, ভুক্তভোগীদের জন্য তাকে এগিয়ে যেতে হয়েছিল, কিন্তু তার নিজের সুস্থতার উপর যে প্রভাব পড়ছিল তা তাকে চিরন্তন, যন্ত্রণাদায়ক মনে করিয়ে দিচ্ছিল যে সে কতটা মূল্য দিতে যাচ্ছিল।

ফিসফিসানি শুরু হয়েছিল সূক্ষ্মভাবে, সন্দেহের ছলছল ছল ছল করে এফবিআইয়ের আচরণগত বিশ্লেষণ ইউনিটের ইতিমধ্যেই চাপা পরিবেশে প্রবেশ করানো। এটি প্রকাশ্য সমালোচনা ছিল না, এখনও নয়। বরং, এটি ছিল সহকর্মীদের আচরণের সূক্ষ্ম পরিবর্তন, কিছুটা এলোমেলো দৃষ্টি, একটি প্রশ্নের সংকীর্ণ স্বর যা একটি নৈমিত্তিক জিজ্ঞাসাবাদ হওয়া উচিত ছিল। একসময় মারার সাথে জড়িত হলওয়েতে যে নৈমিত্তিক কথাবার্তা ছিল তা এখন তার চারপাশে প্রবাহিত হতে দেখা যাচ্ছে,

তাকে এক বিচ্ছিন্নতার দ্বীপে আটকে রেখে। অব্যক্ত অভিযোগগুলি যে কোনও আনুষ্ঠানিক তিরস্কারের চেয়েও শক্তিশালী ছিল। সে একটি দড়ি দিয়ে হেঁটে যাচ্ছিল, প্রতিটি পদক্ষেপে একটি বিধ্বংসী পতনের সম্ভাবনা ছিল।

তার ঊর্ধ্বতন কর্মকর্তারা, পেশাগত উদ্বেগের আবরণে আচ্ছন্ন হয়ে, তার কর্তৃত্বকে সূক্ষ্মভাবে দুর্বল করতে শুরু করেছিলেন। পূর্বে নিয়মিতভাবে বিশদ প্রতিবেদনের জন্য অনুরোধ করা, কঠোর পরীক্ষায় পরিণত হয়েছিল, প্রতিটি প্রশ্ন তার দুর্বলতা, তার পদ্ধতির ত্রুটি প্রকাশ করার জন্য তৈরি করা হয়েছিল। সহযোগিতামূলক আলোচনার আড়ালে লুকিয়ে থাকা সূক্ষ্ম খোঁচাগুলি তার তদন্তকে অসম্মান করার পরিকল্পিত প্রচেষ্টা বলে মনে হয়েছিল। তারা তার ফলাফলকে প্রকাশ্যে চ্যালেঞ্জ করছিল না - এখনও নয় - তবে ক্রমাগত প্রশ্নের ঝড়, ন্যায্যতার জন্য অবিরাম দাবি তার আত্মবিশ্বাসকে ক্ষয় করেছিল, তার পেশাদার খ্যাতির ভিত্তি ভেঙে দিয়েছিল। এটি ছিল একটি ধীর, যন্ত্রণাদায়ক প্রক্রিয়া, তার বিশ্বাসযোগ্যতার একটি পদ্ধতিগত ধ্বংস।

সহকারী পরিচালক হেইসের সাথে এক বিশেষ নিষ্ঠুর সাক্ষাৎ মারাকে হতবাক করে দিয়েছিল। তিনি সরাসরি তাকে অসদাচরণের অভিযোগ করেননি, কিন্তু এর অর্থ বাতাসে ভারী হয়ে ওঠে, এক স্পষ্ট অসম্মতির অনুভূতি যা ঘরটিকে দম বন্ধ করে দেয়। তিনি "অপ্রচলিত পদ্ধতি", "প্রথাগত লঙঘনের সম্ভাব্য লঙঘন" এবং ভবিষ্যতের তদন্তে "অধিক সতর্কতা" এর প্রয়োজনীয়তার কথা বলেছিলেন। সাবধানে নির্বাচিত এবং সরাসরি অভিযোগ ছাড়াই শব্দগুলি, তবুও তার কাজের কেন্দ্রবিন্দুতে সরাসরি

লক্ষ্য করা ছোরা ছিল। গোপন হুমকিগুলি যেকোনো প্রকাশ্য সংঘর্ষের চেয়ে বেশি কার্যকর ছিল; তারা পরিণতির গভীর ভয়, একটি কুঁচকে যাওয়া অনিশ্চয়তা জাগিয়ে তোলে যা তার সংকল্পকে ভেঙে দেয়।

চাপ বাড়তে থাকে, এমন এক শ্বাসরুদ্ধকর পরিবেশ তৈরি হয় যেখানে তার নিকটতম সহকর্মীরাও তাকে নতুন করে সতর্ক দৃষ্টিতে পর্যবেক্ষণ করতে থাকে। একসময়ের একনিষ্ঠ মিত্র এজেন্ট ডিয়াজ এখন দ্বিধাগ্রস্ত বলে মনে হচ্ছে, তার অটল সমর্থনের পরিবর্তে সতর্ক দূরত্ব তৈরি হয়েছে। তার নীরবতা, যেকোনো সরাসরি নিন্দার চেয়ে বেশি স্পষ্টভাষী, দলের মধ্যে পরিবর্তনশীল স্রোতের কথা স্পষ্টভাবে বলে দেয়। তিনি নিজের অভ্যন্তরীণ দ্বন্দ্বের দ্বারা ভারাক্রান্ত বলে মনে হচ্ছে, মারার প্রতি তার আনুগত্য এবং তার বিতর্কিত পদ্ধতি থেকে নিজেকে দূরে রাখার ক্রমবর্ধমান চাপের মধ্যে ছিন্নভিন্ন।

এজেন্ট চেন, একজন সূক্ষ্ম বিশ্লেষক, বাহ্যিকভাবে সমর্থনকারী ছিলেন, কিন্তু তার আচরণের সূক্ষ্ম পরিবর্তনগুলি উপেক্ষা করা অসম্ভব ছিল। তার চোখের উষ্ণতা ম্লান হয়ে গিয়েছিল, তার জায়গায় একটি সতর্কতা এসেছিল যা ক্রমবর্ধমান অস্বস্তির ইঙ্গিত দেয়। তার সূক্ষ্ম বিশ্লেষণ, যা একসময় শক্তি এবং পারস্পরিক শ্রদ্ধার উৎস ছিল, এখন একটি দ্বিধাগ্রস্ত অনিচ্ছার সাথে মিশে গেছে, যেন সে তার জড়িত থাকার সম্ভাব্য পরিণতি সম্পর্কে সতর্ক ছিল। তাদের মধ্যে অব্যক্ত উত্তেজনা বাতাসে ভারী হয়ে ওঠে, তারা যে অনিশ্চিত অবস্থানে নিজেদের খুঁজে পেয়েছিল তার নীরব স্বীকৃতি।

একসময় আশার আলো হিসেবে পরিচিত প্রজেক্ট নাইটিঙ্গেলের তদন্ত একটি বিশ্বাসঘাতক মাইনফিল্ডে পরিণত হয়েছিল। মারা শুরু থেকেই ঝুঁকিগুলি বুঝতে পেরেছিলেন - নীতিগত ধূসর ক্ষেত্রগুলি, পেশাদার প্রতিক্রিয়ার সম্ভাবনা। কিন্তু চাপের তীব্রতা, নিরলস তদন্ত, ক্রমাগত অবরুদ্ধ থাকার অনুভূতি, তার ভয়াবহ প্রত্যাশাকেও ছাড়িয়ে গিয়েছিল। তিনি কেবল একটি শক্তিশালী এবং নির্মম সংগঠনের সাথেই লড়াই করছিলেন না, বরং তার নিজস্ব সংস্থার মধ্যে থাকা প্রতারক শক্তির সাথেও লড়াই করছিলেন, বাহ্যিক হুমকি এবং তার নিজস্ব বিশ্বাসযোগ্যতা এবং খ্যাতির অভ্যন্তরীণ ক্ষয় উভয়ের সাথেই লড়াই করছিলেন।

তার ক্যারিয়ার হারানোর ভয়, বছরের পর বছর নিষ্ঠা এবং কঠোর পরিশ্রমের চূড়ান্ত পরিণতি, তাকে কুরে কুরে খাচ্ছিল। শাস্তিমূলক ব্যবস্থা, এমনকি চাকরিচ্যুতির হুমকি, তার প্রতিটি পদক্ষেপের সাথে একটি অবিরাম ছায়া ছিল। এর পরিণতি তার পেশাগত জীবনের বাইরেও বিস্তৃত ছিল, যা তার আর্থিক নিরাপত্তা, আত্মমর্যাদাবোধ এবং তার ভবিষ্যতের সম্ভাবনাকে হুমকির মুখে ফেলেছিল। ন্যায়বিচারের মূল্য, তিনি এখন বুঝতে পেরেছিলেন যে, কেবল আবেগগত এবং মানসিক নয় বরং গভীরভাবে ব্যক্তিগতও ছিল, একটি ত্যাগ যা তার অস্তিত্বের প্রতিটি দিকেই বিস্তৃত ছিল।

বিচ্ছিন্নতা আরও তীব্র হয়ে ওঠে, যা তাকে আরও পেশাদার এবং ব্যক্তিগত পক্ষাঘাতগ্রস্ত অবস্থায় ঠেলে দেয়। তার তদন্তের বিবরণ ভাগ করে নিতে সে ক্রমশ অনিচ্ছুক হয়ে পড়ে, এমনকি তার নিকটতম আস্থাভাজনদের সাথেও, পরিণতির ভয়ে। সংবেদনশীল তথ্য প্রকাশের ভয়, অনিচ্ছাকৃতভাবে তার মামলা বা তার সহকর্মীদের নিরাপত্তা বিপন্ন করার ভয়, তাকে আটকা পড়ে, নিজের নীরবতার বন্দী করে তোলে। তার সঙ্গী ড্যানিয়েলের সাথে যোগাযোগের একসময় খোলা পথগুলি সংকুচিত হয়ে যায়, একটি অব্যক্ত উত্তেজনা দ্বারা প্রতিস্থাপিত হয় যা তাদের মধ্যে ক্রমবর্ধমান ফাঁককে প্রতিফলিত করে। তাদের ভাগ করা জীবন, একসময় আশ্রয়স্থল, তার পরিচালিত নিরলস যুদ্ধের আরেকটি যুদ্ধক্ষেত্রে পরিণত হয়েছিল।

গোপনীয়তার বোঝা দিন দিন ভারী হতে থাকে, তার বিচ্ছিন্নতার অনুভূতি আরও তীব্র করে তোলে এবং তার আত্ম-সন্দেহকে আরও বাড়িয়ে তোলে। তার প্রতিটি পদক্ষেপ, প্রতিটি সিদ্ধান্ত, সাবধানতার সাথে যাচাই করা হচ্ছে, ব্যবচ্ছেদ করা হচ্ছে এবং সম্ভাব্যভাবে তার বিরুদ্ধে ব্যবহার করা হচ্ছে এই জ্ঞানের সাথে সে লড়াই করে যাচ্ছিল। যে ব্যবস্থার জন্য সে তার জীবন উৎসর্গ করেছিল, সেই ব্যবস্থাই তার বিরুদ্ধে যেতে পারে এই শীতল উপলব্ধি তার মধ্যে বমি বমি ভাব এবং নতুন করে ভয়ের অনুভূতি নিয়ে আসে। সে এক বিশ্বাসঘাতক দৃশ্যপটে পাড়ি দিচ্ছিল, যেখানে বিশ্বাসঘাতকতা এবং মোহভঙ্গ তার শিকার করা অপরাধীদের মতোই হুমকিস্বরূপ ছিল।

মামলার চাপের কারণেই নয়, বরং পেশাদার প্রতিফলের ভয়ে তার ঘুম হারাম হতে শুরু করে। একসময় ভুক্তভোগী এবং অপরাধীদের মুখ দিয়ে ভরা দুঃস্বপ্নের মধ্যে এখন তার সহকর্মীদের মুখও অন্তর্ভুক্ত, তাদের অভিব্যক্তিতে সন্দেহ, সন্দেহ এবং এমনকি বিশ্বাসঘাতকতাও প্রতিফলিত হচ্ছিল। ক্রমাগত চাপ, অভ্যন্তরীণ দ্বন্দ্ব এবং পেশাদার ধ্বংসের হুমকি উদ্বেগের ঘূর্ণি তৈরি করেছিল যা তাকে সম্পূর্ণরূপে গ্রাস করার হুমকি দিয়েছিল।

ন্যায়বিচারের সন্ধানে একসময় প্রয়োজনীয় মন্দ হিসেবে ন্যায্যতা প্রমাণিত হওয়া তার নৈতিক আপোষ এখন ক্যারিয়ারের শেষের দিকের সম্ভাব্য ভুল পদক্ষেপ হিসেবে দেখা দিচ্ছে। তিনি তার ব্যবহৃত পদ্ধতি, তার নেওয়া ঝুঁকি এবং তার দেওয়া নৈতিক মূল্য নিয়ে প্রশ্ন তোলেন। সঠিক এবং ভুলের মধ্যে রেখাটি ঝাপসা হয়ে যায়, তার নিজের হতাশার কুয়াশা এবং পেশাদার ধ্বংসের সর্বদা বিদ্যমান হুমকির দ্বারা অস্পষ্ট হয়ে যায়। তদন্ত, যা একসময় একটি মহৎ ধর্মযুদ্ধ ছিল, একটি বিশ্বাসঘাতক জুয়াতে রূপান্তরিত হয়েছিল, যার ঝুঁকি তার কল্পনার চেয়েও অনেক বেশি ছিল।

মারা ন্যায়বিচারের প্রকৃত মূল্য বুঝতে শুরু করেছিলেন - ব্যক্তিগত সম্পর্কের ত্যাগ, মানসিক ও শারীরিক স্বাস্থ্যের ক্ষয়, পেশাদার ধ্বংসের ঝুঁকি এবং তার প্রচেষ্টার ফল আদৌ আসবে কিনা সেই অনিশ্চয়তা। সত্যের অবিরাম সাধনা এবং পেশাদার বিপদের ভারী বোঝার মধ্যে সে

আটকা পড়েছিল। সামনের রাস্তা অন্ধকারে ঢাকা ছিল, প্রতিটি পদক্ষেপ ছিল জুয়া, প্রতিটি সিদ্ধান্ত ছিল একটি সম্ভাব্য বিন্দু যা তার জীবন এবং ক্যারিয়ারের গতিপথকে অপরিবর্তনীয়ভাবে পরিবর্তন করতে পারে। দায়িত্বের বোঝা, সন্দেহের চাপা বোঝা, পেশাদার ধ্বংসের সর্বদা উপস্থিত হুমকি তার উপর চাপিয়ে দিয়েছিল, তাকে শ্বাসরোধ করে ফেলেছিল এবং তাকে এক খাদের দিকে ঠেলে দিয়েছিল। ন্যায়বিচারের মূল্য, যা একসময় অস্পষ্ট ধারণা ছিল, তা এক ভয়াবহ বাস্তবতায় পরিণত হয়েছিল।

তার নিজের সংস্থা, যে প্রতিষ্ঠানটিকে সে সমর্থন করার শপথ নিয়েছিল, সেই প্রতিষ্ঠানটিই তার বিরুদ্ধে সক্রিয়ভাবে কাজ করছে, এই শীতল উপলব্ধি মারার মধ্যে এক নতুন ভীতির ঢেউ বয়ে আনে। এটি হঠাৎ করে, নাটকীয় বিশ্বাসঘাতকতা ছিল না, বরং বিশ্বাসের ধীর, ছলনাময়ী ক্ষয় ছিল, সাবধানে পরিকল্পিত সূক্ষ্ম অবক্ষয়ের প্রচারণা যা তাকে সম্পূর্ণ একা বোধ করায় ফেলেছিল। যে সমর্থনকে সে একসময় হালকাভাবে নিয়েছিল, তা অদৃশ্য হয়ে গেছে, তার পরিবর্তে একটি সতর্ক দূরত্ব, বিষাক্ত কুয়াশার মতো বাতাসে ভারী সন্দেহের অনুভূতি।

ফিসফিসানি ক্রমশ গুঞ্জনে পরিণত হয়েছিল, গুঞ্জনগুলো সরাসরি আলোচনায় পরিণত হয়েছিল যা সে চুপচাপ সুরে শুনতে পেয়েছিল, কথোপকথনের কিছু অংশ যা তাকে বেপরোয়া, অবিশ্বাস্য, এমনকি অস্থির হিসেবে চিত্রিত করেছিল। সে কিছু বাক্যের টুকরো ধরেছিল: "...অপ্রচলিত পদ্ধতি...," "...সন্দেহজনক বিচার...," "...ধামাচাপা দেওয়ার সম্ভাবনা"। সহকর্মীদের সাথে তার মিথস্ক্রিয়ার বৈশিষ্ট্য হিসেবে যে নৈমিত্তিক বন্ধুত্ব

ছিল তা চলে গেছে, তার জায়গায় যত্ন সহকারে নির্মিত পেশাদার দূরত্বের দেয়াল এসেছে। এমনকি নৈমিত্তিক শুভেচ্ছাও চাপা পড়ে গেছে, আশঙ্কার আড়ালে আবদ্ধ।

বিচ্ছিন্নতা যেন এক শ্বাসরুদ্ধকর কম্বল, তার চারপাশে জড়িয়ে, তার ফুসফুস থেকে বাতাস টেনে বের করে। সে নিজেকে সাধারণ এলাকা এড়িয়ে চলতে দেখতে পেল, ব্যস্ত করিডোরগুলো যা একসময় তার দলের শক্তিতে ভরপুর ছিল, এখন প্রতিকূল অঞ্চলের মতো মনে হচ্ছে। তার নিজের অ্যাপার্টমেন্টের নীরবতা একটি আশ্রয়স্থলে পরিণত হয়েছিল, ছায়ার মতো তার পিছনে ছুটে আসা সন্দেহ ও সন্দেহের অবিরাম ঝড় থেকে একটি আশ্রয়স্থল। ঘুম এমন একটি বিলাসিতা হয়ে ওঠে যা সে খুব কমই বহন করতে পারত, দুঃস্বপ্নের আচ্ছন্নতায় যা বাস্তবতা এবং প্যারানোয়ার মধ্যে রেখা ঝাপসা করে দেয়। তার স্বপ্ন ছিল প্রজেক্ট নাইটিঙ্গেলের ছায়াময় ব্যক্তিত্ব এবং তার সহকর্মীদের অপছন্দনীয় দৃষ্টির একটি বিশৃঙ্খল মিশ্রণ, তাদের মুখ অবিশ্বাস এবং বিশ্বাসঘাতকতার মুখোশে মোড়ানো।

তার শারীরিক স্বাস্থ্যের উপর যে প্রভাব পড়েছে তা অনস্বীকার্য। ক্লান্তি হাড়ের মতো গভীর ছিল, এক অবিরাম ক্লান্তি যা তাকে আবরণের মতো আঁকড়ে ধরেছিল। তার ক্ষুধা অদৃশ্য হয়ে গিয়েছিল, তার জায়গায় তার পেটে একটানা মন্থন, উদ্বেগের এক জট তৈরি হয়েছিল যা দিন দিন শক্ত হয়ে উঠছিল। সে নিজেকে তার কর্মক্ষমতা বজায় রাখার জন্য ক্রমশ ক্যাফিনের উপর নির্ভর করতে দেখেছিল, একটি বিপজ্জনক হাতল যা সমস্যাটিকে

আরও বাড়িয়ে তুলেছিল। সে যে প্রাণবন্ত, উদ্যমী মহিলা ছিল তা ম্লান হয়ে যাচ্ছিল, তার জায়গায় একটি ফ্যাকাশে, আঁকাবাঁকা আকৃতি এসে দাঁড়িয়েছিল, তার চোখ ক্লান্তি এবং উদ্বেগে আচ্ছন্ন ছিল।

আবেগগত ক্ষতি আরও তীব্র ছিল। তার বৈশিষ্ট্য ছিল অটল আত্মবিশ্বাস, যা ভেঙে যাচ্ছিল, তার জায়গায় এসে দাঁড়িয়েছিল এক তীব্র আত্ম-সন্দেহ। সে নিজেকে তার প্রতিটি সিদ্ধান্ত নিয়ে দ্বিধাগ্রস্ত করতে শুরু করল, প্রতিটি খুঁটিনাটি বিষয় নিয়ে ব্যথিত হল, মনে মনে কথোপকথনগুলি পুনরায় শুরু করল, সে যে কোনও ইঙ্গিত খুঁজে বের করতে শুরু করল যা সে মিস করেছে, তার ভুলগুলির জন্য। একসময় তার শক্তি ছিল সেই সূক্ষ্ম স্বভাব এখন একটি পঙ্গু বোঝা হয়ে দাঁড়িয়েছে, যা তাকে তার নিজের অবিরাম আত্ম-বিশ্লেষণের বন্দী করে তুলেছে।

ড্যানিয়েলের সাথে তার সম্পর্কের টানাপোড়েন স্পষ্ট ছিল। চাপের মুখে ভাগাভাগি, অব্যক্ত বন্ধন যা একসময় তাদের সম্পর্কের ভিত্তি ছিল, তা ভেঙে যাচ্ছিল। সে সমর্থন করার চেষ্টা করেছিল, কিন্তু তার গোপনীয়তার বোঝা, তার অব্যক্ত ভয়ের বোঝা তাদের মধ্যে এক অপ্রতিরোধ্য বাধা তৈরি করেছিল। সে যে সান্ত্বনা চেয়েছিল, যে অটল সমর্থন তার অত্যন্ত প্রয়োজন ছিল, তা সে দিতে পারেনি, কারণ সে সত্যের সাথে একমত হতে পারেনি। তার নীরবতার যত্ন সহকারে নির্মিত দেয়ালগুলি একটি মানসিক দূরত্ব তৈরি করেছিল যা তাদের সম্পর্ক ভেঙে যাওয়ার হুমকি দিয়েছিল।

তার আর্থিক স্থিতিশীলতা, যা একসময় স্বস্তির উৎস ছিল, এখন তা ছিল এক অনিশ্চিত দড়ির মতো। তার ক্যারিয়ারের সম্ভাব্য ক্ষতি, শাস্তিমূলক ব্যবস্থার সম্ভাবনা, এমনকি চাকরিচ্যুতির সম্ভাবনা, তার ভবিষ্যতের উপর দীর্ঘ ছায়া ফেলেছিল। সে বন্ধকী পরিশোধ, চিকিৎসা বীমা, আইনি ফি নেওয়ার সম্ভাবনার কথা ভাবতে শুরু করেছিল। চাপ দুর্বল করে দিচ্ছিল, একটি অবিরাম, কুঁচকে যাওয়া ভয় যা তার মানসিক শান্তিকে হরণ করছিল।

আর্থিক উদ্বেগের বাইরেও, তিনি তার আত্মমর্যাদার ক্ষয়ক্ষতির সাথে লড়াই করেছিলেন। মুখে বলা এবং অব্যক্ত উভয় অভিযোগই তার আত্মবোধ, তার কর্মজীবনকে পরিচালিত করার ক্ষমতার প্রতি অটল বিশ্বাসকে ছিন্নভিন্ন করে দিয়েছিল। সন্দেহ তার আত্মায় প্রবেশ করেছিল, তার যোগ্যতা, তার বিচারবুদ্ধি, এমনকি তার সততা নিয়েও প্রশ্ন তুলেছিল। একসময়ের প্রবল সংকল্প ম্লান হয়ে যাচ্ছিল, গভীর হতাশার অনুভূতিতে আচ্ছন্ন হয়ে পড়েছিল।

তদন্ত জুড়ে যে নীতিগত দ্বিধাগুলির সাথে সে লড়াই করেছিল, এখন তাকে তাড়া করে বেড়াচ্ছে, তার প্রতিটি সিদ্ধান্তের উপর দীর্ঘ ছায়া ফেলেছে। ন্যায়বিচারের সন্ধানে একসময় ন্যায্যতা প্রমাণিত হওয়া আপোষগুলি এখন আরও বিকৃত, তদন্ত এবং আত্ম-সন্দেহের কঠোর আলো দ্বারা বিকৃত। সে তার মনের ঘটনাগুলি পুনরায়

বর্ণনা করেছে, তার কর্মকাণ্ড বিশ্লেষণ করেছে, তার উদ্দেশ্য নিয়ে প্রশ্ন তুলেছে, তার নৈতিক বর্মে ফাটল খুঁজছে। যন্ত্রণাদায়ক আত্ম-প্রতিফলন ছিল ক্লান্তিকর, সন্দেহ এবং আত্ম-নিন্দার এক অবিরাম চক্র।

গোপনীয়তার ভার প্রায় অসহনীয় ছিল। সে দড়ি দিয়ে হেঁটে যাচ্ছিল, সংবেদনশীল তথ্য রক্ষা করার প্রয়োজনীয়তার সাথে কারো কাছে আস্থা রাখার, তার বোঝা ভাগ করে নেওয়ার, বিশ্বস্ত বন্ধু বা সহকর্মীর বোঝাপড়ায় সান্ত্বনা খুঁজে পাওয়ার অপ্রতিরোধ্য প্রয়োজনের ভারসাম্য বজায় রেখেছিল। কিন্তু বিশ্বাসঘাতকতার ভয়, তদন্তকে বিপন্ন করার ভয়, তার বিরুদ্ধে ব্যবহার করা যেতে পারে এমন তথ্য অসাবধানতাবশত প্রকাশের ভয়, তাকে চুপ করে রেখেছিল। নির্জনতা শ্বাসরুদ্ধকর ছিল, নীরবতা বধির করে দিচ্ছিল।

প্রকাশের ক্রমাগত হুমকি, তার অপ্রচলিত পদ্ধতিগুলি আবিষ্কার করে তার বিরুদ্ধে ব্যবহার করার সম্ভাবনা, এক গভীর উদ্বেগকে উস্কে দিয়েছিল যা তার প্রতিটি পদক্ষেপকে ছায়াচ্ছন্ন করে রেখেছিল। সে জানত যে এমনকি তার সবচেয়ে কাছের বিশ্বাসী, যাদের কাছে সে অতীতে গোপনে কথা বলেছিল, তাদেরও পুরোপুরি বিশ্বাস করা যাবে না। বন্ধু এবং সম্ভাব্য প্রতিপক্ষের মধ্যে সীমারেখা ঝাপসা হয়ে গিয়েছিল, যা ইতিমধ্যেই জটিল পরিস্থিতিতে আরও একটি জটিলতা যুক্ত করেছিল।

ন্যায়বিচারের অন্বেষণ, যা একসময় মহৎ দাবি ছিল, তা এক বিশ্বাসঘাতক যুদ্ধক্ষেত্রে পরিণত হয়েছিল, এবং মারা নিজেকে ক্রমশ বিচ্ছিন্ন করে ফেললেন, তার নিজের সংস্থার অভ্যন্তরীণ সংগ্রামের ক্রসফায়ারে আটকে গেলেন। ন্যায়বিচারের জন্য লড়াই, মনে হচ্ছিল, এক ভয়াবহ মূল্য দিয়ে এসেছে, যার মূল্য ব্যক্তিগত সম্পর্ক, পেশাদার খ্যাতি, এমনকি তার নিজের মানসিক ও শারীরিক সুস্থতার ত্যাগও অন্তর্ভুক্ত ছিল। সামনের পথটি অনিশ্চিত ছিল, সন্দেহ ও ভয়ে ঢাকা ছিল, এবং মারা ভাবছিলেন যে সত্যের মূল্য কি তিনি বহন করতে পারবেন। অবিরাম চাপ, ক্রমাগত তদন্ত, পেশাদার ধ্বংসের ভয়, সবকিছুই তাকে ধ্বংসের কাছাকাছি ঠেলে দিয়েছে। সত্যের মূল্য, তিনি শীতল স্পষ্টতার সাথে বুঝতে পেরেছিলেন যে, তিনি কখনও কল্পনাও করেননি তার চেয়ে অনেক বেশি। এটি কেবল পেশাদারিত্বের ক্ষেত্রেই নয়, তার নিজস্ব সত্তার কাঠামোতেও দেওয়া মূল্য ছিল।

অধ্যায় ১৫: একটি নতুন ভোর

ভোর হলো, আকাশকে নরম এপ্রিকট আর গোলাপের রঙে রাঙিয়ে তুললো, এতদিন ধরে মারার গায়ে লেগে থাকা অন্ধকারের সম্পূর্ণ বিপরীত। সে তার বারান্দায় বসে ছিল, তার চারপাশে জেগে উঠছে শহর, দূরের সাইরেনের সিম্ফনি, বাসের গর্জন, আর ভোরের পাখিদের কিচিরমিচির। তার হাতে থাকা কফিটা উষ্ণ, ভুলে গিয়েছিল, যখন সে প্যানোরামার দিকে তাকিয়ে ছিল, শহরের দৃশ্য, তার সাম্প্রতিক অগ্নিপরীক্ষার সুতো দিয়ে বোনা একটি টেপেস্ট্রি। ক্লান্তি পুরোপুরি কাটেনি, কিন্তু

তীব্র, পক্ষাঘাতগ্রস্ত ভয় কমে গেছে, পিছনে রেখে গেছে এক শান্ত ক্লান্তি, শূন্যতার এক গভীর অনুভূতি।

গত কয়েক মাসের ঘটনাগুলো তার মনে বারবার ভেসে উঠল, চোখের সামনে একটা অবিরাম ফিল্মস্ট্রিপ ভেসে উঠল - গোপন বৈঠক, ছায়াচ্ছন্ন ব্যক্তিত্ব, বিশ্বাসঘাতকতা, প্রকাশের ক্রমাগত ভয়। সে আপোস করা প্রমাণ, কারসাজি করা তথ্য, তার তদন্তকে দুর্বল করার ইচ্ছাকৃত প্রচেষ্টার কথা ভাবল। যাদের উপর সে বিশ্বাস করেছিল, যাদের সে সহকর্মী বলে মনে করেছিল, তারা তার প্রচেষ্টাকে নষ্ট করার জন্য সক্রিয়ভাবে কাজ করেছিল এই উপলব্ধি গিলে ফেলার জন্য একটি তিক্ত বড়ি ছিল। এটি কেবল একটি পেশাদার বিপর্যয় ছিল না; এটি ছিল বিশ্বাসের গভীর লঙ্ঘন, তার এজেন্সি সম্পর্কে তার আদর্শিক দৃষ্টিভঙ্গির ছিন্নভিন্নতা।

রাগ, যা একসময় তীব্র ক্রোধের মতো ছিল, তা এখন ঠান্ডা হয়ে গভীর, জ্বলন্ত বিরক্তিতে পরিণত হয়েছে। এটি কোনও আহত প্রাণীর অন্ধ, আবেগপ্রবণ ক্রোধ ছিল না, বরং একটি পরিকল্পিত, নিয়ন্ত্রিত ক্রোধ ছিল, যা তার সাথে যা ঘটেছে তা অন্যদের সাথে যাতে না ঘটে তা নিশ্চিত করার জন্য একটি নীরব দৃঢ় সংকল্প দ্বারা উদ্ভূত হয়েছিল। সে জানত যে সে কেবল এটিকে ছেড়ে দিতে পারবে না, অভিজ্ঞতাকে কবর দিতে পারবে না এবং ভান করতে পারবে না যে এটি ঘটেনি। সে বুঝতে পেরেছিল যে ন্যায়বিচার তার একসময়ের বিশ্বাসের চেয়ে অনেক বিস্তৃত ধারণা। এটি কেবল অপরাধীদের গ্রেপ্তার করার বিষয়ে ছিল না; এটি ছিল তাদের জবাবদিহি করার বিষয়ে

যারা তাদের ক্ষমতার অপব্যবহার করেছিল, যারা তাদের শপথ নেওয়া ব্যবস্থাকে বিকৃত করেছিল।

তার প্রতিফলন কেবল অতীত নিয়ে ছিল না; এটি ছিল ভবিষ্যতের বিষয়ে। সামনের পথ অনিশ্চিত ছিল, তার ভাঙা আস্থার ধ্বংসাবশেষে ভরা ভূদৃশ্য। যে ক্যারিয়ার গড়ে তোলার জন্য সে তার জীবন উৎসর্গ করেছিল তা অনিশ্চিতভাবে ঝুলে ছিল। শাস্তিমূলক ব্যবস্থা, এমনকি চাকরিচ্যুতির সম্ভাবনা প্রবলভাবে প্রকট ছিল, তার চিন্তাভাবনায় একটি অবিরাম, অবাঞ্ছিত উপস্থিতি ছিল। কিন্তু ভয়ের পাশাপাশি, একটি নতুন সংকল্প শিকড় গেড়েছিল, তার হতাশার ছাই থেকে জন্ম নেওয়া একটি শান্ত শক্তি।

সে ড্যানিয়েলের কথা ভাবছিল, তাদের মধ্যে যে নীরব চাপ তৈরি হয়েছিল, সেই অব্যক্ত উদ্বেগের কথা যা একটি অপ্রতিরোধ্য বাধা তৈরি করেছিল। তার গোপনীয়তার ভার তাদের সম্পর্ককে পরীক্ষা করেছিল, একে সীমার দিকে ঠেলে দিয়েছিল। সে জানত যে তার কাছে তার ব্যাখ্যা, সে যে অগ্নিপরীক্ষা সহ্য করেছে তা বোঝার সুযোগ তার পাওনা, কিন্তু সম্পূর্ণ সত্য প্রকাশের ভয়, তার ভঙ্গুর অগ্রগতিকে বিপন্ন করার ভয় তাকে চুপ করে রেখেছিল। অপরাধবোধ একটি ভারী আবরণ ছিল, যা তার হৃদয়কে ভারাক্রান্ত করেছিল, কিন্তু বিচক্ষণতার প্রয়োজনীয়তা, সংবেদনশীল তথ্য রক্ষা করার প্রয়োজনীয়তা, সবচেয়ে গুরুত্বপূর্ণ ছিল।

আর্থিক প্রভাবও ছিল তাৎপর্যপূর্ণ। তার আয়ের সম্ভাব্য ক্ষতি, আইনি লড়াইয়ের সম্ভাবনা, আর্থিক ধ্বংসের হুমকি, তার ভবিষ্যতের উপর দীর্ঘ ছায়া ফেলেছিল। এই নতুন বাস্তবতা, এই অনিশ্চিত ভূখণ্ডে চলাচলের উপায় খুঁজে বের করার জন্য তাকে পুনর্নির্মাণ করতে হবে। একসময় তিনি যে আরামদায়ক জীবনযাপন করতেন, যে আর্থিক নিরাপত্তাকে তিনি হালকাভাবে নিতেন, তা এখন দূরের স্মৃতি, তার দুর্বলতার স্পষ্ট সচেতনতা দ্বারা প্রতিস্থাপিত।

কিন্তু এই অনিশ্চয়তার মাঝেও, তিনি আশার ঝলক খুঁজে পেলেন, উদ্দেশ্যের এক নতুন অনুভূতি পেলেন। অভিজ্ঞতাটি, যতই বিধ্বংসী হোক না কেন, তাকে ক্ষমতার জটিলতা, বিশ্বাসের ভঙ্গুরতা এবং দুর্নীতির ছলনাময়ী প্রকৃতি সম্পর্কে অমূল্য শিক্ষা দিয়েছিল। এটি এমন একটি প্রতিষ্ঠানের অন্ধকারাচ্ছন্নতা উন্মোচিত করেছিল যা তিনি একসময় উচ্চ সম্মানের সাথে পালন করতেন, পালিশ করা আবরণের আড়ালে লুকিয়ে থাকা ত্রুটি এবং অসম্পূর্ণতাগুলি প্রকাশ করে।

তিনি যে নীতিগত দ্বিধাদ্বন্দ্বের মুখোমুখি হয়েছিলেন, ন্যায়বিচারের সন্ধানে যে আপোষ করেছিলেন, সেগুলি এখন তার স্মৃতিতে খোদাই করা হয়েছে, সত্যের উচ্চ মূল্যের একটি ধ্রুবক স্মারক হিসেবে কাজ করে। তিনি তার বিবেকের সাথে লড়াই করেছিলেন, সঠিক এবং ভুলের মধ্যে সূক্ষ্ম রেখা নিয়ে যন্ত্রণা করছিলেন, তার তদন্তের ঘোলা জলে নৈতিক স্বচ্ছতার সন্ধান করছিলেন। তিনি জানতেন যে তিনি ভুল করেছেন, কিন্তু তিনি আরও জানতেন যে তার উদ্দেশ্য সর্বদা বিশুদ্ধ ছিল, তার

কাজগুলি, যতই অপ্রচলিত হোক না কেন, ন্যায়বিচারের গভীর অনুভূতি দ্বারা চালিত হয়েছিল।

তিনি যে বিচ্ছিন্নতা অনুভব করেছিলেন, শক্তিশালী প্রতিপক্ষের মুখোমুখি হয়ে সম্পূর্ণ একা থাকার অনুভূতি, তা ছিল একটি কঠোর কিন্তু অপরিহার্য শিক্ষা। এটি তাকে তার দুর্বলতাগুলির মুখোমুখি হতে, তার সীমাবদ্ধতাগুলি স্বীকৃতি দিতে এবং তার ভিতরে থাকা শক্তির প্রশংসা করতে বাধ্য করেছিল। তিনি স্থিতিস্থাপকতার গুরুত্ব, হতাশার গভীরতা থেকে নিজেকে তুলে নেওয়ার এবং এগিয়ে যাওয়ার ক্ষমতা শিখেছিলেন, এমনকি যখন সামনের পথটি অপ্রতিরোধ্য বলে মনে হয়েছিল।

গোপনীয়তার বোঝা, এমন এক সত্য বহন করার বোঝা যা অন্য কেউ বোঝে না, প্রায় অসহনীয় ছিল। কিন্তু সেই নীরবতার মধ্যেও, সে এমন এক শক্তি খুঁজে পেয়েছিল যা সে কখনও জানত না যে তার আছে। এটি ছিল একটি নির্জন যাত্রা, এমন একটি পথ যা তাকে একা চলতে হয়েছিল, কিন্তু এটি এমন একটি পথ যা তাকে নিজের সম্পর্কে, তার ক্ষমতা সম্পর্কে এবং ন্যায়বিচারের মূল্য সম্পর্কে আরও গভীরভাবে উপলব্ধি করতে পরিচালিত করেছিল।

নিচের শহরটি জেগে উঠতে থাকে, ভোরটি উজ্জ্বল, আশাব্যঞ্জক দিনে পরিণত হয়। এবং মারা যখন তাকাল, তখন তার উপর এক প্রশান্তির অনুভূতি, অতীতের নীরব গ্রহণযোগ্যতা এবং ভবিষ্যতের প্রতি সতর্ক আশাবাদ

প্রতিষ্ঠিত হয়েছিল। সে জানত সামনের পথ সহজ হবে না। চ্যালেঞ্জগুলি ছিল বিশাল, বাধাগুলি ছিল তাৎপর্যপূর্ণ। কিন্তু সে আর ভয়ে ভীত ছিল না। রাগ কমে গিয়েছিল, তার জায়গায় একটি ইস্পাত দৃঢ় সংকল্প ছিল, ন্যায়বিচারের জন্য লড়াই করার একটি শান্ত সংকল্প, কেবল নিজের জন্য নয় বরং অন্যদের জন্য যারা নিজেকে তার জায়গায় খুঁজে পেতে পারে। সে আহত হয়েছিল, কিন্তু সে ভেঙে পড়েনি। অভিজ্ঞতা গভীর এবং স্থায়ী ক্ষত রেখে গিয়েছিল, কিন্তু এটি তার মধ্যে একটি নতুন শক্তি, একটি নতুন স্থিতিস্থাপকতা এবং সত্য, যতই বেদনাদায়ক হোক না কেন, সর্বদা জয়ী হবে তা নিশ্চিত করার প্রতিশ্রুতিও জাগিয়ে তুলেছিল। সে বুঝতে পেরেছিল যে নতুন ভোর কেবল একটি রূপক ছিল না। এটি একটি প্রতিশ্রুতি, তার অদম্য চেতনার প্রমাণ এবং একটি নতুন সূচনার প্রতীক ছিল। সে জানত, লড়াই এখনও শেষ হয়নি, কিন্তু সে প্রস্তুত ছিল। ভোর তারই ছিল।

সূর্য আকাশে আরও উপরে উঠে গেল, শহর জুড়ে তার সোনালী রশ্মি ছড়িয়ে দিল। মারা ভেতরে পা রাখল, তার অ্যাপার্টমেন্টের উষ্ণতা তাকে ঢেকে ফেলল। সে নিজেকে আরেক কাপ কফি ঢেলে দিল, এবার তা এমন তাপমাত্রায় ঠান্ডা হতে দিল যা সে আসলে উপভোগ করতে পারে। তিক্ত স্বাদটি তার শেখা কঠোর শিক্ষার কথা মনে করিয়ে দিচ্ছিল, তবে এটি একটি নতুন সূচনারও ইঙ্গিত দিচ্ছিল। যাত্রাটি ছিল কঠিন, যন্ত্রণা, মোহভঙ্গ এবং বিশ্বাসঘাতকতায় ভরা। কিন্তু এটি তার সংকল্পকে আরও শক্তিশালী করেছিল, তার মনোযোগকে তীক্ষ্ণ করেছিল এবং সে এখন যে পথে হাঁটবে তা আলোকিত করেছিল। ন্যায়বিচারের জন্য লড়াই তাকে অনেক মূল্য দিতে

হয়েছিল, কিন্তু শেষ পর্যন্ত, এটি তাকে শান্ত শক্তির জায়গায়, গ্রহণযোগ্যতা এবং নতুন দৃঢ় সংকল্পের জায়গায় নিয়ে এসেছিল।

যারা তার পাশে দাঁড়িয়েছিল, যারা তার উপর বিশ্বাস করেছিল, এমনকি যখন তার বিরুদ্ধে প্রমাণ জমাট বেঁধেছিল, তাদের প্রতি তার গভীর কৃতজ্ঞতা ছিল। তাদের আনুগত্য, তার সততার প্রতি তাদের বিশ্বাস, সবচেয়ে অন্ধকার সময়েও জীবনরক্ষাকারী ছিল। তিনি জানতেন যে তিনি তাদের প্রতি কৃতজ্ঞতার ঋণী, এমন একটি ঋণ যা তিনি আগামী বছরগুলিতে পরিশোধ করার আশা করেছিলেন।

কিন্তু তার কাছে সবচেয়ে গুরুত্বপূর্ণ ঋণ ছিল নিজের প্রতি -- তার শরীরের সেই অংশের প্রতি যা পরীক্ষিত, পরীক্ষিত এবং অবশেষে তার ধারণার চেয়েও শক্তিশালী প্রমাণিত হয়েছিল। তিনি ছিলেন একজন বেঁচে থাকা, প্রতিকূলতার আগুনে পুড়ে যাওয়া একজন যোদ্ধা। অভিজ্ঞতা তাকে উন্মোচিত করেছিল, তার দুর্বলতাগুলি প্রকাশ করেছিল এবং তাকে তার নিজের দানবদের মুখোমুখি হতে বাধ্য করেছিল। কিন্তু এটি এমন একটি শক্তি, একটি স্থিতিস্থাপকতা, একটি দৃঢ় সংকল্পও প্রকাশ করেছিল যা সে কখনও জানত না। যাত্রাটি ছিল নিষ্ঠুর, কিন্তু এটি শেষ পর্যন্ত তাকে রূপান্তরিত করেছিল, তার প্রাক্তন আত্মার ছাই থেকে নিজের একটি নতুন এবং শক্তিশালী সংস্করণ তৈরি করেছিল। এবং যখন সে একটি নতুন ভোরের পাদদেশে দাঁড়িয়েছিল, তখন সে অটল নিশ্চিতভাবে জানত যে সামনে যে কোনও চ্যালেঞ্জের

জন্য সে প্রস্তুত। ন্যায়বিচারের জন্য লড়াই এখনও শেষ হয়নি, তবে সে এর মুখোমুখি হতে প্রস্তুত ছিল, লড়াই করতে প্রস্তুত ছিল, জয়ের জন্য প্রস্তুত ছিল।

প্রথম পদক্ষেপটি ছিল সবচেয়ে কঠিন। ন্যায়বিচারের অবিরাম সাধনা থেকে, অসমাপ্ত কাজের বেদনাদায়ক অনুভূতি থেকে দূরে সরে যাওয়া, একটি অঙ্গ ছিন্ন করার মতো অনুভূত হয়েছিল। কয়েক মাস ধরে, তার জীবন তদন্তের চারপাশে আবর্তিত হয়েছিল, সত্যের জন্য অবিরাম তাড়া। এখন, নীরবতা বধির হয়ে উঠছিল, শূন্যতা গভীর ছিল। তার একটি নতুন ছন্দ তৈরি করা দরকার ছিল, তার দিনগুলিতে একটি নতুন কাঠামো তৈরি করা, সর্বগ্রাসী তদন্তের ফলে তৈরি শূন্যতা পূরণ করার জন্য কিছু।

থেরাপি অপরিহার্য ছিল। ডঃ অ্যালব্রাইট, একজন দয়ালু, জ্ঞানী, সহানুভূতিশীল মহিলা, জীবন রক্ষাকারী হয়ে ওঠেন। সেশনগুলি কঠিন ছিল, বেদনাদায়ক স্মৃতিগুলিকে টেনে তুলেছিল, তার সহ্য করা আঘাতের মুখোমুখি হয়েছিল। মারা নিজেকে স্তরে স্তরে উন্মোচিত হতে দেখেছিলেন, নিজেকে রক্ষা করার জন্য তৈরি করা শক্ত খোলসটি ছিঁড়ে ফেলছিলেন। প্রক্রিয়াটি ছিল যন্ত্রণাদায়ক, চাপা আবেগের একটি ধীর, শ্রমসাধ্য খনন, কিন্তু ডঃ অ্যালব্রাইটের মৃদু নির্দেশনা তাকে তার নিজের মানসিকতার বিশ্বাসঘাতক দৃশ্যপটে নেভিগেট করতে সাহায্য করেছিল। তিনি সেই ট্রিগারগুলি সনাক্ত করতে শিখেছিলেন যা তাকে উদ্বেগ এবং আতঙ্কের মধ্যে ফেলেছিল, অপ্রতিরোধ্য অনুভূতিগুলি পরিচালনা করার জন্য মোকাবেলা করার পদ্ধতি বিকাশ করেছিল। তিনি জার্নাল লিখতে শুরু করেছিলেন, তার চিন্তাভাবনা এবং

আবেগগুলিকে পৃষ্ঠায় ঢেলে দিয়েছিলেন, একটি ক্যাথার্টিক মুক্তি যা তাকে আঘাত প্রক্রিয়া করতে এবং নিরাময় প্রক্রিয়া শুরু করতে সহায়তা করেছিল।

আরোগ্যলাভের শারীরিক দিকটিও ঠিক ততটাই গুরুত্বপূর্ণ ছিল। একসময় ঘুমের অভাব ছিল, ধীরে ধীরে তা ফিরে আসে। তিনি তার রুটিনে ব্যায়াম অন্তর্ভুক্ত করতে শুরু করেন, ফুটপাতে তার পায়ের ছন্দবদ্ধ ধাক্কায় সান্ত্বনা খুঁজে পান, এন্ডোরফিন নিঃসরণ তার আহত আত্মার জন্য মলম হিসেবে কাজ করে। যোগব্যায়াম একটি ধ্যানমূলক অনুশীলনে পরিণত হয়, যা তাকে তার শরীরের সাথে পুনরায় সংযোগ স্থাপন করতে, বর্তমান মুহূর্তে নিজেকে স্থির রাখতে, চিন্তাভাবনার অক্লান্ত চক্র থেকে মুক্তি পেতে সাহায্য করে। শারীরিক পরিশ্রম, প্রতিটি ভঙ্গির জন্য প্রয়োজনীয় মনোযোগ, ভিতরের অদম্য ঝড় থেকে একটি অত্যন্ত প্রয়োজনীয় অবকাশ প্রদান করে। তিনি স্বাস্থ্যকর খাবার খেতে শুরু করেন, স্বাস্থ্যকর খাবার দিয়ে তার শরীরকে পুষ্ট করেন, বুঝতে পারেন যে আত্ম-যত্ন কোনও বিলাসিতা নয় বরং একটি প্রয়োজনীয়তা।

তার পেশাগত জীবন পুনর্গঠন করা ছিল একটি কঠিন কাজ। তদন্তের ছায়া এখনও তার উপর ঝুলে ছিল, তার উপর বিশ্বাসঘাতকতা এবং অবিচারের ক্রমাগত স্মরণ করিয়ে দিচ্ছিল। তিনি সংস্থাটি সম্পূর্ণরূপে ছেড়ে দেওয়ার কথা ভেবেছিলেন, সেই প্রতিষ্ঠানের সাথে সম্পর্ক ছিন্ন করার কথা ভেবেছিলেন যা একসময় তার জীবনের কাজ ছিল। কিন্তু এই চিন্তা তাকে গভীর ক্ষতির অনুভূতিতে

ভরিয়ে তুলেছিল, ন্যায়বিচারের প্রতি তার নিজের প্রতিশ্রুতির প্রতি বিশ্বাসঘাতকতা। তিনি বছরের পর বছর ধরে তার দক্ষতা অর্জন করেছেন, এমন একটি ক্যারিয়ারে নিজেকে উৎসর্গ করেছেন যা তিনি গভীরভাবে বিশ্বাস করেছিলেন। এখন এটি ত্যাগ করা হবে সেই শক্তির কাছে আত্মসমর্পণ করা যারা তাকে ধ্বংস করতে চেয়েছিল।

পরিবর্তে, তিনি লড়াই করার সিদ্ধান্ত নেন, কিন্তু নিজের শর্তে। তিনি আইনি পথ অনুসন্ধান শুরু করেন, প্রতিকারের জন্য তার বিকল্পগুলি অন্বেষণ করেন। প্রক্রিয়াটি ধীর, শ্রমসাধ্য এবং জটিলতায় ভরা ছিল, কিন্তু তিনি তার অগ্নিপরীক্ষার জন্য দায়ীদের জবাবদিহি করার জন্য একটি নীরব দৃঢ় সংকল্প দ্বারা পরিচালিত হয়েছিলেন। তিনি নাগরিক অধিকার লঙ্ঘনের ক্ষেত্রে বিশেষজ্ঞ একজন স্বনামধন্য আইনজীবীর কাছ থেকে পরামর্শ চেয়েছিলেন, প্রতিটি অসদাচরণের ঘটনা, তার ভুক্তভোগী প্রতিটি বিশ্বাসঘাতকতার ঘটনা সাবধানতার সাথে নথিভুক্ত করেছিলেন। আইনি লড়াইটি ব্যয়বহুল ছিল, কিন্তু তিনি একজন আইনজীবীর কাছ থেকে প্রো বোনো প্রতিনিধিত্ব পেয়েছিলেন যিনি তার গল্প এবং তার দৃঢ়তা দ্বারা অনুপ্রাণিত হয়েছিলেন।

আর্থিকভাবে, তাকে নতুন করে শুরু করতে হয়েছিল। আইনি লড়াই, যদিও প্রয়োজনীয় ছিল, তার সম্পদের সঙ্কোচন করছিল। তিনি ফ্রিল্যান্স পরামর্শের কাজ শুরু করেছিলেন, তার দক্ষতা ব্যবহার করে ছোট সংস্থাগুলিকে সহায়তা করেছিলেন, যারা বৃহত্তর প্রতিষ্ঠানের জটিলতা এবং সম্ভাব্য দুর্নীতিতে কম জড়িয়ে পড়েছিল। এটি তার

একসময়ের আরামদায়ক, নিরাপদ জীবন ছিল না, তবে এটি উদ্দেশ্যের অনুভূতি, তার অবস্থান পুনরুদ্ধারের একটি উপায়, তার জীবন পুনর্নির্মাণের একটি উপায়, ইটের পর ইট। কাজটি চ্যালেঞ্জিং কিন্তু ফলপ্রসূ ছিল, তাকে সাফল্যের অনুভূতি, তার নিজের ভাগ্যের নিয়ন্ত্রণে থাকার অনুভূতি দিয়েছিল।

ড্যানিয়েলের সাথে তার সম্পর্ক ছিল আরেকটি গুরুত্বপূর্ণ চ্যালেঞ্জ। তার গোপনীয়তার ভার তাদের মধ্যে একটি অলঙ্ঘনীয় প্রাচীর তৈরি করেছিল। বিশ্বাস ভেঙে গিয়েছিল, ঘনিষ্ঠতা ভেঙে গিয়েছিল। তার কাছে সেই অগ্নিপরীক্ষা সম্পর্কে খোলাখুলি কথা বলা যন্ত্রণাদায়ক ছিল, অভিজ্ঞতার এক বেদনাদায়ক পুনরুত্থান। কিন্তু সে তার কাছে সততার ঋণী ছিল, এবং সে জানত যে তাদের ভবিষ্যৎ নির্ভর করছে তাদের বিচ্ছিন্নকারী ব্যবধান পূরণ করার ক্ষমতার উপর।

এক সন্ধ্যায়, যখন তারা তাদের বারান্দায় বসেছিল, নীচে শহরের আলো জ্বলছিল, অবশেষে সে কথা বলল। কথাগুলো ভেসে এলো এক জোয়ারের মতো, আবেগের এক স্রোত - ভয়, রাগ, বিশ্বাসঘাতকতা, এবং অবশেষে, দুর্বলতার এক গভীর অনুভূতি। সে তাকে সবকিছু বলল - গোপন বৈঠক, আপোষিত প্রমাণ, নাশকতা, প্রকাশের অবিরাম ভয়। সে তার আত্মাকে উন্মুক্ত করে দিল, তার ব্যথা এবং তার সংগ্রামের গভীরতা উন্মোচিত করল।

ড্যানিয়েল ধৈর্য ধরে শুনলেন, তার মুখে উদ্বেগ এবং সহানুভূতি ফুটে উঠল। তিনি তার হাত ধরে নীরব সমর্থন দিলেন, তার স্বীকারোক্তির ঝড়ের মধ্যে একটি আশ্রয়স্থল। যখন তার কথা শেষ হল, তখন তিনি কোনও অলস কথা বা খালি আশ্বাস দিলেন না। পরিবর্তে, তিনি কেবল তাকে কাছে ধরে রাখলেন, তাকে তার আলিঙ্গনের উষ্ণতা, তার ভালোবাসার অটল শক্তি অনুভব করতে দিলেন। এটি ছিল নিরাময়ের দীর্ঘ যাত্রার সূচনা, বিশ্বাস এবং ঘনিষ্ঠতা পুনর্নির্মাণের পথ, কিন্তু কয়েক মাসের মধ্যে প্রথমবারের মতো, মারা আশার ঝলকানি, সম্ভাবনার অনুভূতি অনুভব করলেন।

পুনর্গঠন প্রক্রিয়াটি রৈখিক ছিল না। কিছু বিপত্তি, সন্দেহ এবং হতাশার মুহূর্ত ছিল। এমন সময় ছিল যখন অতীতের বোঝা তাকে চূর্ণবিচূর্ণ করার হুমকি দিয়েছিল, যখন একই ভুল পুনরাবৃত্তি করার ভয় অপ্রতিরোধ্য বলে মনে হয়েছিল। কিন্তু এই সবকিছুর মধ্য দিয়ে, তিনি তার শেখা শিক্ষাগুলিকে আঁকড়ে ধরেছিলেন - স্থিতিস্থাপকতার গুরুত্ব, ক্ষমার শক্তি এবং ন্যায়বিচারের অটল সাধনা।

তিনি অপ্রত্যাশিত জায়গায় সান্ত্বনা খুঁজে পেয়েছিলেন - ধ্যানের নীরব মুহূর্তগুলিতে, কর্মক্ষেত্রের আঘাত থেকে বেঁচে যাওয়া সহকর্মীদের নিয়ে গঠিত একটি ছোট সহায়তা দলের সৌহার্দ্যে, তার ছোট ভেষজ বাগানের যত্ন নেওয়ার সহজ পদক্ষেপে, তার রোপণ করা বীজগুলিকে অঙ্কুরিত ও বৃদ্ধি পেতে দেখার মাধ্যমে। আত্ম-যত্নের এই ছোট ছোট কাজগুলি, নীরব ধ্যানের এই মুহূর্তগুলি, তার আত্মাকে লালন করেছিল, তার সংকল্পকে জ্বালানি

দিয়েছিল। তার শক্তি, একবার নিঃশেষ হয়ে গেলে, ধীরে ধীরে ফিরে এসেছিল, একটি শক্তিশালী ভিত্তির মতো নিজের উপর গড়ে উঠেছিল।

আইনি প্রক্রিয়া দীর্ঘায়িত হতে থাকে, একটি ধীর, কঠিন প্রক্রিয়া যা তার ধৈর্য এবং দৃঢ়তার পরীক্ষা নেয়। কিন্তু তিনি অবিচল ছিলেন, ন্যায়বিচারের প্রতি তার অঙ্গীকার অটল ছিল। মামলাটি কেবল তার নিজের সংগ্রামের প্রতীক নয়, বরং দুর্নীতিকে আরও তীব্র করে তোলার জন্য যে পদ্ধতিগত সমস্যাগুলি তৈরি করেছিল তার প্রতীক হয়ে ওঠে। এটি সংস্কারের জন্য একটি সমাবেশের ডাক হিসেবে কাজ করে, ক্ষমতার অপব্যবহারের প্রতি যারা চোখ বন্ধ করে রেখেছিল তাদের জন্য একটি জাগরণের ডাক হিসেবে কাজ করে।

শেষ পর্যন্ত, সত্যের জয় হয়েছিল। যদিও প্রক্রিয়াটি ক্লান্তিকর এবং দীর্ঘস্থায়ী ছিল, আইনি লড়াইটি একটি যুগান্তকারী নিষ্পত্তিতে পরিণত হয়েছিল যা কেবল তাকে আর্থিক ক্ষতিপূরণই দেয়নি বরং সংস্থাটিকে সেই পদ্ধতিগত সমস্যাগুলি সমাধান করতে বাধ্য করেছিল যা ঘটনাগুলি প্রকাশ পেতে সাহায্য করেছিল। এই জয়টি ছিল তিক্ত-মিষ্টি, তার স্থিতিস্থাপকতা এবং ন্যায়বিচারের প্রতি তার প্রতিশ্রুতির প্রমাণ, তবে মূল্যের একটি গুরুতর স্মারকও।

ভোর সত্যিই এসে গেছে। এটা হঠাৎ করেই নাটকীয় রূপান্তর ছিল না, বরং ধীরে ধীরে উন্মোচিত হচ্ছিল,

দীর্ঘস্থায়ী ক্ষতের মধ্যে আশার এক শান্ত প্রস্ফুটিত প্রস্ফুটিত। মারা অন্ধকার থেকে বেরিয়ে এসেছিল আগের চেয়ে আরও শক্তিশালী, জ্ঞানী এবং আরও দৃঢ়প্রতিজ্ঞ। সে একটি নতুন পথ, একটি নতুন উদ্দেশ্য, নিজের প্রতি নতুন অনুভূতি খুঁজে পেয়েছিল। ন্যায়বিচারের জন্য লড়াই এখনও শেষ হয়নি, কিন্তু এখন সে প্রস্তুত ছিল, কেবল বেঁচে থাকার জন্য নয়, বরং উন্নতির জন্য।

তার বারান্দায় লুকিয়ে থাকা সবুজের ছোট্ট একটা অংশ, ভেষজ বাগানটি এক অভয়ারণ্যে পরিণত হয়েছিল। তুলসী আর রোজমেরির সুবাস, তার আঙুলের নীচের শীতল মাটির অনুভূতি, তাকে বর্তমানের মধ্যে স্থির করে তুলেছিল, ঘূর্ণায়মান উদ্বেগের সম্পূর্ণ বিপরীতে যা এখনও মাঝে মাঝে তাকে গ্রাস করার হুমকি দিয়েছিল। প্রতিটি ছোট অঙ্কুর, প্রতিটি সূক্ষ্ম ফুল, এক ধাপ এগিয়ে যাওয়ার প্রতিনিধিত্ব করে, নিজের মধ্যে যে স্থিতিস্থাপকতা গড়ে তুলছিল তার প্রমাণ। সে তার গাছের লালন-পালন এবং তার নিজের আত্মার লালনের মধ্যে একটি অদ্ভুত সাদৃশ্য খুঁজে পেয়েছিল, একটি শান্ত, ধ্যানমূলক কাজ যা তাকে এমন শান্তির অনুভূতির সাথে পুনরায় সংযোগ স্থাপন করতে সাহায্য করেছিল যা সে কয়েক মাস ধরে অনুভব করেনি।

সহায়তা গোষ্ঠীটি অমূল্য প্রমাণিত হয়েছিল। কর্মক্ষেত্রে আঘাতের ছলনাময় প্রকৃতি, বিশ্বাসঘাতকতার বিচ্ছিন্ন অভিজ্ঞতা বুঝতে পেরেছিলেন এমন অন্যদের সাথে তার গল্প ভাগ করে নেওয়া ছিল গভীর স্বস্তি। এটি ছিল তার দুর্বলতা স্বীকার করার, এতদিন ধরে তার পরা শক্তির মুখোশ খুলে ফেলার একটি নিরাপদ স্থান। অন্যদের গল্প

শোনা, তাদের কণ্ঠে তার নিজের বেদনার প্রতিধ্বনি শুনতে পেয়ে, তাকে বুঝতে সাহায্য করেছিল যে সে একা নয়, তার অভিজ্ঞতা অনন্য নয়, তার অনুভূতিগুলি বৈধ। ভাগ করা অভিজ্ঞতাগুলি সংহতির বন্ধন তৈরি করেছিল, সম্প্রদায়ের অনুভূতি যা তার সংকল্পকে শক্তিশালী করেছিল। তারা বুঝতে পেরেছিল যে আঘাত কীভাবে প্রকাশ পায়, দীর্ঘস্থায়ী ছায়া যা এমনকি বিজয়ও সম্পূর্ণরূপে মুছে ফেলতে পারে না। তারা ব্যবহারিক পরামর্শ, মোকাবেলা করার পদ্ধতি এবং সহানুভূতির গভীর অনুভূতি ভাগ করে নিয়েছিল যা কেবল সহানুভূতির বাইরেও ছিল। এটি একটি জীবনরেখা ছিল, একটি স্মরণ করিয়ে দেয় যে নিরাময় একটি যাত্রা, একটি গন্তব্য নয়, এবং ধ্বংসস্তূপের মধ্যেও আশা খুঁজে পাওয়া সম্ভব।

তার ফ্রিল্যান্স পরামর্শের কাজ সমৃদ্ধি লাভ করে। ছোট সংস্থাগুলি, আমলাতান্ত্রিক জড়তা এবং দুর্নীতির সম্ভাবনা যা তার পূর্ববর্তী নিয়োগকর্তাকে জর্জরিত করেছিল, তার বোঝামুক্ত হয়ে, তার দক্ষতাকে স্বাগত জানায়। তিনি তরুণ এজেন্টদের পরামর্শ দেওয়ার, অপরাধমূলক প্রোফাইলিংয়ের জটিলতার মধ্য দিয়ে তাদের পরিচালনা করার, তাত্ত্বিক জ্ঞান এবং ব্যবহারিক অভিজ্ঞতার মিশ্রণ প্রদানের মাধ্যমে সন্তুষ্টি খুঁজে পান। তিনি জটিল মামলা মোকাবেলা করার চ্যালেঞ্জ উপভোগ করেন, তার দক্ষতা ব্যবহার করে ভুক্তভোগীদের ন্যায়বিচার প্রদান করেন যারা অন্যথায় ভুলে যেতেন। এটি ছিল তার পেশাদার পরিচয় পুনরুদ্ধার করার, তার নিজের শর্তে সাফল্যকে পুনরায় সংজ্ঞায়িত করার, তার অতীতের সীমাবদ্ধতা এবং বিশ্বাসঘাতকতা থেকে মুক্ত করার একটি সুযোগ। এই

কাজ তাকে তার প্রিয় ক্ষেত্রের সাথে সংযোগ বজায় রাখার সুযোগ দেয়, একই সাথে বিষাক্ত পরিবেশ থেকে নিজেকে দূরে রাখে যা তাকে প্রায় ধ্বংস করে দিয়েছিল। তিনি তার রাগ এবং হতাশাকে উৎপাদনশীল কাজে ব্যবহার করেন, তার দক্ষতাকে ভালোর জন্য ব্যবহার করেন এবং এটি করার মাধ্যমে, তিনি কিছুটা নিরাময়ের পথ খুঁজে পান।

ড্যানিয়েলের ধৈর্য এবং অটল সমর্থন ছিল তার পুনরুদ্ধারের ভিত্তি। তারা তাদের সম্পর্কের জটিল দৃশ্যপটে সততা এবং সহানুভূতির সাথে এগিয়ে গিয়েছিল, ইটের পর ইট বিশ্বাস পুনর্নির্মাণ করেছিল। তারা যে ঘনিষ্ঠতা হারিয়েছিল তা ধীরে ধীরে পুনরুদ্ধার করা হয়েছিল, পারস্পরিক শ্রদ্ধা এবং বোঝাপড়ার ভিত্তি দ্বারা শক্তিশালী হয়েছিল। তিনি তার গল্পের বেদনাদায়ক দিকগুলি থেকে পিছপা হননি, তিনি মনোযোগ সহকারে শুনেছিলেন, কোনও বিচার ছাড়াই সমর্থন দিয়েছিলেন। তিনি তার ট্রিগারগুলি চিনতে শিখেছিলেন এবং কঠিন মুহূর্তগুলি কাটিয়ে উঠতে তাকে সাহায্য করেছিলেন। তাদের সম্পর্ক একটি আশ্রয়স্থল হয়ে ওঠে, এমন একটি স্থান যেখানে সে বিচার বা প্রত্যাখ্যানের ভয় ছাড়াই দুর্বল হতে পারে। এটি তাদের বন্ধনের শক্তির প্রমাণ ছিল, আশা এবং স্থিতিস্থাপকতার প্রতীক। তারা আগের চেয়ে আরও খোলামেলা এবং সততার সাথে যোগাযোগ করতে শিখেছিল, আগের চেয়ে আরও গভীর সংযোগ তৈরি করেছিল।

আইনি মামলাটি ক্রমশ উন্মোচিত হতে থাকে, একটি দীর্ঘ প্রক্রিয়া যা কয়েক মাস ধরে চলে। মারা প্রতিটি বিবরণ,

প্রতিটি অসদাচরণের ঘটনা, ন্যায়বিচারকে বাধাগ্রস্ত করার প্রতিটি প্রচেষ্টা অত্যন্ত সতর্কতার সাথে লিপিবদ্ধ করেছেন। নাগরিক অধিকার লঙ্ঘনের একজন অভিজ্ঞ বিশেষজ্ঞ, তার আইনজীবী তার স্থিতিস্থাপকতা এবং তার মামলার শক্তি দেখে গভীরভাবে মুগ্ধ হয়েছিলেন। তারা একসাথে কাজ করেছিলেন, প্রমাণের পাহাড় সংকলন করেছিলেন, এমন একটি মামলা তৈরি করেছিলেন যা কেবল তার ব্যক্তিগত অগ্নিপরীক্ষার উপরই নয় বরং পদ্ধতিগত সমস্যাগুলির উপরও ছিল যা সমাধান করা প্রয়োজন। আইনি লড়াই ক্লান্তিকর ছিল, কিন্তু তিনি দৃঢ় ছিলেন, দায়ীদের জবাবদিহি করার জন্য তার দৃঢ় সংকল্পে শক্তি খুঁজে পেয়েছিলেন। তিনি বৃহৎ প্রতিষ্ঠানের মধ্যে দুর্নীতির ব্যাপক সমস্যা এবং এর বিরুদ্ধে কথা বলার জন্য যথেষ্ট সাহসী ব্যক্তিদের উপর এর প্রভাবের দিকে মনোযোগ আকর্ষণ করার জন্য আইনি লড়াইকে একটি প্ল্যাটফর্ম হিসাবে ব্যবহার করেছিলেন।

তিনি প্রকাশ্যে কথা বলতে শুরু করেন, সাংবাদিক এবং অ্যাডভোকেসি গোষ্ঠীর সাথে তার গল্প ভাগ করে নেন। তিনি সংস্কারের একজন প্রবক্তা হয়ে ওঠেন, যাদের নীরব করে দেওয়া হয়েছিল তাদের কণ্ঠস্বর। ক্ষমতার কাছে সত্য কথা বলার তার আগ্রহ তাকে আশা এবং স্থিতিস্থাপকতার প্রতীক করে তোলে, অন্যদের এগিয়ে এসে তাদের নিজস্ব গল্প ভাগ করে নিতে অনুপ্রাণিত করে। তিনি দুর্নীতির জন্য যে পদ্ধতিগত সমস্যাগুলি তৈরি করেছে সেগুলি সম্পর্কে সচেতনতা বৃদ্ধি করতে এবং তথ্য ফাঁসকারীদের সুরক্ষা এবং জবাবদিহিতা নিশ্চিত করার জন্য পরিবর্তনের পক্ষে সমর্থন জানাতে তার প্ল্যাটফর্ম ব্যবহার করেন। তিনি সমালোচনা এবং সন্দেহের মুখোমুখি হন, কিন্তু তিনি তার

সত্য কথা বলতে থাকেন, প্রতিদিন তার কণ্ঠস্বর আরও শক্তিশালী হয়ে ওঠে।

চূড়ান্ত নিষ্পত্তি ছিল এক যুগান্তকারী বিজয়, কেবল তার জন্যই নয়, যারা একই রকম অবিচারের শিকার হয়েছিল তাদের সকলের জন্য। এতে উল্লেখযোগ্য আর্থিক ক্ষতিপূরণ অন্তর্ভুক্ত ছিল, কিন্তু আরও গুরুত্বপূর্ণ বিষয় হল, এটি সংস্থাটিকে ভবিষ্যতের ঘটনা রোধ করার জন্য পদ্ধতিগত পরিবর্তন বাস্তবায়ন করতে বাধ্য করেছিল। এই নিষ্পত্তি সংস্কারের জন্য একটি অনুঘটক হিসেবে কাজ করেছিল, দুর্নীতি এবং ক্ষমতার অপব্যবহারের প্রতি যারা অন্ধ ছিল তাদের জন্য একটি জাগরণের ডাক। যদিও বিজয়টি তিক্ত-মিষ্টি ছিল, এটি তার সাহস, তার অধ্যবসায় এবং ন্যায়বিচারের প্রতি তার অটল প্রতিশ্রুতির স্বীকৃতি ছিল। ক্ষতগুলি দৃশ্যমান এবং অদৃশ্য উভয়ই রয়ে গেছে, কিন্তু এখন সেগুলি তার স্থিতিস্থাপকতার প্রমাণ, তার লড়াই এবং জয়ের স্মৃতিচারণকারী।

নতুন ভোর কেবল একটি রূপক ছিল না; এটি ছিল একটি বাস্তবতা। মারা অন্ধকার থেকে আরও শক্তিশালী, জ্ঞানী এবং আগের চেয়ে আরও দৃঢ়প্রতিজ্ঞ হয়ে উঠেছিলেন। তিনি একটি নতুন পথ, একটি নতুন উদ্দেশ্য, নিজের সম্পর্কে একটি নতুন ধারণা খুঁজে পেয়েছিলেন। ন্যায়বিচারের জন্য লড়াই এখনও শেষ হয়নি, কিন্তু তিনি প্রস্তুত ছিলেন, কেবল বেঁচে থাকার জন্য নয়, বরং উন্নতির জন্য। তিনি তার পেশাগত জীবনের সাথে তার ব্যক্তিগত সুস্থতার ভারসাম্য বজায় রাখতে শিখেছিলেন, তার দৈনন্দিন রুটিনে আত্ম-যত্নকে একীভূত করেছিলেন।

তিনি সীমানার গুরুত্ব এবং তার মানসিক ও শারীরিক স্বাস্থ্যকে অগ্রাধিকার দেওয়ার প্রয়োজনীয়তা বুঝতে পেরেছিলেন। তিনি তার সম্পর্কের মধ্যে, তার কাজে এবং প্রতিফলনের শান্ত মুহূর্তগুলিতে সান্ত্বনা পেয়েছিলেন। ভেষজ বাগানটি ক্রমাগত সমৃদ্ধ হতে থাকে, তার বৃদ্ধি এবং স্থিতিস্থাপকতার একটি ছোট কিন্তু শক্তিশালী স্মারক। তিনি তার প্রবৃত্তির উপর আস্থা রাখতে, যা সঠিক তার পক্ষে দাঁড়াতে এবং কখনও আশা ছাড়তে শিখেছিলেন না। ভবিষ্যত অনিশ্চিত ছিল, কিন্তু তিনি সাহস, করুণা এবং তার অতীত অভিজ্ঞতার ক্রুশবিদ্ধতায় তৈরি একটি শান্ত আত্মবিশ্বাসের সাথে এর মুখোমুখি হয়েছিলেন। তিনি শান্তি পেয়েছিলেন, ভুলে যাওয়ার মধ্যে নয়, বরং স্বীকার করার, প্রক্রিয়া করার এবং শেষ পর্যন্ত, তিনি যে ট্রমা সহ্য করেছিলেন তা অতিক্রম করার মধ্যে। যাত্রাটা কঠিন ছিল, কিন্তু অবশেষে ভোর হয়ে গেল, এবং মারা সামনে যা কিছু অপেক্ষা করছে তা আলিঙ্গন করতে প্রস্তুত ছিল।

এই সমঝোতা কেবল আর্থিক বিজয় ছিল না; এটি ছিল একটি প্রতীকী বিজয়। একসময় আপাতদৃষ্টিতে দুর্ভেদ্য ক্ষমতার ঘাঁটি হিসেবে পরিচিত এই সংস্থাটি তার ত্রুটিগুলি স্বীকার করতে বাধ্য হয়েছিল, মারার ক্যারিয়ার এবং তার জীবনকে প্রায় ধ্বংস করে দেওয়া পদ্ধতিগত দুর্নীতিতে তার জড়িত থাকার কথা স্বীকার করতে বাধ্য হয়েছিল। অন্যায়ের জনসাধারণের স্বীকৃতি, সুনির্দিষ্ট সংস্কার বাস্তবায়নের প্রতিশ্রুতি, দৃশ্যপটে এক উল্লেখযোগ্য পরিবর্তনের প্রতিনিধিত্ব করেছিল। এটি ছিল অধ্যবসায়ের শক্তির প্রমাণ, একটি প্রদর্শন যে এমনকি সবচেয়ে দৃঢ় প্রতিষ্ঠানগুলিকেও জবাবদিহি করতে হতে পারে। এই বিজয়ের ঢেউ মারার ব্যক্তিগত মামলার বাইরেও অনেক দূরে বিস্তৃত ছিল, অন্যান্য হুইসেলব্লোয়ারদের এগিয়ে

আসতে অনুপ্রাণিত করেছিল, তাদের স্থিতাবস্থাকে চ্যালেঞ্জ করতে এবং তাদের নিজস্ব প্রতিষ্ঠানের মধ্যে ন্যায়বিচারের জন্য লড়াই করতে উৎসাহিত করেছিল।

এই বন্দোবস্তকে ঘিরে মিডিয়া কভারেজ ব্যাপক ছিল, যা ব্যক্তিগত সংগ্রাম এবং চলমান বৃহত্তর পদ্ধতিগত সমস্যা উভয়েরই চিত্র তুলে ধরে। মারা প্রতিরোধের একজন অনিচ্ছুক কিন্তু শক্তিশালী প্রতীক হয়ে ওঠেন, তার গল্প বিভিন্ন ক্ষেত্রের অগণিত ব্যক্তিকে অনুপ্রাণিত করে। তিনি তার জনসাধারণের উপস্থিতি যত্ন সহকারে পরিচালনা করেছিলেন, এমন মাধ্যম বেছে নিয়েছিলেন যা তার ব্যক্তিগত অগ্নিপরীক্ষাকে চাঞ্চল্যকর করার পরিবর্তে সংস্কারের বার্তাকে আরও প্রশস্ত করবে। তিনি দুর্নীতির বিকাশের জন্য যে পদ্ধতিগত দুর্বলতাগুলি তৈরি করেছিল তার উপর মনোনিবেশ করেছিলেন, কঠোর তদারকি, বৃহত্তর স্বচ্ছতা এবং উন্নত হুইসেলব্লোয়ার সুরক্ষার পক্ষে ছিলেন। তার বার্তা গভীরভাবে অনুরণিত হয়েছিল, যারা তাদের নিজস্ব কর্মক্ষেত্রে একই রকম অবিচারের সম্মুখীন হয়েছিল তাদের সাথে একমত হয়েছিল।

অ্যাডভোকেসি গ্রুপগুলির সাথে তার কাজ উল্লেখযোগ্যভাবে প্রসারিত হয়েছে। তিনি নিজেকে তথ্য ফাঁসকারীদের সুরক্ষার জন্য নিবেদিতপ্রাণ সংস্থাগুলির সাথে সহযোগিতা করতে দেখেছেন, ক্ষমতার কাছে সত্য বলার মানসিক এবং মানসিক ক্ষতি সম্পর্কে অন্তর্দৃষ্টি প্রদান করেছেন। তিনি কারসাজি এবং বলপ্রয়োগের ধরণগুলি সনাক্ত করার ক্ষেত্রে তার দক্ষতা ভাগ করে নিয়েছেন, একই রকম পরিস্থিতিতে নেভিগেট করার জন্য অন্যদের সরঞ্জাম দিয়ে সজ্জিত করতে সাহায্য

করেছেন। তিনি একজন পরামর্শদাতা, একজন পথপ্রদর্শক এবং আশার আলো হয়ে উঠেছেন যারা নীরব এবং প্রান্তিক বোধ করেছেন। তার অভিজ্ঞতা, জয় এবং ব্যর্থতা উভয়ই ভাগ করে নেওয়ার তার ইচ্ছা, তথ্য ফাঁসকারীদের মধ্যে সম্প্রদায়ের একটি শক্তিশালী অনুভূতি এবং পারস্পরিক সমর্থন তৈরি করতে সাহায্য করেছে। এটি ভাগ করা অভিজ্ঞতার রূপান্তরকারী শক্তির একটি শক্তিশালী প্রমাণ ছিল।

ফ্রিল্যান্স কাজ ক্রমশ সমৃদ্ধ হতে থাকে। তরুণ এজেন্টদের পরামর্শদান, বিষাক্ত কর্মপরিবেশের সীমাবদ্ধতা বা চাপ ছাড়াই তার জ্ঞান এবং অভিজ্ঞতা ভাগ করে নেওয়ার ক্ষেত্রে তিনি প্রচুর তৃপ্তি খুঁজে পান। তিনি নীতিগত নীতি এবং সমালোচনামূলক চিন্তাভাবনা দক্ষতা গড়ে তোলার উপর মনোনিবেশ করেন, তাদের ক্যারিয়ারের জটিলতাগুলিকে সততা এবং সাহসের সাথে মোকাবেলা করার ক্ষমতা প্রদান করেন। তিনি আত্ম-যত্নের গুরুত্ব এবং বার্নআউটের সতর্কতা লক্ষণগুলি স্বীকৃতি দেওয়ার উপর জোর দেন, যা তিনি তার নিজের কঠিন যাত্রার মাধ্যমে শিখেছিলেন। এই পরামর্শদান তার নিরাময় প্রক্রিয়ার একটি অবিচ্ছেদ্য অংশ হয়ে ওঠে, যা তাকে তার শক্তিকে ইতিবাচক এবং প্রভাবশালী কিছুতে নিয়োজিত করার সুযোগ দেয়। তিনি দেখেন যে আইন প্রয়োগের নৈতিক চ্যালেঞ্জগুলি মোকাবেলায় অন্যদের সাহায্য করা উদ্দেশ্য এবং পরিপূর্ণতার গভীর অনুভূতি প্রদান করে।

ড্যানিয়েলের সাথে তার সম্পর্ক আরও গভীর হয়। তারা একসাথে তার আরোগ্যের জটিলতাগুলি অতিক্রম করে একে অপরকে অটল সমর্থন এবং বোঝাপড়া প্রদান করে। ভাগ করা অভিজ্ঞতা আরও গভীর বন্ধন তৈরি করেছিল, একে অপরের প্রতি তাদের প্রতিশ্রুতিকে শক্তিশালী করেছিল। তারা ছোট ছোট জয় উদযাপন করেছিল, নিরাময় এবং বৃদ্ধির চলমান প্রক্রিয়াকে স্বীকৃতি দিয়েছিল। তাদের সম্পর্ক একটি নিরাপদ আশ্রয়স্থল, ঝড় থেকে একটি আশ্রয়স্থল, তাদের ভালবাসার স্থিতিস্থাপকতার প্রমাণ হয়ে ওঠে। তারা আরও খোলামেলা এবং সততার সাথে যোগাযোগ করতে শিখেছিল, বিশ্বাসের একটি ভিত্তি তৈরি করেছিল যা তাদের ভবিষ্যতের চ্যালেঞ্জগুলিকে একসাথে মোকাবেলা করার অনুমতি দেয়। একে অপরের প্রতি তাদের প্রতিশ্রুতি শক্তি এবং অনুপ্রেরণার উৎস হয়ে ওঠে, জীবনের জটিলতার মধ্যে আশার প্রতীক।

তার বারান্দার ভেষজ বাগানটি ক্রমাগত সমৃদ্ধ হতে থাকে, যা বৃদ্ধি এবং পুনর্নবীকরণের একটি বাস্তব প্রতীক। প্রতিটি যত্ন সহকারে পরিচর্যা করা উদ্ভিদ এক ধাপ এগিয়ে যাওয়ার প্রতীক, আক্ষরিক এবং রূপক উভয়ভাবেই তার স্থিতিস্থাপকতা এবং জীবনকে লালন করার ক্ষমতার প্রমাণ। এটি ছিল অশান্তির মধ্যে তার চাষ করা ছোট, শান্ত শান্তির মুহূর্তগুলির স্মরণ করিয়ে দেওয়া, একটি আশ্রয়স্থল যেখানে সে নিজের সাথে পুনরায় সংযোগ স্থাপন করতে এবং সান্ত্বনা খুঁজে পেতে পারে। ভেষজের সুবাস, মাটির মৃদু স্পর্শ, একটি ভিত্তিগত উপস্থিতি প্রদান করে, তাকে সেই সরল সৌন্দর্য এবং স্থায়ী শক্তির কথা মনে করিয়ে দেয় যা প্রতিকূলতার মুখেও বিদ্যমান ছিল।

ভবিষ্যতের অনিশ্চয়তা ছিল, কিন্তু মারা নতুন আত্মবিশ্বাসের সাথে তা গ্রহণ করেছিলেন। ক্ষতগুলি রয়ে গেছে, কিন্তু এখন সেগুলি সম্মানের প্রতীক, তার যাত্রার প্রমাণ। তিনি তার দৈনন্দিন রুটিনে আত্ম-যত্নকে একীভূত করতে শিখেছিলেন, তার মানসিক এবং শারীরিক সুস্থতার জন্য এর গুরুত্ব স্বীকার করেছিলেন। তিনি তার পেশাগত জীবন এবং তার ব্যক্তিগত জীবনের মধ্যে একটি সুস্থ ভারসাম্য বজায় রেখেছিলেন, নিজের চাহিদাগুলিকে অগ্রাধিকার দিয়েছিলেন এবং সুস্থ সীমানা স্থাপন করেছিলেন। তিনি বুঝতে পেরেছিলেন যে তার সুস্থতা কোনও বিলাসিতা নয়, বরং একটি প্রয়োজনীয়তা, ন্যায়বিচারের জন্য লড়াই চালিয়ে যাওয়ার এবং ইতিবাচক পরিবর্তন আনার তার ক্ষমতার একটি মৌলিক উপাদান।

তার প্রচারণা আইনি ব্যবস্থার বাইরেও বিস্তৃত ছিল। তিনি একাডেমিক প্রতিষ্ঠানের সাথে জড়িত ছিলেন, ছাত্র এবং গবেষকদের সাথে তার অভিজ্ঞতা ভাগ করে নিয়েছিলেন, বৈজ্ঞানিক গবেষণা এবং আইন প্রয়োগের ক্ষেত্রে নৈতিক বিবেচনার প্রয়োজনীয়তা তুলে ধরেছিলেন। তিনি উন্নত প্রশিক্ষণ কর্মসূচির পক্ষে ছিলেন যা নৈতিক আচরণ, সমালোচনামূলক চিন্তাভাবনা এবং পদ্ধতিগত পক্ষপাতকে স্বীকৃতি ও মোকাবেলার গুরুত্বের উপর জোর দেয়। তিনি বৈজ্ঞানিক সম্প্রদায়ের মধ্যে জবাবদিহিতা এবং স্বচ্ছতার সংস্কৃতি গড়ে তোলায় বিশ্বাস করতেন, যাতে জ্ঞান অর্জনের জন্য নৈতিক সততার মূল্য দিতে না হয়।

তার কাজের প্রভাব ক্রমশ বৃদ্ধি পেতে থাকে, নীতি নির্ধারণ এবং সংস্কার প্রচারে তার কণ্ঠস্বর ক্রমশ প্রভাবশালী হয়ে ওঠে। তিনি একজন জনপ্রিয় বক্তা হয়ে ওঠেন, বিভিন্ন শ্রোতাদের সাথে তার অন্তর্দৃষ্টি এবং অভিজ্ঞতা ভাগ করে নেন। তিনি ন্যায়বিচারের প্রতি তার প্রতিশ্রুতিতে দৃঢ় ছিলেন, বুঝতেন যে পদ্ধতিগত পরিবর্তনের লড়াই একটি চলমান প্রক্রিয়া, কোনও গন্তব্য নয়। তিনি সতর্ক ছিলেন, সচেতন ছিলেন যে চ্যালেঞ্জগুলি এখনও শেষ হয়নি, তবে তার স্থিতিস্থাপকতা, তার সাহস এবং ন্যায়বিচারের প্রতি তার অটল প্রতিশ্রুতি অটল ছিল।

মারার গল্পটি একটি শক্তিশালী আখ্যান হয়ে ওঠে, যা প্রতিকূলতা কাটিয়ে ওঠার এবং অন্ধকার সময়েও আশা খুঁজে পাওয়ার জন্য স্থায়ী মানব চেতনার ক্ষমতার প্রমাণ। এটি ছিল স্থিতিস্থাপকতা, সাহস এবং ন্যায়বিচারের সাধনার গল্প, এমন একটি গল্প যা অন্যদের তাদের নিজস্ব কণ্ঠস্বর খুঁজে পেতে এবং যা সঠিক তার জন্য লড়াই করতে অনুপ্রাণিত করেছিল। এটি একটি স্মরণ করিয়ে দেয় যে প্রবল চ্যালেঞ্জের মুখেও, শক্তি, নিরাময় এবং শেষ পর্যন্ত একটি উজ্জ্বল ভবিষ্যতের আশা খুঁজে পাওয়া সম্ভব। নতুন ভোর, যা একসময় দূরের স্বপ্ন ছিল, অবশেষে এসেছিল, তার দৃঢ় সংকল্পের অটল আলো এবং ন্যায়বিচারের প্রতি তার অটল অঙ্গীকার দ্বারা আলোকিত। তার যাত্রা ছিল অধ্যবসায়ের শক্তির প্রমাণ, এমন একটি ভবিষ্যতের জন্য আশার একটি শক্তিশালী বার্তা যেখানে জবাবদিহিতা এবং নীতিগত আচরণ কেবল আদর্শ নয়, বাস্তবতা।

বাইরের শহরের শান্ত কোলাহল গত এক বছর ধরে তার জীবনকে গ্রাস করে নেওয়া ঘূর্ণিঝড়ের সম্পূর্ণ বিপরীত ছিল। তার রোদে ভেজা অ্যাপার্টমেন্টে বসে, তার বারান্দার বাগান থেকে ল্যাভেন্ডার এবং রোজমেরির সুবাস বাতাসে ভরে উঠছিল, মারা নিজেকে প্রতিফলিত করার সুযোগ দিয়েছিল। ধুলো স্থির হয়ে গিয়েছিল, আইনি লড়াই শেষ হয়েছিল, এবং মিডিয়ার উন্মাদনা কমে গিয়েছিল, এক গভীর নীরবতার অনুভূতি রেখে গিয়েছিল। কিন্তু এটি আত্মতুষ্টি থেকে জন্ম নেওয়া নীরবতা ছিল না; এটি ছিল ধোঁয়া পরিষ্কার হওয়ার পরে যুদ্ধক্ষেত্রের নীরবতা, যা বিজয়ের আসল মূল্য এবং গভীর শিক্ষা প্রকাশ করে।

এই জয় কেবল আর্থিক ক্ষতিপূরণের বিষয় ছিল না; এটি ন্যায়বিচারের দৃশ্যপটে একটি গভীর পরিবর্তন ছিল। এই নিষ্পত্তি কেবল তার জন্য একটি জয় ছিল না; এটি এমন একটি ব্যবস্থার বিরুদ্ধে একটি প্রতীকী বিজয় ছিল যা দুর্নীতিকে উৎসাহিত করেছিল এবং তথ্য ফাঁসকারীদের চুপ করিয়ে দিয়েছিল। এটি ছিল একটি নিষ্ঠুর লড়াই, যা তার শারীরিক এবং মানসিক সহনশীলতার সীমা পরীক্ষা করেছিল, তাকে কেবল সংস্থার অভ্যন্তরে পদ্ধতিগত দুর্নীতির মুখোমুখি হতে বাধ্য করেছিল না বরং তার নিজস্ব দুর্বলতা এবং স্থিতিস্থাপকতারও মুখোমুখি হতে হয়েছিল।

শেখা শিক্ষাগুলি তার মামলার সুনির্দিষ্ট বিষয়গুলির বাইরেও বিস্তৃত ছিল। তিনি নীতিগত আপোষের জটিল জাল সম্পর্কে গভীর ধারণা অর্জন করেছিলেন যা এমনকি সবচেয়ে সম্মানিত প্রতিষ্ঠানগুলিকেও ছড়িয়ে দিতে পারে। তিনি বুঝতে পেরেছিলেন যে সত্যের সন্ধান কোনও সরলরেখার পথ নয় বরং একটি জটিল এবং

প্রায়শই বিশ্বাসঘাতক যাত্রা, যা বাধা এবং অপ্রত্যাশিত পথ দিয়ে পরিপূর্ণ। এর জন্য কেবল বৌদ্ধিক কঠোরতাই নয়, অটল নৈতিক সাহস এবং সততার প্রতি অটল প্রতিশ্রুতিও প্রয়োজন।

তিনি তদন্তের প্রাথমিক দিনগুলির কথা মনে করেন, প্রাথমিক সন্দেহবাদিতা, ভয় দেখানোর সূক্ষ্ম প্রচেষ্টা এবং সত্যকে চাপা দেওয়ার জন্য অবিরাম চাপ। এই কৌশলগুলি, যদিও মাঝে মাঝে সূক্ষ্ম, বর্ণনা নিয়ন্ত্রণ এবং ভিন্নমতকে দমন করার জন্য একটি ইচ্ছাকৃত প্রচেষ্টা ছিল। এই ধরণগুলি স্বীকৃতি দেওয়া এবং জড়িত মনস্তাত্ত্বিক কারসাজি বোঝা, তদন্তের বিশ্বাসঘাতক ভূখণ্ডে নেভিগেট করার তার ক্ষমতার জন্য অত্যন্ত গুরুত্বপূর্ণ হয়ে ওঠে। তিনি কেবল নিজের জন্য নয়, অন্যদের শিকার হওয়া এড়াতে এই কৌশলগুলি সনাক্ত করতে শিখেছিলেন।

মামলার বৈজ্ঞানিক দিকগুলি বিশেষভাবে আলোকিত ছিল। তিনি মেধাবী গবেষকদের সাথে কাজ করেছিলেন, জ্ঞান অর্জনে নিবেদিতপ্রাণ ব্যক্তিরা, তবুও তিনি প্রত্যক্ষভাবে দেখেছিলেন যে কীভাবে তহবিল, ক্যারিয়ারের অগ্রগতি এবং প্রাতিষ্ঠানিক আনুগত্যের চাপ নৈতিক মানকে ঝুঁকির মুখে ফেলতে পারে। তিনি শিখেছিলেন যে, যুগান্তকারী আবিষ্কারের সন্ধান কখনও কখনও নৈতিক আচরণের প্রয়োজনীয়তাকে ছাপিয়ে যেতে পারে।

মারা কঠোর পিয়ার রিভিউয়ের গুরুত্ব, তথ্য সংগ্রহ ও বিশ্লেষণে স্বচ্ছতার প্রয়োজনীয়তা এবং সম্ভাব্য স্বার্থের দ্বন্দ্ব স্বীকার করার প্রয়োজনীয়তা উপলব্ধি করেছিলেন। তিনি প্রত্যক্ষ করেছিলেন যে এই সুরক্ষা ব্যবস্থার অনুপস্থিতি কীভাবে ত্রুটিপূর্ণ গবেষণা, আপোস করা তথ্য এবং পরিণামে সত্যের বিকৃতির দিকে পরিচালিত করতে পারে। তিনি জানতেন যে এই বিকৃতির প্রভাব সুদূরপ্রসারী পরিণতি ঘটাতে পারে, নীতিগত সিদ্ধান্ত, জনস্বাস্থ্য এবং এমনকি ব্যক্তিগত জীবনকেও প্রভাবিত করতে পারে। এই উপলব্ধি বৈজ্ঞানিক গবেষণায় কঠোর নীতিগত নির্দেশিকা প্রতিষ্ঠার পক্ষে, গবেষণা প্রক্রিয়া জুড়ে জবাবদিহিতা এবং স্বচ্ছতা নিশ্চিত করার প্রতি তার প্রতিশ্রুতিকে দৃঢ় করে তোলে।

তার অভিজ্ঞতাগুলি হুইসেলব্লোয়ারদের সুরক্ষার গুরুত্বকে আরও স্পষ্ট করে তুলেছিল। তিনি ক্ষমতার কাছে সত্য কথা বলার ক্ষেত্রে যে বিশাল ব্যক্তিগত ঝুঁকি, সামাজিক বিচ্ছিন্নতা, পেশাদার প্রতিক্রিয়া এবং মানসিক ক্ষতির সম্মুখীন হতে হয় তা সরাসরি জানতেন। তিনি ভাগ্যবান ছিলেন; তার মামলাটি উল্লেখযোগ্য মিডিয়া মনোযোগ এবং জনসমর্থন পেয়েছিল। কিন্তু তিনি জানতেন, আরও অনেকেই এত ভাগ্যবান ছিলেন না। অনেকেই নীরবে কষ্ট সহ্য করেছিলেন, তাদের কণ্ঠস্বর শোনা যায়নি, তাদের গল্প অকথ্য ছিল। এই উপলব্ধি তাকে শক্তিশালী হুইসেলব্লোয়ার সুরক্ষার পক্ষে সমর্থন করার জন্য নিবেদিতপ্রাণ করে তুলেছিল, যারা অন্যায় প্রকাশ করার সাহস করেছিল তাদের জন্য আরও নিরাপদ পরিবেশ তৈরি করেছিল।

এই নতুন ধারণা বৈজ্ঞানিক পরিধির বাইরেও বিস্তৃত ছিল। তিনি আইন প্রয়োগকারী সংস্থার মধ্যে নৈতিক দ্বিধা, আইন সমুন্নত রাখা এবং ব্যক্তিগত অধিকার রক্ষার মধ্যে সূক্ষ্ম ভারসাম্য, তদন্তকে সূক্ষ্মভাবে প্রভাবিত করতে পারে এমন অন্তর্নিহিত পক্ষপাত এবং ক্ষমতার অপব্যবহারের সম্ভাবনা সম্পর্কে চিন্তাভাবনা করতে দেখেন। তিনি এই বিষয়গুলির পদ্ধতিগত প্রকৃতি স্বীকার করেছিলেন, বুঝতে পেরেছিলেন যে একটি সংস্থার সংস্কৃতি পরিবর্তনের জন্য কেবল ব্যক্তিগত সংস্কারের চেয়েও বেশি কিছু প্রয়োজন। এর জন্য মানসিকতার মৌলিক পরিবর্তন, স্বচ্ছতার প্রতি অঙ্গীকার, জবাবদিহিতা এবং অস্বস্তিকর সত্যের মুখোমুখি হওয়ার ইচ্ছার প্রয়োজন ছিল।

তার প্রতিফলন তাকে নিজের যত্ন নেওয়ার গুরুত্ব বিবেচনা করতেও পরিচালিত করেছিল। এই কঠিন যাত্রাটি দৃশ্যমান এবং অদৃশ্য উভয় ক্ষত রেখে গেছে। দীর্ঘ সময়, তীব্র চাপ, মানসিক চাপ - এই সবকিছুই এমন এক পর্যায়ের বার্নআউটে অবদান রেখেছিল যা সে কখনও কল্পনা করেনি। তদন্তের শারীরিক এবং মানসিক আঘাতকে অবমূল্যায়ন করা যায় না। নিরাময় প্রক্রিয়াটি কোনও রৈখিক পথ ছিল না; এটি একটি দীর্ঘ, আঁকাবাঁকা পথ ছিল যার জন্য আত্ম-সহানুভূতি, বোধগম্যতা এবং অন্যদের সাহায্য গ্রহণ করার ইচ্ছার প্রয়োজন ছিল।

ড্যানিয়েলের সাথে তার সম্পর্ক তার আরোগ্যলাভের ক্ষেত্রে গুরুত্বপূর্ণ ভূমিকা পালন করেছিল। তাদের

পারস্পরিক সমর্থন, তাদের মুখোমুখি চ্যালেঞ্জগুলির সম্পর্কে তাদের ভাগাভাগি বোঝাপড়া, শক্তির ভিত্তি ছিল। তারা আরও খোলামেলাভাবে যোগাযোগ করতে, তাদের দুর্বলতাগুলি ভাগ করে নিতে এবং পথের ছোট ছোট জয়গুলি উদযাপন করতে শিখেছিল। তাদের একসাথে যাত্রা শক্তিশালী সম্পর্কের গুরুত্ব এবং প্রতিকূলতার মুখে ভালোবাসা ও করুণার রূপান্তরকারী শক্তির উপর জোর দিয়েছিল। ঝড়ের মধ্যে একে অপরের প্রতি তাদের প্রতিশ্রুতি আশার আলো ছিল।

তার বারান্দার ভেষজ বাগানটি তার স্থিতিস্থাপকতার প্রতীক হিসেবে রয়ে গেছে, আক্ষরিক এবং রূপক উভয় অর্থেই জীবনকে লালন করার তার ক্ষমতার একটি বাস্তব স্মারক। প্রতিটি গাছপালা তার নিরাময় এবং পুনর্নবীকরণের যাত্রায় এক ধাপ এগিয়ে যাওয়ার, একটি মাইলফলক উপস্থাপন করেছিল। এই গাছপালাগুলির যত্ন নেওয়ার কাজটি ভিত্তির অনুভূতি প্রদান করেছিল, তার চেয়েও বৃহত্তর কিছুর সাথে একটি সংযোগ স্থাপন করেছিল।

ভবিষ্যৎ অনিশ্চিত ছিল, তবুও যে ভয় তাকে একসময় পঙ্গু করে রেখেছিল, তা নতুন করে লক্ষ্য ও আশার অনুভূতিতে প্রতিস্থাপিত হয়েছিল। তার অভিজ্ঞতা তাকে কেবল ব্যক্তিগতভাবে নয়, বরং পেশাগতভাবেও বদলে দিয়েছে। তিনি এখন তার জ্ঞান এবং দক্ষতা ব্যবহার করে অর্থপূর্ণ পরিবর্তনের পক্ষে কথা বলতে, অন্যদের তাদের নির্বাচিত ক্ষেত্রের নৈতিক খনিতে চলাচল করতে সাহায্য করার জন্য দৃঢ়প্রতিজ্ঞ ছিলেন। তিনি এমন একটি পৃথিবী

তৈরিতে নিবেদিতপ্রাণ ছিলেন যেখানে সত্য এবং ন্যায়বিচারের জয় হবে, যেখানে জবাবদিহিতা কেবল একটি আদর্শ নয় বরং একটি বাস্তবতা হবে।

তার অ্যাডভোকেসি কাজ অব্যাহত ছিল, বিশ্ববিদ্যালয়গুলিতে আরও বিস্তৃতভাবে পৌঁছে, অতিথি বক্তৃতা প্রদান করে এবং অধ্যাপক ও গবেষকদের সাথে সহযোগিতামূলক প্রকল্পে জড়িত হন। তিনি বৈজ্ঞানিক গবেষণার কাঠামোতে নীতিগত বিবেচনা অন্তর্ভুক্ত করার গুরুত্বের উপর জোর দিয়েছিলেন, আরও শক্তিশালী প্রশিক্ষণ কর্মসূচির পক্ষে ছিলেন যা পরবর্তী প্রজন্মের বিজ্ঞানীদের তাদের কাজের নৈতিক জটিলতাগুলি নেভিগেট করার ক্ষমতা দেবে। তিনি আইন প্রয়োগকারী প্রশিক্ষণের মধ্যে নীতিগত বিবেচনার একীকরণের পক্ষেও সমর্থন করেছিলেন।

তিনি জানতেন যে পদ্ধতিগত পরিবর্তন রাতারাতি ঘটবে না। এর জন্য প্রয়োজন ক্রমাগত প্রতিশ্রুতি, সতর্কতা এবং স্থিতাবস্থাকে চ্যালেঞ্জ করার জন্য অবিরাম ইচ্ছাশক্তি। কিন্তু মারার নতুন আত্মবিশ্বাস, তার স্থিতিস্থাপকতা এবং ন্যায়বিচারের প্রতি তার অটল প্রতিশ্রুতি তার আশাকে আরও বাড়িয়ে তুলেছিল। ক্ষতগুলি রয়ে গেছে, কিন্তু সেগুলি তার শক্তি, তার অধ্যবসায় এবং কষ্টার্জিত শিক্ষার স্মারক ছিল যা তাকে সেই নারীতে পরিণত করেছিল যা সে হয়ে উঠেছিল।

তিনি বুঝতে পেরেছিলেন যে তার কণ্ঠস্বর ওজন বহন করে, তার গল্প অন্যদের সাথে প্রতিধ্বনিত হয়। তিনি বিভিন্ন শ্রোতাদের সাথে যোগাযোগ অব্যাহত রেখেছিলেন, তার বার্তাটি ছিল জবাবদিহিতা এবং নীতিগত আচরণের জন্য একটি শক্তিশালী আহ্বান। তিনি অন্যদের কথা বলতে, অন্যায়কে চ্যালেঞ্জ করতে এবং প্রতিকূলতার মুখেও সত্য অনুসরণ করার সাহস খুঁজে পেতে অনুপ্রাণিত করার চেষ্টা করেছিলেন।

মারার গল্প আশার আলো হয়ে উঠেছিল, বড় চ্যালেঞ্জের মধ্যেও বাধা অতিক্রম করে অর্থ খুঁজে বের করার মানব চেতনার স্থায়ী ক্ষমতার প্রমাণ। এটি ছিল অধ্যবসায়, স্থিতিস্থাপকতা এবং ন্যায়বিচারের সাধনার গল্প - এমন একটি গল্প যা অধ্যায়ের পর অধ্যায় উন্মোচিত হতে থাকে, প্রতিটি নতুন ভোরের নিজস্ব চ্যালেঞ্জ এবং সুযোগ নিয়ে আসে। এবং তিনি, শেখা শিক্ষা নিয়ে, তাদের মুখোমুখি হতে প্রস্তুত ছিলেন। আরও ন্যায়সঙ্গত এবং নীতিবান বিশ্বের জন্য লড়াই এখনও শেষ হয়নি, কিন্তু মারা, তার অটল প্রতিশ্রুতি দিয়ে, একদিন পর একদিন লড়াই চালিয়ে যেতে প্রস্তুত ছিলেন।

www.ingramcontent.com/pod-product-compliance
Lightning Source LLC
LaVergne TN
LVHW090218051026
849517LV00001B/116
* 9 7 9 8 2 3 1 0 7 0 5 1 0 *